5

120회본을 시사 詩詞까지 완역한

원본

수호전

5

시내암 지음
송도진 옮김

글항아리

차 례

【 제81회 】

천
자
를
만
나
다[1]

양산박 호걸들은 수전에서 세 차례나 고구를 패배시키고 사로잡은 자들을 산채로 압송했는데, 송 공명은 그들을 죽이지 않고 모두 석방시켜 돌려보냈다. 고 태위는 허다한 인마를 이끌고 동경으로 돌아오면서 참모인 문환장은 양산박에 남겨두고 소양과 악화를 데리고 와서 귀순시키는 일의 결과를 기다리게 했다. 고구는 양산박에 있을 때 직접 말했다.

"내가 조정에 돌아가면 직접 소양 등을 인도하여 천자를 뵙게 하고 힘써 보증 추천하여 최대한 빨리 사람을 파견해 귀순시키도록 하겠소."

이 때문에 송강은 소양에게 악화를 데리고 함께 가게 했던 것이다. 이 일은 더 이상 말하지 않겠다.

한편 양산박에서는 두령들이 상의했는데, 송강이 말했다.

1_ 제81회 제목은 '燕靑月夜遇道君(연청은 달밤에 도군 황제를 만나다), 戴宗定計出樂和(대종은 계책을 내 악화를 구출하다)'다.

"내가 보기에 고구가 이번에 갔지만 진실을 알 수 없네."

오용이 웃으면서 말했다.

"제가 보기에 이 사람은 벌의 눈에 뱀의 몸[2]이라 얼굴을 돌리면 은혜를 모를 사람입니다. 허다한 군마를 잃고 조정의 많은 돈과 양식을 낭비했으니 경사로 돌아가면 틀림없이 병을 핑계로 나오지 않고 천자에게는 애매모호하게 상주할 겁니다. 군사들은 잠시 쉬게 하면서 소양과 악화는 부중 감옥에 가둘 것이니 귀순 요청을 기다리는 것은 부질없이 힘을 낭비하는 것입니다!"

"그렇다면 어떻게 한단 말이오. 귀순 요청을 기다리다가 두 사람만 함정에 빠뜨렸소."

"형님께서는 총명하고 영리한 사람 둘을 선발해 금은보화를 가지고 경사로 가서 소식을 알아보게 하십시오. 중요한 관건을 탐지하고 방법을 찾아 진심을 완곡하게 진술하여 천자께 전달되어 고 태위가 숨길 수 없게 만드는 것이 상책입니다."

연청이 자리에서 일어나며 말했다.

"지난해 동경을 소란스럽게 했을 때 이 동생이 이사사 집으로 가서 개입시켰습니다. 뜻하지 않게 난리법석이 일어나는 바람에 이사사 집도 십중팔구는 짐작을 하고 있을 겁니다. 이사사는 천자가 애지중지하는 사람인데 관아에서 어떻게 그녀를 의심하겠습니까? 그녀는 틀림없이 '양산박이 폐하께서 사적으로 이곳에 행차하다는 것을 알고 일부러 놀라게 한 것이에요'라고 아뢰면서 숨겼을 겁니다. 지금 이 동생이 많은 금과 진주를 가지고 가서 일을 꾀하겠습니다. 그녀를 시켜 베갯머리에서 청탁하게 하는 것이 가장 빠르고 일이 쉬울 것입니다. 그때 제가 어떻게든 기회를 찾아 일을 벌여보겠습니다."

2_ 원문은 '蜂目蛇形'이다. 눈은 말벌과 같고 몸은 가늘고 길다. 흉악한 얼굴과 괴이한 신체를 형용한 말이다.

송강이 말했다.

"동생 이번에 가면 책임을 져야 하네."

대종이 말했다.

"이 동생이 연청을 도우면서 한번 다녀오겠습니다."

신기군사 주무가 말했다.

"형님이 지난번에 화주를 공격했을 때 숙 태위에게 은혜를 베푼 적이 있었습니다. 이 사람은 좋은 사람이니 만약에 천자 면전에서 상주하게 한다면 일이 순조롭게 될 것입니다."

송강은 문득 구천현녀가 말한 '우숙중중희遇宿重重喜(숙宿을 만나면 두 차례 좋은 일 생길 것이다)'라는 말이 떠올랐다. 이것은 응당 이 사람을 말한 것이 아니겠는가? 즉시 문 참모를 불러 충의당에 함께 앉았다. 송강이 말했다.

"상공께서는 태위 숙원경을 아십니까?"

문환장이 말했다.

"그는 함께 배운 동창 친구로 지금은 성상 곁에서 조금도 떨어지지 않고 있습니다. 이 사람은 지극히 인자하고 관대하여 사람을 아주 화목하게 대합니다."

"상공께 속이지 않고 사실대로 말씀드리겠습니다. 저희는 고 태위가 동경으로 돌아가면 틀림없이 귀순의 일을 상주하지 않을 것이라 의심하고 있습니다. 숙 태위가 지난날 화주에서 향을 사를 때 이 송강과 만난 적이 있습니다. 지금 사람을 시켜 그에게 예물을 보내 조만간 천자께 상주하여 이 일을 이루는 데 힘을 보태달라고 요청하고자 합니다."

"장군께서 그렇게 하고자 하신다면 제가 편지 한 통 써드리겠습니다."

송강이 크게 기뻐하며 즉시 지필묵을 가져오게 했다. 한 편으로 좋은 향을 사르고 현녀의 천서를 들고는 하늘에 기도를 올리자 크게 길한 징조의 점괘가 나왔다. 즉시 술자리를 마련해 연청과 대종을 전송했다. 황금과 진주, 보석을 두 개의 큰 상자에 담고 편지는 몸속에 지니고 개봉부 인신이 찍힌 공문도 휴대했다. 두 사람은 공인 복장으로 변장하고 두령들과 작별하고 산을 내려갔다. 금사탄을 건너 동경을 향해 출발했다.

대종은 우산을 끌며 등에는 보따리를 지었고 연청은 수화곤을 들고 상자를 걸머졌는데, 차림새는 검은 적삼을 당겨 매고 허리에는 전대를 묶고 다리에는 무릎 보호대를 차고 미투리를 신었다. 그들은 길에서 허기져서야 밥을 먹고 갈증이 나서야 물을 마시며 서둘러 갔는데 밤에는 묵고 새벽에 출발했다. 하루도 멈추지 않고 길을 걸어 동경에 도착했으나 길 따라 성으로 들어가지 않고 만수문을 돌아갔다. 두 사람이 성문 옆에 이르자 문을 지키는 군사들이 가는 길을 막았다. 연청이 상자를 내려놓고 고향 사투리로 말했다.

"왜 막는 게요?"

군졸이 말했다.

"전수부 명령이 있는데, 양산박의 온갖 것들이 성으로 들어오는 것이 걱정되니 각 문에서는 외지에서 오는 자들의 출입을 자세히 조사하라고 했소."

연청이 웃으면서 말했다.

"보아하니 당신도 사리를 이해하는 공인 같은데, 같은 식구만 캐묻는 것 같소. 우리 두 사람은 어려서부터 개봉부에서 일했는데 이 문을 몇 만 번이나 드나들었는지 모르오. 당신이 거꾸로 심문하니 눈을 빤히 뜨고서 양산박 놈들이 전부 지나도록 내버려둘 게 아니오."

이에 몸에서 가짜 공문을 꺼내 그 군졸 얼굴에 던지면서 말했다.

"보시오, 이것이 개봉부 공문이 아니란 말이오?"

문을 감독하는 관원이 듣고는 소리 질렀다.

"개봉부 공문인데 뭘 따지느냐? 들여보내라!"

연청이 공문을 집고는 품속에 넣고 상자를 메고 들어갔다. 대종도 한바탕 냉소를 지었고 두 사람은 개봉부 앞으로 달려가 객점을 찾아 쉬었다.

이튿날 연청은 무명적삼으로 갈아입고 허리에 탑박을 묶고 두건을 비딱하게 쓰니 종놈의 모양이었다. 상자 안에서 수건으로 싼 금과 진주를 꺼내고는 대종에게 말했다.

"형님, 저는 오늘 이사사 집으로 가서 일을 처리하겠습니다. 만약 발각되면 형님은 빨리 돌아가십시오."

대종에게 당부하고는 곧장 이사사의 집으로 갔다. 문 앞에 이르러 살펴보니 구부러진 문지방과 조각한 난간, 녹색 창에 자주색 문이 이전과 다를 바 없었지만 수리를 해서인지 더 잘 꾸며져 있었다. 연청이 왕대 주렴을 들어 올리고는 옆으로 돌아들어가니 특이한 짙은 향기가 코를 찔렀다. 객실 앞으로 들어가자 유명한 현인들의 서화가 사방에 걸려 있고 섬돌 아래에는 괴석과 푸른 소나무를 심은 화분 20~30개가 놓여 있었다. 좌탑坐榻3은 모두 꽃을 조각한 향남목으로 만들어졌고, 작은 침상에는 수놓은 비단 요가 깔려 있었다. 연청이 작게 헛기침을 했다. 시녀가 나와 보고는 바로 이사사의 어미에게 알려 노파가 나왔다. 연청을 보고는 깜짝 놀라면서 말했다.

"네가 어째서 여기에 왔느냐?"

"소인이 드릴 말씀이 있으니 낭자님 좀 나오게 하시죠."

"네가 지난번에 우리 집을 연루시켜 부수더니 무슨 할 말이 있느냐."

"낭자님이 나오시면 그때 말씀드리겠습니다."

이사사는 창문 뒤에서 한참 듣다가 돌아나왔다. 연청이 보니 그 자태는 정말로 고상한 운치가 있었다. 용모는 새벽이슬을 머금은 해당화 같고, 허리는 춘풍에 하늘거리는 수양버들 가지 같으니 낭원閬苑4의 경희瓊姬5요 계궁桂宮 선자仙

3_ 좌탑坐榻: 옛 목재가구로 좁고 길며 비교적 작으면서 가볍다. 조금 크고 넓은 것은 와탑卧榻이라 하는데 앉을 수도 있고 누울 수도 있다.

4_ 낭원閬苑: 신선이 거주하는 곳을 가리키며 어떤 때는 제왕의 궁원宮苑을 가리키기도 한다.

5_ 경희瓊姬: 전설에 따르면 부용성芙蓉城 안의 선녀 이름이다. 미녀를 가리킨다.

姉[6]보다 낫구나. 이사사가 사뿐히 가볍게 걸어 긴 비단 치마[7]를 가볍게 차며 객실 안으로 들어왔다. 연청이 일어나 탁자 위에 수건으로 싸맨 물건을 놓고 먼저 노파에게 네 번 절하고 이사사에게 두 번 절을 했다. 이사사가 겸양하며 말했다.

"이러지 마세요. 제가 나이가 더 어린데 어떻게 절을 받아요."

연청이 절을 마치고는 일어나 말했다.

"이전에 놀라게 해서 소인 등이 몸 둘 바를 모르겠습니다."

이사사가 말했다.

"저를 속이지 마세요. 처음에 당신은 장한이라 했고 그 두 사람은 산동 손님이라고 하더니 떠날 때 한바탕 소동이 일어났지요. 제가 교묘하게 꾸며서 폐하께 아뢰었기에 넘어갔지 다른 사람 같았으면 온 집안이 화를 당했을 거예요. 그리고 그가 '육육으로 짝을 지어 나는 기러기, 이어서 팔구로 짝을 지어 나는 기러기는 금계의 소식 기다리노라六六鴈行連八九, 只等金鷄消息'라는 두 구절의 사를 남겼지요. 제가 그때 의혹이 들어 물어보려고 하는데 생각지도 않게 폐하께서 오신데다, 또 한바탕 소동이 일어나 결국은 물어보지 못했지요. 오늘 기쁘게도 당신이 오셨으니 내 마음 속의 의문을 풀어주세요. 숨기지 말고 사실대로 알려주세요. 만약에 말이 분명하지 않으면 결코 가만있지 않을 거예요."

연청이 말했다.

"소인이 사살대로 진심을 말씀드릴 테니 화괴낭자花魁娘子께서는 놀라지 마십시오. 지난번에 상좌에 앉으셨던 검고 키가 작은 분이 바로 호보의 송강이십니다. 그리고 두 번째 자리에 앉으신 얼굴이 희고 준수하며 세 가닥 수염을 기른 분은 시세종 직계 자손이신 소선풍 시진입니다. 그리고 공인 복장을 하고 면전에 서 있던 사람은 신행태보 대종이고, 문전에서 양 태위를 때린 사람은 바로

6_ 계궁桂宮 선자仙姉: 달의 누이를 말한다.
7_ 원문은 '상군湘裙'인데, 부녀자들의 긴 치마로 바닥에 끌린다. 일설에는 상湘 땅에서 나는 견직물로 제조한 치마라고도 한다.

흑선풍 이규입니다. 소인은 북경 대명부 사람으로 사람들이 소인을 낭자 연청이라 부릅니다. 당시 저의 형님은 동경에 와서 낭자를 만나보려고 소인더러 장한이라 속이고 연줄을 놓게 했습니다. 형님이 낭자의 존안을 뵙고자 한 것은 놀며 즐기려 한 것이 아니라 오래전부터 낭자가 금상폐하를 만난다는 것을 알고서 직접 특별히 와서 진심을 알리려 한 것입니다. 하늘을 대신해 도를 행하고 나라를 도우며 백성을 평안케 하고자 하는 마음을 천자께 전해 어서 빨리 귀순하여 백성이 고통에서 벗어나도록 바랄 뿐입니다. 만약 이와 같이 해주신다면 낭자께서는 양산박 수만 명의 은인이 될 것입니다. 지금 조정은 간신들이 정권을 잡고 달콤한 말로 아첨하며 권력을 독점하고 있으며 유능하고 능력 있는 사람이 임용되는 것을 막고 있는데다 아래의 사정이 위로 전달되지 못하고 있습니다. 이 때문에 위로 연줄을 찾다가 뜻하지 않게 낭자를 놀라게 했습니다. 지금 제 형님은 예물을 보낼 것이 없어 약소하나마 약간의 물건을 보냈으니 바라건대 웃으면서 받아주십시오."

연청이 수건을 싼 보따리를 풀어 탁자 위에 펼쳐놓았는데 모두가 금과 진주, 보배와 그릇들이었다. 노파는 재물을 좋아했기에 보자마자 기뻐하며 서둘러 유모를 불러 거둬들이게 하고 연청을 안쪽 작은 누각 안으로 청해 앉히고는 맛있는 음식과 차, 과일을 차리고는 정성스럽게 대접했다. 원래 이사사의 집은 황제가 불시에 찾아오는지라 공자와 왕손, 부호 자제들이 감히 그녀의 집으로 와서 차를 마시지 못했다.

이사사는 요리와 술과 안주, 과일을 늘어놓고 직접 대접했다. 연청이 말했다.

"소인은 죽어 마땅한 사람인데 어떻게 화괴낭자와 마주 앉을 수 있겠습니까?"

이사사가 말했다.

"그런 말 하지 마세요! 오래 전부터 당신 같은 의사들의 크신 이름을 들었습니다. 단지 중간에 연줄을 이어주고 도와서 성공시킬 좋은 사람이 없었기에 수호에 묻히게 된 것이지요."

"지난번에 진 태위가 귀순시키러 왔었는데 조서에 위로하는 말도 없었고 게다가 어주를 바꿔치기했습니다. 두 번째 귀순시키는 조서를 가지고 온 자는 중요한 글자를 고의로 끊어 '송강을 제외하고 노준의 등 대소 사람들의 저지른 죄악을 사면한다'라고 읽었기에 또 귀순하지 못했습니다. 동 추밀이 두 차례나 군사를 이끌고 왔지만 싸움에 져서 갑옷 조각조차도 돌아가지 못했습니다. 그 뒤로 고 태위가 천하의 인부들을 부려서 배를 건조하여 진격해왔지만 세 차례 싸움에서 태반이 꺾였습니다. 고 태위는 형님에게 사로잡혀 산으로 끌려왔지만 도리어 형님은 죽이지 않고 후하게 환대하고 경사로 돌려보냈고 사로잡힌 사람들도 모두 풀어줬습니다. 그는 양산박에서 조정으로 돌아가면 천자께 아뢰어 바로 귀순시키겠다고 맹세하고는 양산박의 수재 소양과 노래를 잘하는 악화 두 사람을 데리고 떠났습니다. 그런데 그는 이 두 사람을 집 안에 가둬두고 나오지 못하게 하고 있습니다. 장병을 다 잃고 패전했으니 틀림없이 천자에게 감추려 할 것입니다."

"그가 그렇게 돈과 양식을 낭비하고 군사와 장수들을 잃었는데 어떻게 상주하겠어요! 이 일은 제가 모두 알았으니 따로 상의하도록 하고 술이나 몇 잔 마시지요."

"소인은 천성이 술을 마시지 못합니다."

"바람과 서리 맞으며 여기까지 먼 길을 오셨는데, 흉금을 털어놓고 몇 잔 마시며 다시 의논하시지요."

연청은 그녀의 간청에 못 이겨 잔을 따르고 상대했다.

원래 이사사는 속된 기녀이고 정을 한 곳에 두지 않는지라 인물 좋고 언사가 시원하며 말솜씨가 좋은 연청을 보고는 마음이 기울어졌다. 술자리에서 말로 연청을 유혹하다가 여러 잔을 마신 뒤에는 몇 마디 말로 연청을 자극했다. 연청은 매사에 눈치가 빠른 사람이라 어떻게 알아채지 못하겠는가? 그는 호걸의 흉금을 품은데다 형님의 큰일을 그르칠까 두려워하는데 감히 희롱을 받아들이겠는가? 이사사가 말했다.

"오라버니가 가무와 기예에 뛰어나다는 소문을 오래 전부터 들었는데 술자리에서 한가하게 듣고 싶어요."

연청이 대답했다.

"소인이 자못 배우기는 했는데, 어떻게 낭자 앞에서 자랑할 수 있겠습니까?"

"제가 먼저 한 곡조 부를 테니 오라버니 들어보세요!"

바로 시녀를 불러 퉁소를 가져오게 하자 비단주머니 안에서 퉁소를 꺼내 건넸다. 이사사가 받아 입에 대고 가볍게 불기 시작했는데, 구름을 뚫고 지나가고 돌을 울려 깨뜨릴 듯한 소리가 울렸다. 연청은 듣고서 갈채를 그치지 않았다. 한 곡조를 부른 뒤에 이사사는 퉁소를 연청에게 건네며 말했다.

"오라버니도 한 곡조 들려주세요."

연청은 계집이 좋아하도록 실력을 보여주고자 퉁소를 건네받아 구슬프게 한 곡조 불렀다. 이사사가 듣고는 갈채를 보내며 말했다.

"오라버니가 원래 퉁소를 잘 부네요!"

이사사가 완阮[8]을 가져와 한 곡조 튕기며 연청에게 들려줬다. 과연 옥패가 일제히 울리고 꾀꼬리가 서로 지저귀듯이 그 여운이 은은했다. 연청이 절하며 감사했다.

"소인이 낭자께 노래 한 곡 불러드리겠습니다."

목구멍이 열리면서 노래를 부르는데 그 목소리가 맑고 운치가 있으며 발음이 정확하고 가락이 또렷했다. 노래를 마치고는 다시 절을 했다. 이사사는 잔을 들어 연청에게 권하며 불러준 노래에 감사하고 입으로는 부드럽게 듣기 좋은 우스갯소리를 하며 슬쩍 연청을 건드렸다. 연청은 고개를 푹 숙이고는 대답할 뿐이

8_ 완阮: 악기 명칭이다. 완함阮咸(진晉나라 완적阮籍의 조카)이 만들었다고 전해지며 13개 현으로 되어 있다. 형태가 월금月琴과 비슷하다.

었다.

몇 순배가 돌자 이사사가 웃으면서 말했다.

"듣자하니 오라버니의 몸에 새긴 문신이 보기 좋다던데 보여줄 수 있어요?"

연청이 웃으면서 말했다.

"소인의 비천한 몸에 비록 문신을 새기긴 했지만, 어떻게 감히 낭자 앞에서 옷을 걷어 부치고 알몸을 드러낼 수 있겠습니까?"

"금체사錦體社9 자제들이 어디 가서 옷을 벗고 알몸을 드러낸다고 따지겠어요!"

계속해서 보여달라고 하자 연청은 하는 수없이 웃옷을 벗었다. 그러자 이사사는 대단히 기뻐하며 가는 옥같이 흰 손으로 연청의 몸을 더듬었다. 연청이 황급히 옷을 입자 이사사는 다시 연청에게 잔을 들고는 말로 유혹했다. 연청은 그녀의 집적거림을 피할 수 없을 것 같아 속으로 한 가지 계책을 생각해내고는 물었다.

"낭자는 오래 나이가 어떻게 되십니까?"

"금년에 스물하고 일곱이에요."

"소인은 스물하고 다섯이니 제가 두 살이나 어리군요. 낭자께서 이렇게 과분하게 사랑해주시니 누님으로 모시겠습니다!"

연청이 일어나 황금 산을 밀고 옥기둥을 쓰러뜨리듯 무릎 꿇고 엎드려 여덟 번 절10을 올렸다. 여덟 번의 절은 이사사의 바르지 못한 마음을 누르고 중간에 큰일을 이루려는 것이었다. 만약 두 사람이 주색에 빠졌다면 큰일을 그르쳤을 것이다. 연청이 철석같이 냉정한 마음을 드러냈으니 진정 좋은 남자라 할 수 있다. 연청은 또 노파를 청해서는 절을 올리고 양어머니로 모셨다. 연청이 인사를 하고 돌아가려 하자 이사사가 말했다.

9_ 금체사錦體社: 송나라 때 전문적으로 몸에 문신을 새기는 단체 조직.
10_ 옛날에 성이 다른 사람이 형제자매를 맺을 때 하는 예절로 '팔배지교八拜之交'라 부른다.

"동생은 객점에서 묵지 말고 우리 집에 있도록 해요."

"과분한 사랑을 받았으니 소인은 객점으로 돌아가 짐을 꾸려 돌아오겠습니다."

"기다리게 하지 말고 바로 돌아와요."

"객점이 여기서 멀지 않으니 잠시 후에 돌아오겠습니다."

연청은 잠시 이사사와 작별하고 객점으로 돌아와 있었던 일을 대종에게 이야기했다. 대종이 말했다.

"일이 아주 잘됐네. 동생 마음이 정해지지 않고 들뜰까 걱정이니 단단히 마음먹게."

"대장부가 처신하는데 주색에 빠져 본분을 잊는다면 금수와 뭐가 다르겠소? 이 연청에게 그런 마음이 있다면 만 개의 검 아래에 죽게 될 것이오!"

대종이 웃으면서 말했다.

"자네와 나는 모두 사내대장부인데 맹세할 필요가 있겠는가!"

"맹세하지 않으면 형님이 의심할 게 아니오!"

"자네는 빨리 가서 잘 살펴보고 어서 돌아오게나. 나를 오래 기다리게 하지 말게. 숙 태위에게 보내는 편지는 자네가 오기를 기다렸다가 전하겠네."

연청은 부스러기 황금과 진주, 보석을 한 꾸러미 싸매고 다시 이사사 집으로 돌아갔다. 절반은 노파에게 주고 나머지 절반은 집안 대소 사람들에게 주니 좋아하지 않는 사람이 한 명도 없었다. 객실 옆쪽 방 한 칸을 정리해 연청에게 주고 쉬도록 했다. 집안사람들이 모두 연청을 아저씨라 불렀다. 때마침 인연이 있으려니 그날 밤 어떤 사람이 와서 알렸다.

"천자께서 오늘 밤 오십니다."

연청은 듣고서 이사사에게 말했다.

"누님, 오늘 밤 알맞게 용안을 뵙고 이 소을의 범죄를 사하는 친필 사면서를 받게 해주신다면 모두 누님의 덕분입니다."

"오늘 밤에 천자를 뵙게 할 테니, 동생이 실력으로 황제께서 감동하는 표정을 짓게 만들면 사면서 받는 것쯤이야 걱정할 필요가 있겠어요?"

날이 저물어가자 달빛이 흐릿하고 꽃향기가 짙으며 난초와 사향 향기 그윽한데 도군 황제가 백의수사로 꾸미고는 소황문 한 명을 데리고 지하도를 통해 곧장 이사사의 집 후문으로 들어왔다. 방에 앉자 앞뒷문을 닫게 하고 등촉을 휘황찬란하게 번쩍이도록 했다. 이사사가 머리 장식을 꽂고 의상을 단정히 하고는 나와서 영접했다. 무릎 꿇고 엎드려 절하며 안부 인사를 마치자 천자가 명했다.

"겉옷을 벗고 과인을 모시거라."

이사사는 명을 듣고 복색을 벗고 천자를 방 안으로 모셨다. 집 안에는 이미 진귀한 과일과 풍성한 음식을 준비해 면전에 차려져 있었다. 이사사가 잔을 들어 천자에게 권하자 천자가 크게 기뻐하며 말했다.

"이리 가까이 와서 앉거라."

이사사는 천자의 용안에 기쁜 기색이 넘치자 앞으로 다가가 아뢰었다.

"천한 제게 고종사촌 동생이 있는데 어려서부터 타지를 떠돌다 오늘에야 돌아왔습니다. 그가 성상을 만나뵙고자 하지만 제가 감히 허락할 수 없습니다. 바라건대 성상께서 살펴주십시오."

"네 동생이면 불러서 과인을 만나게 하면 되지 무슨 상관이 있겠느냐."

유모가 연청을 방 안으로 불러들여 천자를 만나게 했다. 연청이 고개를 숙여 절을 올렸다. 천자는 연청의 인물됨이 준수한 것을 보고는 크게 기뻐했다. 이사사가 연청에게 퉁소를 불게 하고 천자가 술을 마시도록 시중들었다. 잠시 후 이사사는 완阮을 한 곡조 튕겼고, 그런 다음에 연청에게 노래를 부르게 했다. 연청이 두 번 절하며 아뢰었다.

"제가 아는 것은 모두가 음란한 가사와 애정의 노래인데, 어떻게 감히 성상께 들려드리겠습니까?"

"과인이 사사로이 기방에 드나드는 것도 바로 그러한 사랑의 노래를 듣고 기분 전환을 하려는 것이니 의심하지 말라."

연청이 상아 박판을 건네받고는 천자에게 두 번 절하고 이사사에게 말했다.

"음운이 틀린 곳이 있으면 누님께서 알려주십시오."

연청이 목청을 돋우어 손에 상아 박판을 잡고는「어가오漁家傲」한 곡조를 불렀다.

고향을 떠나고서는 기별도 없으니, 그리워하는 마음만 쌓여 창자가 끊어질 듯 몹시 슬프구나. 제비는 오지 않고 꽃 또한 시들어 떨어지고, 봄에 몸은 말라만 가네. 무정한 낭군님은 언제나 돌아오려는지, 애당초 만나지 않는 것이 더 좋았을 것을. 꿈속에서나 만날까 했지만 놀라 깨어나니, 녹색 그물 창 밖에서 꾀꼬리 우는 소리 소리 새벽을 알리누나.

一別家山音信杳, 百種相思, 腸斷何時了. 燕子不來花又老, 一春瘦的腰兒小. 薄幸郎君何日到, 想是當初, 莫要相逢好. 好夢欲成還又覺, 綠窓但覺鶯啼曉.

연청이 노래를 끝냈는데 초봄에 꾀꼬리 지저귀듯 맑고 아름다운 소리가 은은했다. 천자는 매우 기뻐하며 노래 한 곡을 더 부르게 했다. 연청은 바닥에 엎드려 절하며 아뢰었다.

"「감자목란화減字木蘭花」라는 곡을 성상께 들려드리겠습니다."

"좋구나, 불러보거라."

연청이 절을 마치고는「감자목란화」를 불렀다.

간절히 애원하노니, 들어주시오! 타향을 떠도는 천한 이 몸 누가 알아주겠소, 그 누가 알아주리오! 천하를 두루 둘러보니, 죄와 악을 구분하기도 어렵고 도리어 뒤바뀌어 있소. 누구든 불구덩이 속에서 꺼내준다면 진심으로 충효를 간직하고 있기에, 언젠가는 반드시 큰 은혜에 보답하리다!

聽哀告, 聽哀告! 賤軀流落誰知道, 誰知道! 極天罔地, 罪惡難分顚倒. 有人提出火坑中, 肝膽常存忠孝. 常存忠孝, 有朝須把大恩人報!

연청이 노래를 마치자 천자가 깜짝 놀라며 물었다.

"너는 무슨 까닭으로 그런 노래를 부르느냐?"

연청이 크게 울면서 바닥에 엎드려 절을 올리자 천자는 의심이 들어 물었다.

"가슴속에 품은 일을 털어놓아야 과인이 이해할 수 있도다."

연청이 아뢰었다.

"소인에게는 큰 죄가 있어 감히 아뢰지 못하겠습니다."

"죄가 없도록 사면해줄 테니 아뢰거라."

"소인은 어려서부터 강호를 떠돌아다녔습니다. 산동을 유랑하면서 상인을 따라 양산박을 지나가다가 잡혀서 산채에서 3년이란 세월을 보냈습니다. 오늘에야 비로소 도망쳐 경사로 돌아왔습니다. 비록 누이를 만나기는 했지만 감히 거리를 다니지도 못하고 있습니다. 혹시 알아보는 사람이 있어 관아에라도 알리면 어떻게 변명할 수 있겠습니까?"

이사사가 아뢰었다.

"제 동생이 이 문제 때문에 속으로 고통스러워하고 있으니 폐하께서 살펴주십시오!"

천자가 웃으면서 말했다.

"이 일이야 쉽지, 이행수의 동생인데 누가 감히 잡아가겠느냐!"

연청이 이사사에게 눈짓을 했다. 이사사는 온갖 애교를 부리며 아뢰었다.

"폐하께서 직접 사면서를 쓰시어 동생을 사면시켜야 비로소 동생이 마음을 놓을 수 있습니다."

"여기에 어보御寶[11]가 없는데 어떻게 쓴단 말이냐?"

11_ 어보御寶: 천자의 인새印璽.

이사사가 다시 아뢰었다.

"폐하께서 친히 쓰신 어필이면 옥보玉寶와 천부天符[12]보다 낫습니다. 동생이 호신부護身符로 구제된다면 천한 제가 성상을 만났기 때문이라 여기겠습니다."

천자는 어쩔 수 없어 지필묵을 가져오게 했고 유모가 즉시 문방사보文房四寶를 바쳤다. 연청은 먹을 짙게 갈고 이사는 자주색 토끼털에 상아 붓대인 붓을 건넸다. 천자는 누런 꽃 문양의 편지지를 펼쳐놓고 가로로 큰 글자로 한 줄 쓰려다가 다시 연청에게 물었다.

"과인이 너의 성을 잊었구나."

"소인은 연청이라 합니다."

천자가 어서에 쓰기를,

'신소옥부神霄玉府 진주眞主요, 선화宣和의 우사羽士인 허정도군虛靜道君 황제는 특별히 연청의 모든 죄를 사면하니 여러 사司가 체포하여 심문함을 허락하지 않는다.'

어서御書 아래에 수결하자 연청이 다시 절하며 머리를 조아리고 명령을 받들었다. 이사사는 잔을 들어 은혜에 감사했다. 천자가 물었다.

"네가 양산박에 있었다고 하니 틀림없이 그곳의 사정을 자세히 알겠구나."

연청이 아뢰었다.

"송강의 무리는 깃발에 큰 글씨로 '하늘을 대신해 도를 행한다'라고 쓰고, 자신들의 대청도 '충의'라고 부릅니다. 그들은 주나 부를 침범하여 점거하지 않고 양민을 해치려 하지 않으며 탐관오리와 아첨하는 자들만 죽입니다. 그리고 단지 귀순 요청을 기다리면서 국가를 위해 힘을 다하기만을 바라고 있습니다."

12_ 옥보玉寶는 옥새玉璽를 말하고, 천부天符는 하늘의 부명符命, 즉 하늘이 내린 상서로운 징조를 말한다.

"과인이 이전에 두 차례나 항복 조서를 내리고 사람을 보내 귀순하라 했는데, 어째서 항거하면서 항복하려 하지 않았는가?"

"첫 번째 귀순 조서에서는 어루만지며 귀순하라는 말도 없었고 어주를 시골 술로 바꿔치기하여 상황이 바뀌게 되었습니다. 두 번째 조서에서는 고의로 문장을 끊어 읽어 송강을 제외하면서 간사한 계책을 은폐했기 때문에 사정이 바뀌게 된 것입니다. 동 추밀이 군사를 이끌고 왔지만 두 번 패하고 갑옷 쪼가리도 돌아가지 못했습니다. 고 태위는 군마를 재촉하면서 또 천하의 인부들을 노역시켜 전선을 건조하여 진격했지만 양산박에서 부러진 화살 한 대조차도 얻지 못했습니다. 세 차례의 싸움에서 패하고 쩔쩔매다가 군마 삼분의 이를 잃고 자신도 사로잡혀 산채로 끌려왔습니다. 귀순시키도록 하겠다고 하여 겨우 풀려나 돌아갔는데, 산채에 있는 두 사람을 데리고 돌아가면서 문 참모를 인질로 남겨두었습니다."

천자는 듣고서 탄식하며 말했다.

"과인이 이 일을 어떻게 알겠느냐! 동관이 돌아왔을 때는 '군사들이 더위를 이기지 못해 잠시 싸움을 멈추고 거두었다'고 말했고, 고구는 돌아와서는 '병에 걸려 정벌할 수 없어 잠시 싸움을 중지하고 돌아왔다'고 아뢰었다."

이사사가 아뢰었다.

"폐하께서는 비록 영명하고 총명하시지만 구중궁궐에 계시기에 간신들이 능력 있는 사람들의 진로를 막고 있는데, 어쩌겠습니까?"

천자는 탄식해마지 않았다. 밤이 깊어지자 연청이 사면서를 가지고 머리를 조아리며 인사를 하고 가서 쉬었다. 천자는 이사사와 5경까지 동침하다가 소황문이 와서 모시고 궐로 돌아갔다.

연청은 일어나 이른 아침에 일이 있다는 핑계를 대고는 객점으로 가서 대종에게 있었던 일들을 자세히 말했다. 대종이 말했다.

"일이 그렇게 되었다니 천만다행일세. 우리 두 사람이 같이 가서 숙 태위에게 편지를 전하세."

연청이 말했다.

"밥 먹고 바로 가지요."

두 사람은 아침밥을 먹고 황금과 진주, 보물이 든 상자 하나를 들고 편지를 품고는 숙 태위 부중으로 갔다. 이웃 사람에게 물으니 태위가 아직 돌아오지 않았다고 했다. 연청이 말했다.

"퇴근할 시간인데 아직 돌아오지 않으셨습니까?"

이웃 사람이 말했다.

"숙 태위께서는 금상께서 아끼는 관원이라 조금도 천자의 곁을 떠나지 않소. 일찍 돌아오기도 하고 늦기도 하여 확정할 수 없소이다."

한창 말하고 있는데 어떤 사람이 말했다.

"저기 태위께서 오고 계시오!"

연청이 크게 기뻐하며 대종에게 말했다.

"형님, 여기 관아 문 앞에서 기다리세요. 내가 먼저 가서 태위를 만나겠소."

연청이 가까이 가서 살펴보니 비단 옷에 화모花帽를 쓴 수행들이 가마를 받쳐 들고 에워싸고는 오고 있었다. 연청이 길에서 무릎을 꿇고는 말했다.

"태위님께 올릴 서찰이 소인에게 있습니다."

숙 태위가 보고는 말했다.

"따라 들어오너라."

연청은 태위를 따라서 대청 앞에 이르렀다. 태위는 가마에서 내려 곧장 옆에 있는 서원 안으로 들어가 앉더니 소리 질러 연청을 들어오게 하고는 물었다.

"너는 어디서 온 심부름꾼이냐?"

"소인은 문 참모의 서찰을 바치러 산동에서 왔습니다."

"문 참모가 누구냐?"

연청이 품속에서 편지를 꺼내 올렸다. 숙 태위가 겉봉을 보고는 말했다.

"무슨 문 참모라 하더니, 내 어렸을 때 동문인 문환장이구나."
편지를 뜯어보자, 다음과 같이 적혀 있었다.

'시생侍生13 문환장이 손 씻고 백번 절하며 태위 은상 면전에 이 편지를 받칩니다. 제가 어렸을 때 스승의 문하에 출입했던 지가 이미 30년이 지났습니다. 지난번에 고 전수의 부름을 받아 군중에서 참모라는 큰일을 맡았었는데, 그가 간언을 따르지 않고 충언을 듣지 않더니 세 차례나 패하여 말씀드리기 심히 부끄럽습니다. 고 태위와 저는 함께 포로로 잡혀 오라에 묶이는 곤경에 빠졌었습니다. 다행히 의사 송 공명은 너그럽고 인자하게 해를 끼치지는 않았습니다. 지금 고 전수는 양산박의 소양과 악화를 데리고 경사로 가서는 귀순의 일을 청하겠다고 하면서 저를 이곳에 인질로 남겨두었습니다. 바라건대 은상께서는 말을 아끼지 마시고 천자께 상주하여 조속히 귀순의 조칙을 내려 의사 송 공명 등이 죄를 용서 받고 은혜를 입어 공업을 건립할 수 있도록 해주십시오. 이렇게 한다면 국가를 위해 대단히 다행스럽고 천하의 행운일 것입니다! 그리고 저를 구해주신다면 실로 다시 태어난 것과 같을 것입니다. 간절하게 바라오니 관심 가져주시고 살펴주십시오.
선화 4년 춘정월 일 문환장 두 번 절하며 올립니다.'

편지를 읽은 숙 태위는 깜짝 놀라 물었다.
"너는 누구냐?"
연청이 대답했다.
"저는 양산박 낭자 연청입니다."
바로 상자를 가져와 서원 안에 놓았다. 연청이 보고했다.

13_ 시생侍生: 지위가 자신보다 높은 동년배에 대한 겸칭으로 대부분 서면에 사용되었다.

"태위께서 화주로 분향하러 오셨을 때 태위님을 모신 적이 있는데 잊으셨습니까? 송강 형님께서 약간의 예물을 보내셨는데 작은 성의입니다. 송강 형님은 매일 점을 치면서 태위님이 구제해주시는 점괘가 나오기만을 바라고 귀순할 수 있기만을 바라고만 있습니다. 태위께서 천자 면전에 이 일을 상주해주시기만 한다면 양산박 10만 명은 모두 그 크신 은혜에 감사할 것입니다! 형님께서 기한을 어기지 말라고 하셔서 저는 바로 돌아가겠습니다."

연청은 절하고 부중을 나갔다. 숙 태위는 사람을 시켜 금과 진주, 보배를 거둬들이게 하고는 그렇게 하기로 마음을 먹었다.

한편 연청은 대종과 함께 객점으로 돌아와 상의했다.

"이 두 가지 일은 모두 실마리가 있는데, 고 태위 부중에 갇혀 있는 소양과 악화는 어떻게 구출해내겠소?"

대종이 말했다.

"내가 자네와 공인으로 꾸며서 고 태위 부중 앞으로 가서 기다리세. 안에서 누군가 나오기를 기다렸다가 금은 뇌물을 줘서 한번 만나보도록 하세. 소식만 알리면 방법이 있을 걸세."

그들은 복장을 꾸미고 금은을 지니고는 곧장 태평교太平橋로 갔다. 아문 앞에서 두리번거리며 살피는데 부 안에서 젊은 우후 한 명이 건들거리며 나왔다. 연청이 그에게 다가가서 인사를 하자 그 우후가 말했다.

"당신은 누구요?"

연청이 말했다.

"찻집에 가서 말씀 나누시지요."

두 사람은 방 안으로 들어갔고 대종에게 인사를 시켰다. 함께 앉아 차를 마시면서 연청이 말했다.

"속이지 않고 사실대로 말씀드리면 지난번에 태위께서 두 명의 양산박 사람을 데리고 오셨는데, 그 가운데 악화라는 사람이 여기 계신 형님의 친척입니다.

그를 한번 만나보고 싶어 나리께 간청 드리는 것입니다."

우후가 말했다.

"두 사람은 그런 말 마시오. 절당 깊은 곳의 일을 누가 알겠소?"

대종이 소매 속에서 큰 은덩이 하나를 꺼내 탁자 위에 놓고는 우후에게 말했다.

"족하께서 아문을 나오지 않고 악화를 데려와 안에서 한 번만 만나게 해준다면, 이 은덩이를 드리겠소."

우후는 재물을 보자 바로 마음이 움직이며 말했다.

"두 사람은 확실히 안에 있소. 태위께서 명령을 내려 뒤쪽 화원에서만 지내게 했소. 내가 그를 데리고 올 테니 말씀 나누시오. 약속 어기지 말고 은덩이는 내게 주시오."

대종이 말했다.

"당연히 드리지요."

우후가 일어나며 분부했다.

"두 사람은 이 찻집에서 기다리시오."

우후는 급히 부중으로 들어갔다.

대종과 연청 두 사람이 찻집에서 반 시진도 기다리지 않았는데 그 우후가 황급히 와서는 말했다.

"먼저 은덩이부터 주시오. 악화는 곁방 안에 데려왔소."

대종은 연청의 귀에 대고 낮은 목소리로 말했다.

"이렇게 저렇게 하게."

그러고는 은덩이를 그에게 줬다. 우후는 은덩이를 받고는 연청을 곁방으로 데려와 악화를 만나게 해줬다. 우후가 말했다.

"두 사람은 빨리 말하고 가시오!"

연청이 악화에게 말했다.

"내가 대종 형님과 함께 이곳에 왔는데, 계책을 내어 두 사람을 빼내려고 하오."

악화가 말했다.

"우리 두 사람이 뒤쪽 화원에서 지내고 있는데다 담장도 높아 빠져나갈 계책이 없소. 꽃을 꺾을 때 사용하는 사다리도 모조리 치워버렸는데, 어떻게 나갈 수 있겠소?"

"담장 옆에 나무가 있소?"

"담장 주변은 모두 큰 버드나무가 늘어서 있소."

"오늘 밤에 기침소리를 신호로 삼아 내가 바깥에서 두 가닥의 밧줄을 던져 넘겨주겠소. 그대가 근처에 있는 버드나무에 올라 밧줄을 동여매시오. 우리 둘이 밖에서 밧줄 하나씩 끌어당길 테니 당신들은 밧줄을 타고 담장을 넘어 나오시오. 4경(새벽 1~3시)에 올 테니 실수가 있어서는 안 되오."

우후가 말했다.

"두 사람 무슨 말을 하는 거요, 빨리 끝내고 가시오."

악화는 안으로 들어가 소양에게 있었던 일을 은밀하게 알렸고 연청도 급히 대종에게 가서 말했다. 그날 밤이 되기를 기다렸다.

한편 연청과 대종은 거리로 나가 굵은 밧줄 두 가닥을 사서 몸에 감췄다. 먼저 고 태위 부중 뒤쪽으로 가서 잠시 머물 장소를 살폈다. 부중 뒤쪽에는 강이 흐르는데 강기슭에서 멀리 떨어지지 않은 곳에 두 척의 빈 배가 묶여 있었다. 4경을 알리는 북소리가 들리자 두 사람은 언덕으로 올라 담장 뒤쪽에 붙어 기침을 했다. 그러자 담장 안에서도 기침하는 소리가 들렸다. 양쪽에서 모두 신호를 알게 되자 연청은 밧줄을 담장 너머로 던졌다. 안에서 밧줄 매는 것을 기다렸다가 밧줄 끝을 힘껏 잡아당겼다. 악화가 먼저 밧줄을 타고 나왔고 뒤따라 소양도 나왔다. 두 사람이 모두 미끄러지듯 나오자 밧줄을 담장 안으로 던져버렸다. 객점 문을 두드려 열게 하고 방 안으로 들어가 짐을 챙기고는 객점에서 불을 피워 아침밥을 해먹고 방세를 계산했다. 네 사람은 성문 근처로 가서 문이 열리기를 기다렸고 사람들 속에 섞여 나갔다. 소식을 전하고자 양산박으로 곧바로 향했다. 네 사람이 양산박으로 돌아왔기에 나누어 서술하면, 숙 태위가 이 일을 상주하게 되고 양산박은 모두 귀순 요청을 받게 되었던 것이다.

결국 숙 태위가 어떻게 상주하여 성지를 요청하게 되었는지는 다음 회에 설명하노라.

신소옥부神霄玉府 진주眞主

본문에 휘종 조길이 연청에게 사면장을 써주면서 자칭 "신소옥부神霄玉府 진주眞主"라고 한 말이 있다. 『수호전보증본』에 따르면 "정화政和 6년(1116), 도사 임영소林靈素는 송 휘종 조길이 꿈속에서 신소부神霄府에서 노닐었다는 것을 이용하여 하늘에는 구소九霄가 있는데 그 가운데 신소神霄가 가장 높으며 신소부가 설치되어 있다고 하면서 조길이 바로 신소부의 신소옥청왕神霄玉淸王 아래에서 천하를 다스린다고 말했다. 이에 조길이 스스로를 '호천상제원자昊天上帝元子, 위대소제군爲大霄帝君'라 칭했다. 이것이 '신소옥부진주'의 유래인 것 같다"고 했다.

제82회

귀
순[1]

연청은 이사사의 집에서 도군 황제를 우연히 만나 자신의 사면 문서를 받은 다음에 숙 태위를 만났다. 또 대종과 함께 계책을 정하여 고 태위 부중에서 소양과 악화를 구해냈다. 그들 네 사람은 성문이 열리자 곧바로 성을 나왔고 있었던 일을 알리고자 양산박으로 돌아갔다. 이사사는 그날 밤 연청이 돌아오지 않자 의심이 들었다. 한편 고 태위 부중에서는 측근이 이튿날 소양과 악화에게 음식을 주러 갔지만 방 안에 두 사람이 보이지 않았다. 황급히 집사에게 보고하자 집사가 화원으로 달려갔는데 버드나무 옆에 두 가닥의 굵은 밧줄이 묶여 있어 두 사람이 이미 도망친 것을 알고 고 태위에게 사실을 보고했다. 고구는 깜짝 놀라 더욱 골머리를 앓게 되었고 결국은 부중에 틀어박혀 병을 핑계로 나오지 않았다.

이튿날 5경 도군 황제는 조회를 열어 문덕전으로 행차하여 앉았다. 문반과

1_ 제82회 제목은 '梁山泊分金大買市(양산박에서는 금을 나누며 크게 시장을 열다), 宋公明全夥受招安(송 공명 무리들이 귀순 요청을 받다)'이다.

무반이 모두 도열하자 천자는 발을 말아 올리게 하고는 좌우 근신들에게 명하여 추밀사 동관을 반열에서 나오게 하고는 물었다.

"그대는 작년에 10만 대군을 통솔하여 직접 토벌에 나서 양산박으로 진군했는데, 승패는 어떻게 되었는가?"

동관이 무릎을 꿇고 아뢰었다.

"신이 작년에 대군을 통솔하여 정벌에 나섰는데 힘을 다하지 않은 것이 아니라 찌는 듯한 더위와 물과 토양에 익숙하지 않아 많은 군사가 병들어 열에 두셋은 죽었습니다. 신은 군사들이 힘들어함을 보고 잠시 군사를 거두어 싸움을 그만두었고 각자 본영으로 돌아가 조련하게 했습니다. 그리고 어림군은 길에서 병들어 많은 수의 손실이 있었습니다. 이후에 조서가 내려졌지만 이 도적들은 귀순을 따르지 않았습니다. 고구가 수군을 이끌고 정벌했지만 또한 중도에 병에 걸려 돌아왔습니다."

천자가 크게 화를 내며 소리 질렀다.

"어질고 재능 있는 자들을 시기하는 너희 같은 간사하고 아첨하는 신하들이 과인을 속인 것이다! 네가 작년에 군사를 통솔하여 양산박을 정벌하러 가서는 어찌하여 두 차례나 싸우면서 적들에게 패퇴하여 갑옷 조각조차도 돌아오지 못하여 나라의 군대를 무참하게 패하게 만들었단 말이냐. 그 뒤에 고구란 놈은 주와 군의 많은 돈과 양식을 낭비하고 수많은 병선을 침몰시킨 데다 군마들도 꺾였고, 또한 사로잡혔다가 송강 등이 죽이지 않고 예로써 살려 돌려보낸 것이 아니더냐. 과인이 듣자하니 송강이란 도적은 주와 부를 침범하지 않고 양민을 약탈하지 않으면서 오로지 귀순하여 국가를 위해 힘을 다하기만을 바란다고 하던데, 모두가 너희 같은 재주도 없으면서 탐욕스럽고 아첨하는 신하들이 헛되이 조정의 작록을 받아먹기만 하고 국가 대사를 망친 것이로다! 너는 추밀을 관장하면서 어찌하여 스스로 부끄러워하지 않는단 말이냐? 본래는 마땅히 잡아들여 심문해야 하지만 이번만은 용서하니 다시 죄를 저지른다면 용서하지 않겠다!"

동관은 묵묵히 말이 없었고 한쪽으로 물러났다.

천자가 다시 물었다.

"대신들 가운데 누가 양산박으로 가서 송강 등의 무리를 귀순시키겠는가?"

천자의 명이 떨어지기도 전에 전전태위殿前太尉 숙원경이 반열에서 나와 무릎을 꿇고는 아뢰었다.

"신이 비록 재주는 없지만 다녀오도록 하겠습니다."

천자가 크게 기뻐하며 말했다.

"과인이 친히 조서를 쓰겠노라."

바로 어안御案²을 들어 올리게 하여 조서를 적는 종이를 펼치고는 직접 조서를 적었다. 좌우 근신이 어보御寶를 받들자 천자가 직접 조서에 날인했다. 그리고 창고를 관리하는 관원에게 명하여 금패金牌³ 36개, 은패銀牌 72개, 붉은 비단 36필, 녹색 비단 72필, 황봉어주黃封御酒 108병을 숙 태위에게 내어주도록 했다. 또 의복의 겉감과 안감 24필, 귀순시키는 금박의 깃발 한 폭을 증정하여 정해진 날에 출발하게 했다. 숙 태위는 문덕전에서 천자에게 작별을 고했다. 백관의 조회가 끝나자 동 추관은 부끄러운 얼굴로 자신의 부로 돌아갔고 병을 핑계로 감히 조회에 참석하지 못했다. 이 소식을 들은 고 태위는 두려워하며 어쩔 도리 없이 또한 조회에 나오지 못했다. 여기에 이를 증명하는 시가 있다.

한 통의 은혜로운 조서 조정⁴에서 나왔고

양산박 바라보니 모두들 길 떠날 채비 하는구나.

회유가 정벌보다 낫다는 것을 알게 되니

2_ 어안御案: 황제 전용의 탁자.
3_ 금패金牌: 송나라 때 금박으로 글자를 적은 패로 고대의 우격羽檄(새의 깃털을 꽂아 긴급을 요하는 공문公文)과 같다. 적군에 대항하던 명장 악비岳飛가 사용했다.
4_ 원문은 '명광明光'인데 '명광전明光殿'을 말한다. 한나라 때 궁전 명칭으로 명광궁明光宮이라 부른다. 이후에는 일반적으로 조정을 가리키게 되었다.

진정한 마음 가진 자들 상처 입힌 것 후회하누나.

一封恩詔出明光, 佇看梁山盡束裝.

知道懷柔勝征伐, 悔敎赤子受瘡傷.

숙 태위는 어주, 금은패, 비단 겉·안감 등을 지고 말에 올라 성을 나갔다. 하사 받은 금박 글자의 누런 깃발을 들어 올리자 관원들이 남훈문南薰門5을 나와 전송했고 제주를 향해 출발한 것은 더 이상 말하지 않겠다. 한편 연청·대종·소양·악화 네 사람은 밤새 산채로 돌아와 있었던 일들을 모두 송 공명과 두령들에게 보고했다. 연청이 도군 황제의 친필 사면 문서를 꺼내 송강 등 두령들에게 보여줬다. 오용이 말했다.

"이번에는 반드시 기쁜 소식이 있을 겁니다."

송강은 좋은 향을 사르고 구천현녀가 준 서적을 꺼내놓고 하늘을 우러러 기도하며 점을 쳤는데 크게 길할 징조를 얻었다. 송강이 크게 기뻐하며 말했다.

"이번 일은 반드시 성사되겠구나. 대종과 연청은 수고롭더라도 다시 가서 허실을 알아보고 빨리 돌아와 보고하도록 하라. 모두들 잘 준비하도록 하라."

대종과 연청이 간지 며칠 만에 돌아와서는 보고했다.

"조정에서 숙 태위에게 조서와 어주, 금은패, 붉은색과 녹색 비단의 겉·안감을 주어 귀순을 요청하려 파견했는데 조만간 도착할 것입니다!"

송강은 듣고서 크게 기뻐하며 충의당에서 급히 명령을 전달하여 인원을 나누어 양산박에서 제주에 이르는 길에 24개의 산붕을 묶게 하고 위에는 모두 채색비단으로 꾸미고 꽃을 걸게 했으며 아래에는 생황과 통소 악대를 길게 배치시켰다. 악사들은 부근의 각 주군에서 고용되었고 각 산붕이 있는 곳에 배치하

5_ 남훈문南薰門: 『수호전전교주』에 따르면 『송동경고宋東京考』 권1 「경성京城」에서 이르기를, '남쪽에는 세 개의 문이 있는데, 중앙을 남훈南薰, 동쪽을 선화宣化, 서쪽을 안상安上이라 했다'고 했다.

여 조서를 영접하게 했으며 소두목 한 명씩 선발하여 산붕들을 감독 관리하게 했다. 그리고 사람들을 나누어 과일과 해산물, 안주와 마른 음식을 사오게 했고 연회에서 음식을 먹을 수 있는 자리를 준비시켰다.

한편 숙 태위는 조서[6]를 받들고 양산박으로 귀순을 요청하러 오는데 인마들이 모두 제주에 당도했다. 태수 장숙야가 곽郭까지 나와 영접하여 성으로 들어갔고 관역館驛[7]에서 쉬게 했다. 태수는 숙 태위를 묵게 할 준비를 마치자 멀리서 온 태위를 위해 술자리를 마련하고 환대하면서 보고했다.

"조정에서 조서를 반포하여 귀순시키려 했던 것이 이미 두 차례였습니다. 그런데 사람됨이 바르지 못하여 국가 대사를 그르쳤습니다. 지금 태위께서 오셨으니 반드시 국가에 큰 공을 세우실 겁니다."

숙 태위가 말했다.

"천자께서 근래에 양산박의 무리가 의를 중히 여겨 주군을 침범하지 않고 양민을 해치지 않으며 하늘을 대신해 도를 행한다는 것을 들었소. 그래서 지금 본관을 파견하여 천자의 친필 조서와 금패 36개, 은패 72개, 붉은 비단 36필, 녹색 비단 72필, 황봉어주 108병, 비단 겉감과 안감 24필을 하사하고 그들을 귀순시키려 하시는데, 예물이 적지 않은지 모르겠소?"

장숙야가 말했다.

"이 사람들은 예물의 많고 적음에 있지 않고 충의로 나라에 보답하고 명성을 후대에 드날리고자 합니다. 만약 태위께서 일찍 오셨다면 나라가 병사와 장수들을 헛되이 잃어버리지 않고 돈과 양식도 낭비하지도 않았을 것입니다. 이 의사들이 귀순한 이후에는 반드시 조정에 공업을 세울 것입니다."

6_ 원문은 '칙敕'인데, 윗사람이 아랫사람에게 알려주다, 효시하다라는 의미다. 고대에는 위에서 아래에 대한 명령을 가리키며 특별히 황제의 조서를 가리켰다. 한나라 때는 일반적으로 장관이 속리에게, 존장이 자손에게 알리는 것을 칙敕이라 했다. 남북조 시기 이후에는 군주의 명령을 칭할 때만 사용되기 시작했다.

7_ 관역館驛: 왕래하는 관원들에게 숙식을 제공하는 장소로 역참驛站을 가리키기도 한다.

"본관이 여기서 기다리고 있을 테니, 번거롭더라도 태수께서 직접 산채에 가서 영접할 준비를 하라고 알려주십시오."

장숙야가 대답했다.

"소관小官8이 다녀오겠습니다."

장숙야는 10여 명의 수행원을 데리고 즉시 말을 타고 성을 나가 양산박으로 향했다. 산 아래에 도착하자 나와 있던 소두목이 맞이하고 산채에 보고했다. 송강은 듣고서 황급히 산을 내려와 장 태수를 영접하고 산으로 올랐다. 충의당에 올라 서로 인사를 마치자 장숙야가 말했다.

"의사께 축하드립니다! 조정에서 특별히 전전태위를 파견했는데 황제께서 친히 쓰신 조서를 가지고 귀순을 요청하러 왔습니다. 천자께서 하사하신 금패와 어주, 비단 등이 지금 제주성에 도착해 있습니다. 의사께서는 조서를 영접할 준비를 하시지요."

송강이 크게 기뻐하며 손을 이마에 대고는 말했다.

"진실로 이 송강 등이 다시 태어난 행운입니다!"

장 태수에게 머물면서 음식 들기를 청했으나 장숙야가 말했다.

"본관이 거절하는 것이 아니라 늦게 돌아갔다가 태위께서 나무랄까 두렵소이다."

"술 한잔 조금 드리는 것이 예가 아니겠습니까?"

장숙야가 떠나려 고집을 부리자 송강이 황급히 금은 한 쟁반을 가져와 전송하려 했다. 장 태수가 말했다.

"저는 절대로 받을 수 없습니다."

송강이 말했다.

"약소하나마 작은 성의를 표하고자하는 것입니다. 일이 성사된 다음에 은혜

8_ 소관小官: 직위가 낮은 관리를 말한다. 옛날에 관리들이 자신에 대한 겸손한 칭호로 사용했다.

에 보답하겠습니다."

"의사의 두터운 뜻에 깊이 감사드립니다. 잠시 산채에 남겨두었다가 나중에 가져간다 해도 늦지 않을 것입니다."

태수야말로 청렴으로 자신을 단속함을 알 수 있도다! 여기에 이를 증명하는 시가 있다.

제주 태수 장숙야 세상에 둘 없는 인물이라, 황금 탐내지 않고 송강 사랑하네.
진실로 청렴하면 뭇사람 복종시키지만, 위세로는 항복 받아내지 못한다네.
濟州太守世無雙, 不愛黃金愛宋江.
信是淸廉能服衆, 非關威勢可招降.

송강은 즉시 군사 오용, 주무와 소양, 악화 네 사람에게 장 태수를 수행하여 산을 내려가 곧장 제주로 가서 숙 태위를 알현하게 했다. 이틀 뒤에 많은 대소 두목은 산채 30리 밖으로 나가 길에 엎드려 숙 태위를 영접하기로 했다. 오용 등은 태수 장숙야를 따라 밤새 산을 내려가 곧장 제주로 갔다. 이튿날 관역에서 숙 태위를 배알했는데 절을 마치고 면전에서 무릎을 꿇었다. 숙 태위가 일어나라 하며 자리에 앉도록 했지만 네 사람은 겸양하며 감히 앉지를 않았다. 태위가 성을 묻자 오용이 대답했다.

"소생은 오용이고 이 사람들은 주무·소양·악화로 형님인 송 공명의 명을 받들어 특별히 은상을 영접하러 왔습니다. 송 공명과 형제들은 이틀 후에 산채 30리 밖에서 길에 엎드려 영접할 것입니다."

숙 태위가 크게 기뻐하며 말했다.

"화주에서 작별한 이후 이미 몇 해가 지났는데 오늘 가량 선생을 다시 만날 줄을 생각이나 했겠소! 본관도 그대 형제들이 충의로운 마음을 품고 있음을 알고 있었지만, 간신들이 막고 아첨하는 자들이 권력을 독점하는 바람에 사정이 위로 전달되지 못했소. 지금 천자께서 모든 것을 아시고 특별히 본관에게 명하여 친히 쓰신 조서와 금은패, 붉은색과 녹색 비단, 어주와 겉과 안감을 가지고 귀순하도록 하게 했으니 의심하지 말고 성의를 다해 명을 받들도록 하시오."

오용 등이 두 번 절하며 감사했다.

"초야의 무지하고 맘대로 행동하는 저희가 은상을 수고롭게 왕림하게 하신데다, 하늘의 은혜를 받게 되어 감사합니다. 이 모든 것은 태위님께서 내려주신 것입니다. 우리 형제들은 마음 깊이 간직하며 잊지 않겠지만 보답하기가 참으로 어렵습니다."

장숙야가 연회를 열어 그들을 대접했다.

사흘째 되는 날, 이른 아침에 제주에서는 향거香車9 세 채를 마련했고 어주는 별도로 용봉龍鳳 함에 담고 들었다. 금은패와 붉은색·녹색 비단은 또 따로 멨고 조서는 용정龍亭10 안에 안전하게 됐다. 숙 태위는 말에 올라 용정 곁에서 동쪽으로 향해 갔고 태수 장숙야는 말을 타고 뒤에서 모셨다. 오용 등 네 사람도 말에 올라 따라갔으며 대소 수행원은 일제히 그들을 에워싸고 갔다. 앞장 선 말들에는 금박으로 적은 누런 깃발과 금고, 깃발을 든 대오가 선도하며 제주를 떠나 구불구불 앞으로 향했다. 10리를 못 갔는데 미리 설치된 산붕이 일행을 맞이했다. 숙 태위가 말을 타고 바라보니 위에는 모두 채색비단으로 꾸미고 꽃을 걸었으며 아래에는 생황과 통소 악대들이 길 옆에 늘어서서 영접하고 있었다. 다시 수십 리도 못 갔는데 또 채색비단으로 꾸민 산붕이 나타났다. 앞쪽을 바라보니 향 연기가 길에 자욱하고 송강과 노준의가 앞에서 무릎을 꿇고 있었고 그 뒤로는 두령들이 일제히 땅바닥에 무릎 꿇고는 은혜로운 조서를 영접했다. 숙 태위가 말했다.

9_ 향거香車: 향나무로 만든 수레를 말한다. 일반적으로 화려한 수레 혹은 가마를 가리킨다.
10_ 용정龍亭: 향정香亭을 말한다. 향정은 향로가 설치된 화려하게 장식한 작은 정자.

"모두들 말에 오르게 하라."

물가에 이르러서는 1000여 척의 양산박 전선들을 타고 일제히 건너가 곧장 금사탄에 올랐다. 세 개의 관문 위와 아래에서는 연주 소리가 하늘을 진동하며 매우 요란했다. 군사들이 앞에서 인도하고 뒤에서 호위했으며 의장병들이 끊이지 않았고 기이한 향기가 피어올랐다. 충의당에 이르러 말에서 내렸고 향거에 실은 용정을 들어 올려 충의당에 놓았다. 충의당 중간에 세 개의 탁자를 놓았는데 모두 누런 비단에 용과 봉황을 수놓은 탁위桌圍[11]를 둘렀다. 정중앙에는 만세용패萬歲龍牌[12]를 설치했고 친필 조서는 중간, 금은패는 왼쪽, 붉은색과 녹색 비단은 오른쪽, 어주, 겉감과 안감은 앞에 두었다. 황금으로 만든 향로에는 좋은 향을 살랐다. 송강과 노준의는 숙 태위와 장태수를 청하여 자리에 앉히고 왼쪽에는 소양과 악화, 오른쪽에는 배선과 연청을 세웠고 송강과 노준의 등은 모두 충의당 앞에 무릎을 꿇었다. 배선이 절을 올리라 소리치자 모두가 절을 마치니, 소양이 조서를 펼쳐 읽었다.

'제制: 짐은 즉위한 이래로 인의로써 천하를 다스리고 공정한 상벌로 전쟁을 평정했으며 현능한 자를 구하는 데 태만한 적이 없고 백성을 사랑하는 데 미치지 못할 것을 두려워했으니 사방의 적자赤子[13]들은 모두가 짐의 마음을 알 것이다. 송강, 노준의 등이 충의의 마음을 품고 포악하게 굴지 않고 귀순의 마음을 품은 지 이미 오래 되었으며 나라를 위해 있는 힘을 다하고자 하는 그 뜻이 늠름하도다. 비록 죄악을 저질렀지만 각자 연유가 있을 것이며 서러운 감정을

11_ 탁위桌圍: 탁위卓幃로 탁자 사방을 가리는 데 사용하는 천 혹은 단자를 말한다.
12_ 만세萬歲의 원래 뜻은 영원히 존재한다는 의미인데, 신하가 군주에게 올리는 축하의 말이다. 이후에는 지존至尊에 대한 대명사가 되었다. 용패龍牌는 불전佛前에 놓은 용 문양을 장식한 패위牌位를 말한다. 또한 황제의 명령을 전달하는 팻말을 가리키기도 한다. 만세용패에는 '황제 만세 만세 만만세'가 적혀 있는 팻말이다.
13_ 적자赤子: 조국을 사랑하고 충성하는 사람을 비유한 말이다.

살피니 가엾기 그지없도다. 짐은 오늘 특별히 전전태위 숙원경에게 조서를 받들어 양산박으로 보내니 송강 등 대소 인원들이 저지른 죄악을 모두 사면하노라. 금패 36개, 붉은 비단 36필은 송강 등 두령들에게 하사하고, 은패 72개, 녹색 비단 72필은 송강 부하 두목들에게 하사하노라. 사면 문서가 당도한 뒤 짐의 마음을 저버리지 말고 일찌감치 귀순한다면 반드시 중용할 것이다. 이에 조서를 내리니 모두들 잘 알지어다.

선화 4년 춘2월, 조서를 내리다.'

소양이 조서를 읽자 송강 등이 만세를 불렀고 두 번 절하며 은혜에 감사했다. 숙 태위는 금, 은패와 붉은색과 녹색 비단을 가져와 배선에게 순서에 따라 나눠주게 했다. 어주는 은으로 된 큰 용기에 모두 쏟아 넣도록 하고는 국자로 떠서 충의당 앞에서 데워 은 항아리 안에 붓게 했다. 숙 태위는 황금 잔에 술을 따라 들고는 두령들에게 말했다.

"이 숙원경이 비록 군주의 명을 받들어 특별히 이곳에 어주를 가지고 와서 두령들에게 하사하지만 의사들께서 의심할까 두려우니 내가 먼저 마시겠소. 보시고 의심하지 마십시오."

두령들이 감사해마지 않았다. 숙 태위가 마시고 다시 술을 따라 먼저 송강에게 권했다. 송강이 잔을 들어 무릎 꿇어 마셨다. 그런 다음에 노준의·오용·공손승에게 권했다. 이어서 108명의 두령들에게 두루 술을 권했고 모두 한잔씩 마셨다. 송강이 어주를 거두라 명하고는 태위를 가운데 자리에 앉히고 두령들에게 절을 올리도록 했다. 송강이 앞으로 나와 감사하며 말했다.

"이 송강이 지난날 서악에서 존안을 뵌 적이 있습니다. 태위께서 천자 좌우에서 힘을 다해 이 송강 등을 구원하여 해의 밝음을 다시 볼 수 있도록 상주해주신 두터운 은혜에 감사드립니다."

숙 태위가 말했다.

"이 숙원경이 비록 의사들의 충의롭고 늠름하며 하늘을 대신해 도를 행함을 알고 있지만 어찌 자세한 사정을 알겠소? 이 때문에 천자 좌우에 있으면서도 감히 상주하지 못하고 허다한 시간만 허비했소. 지난번에 문 참모의 편지와 두터운 예물을 받은 다음에야 비로소 비통한 감정을 알게 되었소. 어느 날 천자께서 피향전披香殿[14]에 나가셨을 때 한담을 나누시다 의사를 물으시기에 내가 이일을 상주했소. 뜻하지 않게 천자께서 이미 상세하게 알고 계셨고 내가 상주했던 것과 상통했소. 이튿날 천자께서 문덕전으로 행차하시어 백관 앞에서 동관 추밀을 호되게 꾸짖었을 뿐만 아니라 고 태위가 여러 차례 싸움을 벌였음에도 아무런 공적이 없다고 심하게 나무라셨소. 그러고는 친히 문방사보를 가져오라 명하시고는 친필로 조서를 쓰시고 특별히 나를 산채로 보내면서 여러 두령을 청하여 오게 하셨소. 번거롭더라도 의사께서는 천자께서 불러 위로하고자 하는 뜻을 저버리지 마시고 어서 준비하여 경사로 가시오."

모두들 크게 기뻐하며 절하며 감사했다. 예를 마치자 장 태수는 지방에 일이 있다며 태위와 작별하고는 제주성으로 돌아갔다.

송강은 문 참모를 청해 만나게 했고 숙 태위가 흔쾌히 옛 이야기를 나누자 충의당은 기쁨으로 가득 찼다. 송강은 숙 태위를 중앙 상좌에 앉히고 문 참모를 맞은편에 앉히고 모셨다. 대청 위아래로 모두 서열에 따라 앉고 크게 연회를 열어 잔을 돌리며 권했다. 대청 앞에서 크게 풍악을 울렸다. 비록 구운 용과 삶은 봉황이 없을지라도 고기는 산처럼 쌓이고 술은 바닷물처럼 넘쳐났다. 그날은 모두 크게 취하여 각자 부축을 받아 임시로 설치한 장막 안에서 쉬었다. 이튿날 또 연회를 열어 각자 옛일을 이야기하고 새로운 것을 논하며 평생의 품은 뜻을 말했다. 사흘째 되는 날에도 다시 자리를 마련했는데 숙 태위를 청해 산을 유람했고 저녁때가 되어서야 모두들 취해서 각자 흩어졌다.

14_ 피향전披香殿: 한나라 궁전 명칭. 후대에도 명칭이 이어졌다.

순식간에 며칠이 지나자 숙 태위는 돌아가고자 했고 송강 등은 더 머물도록 고집을 부렸다. 숙 태위가 말했다.

"의사께서는 내부의 일을 모를 것이오. 내가 천자의 조서를 받들어 온 지 벌써 며칠이나 지났소. 영웅들이 흔쾌히 귀순했으니 대의는 갖추어진 것이오. 만약 급히 돌아가지 않으면 간신들이 질투하여 다른 의견이 생길까 두렵소."

송강 등이 말했다.

"태위께서 그렇게 생각하신다면 만류하지 않겠습니다. 오늘만 한바탕 취하도록 마시고 내일 아침에 은상을 산 아래로 배웅해드리겠습니다."

두령들이 모여 도의에 맞게 연회를 열었다. 한창 마시는 가운데 모두들 감사했다. 숙 태위는 또 좋은 말로 위로했고 저녁이 되어서야 비로소 흩어졌다. 이튿날 이른 아침에 거마를 준비시켜놓고 송강이 직접 황금과 진주가 담긴 쟁반을 받쳐 들고 숙 태위의 장막으로 가서 두 번 절하며 바쳤다. 숙 태위가 받으려 하지 않자 송강이 두 번 세 번 바쳤고 그제야 비로소 받았다. 옷상자를 정돈하고 짐을 꾸리고 말과 안장을 준비하고는 출발 준비를 했다. 그를 따라온 나머지 사람들은 연일 주무와 악화가 상대했는데 술과 안주를 주량의 많고 적음에 따라 대접했으며 금은과 비단을 두텁게 증정하자 모두들 기뻐했다. 또한 황금과 보배를 문 참모와 장 태수에게 보냈지만 두 사람 또한 받으려 하지 않았다. 송강이 고집 부리며 바치자 그제야 받아들였다. 송강은 문 참모를 숙 태위와 함께 경사로 돌아가게 했다. 양산박의 두령들은 관현악[15]을 연주하며 태위를 모시고 산을 내려가 금사탄을 건너 30리 밖까지 나와 모두들 말에서 내려 숙 태위와 잔을 들어 작별했다. 송강이 앞에서 잔을 들어 말했다.

"태위 은상께서 돌아가셔서 천자를 뵙게 되거든 잘 말씀드려주십시오."

15_ 원문은 '금고세악金鼓細樂'이다. 큰북·장구·징 등의 소리가 큰 악기를 사용하지 않고 연주하는 악곡으로 일반적으로 관현악기를 사용한다. 연주 음조가 맑고 아름다운 악곡을 세악細樂이라 한다.

"의사께서는 안심하시오. 조속히 수습하여 경사로 올라오시오. 군마가 경사에 오면 먼저 사람을 내 부중으로 보내 알려주시오. 그러면 내 먼저 천자께 아뢰고 사람을 시켜 지절持節[16]을 지니고 영접한다면 대단히 공명정대하게 보일 것이오."

"은상께 말씀드리는데, 소인이 있는 이 물웅덩이는 왕륜이 산에 올라 개창한 이후에 조개가 산에 올라왔고 지금 이 송강에 이르기까지 이미 몇 해가 지났지만 소동을 일으켜 부근의 거주민들을 해친 적이 없습니다. 소인의 어리석은 생각으로는 재물을 열흘 안에 모두 저렴하게 팔고[17] 수습하여 경사로 가야하는데 어떻게 감히 지체하겠습니까. 그러나 바라건대 태위께서는 번거롭더라도 천자께 말씀드려 기한을 늦춰주십시오."

숙 태위는 허락했다. 두령들과 작별하자 일련의 인마를 데리고 제주로 향했다.

산채로 돌아온 송강 등은 충의당에 올라 북을 울려 무리를 집합시켰다. 두령들이 자리에 앉았고 모든 군교가 대청 앞으로 모이자 송강이 명을 내렸다.

"형제들이 모두 모였으니 들으시오. 왕륜이 산채를 개창한 이래로 조 천왕이 산에 올라 공업을 세워 이렇게 흥성하게 되었소. 내가 강주에서 형제들의 구원을 받아 여기로 와서 두령이 된 지도 이미 여러 해가 되었소. 오늘 기쁘게도 조정의 귀순 요청을 받아 다시 하늘의 해를 보게 되었으니 조만간 경사로 가서 나라를 위해 힘을 다해야겠소. 형제들은 가져갔던 물건을 다시 창고에 반납하여 공용으로 쓰고 나머지 얻은 재물은 모두 공평하게 나누어야 할 것이오. 우리

16_ 지절持節: 부절符節을 말하는데, 조정에서 명령 전달, 군사 징집과 각종 사무에 사용하는 일종의 증빙이다. 절節은 고대에 사용하던 신물神物로 용도가 다르고 종류도 많다. 파견된 사자는 정절旌節을 지니도록 규정했고 사명을 완수한 후에 귀환했다. 전한 시기에 정절을 줄여서 절節이라 했다. 후한 중엽 이후에는 지방이 안정되지 못하자 황제는 중앙의 통제를 증대시키기 위해 지방 장령들에게 절節을 더해줬다.
17_ 원문은 '매시買市'인데 여기서는 저렴하게 재물을 판매하는 것으로 백성을 위로하고 포상하는 일종의 방식이다.

108명의 형제들은 하늘의 별자리와 상응하는지라 생사를 함께해야 하오. 지금 천자께서 관대한 은혜로 귀순하라는 조서를 내리시어 대소 무리 모두가 사면 받았소. 우리 108명은 조만간 경사로 갈 것이니 천자를 뵙고 큰 은혜를 저버려서는 안 되오. 그대들 군교 가운데는 스스로 산채로 온 사람도 있고 무리를 따라온 사람도 있으며 또한 관군으로 있다가 패해서 온 사람도 있고 잡혀온 사람도 있소. 이번에 우리가 귀순 요청을 받았으니 모두가 조정으로 가야 하오. 그대들 중 같이 가기를 원하는 자는 명부에 이름을 적고 출발하고, 가는 것을 원치 않는 자는 신청하고 작별하는데, 내 재물을 나누어줄 것이니 산을 내려가 각자 생계를 도모하도록 하시오."

송강은 호령이 끝나자 배선과 소양에게 명부를 작성하게 했다. 호령이 떨어지자 삼군은 각기 돌아가 상의했다. 작별하고 떠나는 자가 3000~5000명 정도였다. 이들 모두에게 상으로 돈과 재물을 나눠주었다. 같이 따라가기를 원하는 자는 군사로 충당되었고 신속하게 관아에 보고했다. 이튿날 송강은 또 소양을 시켜 고시告示를 적게 하고는 사람을 시켜 사방에 붙이게 하여 가까운 주군, 향진鄕鎭, 부락에 알리기를 산채에서 10일 동안 매시를 진행하겠으니 필요한 사람들은 산채로 오라고 했다. 고시의 내용은 다음과 같다.

'양산박 의사 송강 등은 삼가 대의로써 사방에 알리노라. 우리가 산림에 무리지어 있었기에 사방 백성에게 많은 폐를 끼쳤도다. 이제 다행히 천자의 너그럽고 두터운 은덕을 입어 특별히 사면·귀순하라는 조서를 받아 조석으로 천자를 뵙게 되었다. 백성에게 감사의 뜻을 표할 수 없어 10일 동안 매시를 진행하고자 한다. 남처럼 대하지 않고 돈을 가지고 오면 일일이 모두 보답할 것이며 거짓이 없도록 하겠다. 특별히 원근 거주민들에게 이것을 고지하니 의심하거나 피하지 말고 호의를 가지고 왕림해준다면 천만다행일 것이다.

선화 4년 3월 양산박 의사 송강 등이 삼가 청하노라.'

소양이 고시를 적자 사람을 부근 주군과 사방 부락으로 부내 두루 붙이도록 했다. 창고 안의 황금·진주·채색 비단·능라·견직물 등의 항목을 각 두령과 군교 인원들에게 나누어줬고 별도로 일부분은 선별하여 국가에 바치기로 했다. 나머지는 산채에 쌓아놓고 사람들을 불러 3월 초사흘부터 시작해 13일 까지 열흘 동안 판매하기로 했다. 소와 양을 잡고 각종 술을 빚었으며 산채 안에서 물건을 구입하러 온 사람들에게 술과 음식을 대접하게 했고 그들의 하인도 위로하도록 했다. 기일이 되자 사방의 거주민들이 자루를 메고 상자를 지고는 안개와 구름처럼 산채로 모여들었다. 송강은 명령을 내려 지불한 돈에 비해 열배로 물건을 주도록 하니 모두들 기뻐하며 감사하고 산을 내려갔다. 열흘 동안 이런 식으로 매매를 진행했고 열흘이 지나 판매를 마치자 두령들에게 짐을 수습해 경사로 천자를 알현하러 출발하도록 지시했다. 또한 각 집 가솔들은 모두 고향으로 돌려보내도록 했는데, 오용이 간언했다.

　"형님 그렇게 해서는 안 됩니다. 가솔들은 잠시 산채에 남겨두고 우리가 천자를 알현한 뒤에 은혜를 입는 것이 확정되면 그때 각 집들의 가솔들을 고향으로 돌아가게 해도 늦지 않습니다."

　송강이 듣고서 말했다.

　"군사의 말이 지극히 합당하오."

　다시 군령을 내려 두령들은 즉시 짐을 수습하고 군사들을 정돈하게 했다. 송강 등이 서둘러 출발해 제주에 당도한 뒤 태수 장숙야에게 감사했다. 태수는 연회를 열어 의사들을 관대하게 대접했고 삼군 인마의 노고를 포상했다. 송강 등은 장 태수와 작별하고 성을 나가 많은 군마를 이끌고 동경을 향해 출발했다. 먼저 대종과 연청에게 경사로 앞서 가서 숙 태위 부중에 알리도록 했다. 숙 태위는 소식을 듣고는 즉시 궐 안으로 들어가 천자에게 아뢰었다.

　"송강 등의 군마가 경사로 오고 있습니다."

천자는 크게 기뻐하며 태위와 어가지휘사 한 명을 보냈는데, 정모旄旄와 절월節鉞[18]을 지니고 성을 나가 송강을 영접하게 했다. 숙 태위는 황제의 명령을 받들어 곽을 나갔다.

한편 길에서 행진하던 송강의 군마는 매우 질서정연하게 늘어섰다. 전면에 두 폭의 붉은 깃발을 앞세웠는데, 한 폭에는 '순천順天', 다른 깃발에는 '호국護國' 두 글자가 적혀 있었다. 두령들은 모두 군장을 갖추고 갑옷을 걸쳤는데, 오학구는 관건綸巾에 우복羽服[19]을 입었고 공손승은 학창의鶴氅衣에 도포道袍를 입었으며 노지심은 붉은색 승복을 입었고 무행자는 검은색 도포를 입었다. 나머지는 모두 전포와 황금 갑옷을 걸쳤고, 신분에 맞는 차림새를 했다. 며칠 걸려 경사 성 밖에 도착하자 어가지휘사가 부절을 지니고 군마를 영접하러 왔다. 송강은 듣고서 두령들을 이끌고 숙 태위를 알현하고는 군마를 신조문新曹門[20] 밖에 주둔시키고 울타리 목책을 세우고 황제의 명령을 기다리기로 했다.

한편 숙 태위와 어가지휘사는 성으로 들어가 천자에게 아뢰었다.

"송강 등의 군마가 신조문 밖에 주둔해 있으면서 성지를 기다리고 있습니다."

천자가 말했다.

"과인이 오래 전부터 양산박의 송강 등 108명은 위로는 별자리에 상응하며 영웅적인 용맹을 겸비하고 있다고 들었다. 그들이 이미 항복하여 경사로 왔다고

18_ 정모旄旄는 야크 꼬리로 장식한 깃발을 말하는 군중에서 지회할 때 사용했다. 절節과 월鉞은 황제의 신물信物이다. '절'은 황제를 대표하는 신분으로 절을 소지한 사신은 황제와 국가를 상징하며 상응하는 권력을 행사할 수 있다. 무장에게 '가절假節'이란 말은 자신의 군중에서 군령에 저촉된 사졸을 참살할 수 있었다. '월'은 '부월斧鉞'로 도끼와 같은 형태로 일종의 형구이며, 군왕의 전속으로 간혹 신하에게 잠시 빌려줄 수 있는데 이것을 '가절월假節鉞'이라고 칭한다. 군왕이 소유한 권한을 부여하는 것 중에 '가절월'의 규격은 지극히 높으며 '가절월'을 보유했다는 것은 자기마음대로 군령에 저촉된 사졸을 참살할 수 있을 뿐만 아니라 군주를 대신해 출정할 수 있으며 절을 소지한 대장을 참살할 수 있는 권력을 소유했다.

19_ 우복羽服: 신선 혹은 도사들이 입는 의복.

20_ 신조문新曹門: 변량성汴梁城 동쪽에 두 개의 문이 있는데 남쪽을 조양朝陽, 북쪽을 신조라 했다.

하니 과인이 내일 백관을 이끌고 선덕루宣德樓[21]에 오르겠다. 송강 등에게 적과 맞설 때의 군장과 복장을 하고 대부대의 인마는 데려오지 말고 300~500명의 마보군만 성으로 들어와 동쪽에서 서쪽으로 지나가게 하라. 과인이 직접 보고 싶고 성안의 군민들에게 이들이 영웅호걸이며 나라를 위하는 선량한 신하임을 알게 하도록 하라. 그런 다음에 갑옷을 벗기고 무기를 치우고 비단 도포를 입혀 동화문東華門으로 들어와 문덕전에서 알현하게 하라."

어가지휘사가 황제의 명령을 받들어 곧장 송강 군영 앞으로 가서 송강 등에게 그 내용을 구두로 전달했다. 이튿날 송강은 철면공목 배선에게 우람하고 건장한 군사 500~700명을 선발하게 했는데, 전면에는 금고와 깃발을 들게 하고 뒤쪽에는 창칼과 부월을 늘어놓고 중간에 '순천'과 '호국' 두 폭의 붉은 깃발을 세우고 군사들은 각기 칼과 검, 활을 지니고 또한 본래 자신들이 입고 있던 갑옷을 걸치고 군장을 갖추며 대오에 맞춰 동곽문東郭門으로 들어가게 했다. 동경의 백성 군민들은 노인을 부축하고 어린아이 손을 잡고는 길에서 구경했는데, 마치 천신天神을 보는 것 같았다.

이때 천자는 백관을 이끌고 선덕루에 올라 어좌 가까이 있는 섬돌에서 구경했다. 전면에 금고와 깃발, 창칼과 부월을 늘어세웠는데 각기 대오를 나누었고, 중간에는 선두부대[22]들이 '순천'과 '호국'이 적힌 붉은 두 폭의 깃발을 앞세웠다. 그 바깥으로는 20~30명이 말을 타고 음악을 연주했고 뒤쪽으로는 많은 호걸이 빽빽하게 늘어서 행진했다. 영웅호걸들이 입성하여 어떻게 알현하는지는 다음과 같다.

궁전 계단엔 부드럽고 상쾌한 바람 불고, 황금 쟁반엔 이슬 내렸구나. 동쪽에서

21_ 선덕루宣德樓: 선덕문宣德門 누각을 말한다.
22_ 원문은 '답백踏白'인데, 길을 열다, 선봉의 의미다. 송나라 때 기병을 답백군踏白軍이라 불렀는데, 선두부대다.

막 해가 떠오르니 북궐北闕의 주렴 반쯤 말아 올려졌네. 남훈문南薰門 밖 108명의 의사들 마음 돌렸고, 선덕루 앞에서 억만세億萬歲 군왕 눈 비비며 다시 보누나. 엄숙한 태도 조정의 예의제도에 따라 갖추었고, 강한 정신과 군용도 정연하구나. 혹독한 시련 겪었으나 천자의 얼굴에 노여움 가신 것을 알았고, 천둥과 번개 치듯 하늘의 징벌을 걱정하지 않는 위세를 지녔다네. 궁궐 앞에 온갖 신이 모두 모이니, 성인, 신선, 나타, 금강, 염라, 판관, 문신門神, 태세, 야차, 마귀가 모두 도군 황제를 우러러보누나. 봉황루 아래에선 온갖 짐승이 알현하러 왔는데, 범, 표범, 기린, 산예, 안이狂貐, 금시金翅, 조붕雕鵬, 귀원龜猿, 개, 쥐, 뱀, 전갈 같은 짐승들이 송조의 군왕을 알아보는구나. 입운룡, 혼강룡, 출림룡, 구문룡, 독각룡 다섯 용은 해를 끼고, 출동교, 번강신도 대오를 따라 천자께 알현하네. 삽시호, 도간호, 금모호, 화항호, 청안호, 소면호, 왜각호, 중전호 같은 범들도 산을 떠났고, 병대충, 모대충도 동료들 따라 예를 행하는구나. 원래 공후백자公侯伯子라 불리는 자들도 응당 조정의 예의를 알아야 하고, 춤추며 천자의 장수를 위해 만세를 부르는 자들 가운데도 정원사, 의원과 점성가, 장인, 사공의 무리도 있음을 누가 알겠는가. 무릇 머리와 수염 기른 자들은 은혜로 하사한 임명을 감당할 수 있지만, 부인, 낭자, 화상, 행수의 신분인 자들도 붉은 관복과 자색 인수를 받게 될지 어찌 생각했겠는가. 헛된 명성인 태보, 군사, 군마郡馬, 공목, 낭장郎將, 선봉 등의 직함을 나열했으니, 옛사람인 패왕, 이광, 관색, 온후, 울지, 인귀들이 당대에 다시 태어난 듯하구나. 그 가운데 잘생긴 자인 백면랑白面郞은 꽃 한 송이를 꽂고 피리와 부채, 북과 깃발을 들고 노래 부르고 춤추며, 추악하게 생긴 자는 청면수를 모방하고 귀검아라는 별명을 얻었지만 창, 칼, 편과 화살을 들고 싸움하며 정벌할 수 있다네. 키가 한 장丈이나 되는 험도신 같은 자도 있고, 석장군 같이 사나운 자는 힘으로 세 산의 도적을 잡을 수 있다네. 머리카락이 붉은 자, 눈동자가 푸른 자 모두가 각기 일편단심 품었으며, 하늘을 만지는 자, 파도 위를 뛰어가는 자들 결코 사악하고 간사한 길 걷지 않는구나. 군왕을 가까이하는 것을 즐거워하니 이전처럼 우의를 중시하지 않음이 없으며, 은혜가 넓고 보호해주니 과연 이날엔 막힘이 없도다. 창봉을 춤추듯 휘두르는 서생들 바라보니, 군주를 속이고 백성을 해치는 조정에 가득한 관리보다 낫구나. 의사들 군주 만나 즐거워하고, 황제는 비로소 인재 얻어 경축하누나!

風淸玉陛, 露挹金盤. 東方旭日初升, 北闕珠簾半捲. 南薰門外, 百八員義士歸心; 宣德樓前, 億萬歲君王刮目. 肅威儀乍行朝典, 逞精神猶整軍容. 風雨日星, 幷識天顔之霽; 電雷霹靂, 不煩天討之威. 帝闕前萬靈鹹集; 有聖·有仙·有哪吒·有金剛·有閻羅·有判官·有門神·有太歲, 乃至夜叉鬼魔, 共仰道君皇帝. 鳳樓下百獸來朝; 爲彪·爲豹·爲麒麟·爲狻猊·爲犴貐·爲金翅·爲雕鵬·爲龜猿, 以及犬鼠蛇蝎, 皆知宋主人王. 五龍夾日, 是爲入雲龍·混江龍·出林龍·九紋龍·獨角龍, 如出洞蛟·翻江蜃, 自逐隊朝天. 衆虎離山, 是爲插翅虎·跳澗虎·錦毛虎, 花項虎·靑眼虎·笑面虎·矮腳虎·中箭虎, 若病大蟲·母大蟲, 亦隨班行禮. 原稱公侯伯子的, 應諳朝儀; 誰知塵舞山呼, 亦許園丁·醫算·匠作·船工之輩. 凡生毛發鬚髥的, 自堪寵命; 豈意緋袍紫綬, 幷加婦人·浪子·和尙·行者之身. 擬空名, 則太保·軍師·郡馬·孔目·郎將·先鋒, 官衙早列; 比古人, 則霸王·李廣·關索·溫侯·尉遲·仁貴, 當代重生. 有那生得好的, 如白面郎插一支花, 擎著笛扇鼓幡, 欲歌且舞; 看這生得醜的, 擬靑面獸蒙鬼臉兒, 拿著槍刀鞭箭, 會戰能征. 長的比險道神, 身長一丈; 狠的像石將軍, 力鎭三山. 發可赤, 眼可靑, 俱各抱丹心一片; 摸得天, 跳得浪, 決不走邪佞兩途. 喜近君王, 不似昔時無面目; 恩寬防禦, 果然此日沒遮攔. 試看全夥裏舞槍弄棒的書生, 猶勝滿朝中欺君害民的官吏. 義士今欣遇主, 皇家始慶得人!

도군 황제는 신하들과 함께 선덕루에 올라 양산박의 송강 등 수행원들을 보고는 용안에 기쁜 기색이 역력했고 속으로도 크게 기뻐했다. 좌우에 말했다.

"이들 사내들이야말로 진정한 영웅이로다!"

찬탄해마지 않으며 전두관에게 명을 전하여 송강 등에게 하사한 비단 도포로 갈아입고 알현하도록 했다. 명을 받은 전두관이 송강 등에게 전달하자 동화문 밖에서 군장과 요대를 풀고 하사받은 붉은색과 녹색 비단 전포로 갈아입고는 금, 은패를 걸고 각기 조천복두朝天幞頭[23]를 쓰고 녹색의 조화朝靴를 신었다. 공손승은 붉은 비단으로 재단한 도포道袍를 입었고 노지심은 승복, 무행자는 검은색 도포를 입었지만 그들도 군주가 하사한 것을 잊지는 않았다. 송강과 노준의가 앞서고 오용, 공손승이 그 다음에 서서 무리를 이끌고 동화문으로 들어왔다. 그날 조정의 예의는 매우 정숙했는데, 진시(오전 7~9시) 쯤에 천자가 어가를 타고 문덕전에 오르자 예의를 주관하는 관원이 송강 등을 인솔하여 차례대로 입조하고는 열을 지어 예를 행하도록 했다. 전두관이 배무拜舞 기거起居[24]하게 하고 만세를 부르게 했다. 천자는 기뻐하며 문덕전으로 오르게 하여 순서에 따라 자리에 앉게 하고는 어연御筵[25]을 베풀게 했다. 광록시光祿寺에 주연을 열도록 지시했는데, 양온서良醖署[26]는 술을 올리도록 했으며 진수서珍羞署[27]는 음식, 장해서掌醢署[28]는 밥을 짓게 하고 대관서大官署[29]는 반찬을 제공하게 하고 교방사는 음악을 연주하게 했다. 천자는 친히 자리에 앉아 송강 등을 위한 연회에 참석했다.

23_ 원문은 '조천건책朝天幘'인데, '조천복두朝天幞頭'를 말하며 '조천건朝天巾'이라고도 한다. 복두幞頭의 일종으로 두 다리가 구부러지고 위로 쳐들렸다.

24_ 기거起居: 황제의 평안함을 묻는 것이다.

25_ 어연御筵: 황제가 마련한 술자리.

26_ 양온서良醖署: 명나라 때 관서 명칭으로 송나라 때는 상온사尙醖司라 했다. 술을 주관했다.

27_ 진수서珍羞署: 명나라 때 관서 명칭으로 송나라 때는 상식사尙食司라 불렀다. 궁궐의 음식을 주관했다.

28_ 장해서掌醢署: 육류 식품을 다루는 일을 주관했다.

29_ 대관서大官署: 태관서太官署로 진나라 때 관서 명칭이다. 황제의 음식과 연회를 주관했다. 송대 이후에 황제의 음식은 상식국尙食局에서 주관했고, 태관서는 제사 물건만 관장했다. 이상 각 국은 광록시의 관할이었다.

경계가 삼엄한 구중문九重門 열리자 짤랑짤랑 수레 방울 소리 울리고, 대궐 문30 열리니 장중한 곤룡포袞龍袍가 보이도다. 연회엔 화려하고 진귀한 자리31 깔았고 황금 박은 칠보 그릇을 사용하며, 화로는 기린이 줄서 있는 듯하고 온갖 향은 용뇌향龍腦香32으로 만든 듯하구나. 유리잔에는 호박이 섞여 있고 마노瑪瑙와 산호 잔이 줄지어 있네. 붉은 옥석 쟁반에는 기린의 육포와 난새의 간이 높이 쌓여있고, 자수정 접시엔 낙타 발굽과 곰 발바닥 가득 담겨 있구나. 맑은 도화탕桃花湯엔 변경 북쪽의 황양黃羊33 고기가 실처럼 썰어져 있고, 강남 붉은 잉어의 은실 같은 회는 신선하도다. 황금 잔엔 맛있는 술 넘치고, 붉은 놀빛의 잔엔 좋은 술34 가득 넘치누나. 오조五俎35와 팔궤八簋36엔 여러 종류의 맛있는 음식이 담겨 있네. 달콤한 사자 형상의 사탕엔 설탕 뿌렸고, 밀가루로 만든 각종 형상의 과자는 향긋하고 바삭바삭하도다. 술이 다섯 순배 돌고, 탕이 세 번 올려지누나.37 교방사의 관악기 소무韶舞38, 예악사禮樂司의 연회를 주관하는 영관伶官39이 등장하네. 귀문도鬼門道40를 향해 말하자, 첫 번째로 장외裝外41가

30_ 원문은 '창합閭闔'인데, 전설속의 천문天門이다. 여기서는 궁궐 문을 가리킨다.
31_ 원문은 '대모玳瑁'인데, 호화롭고 진귀한 자리를 비유한 말이다.
32_ 원문은 '용뇌龍腦'인데, 용뇌향龍腦香 나무를 말하는 것으로 지극히 귀한 향료를 만드는 데 사용되었다.
33_ 황양黃羊: 초원과 사막 지대에 서식하는 야생의 양으로 온 몸의 털이 황백색이고 배 아래는 황색으로 형상은 양과 같으나 양에 비해 크기가 작고 뿔은 숫양과 비슷하다.
34_ 원문은 '경액瓊液'인데, 도교에서 말하는 옥액玉液으로 복용하면 장생한다고 한다. 또한 맛좋은 술을 가리키기도 한다.
35_ 오조五俎: 양, 돼지, 소, 물고기, 고라니 다섯 종류의 제품祭品을 말한다.
36_ 팔궤八簋: 궤簋는 고대에 제사와 연회 때 기장을 담거나 혹은 식품을 담는 데 사용하는 둥근 입구와 다리가 달린 그릇을 말한다.
37_ 원문은 '삼헌三獻'이다. 세 차례 탕을 올리는 것으로 처음은 초헌初獻이라 하고, 다시 올리는 것을 아헌亞獻이라 하며 마지막을 종헌終獻이라 한다.
38_ 소무韶舞: '소무韶武'라고도 한다. 명나라 때 교방사의 관직으로 악무樂舞를 관장했다.
39_ 영관伶官은 악관樂官으로 음악을 관장하는 관리다. 교방사와 예의사에는 모두 색장色長(교방사에서 악공을 관리하던 속관)이 있어서 음악을 관리했다.
40_ 귀문도鬼門道: 연극 무대의 입장하고 퇴장하는 출입문을 가리킨다.

등장했는데, 밝은 거울 같이 옻칠을 한 복두에 꽃을 그려 넣은 나란羅襴[42]을 입었는데 마치 자라는 듯하여 생동감 있구나. 두 번째 사람은 희색戱色[43]으로 이수離水[44]의 무소뿔 요대를 차고 붉은 꽃에 녹색 잎 수놓은 비단 두건을 쓰고, 안감이 긴 누런 난의襴衣[45]를 입고 목 짧은 신발을 신었는데, 소매와 옷섶에 산수 무늬가 빼곡하게 그려져 있네. 세 번째 사람은 말색末色[46]으로 머리를 둥그렇게 둘러 싸맨 모자를 쓰고 나삼羅衫을 입었으며[47], 가장 먼저 나와 말하는 것이 분명하고 몇 단락 잡문을 읽는데 정말로 희한하구나. 네 번째 사람은 정색淨色[48]으로 말은 많은 사람들을 놀라게 하고 얼굴빛이 다양하며 각본에 따라 곡조를 채우고 규범대로 익살을 부리며 우스갯소리를 하네. 다섯 번째 사람은 첩정貼淨[49]이니 서두르는 멍청한 어릿광대로 눈을 경박하게 뜨고는 이마엔 먹으로 선명하게 한 줄을 칠하고 얼굴은 반석 두 가지 색의 석회를 문질렀네. 기름때 반들반들한 낡은 두건 쓰고 지저분한 연극용 저고리를 입었는데, 막대기 판으로 여섯 대 때려도 미워하거나 아파하지 않고 두 장 길이의 삼 채찍으로 때려도 장난처럼 여기는구나. 그들 다섯 사람은 64명의 무용수들과 120명의 악공들을 이끌고 나와 잡극을 재연하는데 무대에서 관원 배역이 들락날락거리네. 저마다 푸른 두건에 통모자를 쓰고 꽃을 새긴 도포에 붉은 허리띠를 맸구

41_ 장외裝外: 송宋, 금金 시대 잡극 각본 중에 남자 역할을 담당하는 보조 배역이다.

42_ 나란羅襴: 가는 명주로 만든 난포襴袍(관리, 사인들이 입은 도포로 둥근 깃에 소매가 좁고 아래 길이는 무릎을 덮었다)다. 송·원 시기에 대부분 관복으로 사용되었다.

43_ 희색戱色: 표정이 방정맞은 배역으로 낄낄거리며 경멸하는 표정이 풍부하다.

44_ 이수離水: 지금의 광시성 동부의 구이장桂江강이다.

45_ 난의襴衣: 상의와 하의가 붙어 있는 옷.

46_ 말색末色: 대부분 중년 혹은 중년 이상의 남자의 역을 맡은 배역이다.

47_ 원문은 '착섬역벌승나삼着籤役迭勝羅衫'이다. 『수호전교주본』에 따르면 "籤은 籤자로 의심되는데 고대에 조회 등의 예의를 연습할 때 띠를 묶어 땅에 세워서 서열을 표시했다. 그 의미가 상세하지 않다"고 했다. 『수호전전교주』에서도 의미를 알 수 없다고 했다. 역자 또한 번역하지 않았음을 밝힌다.

48_ 정색淨色: 대부분이 성격이 강렬하거나 거칠고 간교한 배역의 인물이다.

49_ 첩정貼淨: 대부분 성격이 호쾌하고 시원스러운 것을 표현하는 배역이다.

나. 용적龍笛[50] 불고 타고鼉鼓[51] 두드리는 소리가 하늘 끝까지 울려 퍼지고, 금슬錦瑟[52] 뜯는 소리와 은쟁銀箏[53] 튕기는 소리가 물고기와 새를 놀라게 한다네. 온갖 잡기로 위로하니 많은 사람 와자지껄해지고, 해학적인 말들에 갈채를 보내누나. 가장한 것은 '태평세월 만국에서 알현하러 오다'와 '옹희雍熙[54] 연간에 팔선八仙의 생일잔치를 베풀다'로다. 재연한 것은 '현종玄宗이 꿈에 광한전廣寒殿에서 노닐다'[55]와 '적청狄青이 야밤에 곤륜관崑崙關을 빼앗다'[56]네. 신선, 승려와 도사의 이야기도 있고, 효자와 유순한 손자의 이야기도 있다네. 볼수록 진정 심지가 굳건해지고, 들을수록 성정을 키우게 되는구나. 잠깐 사이에 여덟 명의 악공 관리자가 네 명의 미인을 에워싸고 나와서는 가무에 맞춰 음악을 연주하누나. 노래 부르는 것은, '조천자朝天子' '하성조賀聖朝' '감황은感皇恩' '전전환殿前歡'으로 세상을 다스리는 음절이네. 춤추는 것은, '취회회醉回回' '활관음活觀音' '유청랑柳青娘' '포노아鮑老兒'로 순박하고 정직한 자태로구나. 그야말로, 온갖 보배로 허리띠를 치장하고, 진주를 감아 손을 보호하며, 웃을 때는 꽃잎이 눈앞으로 다가오고 춤을 끝내면 비단이 머리를 휘감는다네. 성대한 연회가 펼쳐지니 모든 사람 함께 즐기누나. 천자는 자연을 따라 무위로 다스리니 장수하고, 용안에 기쁜 기색 있으니 만방이 일체가 되었다네.

九重門啓, 嗚嘰嘰之鸞聲; 閶闔天開, 睹巍巍之龍袞. 筵開玳瑁, 七寶器黃金嵌就;

50_ 용적龍笛: 횡으로 부는 목관 악기로 대나무로 제작한다.
51_ 타고鼉鼓: 악어가죽으로 만든 북으로 소리가 악어가 우는 것 같다.
52_ 금슬錦瑟: 채색 비단 무늬에 옻칠한 거문고.
53_ 은쟁銀箏: 은으로 장식한 쟁 혹은 은 글자로 음조의 고저를 표시한 쟁.
54_ 옹희雍熙: 송나라 태종의 연호(984~987)이고, 또한 화목함을 나타내기도 한다.
55_ 전설에 따르면 당나라 현종이 8월 15일 달이 찼을 때 달에서 놀았다고 한다.
56_ 송나라 인종仁宗 시기 서하西夏가 반란을 일으켰을 때 마침 적청狄青은 연주지사延州指使였다. 적청은 적과 마주했을 때 머리를 풀어헤치고 구리로 만든 가면을 쓰고 싸웠는데, 이 모습을 본 서하군이 적청을 두려워했다고 한다. 또한 기습 부대를 이끌고 곤륜관을 빼앗았는데 하룻밤 사이에 적을 소멸시켰다고 한다.

爐列麒麟, 百和香龍腦修成. 玻璃盞間琥珀鍾, 瑪瑙盃聯珊瑚斝. 赤瑛盤內, 高堆麟
脯鸑肝; 紫玉碟中, 滿釘駝蹄熊掌. 桃花湯潔, 縷塞北之黃羊; 銀絲膾鮮, 剖江南之
赤鯉. 黃金盞滿泛香醪, 紫霞盃瀲浮瓊液. 五俎八簋, 百味庶羞. 糖澆就甘甜獅仙, 面
制成香酥定勝. 方當酒進五巡, 正是湯陳三獻. 教坊司鳳鸑韶舞, 禮樂司排長伶官.
朝鬼門道, 分明開說, 頭一個裝外的, 黑漆幞頭, 有如明鏡, 描花羅襴, 儼若生成; 第
二個戲色的, 繫離水犀角腰帶, 裹紅花綠葉羅巾, 黃衣襴長襯短靭靴, 彩袖襟密排山
水樣; 第三個末色的, 裹結結絡球頭帽子, 着簁役迭勝羅衫, 最先來提掇甚分明, 念
幾段雜文眞罕有; 第四個淨色的, 語言動衆, 顏色繁過, 依院本塡腔調曲, 按格範打
諢發科; 第五個貼淨的, 忙中九伯, 眼目張狂, 隊額角塗一道明餞, 劈面門抹兩色蛤
粉. 裹一頂油油膩膩舊頭巾, 穿一領邋邋遢遢潑戲襖, 吃六棒枒板不嫌疼, 打兩杖麻
鞭渾似耍. 這五人引領着六十四回隊舞優人, 百二十名散做樂工, 搬演雜劇, 裝孤打
攛. 個個靑巾桶帽, 人人紅帶花袍. 吹龍笛, 擊鼉鼓, 聲震雲霄; 彈錦瑟, 撫銀箏, 韻
驚魚鳥. 吊百戲重口喧嘩, 縱諧語齊聲喝采. 裝扮的是; 太平年萬國來朝, 雍熙世八
仙慶壽. 搬演的是; 玄宗夢遊廣寒殿, 狄靑夜奪崑崙關. 也有神仙道侶, 亦有孝子順
孫.觀之者, 眞可堅其心志, 聽之者, 足以養其性情. 須臾間, 八個排長, 簇擁着四個
美人, 歌舞雙行, 吹彈幷擧. 歌的是; 朝天子·賀聖朝·感皇恩·殿前歡, 治世之音; 舞的
是: 醉回回·活觀音·柳靑娘·鮑老兒, 淳正之態.果然道; 百寶裝腰帶, 珍珠絡臂韝; 笑
時花近眼, 舞罷錦纏頭. 大宴已成, 衆樂齊擧. 主上無爲千萬壽, 天顏有喜萬方同.

여기에 증명하는 시가 있다.

구중궁궐에서 새로이 연회 개최하고, 천년의 섬돌 위 뜰에서 옷을 하사하네.
세상 으뜸가는 공명 스스로 세우고, 충의를 결심하니 어찌 서로 어기겠는가.
九重鳳闕新開宴, 千歲龍墀舊賜衣.
蓋世功名能自立, 矢心忠義豈相違.

천자는 송강 등에게 연회를 베풀고 날이 저물어서야 비로소 흩어졌다. 송강 등은 은혜에 감사 인사를 올리고 머리에 꽃을 꽂고는 궐을 나와 동화문 밖에서 각기 말을 타고 본영으로 돌아왔다. 이튿날 성에 들어가자 예의사가 문덕전으로 안내하여 은혜에 감사하게 했다. 천자는 용안에 기쁜 기색을 띠고 관작을 더해주고 싶어 송강 등에게 내일 관직을 수여하겠다고 명을 내렸다. 송강 등은 감사 인사를 올리고 궐을 나와 군영으로 돌아갔다. 추밀원 관원이 상주했다.

"새로이 항복한 사람은 아직 공로가 없으니 작위를 더해주는 것은 불가합니다. 나중에 정벌을 나가 공훈을 세우기를 기다렸다가 관작과 상을 더해주는 것이 옳습니다. 지금 수만 명의 무리가 성 가까이에서 군영을 설치하는 것은 매우 타당하지 않습니다. 폐하께서는 송강 등의 소속 군마 가운데 원래 경사 소속인데 잡힌 장수는 본부로 돌려보내고, 각 지방의 군병은 각기 원래 소속으로 돌려보내십시오. 그리고 나머지 무리는 다섯 로路로 나누어 산동, 하북으로 나누어 파견하는 것이 상책입니다."

이튿날 천자는 어가지휘사에게 명하여 송강 군영으로 가서 송강 등에게 군마를 나누어 각기 원래 소속으로 돌아가라는 명령을 구두로 전하게 했다. 이 말을 들은 두령들은 속으로 기뻐하지 않으며 대답했다.

"우리가 조정에 투항했지만 아직 관작을 받지도 못했는데 형제들을 나누어 파견한단 말인가. 우리 두령들은 생사를 같이 하고 서로 버리지 않겠다고 맹세했소. 이렇게 한다면 우리는 다시 양산박으로 돌아가겠소."

송강이 급히 제지하며 어가지휘사에게 수고롭더라도 좋은 말로 다시 상주해달라고 간청했다. 그 지휘사는 조정으로 돌아와 감히 은폐할 수 없어 있었던 일을 천자에게 상주했다. 천자가 깜짝 놀라 급히 추밀원 관원을 불러 계책을 상의했다. 그러자 추밀사 동관이 아뢰었다.

"이놈들이 비록 조정에 항복했다지만 그 마음을 바꾸지 않기에 결국은 큰

우환거리가 될 것입니다. 신의 어리석은 생각으로는 폐하께서 명을 내려 성으로 들어오도록 속인 다음에 이놈들 108명을 모조리 섬멸시키는 것이 낫습니다. 그런 다음에 그들 군마를 분산시켜 국가의 우환을 끊어버리는 것이 좋습니다."

천자는 듣고서 망설이며 결정을 내리지 못하고 있는데, 병풍 뒤쪽에서 한 대신이 자색 도포를 입고 상간象簡[57]을 들고는 돌아나오면서 크게 소리 질렀다.

"사방 변방의 봉화[58]가 그치지 않고 중간에 재앙이 발생하는 것은 모두가 너희 같은 용렬하고 악한 신하가 조정과 천하를 무너뜨렸기 때문이다!"

바로 국가를 바로 세우고 나라를 안정시킬 말로써 하늘을 놀라게 하고 땅을 뒤흔들 사람을 구하고자 한 것과 같다.

결국 병풍 뒤에서 소리친 그 대신이 누구인지는 다음 회에 설명하노라.

송강의 귀순 시기

『수호전보증본』에 따르면 "『송사』「장숙야전」에 근거하면, 송강 등은 선화宣和 원년(1119)에 산동과 하북에서 일어났다. 3년 초(1121) 기주沂州(산둥성 린이臨沂) 지주 채원蔡園에게 패한 뒤에 북쪽으로 달아났다. 같은 해 2월, 남쪽으로 내려와 회양군淮陽軍(장쑤성 피저우邳州 서남쪽)을 공격하고 초주楚州(장쑤성 화이안淮安), 해주海州(장쑤성 렌윈강連雲港 서남쪽)로 진입했지만 현위 왕사심王師心에게 패했다. 다시 해주를 공격했지만 장숙야가 매복하여 그들의 배를 불태우자 결국은 패하고 항복했다. 『수호전』에서 기술한 귀순 시기는 실제로는 송강이 실패한 시기다. 소설에서 임의대로 시기를 고친 것이다"라고 했다.

57_ 고관이 입는 자주색 도포와 고관이 군주를 알현할 때 손에 잡고 있는 상아 수판手板이다.
58_ 원문은 '낭연狼烟'인데, 봉화를 말한다. 봉화에는 이리의 똥으로 불을 붙였는데 연기가 곧게 올라가고 바람이 불어도 연기가 기울어지지 않는다는 이유 때문이다. 그러나 실제적으로는 이리 똥을 사용하지 않았는데, 대량으로 구하기도 어려웠고 그것으로 불을 붙여도 연기가 곧게 상승하지도 않았다.

읍참소졸
泣斬小卒1

　　그해 요나라 낭주郎主2가 군대를 일으켜 산후山後3 구주九州의 경계를 침범
하여 점령했고 군사를 네 길로 나누어 산동·산서·하남·하북 지구로 침입하여
약탈을 자행했다. 이 때문에 각지의 주현州縣에서는 표문을 올려 조정에 구원을
요청했는데, 먼저 추밀원을 거친 다음 어전으로 전달되었다. 추밀사 동관은 태
사 채경·태위 고구·양전과 함께 상의하여 표문을 보류시키고 황제에게 상주하
지 않았다. 단지 인근 주부州府에 문서를 보내 각지에서 군마를 파견하도록 재
촉하면서 대응하게 했는데, 바로 눈을 퍼와 우물을 메우는 격으로 힘만 들이고
아무런 성과가 없었다. 이 일은 천자 한 사람만 속인 것으로 다른 모든 이는 알
고 있었다. 이 4명의 적신賊臣4은 송강 등을 모함하고자 계획을 세우고 추밀사

1　제83회 제목은 '宋公明奉詔破大遼(송 공명은 조서를 받들어 요나라를 격파하다), 陳橋驛滴淚斬小卒(진
　　교역에서 눈물을 흘리며 소졸을 참수하다)'이다.
2　낭주郎主: 군주에 대한 북방 소수민족의 칭호다. 역자는 이하 '요나라 군주' 혹은 '군주'로 번역했다.
3　산후山後: 옛 지구 명칭으로 지금의 허베이성 타이항산太行山 북단이다.
4　적신賊臣: 간신, 역신을 말한다.

동관을 시켜 상주하도록 한 것이었다. 그런데 뜻하지 않게 병풍 뒤에서 한 대신이 나오며 소리 질렀다. 그는 바로 전전도태위 숙원경이었다. 그는 황제 앞으로 나가 아뢰었다.

"폐하, 송강 등은 방금 귀순한데다 이들 108명은 은혜가 수족과 같고 뜻은 같은 뱃속에서 나온 형제와 같아 결코 흩어지려 하지 않으며 비록 죽는다 하더라도 서로 떨어지지 않을 것입니다. 그런데 어찌하여 그들의 목숨을 해치려 하십니까? 이들 사내들의 지혜와 용기를 경시할 수 없는데, 혹여 성안에서 마음을 바꿔 변을 일으키기라도 한다면 어떻게 위험에서 벗어날 수 있겠습니까? 지금 요나라가 10만 군대를 일으켜 산후 구주에 속해 있는 현치縣治5를 침략하여 점거했기에 각처에서 구원해달라는 표문이 빗발치자 여러 차례 군대를 파견해 토벌하려 맞서 싸우게 했으나 개미떼가 끓는 물을 맞는 것처럼 무모하게 되고 말았습니다. 적들의 세력이 거대한데다 파견된 관군은 좋은 계책이 없어 퇴각하여 매번 군사가 꺾이고 장수를 잃고 있는데, 폐하를 속이고 상주하지 않고 있습니다. 신의 어리석은 생각으로는 송강 등 우수한 장수들에게 소속된 장수들과 인마를 인솔하여 변경으로 가서 요나라 도적들을 굴복시켜 공적을 세우게 한 뒤에 추천 임용한다면 국가에 이익이 될 것입니다. 비천한 신이 감히 마음대로 할 수 없으니 살펴주시기 바랍니다."

천자는 숙 태위의 말을 듣고는 용안에 대단히 기쁜 기색을 띠면서 여러 관원에게 의견을 묻자 모두들 일리가 있다고 말했다. 천자는 추밀원의 동관 등에게 크게 욕을 했다.

"너희 같이 달콤한 말로 아첨하는 자들이 바로 나라를 그르치는 무리로 현명하고 능력 있는 인사를 시기하고 그들이 관리에 임용되는 기회를 막고 말을 꾸며 잘못을 감추면서 생떼를 부려 조정의 대사를 그르치는 것이로다! 다만, 잠

5_ 현치縣治: 현縣의 치소治所(지방 행정기구 소재지)를 말한다.

시 너희가 저지른 죄를 용서하고 추궁을 면하게 해주마."

천자는 친히 조서를 작성하여 송강을 요나라를 격파하는 선봉, 노준의를 부선봉으로 삼고 나머지 제장들에게 공을 세운 다음에 관작을 더해주겠다고 했다. 태위 숙원경에게 송강의 군영으로 가서 직접 조서를 전달하고 낭독하도록 했다. 천자가 조정에서 나가자 백관이 모두 흩어졌다.

한편 숙 태위는 성지를 받고 조정을 나가 조서를 읽고자 송강의 군영으로 갔다. 송강 등은 서둘러 향안을 놓고 영접했으며 무릎을 꿇고 조서를 듣고는 다들 기뻐했다. 송강 등이 숙 태위에게 절하며 감사했다.

"저희가 바란 게 바로 이같이 하는 것입니다. 저희는 힘을 다해 공업을 세워 충신이 되고자 했는데 지금 태위 은상께서 힘써 추천하고 보증해주시니 은혜가 부모와 같습니다. 그러나 양산박에 조 천왕의 영위靈位6를 아직 정식으로 안치하지 못했고 각 집안의 가솔들은 고향으로 돌려보내지 못했습니다. 또한 성벽도 허물지 못했고 전선들도 가져오지 못했습니다. 번거롭더라도 은상께서 상주하여 성지를 내리시어 열흘 정도의 기한을 주신다면 산채로 돌아가 이런 일들을 마무리하고 기구와 창칼, 갑옷과 전마를 정돈하여 충성을 다해 나라에 보답하겠습니다."

숙 태위는 듣고서 크게 기뻐하며 돌아가 천자에게 상주했다. 천자는 창고에서 황금 1000냥, 은 5000냥, 채색비단 5000필을 여러 장수에게 하사하라는 성지를 내렸고 태위에게 창고의 보관품을 가져다 군영으로 가서 제장들에게 나누어주도록 했다. 가족이 있는 자에게는 가족에게 상으로 하사하여 평생 부양할 수 있도록 했고, 가족이 없는 자들은 본인에게 지급하여 스스로 사용하도록 했다. 송강은 조서를 받들고 은혜에 감사하고는 사람들에게 나누어줬다. 숙 태위는 조정으로 돌아가면서 송강에게 분부했다.

6_ 영위靈位: 죽은 자를 공양하고자 설치한 패위牌位를 말한다.

"장군은 산채로 돌아갔다가 속히 돌아오시오. 먼저 사람을 시켜 나한테 보고하도록 하고 지체해서는 아니 되오!"

한편 송강은 상의하여 산채로 데리고 돌아갈 사람들을 선발했다. 곧 군사 오용·공손승·임충·유당·두천·송만·주귀·송청·완씨 삼형제와 마·보·수군 1만여 명과 함께 돌아가기로 했다. 나머지 대부대의 인마는 모두 노 선봉을 따라 경사에 주둔하기로 했다. 송강과 오용, 공손승 등은 가는 길에 아무 일도 없었다. 양산박으로 돌아와 충의당에 앉아 장령들에게 명을 전달하여 각자의 가족은 짐을 꾸리고 출발 준비를 하도록 했다. 돼지와 양 희생물을 잡고 향촉과 지전, 신마神馬가 그려진 종이를 준비하여 조 천왕에게 제를 올리고 영패를 불태웠다. 이어서 각 가정의 식구들을 수레와 말에 태워 각기 원래 살았던 주현으로 돌려보냈고, 그런 다음에 자신의 장객들을 시켜 송 태공과 가솔들을 운성현 송가촌으로 돌려보내 양민이 되도록 했다. 또한 완씨 삼형제에게 쓸 만한 배들은 골라내게 하고 나머지 사용할 수 없는 작은 배들은 모두 부근의 거주민들에게 주어 이용하도록 했다. 산채의 집들은 거주민들에게 마음대로 뜯어내어 옮기게 하고 세 관문의 성벽과 충의당도 모조리 허물어버렸다. 정리가 전부 끝나자 인마를 수습하여 서둘러 경사로 돌아갔다.

가는 길에 별다른 일 없이 동경에 당도하자 노준의 등이 본영으로 맞이했다. 먼저 연청을 시켜 성으로 들어가 숙 태위에게 천자께 작별인사를 올리고 대군을 이끌고 출발하겠다고 보고하게 했다. 보고를 받은 숙 태위는 궁궐로 들어가 천자에게 상주했다. 이튿날 송강을 이끌고 무영전에서 알현하자 천자는 용안에 즐거운 기색을 띠며 술을 하사하고는 물었다.

"경 등은 가는 길이 고생스럽다고 말하지 말고 군마를 몰아 과인을 위해 요나라를 정벌하고 조속히 개선가를 부르며 돌아오라. 그러면 짐은 당연히 그대를 중용할 것이고 나머지 장교들도 공적에 따라 관작을 더해줄 것이니 경은 태만하지 말라!"

송강이 머리를 조아리며 감사하고 단정하게 두 손을 들어 올려 수판手板[7]을 받쳐 들고 아뢰었다.

"신은 천한 하급관리로 법을 어기고 강주로 유배되었습니다. 술에 취해 터무니없는 말을 하여 기시棄市[8]에 처해졌는데 형제들이 힘을 다해 구해줬지만 도망쳐 피할 곳이 없어 호수와 늪에 몸을 숨기고 미천한 목숨을 겨우 부지하고 있습니다. 지은 죄가 만 번 죽어도 피할 수 없는데, 지금 성상의 관대한 돌보아주심을 받은 데다 끝없이 넓은 은혜를 베푸시어 죄를 사면 받았습니다. 신 간장을 드러내고 담즙을 떨어뜨리며 충심을 다해도 황상의 은혜에 보답할 수 없는데, 오늘 폐하의 명령을 받고도 어찌 감히 죽을 때까지 힘을 다해 충성을 다하지 않겠습니까!"

천자가 크게 기뻐하며 다시 어주를 하사하고 황금을 칠한 작화궁 한 벌과 안장과 고삐가 구비된 명마 한 필, 보도 한 자루를 가져오게 하여 하사했다. 송강은 머리를 조아려 은혜에 감사하고 하직인사를 올리고는 궁궐에서 나와 천자가 하사한 보도와 안장과 말, 활을 가지고 군영으로 돌아왔다. 각 군 장교들에게 출정할 준비를 하도록 명을 내렸다.

휘종 천자는 이튿날 아침에 숙 태위에게 성지를 내려 중서성 관원 두 명을 진교역陳橋驛[9]으로 보내 송강 선봉의 삼군에게 포상하도록 시키면서 각 군사들에게 조금도 모자라지 않게 술 한 병, 고기 한 근씩 나눠주도록 했다.[10] 중서성은

7_ 수판手板: 옛날 관원이 조회에 나가거나 상관을 알현할 때 수중에 쥐고 있던 긴 나무판이다.

8_ 기시棄市: 사형의 일종으로 번화한 시가지에서 사형을 집행하고 시체를 거리에 내버렸기 때문에 기시棄市라 했다. 보편적인 형법으로 진시황 통치 기간에 시작되었다.

9_ 진교역陳橋驛: 변경汴京(허난성 카이펑) 동북쪽 45리 지점. 960년 송 태조宋太祖 조광윤趙匡胤이 진교역陳橋驛에서 황제로 추대되었는데, 개봉에 입성하여 어린 시종훈柴宗訓으로부터 황제를 선양받았다. 이것을 진교병변陳橋兵變 또는 진교의 변陳橋之變이라고 한다.

10_ 『수호전전교주』에 따르면 "송나라 때는 술과 고기를 포상했는데 일반적으로 저울에 달아야 하고 근과 양이 부족해서는 안 됐다"라고 했다. 송나라 때 1근斤은 16냥兩이었다. 1냥이 40그램이었으니 1근은 640그램 정도였다.

성지를 받고 밤새도록 술과 고기를 준비하여 두 명의 관원을 보내 나누어줬다.

한편 송강은 오용과 계책을 상의하여 군마를 수륙 두 갈래로 나눠 출발시키도록 명했다. 오호팔표장五虎八彪將이 군사를 이끌어 먼저 출발하고 십표기장十驃騎將이 뒤를 따랐으며 송강·노준의·오용·공손승이 중군을 통솔했다. 그리고 수군 두령 삼완·이준·장횡·장순이 동위·동맹·맹강·왕정육과 기타 수군 두목들을 이끌고 전선을 몰아 채하蔡河[11]에서 황하로 나가 북쪽을 향해 진군하도록 했다. 송강은 삼군을 재촉하며 진교역 큰길을 따라 진군했는데, 장수와 군졸들에게 명을 내려 백성에게 폐를 끼치지 못하도록 했다. 여기에 증명하는 시가 있다.

깃발 휘날리며 도성 떠나, 명 받들어 군대를 이끌고 원정을 가도다.

양산박 군사들 기율을 보아하니, 어찌 태위의 어영병이 따르겠는가.

招搖旌旆出天京, 受命專師事遠征.

請看梁山軍紀律, 何如太尉御營兵.

한편 중서성에서 파견한 두 상관廂官[12]은 진교역에서 술과 고기를 나눠주면서 삼군의 노고에 포상했다. 탐욕스럽고 만족할 줄 모르는 이 상관들이 사사로이 규정을 어기고 술과 고기를 떼어먹을 줄 누가 생각이나 했겠는가. 모두 달콤한 말로 아첨하고 뇌물을 받아먹기 좋아하는 무리라 황제가 하사한 술을 병마다 절반씩 줄였고 고기 한 근에 여섯 냥씩 떼어낸 것이었다. 선봉 군사들에게 모두 나누어주고 후군에게 지급할 차례였다. 이 부대는 검은 투구를 쓰고 검은

11_ 산둥성 자상현嘉祥縣에서 발원하여 지닝시濟寧市로 흐르는 강.

12_ 상관廂官: 송대 관직. 대중상부大中祥符(1008~1016) 때부터 경성 밖을 구획하여 약간의 상廂으로 삼고 상관廂官을 설치했는데, 거주민의 소송 다툼을 처리했고 사건의 내용과 경위가 비교적 가벼운 것은 직접 판결을 내릴 권리가 있었다. 삼군을 포상하는 큰일을 처리함에 있어 중서성에서 이런 하급관리를 파견한 것은 확실히 황제의 명령을 어기는 것이다.

갑옷을 걸친 부대로 항충과 이곤이 관할하는 방패를 든 병졸들이었다. 군사들 가운데 한 군교가 술과 고기를 받아보니 술은 반병이요 고기는 10냥에 불과하자 상관에게 손가락질하며 욕했다.

"너희 같이 재물을 탐내는 무리가 조정에서 하사한 상까지 해쳐먹어 나라를 망치는 것이다!"

상관이 소리 질렀다.

"내가 어째서 재물을 탐하는 무리란 말이냐?"

"황제께서 술 한 병, 고기 한 근을 하사했는데, 네가 모두 떼어먹지 않았느냐. 우리가 먹을 걸 가지고 다투자는 게 아니다. 도리도 없이 부처님 얼굴에서 금까지 긁어내는 놈들이라 그러는 것이다!"

"네놈 대담하구나. 능지처참해도 시원찮을 도적놈아! 양산박의 반역 기질이 전혀 바뀌지 않았구나!"

군교가 크게 성내며 술과 고기를 그 상관의 면상에 던졌다. 그러자 상관이 소리쳤다.

"이 악당 놈을 잡아라!"

그 군교는 방패 옆에서 칼을 빼내들었다. 상관이 손가락질하며 욕설을 퍼부었다.

"더러운 도적놈아, 칼을 뽑아 감히 누구를 죽이려 한단 말이냐?"

"내가 양산박에 있을 때 너보다 강한 사내들도 만 명 넘게 죽였다. 너 같은 탐관오리는 뭔 좆같이 말할 필요가 있느냐?"

"네놈이 감히 나를 죽인단 말이냐?"

그 군교가 한 걸음 다가가더니 손에 든 칼로 상관의 얼굴을 정통으로 찍어 쓰러뜨렸다. 사람들이 소리를 지르며 모두 달아났다. 그 군교는 다시 달려들어 살아나지 못하게 몇 차례 칼로 찍어댔다. 군졸들이 에워쌌으나 말릴 수 없었다.

항충과 이곤이 날듯이 이 일을 송강에게 보고했다. 송강은 깜짝 놀라 오용과 어떻게 해야 할지 상의했다. 오용이 말했다.

"성원관省院官[13]들이 저희를 좋아하지 않는데 지금 이런 사건이 발생했으니 그들에게 기회를 제공한 꼴이 되었습니다. 먼저 그 군교를 참수하는 명령을 내리고 다른 한편으로 성원省院에 보고하여 진군을 멈추고 죄를 청하는 수밖에 없습니다. 급히 대종과 연청을 은밀하게 성으로 들여보내 숙 태위에게 상세하게 알리도록 하십시오. 번거롭더라도 그가 먼저 자세한 사정을 천자께 상주하게 하여 중서성이 참언으로 해치지 못하도록 해야 비로소 무사할 것입니다."

계책이 정해지자 송강이 날듯이 말을 몰아 진교역으로 달려가 보니 그 군교는 시신 옆에 꼼짝 않고 서 있었다. 송강은 역관 안에서 술과 고기를 내오게 하여 삼군을 위로하며 포상하고는 모두 전진하게 했다. 그 군교를 역관으로 불러 자세한 사정을 묻자 군교가 대답했다.

"그놈이 말할 때마다 양산박 역적이라고 하면서 저희를 능지처참해도 시원찮다고 욕을 하기에 일시에 분을 참지 못하고 죽여버렸습니다. 장군의 처분을 기다릴 따름입니다."

송강이 말했다.

"그는 조정에서 임명한 관리라 나도 두려워하는데 네가 어찌하여 그를 죽였단 말이냐? 틀림없이 우리가 연루될 것이다! 내가 지금 조서를 받들어 요나라를 격파하러 가기에 아직 한 치의 공적도 없는데 이런 일이 발생했으니 어찌한단 말이냐?"

그 군교가 머리를 조아리며 기꺼이 죽겠다고 하자 송강이 울면서 말했다.

"내가 양산박에 오른 이래로 크고 작은 형제를 한 명이라도 해친 적이 없었다. 그런데 오늘 관리가 되었으니 아주 조금이라도 내 마음대로 내디딜 수 없구나. 비록 네가 거친 성질을 이기지 못했다 하더라도 이전처럼 성질을 부려서는

13_ 성원관省院官: 중서성, 추밀원의 관원을 가리킨다.

안 된다."

"소인은 죽기만 바랄 뿐입니다."

송강은 군교를 취하도록 마시게 하고는 나무에 목매어 죽게 한 다음에 머리를 자르라 명령했다. 관곽을 준비시켜 상관의 시신을 넣고 문서를 준비해 중서성에 보고한 것은 더 이상 말하지 않겠다.

한편 대종과 연청은 몰래 성으로 들어가 숙 태위 부중으로 가서는 속사정을 자세히 알렸다. 그날 밤 숙 태위는 궁궐로 들어가 있었던 일을 천자에게 상주했다. 이튿날 황상이 문덕전에서 조회를 열자 중서성 관원이 반열에서 나와 아뢰었다.

"새로 항복한 장수 송강 부하 병졸이 술과 고기를 나누어주라고 성원에서 보낸 관원 한 명을 죽였으니 성지를 내려 체포해 심문하시기 바랍니다."

천자가 말했다.

"과인이 너희 성원에 이 일을 맡기지 말았어야 했는데 결국 일을 저지르고 말았구나! 너희가 적임자를 임용하지 않아 이런 사단이 발생하고 말았구나. 술과 고기로 포상하라 했는데 떼먹었으니 군사들에게 유명무실하게 되어 이 지경에 이른 것이로다."

성원 등의 관원이 다시 아뢰었다.

"어주를 누가 감히 떼먹겠습니까!"

천자가 진노하여 소리 질렀다.

"과인이 은밀하게 사람을 보내 자세한 정황을 알고 있는데, 너희는 여전히 감언이설로 짐에게 얼버무리려 하느냐! 과인이 하사한 술 한 병을 반병으로 줄이고 한 근의 고기도 열 냥만 주어 그 장사가 분노하여 지금 유혈사건이 일어난 것이 아니더냐!"

천자가 소리 질렀다.

"범인은 어디에 있느냐?"

성원관이 아뢰었다.

"송강이 이미 범인을 참수하여 군사들에게 보이고는 본원에 보고했는데, 진군을 멈추고 죄를 청하고 있습니다."

천자가 말했다.

"그가 이미 죄를 지은 군사를 참수했으니 송강이 엄히 다스리지 못한 죄는 잠시 기록해두었다가 요를 격파하고 돌아오면 공적에 따라 처분하겠다."

성원관은 묵묵히 듣기만 하고 말없이 물러났다. 천자는 관원을 보내 송강에게 전진하도록 독촉했고, 죽은 군교는 진교역에 효수梟首[14]하라는 성지를 전달했다.

송강이 진교역에서 진군을 멈추고 처분을 기다리고 있었는데, 파견된 관원이 와서는 송강 등에게 군대를 진격시켜 요를 정벌하고 법을 위반한 군교는 효수하라 했다. 송강은 은혜에 감사하고 군교의 수급을 진교역에 걸도록 호령한 다음에 시신을 매장했다. 송강은 한바탕 통곡하고 눈물을 흘리며 말에 올라 군사를 이끌고 북쪽을 향해 진군했다. 매일 60리를 행군하여 진지를 구축하고 주둔했는데 지나는 주와 현에서 터럭만큼도 백성을 범하지 않았다. 행군하는 길에서는 언급할 만한 사건은 없었다. 요나라 경계에 접근하자 송강은 군사 오용을 청해 상의하며 말했다.

"지금 요나라 군대가 네 갈래 길로 침범하고 있는데, 우리도 군사를 나누어 토벌하는 것이 좋겠소? 아니면 그들의 성지를 공격하는 것이 좋겠소?"

오용이 말했다.

"만약 군사를 나누어 진격한다면 땅은 넓고 사람은 드물어 머리와 꼬리가 서

14_ 효수梟首: 죄인의 머리를 베어 높은 곳에 매달아 사람들에게 보이게 했던 형벌. 『자치통감資治通鑑』 권91 호삼성胡三省 주석에서 이르기를, "효梟(올빼미)는 불효조不孝鳥(불효하는 새, 성장하면 어미를 잡아먹는다고 한다)다. 『설문說文』에서 이르기를 '하지夏至에 효를 잡아 죽여서 머리를 나무에 건다'고 했다. 지금 머리를 걸어놓는 것을 효수라고 말한다"고 했다.

로 구원할 수 없게 됩니다. 그들의 성 몇 개를 공격한 다음에 다시 상의하시지요. 우리의 공격이 거세면 그들은 자연스럽게 군사를 거둘 것입니다."

"군사의 계책이 심히 고명하시오!"

즉시 단경주를 불러 분부했다.

"자네는 북쪽 길에 익숙하니 군마를 이끌고 전진하게. 근처는 어떤 주현인가?"

"앞쪽이 바로 요나라의 중요한 요충지인 단주檀州[15]입니다. 그곳에 매우 협소하고 깊은 노수潞水라는 수로가 있는데 성지를 빙 두르고 있습니다. 이 노수는 곧장 위하渭河로 통하기 때문에 전선을 이용해 전진해야 합니다. 먼저 서둘러 수군 두령들에게 배를 가져오게 하고 배와 기병이 서로 연계하면서 수륙으로 동시에 진격한다면 단주를 취할 수 있습니다."

송강은 듣고서 즉시 대종을 시켜 수군두령 이준 등을 재촉해 밤낮으로 배를 저어 노수에 모이도록 했다.

송강은 인마와 수군의 배들을 점검하고 기일을 약속해 수륙으로 동시에 진군하여 단주를 공격했다. 단주성 안에서 성지를 지키고 있던 번관番官[16]들은 요나라 동선시랑洞仙侍郎 수하의 맹장 4명으로 아리기阿里奇·교아유강咬兒惟康[17]·초명옥楚明玉·조명제曹明濟였다. 작전을 담당하는 이들 4명의 장수들은 모두가 만 명을 당해낼 수 있는 용맹을 지니고 있었다. 그는 송나라에서 파견한 송강 무리 전체가 왔다는 소식을 듣자 표문을 올려 요나라 군주에게 알리고 인근 계주薊州·패주霸州·탁주涿州·웅주雄州에 구원을 요청하는 한편 군사를 동원해

15_ 단주檀州: 고대 행정 구역 명칭으로 지금의 베이징 미윈구密雲區다.

16_ 번관番官: 외국 관원을 말하는데 여기서는 요나라 관원이다. 또한 본문에는 번장番將(외국 장수), 번병番兵(외국 병사) 등의 '번番' 글자가 포함된 단어들이 자주 등장한다. 역자는 문맥에 따라 이하 요 관원, 요 장수, 요 병사 등으로 번역했다.

17_ 『금사金史』 「국용안전國用安傳」에 따르면 "국용안의 본명은 교아咬兒이고 치주淄州 사람이다"라고 했다. 그러나 『수호전교주본』에 따르면 "교아가 호奚의 성일 가능성도 있다. 확실히 알 수가 없다"고 했다.

성을 나가 적에게 대적하기로 했다. 먼저 아리기와 초명옥이 군사를 이끌고 출전했다.

한편 선봉에 있던 대도 관승이 군사를 이끌고 단주에 속해 있는 밀운현密雲縣으로 쳐들어가자 현관縣官[18]은 소식을 듣고 날듯이 두 요나라 장수에게 보고했다.

"송나라 군마가 깃발을 크게 펼쳤는데 바로 새로이 귀순한 양산박 송강의 무리들입니다."

이 말을 들은 아리기가 웃으면서 말했다.

"이런 도적놈들을 언급할 필요가 있겠는가!"

이에 요나라 군사에게 내일 밀운현을 나가 송강과 맞붙어 싸울 것이니 준비하라고 명을 전달했다.

이튿날 송강은 요군이 이미 가까이 접근했다는 보고를 듣고는 장수들에게 명을 전하여 맞붙어 싸울 때 형세를 살피고 의외의 착오나 위험에 빠지지 않도록 했다. 영을 받은 장수들이 갑옷을 걸치고 말에 올랐다. 송강과 노준의도 각기 군장을 갖추고 갑옷을 입고는 직접 진두에 나가 싸움을 감독했다. 멀리 바라보니 요군이 땅을 덮으며 몰려오고 있고 컴컴하게 천지를 가렸는데 모두 검은 깃발들이었다. 양편에서 일제히 활과 쇠뇌를 쏘아 최전방의 전진을 멈추게 했다. 그때 맞은편 진에서 검은 깃발들이 젖혀지면서 한 요나라 장수가 달마達馬[19]를 타고 나왔는데 말이 빙 돌면서 뛰고 있었다. 송강이 그 장수의 차림새를 보니,

삼지창 형상의 자금관紫金冠[20]을 쓰고 관 입구에는 두 가닥의 꿩 꼬리를 맺구

18_ 현관縣官: 현의 행정장관 현령을 말한다.
19_ 달마達馬: 몽골의 말이다. 원·명 시기에 몽골을 달단韃靼이라 칭했으므로 그 말을 달마라 불렀다.
20_ 자금관紫金冠: 속발관束髮冠의 일종으로 사대부와 서민 남자가 머리를 묶는 데 사용하며 무사들도 평상복에 착용했다.

나. 등 뒤에 세 마리의 봉황을 수놓은 희고 가벼운 명주 전포를 입었네. 연환 단철 갑옷에 보석 박아 넣은 사만대를 차고 구름이 이는 형상에 매 발톱 같이 뾰족한 신발을 신었구나. 금박을 입힌 목을 보호하는 수건을 걸고 까치 형상을 장식한 철태궁鐵胎弓에 수리 깃털을 단 화살통을 맸네. 손에는 배꽃 새겨진 점강창 들고 은빛의 권화마拳花馬를 탔구나.

戴一頂三叉紫金冠, 冠口內拴兩根雉尾. 穿一領襯甲白羅袍, 袍背上綉三個鳳凰. 披一副連環鑌鐵鎧, 繫一條嵌寶獅蠻帶. 著一對雲根鷹爪靴, 挂一條護項鎖金帕. 帶一張雀畫鐵胎弓, 懸一壺雕翎鈚子箭. 手搭梨花點綱槍, 坐騎銀色拳花馬.

그 요 장수의 깃발에는 '대요大遼 상장 아리기'라 뚜렷하게 적혀 있었다. 송강은 보고서 제장들에게 말했다.

"이 장수는 가볍게 대적할 수 없을 것 같다!"

말이 미처 끝나기도 전에 금창수 서녕이 구겸창을 비껴들고 말을 질주하며 진 앞에 섰다. 아리기가 보고는 크게 욕설을 퍼부었다.

"송나라가 패망하려고 도적놈들을 장수로 삼았구나. 감히 대국을 침범하다니 제가 죽을 줄도 모르는구나!"

서녕도 맞받아쳤다.

"나라를 욕되게 하는 하찮은 소장놈이 상소리를 내뱉는구나!"

양쪽 진영에서 함성을 지르자 서녕과 아리기가 한가운데로 달려나가 싸움을 벌였다. 두 말이 서로 부딪치고 수중에 들고 있던 병기가 함께 쳐들렸다. 두 장수가 30여 합을 싸우지도 않았는데 서녕이 그를 대적하지 못하고 본진을 향해 달아나기 시작했다. 화영이 급히 활과 화살을 꺼냈다. 요 장수가 뒤쫓아 오는데 장청이 또 안장을 짚고 비단 주머니에서 돌을 꺼내 들어 가까이 다가왔음을 보고는 얼굴을 향해 돌을 던졌다. 아리기는 왼쪽 눈에 정통으로 맞고 뒤집어지면서 말에서 굴러 떨어졌다. 이때 화영·임충·진명·색초 네 장수가 일제히 달려나가 먼저 그 좋은 말을 빼앗고 아리기를 사로잡아 본진으로 돌아왔다. 아리기가 꺾인 것을 본 부장 초명옥은 급히 달려나가 구출하려 했지만 송강의 대부대가 앞뒤로 돌격해오자 밀운현을 버리고 대패하여 단주로 달아났다. 송강은 뒤를 쫓지 않고 밀운현에 주둔하며 군영을 설치했다. 아리기를 살펴보니 눈썹 꼬리가 터져나갔고 한쪽 눈은 잃었으며 고통스러워하다가 죽고 말았다. 송강은 시신을 불태우도록 명한 뒤 공적부에 장청을 첫 번째 공로로 기록했다. 아리기의 연환 단철 철갑, 배꽃이 새겨진 점강창, 보석을 박은 사만대, 은색 권화마와 군화, 전포, 활과 화살을 모두 장청에게 주었다. 이날 밀운현에서 주연을 열어 모두들 축하하며 술을 마셨음은 말할 필요가 없다.

이튿날 송강은 장막으로 제장들을 소집하여 군대를 일으켜 밀운현을 떠나 단주로 진군하라 영을 내렸다. 한편 단주의 동선시랑은 주장 한 명을 잃었다는 보고를 듣고는 성문을 굳게 잠그고 나와 맞서지 않았다. 또한 수군 전선이 성 아래에 이르렀다는 보고를 듣고는 여러 장수를 이끌고 성 위로 올라가 살펴봤다. 송강 진중에서 맹장들이 깃발을 흔들고 함성을 지르면서 무용을 뽐내고 위세를 떨치며 싸움을 걸고 있었다. 동선시랑이 기세를 보고는 말했다.

"이러니 어떻게 소장군 아리기가 패하지 않을 수 있겠는가?"

부장 초명옥이 대답했다.

"소장군이 저놈들한테 지겠습니까? 원래는 저들 만병蠻兵[21]이 졌는데 소장군이 뒤를 쫓다가 녹색 옷을 입은 만자蠻子[22] 놈이 던진 돌멩이에 맞아 말에서 떨어진 겁니다. 그때 저놈들 부대 오랑캐 네 놈과 네 개의 창이 달려와 잡아간 겁니다. 제가 근처에 있었지만 손을 쓸 수가 없어 싸움에 진 겁니다."

동선시랑이 말했다.

21_ 만병蠻兵: 촉蜀 남부, 운남 남부의 소수민족(속칭 남만南蠻)의 부대를 가리킨다. 역자는 이하 남쪽 오랑캐라 번역했다.

22_ 만자蠻子: 옛날 북방 사람이 남방 사람을 조롱하는 말이다. 이하 역자는 '오랑캐'로 번역했다.

"돌멩이를 던진 오랑캐 놈은 어떻게 생겼더냐?"

곁에서 장청을 알아본 자가 손가락을 가리키며 말했다.

"성 아래 저 푸른 두건을 쓰고 소장군의 갑옷을 걸치고 소장군 말을 타고 있는 자가 바로 그놈입니다."

동선시랑이 여장女墻을 잡고 올라서서 살펴보는데 장청이 먼저 알아보고는 앞으로 말을 몰아오더니 돌멩이 하나를 냅다 던졌다. 좌우에서 피하라 소리 질렀으나 돌멩이는 어느 결에 동선시랑의 귀를 스쳐 지나가면서 귓바퀴의 살가죽이 찢겨졌다. 동선시랑이 아픔을 참으며 말했다.

"저 오랑캐 놈이 정말 대단하구나!"

성을 내려가서는 표문을 적어 요 군주에게 보내는 한편 바깥 경계 각 주에 방비를 철저히 하라고 알렸다.

한편 송강은 군사를 이끌고 성 아래에 있으면서 3~5일 동안 연이어 공격했지만 승리를 거두지 못했다. 다시 군마를 인솔해 밀운현으로 돌아와 주둔하고는 장막에 앉아 성을 격파할 계책을 상의했다. 이때 대종이 와서 수군 두령들이 전선을 몰아 모두 노수에 당도했다고 보고했다. 이에 송강은 군중에서 상의하고자 이준 등을 불렀다. 모두 장막 앞으로 와서 인사하고 송강이 말했다.

"이번 싸움은 양산박에 있을 때와 달리 먼저 물살과 깊이를 탐색한 다음에야 군대를 진격시킬 수 있네. 보아하니 노수의 물살이 매우 급하니 혹여 실수라도 한다면 구원하기 어렵네. 자네들은 자세히 살펴보고 절대로 소홀히 해서는 아니 되네! 배들은 양식을 운반하는 것처럼 꾸며서 잘 덮고 자네들 두령들은 각자 은밀한 무기를 지니고 배 안에 숨어 있어야 하네. 그리고 3~5명 정도만 노를 젓게 하고 언덕에서 두 사람이 한 걸음 한 걸음씩 배를 끌면서 성 아래까지 접근시킨 다음에 배를 양쪽 언덕에 정박시키고 내가 군사를 진격시킬 때까지 기다리게. 성안에서 알면 반드시 수문을 열어 양식 실은 배를 빼앗으려 할 것이니, 그때 자네들 복병이 일어나 수문을 탈취하면 큰 공을 이룰 수 있을 것이네."

이준 등이 명을 듣고 갔다. 물 깊이를 탐지하러 갔던 졸개가 와서 보고했다.

"서북쪽에서 한 무리의 군마가 짓쳐 몰려오는데 모두 검은 깃발을 들었습니다. 대략 1만 여명으로 단주를 향해 오고 있습니다."

오용이 말했다.

"틀림없이 요나라에서 보낸 구원병일 것입니다. 우리가 먼저 장수 몇 명을 보내 차단하고 죽여 흩어버려 성안에 있는 자들의 담력을 꺾어놔야 합니다."

송강은 장청·동평·관승·임충에게 각기 10여 명의 소두령과 5000명의 군마를 이끌고 날듯이 달려가 그들을 저지하게 했다.

원래 요 군주는 양산박 송강 무리가 군사를 이끌고 단주로 와서 성을 포위했다는 소식을 듣고는 특별히 두 명의 조카를 보내 구원하게 한 것이었다. 한 명은 야율국진耶律國珍23이라 하고 다른 한 명은 야율국보耶律國寶라 불렀다. 이 두 사람은 요나라의 상장이며 요 군주의 조카이기도 했는데 만 명을 당해낼 수 있는 용맹을 지니고 있었다. 이들이 1만여 명의 군사를 이끌고 단주를 구원하러 달려왔다. 점차 가까워져 송나라 군대와 맞붙게 되었는데, 양쪽으로 진세를 펼치고 두 사람은 일제히 말을 몰아 나왔다. 그들을 보니,

머리에는 보석을 박고 금으로 장식한 삼지창 형상의 자금관을 쓰고, 몸에는 비단 옷단에 진주 박은 황금쇄자갑黃金鎖子甲을 걸쳤네. 붉은 피로 물들인 듯 붉은 전포 입고, 전포에는 고르게 금시조金翅鳥를 비단으로 짜 넣었구나. 허리엔 백옥 띠를 두르고, 등에는 호랑이 머리 형상의 패를 꽂았네. 왼쪽 자루 속엔 조각한 활 꽂혀 있고, 오른쪽 작은 단지 속엔 강한 화살 가득하구나. 손에는 1장 2척 길이의 녹침창綠沉槍 잡고 있고, 9척 키의 은빛 갈기 말을 타고 있다네.

23_ 야율耶律은 복성複姓이다. 요나라 군주 아보기阿保機는 새롭게 일어난 땅 세리世里를 성으로 삼았는데 번역한 자가 세리를 야율耶律로 번역했다. 요나라가 건립한 뒤에 이것이 국족國族의 성이 되었다.

頭戴妝金嵌寶三叉紫金冠, 身披錦邊珠嵌鎖子黃金鎧. 身上猩猩血染戰紅袍, 袍上斑斑錦織金翅雕. 腰繫白玉帶, 背挿虎頭牌. 左邊袋內挿雕弓, 右手壺中攢硬箭. 手中搭丈二綠沉槍, 坐下騎九尺銀鬃馬.

두 장수는 형제지간으로 모두 같은 차림새였으며 또한 같은 창을 사용했다. 송나라 군사는 맞서며 진세를 펼쳤다. 쌍창장 동평이 말을 몰아 나오며 성난 목소리로 소리쳤다.

"두 사람은 어느 지방 번적番賊인가?"

야율국진이 성내며 소리 질렀다.

"물웅덩이에 사는 도적놈이 감히 우리 대국을 침범해놓고 누구보고 어디서 왔느냐고 묻는단 말이냐?"

동평은 더 이상 묻지 않고 말을 박차며 창을 들고 야율국진에게 달려들었다. 그 번가番家[24]의 나이 어린 장군은 성질이 강한지라 한 걸음도 양보하지 않고 강철 창을 들고 곧장 맞섰다. 두 말이 서로 어우러지고 세 개의 창이 어지럽게 부딪쳤다. 두 장수가 자욱한 먼지 속에서 살기등등하게 맞붙는데 쌍창은 또 다른 창 쓰는 법이 있고 단창 또한 신묘한 계책이 있어 두 사람이 50합을 싸웠는데도 승부를 가리지 못했다. 야율국보는 형이 한참 동안이나 싸우자 기력이 떨어질 것을 걱정하여 중군에서 징을 울리도록 했다. 야율국진은 힘겹게 싸우고 있었는데 마침 징소리를 듣자 급히 벗어나려 했다. 그러나 동평의 두 자루 창이 비틀어 들어오면서 놓아주려 하지 않았다. 야율국진은 당황하여 창 쓰는 법이 느려졌고, 그때 동평은 오른손으로 녹침창을 누르고 왼손으로 창을 들어 야율국진의 목을 향해 찌르자 정통으로 찔리고 말았다. 가련하게도 야율국진이 쓰고 있던 황금 관은 뒤로 높이 솟았고 다리는 허공으로 뜨더니 그대로 말 아래

24_ 번가番家: 소수민족 혹은 소수민족이 건립한 국가를 말한다. 여기서는 요나라다.

로 떨어졌다. 동생 야율국보는 형이 말에서 떨어지는 것을 보고는 형을 구하고
자 창을 잡고 홀로 진을 나와 달려왔다. 송군 진영에서는 몰우전 장청이 그가
나오는 것을 보고는 말안장에 이화창梨花槍[25]을 걸고 손으로 비단주머니에서
돌멩이 하나를 꺼내 쥐고는 말을 박차며 재빠르게 진 앞으로 나왔다. 야율국보
가 날듯이 달려오자 장청도 맞서고자 나가니 두 말의 거리는 10장도 되지 않았
다. 아무런 방비도 하지 않고 단지 싸우고자 달려오는 야율국보를 본 장청은 손
을 들어 소리쳤다.

"받아라!"

돌멩이는 양율국보 얼굴을 정통으로 강타했고 그는 뒤집어져 말에서 떨어졌
다. 그때 관승과 임충이 군사를 휘몰아 돌격했다. 주장을 잃은 요군은 사방으로
흩어져 달아났다. 한 번 싸움에서 요군 1만 여명을 흩었고 안장을 갖춘 말, 두
개의 금패, 보물로 장식한 관, 전포와 갑옷을 수습하고 두 장수의 수급을 잘라
냈다. 그리고 전마 1000여 필을 빼앗아 밀운현으로 와서 송강에게 바쳤다. 송강
은 크게 기뻐하며 삼군을 포상하고 동평과 장청을 두 번째 공로로 기록하고는
단주를 격파한 다음에 함께 상주하기로 했다.

송강은 오용과 상의하여 저녁까지 군사 소집 문서를 적고는 임충과 관승에
게 한 무리의 군마를 이끌고 서북쪽에서 단주를 취하게 하고, 다시 호연작과 동
평에게도 한 무리의 군마를 이끌고 동북쪽에서 진군하게 했으며 노준의에게는
한 무리의 군마를 이끌고 서남쪽에서 길을 잡아 진군하게 하면서 말했다.

"우리 중군은 동남쪽에서 진군할 것이니 신호포 소리가 들리거든 일제히 진
격하라."

그리고 포수 능진·흑선풍 이규·혼세마왕 번서·상문신 포욱과 항충·이곤에

25_ 이화창梨花槍: 화창火槍은 한 개 혹은 두 개의 화약이 들어 있는 대나무 통을 장창長槍의 창끝 밑에
묶는다. 적과 교전을 벌일 때 먼저 화염을 발사한 다음 창끝으로 찔러 죽이는 것이다. 이러한 화기
는 남송 때 성행했는데, '이화창'이라 불렸고 금나라에서는 '비화창飛火槍'이라 불렸다.

게는 방패수 1000여 명을 이끌고 곧장 성 아래로 가서 신호포를 쏘게 했다. 시각은 2경으로 정하고 수륙으로 진군하는데 각 길의 군병은 모두 호응하게 했다. 호령이 떨어지자 각 군사들은 제각기 성을 점령할 준비를 했다.

한편 단주를 단단히 지키고 있던 동선시랑은 구원병이 오기만을 기다리고 있었는데, 군주 두 조카의 패잔병이 도망쳐 성안으로 들어와 자세히 보고했다. 야율국진은 쌍창에게 죽임을 당했고 야율국보는 푸른 두건을 쓴 자가 던진 돌멩이에 맞아 말에서 떨어져 잡혀갔다고 했다. 동선시랑이 발을 구르며 욕했다.

"또 이 오랑캐 놈이로구나! 군주 조카 둘을 잃었으니 내가 무슨 면목으로 군주를 만나 뵌단 말이냐? 그 푸른 두건 쓴 오랑캐 놈을 잡기만 하면 갈기갈기 찢어 죽이겠다!"

밤이 되자 요 병사가 동선시랑에게 보고했다.

"노수 안에 500~700척의 양식을 실은 배가 양쪽 언덕에 정박해 있고 멀리서 또 군마들이 몰려오고 있습니다!"

동선시랑이 말했다.

"이 오랑캐 놈들이 수로를 잘 몰라 양식 실은 배를 이곳으로 잘못 옮겨놓은 것이다. 언덕의 인마는 양식 실은 배를 찾으러 온 것이 분명하다."

이에 초명옥·조명제·교아유강 세 명의 장수를 불러놓고 분부했다.

"송강을 비롯한 오랑캐 놈들이 오늘 밤 또 허다한 인마를 보냈다. 양식 실은 배 몇 척이 이곳에 있는데 교아유강은 1000기의 군마를 이끌고 성을 나가 부딪치고 초명옥과 조명제는 수문을 열어 그 배들을 급류로 내몰아라. 양식 실은 배 삼분의 이만 빼앗아도 자네들은 큰 공을 세우는 것이네."

그 성패가 어떻게 될 것인지, 여기에 이를 증명하는 시가 있다.

신묘한 계책 원래부터 판이하게 달라, 단주성 밑에 전함이 늘어섰네.
병가의 뜻 알지 못하는 동선시랑, 도리어 스스로 문 열어 길을 내주네.

妙算從來逈不同, 檀州城下列艨艟.

侍郎不識兵家意, 反自開門把路通.

한편 송강의 인마는 황혼 무렵에 왼쪽은 이규와 번서가 선두가 되어 보군을 이끌고 성 아래에서 욕설을 퍼부었다. 동선시랑은 교아유강을 시켜 군마를 재촉해 성을 나가 부딪치게 했다. 성문이 열리고 조교가 내려가자 요병들이 성을 나왔다. 한편 이규·번서·포욱·항충·이곤 5명의 호걸은 1000명의 보군을 이끌었는데 모두가 강하고 용맹하며 칼과 방패를 든 병사들로 조교 옆에서 재빠르게 막고 버티자 요의 인마는 성 밖으로 나올 수 없었다. 능진은 군중에서 포대를 설치하고 포를 발사할 준비를 하며 때가 되기만을 기다렸다. 성 위에서 화살을 쏘아댔으나 방패수들이 좌우에서 막고 포욱이 뒤에서 고함을 질렀다. 이들은 비록 1000여 명에 불과했지만 도리어 1만 여명의 기상을 떨치고 있었다. 동선시랑은 성중에서 군마가 돌격해나가지 못하는 것을 보고는 급히 초명옥과 조명제에게 수문을 열어 배들을 탈취하도록 했다. 이때 송강의 수군 두령들은 모두 배안에 엎드려 준비하고 있으면서 꼼짝 않고 있었다. 수문이 열리더니 문짝을 하나하나 올리고는 전선을 내보내는 것이 보였고 능진은 소식을 듣고는 먼저 풍화포를 한 발 쏘았다. 포성이 들리자 양쪽의 전선들이 몰려들어 요의 전선들을 대적했다. 왼쪽에서는 이준·장횡·장순이 전선을 저으며 몰려왔고 오른쪽에서는 완씨 삼형제가 뛰쳐나와 전선을 몰며 요나라 전선들 속으로 돌진해 들어갔다. 초명옥과 조명제는 전선들이 뛰어나오는 것을 보고는 대적할 수 없는데다 매복한 군병이 있다고 헤아려 급히 배를 돌리려 했는데, 어느 결에 송강의 수병들이 배로 뛰어들자 언덕 위로 올라 달아났다. 송강의 수군을 이끄는 6명의 두령은 먼저 수문을 빼앗았고 수문을 관리하던 요 장수들 중 일부는 죽고 일부는 달아났다. 초명옥과 조명제도 각자 살길을 찾아 도망쳤다. 수문에서 불길이 일어나자 능진이 차상포車箱炮26를 쏘았고 공중으로 날아가더니 터졌다. 화포가 연이어 터지는 소리를 들은 동선시랑은 겁에 질려 넋을 잃었다. 이규·번서·포욱은 방패수 항충·이곤 등의 무리를 이끌고 곧장 성으로 쳐들어갔다. 성안에 있던 동선시랑과 교아유강은 이미 성문을 빼앗긴데다 또 사방으로 송병이 일제히 몰려드는 것을 보고는 말에 올라 성을 버리고 북문을 나가 달아났다. 그러나 2리도 못가서 대도 관승과 표자두 임충 두 상장에게 가는 길을 차단당하고 말았다. 바로 물샐 틈 없는 겹겹의 포위망을 쳐놓아 걸음을 떼기도 어렵고 몸을 벗어날 방법도 없었던 것이었다.

결국 동선시랑이 어떻게 도망치는지는 다음 회에 설명하노라.

송강의 요나라 정벌

송강 등이 천자의 성지를 받들어 요나라를 정벌한 것은 허구다. 이것은 작자가 민중 심리에 영합하고자 내용을 보충한 것이다. 이지李贄의 「충의수호전서忠義水滸傳序」에 따르면 "시내암과 나관중 두 사람은 몸은 원나라에 있으면서 마음은 송나라에 있었다. 비록 원나라 때 태어났지만 송나라 때의 사건에 분노했으므로 요나라를 대패시키는 것으로 그 분노를 발산한 것이다"라고 했고, 『중국소설사략中國小說史略』에 따르면 "요나라를 격파한 고사는 명나라 때 시작된 것이 아니라 송나라 때 외적이 침범해 필요성이 있었는데, 국정이 쇠퇴해 시행되지 않았기에 초야로 생각을 전환한 것으로 생각되면 이 또한 사람의 정이다"라고 했다. 『수호전보증본』에 따르면 『수호전』이 정형화 된 것은 명나라 중엽이지만 명·청시기 평화平話에서 형상화된 양가장楊家將과 요나라의 대적, 적청狄青의 서쪽 평정, 악비와 금나라의 대적 등은 모두가 당시 사람들이 품고 있던 민족적 잠재의식과 이념이라고 생각된다"고 했다.

26_ 차상포車箱炮:『수호전교주본』에 따르면 "수레 적재함에 장착한 포로 의심된다"고 했다.

요나라 정벌 노선의 착오

『수호전보증본』에 근거하면, 송강의 요나라 정벌은 변경汴京에서 출발한 것으로 되어 있으나 지리적 위치와 행군 노선에 착오가 있다. 당시 송과 요의 남북 경계는 백구하白溝河를 경계로 삼았다. 단주檀州의 주치州治(베이징 미원구密雲區)와 계주薊州(톈진天津 서북쪽)는 모두 유주幽州(베이징) 북쪽과 동북쪽이었고, 패주霸州(허베이성 바저우霸州), 탁주涿州(허베이성 쥐저우涿州)는 단주 남쪽에 있었고, 웅주雄州(허베이성 슝현雄縣)는 백구하 남쪽에 위치해 있었으니 바로 송나라 땅에 속해 있었다.

만자蠻子

만자는 북방 사람이 남방 사람을 조롱하는 칭호다. 본문에서는 요나라 사람들이 양산박 호걸들을 '만자蠻子(오랑캐)'라고 부른다. 『수호전보증본』에 따르면 "몽골인이 중원으로 들어오기 전부터 답습했던 칭호다. 원나라 초에 관할하게 된 민족의 강토 귀속 순서에 의해 귀천이 정해졌는데 몽골인·색목인色目人·한인漢人·남인南人이었다. 남인은 즉 남송南宋 왕조 지구의 신민으로 통상적으로 '만자'라 불렀는데, 대부분은 원·명 시기 평화잡극에서 보인다"고 했다. 중국 남방 사람들을 '만자'라 불렀던 습관은 이후로도 답습되었다.

승
전[1]

동선시랑은 단주가 이미 점령당한 것을 보고는 성을 나가 교아유강의 호위를 받으며 달아났다. 그때 마침 짓쳐 밀려오는 임충·관승과 맞닥뜨렸으나 싸울 마음이 없어져 옆으로 비껴 죽을힘을 다해 달아났다. 관승과 임충은 성을 빼앗아야 했기에 그를 추격하지 않고 곧장 성으로 진격했다.

한편 송강은 대부대를 이끌고 단주로 진입했고 요 군사들을 추격해 흩어버리고는 방문을 붙여 병사와 백성을 위로하고 안정시키며 조금도 침해하는 일이 없도록 했다. 또한 모든 전선을 거둬 성안으로 들이도록 명하고 삼군의 노고에 포상하는 한편 성안의 요 관원들 가운데 성이 있는 자는 이전처럼 임용하여 직무를 보게 하고 성이 없는[2] 관리들은 모조리 성 밖으로 쫓아내 사막으로 돌

1_　제84회 제목은 '宋公明兵打薊州城(송 공명이 계주성을 격파하다), 盧俊義大戰玉田縣(노준의는 옥전현에서 크게 싸우다)'이다.
2_　『수호전전교주』에 따르면 "대개 호인胡人들은 한나라에 교화되어 한나라 사람의 성씨를 가져다 성으로 삼았으므로 성이 있다고 말한 것이고 반대로 성이 없다고 말한 것이다"라고 했다.

아가게 했다. 표문을 써서 단주를 손에 넣었다고 조정에 상주하고 창고를 열어 재물과 비단, 황금과 보배는 모조리 경사로 가져가도록 했으며 숙 태위에게 서신을 보내 이러한 일들을 상주하도록 요청했다.

천자는 크게 기뻐하며 흠차欽差3 동경부東京府 동지同知4 조趙 안무安撫5에게 2만 명의 어영군마를 통솔하여 전쟁을 감독하라는 명을 내렸다. 송강 등은 이러한 소식을 듣고는 무리를 이끌고 멀리 곽 바깥까지 나가 영접하고 단주부檀州府 안에서 쉬게 하고 이곳을 잠시 행군수부行軍帥府로 삼았다. 모든 장수와 두목이 인사하고 예를 마쳤다. 원래 조 안무는 조씨의 종파로 사람됨이 어질고 후덕했으며 단정하고 정직했다. 이 때문에 숙 태위가 천자 면전에서 추천하고 보증하여 특별히 이 사람을 보내 병마를 감독하게 한 것이었다. 조 안무는 송강이 인덕이 있음을 보고는 대단히 기뻐하며 말했다.

"성상께서 이미 그대들이 마음을 다하고 군사들의 수고로움을 아시고 특별히 본관을 보내 감독하게 하셨고 금은과 비단 25수레를 하사하셨을 뿐만 아니라 뛰어난 공적이 있는 자는 조정에 상주하여 관작에 봉하도록 청하라 하셨소. 장군이 지금 주군州郡을 얻었으니 본관이 다시 조정에 상주하겠소. 장수들이 모두 충성을 다하고 진력하여 큰 공을 거두어 경사로 회군하면 천자께서 반드시 중용할 것이오."

송강 등이 절하며 감사했다.

"번거롭더라도 안무 상공께서 단주를 지켜주시면 소장 등이 군사를 나누어 요의 중요한 주군을 공격해 빼앗아 그들의 머리와 꼬리가 서로 돌아볼 수 없게 만들겠습니다."

3_ 흠차欽差: 관직 명칭. 황제가 직접 파견해 자신을 대리하여 중대사를 처리하는 관원.

4_ 동지同知: 관직 명칭. 송나라 때 추밀원에 지원사知院事 관원이 있었고 동지원사同知院事는 부직副職이다.

5_ 조趙 안무安撫는 허구의 인물이며 안무는 '경략안무사經略按撫使'로 조 안무는 경략안무사의 장관이다.

송강은 하사받은 상품을 장수들에게 나누어주고 여러 갈래의 군마들을 돌아오도록 하여 요의 주군을 공격해 취하고자 했다. 양웅이 아뢰었다.

"앞쪽은 계주와 가깝습니다. 이곳은 큰 군으로 돈과 식량이 지극히 많고 쌀과 밀이 넉넉하여 요나라의 창고라 할 수 있습니다. 계주를 격파하면 다른 곳은 쉽게 취할 수 있습니다."

송강이 듣고서 군사 오용을 청해 상의했다.

한편 동선시랑은 교아유강과 동쪽으로 달아나다가 초명옥·조명제와 만나 패전한 군마를 이끌고 함께 계주로 향했다. 성으로 들어가 요나라 군주의 동생인 대왕 야율득중耶律得重을 만나 하소연했다.

"송강의 군대는 대규모인데다 그들 가운데 돌멩이를 잘 던지는 오랑캐가 있는데, 던지는 족족 한 번의 실수도 없이 백발백중으로 사람을 맞춥니다. 군주의 조카 두 분과 소장 아리기가 모두 그놈이 던진 돌에 맞아 죽었습니다."

야율대왕이 말했다.

"그렇다면 너는 여기서 내가 오랑캐들을 잡는 것을 돕도록 하라."

말을 끝내기도 전에 유성탐마流星探馬6가 달려와 보고했다.

"송강의 군대가 두 갈래 길로 계주로 쳐들어오는데 한 갈래는 평욕현平峪縣7에 이르렀고 다른 갈래는 옥전현玉田縣8까지 당도했습니다."

이 말을 들은 야율대왕은 즉시 동선시랑을 불러 말했다.

"본부의 인마를 이끌고 가서 평욕현 입구를 지키되 그들과 싸워서는 안 된다. 내가 먼저 군사를 이끌고 옥전현의 오랑캐를 잡은 다음에 배후로 들이치면 평욕현의 오랑캐들이 어디로 가겠느냐? 패주와 유주에 공문을 보내 두 갈래길

6_ 유성탐마流星探馬: 유성보마流星報馬라고도 하는데, 고대의 통신병이다.
7_ 평욕현平峪縣: 계주에 속했으며 치소는 대왕진大王鎮(지금의 베이징 핑구平谷)이었다.
8_ 옥전현玉田縣: 허베이성 탕산唐山에 예속되어 있다. 허베이성 동북부, 탕산시 서쪽 끝에 위치해 있다.

군마가 와서 호응하게 하라."

계주는 원래 요나라 군주가 동생인 야율득중을 파견해 지키게 하고 있었다. 야율득종은 네 명의 아들을 데리고 있었는데, 장자는 종운宗雲·차남은 종전宗電·삼남은 종뢰宗雷·사남은 종림宗霖이었다. 또한 수하에 10명의 장군을 거느리고 있었는데, 총병대장은 보밀성實密聖이라 하고 부총병은 천산용天山勇이라 불렸는데 계주 성지를 지키고 있었다. 야율득종은 보밀성에게 성을 지키라 분부하고 직접 아들 네 명과 부총병 천산용, 대군을 이끌고 날듯이 옥전현으로 달려갔다.

송강은 군사를 이끌고 평욕현에 이르렀으나 앞쪽에 요충지를 지키는 것을 보고는 감히 군사를 진격시키지 못하고 평욕현 서쪽에 주둔했다.

한편 노준의는 많은 장수와 3만의 인마를 이끌고 옥전현에 당도했고 요군과 가깝게 대치했다. 노준의는 군사 주무와 상의했다.

"지금 요군과 가까이 있는데 오나라 사람이 월나라의 경계를 모르듯이[9] 그들의 지리가 생소하니 어떤 계책을 취하는 것이 좋겠소?"

주무가 대답했다.

"제 어리석은 생각으로는 그들의 지리를 모르기 때문에 각 군이 독단적으로 진격해서는 안 됩니다. 대오를 펼치면서 긴 뱀의 형세를 만들어 머리와 꼬리가 서로 호응하면서[10] 끝없이 순환하게 한다면 지리의 생소함을 근심할 필요가 없습니다."

노준의가 크게 기뻐하며 말했다.

"군사의 말이 내 뜻에 부합하오."

9_ 춘추시대 때 오와 월 두 제후국은 서로 이웃하면서도 적이었으며 서로 경계가 삼엄하고 왕래가 없었기 때문에 이런 말이 등장했다.

10_ 원문은 '수미상응首尾相應'이다. 군사를 사용하는 기묘한 계책으로 긴 뱀 형상의 진세(장사진長蛇陣)를 펼치는 것으로 꼬리를 공격하면 머리가 호응하고 머리를 공격하면 꼬리가 호응하며 중간을 공격하면 머리와 꼬리가 호응하는 것이다.

이에 병사들을 재촉하며 진격했다. 그때 멀리서 땅을 덮을 듯한 맹렬한 형세로 요군이 몰려오는 것이 보였다.

누런 먼지 자욱하고 검은 안개 짙구나. 검은 수리 도안한 깃발 휘날리니 온 하늘 먹장구름 가득 찬 듯한데, 괴자마拐子馬[11]가 쓸어버릴 듯 내달리니 하늘에 살기 어리네. 푸른색의 털로 만든 방한모는 못에 핀 연잎이 산들바람에 흔들리는 듯하고, 쇠 두들겨 만든 투구는 드넓은 해양이 얼어붙은 듯하구나. 사람마다 옷섶을 왼쪽으로 여미고, 저마다 머리카락이 어깨까지 드리웠네. 연환 철갑 겹겹이 걸치고, 찔러 넣은 전포 단단히 조였구나. 요 군사들 건장한데다 검은 얼굴에 푸른 눈, 누런 수염 길렀고, 울부짖는 북방의 말은 쫙 벌어진 어깨에 강철 허리, 무쇠다리로다. 양각궁羊角弓에 사류전沙柳箭 먹이고, 호피 도포 받쳐 입고 좁은 무늬 조각한 안장이라네. 변경에 태어나 성장해서는 강궁 당기고, 대대로 북방의 황량한 땅에 살며 사나운 말도 길러내고 탈 수 있도다. 구리 테두리의 갈고羯鼓[12]를 진 앞에서 두드리고, 말 타고 갈대 잎[13] 피리를 부는구나.

黃沙漫漫, 黑霧濃濃. 皂雕旗展一派烏雲, 拐子馬蕩半天殺氣. 靑氈笠帽, 似千池荷葉弄輕風; 鐵打兜鍪, 如萬頃海洋凝凍日. 人人衣襟左掩, 個個髮搭齊肩. 連環鐵鎧重披, 刺納戰袍緊繫. 番軍壯健, 黑面皮碧眼黃鬚; 達馬咆哮, 闊膀膊鋼腰鐵脚. 羊角弓攢沙柳箭, 虎皮袍襯窄雕鞍. 生居邊塞, 長成會拽硬弓; 世本朔方, 養大能騎劣

11_ 괴자마拐子馬: 금나라 주력 기병에 대한 송나라의 통칭이다. '괴자마진拐子馬陳'이라는 기병 진법이 있다. 세 마리의 말을 연결해 묶었는데 모두 무거운 갑옷을 걸쳤기에 괴자마라 했다. 『송사』 「악비전岳飛傳」에 근거하면 금나라는 이 말들을 잘 사용했는데, 관군들이 막아낼 수 없었고 항상 1만 5000기가 몰려왔다고 했다. 보졸이 마찰도麻扎刀(송나라 군에서 말 다리를 찍는데 사용한 병기)를 들고 진으로 들어가 말 다리를 찍었다. 세 마리의 말이 연결되었기에 첫 번째 말이 엎어지면 두 번째 말은 달릴 수 없게 된다. 이때 관군들이 돌격하여 패배시켰다.
12_ 갈고羯鼓: 고대의 타악기로 인도에서 전해졌다고 하는데 북방 민족 지구에서 유행했다. 숫양 가죽으로 만들었기에 갈고라 했다.
13_ 호인胡人들은 행군 중에 갈대 잎을 말아 만든 피리를 호령할 때 불기도 했다.

馬. 銅腔羯鼓軍前打, 蘆葉胡笳馬上吹.

야율득종은 군사를 이끌고 먼저 옥전현으로 갔고 군마를 늘어놓고 진세를 펼쳤다. 송 군중의 주무는 사다리[14]에 올라 살펴보고는 노 선봉에게 말했다.

"요군이 펼친 진세는 바로 오호고산진五虎靠山陳인데 기이할 것도 없습니다."

주무가 다시 대에 올라 살펴보고 신호 깃발을 흔들어 좌우로 군사들을 움직여 진세를 펼쳤다. 노준의는 무슨 진세인지 몰라 물었다.

"이것은 어떤 진세요?"

"곤화위붕진鯤化爲鵬陳[15]입니다."

"곤화위붕이란 무슨 의미요?"

"북해에 곤鯤이라는 물고기가 있는데 대붕大鵬으로 변해 한 번에 9만 리를 날아갔다고 합니다. 이 진세는 멀리서 보든지 가까이에서 보든지 작은 진에 불과하지만 공격해 오면 순식간에 큰 진으로 변하기 때문에 곤화위붕이라 부릅니다."

노준의는 듣고서 칭찬해 마지않았다.

적진에서 북소리가 울리더니 문기가 열리는 곳에 야율득중이 직접 말을 타고 나왔는데, 그의 아들 네 명이 좌우에 섰고 모두 같은 갑옷을 걸치고 있었다.

머리엔 철로 된 삿갓 형상의 화살 건디는 투구 썼는데, 새까만 구슬 술이 달려

14_ 원문은 '운제雲梯'인데 성을 공격할 때 성벽을 타고 오르는 긴 사다리다. 『수호전전교주』에 따르면 『무경총요전집武經總要前集』 권10 「공성법攻城法」에 이르기를, '운제는 큰 나무로 대를 만들고 아래에는 바퀴 6개를 설치한다. 그 위에 두 개의 사다리가 있는데 각기 길이는 2장 정도이고 중간에는 회전축이 있으며 사면은 양 가죽으로 엄폐했다. 안에서는 사람이 성까지 밀고 가고 운제 위로 올라가 성안을 엿볼 수 있다'고 했다.

15_ 곤화위붕진鯤化爲鵬陳은 다른 곳에서는 보이지 않고 소설에서 꾸며낸 것이다. 곤붕鯤鵬이란 말의 원래 출전은 『장자』다.

있구나. 몸에는 둥글고 진귀한 호심경 받치고 버들잎 미늘의 얇은 갑옷 걸쳤고, 허리엔 황금 사만대 묶었네. 등자를 밟고 있는 장화는 반쯤 구부러진 매부리 같고, 배꽃 문양의 비단에 서린 용 수놓은 전포 입었구나. 각기 강궁과 쇠뇌를 걸고, 무늬 조각한 안장 얹은 준마를 타고 있도다. 허리엔 저마다 곤오검鋸鋙劍 꽂았고, 손에는 일제히 소추도掃帚刀[16]를 쥐고 있구나.

頭戴鐵縵笠饊箭番盔, 上拴純黑球纓; 身襯寶圓鏡柳葉細甲, 繫條獅蠻金帶. 踏鐙靴半彎鷹嘴, 梨花袍錦繡盤龍. 各挂强弓硬弩, 都騎駿馬雕鞍. 腰間盡揷鋸鋙劍, 手內齊拿掃帚刀.

야율득종이 중간에 서고 양쪽 좌우에 소장군 4명이 섰는데 양쪽 어깨에는 거울에 검은 술이 박혀 있는 작은 명경明鏡이 걸려 있었다. 네 자루의 보도를 들고 네 마리의 빠른 말을 탄 채 일제히 진 앞에서 늘어섰다. 야율득종 뒤쪽에는 많은 장수가 겹겹이 늘어서 있었다. 이때 4명의 소장군이 소리 높여 말했다.

"너희 도적들은 어찌하여 감히 우리 경계를 침범했단 말이냐!"

노준의가 듣고는 물었다.

"양군이 대적하고 있으니 어느 영웅이 먼저 출전하겠는가?"

말이 끝나기도 전에 대도 관승이 청룡언월도를 춤추듯 휘두르며 먼저 말을 몰아나갔다. 상대편에서는 야율종운이 칼을 휘두르며 말을 박차고 관승에게 맞서고자 달려나왔다. 두 사람이 5합도 싸우지 않았는데 야율종림이 말을 박차고 칼을 휘두르며 양율종운을 돕고자 달려나오자 호연작이 보고는 쌍편을 들어 올리고는 곧장 달려가 맞서 싸웠다. 그러자 야율종전·야율종뢰 형제가 칼을 들고 말을 질주하며 일제히 나와 교전을 벌였다. 이쪽에서는 서녕·색초가 각기 병기를 들고 서로 맞섰는데 네 쌍이 진 앞에서 뒤엉켜 한 덩어리가 되었다.

16_ 소추도掃帚刀: 빗자루 형상과 비슷한 대도大刀를 비유해서 가리킨다.

한창 싸우고 있는데 몰우전 장청이 상황을 보고는 은밀하게 말을 몰아 진 앞으로 나갔다. 그런데 장청을 알아본 단주의 패잔병이 황급히 야율득종에게 보고했다.

"녹색 전포를 입고 진 앞에 선 오랑캐가 바로 돌을 던지는 놈입니다. 그가 지금 급히 말을 몰아 진 앞으로 나오는 것을 보니 저번처럼 돌멩이를 던지려 하는 것 같습니다."

천산용이 듣고는 말했다.

"대왕께서는 안심하십시오. 제가 오랑캐 놈에게 쇠뇌 한 대 먹이겠습니다!"

원래 천산용은 말 위에서 옻칠한 쇠뇌를 잘 사용하는데, 그가 쓰는 화살은 '일점유一點油'라 불리는 1척 길이의 쇠 깃이 달린 화살이었다. 천산용은 말안장의 요사환了事環[17]을 잡고 말을 몰아나가서는 두 명의 부장에게 앞을 막아서게 하여 3필의 말이 은밀하게 진 앞으로 나갔다. 장청은 먼저 그들을 보고 몰래 돌멩이를 손에 쥐고는 우두머리인 천산용의 머리를 향해 던지며 소리쳤다.

"받아라!"

그러나 돌멩이는 투구 위를 스쳐지나갔다. 천산용은 부장 말 뒤로 날쌔게 피하고는 화살을 먹이고 시위를 당겨 실눈으로 장청을 분명하게 겨누고는 곧장 쏘았다. 장청은 '아이구!' 소리와 함께 급히 피했지만 목구멍에 정통으로 맞고는 몸이 뒤집히면서 말에서 떨어졌다. 쌍창장 동평·구문룡 사진이 해진과 해보를 데리고 목숨을 걸고 구해서 돌아왔다. 노준의가 보고서 급히 화살을 뽑자 피가 멈추지 않고 흘러내렸다. 목을 싸매고는 추연·추윤을 불러 장청을 수레에 태워 단주로 호송해 가서 신의 안도전에게 치료 받게 했다.

수레가 떠나자마자 진 앞에서 함성 소리가 일어나더니 보고가 들어왔다.

"서북쪽에 한 무리의 군마가 날듯이 몰려오는데 아무런 말도 하지 않고 곧장

17_ 요사환了事環: 무장의 말안장에 병기를 넣는 구리 고리.

부딪쳐 진 안으로 돌진해 들어오고 있습니다."

노준의는 장청이 화살을 맞은 것을 보고는 싸울 마음이 없어졌고 맞섰던 4명의 장수도 거짓으로 패한척하며 물러나 본진으로 돌아왔다. 그러자 4명의 요 장수들이 기세를 몰아 뒤를 쫓았다. 서북쪽에서 몰려오던 요군이 비스듬히 돌격해왔고 대치했던 대부대의 요군이 산이 무너질 듯 몰려들자 진법을 변화시킬 수도 없게 되었다.

삼군의 장수들은 끊겼다 이어졌다 하며 서로 구원할 수 없었다. 노준의를 필마단기로 남긴 채 달아날 뿐이었다. 저녁 무렵에 4명의 요 소장군이 돌아오다 노준의와 마주치게 되었다. 홀로된 노준의는 4명의 요 장수들과 대적하게 되었지만 조금도 두려워하는 기색이 없었다. 대략 한 시진 정도를 싸우고 있는데 노준의가 짐짓 허점을 보이자 야율종림이 칼로 찍어 들어왔고 그때 노준의의 호통 소리와 함께 그 장수는 미처 손쓸 새도 없이 한 창에 찔려 말 아래로 떨어졌다. 3명의 소장군들은 깜짝 놀라 모두 두려운 기색을 띠면서 싸울 마음이 없어져 말을 박차며 달아났다. 노준의는 말에서 내려 야율종림의 수급을 잘라내 말 목 아래에 걸고 다시 말에 올라 남쪽을 향해 가는데, 또 1000여 명의 요군과 맞닥 뜨리게 되었다. 노준의가 다시 충돌해 들어가자 요 군사들은 사방으로 흩어져 달아났다. 다시 몇 리를 가지 못했는데 또다시 한 무리의 군마와 마주쳤다.

이날 밤은 달이 없어 어디에서 오는 인마인지 분간할 수 없고 단지 말소리만 들릴 뿐이었는데 분명 송나라 사람의 말투였다. 노준의가 물었다.

"오는 군사들은 어디 군사인가?"

호연작이 대답하는 소리를 듣자 노준의는 크게 기뻐하며 합류했다. 호연작이 말했다.

"요 군사들이 돌격해 들어와 흩어지는 바람에 구원할 수 없었습니다. 소장이 진세를 뚫고 나와 한도·팽기와 함께 싸우면서 여기까지 왔는데, 나머지 장수들 은 어떻게 되었는지 모르겠습니다."

노준의가 말했다.

"힘을 다해 적장 4명과 대적하여 한 놈은 죽였는데 나머지 세 놈은 달아났소. 다음에 또 1000여 명의 군사와 부딪쳤는데 내가 죽이면서 흩어놓고 여기까지 왔는데, 뜻하지 않게 장군을 만나게 되었소."

두 사람은 말머리를 나란히 하며 무리들을 이끌고 남쪽을 향해 갔다. 10여 리를 못 갔는데, 앞쪽에서 군마가 가는 길을 차단하고 있었다. 호연작이 말했다.

"어두운 밤이라 싸울 수 없으니 내일 날이 밝기를 기다렸다가 죽기로 싸우자!"

맞은편 진에서 듣고는 물었다.

"혹시 호연작 장군이 아니시오?"

호연작은 그 목소리가 대도 관승임을 알고는 소리쳤다.

"노 두령께서 여기 계시오!"

두령들이 모두 말에서 내려 풀밭에 앉았다. 노준의와 호연적이 있었던 일을 말하자 관승이 말했다.

"진 앞이 불리해져 서로 구원할 수 없었습니다. 제가 선찬·학사문·선정규·위정국과 함께 길을 찾아 달아났습니다. 그 뒤에 군병 1000여 명을 수습해 이쪽으로 왔지만 지리를 알지 못해 이곳에 매복해 있으면서 날이 밝으면 가려고 했었습니다. 그런데 뜻하지 않게 형님을 만나게 되었습니다."

군사를 합치고 무리들이 한데 모여 날이 밝기를 기다렸다가 구불구불 다시 남쪽을 향했다. 옥전현에 이르자 한 무리의 인마가 길을 정찰하고 있었다. 바라보니 쌍창장 동평과 금창수 서녕이었는데, 형제들이 요군을 쫓아 흩어버리고 모두 옥전현에 주둔하고 있다고 하면서 말했다.

"후건·백승 두 사람은 송 공명에 보고하러 갔고, 해진·해보·양림·석용이 보이지 않습니다."

노준의는 군사를 진격시켜 옥전현 안에서 군사들을 점검해보니 5000여 명이 보이지 않자 마음이 우울해졌다. 사시쯤에 누군가 와서 보고했다.

"해진·해보·양림·석용이 2000여 명을 이끌고 오고 있습니다."

노준의가 다시 불러 묻자 해진이 말했다.

"저희 4명이 돌격했는데 너무 깊이 들어가 길을 잃어 급히 돌아오지 못했습니다. 그러다 오늘 아침에 또 요군과 맞닥뜨려 한바탕 크게 싸움을 벌이는 바람에 이제야 이곳으로 왔습니다."

노준의는 야율종림의 수급을 옥전현으로 가져와 보이고 삼군과 백성을 위로했다.

해가 질 무렵에 군사들이 휴식을 취할 준비를 하는데 길에 매복해 있던 졸개가 달려와 보고했다.

"어느 정도의 숫자인지 알 수 없는 요군이 사면으로 현의 성을 포위하고 있습니다."

깜짝 놀란 노준의는 연청을 데리고 성에 올라 살펴보았다. 원근의 10여 리가 횃불로 가득했고 한 소장군이 앞장서 지휘하고 있었는데 바로 야율종운으로 사나운 말을 타고는 횃불들 속에서 삼군을 재촉하고 있었다. 연청이 말했다.

"어제 장청이 저놈이 쏜 화살에 맞았으니 오늘 답례를 해야지요!"

연청이 쇠뇌를 가져와 한 발 쏘자 야율종운의 코허리에 정통으로 꽂혔고 말에서 떨어졌다. 군사들이 급히 구했지만 야율종운은 인사불성이 되었고 요군은 5리를 물러났다.

노준의는 현 안에서 장수들과 상의했다.

"비록 화살을 쏘아 요군이 조금 물러났지만 날이 밝으면 반드시 포위 공격을 해올 것이오. 에워싼 것이 철통같으니 어떻게 포위를 풀 수 있겠소?"

주무가 말했다.

"송 공명께서 이 소식을 알면 반드시 구원하러 올 것입니다. 안팎으로 호응하고 힘을 합쳐야 비로소 어려움에서 벗어날 수 있습니다."

사람들이 날이 밝기를 기다렸다가 바라보니 요군이 사방으로 진을 펼치는데 물샐 틈이 없었다. 그때 동남쪽에서 흙먼지가 일어나면서 수만의 병마가 몰려오는 것이 보였다. 제장들이 모두 남쪽에서 몰려오는 이 물결을 보고 있는데, 주무가 말했다.

"틀림없이 송 공명의 군마가 오는 것입니다. 저놈들이 군사를 거두어 일제히 남쪽으로 돌격해가면 여기서 군사를 모조리 일으켜 그 뒤를 칩시다."

한편 대치하고 있던 요군은 진시부터 미시까지[18] 포위하고 있었기에 피곤해진데다 송강의 군마가 몰려오자 막아내지 못하고 모두 거두어 돌아갔다. 주무가 말했다.

"이때 뒤를 쫓지 않는다면 어느 때를 기다린단 말이오!"

노준의는 성의 4개 문을 열도록 명하고 군마를 이끌고 성을 나가 추격하기 시작했다. 요군은 대패하여 끊겼다 이어졌다 하며 사방으로 흩어져 달아났다. 송강도 추격해 나서자 요 군사들은 멀리 달아났고 날이 밝아서야 징을 울려 군사를 거두어 옥전현으로 진입했다. 노준의는 군사를 한데 합치고 계주를 공격할 일을 상의했다. 시진·이응·이준·장횡·장순·완씨 삼형제·왕왜호·일장청·손신·고대수·장청·손이랑·배선·소양·송청·악화·안도전·황보단·동위·동맹·왕정육은 남아서 모두 조 추밀을 수행하여 단주에서 지키도록 했다. 나머지 장수들은 좌우 2군으로 나누었다. 송 선봉은 좌군 인마 48명을 통솔하기로 하니, 군사 오용·공손승·임충·화영·진명·양지·주동·뇌횡·유당·이규·노지심·무송·양웅·석수·황신·손립·구붕·등비·여방·곽성·번서·포욱·항충·이곤·목홍·목춘·공명·공량·연순·마린·시은·설영·송만·두천·주귀·주부·능진·탕륭·채복·채경·대종·장경·김대견·단경주·시천·욱보사·맹강이었다. 노 선봉은 우군 인마 37명을 통솔하기로 했는데, 군사 주무·관승·호연작·동평·장청·색초·서녕·연청·사진·해진·해보·한도·팽기·선찬·학사문·선정규·위정국·진달·양춘·이충·주통·도종왕·정천수·공왕·정득손·추연·추윤·이립·이운·초정·석용·후건·두흥·조정·양림·백승이었다. 군사를 나누어 배치하고 두 갈래 길로 계주를 취하기로 했는데, 송 선봉은 군사를 이끌고 평욕현으로 해서 진군하고, 노 선봉은 군사를 이끌고 옥전현으로 해서 진군했다. 조 안무는 23명의 장수와 함께 단주를 지키고 있었는데, 이 일은 더 이상 말하지 않겠다.

송강은 군사들이 연일 고생한 것을 보고는 잠시 휴식을 취하도록 했다. 계주를 공격해 점령할 계책을 이미 세운 뒤라 먼저 사람을 단주로 보내 장청의 화살 맞은 상처가 어떤지 알아보게 했다. 신의 안도전이 사람을 보내 대답했다.

"비록 겉 피부는 손상을 입었지만 안으로는 상처를 입지 않았으니 주장께서는 안심하십시오. 고름이 마르면 자연히 좋아질 것입니다. 지금은 몹시 더운 날씨라 군사들이 병에 많이 걸리기에 조 추밀 상공께 아뢰어 소양과 송청을 동경으로 보내 약물을 사고 태의원에 가서 더위에 사용하는 약을 받아오게 했습니다. 황보단 또한 말에게 먹일 약재를 관서에서 얻어달라고 하여 소양과 송청에게 위임했습니다. 이상 송 선봉께 보고드립니다."

송강은 듣고서 매우 기뻐했고 다시 노 선봉과 계책을 상의하여 먼저 계주를 치기로 했다. 송강이 말했다.

"나는 노 선봉이 옥전현에서 포위된 것을 모르고 이미 계책을 세워뒀었소. 공손승은 원래 계주 사람이고 또한 양웅도 절급을 지냈고 석수와 시천도 그곳에서 살았던 사람이오. 그래서 이미 전에 요군을 물리쳤을 때 내가 시천과 석수에게 패잔병으로 꾸미고 섞여 들어가게 했는데, 반드시 그들 모두가 계주 성안에 있을 것이오. 두 사람이 성으로 들어갔다면 스스로 거처를 정해 있을 것이오. 시천이 계책을 바치기를, '계주성 안에 보엄사寶嚴寺라는 큰 절이 있습니다. 복도에 법륜보장法輪寶藏19이 있고 중간에 대웅보전大雄寶殿20이 있고 앞에는 보탑이 있는데 하늘 끝까지 높이 솟아 있습니다'라고 했소. 그러자 석수가 말하기를, '그를 보탑 꼭대기에 숨어 있게 하면 제가 매일 밥을 날라다 먹게 하도록 하겠습니다. 성 밖에서 형님의 군마가 성을 급하게 공격할 때를 기다렸다가 보엄사 탑 위에 불을 질러 신호로 삼겠습니다'라고 했소. 시천은 추녀와 담벼락을 나는 듯이 넘나드는 사람이라 어디인들 몸을 숨기지 못하겠소? 석수는 때가 되면 주 관아 안으로 들어가 불을 지르기로 했고 두 사람은 계책을 정하고 이미 떠났소. 나는 이곳에서 수습하고 군사를 진격시킬 것이오."

여기에 이를 증명하는 「서강월」이 있다.

산후의 요나라 군대 변경을 침범하니, 중원의 송나라가 군대를 일으켰다네. 물가의 출중한 별들 데려와 조서를 받들어 나쁜 길 버리고 바른 길로 들어서게 했구나. 은밀하게 불 지르러 시천을 보냈는데, 석수도 함께 따라갔다네. 영평성永平城 쉽게 격파하니, 그 공로 천년에 걸쳐 떠받들게 되리라!

山後遼兵侵境, 中原宋帝興軍. 水鄉取出衆天星, 奉詔去邪歸正. 暗地時遷放火, 更兼石秀同行. 等閑打破永平城, 千載功勳可敬!

이튿날 군사를 이끌고 평욕현을 떠난 송강은 노준의와 군사를 합쳐 군마를 재촉하며 계주로 향했다.

한편 야율득중은 두 명의 아들을 잃자 괴로워하며 원망했고 대장 보밀성·천산용·동선시랑 등과 상의했다.

"지난번에 탁주·패주 두 갈래 길의 구원병이 각기 흩어져 도망쳤네. 지금 송강이 옥전현에서 군사를 합쳤으니 조만간 계주로 진격할 것인데 어떻게 하면 좋겠는가?"

대장 보밀성이 말했다.

19_ 법륜보장法輪寶藏: 불교어로 불법의 보고寶庫를 비유한 말이다.
20_ 대웅보전大雄寶殿: 석가모니를 섬기는 대전大殿이다.

"송강의 군대가 오지 않으면 만사가 끝이지만, 그 오랑캐 놈들이 쳐들어오면 소장이 나가 대적하겠습니다. 그놈들 중 몇 놈을 사로잡지 못한다면 이놈들이 물러나려 하겠습니까?"

동선시랑이 말했다.

"그 오랑캐 부대에 녹색 도포를 입은 놈이 돌멩이를 잘 던지는데 그놈을 방비해야 하오."

천산용이 말했다.

"제가 이미 그 오랑캐 놈의 목에 화살 한 대를 꽂았으니 아마도 죽었을 겁니다!"

동선시랑이 말했다.

"이 오랑캐 놈 말고 다른 놈들은 걱정할 필요 없습니다."

한창 상의하고 있는데 졸개가 와서는 송강의 군마가 계주로 몰려온다고 보고했다. 야율득종은 서둘러 삼군의 인마를 점거하고 보밀성·천산용에게 서둘러 성을 나가 맞서도록 했다. 성에서 30리 떨어진 곳에서 송강과 대적했다.

각기 진세를 펼치자 보밀성이 삭을 비껴들고 말을 몰아 나왔다. 송강이 진 앞에서 보고는 물었다.

"누가 적장을 베고 깃발을 빼앗아 첫 번째 공을 세우겠는가!"

말을 마치기도 전에 표자두 임충이 진 앞으로 달려나와 성보밀과 크게 싸움을 벌였다. 두 사람은 30여 합을 싸웠으나 승부를 가리지 못했다. 임충은 첫 번째 공을 세우기 위해 장팔사모를 쥐고 싸웠는데 순간 맹렬한 우레와 같은 소리를 크게 지르더니 장창을 밀어젖히고는 사모로 보밀성의 목을 겨냥해 찔러 말 아래로 떨어뜨렸다. 그 광경을 본 송강이 크게 기뻐했고 양군에서는 함성이 일어났다. 천산용은 보밀성이 찔리는 것을 보고는 창을 비껴들고 곧바로 달려나갔다. 송강의 진영에서 서녕이 구겸창을 세우고 곧장 맞서 나갔다. 두 말이 서로 어울렸고 20여 합을 싸우지도 못해 서녕의 한 창에 천산용이 찔려 말에서 떨어졌다. 연이어 두 장수를 쓰러뜨린 것을 본 송강은 속으로 크게 기뻐했고 군사를 독촉하여 혼전을 벌였다. 요군은 대패하여 계주로 달아났다. 송강의 군마는 10여 리를 뒤쫓다가 군사를 거두어 돌아갔다.

그날 송강은 군영을 세우고 삼군을 포상했다. 이튿날 울타리 목책을 뽑아 계주로 진격하도록 명을 내렸다. 사흘째 되는 날 야율득종은 두 대장을 잃고는 놀라 허둥대고 있었다. 또 보고가 들어왔다.

"송나라 군대가 도착했습니다!"

황급히 동선시랑과 상의했다.

"자네가 한 갈래 군마를 이끌고 성을 나가 맞서 내 근심을 덜어줬으면 좋겠네."

동선시랑은 감히 따르지 않을 수 없어 교아유강·초명옥·조명제를 이끌고 1000명의 군마를 통솔하여 성 아래에 늘어섰다. 송강의 군마는 점점 성 가까이 다가와서는 기러기 날개처럼 늘어섰다. 문기가 열리더니 색초가 큰 도끼를 메고는 말을 몰아 진 앞으로 나왔다. 요나라 부대에서는 교아유강이 창을 잡고 진 앞으로 나왔다. 두 사람은 아무 말도 하지 않고 한데 어울려 20여 합을 싸웠다. 교아유강은 위축되어 싸울 마음이 없어져 달아나려 했다. 색초가 뒤를 쫓아가 양손으로 도끼를 휘두르며 그의 머리를 향해 찍어내자 교아유강의 머리통이 두 쪽으로 갈라졌다. 동선시랑이 황급히 초명옥과 조명제에게 빨리 대적하게 했다. 그러나 이 두 사람은 이미 겁을 먹은 상태인데 독촉에 못 이겨 하는 수 없이 창을 잡고 진 앞으로 나갔다. 그러자 송강의 군중에서 구문룡 사진이 두 장수가 한꺼번에 나오는 것을 보고는 칼을 휘두르며 말을 박차고 나가 곧장 두 장수에게 달려들었다. 사진은 영웅적인 모습을 드러내며 손을 들어 먼저 초명옥을 찍어 말 아래로 떨어뜨렸다. 조명제가 급히 달아나려 하자 사진이 쫓아가 한칼에 찍어 역시 말 아래로 떨어뜨렸다. 그러고는 말고삐를 놓고 요 진영으로 돌진해 들어갔다. 송강이 보고서 채찍의 끝으로 가리키며 군사를 휘몰아 곧장 조교까지 진격해갔다. 야율득중은 이런 광경을 보고는 더욱 근심하며 성문을 굳게 닫고 각기 성에 올라 지키게 하면서 요 군주에게 보고를 올리는 한편 패주·유주에 사람을 보내 구원을 요청했다.

한편 송강도 오용과 함께 계책을 상의하며 말했다.

"이처럼 성안에서 견고히 지키고 있으니 어찌하면 좋겠소?"

오용이 말했다.

"성안에 이미 석수와 시천이 있으니 어찌 시간을 허비할 수 있습니까? 사면으로 운제와 포대를 세우고 즉시 성을 공격하십시오. 그리고 능진에게 사방에 화포를 설치하게 하여 성안으로 쏘게 하십시오. 맹렬히 공격하면 성은 반드시 격파될 것입니다."

송강이 즉시 명을 전하여 사방에서 밤새도록 성을 공격하게 했다.

야율득중은 송군이 사방에서 급박하게 공격하자 계주의 백성을 모조리 몰아 성에 올라 방어하게 했다. 당시 석수는 성안 보엄사에서 여러 날을 보냈으나 아무런 동정이 없었다. 그런데 시천이 와서는 알렸다.

"성 밖에서 형님의 군마가 성을 급하게 공격하고 있으니 우리가 이곳에 불을 지르지 않으면 어느 때를 기다린단 말이요?"

석수는 시천과 함께 상의하여 먼저 보탑 위에 불을 지른 다음에 불전을 태우기로 했다. 시천이 말했다.

"자네는 빨리 주 관아 안에 불을 지르게. 그곳은 남문의 요긴한 곳이니 불길이 일어나면 밖에서 보고서 힘을 다해 성을 공격할 것이네. 성이 깨지지 않을 것을 근심할 필요가 있겠나!"

두 사람은 상의를 마치고 각자 인화 물질, 부시와 부싯돌, 화통火筒(불을 피울 때 사용하는 기구), 유연탄을 몸에 감추었다. 그날 저녁 송강의 군마는 성을 더욱 맹렬하게 공격했다.

시천은 추녀와 담벼락을 나는 듯이 넘나드는 사람이라 담장에 뛰어오르고 성을 넘기를 평지를 걷듯이 했다. 먼저 보엄사 탑에 올라 불을 질렀는데, 그 보탑은 가장 높은 곳으로 불길이 성 안팎 어디에서든 보이지 않는 곳이 없었고 불빛이 30여 리 밖에까지 비추자 마치 불을 붙이는 공구 같았다. 그런 다음에 불전에 불을 붙이자 두 개의 불길로 성안은 솥의 물이 끓듯이 떠들썩해졌다. 백성은 집집마다 남녀노소 가리지 않고 모두들 허둥거리며 울부짖었고 살고자 도망치기 시작했다. 석수는 계주 관아 문 지붕으로 기어 올라가 지붕 끝머리에 붙이는 바람막이 판에 불을 붙였다. 계주성 안에서 불길이 세 군데나 보이자 염탐꾼이 있음을 알고 백성은 성지를 지킬 마음이 없어진데다 이미 막아낼 수 없음을 알고 각자 집을 살펴보고자 도망칠 따름이었다. 얼마 안 있어 산문山門에 또 불길이 일었는데 시천이 보엄사에서 나오면서 불을 지른 것이었다. 야율득중은 성안에서 반 시진도 안 되어 네다섯 군데서 불길이 일자 송강이 보낸 자가 성에 있음을 알게 되었다. 황급히 군마를 수습하여 가솔과 두 아들의 시신을 수레에 싣고 북문을 열어 달아났다. 송강은 성의 군마가 혼란스러운 것을 보고는 군병을 재촉하여 성안으로 밀고 들어갔다. 성 안팎으로 함성 소리가 하늘까지 이어졌고 남문을 빼앗았다. 동선시랑은 중과부적이라 야율득중을 따라 북문을 향해 달아났다.

송강은 대부대의 인마를 이끌고 계주 성안으로 진입했고 먼저 사방의 불부터 끄도록 명을 내렸다. 날이 밝자 방을 붙여 계주의 백성을 위로하고 안정시켰다. 삼군 인마를 모두 거두어 계주에 주둔시키고 삼군 제장들에게 포상했다. 공적부에 석수와 시천이 불을 지른 공적을 적고 다시 조 안무에게 문서를 보내 계주를 수복했음을 보고하고 상공께서 와서 주둔하기를 요청했다. 조 안무는 회신 문서에서 말했다.

"나는 단주에 잠시 주둔할 것이니 송 선봉은 계주에 주둔하시오. 지금은 날씨가 무척 더운 시기이니 군사를 움직이지 마시오. 날씨가 시원해지기를 기다렸다가 다시 계책을 상의합시다."

회신을 받은 송강은 노준의에게 원래 선발했던 군장들을 이끌고 옥전현에 주둔시키고 나머지 대부대는 계주를 지키게 했는데, 날씨가 서늘해지면 그때 별도로 지시를 따르게 했다.

한편 야율득중은 동선시랑과 함께 가솔을 데리고 유주로 달아났다. 그리고 연경燕京으로 가서 요 군주를 알현했다. 요 군주가 금전金殿에 앉자 문무 양반의 신료들이 조회에 모였고 알현을 마치자 합문대사閤門大使[21]가 상주했다.

"계주의 어제대왕御弟大王이 돌아왔습니다."

군주는 급히 불러들였고 야율득중과 동선시랑은 섬돌 아래에 엎드려 대성 통곡했다. 군주가 말했다.

"내 사랑하는 동생아, 걱정하지 말고 무슨 일이 있었는지 과인에게 모든 사정을 말하거라."

야율득중이 아뢰었다.

"송나라 동자童子 황제[22]가 송강에게 군사를 이끌고 정벌을 보냈습니다. 군마의 세력이 대단하여 대적하기 어려웠습니다. 신의 두 아들과 단주의 장수 4명을 죽였습니다. 송나라 군대가 휩쓸 듯이 몰려오는 바람에 또 계주까지 잃었습니다. 이렇게 특별히 와서 아뢰니 죽여주시기를 청합니다!"

요나라 군주는 듣고서 성지를 내려 말했다.

"경은 일어나서 잘 상의하도록 하라."

군주가 말했다.

"군사를 이끈 그 오랑캐는 어떤 자인가? 능력 있는 자로다!"

우승상 태사 저견褚堅이 반열에서 나와 아뢰었다.

"신 듣자하니 송강이란 도적은 원래 양산박 수호채의 도적인데 양민과 백성을 죽이려 하지 않고 하늘을 대신해 도를 행하며 오로지 탐관오리와 백성을 해치는 자들만 죽인다고 합니다. 뒤에 동관과 고구가 군사를 이끌고 체포하러 갔

21_ 합문대사閤門大使: 합문사閤門使로 관직 명칭이다. 관원의 알현, 연회, 예의 등의 사무를 관장했다.
22_ 동자童子 황제: 우매하고 천박한 제왕을 비유한 말이다. 동자는 어린아이다.

는데 송강에게 다섯 번 패하고 갑옷 조각조차 돌아가지 못했다고 합니다. 이런 호걸들을 토벌할 수 없게 되자 황제가 세 차례나 사신을 보내 귀순을 권유하는 조서를 보냈고 그 뒤에 투항했다고 합니다. 송강을 선봉사先鋒使로 봉하고 아직 관직은 주지 않았으며 그 나머지도 모두 관직이 없는[23] 상태라 합니다. 지금 파견된 자들이 바로 우리와 싸우는 자들입니다. 모두 108명인데 상천의 별자리에 상응한다고 합니다. 매우 능력 있는 자들로 얕보아서는 안 됩니다."

군주가 말했다.

"그렇다면 어떻게 해야 좋단 말인가?"

반열 중에서 한 관원이 난포襴袍[24]를 바닥에 끌며 상간象簡을 가슴에 대고 돌아나왔는데 바로 구양歐陽 시랑侍郎이었다.

"낭주 만세! 신이 비록 재주는 없지만 송나라 군대를 물리칠 수 있는 작은 계책을 올리고자 합니다."

군주가 크게 기뻐하며 말했다.

"네게 좋은 의견이 있으면 어서 말해보거라."

구양 시랑의 말은 몇 구절로 끝낼 수 있는 게 아니다. 나누어 서술하면 송강의 이름이 청사에 오르고 단서丹書에 기재되게 되었다. 바로 나라를 수호할 계책이 이루어져 여망呂望을 능가하고 하늘에 순응하여 공을 이루었으니 장량張良에 비견할 만하다.

결국 구양 시랑이 어떤 일을 상주했는가는 다음 회에 설명하노라.

23_ 원문은 '백신인白身人'인데, 관직이나 공적이 없는 사람, 즉 평민을 말한다.

24_ 난포襴袍: 관리, 사인士人이 입는 도포다. 위아래가 서로 연결된 옷으로 원형 깃에 소매가 좁고 아래는 길게 무릎을 덮는다. 북주北周 시대에 시작되었다.

북방에 '구양歐陽'이란 성은 없었다.

본문에 요나라의 '구양歐陽 시랑侍郎'이란 인물이 등장하는데, '구양歐陽'은 북방이 아닌 남쪽 성이었다. 『수호전보증본』에 따르면 "월나라 44대 군주인 무강無疆이 둘째 아들을 오정烏程(저장성 우싱吳興)의 구여산歐餘山 남쪽에 봉했는데, 구歐씨 혹은 구양歐陽씨가 되었다. 월이 초나라에 멸망당한 뒤에 구양씨는 북쪽 산동으로 이주했지만 이후에 다시 남쪽으로 돌아왔다. 북송 이래로 민월閩粵 지역에 가장 많았고 지금은 장시성에 가장 많이 분포되어 있다"고 했다.

《 제85회 》

거짓 투항[1]

구양 시랑이 아뢰었다.

"송강을 비롯한 이 도적들은 모두 양산박의 호걸들입니다. 지금 송나라 동자황제는 채경·동관·고구·양전 4명의 적신들이 권력을 휘두르면서 현명하고 능력 있는 자들을 시기하고 그들의 진로를 막아 진급할 수 없게 하며 친하지 않으면 승급되지 못하고 재물이 없으면 임용되지 못하는 실정인데, 이후에도 어떻게 그들을 용납하고 받아들이겠습니까! 신의 어리석은 생각으로는 대왕께서 관작을 그들에게 더해주고 황금과 비단을 하사하시고 많은 가벼운 갓옷과 살찐 말을 상으로 주시면 신이 사신이 되어 그들을 대 요나라에 항복하도록 설득하겠습니다. 대왕께서 이들의 군마를 얻게 되면 중원을 엿보는 것은 손바닥 뒤집듯

1_ 제85회 제목은 '宋公明夜度益津關(송 공명이 야밤에 익진관을 넘다), 吳學究智取文安縣(오 학구는 지혜로 문안현을 빼앗다)'이다. 익진관益津關은 송나라 때 세 관문 가운데 하나로 지금의 허베이성 바저우霸州 경내에 있다. 세 관문은 웅주雄州의 와교관瓦橋關, 하간부河間府의 고양관高陽關, 패주霸州의 익진관이다.

이 쉬울 것입니다. 신이 감히 독단적으로 처리할 수 없으니 대왕께서 살펴주시기 바랍니다."

군주가 듣고는 말했다.

"그 말이 맞도다. 그대는 사신이 되어 108마리의 좋은 말과 108필의 비단과 짐의 칙명을 가지고 가서 송강을 진국대장군鎭國大將軍으로 봉하여 요나라 군대를 통솔하는 대원수로 삼으며 금 1제提², 은 1칭秤³을 주어 증표로 충당하도록 하라. 그리고 두목들의 성명을 모두 베껴와 그들에게도 관작을 봉하라."

이때 반열에서 올안兀顔 도통군都統軍이 나와서는 아뢰었다.

"송강을 비롯한 도적들은 귀순시켜 무엇 하겠습니까? 신 수하에 이십팔수장군二十八宿將軍⁴과 십일요대장十一曜大將⁵ 등 강한 군사와 맹장들이 있는데 그들을 이기지 못할까 두렵습니까? 이 오랑캐들이 물러나지 않는다면 신이 직접 군사를 이끌고 가서 이놈들을 토벌하겠습니다."

국주國主⁶가 말했다.

"그대는 호걸에다 호랑이에 날개를 단 것과 같은데, 그들까지 더해진다면 그대는 두 개의 날개가 더해지는 것이로다. 그대는 구양 시랑을 막지 말라."

요나라 군주가 올안 도통군의 말을 듣지 않으니 누가 감히 여러 말을 하겠는가. 원래 올안광兀顔光⁷ 도통군都統軍은 요나라의 첫 번째 가는 상장으로 십팔반

2_ 제提: 중량과 용적이 확정되지 않은 수량 단위다. 한데 모여 있는 물건을 언급할 때, 예를 들면 전폐錢幣·금·은·양식·차 등에 사용했다.

3_ 칭秤: 1칭은 15근이다.

4_ 이십팔수장군二十八宿將軍: 이십팔수二十八宿 별자리 명칭으로 장군을 비유한 것이다. 이십팔수는 『수호전교주』에 따르면 "각목교角木蛟·두목해斗木獬·규목랑奎木狼·정목안井木犴·우금우牛金牛·귀금양鬼金羊·누금구婁金狗·항금룡亢金龍·여토복女土蝠·위토치胃土雉·류토장柳土獐·저토맥氐土貉·성일마星日馬·묘일계昴日雞·허일서虛日鼠·방일토房日兔·필월오畢月烏·위월연危月燕·심월호心月狐·장월록張月鹿 등이다"라고 했다.

5_ 십일요대장十一曜大將: 십일요 별 명칭으로 대장을 비유하여 가리킨 것이다. 십일요는 일日·월月·목木·화火·토土·금金·수水·기炁·월패月孛·나후羅睺·계도計都다.

6_ 국주國主: 국군國君 혹은 소국의 군주에 대한 칭호.

무예에 정통하고 병서와 군사 전략에도 능숙했다. 나이는 서른 대여섯 살로 당당하고 늠름하며 키는 8척이 넘고 흰 얼굴에 붉은 입술, 누런 수염에 푸른 눈동자를 지녔고 엄숙한 용모에 용맹스러웠다. 출전해서는 혼철점강창渾鐵點鋼槍을 들고 깊은 곳까지 돌진해갔고 때로는 허리에 찬 철간鐵簡[8]을 꺼내 휘두르면 '쟁쟁' 울렸다. 그야말로 만 명도 당해낼 수 없는 용맹을 지닌 자였다.

올안 도통군이 간언한 것은 더 이상 말하지 않겠다. 구양 시랑은 요나라의 칙령과 함께 허다한 예물과 마필을 가지고 말에 올라 계주로 향했다. 당시 송강은 계주에서 군사를 양성하고 있었는데, 요나라 사신이 왔다는 소리를 듣고는 길흉을 알지 못했기에 현녀의 책을 가져다 점을 쳐보니 매우 길한 점괘가 나왔다. 이에 오용과 상의하며 말했다.

"점괘에는 매우 길한 징조가 나왔는데 아마도 요나라가 우리에게 귀순을 요청할 것 같소. 어찌하면 좋겠소?"

오용이 말했다.

"그렇다면 상대방의 계책을 미리 알아채고 그것을 역이용하는 장계취계將計就計로 그들의 귀순 요청을 받아들여야죠. 계주는 노 선봉에게 관할하게 하고 우리는 그들의 패주를 취하러 가지요. 만일 패주까지 손에 넣는다면 요나라를 격파하지 못할 것은 근심하지 않아도 됩니다. 지금 단주를 차지했으니 요나라의 왼쪽 손을 제거한 것이나 마찬가지입니다. 이 일은 간단합니다. 처음에는 받아들이기 어려운 것처럼 하다가 나중에는 쉽게 받아들이되 그가 의심하지 않게 해야 합니다."

구양 시랑이 성 아래에 당도하자 송강은 성문을 열게 하고 안으로 들이도록 명했다. 구양 시랑이 성안으로 들어와서는 주 관아 앞에 이르러 말에서 내려서

7_ 올안兀顔: 요나라(거란契丹)의 황족과 귀족의 성씨는 야율耶律, 소蕭, 한韓 등으로 '올안'은 없다. 올안은 여진女眞 부락의 성씨다.

8_ 철간鐵簡: 내리치는 병기로 철편鐵鞭에 속한다. 철로 제작했으며 네모나며 대나무 형상과 비슷하다.

는 곧장 대청에 올랐다. 인사를 마치고 손님과 주인이 자리를 나누어 앉자 송강이 물었다.

"시랑께서는 어떤 일로 오셨습니까?"

구양 시랑이 말했다.

"한 가지 작은 일이 있어 말씀드리고자 하니 좌우를 물리쳐주십시오."

송강이 좌우에 물러가라 소리치고는 후당 깊은 곳으로 들어오라 청했다.

구양 시랑은 후당에 이르자 허리를 굽히면서 송강에게 말했다.

"대 요나라는 오래전부터 장군의 크신 이름을 듣고 있었으나 길이 아득히 멀어 존안을 뵙지 못했습니다. 또 장군께서는 양산 대채에서 뭇 형제들이 한마음으로 협력하며 하늘을 대신해 도를 행한다고 들었습니다. 지금 송나라 조정에서는 간신들이 능력 있는 자들의 길을 막고 황금과 비단을 바치는 자들은 고관으로 중용되지만 뇌물을 바치지 않으면 나라에 큰 공이 있다 하더라도 승진되지 못하고 상도 받지 못하고 있습니다. 이처럼 간사한 무리들이 권력을 휘두르며 달콤한 말로 아첨하고 현명하고 능력 있는 자를 시기하며 상벌이 분명하지 않아 천하가 크게 어지러워졌는데 강남·양절兩浙·산동·하북에서 도적들이 일어나고 산적들이 날뛰고 있어 양민들은 도탄에 빠져 안심하고 생활할 수 없게 되었습니다. 지금 장군께서는 10만의 정예병을 이끌고 진심으로 귀순하셨는데 선봉의 직무를 얻는 데만 그쳤고 어떠한 품급과 작위도 받지 못했습니다. 또한 형제들도 수고를 다하며 나라에 보답하는데도 모두 관직이 없는 사졸에 불과합니다. 명에 따라 군사를 이끌고 사막에 이르러 이러한 고초를 겪으며 나라에 공을 세우는데도 조정에서는 어떠한 은혜도 베풀지 않고 있으니 이것은 모두가 간신들의 계략입니다. 만일 장군께서도 가는 길에 황금과 진주, 보배를 약탈하여 사람을 시켜 채경·동관·고구·양전 네 사람의 적신에게 뇌물로 보내고 감언이설로 아첨하면 관작을 보장받고 은명恩命9도 즉시 이르게 될 것입니다. 그러나 만일 그렇게 하지 않는다면 장군께서 진심으로 나라에 보답하고 큰 공훈을 세워 조정으로 돌아간들 도리어 죄를 짓게 될 것입니다. 지금 대 요나라 군주께서는 특별히 저를 파견하여 칙령과 함께 장군을 요나라 진국대장군으로 봉하고 병마를 통솔하는 대원수로 삼으며 황금 1제와 은 1칭, 채색비단 108필과 명마 108필을 하사하셨습니다. 또한 108명 두령들의 성명을 베껴오면 그 이름에 따라 관작을 수여할 것입니다. 장군을 속이려는 것이 아니라 이것은 제 군주께서 오래전부터 장군의 성덕을 들으시고 특별히 저를 보내 장군과 여러 장수에게 한뜻으로 협심하여 본국을 도와달라 청하는 것입니다."

송강이 듣고는 대답했다.

"시랑의 말씀이 지극히 맞소이다. 이 송강은 출신이 미천하고 운성현의 아전인데 죄를 짓고 도망쳐 잠시 양산박에 기거한 것은 재난을 피하고자 한 것뿐이오. 송나라 천자가 세 차례나 투항하라는 조서를 내리고 죄를 사면하고 귀순을 요청했습니다. 지금은 낮은 관직인데다 조정에서 사면해준 은혜에 보답할 만한 공적을 세운 적도 없소. 지금 대 요나라 군주께서 두터운 작위를 하사하시고 무거운 상을 내려주셨지만 감히 받을 수 없으니 청컨대 시랑께서는 돌아가십시오. 지금은 찌는 듯한 무더운 시기라 잠시 군마를 멈추고 쉬게 해야 했기에 국왕의 두 성지를 빌려 군사를 주둔시키고 있으니 조만간 시원한 가을이 되면 다시 상의하도록 합시다."

"장군께서 버리시지 않는다면 잠시 요나라 군주께서 하사하신 황금과 채색비단, 안장 갖춘 말을 거두어주십시오. 저는 돌아갔다가 천천히 다시 와서 말씀 나누어도 늦지 않을 것입니다."

"시랑께서는 모르십니다. 우리 108명 두령들의 이목이 많은데 혹여 소식이 새어나갔다가는 화를 당할 것입니다."

"병권이 장군의 수중에 있는데 누가 감히 따르지 않겠습니까?"

9_ 은명恩命: 제왕이 하달하는 승진, 사면 등의 명령.

"시랑을 모르시겠지만 우리 형제 중에는 성격이 강직하고 용맹한 인사가 많습니다. 제가 조정하고 바르게 하여 마음을 같이 한 다음에 천천히 대답해도 늦지 않을 것입니다."

여기에 증명하는 시가 있다.

황금과 비단 다시 싣고 계주 떠나는데, 훈풍에 고개 돌리자 심히 부끄럽네.

요 군주가 투항의 일 묻거든, 구름 청산에 걸렸고 달은 누각에 걸쳤다 하리라.

金帛重馱出薊州, 薰風回首不勝羞.

遼主若問歸降事, 雲在靑山月在樓.

이에 술과 안주를 준비해 대접하고 구양 시랑이 성을 나가 말에 올라 돌아가도록 전송했다.

송강은 군사 오용을 청해 상의하며 말했다.

"요나라 시랑이 와서 한 말은 어떤 것 같소?"

오용이 듣고는 길게 탄식하면서 고개를 숙이고 말을 하지 않고 속으로 망설이기만 했다. 그러자 송강이 물었다.

"군사는 무엇 때문에 탄식하는가?"

"제 생각에는 형님께서 충의만을 생각하시니 이 동생이 감히 여러 말을 못하겠습니다. 제 생각에 구양 시랑이 한 말에 도리가 있습니다. 지금 송나라 천자가 지극히 성명聖明[10]하다고는 하지만 채경·동관·고구·양전 같은 4명의 간신이 권력을 독점하고 있고 그들이 하는 말만 믿고 있습니다. 이후에 우리가 공적을 이

10_ 성명聖明은 영명하고 품덕과 재지가 비범하여 알지 못하는 것이 없다는 의미로 황제를 칭송하는 말이다. 『한서』 「조조전鼂錯傳」에 따르면 "폐하가 천하를 다스릴 때 백성을 변경으로 이주시키고 먼 지방의 백성에게는 변방에 주둔하여 지키는 고통을 면제해 줬으며 변경의 백성은 부자父子가 서로 보전하게 하고 흉노의 포로가 되는 재난을 없게 했으며 이러한 이로움을 후대에까지 이어지게 했으니 성명聖明이라는 명칭에 부합된다"고 했다.

룬다 하더라도 반드시 승진하고 상을 하사받지는 못할 것입니다. 우리가 세 차례나 귀순 요청을 받았지만 형님께서는 겨우 선봉이라는 유명무실한 직무를 얻었을 뿐입니다. 제 어리석은 생각에는 송나라를 버리고 요나라를 따르는 것이 나을 것 같지만 형님의 충의로운 마음을 저버릴 수 없을 따름입니다."

송강이 듣고서 말했다.

"군사는 틀렸소! 요나라를 따른다는 말은 절대로 언급해서는 안 되오. 송나라가 나를 버린다 하더라도 내 충심은 송나라를 저버리지 않을 것이오. 이후에 상을 내려주지 않는다 하더라도 이름만은 청사에 남게 될 것이오. 바른 것을 버리고 잘못된 것을 따르는 것은 하늘이 용서하지 않을 것이오! 우리는 마땅히 충성을 다해 나라에 보답해야 할 것이니 그래야 죽어도 후회가 없을 것이오!"

"형님께서 충의의 마음을 간직하고 계시다면 계책으로 패주를 취할 수 있습니다. 지금은 무더운 여름이니 잠시 쉬면서 군마를 양성해야 합니다."

송강과 오용은 계책을 정하고 다른 사람들에게는 말하지 않았다. 여러 장수와 함께 계주에 주둔하면서 더위가 지나가기를 기다렸다.

이튿날 군중에서 공손승과 한담을 나누다가 송강이 물었다.

"오래전부터 선생의 사부이신 나진인께서 태평성세의 고상한 군자라 듣고 있었소. 지난번 고당주를 공격했을 때 고렴의 요사스런 술법을 깨뜨리고자 특별히 대종과 이규를 보내 족하를 찾게 했을 때 그들이 돌아와 말하기를, '스승이신 나진인의 술법이 영험하다'고 했소. 번거롭더라도 내일 내가 법좌法座 앞에 가서 분향하고 참배하여 세속적인 것을 씻고자 하는데, 선생의 뜻은 어떠한지 모르겠소?"

공손승이 말했다.

"빈도 또한 돌아가 노모와 스승님을 뵙고자 했는데, 형님께서 연일 군대 주둔을 결정하지 않기에 감히 입을 열지 못했습니다. 오늘 형님께 말씀드리고자 했는데 뜻하지 않게 형님께서 가고자 하시니 내일 이른 아침에 함께 가서 스승님을 뵙고 빈도는 모친을 찾아뵙겠습니다."

이튿날 송강은 군사 오용에게 잠시 군마를 관할하도록 맡겼다. 송강은 좋은 향과 깨끗한 과일을 챙기고 화영·대종·여방·곽성·연순·마린 여섯 두령을 데리고 공손승과 함께 말을 타고 5000여 명의 보졸을 인솔하여 구궁현 이선산으로 향했다. 송강 등은 계주를 떠나 산봉우리 깊은 곳에 이르렀는데, 푸른 소나무가 가득하고 서늘한 기운이 불면서 더위가 가시니 정말 아름다운 산이었다. 공손승이 말했다.

"이 산은 어비산魚鼻山이라 합니다."

송강이 산을 살펴보니,

사방은 험준한 높은 산이요, 팔방은 영롱하구나. 겹겹의 새벽 빛 맑은 노을 비추고, 좍좍 날리는 폭포수 거문고 소리 같네. 산골짜기 시냇물 옥석을 두드리는 듯 낭랑하고, 돌 벽은 푸르고 푸르구나. 백운동白雲洞 어귀엔 자줏빛 꽃이 피는 등나무 높이 걸려 있고 푸른 담쟁이 늘어졌으며, 벽옥봉碧玉峯 앞에는 계피나무 벼랑에 걸려 있고 푸른 덩굴 하늘하늘 하네. 새끼 끼고 있는 원숭이 과일 따서 바치고, 무리를 부르는 기린들은 꽃을 머금고 있구나. 수많은 봉우리 빼어남 다투고 깊은 밤에 백학은 경전 읽는 소리 들네. 여러 갈래 계곡물 세차게 흐르고 따뜻한 바람 맞으며 새들은 서로 속삭이누나. 외진 곳이라 번잡한 속세 미치지 않고, 깊은 산이라 수레와 말도 올 수 없는 곳이라네.

四圍巉嶮, 八面玲瓏. 重重曉色映晴霞, 瀝瀝琴聲飛瀑布. 溪澗中漱玉飛瓊, 石壁上堆藍疊翠. 白雲洞口, 紫藤高掛綠蘿垂; 碧玉峯前, 丹桂懸崖靑蔓裊. 引子蒼猿獻果, 呼群藥鹿銜花. 千峯競秀, 夜深白鶴聽仙經; 萬壑爭流, 風暖幽禽相對語. 地僻紅塵飛不到, 山深車馬幾曾來.

공손승은 송강과 함께 곧장 자허관 앞으로 갔고 말에서 내려 의복과 두건을 정돈했다. 졸개가 향과 예물을 받쳐 들고 자허관 안쪽 학헌鶴軒 앞으로 들어갔다. 도사들이 공손승을 보고는 각기 예를 행했고 같이 온 송강을 보고는 또한 예를 마쳤다. 공손승이 물었다.

"스승님은 어디에 계시오?"

도사들이 말했다.

"사부께서는 요즘 뒤쪽에 기거하시면서 조용히 앉아 계시고 자허관에는 잘 나오시지 않습니다."

공손승은 듣고서 송강과 함께 곧장 뒷산 은거하는 곳으로 갔다.

자허관 뒤쪽으로 울퉁불퉁한 좁은 길을 지나 구불구불 계단으로 통하는 길을 올라갔다. 1리도 가지 않았는데 가시나무 울타리가 보였고 바깥은 모두 청송과 푸른 측백나무이고 울타리 안은 온통 선계의 화초들이었다. 그 한가운데에 세 칸의 눈을 파서 만든 굴이 있었고 나진인이 단정히 앉아서 경전을 읽고 있었다. 동자는 손님이 온 것을 알고는 문을 열어 맞이했다. 공손승이 먼저 암자 학헌 앞으로 들어가 스승에게 예로써 절을 올리고는 아뢰었다.

"이 제자의 옛 친구인 산동 송 공명이 귀순 요청을 받아 지금 칙명을 받들어 선봉 직책에 봉해져 군대를 통솔하여 대 요나라를 격퇴시키러 왔다가 지금 계주에 왔기에 특별히 스승님께 인사를 드리러 이곳으로 왔습니다."

나진인이 보고는 들어오게 했다.

송강이 암자로 들어가자 나진인이 계단을 내려와 맞이했다. 송강이 재삼 나진인에게 앉아서 절을 받으시라 간청하자 나진인이 말했다.

"장군은 국가의 상장이고 빈도는 산야의 촌부인데 어떻게 감히 그렇게 하겠습니까?"

송강이 겸양하며 절을 올리려 하자 나진인이 그제야 비로소 앉았다. 송강이 먼저 향로를 가져와 향을 사르고 여덟 번 절을 올리고는 화영 등 여섯 두령을 불러 각기 예로써 절을 올리게 했다. 나진인이 모두 앉기를 청하고는 동자에게 차를 끓이고 과일을 내오게 했다. 나진인이 말했다.

"장군은 위로는 우두머리별에 상응하고 밖으로는 뭇별과 합치하며 함께 하늘을 대신해 도를 행하는데, 지금은 송나라에 귀순했으니 이러한 청렴한 명성은 만년이 지나도 닳지 않을 것이오!"

송강이 말했다.

"이 송강은 운성현의 하급 관리로 죄를 짓고 산으로 도망쳤는데 감사하게도 사방의 호걸들이 소문을 듣고 몰려와서는 마음을 함께 하며 한데 모였으니 은혜는 골육과 같고 정은 다리와 팔과 같습니다. 하늘은 각종 길흉 현상을 드러내는데 비로소 하늘의 별과 땅의 빛에 상응하여 함께 모인 것임을 알게 되었습니다. 지금 황제의 명령을 받들어 대군을 통솔하여 대 요나라를 정벌하는 중에 진인의 선계仙界를 밟게 된 것은 전생에 인연이 있어 참배하게 되었다 하겠습니다. 바라건대 진인께서 앞으로의 일에 있어 길을 잘못 든 바가 있는지 가르쳐주신다면 천만다행이겠습니다."

"장군께서는 저를 경시하지 않고 자신을 낮추며 물어보시는데, 저는 출가한 사람으로 세속을 버린 지 오래되었습니다. 마음은 사그라진 재와 같아 충절을 다할 수 없으니 잘못을 책망하지 않으시면 다행이겠습니다."

송강이 다시 절하며 가르침을 구하자 나진인이 말했다.

"장군께서 잠시 앉아 계시면 소식素食을 준비하겠습니다. 날도 이미 저물었으니 이곳이 황폐한 산이나 조촐한 침상에서 하룻밤 묵으시고 일찍 돌아가시지요. 어떻게 생각하시는지 모르겠습니다."

"이 송강이 스승님의 가르침을 받아 우매함을 깨닫고자 하는데 어찌 바로 떠날 수 있겠습니까?"

수행원을 불러 황금과 진주, 채색비단을 가져다 나진인에게 바치려 했다. 그러자 나진인이 말했다.

"빈도는 외진 시골에 사는 촌스런 노인이라 집 안에만 붙어 있어 이런 황금과 진주를 받아도 쓸데가 없습니다. 베 도포로만 몸을 가리고 있어 채색비단 또한 입지 않습니다. 장군께서는 수만 명의 군사를 통솔하시기에 날마다 군사들에게 상을 하사할 일이 많을 것이니 이 물건들은 청컨대 가지고 돌아가시지요."

송강이 두 번 절하며 받아주기를 청했지만 나진인은 고집을 부리며 받지 않았다. 그러고는 즉시 소식을 차려 대접하고 차를 마셨다. 나진인은 공손승에게 집으로 돌아가 노모를 살피게 했고 내일 일찍 돌아와 장군을 모시고 성으로 돌아가게 했다. 그날 밤 송강은 암자에 머물며 한담을 나누면서 나진인에게 속내를 상세히 털어놓으며 가르침을 받기를 원했다. 나진인이 말했다.

"장군의 충성스럽고 의로운 마음은 천지가 함께하니 신명이 반드시 보우할 것입니다. 살아서 후에 봉해지고 돌아가서는 사당에 모시게 될 것이니 의심하지 마십시오. 다만 장군의 생명이 짧은 것이 결함입니다."

송강이 말했다.

"스승님의 말씀은 이 송강이 마무리를 잘하지 못할 것이란 말씀이십니까?"

"아닙니다! 장군께서는 반드시 몸을 바로 하여 눕고 시신은 무덤에 묻힐 것입니다. 단지 생명이 짧고 사람을 위한 좋은 일에는 방해가 많기 마련이라 근심이 많고 즐거움이 적습니다. 뜻을 이루었을 때 물러나야 하고 절대로 부귀에 연연하지 마십시오."

"스승님, 부귀는 이 송강이 뜻하는 바가 아닙니다. 다만 형제들이 항상 다 함께 모여 있으면서 빈천하게 지낸다 할지라도 작은 소망이나마 채우면서 모두 안락하게 지내기를 바랄 뿐입니다."

나진인이 웃으면서 말했다.

"천명이 정해진 이상 어찌 미련을 갖도록 하겠습니까?"

송강이 두 번 절하며 나진인의 불법을 강론하는 말을 간청했다. 나진인은 동자에게 지필묵을 가져오게 하고는 여덟 구절의 법어를 적어 송강에게 건넸다. 그 여덟 구절은 다음과 같다.

충심 있는 자 적고, 의기 있는 자 드물도다.

유연幽燕에서 공 이룬들, 명월도 헛되이 빛나리.

겨울 저녁 닥치면, 기러기 떼 흩어져 날고,

오초吳楚[11] 지역에서, 관직과 봉록 함께 돌아가리라.[12]

忠心者少, 義氣者稀. 幽燕功畢, 明月虛輝.

始逢冬暮, 鴻雁分飛. 吳頭楚尾, 官祿同歸.

송강은 보고도 그 의미를 깨닫지 못해 다시 절하며 간절하게 요청했다.

"스승님께서 하신 말씀을 풀이하여 미혹됨과 어리석음을 깨우쳐주십시오."

"이것은 하늘의 뜻이므로 누설해서는 안 됩니다. 때가 되면 장군께서 스스로 아시게 될 겁니다. 밤이 깊어 더욱 고요하니 장군께서는 자허관으로 들어가셔서 주무시고 내일 다시 만나시지요. 빈도는 못 잔 잠이 있어 다시 꿈속으로 가야겠습니다. 장군께서는 나무라지 마십시오!"

송강이 여덟 구절을 받아 품속에 넣고 나진인에게 인사하고 자허관으로 들어오자 여러 도사가 방장方丈으로 안내하여 하룻밤 쉬게 했다.

이튿날 새벽에 나진인을 찾아갔는데 그때 공손승은 이미 암자 안에 와 있었다. 나진인이 소식과 반찬을 가져오게 하여 대접했다. 조반을 마치자 나진인이 다시 송강에게 말했다.

"빈도가 장군께 한 말씀 드리겠습니다. 이 제자 공손승은 본래 빈도의 산중으로 출가했으니 세속을 멀리해야 함이 마땅합니다. 어쩔 수 없이 그도 하나의 별이지만 돌아오지 않을 수는 없습니다. 지금부터는 세속의 인연이 날로 짧아지

11_ 오초吳楚: 옛 예장豫章(지금의 장시성) 일대를 가리킨다. 춘추시대 오나라의 상류였고 초나라의 하류 지역이었기 때문에 오초라 한다. 이것은 송강의 말로를 비유한 것이다.

12_ 관직과 봉록이 함께 끝난다는 뜻이다.

고 수행할 날이 길어집니다. 지금 만약 남겨두어 빈도를 시중들게 한다면 형제들과의 정분을 볼 수 없게 될 것이니 장군을 수행하여 큰 공을 이루게 할 것입니다. 개선가를 부르며 경사로 돌아가게 된다면 그때 서로 작별하고 장군께서는 이 사람을 돌려보내주십시오. 그렇게 된다면 빈도에게 도를 전해줄 사람이 생기게 되는 것이고 두 번째는 노모가 문에 기대어 기다리는 수고를 면해드리게 될 것입니다. 장군은 충의로운 인사이기에 반드시 충의로운 행위를 하실 것이라 생각하는데 장군께서는 이 빈도의 뜻을 받아들이시겠습니까?"

송강이 말했다.

"스승님의 뜻인데, 이 제자가 어찌 감히 듣지 않겠습니까? 하물며 공손승 선생은 이 송강과 형제인데 그가 가겠다고 하는데 어찌 감히 막겠습니까?"

나진인이 공손승과 함께 머리를 조아리며 말했다.

"장군의 귀중한 승낙에 감사드립니다."

즉시 무리들은 나진인에게 감사의 절을 올렸고 나진인은 암자 밖까지 나와 전송하고 작별하면서 말했다.

"장군께서는 몸조심하시고 어서 부절을 지니고 후에 봉해지기를 바랍니다."

송강이 작별 인사를 하고 자허관 앞으로 나오니 시종들이 자허관에서 먹인 타고 왔던 말들을 끌고 나와서는 기다렸다. 도사들이 송강 등을 자허관 밖까지 나와 전송했다. 송강은 산중턱 평탄한 곳까지 말을 끌고 오게 하고는 공손승 등과 함께 말에 올라 다시 계주로 돌아갔다.

도중에 별다른 일은 없었다. 계주성 관아 앞에 이르러 말에서 내리자 흑선풍 이규가 맞이하며 말했다.

"형님이 나진인을 만나러 가면서 이 동생은 왜 데려가지 않았어?"

대종이 말했다.

"나진인께서는 자네가 해치려 한다고 하면서 자네를 꾸짖었다네."

이규가 말했다.

"그 사람도 나를 충분히 괴롭혔소!"

모두들 웃었다. 송강이 관아로 들어가자 모두들 후당으로 왔다. 송강이 나진인이 써준 법어 여덟 구절을 꺼내 오용에게 건넸고 오용이 자세히 살펴봤지만 그 의미를 이해할 수 없었고 사람들도 반복해서 보았지만 또한 알 수가 없었다. 공손승이 말했다.

"형님, 이것은 하늘의 뜻으로 누설해서는 안 됩니다. 잘 간직하여 평생토록 이용하시고 의심해서는 안 됩니다. 사부님의 법어는 일이 지나간 다음에야 비로소 알 수 있습니다."

송강은 공손승의 말대로 그것을 천서 안에다 보관했다.

이후로 한 달 넘게 계주에 군마를 주둔시켰으나 발생한 군사 상황은 없었다. 7월 중순이 지나자 단주의 조 추밀로부터 조정의 칙명을 받았으니 군사를 재촉해 서둘러 출전하라는 공문을 받았다. 추밀원의 공문을 접수한 송강은 즉시 군사 오용과 계책을 상의하고는 먼저 옥전현으로 가서 노준의 등과 회합했다. 군마를 조련하고 무기를 정돈하며 인원 분배를 결정하고 다시 계주로 돌아와서는 제기祭旗[13]를 지내고 출정 날짜를 골랐다. 그때 좌우에서 보고했다.

"요나라 사신이 왔습니다."

송강이 나가 맞이했는데, 다름 아닌 구양 시랑이었다. 후당으로 청해 들이고는 예를 마치자 송강이 물었다.

"시랑께서는 어떤 일로 오셨소?"

구양 시랑이 말했다.

"좌우를 물려주십시오."

송강이 즉시 소리쳐 군사를 물렸다. 시랑이 말했다.

13_ 제기祭旗: 고대 미신의 일종으로 군대의 수령이 출정하기 전에 어떤 살아 있는 생물을 죽여서 신령에게 제사 지내는 것으로 신령의 도움을 구하는 것이다.

"우리 대 요나라 군주께서 공의 덕을 흠모하고 계십니다. 만약 장군께서 흔쾌히 귀순하여 대 요나라를 돕는다면 반드시 부절을 지니고 후에 봉해질 것입니다. 어서 대의를 달성하여 요나라 군주의 바라는 마음을 이루도록 해주십시오."

송강이 대답했다.

"여기에 다른 사람이 없으니 충성을 다해 사랑께 말씀드리겠소. 지난번 족하께서 오셨을 때 모든 군사들이 그 뜻을 알고 있음을 모르시는 것 같소. 그러나 사람들 태반이 귀순하려 하지 않소. 만약 이 송강이 사랑을 따라 군주를 알현하러 유주로 간다면 부선봉 노준의가 반드시 군사를 이끌고 추격할 것이오. 성 아래에서 싸움이 벌어지게 되면 우리 형제들의 지난날 의기를 잃게 될 것이오. 내 지금 먼저 심복만을 데리고 갈 것이니 어느 성이든 가리지 않고 내가 피신할 수 있도록 빌려주시오. 그가 만약 군사를 이끌고 추격해오면서 내가 어디에 있는지 알게 될지라도 그를 피할 수 있을 것이고, 그가 만약 내 말을 듣지 않으면 그때 그와 싸워도 늦지 않을 것이오. 그리고 그가 내가 피한 곳을 모르면 그는 군마를 이끌고 동경으로 돌아가 보고할 것이고 반드시 그에게 번거로운 일이 발생할 것이오. 그때 우리가 군주를 알현하고 요나라 군마를 대규모로 이끌고 와서 그와 싸워도 늦지 않을 것이오!"

송강의 말을 들은 구양 사랑은 속으로 크게 기뻐하며 대답했다.

"여기서 가까운 곳은 패주인데 두 곳의 요충지를 지나야 합니다. 첫 번째는 익진관이라 하는데 양쪽으로 험준한 높은 산이고 중간에는 단지 한 갈래의 역로驛路만 있을 뿐입니다. 또 한곳은 문안현文安縣14이라 부르는데 양면이 모두 험악한 산으로 요충지 입구를 지나면 바로 현의 치소입니다. 이 두 곳이 바로 패주의 두 대문입니다. 장군께서 그처럼 하시겠다면 패주로 피하는 것이 좋습니다. 패주는 요나라 군주의 처남15인 강리정안康里定安이 지키고 있습니다. 장군께서

14_ 문안현文安縣: 지금의 허베이성 랑팡廊坊에 예속되어 있다.

는 그곳에 가셔서 함께 지내시면서 이곳 상황을 살펴보시지요."

"그렇다면 이 송강이 밤에 사람을 집으로 보내 부친을 모셔오게 하여 근본적인 근심부터 끊어버리겠소. 시랑은 은밀히 사람을 시켜 이 송강을 데려가시오. 이렇게 하기로 하고 내 오늘 밤 준비하리다."

구양 시랑이 크게 기뻐하며 송강과 작별하고 말에 올라 떠났다. 여기에 증명하는 시가 있다.

재능 출중한 사람으로 오랑캐 뜻 따르면 애석하니
상산에서 역적 욕하여 그 이름 빛났도다.
송강이 정말로 요나라에 투항하려 한다면
어찌 양산에서 대왕 노릇한 사람이라 할 수 있으리.
國士從胡志可傷, 常山罵賊姓名香.
宋江若肯降遼國, 何似梁山作大王.

그날 송강은 사람을 시켜 노준의·오용·주무를 계주로 오도록 청하고 함께 패주를 지혜로 점령할 계책을 상의하니, 그 계책은 아래에서 알게 될 것이다. 송강의 계책이 정해지자 노준의는 명을 받고 돌아갔고 오용과 주무는 은밀하게 장수들에게 이렇게 저렇게 하라고 분부했다. 송강은 임충·화영·주동·유당·목홍·이규·번서·포욱·항충·이곤·여방·곽성·공명·공량 모두 15명의 두령과 1만여 명의 군사를 이끌고 가기로 했고 인원을 선발하고는 구양 시랑이 오기를 기다렸다가 출발하기로 했다. 이틀 뒤에 구양 시랑이 날듯이 달려와 송강에게 말했다.

"대 요나라 군주께서는 장군 같이 선량한 사람이 귀순을 받아들였는데, 송

15_ 원문은 '국구國舅'다. 황태후 혹은 황후의 형제로 황제의 외삼촌 혹은 처남을 가리킨다.

나라 군사가 두려울 게 뭐가 있냐고 하십니다. 우리 대 요나라에는 좋은 병사와 훌륭한 장수가 있으니 강대한 군사와 강인한 말로 도울 것입니다. 장군께서 어르신을 모셔오겠다고 하셨는데 안심하지 못하시면 패주로 가서 대왕의 처남과 함께 계십시오. 제가 사람을 보내 모셔와도 늦지 않습니다."

송강은 듣고서 시랑에게 말했다.

"가기를 원하는 장군들도 모두 준비를 마쳤는데, 언제 출발합니까?"

"오늘 밤 출발하시지요. 장군께서는 명을 내려주십시오."

송강은 즉시 말들에게는 방울을 떼어내고 군졸들은 하무를 물게 하고는 신속하게 그날 저녁에 출발하라 분부하고는 구양 시랑을 극진히 대접했다. 황혼 무렵에 성 서쪽 문을 열고 나갔는데 구양 시랑이 수십 명의 기병을 이끌고 앞에서 길을 안내했다. 송강은 한 무리의 군마를 이끌고 그의 뒤를 따랐다. 대략 20여 리를 갔을 때 송강이 갑자기 말에서 "아이구야!" 하고 소리를 지르고는 말했다.

"군사 오 학구와 함께 대 요나라에 귀순하기로 했는데 너무 황급히 떠나느라 그를 생각지 못하고 기다리지 않았소. 군마를 천천히 가게 하고 빨리 사람을 보내 그를 데려오게 해야겠소."

때는 이미 3경 전후였는데 앞쪽은 어느 결에 익진관 입구였다. 구양 시랑이 크게 소리 질렀다.

"문을 열어라!"

관을 지키는 장수가 관문을 열자 군마는 관을 지나 곧장 패주에 이르렀다. 날이 밝아오자 구양 시랑은 송강에게 성으로 들어가기를 청했고 국왕의 처남인 강리정안에게 보고했다.

요나라 군주의 처남은 권세가 대단했고 용감한 사람이었는데 두 명의 시랑侍郎을 데리고 패주를 지키고 있었다. 한 명은 금복金福 시랑이고 다른 한 명은 섭청葉淸 시랑이었다. 송강이 투항하러 왔다는 보고를 듣고는 군마들은 성 밖에 진지를 구축하여 주둔하게 하고 우두머리인 송 선봉만 성으로 청해 들였다. 구양 시랑이 송강과 함께 성으로 들어가서 정안 국구를 만났다. 송강의 풍모가 속되지 않음을 본 강리정안은 바로 계단을 내려와 영접했고 후당으로 청해 들이고는 예를 마치고 상좌에 앉기를 청했다. 그러자 송강이 대답했다.

"국구國舅께서는 금지옥엽金枝玉葉[16]이시고 소장은 투항한 사람인데 어떻게 국구의 정중한 예를 누릴 수 있겠습니까? 이 송강이 어찌 보답할 수 있겠습니까?"

정안 국구가 말했다.

"장군의 이름이 온 세상에 전해지고 위엄은 중원에 떨치며 그 명성이 대 요 나라에까지 들리고 있는지라 우리 군주께서도 흠모하고 계십니다."

"소장이 국구의 축복과 보우를 받았으니 이 송강이 진심으로 대왕의 크신 은혜에 보답하겠습니다."

정안 국구는 크게 기뻐하며 서둘러 경축 연회를 베풀었다. 또한 소와 말을 잡아 삼군을 포상했다. 그는 성안의 한 주택을 골라 송강과 화영 등을 쉬게 한 다음에 비로소 성 밖에서 대기 중이던 군마를 들여 주둔하도록 했다. 화영 등 장수들이 모두 와서 국구 등 여러 사람을 만났다. 송강은 한 요나라 장수와 함께 같은 곳에서 쉬었고 구양 시랑을 청해 분부했다.

"번거롭더라도 시랑께서 사람을 보내 관문을 지키는 군관에게 오용이 오게 되면 그를 관문 안으로 들어올 수 있게 분부해주시오. 내가 그와 같은 곳에서 쉬고 싶은데, 어젯밤 너무 급작스럽게 오는 바람에 그를 기다리지 못했소. 내가 잠시 족하와 먼저 오는 것에만 몰두하다 그를 잊고 말았소. 군사 상황을 주재할 때 그가 없어서는 안 되오. 그는 문무를 겸비한데다 지모도 뛰어나 육도삼략에 통달하지 않은 것이 없소."

16_ 금지옥엽金枝玉葉: 원래는 아름다운 꽃나무의 가지와 잎을 형용했으나 후에는 대부분 황족의 자손을 가리켰다. 현재는 출신이 고귀하거나 혹은 여리고 유약한 사람을 비유한다.

구양 시랑이 듣고서 즉시 익관진과 문안현 두 곳에 사람을 보내 관문을 지키는 장수에게 알리도록 했다.

"이름이 오용으로 수재 같이 생긴 사람이 있는데 그를 통과시키도록 하라."

한편 문안현에서는 구양 시랑의 지시를 전달받자 즉시 사람을 익진관으로 보내 자세히 알도록 설명했다. 관 위에서 살펴보는데 바람에 날리는 흙먼지가 해와 하늘을 가리며 군마가 관으로 달려오는 것이 보였다. 관을 지키던 군사들이 뇌목과 포석을 준비하고 대적하려는데 산 앞에 수재 생김새의 사람이 말을 타고 오고 있고 그 뒤로 한 명의 행각승과 한 명의 행자가 따라오고 있었다. 그 뒤로는 또 수십 명의 백성이 모두 관으로 달려오고 있었다. 말이 관 앞에 이르자 크게 소리 질렀다.

"나는 송강 수하의 군사 오용이오. 형님을 찾으러 오다가 송나라 군사들에게 쫓기게 되었으니 관문을 열어 나를 구해주시오!"

관을 지키는 장수가 말했다.

"이 사람 같구나."

즉시 관문을 열어 오 학구를 들어오게 했다. 그런데 그 두 명의 행각승과 행자도 바짝 따라붙어 관으로 들어오려 했다. 관을 지키던 자들이 저지했지만 그 행자는 이미 문안으로 부딪쳐 들어왔다. 그 화상이 말했다.

"우리 두 사람은 출가인인데 군마들에게 급히 쫓기고 있으니 구해주시오!"

관을 지키던 군사들이 관 밖으로 밀어내자 화상은 화를 내고 행자는 초조해하며 크게 소리 질렀다.

"우리는 출가인이 아니고 사람 죽이는 태세 노지심과 무송이다!"

화화상이 쇠 선장을 휘두르며 관을 지키던 군사들의 머리를 향해 내리쳤고 무행자는 쌍 계도를 꺼내 죽이기 시작하는데 마치 박을 쪼개고 채소를 써는 듯했다. 그들 뒤를 따르던 10여 명의 백성은 해진·해보·이립·이운·양림·석용·시천·단경주·백승·욱보사로 일찌감치 관 안으로 들어와서는 순식간에 관문을 탈취했다. 노준의는 군병을 이끌고 모두 관으로 들어와 일제히 문안현으로 돌격했다. 관을 지키던 관원들이 어떻게 대적하겠는가. 이들 무리는 모두 문안현으로 달려갔다.

한편 오용은 나는 듯이 패주성 아래로 달려갔다. 문을 지키던 요 관원이 성안으로 들어가 보고했다. 송강과 구양 시랑이 성 옆에서 맞이하고는 즉시 국구 강리정안에게 데려가 만나게 했다. 오용이 말했다.

"이 오용이 조금 늦게 왔습니다. 성을 나가려는데 뜻하지 않게 노준의가 알아채고 관 앞에까지 추격해왔습니다. 소생은 성으로 들어왔는데 지금 그쪽은 어떻게 되었는지 모르겠습니다."

또 유성탐마가 달려와 보고했다.

"송나라 군사가 문안현을 빼앗고 군마가 패주에 가까이 다다랐습니다."

정안 국구는 군사를 점검하고 성을 나가 대적하려는데 송강이 말했다.

"병력을 이동시키지 마십시오. 그들이 성 아래에 당도하기를 기다렸다가 이 송강이 좋은 말로 그들을 귀순시키겠습니다. 만약 듣지 않는다면 그때 싸워도 늦지 않습니다."

또 탐마가 달려와 보고했다.

"송나라 군사들이 성에서 멀지 않은 곳에 이르렀습니다!"

정안 국구는 송강과 함께 일제히 성에 올라 살펴봤다. 송군이 질서정연하게 모두 성 아래에 늘어서 있었다. 투구를 쓰고 갑옷을 걸친 노준의가 말을 박차며 창을 비껴든 채 군사를 점검하고 장수를 배치하며 위용을 뽐내면서 문기 아래에 서서는 크게 소리 질렀다.

"조정을 배반한 송강을 내보내라!"

송강이 성루 아래 여장에 붙어 서서 노준의를 가리키며 말했다.

"동생, 송나라 조정은 상벌이 분명하지 않고 간신들이 정권을 잡고 달콤한 말로 아첨하며 권력을 독점하고 있소. 내 이미 대 요나라 군주에게 순종하기로 했으니 그대가 마음을 돌려 나를 도와 함께 요나라 군주를 돕는다면 양산에서 오랫동안 함께 했던 뜻을 잃지 않게 될 것이오."

노준의가 욕설을 퍼부었다.

"내가 북경에서 편안히 살면서 일하는데 네놈이 나를 속여 산에 오르게 했다. 송나라 천자가 세 번이나 조서를 내려 우리를 귀순시키려 했는데 너는 어찌하여 저버렸느냐? 네가 어떻게 감히 조정을 배반할 수 있단 말이냐? 식견이 짧고 무능한 놈아, 어서 나와 말해보거라. 내 너와 승패를 봐야겠다!"

송강이 대로하여 성문을 열라고 소리쳤다. 그러고는 임충·화영·주동·목홍 네 장수에게 일제히 나가 노준의를 사로잡으라 했다. 네 장수를 본 노준의는 군관들에게 멈추게 하고 말을 박차고 창을 비껴들고는 곧장 네 장수에게 달려들었는데 전혀 두려워하는 기색이 없었다. 임충 등 네 장수는 20여 합을 싸우고는 말머리를 돌려 성안으로 달아났다. 노준의가 창을 한 번 흔들자 뒤쪽의 대부대 군마가 일제히 성으로 밀려들어갔다. 임충·화영은 조교를 점거하고 몸을 돌려 다시 싸웠는데 거짓으로 패한 척하며 노준의를 안으로 유인해 들어왔다. 배후의 삼군이 일제히 함성을 질렀다. 성안에 있던 송강 등 제장들은 일제히 반란을 일으키며 대군을 성으로 끌어들였다. 사방에서 혼전을 벌이며 살육하자 사람들은 속수무책이었고 모두 투항하고자 했다. 정안 국구는 눈을 크게 뜨고는 놀라 멍하니 있으면서 어떻게 해야 할지 몰라 하다가 여러 시랑과 함께 꼼짝없이 사로잡히고 말았다.

송강이 군사를 이끌고 관아 안으로 오자 제장들이 들어와 송강에게 인사했다. 송강은 명을 내려 먼저 정안 국구와 구양 시랑·금복 시랑·섭청 시랑을 청해 모두 나누어 앉게 하고는 예로써 대접했다. 송강이 말했다.

"그대들 요나라는 모르겠지만 우리를 잘못 보았소! 우리 이 호걸들은 산림으로 패거리를 불러 모은 무리가 아니라, 저마다 별들에 해당하는 신하들인데 어떻게 주인을 저버리고 요나라에 항복하겠소? 단지 패주를 취하고자 특별히 이런 기회를 이용한 것이오. 지금 이미 공을 이루었으니 국구 등은 본국으로 돌아가시오. 나는 그대들을 죽일 마음이 없으니 절대로 의심하지 마시오. 그대들 부하와 각 집안의 가솔들도 모두 본국으로 돌려보내겠소. 패주성은 이미 송나라에 속하게 되었으니 그대들은 다시 와서 빼앗으려고 다투지 마시오. 이후로 전쟁이 벌어진다면 다시는 용서치 않을 것이오."

송강의 호령이 떨어지자 성안의 요 관원들은 모두 쫓겨나 정안 국구를 따라 유주로 돌아갔다. 송강은 방을 붙여 백성을 안정시키는 한편 부선봉 노준의에게 절반의 군마를 이끌고 계주로 돌아가 지키게 했다. 송강 등 나머지는 패주에 주둔하며 지켰다. 사람을 보내 군사 보고를 올리고 나는 듯이 조 추밀에게 패주를 손에 넣었음을 보고했다. 조 안무는 크게 기뻐하며 표문을 적어 조정에 상주했다.

한편 정안 국구는 세 명의 시랑과 함께 무리를 이끌고 연경燕京으로 돌아가 군주를 만나서는 송강이 거짓으로 항복해 그 도적 오랑캐 놈에게 패주를 점령당한 일을 상세히 아뢰었다. 대 요나라 군주는 듣고서 크게 성내며 구양 시랑을 욕했다.

"모두가 너 노비 같은 간사한 신하가 왕래하며 부추겨 나의 중요한 성지인 패주를 잃었으니 나더러 어떻게 연경을 지키란 말이냐? 어서 저놈을 참수시켜라!"

반열에서 올안 통군이 돌아나오며 아뢰었다.

"대왕께서는 근심하지 마십시오. 이놈 때문에 힘을 낭비하실 필요가 없습니다. 신에게 방법이 있으니 잠시 구양 시랑의 참수형을 면하게 해주십시오. 만약 송강이 이 사실을 알게 되면 도리어 비웃음을 살 것입니다."

요나라 군주는 허락하고 구양 시랑을 사면했다. 올안 통군이 아뢰었다.

"신이 부하인 이십팔수 장군과 십일요 대장을 이끌고 가서 진세를 벌이고 이 오랑캐 놈들을 북 한번 두드리고 평정한 뒤 잡아오겠습니다."

말을 마치기도 전에 반열에서 하 통군賀統軍이 돌아나오며 아뢰었다.

"대왕께서는 걱정하실 필요가 없습니다. 신에게 생각이 있습니다. 속담에 이르기를, '닭을 잡는 데 소 잡는 칼을 사용하겠는가'[17]라고 했습니다. 통군이 직접 갈 필요는 없고 제가 작은 계책으로 이 오랑캐 놈들을 죽어도 묻힐 땅조차 없게 만들겠습니다!"

군주가 듣고서 기뻐하며 말했다.

"나의 문신文臣[18]이여, 그대의 묘한 계책을 듣고 싶도다."

하 통군이 입을 열어 어떤 묘한 계책인지 말하는데, 나누어 서술하면 노준의는 어느 한 곳에 이르러 말 먹일 마초가 없고 사람은 식량이 떨어지게 되었다. 그야말로 삼군의 용맹함과 날램도 일제히 혼이 나가고 한 시대의 영웅도 미간을 찌푸리게 되었던 것이다.

결국 하 통군이 어떤 계책을 말하는지는 다음 회에 설명하노라.

17_ 원문은 '殺雞焉用牛刀'이다. 출전은 『논어』 「양화陽貨」로 원문이 '割雞焉用牛刀'다.
18_ 원문은 '爱卿'이다. 군왕의 문신文臣에 대한 칭호로 무신은 애장爱將이라 불렸다.

함
정[1]

하 통군은 이름이 하중보賀重寶로 대 요나라 올안 통군의 부하인 부통군의 직분을 담당하고 있었는데, 1장의 큰 키에 만 명을 대적할 수 있는 힘을 지녔고 요사스런 술법을 잘 사용하고 삼첨양인도를 다루었다. 그는 지금 유주를 지키고 있으면서 여러 로路 군마를 감독하고 있었다. 하중보가 요 군주에게 아뢰었다.

"제가 관할하는 유주 지방에 청석욕靑石峪이란 곳이 있는데 한 갈래 길로만 들어갈 수 있고 사면이 모두 높은 산이라 살아나갈 길이 없습니다. 신이 10여 명의 기병을 선발하여 이 오랑캐들을 그 안쪽으로 들어오도록 유인하겠습니다. 그때 군마를 보내 바깥에서 에워싸면 이놈들은 앞으로 나갈 길이 없고 뒤로도 물러날 수 없어 반드시 굶어죽을 것입니다."

올안 통군이 말했다.

"어떻게 이놈들을 끌어들인단 말인가?"

1_ 제86회 제목은 '宋公明大戰獨鹿山(송 공명은 독록산獨鹿山에서 크게 싸우다), 盧俊義兵陷靑石峪(노준의 군대는 청석욕에서 함정에 빠지다)'이다.

하 통군이 말했다.

"이놈들은 세 개의 큰 군을 차지하여 기고만장할 테니 반드시 유주를 차지하려 생각할 것입니다. 군사를 나누어 그놈들을 유인한다면 반드시 기세를 몰아 뒤쫓아올 것입니다. 함정인 산 안으로 끌어들인다면 어디로 달아나겠습니까?"

올안 통군이 말했다.

"자네의 계책이 도움이 되지 않을까 걱정이니 반드시 나의 대군으로 소멸시켜야 할 것 같네. 어쨌든 가보세."

하 통군은 군주에게 작별 인사를 하고 투구와 갑옷, 병기와 말을 갖추고는 보졸을 이끌고서 유주 성내로 돌아갔다. 군마를 점검하여 세 부대로 나누었는데 한 부대는 유주를 지키게 하고 두 부대는 패주와 계주로 진군했다. 명령이 떨어지자 두 부대의 군마가 성을 나갔다. 그는 자신의 두 동생들에게 군사를 이끌고 전진하게 했는데, 큰 동생인 하탁賀拆은 패주로 가고 동생 하운賀雲은 계주로 전진시켰다. 그리고 그들에게 싸움에서 이기려 들지 말고 거짓으로 패한 척하며 속여 유주 경계로 유인하도록 계책을 세웠다.

한편 송강 등은 패주를 지키고 있었는데, 누군가 와서 보고했다.

"요군이 계주를 침범했는데 실수로 잃을까 두려우니 군사를 보내 구원해주십시오."

송강이 말했다.

"공격해왔다면 그냥 내버려두고 이번 기회에 유주를 취해야겠다."

송강은 약간의 군마만 남겨두어 패주를 지키게 하고는 나머지 대부대에게 목책을 뽑아 계주로 전진하여 노준의 군마와 합치고는 날을 정해 군사를 진격시키기로 했다.

요 장수 하탁이 군사를 이끌고 패주로 오자 송강은 군마를 내보내 도중에 맞섰다. 3합을 싸우지도 않았는데 하탁이 군사를 이끌고 달아나자 송강은 뒤를 쫓지 않았다. 한편 하운은 계주를 공격했는데 호연작과 맞닥뜨렸지만 싸우지 않고 스스로 물러났다.

송강은 군막에서 노준의를 만나 유주를 공격해 빼앗을 계책을 상의하는데, 오용과 주무가 말했다.

"유주에서 두 갈래 길로 나누어 오고 있는데, 이는 반드시 유인하려는 계책이니 가서는 안 됩니다."

노준의가 말했다.

"군사는 틀렸소! 그놈들이 연이어 여러 차례 패했는데, 어떻게 유인하는 계책을 쓰겠소? 취해야 하는데 취하지 않으면 나중에 취하기 어렵게 될 것이니 여기서 유주를 취하지 않고 어느 때를 기다린단 말이오?"

송강도 말했다.

"이놈들의 세력이 곤궁하고 힘이 다했는데 무슨 좋은 계책을 펼칠 수 있겠소? 이번이 바로 좋은 기회요."

결국 오용과 주무의 말을 따르지 않고 두 곳의 군마를 세 갈래 길로 나누어 유주로 진격했다. 전군에서 보고했다.

"요군이 앞에서 가는 길을 막고 있습니다."

송강이 앞으로 나가 살펴보니 산비탈 뒤쪽에서 한 무리의 검은 깃발을 든 무리가 돌아나왔다. 송강은 전군에 인마를 벌여 세우게 했는데, 요 장수도 네 갈래 길로 나누어 산비탈 앞에서 늘어섰다. 송강과 노준의를 비롯한 제장들이 살펴보니 마치 검은 구름 속에서 만 명이 뛰쳐나오는 듯한데 한 관원을 에워싸고 있었다. 그는 삼천양인도를 비껴들고는 진 앞에서 말을 세웠다. 그의 생김새를 보니,

머리엔 서리 앉은 듯한 단철로 된 밝은 투구를 쓰고, 햇빛처럼 눈부신 연환 갑옷 걸쳤네. 발에는 구름이 이는 듯한 형상의 녹색 가죽 신발을 신었고, 허리에는 거북 등껍질 문양에 산예狻猊 형상의 띠를 묶었구나. 수놓은 붉은 비단 전

포 입고, 무쇠 자루의 낭아봉을 들었네. 손에는 삼첨양인三尖兩刃 팔환도八環刀
를 쥐고, 네 다리에 쌍날개가 돋친 천리마를 탔도다.

頭戴明霜鑌鐵盔, 身披曜日連環甲. 足穿抹綠雲根靴, 腰繫龜背猲猊帶. 襯着錦繡
緋紅袍, 執着鐵杆狼牙棒. 手持三尖兩刃八環刀, 坐下四蹄雙翼千里馬.

전면의 행군기에는 '대요大遼 부통군 하중보'라 분명하게 쓰여 있었다. 하 통
군이 말을 질주하며 칼을 비껴들고는 진 앞으로 나왔다. 송강이 보고는 말했다.
"요 통군이니 틀림없이 상장이다. 누가 감히 출전하겠는가?"

말이 미처 끝나기도 전에 대도 관승이 적토마를 타고 청룡언월도를 춤추듯
휘두르며 날듯이 진을 나와서는 아무 말도 않고 곧장 하 통군과 맞붙어 싸웠다.
30여 합을 버틴 하 통군은 기력이 떨어지자 칼을 밀어 젖히고는 본진을 향해
달아났다. 관승이 말고삐를 놓고 추격하자 하 통군은 패잔병을 이끌고 산비탈
을 돌아 달아났다. 송강은 즉시 군마를 휘몰아 뒤를 쫓았다. 대략 40~50리를
달렸을 때 사방에서 일제히 전고 소리가 울렸다. 송강이 급히 군사를 돌리려 하
는데 산비탈 왼쪽에서 한 무리의 요군이 뛰쳐나와 길을 차단했다. 송강이 급히
군사를 나누어 대적하려는데 오른쪽에서 또 한 갈래의 요군이 달려들었다. 게
다가 앞에서 달아나던 하 통군까지 대오를 정돈하여 되돌아와 협공했다. 송강
의 병마는 사방으로 구원할 수 없게 되었고 요군에 의해 두 동강으로 잘리고
말았다.

한편 노준의는 군사를 이끌고 뒤쪽에서 싸우고 있었는데 앞쪽의 군마가 보
이지 않자 급히 활로를 찾아 돌아오려는데 양옆구리에서 또 요군이 몰려들었
다. 요군의 함성소리가 하늘에까지 이어지고 사방에서 돌격해오자 한가운데서
포위되고 말았다. 노준의는 제장들에게 좌우로 충돌하고 앞뒤로 돌파하며 나갈
길을 찾게 했고 장수들이 위세를 뽐내고 무력을 과시하며 정신을 가다듬어 사
방으로 달려들었다. 그러나 그때 갑자기 검은 구름이 이어지고 검은 안개가 하

늘을 가리니 대낮인데도 밤과 같이 어두워지면서 동서남북을 구분할 수 없게 되었다. 노준의는 당황하며 급히 한 갈래 군마를 이끌고 죽기로 뚫고 나갔다. 어두컴컴한 가운데 앞쪽에서 말방울 소리가 들리자 말을 몰아 군사를 이끌고 돌진해갔다. 산 어귀에 이르렀을 때 안쪽에서 사람의 말소리와 말이 울부짖는 소리가 들리자 군사를 이끌고 짓쳐 들어갔는데 갑자기 광풍이 크게 일더니 돌이 구르고 모래가 날리며 마주서서 볼 수 없을 지경이 되었다. 노준의가 그 속으로 들어간 뒤로 대략 2경 전후가 되자 비로소 바람이 조용해지고 구름이 걷히며 다시 하늘의 별들을 볼 수 있게 되었다. 여러 사람이 둘러보는데 사면이 온통 높은 산이고 좌우로는 깎아지른 듯한 절벽들로 높은 산과 험준한 고개만 보일 뿐 오를 수 있는 길도 없었다. 따르던 인마는 단지 서녕·색초·한도·팽기·진달·양춘·주통·이충·추연·추윤·양림·백승 등 대소 두령 12명과 군마 5000여 명뿐이었다. 별빛 아래서 돌아갈 길을 찾았으나 사방이 높은 산으로 둘러싸여 빠져나갈 수가 없었다. 노준의가 말했다.

"군사들이 온종일 싸워 정신과 마음이 피곤할 테니 이곳에서 잠시 하룻밤 쉬면서 전마도 멈추게 하고 내일 돌아갈 길을 찾도록 하자."

한편 송강은 한창 싸우고 있는데 검은 구름이 사방에서 일어나고 돌이 구르고 모래가 날리며 군사들은 서로 마주하고도 알아볼 수 없었다. 공손승이 말을 타고 바라보고서 요사스런 술법임을 알고 급히 보검을 뽑아 쥐고는 말 위에서 주문을 외우며 소리 질렀다.

"사라져라!"

보검이 가리키는 곳에 검은 구름이 사방으로 흩어지더니 광풍이 잠시 멈추었다. 그러자 요군은 싸우지도 않고 스스로 물러갔다. 송강은 군사를 몰아 겹겹의 포위망을 뚫고 한 높은 산으로 물러나 본부의 군마와 합류했다. 군량을 실은 수레들을 머리부터 꼬리까지 연결하여 에워싸고는 잠시 울타리 목책으로 삼았다. 대소 두령들을 점검해보니 노준의 등 13명의 두령과 5000여 명의 군마가 보이지 않았다. 날이 밝자 송강은 호연작·임충·진명·관승에게 각기 군병을 인솔하여 하루 종일 사방으로 그들을 찾게 했지만 어떠한 소식도 알아내지 못하고 돌아왔다. 송강은 현녀의 책을 꺼내놓고 향을 사르고 점을 치고는 말했다.

"대체로 큰 문제는 없지만 깊숙하고 고요한 곳에 빠져 급히 빠져나오기 어렵겠구나."

송강은 마음이 놓이지 않아 해진과 해보를 사냥꾼으로 꾸며 산을 돌아가 그들을 찾도록 했다. 또 시천·석용·단경주·조정을 보내 사방으로 다니며 소식을 알아보게 했다.

해진과 해보는 호피 도포를 걸치고 삼지창을 끌면서 깊은 산속으로 걸어 들어갔다. 날이 어둑해질 때 두 사람은 산속으로 들어갔는데 사방을 둘러봐도 밥 짓는 연기조차 보이지 않고 어지럽게 겹겹이 산들로 막혀 있었다. 해진과 해보는 다시 몇 개의 산봉우리를 넘었다. 이날 밤 달빛은 흐렸는데 멀리 산기슭에 등불 한 점이 보였다. 형제가 말했다.

"저 등불 있는 곳에 반드시 인가가 있을 것이니 저리로 가서 밥이나 얻어먹자."

등불을 바라보며 힘껏 발걸음을 재촉했다. 1리도 못가 그곳에 이르렀는데 수풀 옆에 세 칸의 초가집이 있고 벽 틈 사이로 등불이 비치고 있었다. 해진·해보가 짝으로 된 문을 밀어 열자 등불 아래에 나이가 예순 정도 되는 한 노파가 보였다. 형제가 삼지창을 내려놓고 고개 숙여 절하자 노파가 말했다.

"우리 아들이 돌아온 줄 알았더니 손님이 오셨구려. 절은 그만두게. 어디 사냥꾼들인가? 어떻게 여기까지 왔는가?"

해진이 말했다.

"소인들은 원래 산동 사람인데 옛날부터 사냥꾼 집안이었습니다. 이곳으로 장사하러 왔다가 뜻하지 않게 군마들로 떠들썩하고 계속해서 싸움이 벌어지는 바람에 본전을 잃고 살아갈 방도가 없습니다. 그래서 우리 형제 두 사람은 산중으로 들어와 짐승이나 사냥해 먹고살려고 했는데, 그만 길을 잃어 이곳까지 오게 되었습니다. 댁에서 하룻밤 묵고자 합니다. 할머니 묵게 해주십시오!"

노파가 말했다.

"예로부터 말하기를, '누가 집을 이고 다니는가!'라고 하지 않았나. 내 두 아들도 사냥꾼인데 아마도 지금쯤 돌아올 것이네! 잠시 앉아 있게. 내 저녁밥 준비할 테니 먹게나."

해진과 해보가 감사하며 말했다.

"할머니, 감사합니다!"

노파는 안으로 들어갔고 두 사람은 문 앞에 앉았다. 얼마 있다가 문 밖에서 두 사람이 노루 한 마리를 메고 들어오면서 소리 질렀다.

"어머니, 어디 계세요?"

노파가 나오면서 말했다.

"얘들아 돌아왔구나. 노루는 내려놓고 저 손님들과 인사나 해라."

해진과 해보가 황급히 인사를 했다. 두 사람이 답례를 하고는 물었다.

"손님들은 어디에서 오셨습니까? 이곳은 무엇 때문에 오셨습니까?"

해진과 해보는 방금 전에 노파에게 했던 말을 두루 이야기했다. 그러자 두 사람이 말했다.

"저희는 조상 때부터 이곳에 살았습니다. 저는 유이劉二²라 하고 이 동생은 유삼劉三입니다. 부친께서는 유일劉一이라 하는데 불행히도 돌아가시고 모친만 계십니다. 사냥으로 생계를 꾸리는데 벌써 20~30년이나 됐습니다. 이곳은 길이 복잡해 우리도 모르는 곳이 있습니다. 두 분은 산동 사람이라면서 어떻게 여기에 와서 밥을 얻어먹게 되었습니까? 두 분은 사냥꾼이 아니시지요?"

2_ 『수호전보증본』에 따르면 "요나라 왕족의 성씨는 야율耶律이었는데 요나라가 멸망한 후 대부분 유劉성으로 바꾸었다"고 했다.

"이곳까지 왔으니 무엇을 숨기겠습니까? 사실대로 말씀드리리다."

여기에 증명하는 시가 있다.

산봉우리 겹겹이 둘러친 속에서, 병사들 한가운데 빠져 벗어날 수 없네.

해씨 형제 맹수 다니는 길 알고자 하여, 어부와 나무꾼 속에 섞여들었구나.

峰巒重疊繞周遭, 兵陷垓心不可逃.

二解欲知貔虎路, 故將蹤迹混漁樵.

해진과 해보가 땅바닥에 무릎을 꿇고는 말했다.

"소인들은 정말로 산동의 사냥꾼으로 해진·해보라 합니다. 양산박의 송 공명 형님을 따라 오랫동안 산적패로 있다가 귀순 요청을 받고 형님을 수행하여 요나라를 격파하러 왔습니다. 며칠 전에 하 통군과 크게 싸움을 벌였는데 한 무리의 인마가 격퇴되어 흩어졌습니다. 그런데 그들이 어느 함정에 빠졌는지 모르기에 특별히 소인 형제들을 보내 소식을 알아보고 있습니다."

두 형제가 웃으면서 말했다.

"두 분은 호걸들이니 일어나십시오. 우리가 길을 알려드리겠소. 두 분은 잠시 앉아계시오. 우리가 노루 다리 하나 삶아서 사주社酒3를 데워올 테니 같이 마십시다."

첫 일경4도 되지 않아 삶은 고기를 가져왔다. 유이·유삼은 해진과 해보를 극진히 대접했고, 술 마시는 동안에 물었다.

"우리는 양산박 송 공명이 하늘을 대신해 도를 행하며 양민을 해치지 않다는 것을 오래전부터 들었고, 그 소문은 요나라에도 전해졌지요."

3_ 사주社酒: 옛날에 봄, 가을 지신 제삿날에 토신에게 제사지내고 술을 마시며 경축했는데, 이때 준비한 술을 사주라 한다. 여기서는 시골 술을 가리킨다.

4_ 원문은 '경차更次'다. 저녁의 첫 번째 경이다.

해진·해보가 대답했다.

"우리 형님께서는 충의를 중요시하고 선량한 양민을 해치지 않겠다고 맹세했습니다. 그래서 탐관오리와 가혹한 관리들, 강한 자에 빌붙어 약한 사람을 괴롭히는 자들만 죽이지요."

"과연 우리가 들었던 말과 같소이다!"

모두들 기뻐했고 서로 아끼는 정이 생겼다. 해진·해보가 말했다.

"흩어진 우리 군마에는 10여 명의 두령과 3000~5000명의 병졸이 있는데 어디로 갔는지 알 수가 없소. 아마도 어떤 한 지역에서 함정에 빠진 듯하오."

두 사람이 말했다.

"당신들은 이곳 북쪽을 모르는 것 같소. 이곳은 유주 관할로 청석욕이라 불리는 곳이 있는데, 한 갈래 길로만 들어갈 수 있고 사방이 모두 깎아지른 듯한 절벽의 높은 산들만 있소. 들어가는 길을 막기라도 한다면 다시는 나올 수 없지요. 다른 곳은 이처럼 넓은 곳이 없으니 아마도 그곳에 갇혀 있는 듯하오. 지금 송 선봉이 주둔한 곳은 독록산獨鹿山[5]이라 부르는데 산 앞이 평평한 땅이라 싸울 수 있고, 산 정상에 올라가면 사방에서 오는 군마를 볼 수 있지요. 만약에 당신들이 그 군마를 구하려 한다면 목숨을 걸고 청석욕을 열어야 비로소 구출할 수 있소. 그 청석욕 입구에는 반드시 많은 군마가 운집해 길 입구를 끊었을 것이오. 이 산에는 측백나무가 매우 많은데 청석욕 입구에는 두 그루의 큰 측백나무가 있소. 가장 크고 좋아 형상이 산개와 같고 사방에서 모두 볼 수가 있소. 그 큰 나무 옆이 바로 청석욕 입구요. 그런데 조심해야 할 것은 하 통군이 요사스런 술법을 잘 부리니 송 선봉이 먼저 그것을 깨뜨리는 것이 가장 중요할 것이오."

해진과 해보는 듣고서 유가 형제에게 절하며 감사하고 밤새 본영으로 돌아

5_ 독록산獨鹿山: 탁현涿縣 북쪽 경계에 위치해 있다.

왔다. 송강이 그들을 보자 물었다.

"자네들은 약간의 속사정이라도 알아보았는가?"

해진과 해보는 유가 형제가 말한 내용을 자세히 이야기했다. 송강은 놀라며 군사 오용을 청해 상의했다. 한창 이야기하고 있는데 졸개가 와서 보고했다.

"단경주와 석용이 백승을 데리고 왔습니다."

송강이 말했다.

"백승이 노 선봉과 함께 함정에 빠졌는데 그가 왔다면 틀림없이 무슨 일이 생긴 것이로다."

즉시 백승을 군막으로 불러 묻는데, 단경주가 먼저 말했다.

"제가 석용과 함께 물이 흐르는 높은 산골짜기에서 바라보니 산 정상에서 커다란 담요 뭉치 하나가 굴러 내려왔습니다. 우리 둘이 굴러 떨어진 산기슭으로 가서 살펴보니 솜털로 만든 옷 뭉치였는데 안쪽으로 묶어 싸맸고 위에는 새끼 줄로 단단히 동여매어 있었습니다. 나무 곁으로 가서 보니 그 속에 백승이 있었습니다."

백승이 말했다.

"노 두령과 우리 열 세 사람이 한창 싸우고 있는데 갑자기 온 하늘과 땅이 컴컴해지고 햇빛이 사라지더니 동서남북을 구분할 수 없었고 사람들 떠드는 소리와 말 울음소리만 들렸습니다. 그때 노 두령이 돌진해 들어가라고 했습니다. 그런데 깊은 곳에 빠져들 줄을 누가 생각이나 했겠습니까. 그곳은 사면이 높은 산으로 벗어날 방법도 없는데다 양식과 마초도 떨어져, 우리 인마는 곤란한 지경에 빠지고 말았습니다. 노 두령이 저보고 산 정상에서 굴러 내려가 길을 찾아 소식을 전하라 했는데, 뜻하지 않게 석용과 단경주 두 사람을 만나게 되었습니다. 형님께서는 조속히 구원병을 보내 구출해주십시오. 늦으면 제장들이 틀림없이 죽게 될 것입니다."

송강은 듣고서 밤새 군마를 점고하고 해진·해보에게 선두에서 길을 안내하게 하고는 큰 측백나무가 있는 골짜기 입구로 향했다. 마보군에게 힘을 합쳐 돌진하여 골짜기 입구를 열라고 명을 전달했다. 인마는 날이 밝을 때까지 행군했는데 멀리 산 앞에 두 그루의 측백나무가 보였는데 과연 산개와 같은 형상이었다. 해진과 해보는 군마를 이끌고 산 앞 골짜기 입구로 돌진했다. 하 통군은 즉시 군마를 늘어세웠고 두 동생들이 앞 다퉈 출전했다. 송강의 군장들은 골짜기 입구를 빼앗고자 일제히 돌진했다. 표자두 임충이 날듯이 먼저 달려들었고 하탁이 맞섰다. 두 말이 서로 어우러진 지 2합 만에 임충이 한 창에 복부를 찌르자 하탁이 말 아래로 떨어졌다. 마군이 먼저 이기는 것을 지켜본 보군 두령들은 모두 돌진해갔고 흑선풍 이규는 쌍 도끼를 휘두르며 요군을 닥치는 대로 찍어 죽였다. 그 뒤로는 혼세마왕 번서, 상문신 포욱이 방패수 항충과 이곤을 이끌었는데 대부분이 만패를 들었고 곧장 요군 속으로 돌진해 들어갔다. 이규는 하운과 맞닥뜨리게 되자 말 아래로 쏜살같이 들어가 도끼로 말 다리를 찍었다. 하운이 말에서 떨어지자 이규는 쌍 도끼를 날듯이 휘두르며 사람과 말 가리지 않고 난도질했다. 요군이 몰려들면서 번서와 포욱 두 장수의 방패수들과 충돌했다. 동생 둘이 죽는 것을 본 하 통군은 무슨 말인지 알 수 없는 주문을 중얼거리며 요사스런 술법을 일으켰다. 그러자 광풍이 크게 일어나며 구름이 생기더니 컴컴하게 산봉우리를 덮고 골짜기 입구는 어두워졌다. 이때 송 군중에서 공손승이 돌아나오며 말 위에서 보검을 잡고는 몇 마디 주문을 외더니 크게 소리 질렀다.

"가라!"

사방에서 광풍이 일어 뜬구름을 쓸어버리자 둥근 붉은 해가 밝게 나타났다. 그러자 마보 삼군 제장들이 목숨을 걸고 전진하며 요군을 죽였다. 하 통군은 술법이 통하지 않는데다 적군이 부딪쳐 들어오자 칼을 휘두르며 말을 박차 돌격해왔다. 양군이 혼전을 벌였는데 요군은 이리저리 도망쳤다.

마군은 요군을 추격했고 보군은 골짜기 입구를 열고자 헤쳤다. 요군이 큰 청석들을 겹겹이 쌓아 한 갈래뿐인 출구를 막아 놓았다. 보군들이 결국 헤쳐서 열었고 청석욕 안으로 들어가자 송강의 군마를 본 노준의는 송구스러워했다. 송강은 명을 내려 잠시 요군을 추격하지 말라 하고는 군사를 거두어 독록산으로 돌아와 피곤한 인마들에게 휴식을 취하도록 했다. 노준의는 송강을 보자 대성통곡하며 말했다.

"형님께서 구원해주지 않았다면 형제들의 목숨을 잃게 했을 것입니다!"

송강과 노준의는 오용·공손승과 함께 말머리를 나란히 하며 본영으로 돌아와 휴식을 취했고 삼군에게는 갑옷을 벗고 잠시 쉬도록 했다.

이튿날 군사 오 학구가 말했다.

"승리를 거둔 기세를 몰아 유주를 취하는 것이 좋겠습니다. 유주를 얻게 된다면 요나라의 멸망은 손에 침을 뱉는 것과 같이 쉬울 것입니다."

송강은 즉시 노준의 등 13명의 군마를 계주로 돌아가 쉬게 하고 자신이 직접 대소 제장과 군졸들을 이끌고 독록산을 떠나 계주를 공격하러 갔다.

하 통군은 물러나 성안에 있었는데 두 동생을 잃어 울적해하고 있었다. 그때 다시 탐마가 와서 보고했다.

"송강의 군마가 계주로 쳐들어오고 있습니다."

당황한 요군이 성 위로 올라 멀리 바라보니 동북쪽에는 한 무리의 붉은 기를 든 군마들이 달려오고 있고 서북쪽에는 푸른 기를 든 군마들이 유주로 몰려오고 있었다. 즉시 하 통군에게 보고하자 그는 깜짝 놀랐다. 직접 성에 올라 살펴보니 요나라의 깃발들이라 속으로 크게 기뻐했다. 붉은 깃발의 군마는 모두 은색 글자를 적었는데, 이 군마는 바로 요나라 부마 태진서경太眞胥慶으로 5000여 명을 이끌고 있었다. 황금색 글자로 새기고 온통 꿩 꼬리를 꽂은 푸른색 깃발의 군마는 바로 이금오李金吾[6] 대장이 거느리고 있었다. 그는 원래 요 관원으로 황문시랑 좌집금오상장군左執金吾上將軍을 수여받고 성은 이李이고 이름

6_ 금오金吾는 관직 명칭으로 황제와 대신들의 경호, 의장, 순찰, 치안 등의 사무를 담당하는 무관이다.

은 집集인데 이금오라 불렀다. 바로 이릉李陵[7]의 후손[8]으로 금오의 작위를 물려받아 현재는 웅주雄州에 주둔하면서 1만여 명의 군마를 이끌고 있었다. 바로 이들이 대송大宋 경계를 침범한 무리였는데, 요 군주가 성을 빼앗겼다는 소식을 듣고는 이들 군사를 파견해 싸움을 돕도록 한 것이었다. 하 통군은 사람을 보내 두 갈래 길의 군마에 보고했다.

"잠시 성으로 들어오는 것을 멈추고 산 뒤쪽으로 매복하면서 좀 쉬시오. 우리 군마가 성을 나갈 때를 기다렸다가 송강의 군대가 오면 좌우에서 급습하시오."

하 통군은 명을 전달하고는 마침내 군사를 이끌고 유주를 나가 적에 맞섰다.

송강과 제장들은 이미 유주에 가까이 접근했다. 오용이 말했다.

"저들이 문을 닫고 나오지 않으면 준비가 없는 것이고, 만약 군사를 이끌고 성을 나와 대적한다면 필시 매복이 있을 것입니다. 우리는 군사를 세 갈래 길로 나누어 진격하십시오. 한 갈래 길은 곧장 유주로 진격하면서 마주 오는 적군과 대적하십시오. 나머지 두 갈래 길은 날개처럼 좌우에서 보호해야 합니다. 만약에 매복한 군대가 나타나면 이 두 갈래 군들이 대적해야 합니다."

송강은 관승에게 선찬·학사문을 이끌고 왼쪽에 있게 했고, 호연작에게는 선정규·위정국을 이끌고 오른쪽에 있게 했는데, 각기 1만여 명을 이끌고 산 뒤쪽 오솔길로 천천히 진군하게 했다. 송강 자신은 대군을 이끌고 앞으로 전진하면서 유주로 진격했다.

한편 하 통군은 군사를 이끌고 앞으로 전진하면서 송강의 군마와 대적했다. 양군이 대치하자 임충이 말을 몰아 나가 하 통군과 교전을 벌였다. 5합을 싸우

7_ 이릉李陵: 한나라 장수 이광李廣의 손자다. 천한天漢 2년(기원전 98), 1000명의 군사를 이끌고 흉노를 공격했으나 전쟁에 패하고 투항했으며 흉노 땅에 머물러 거주했다.

8_ 후손은 이목李穆을 가리킨다. 『수서隋書』 「이목전李穆傳」에 따르면 "이목은 자가 현경顯慶이고 스스로 농서隴西 성기成紀 사람이라 했다. 한나라 기도위 이릉의 후손이다. 이릉이 흉노에서 죽자 자손들이 대대로 북적北狄에서 거주했다. 이후에 남쪽으로 이주했다가 다시 견汧, 농隴 땅으로 돌아갔다'고 했다.

지도 않았는데 하 통군이 말을 돌려 달아났다. 송강의 군마가 추격하자 하 통군은 군사를 두 갈래 길로 나누고는 성으로 들어가지 않고 성을 돌아 달아났다. 오용이 말 위에서 소리 질렀다.

"뒤쫓지 마라!"

말이 미처 끝나기도 전에 왼쪽에서 태진부마가 뛰쳐나와서는 이미 관승을 멈춰 세웠다. 오른쪽에서는 이금오가 뛰쳐나와 호연작을 막아 세웠다. 그러나 세 갈래 군마가 차단하고 크게 싸움을 벌이자 요 병사들 시체가 들판을 덮고 흐르는 피가 강을 이루었다.

하 통군은 이기지 못할 것을 알고는 성으로 돌아가려는데 두 장수가 부딪쳐 나오며 싸웠다. 바로 화영과 진명으로 죽기로 싸우며 하 통군을 잡으려 했다. 하 통군이 서문 쪽으로 물러나려는데 또 쌍창장 동평이 뛰쳐나와 한바탕 싸움이 벌어졌다. 남문을 돌아가자 주동이 달려들며 또 한바탕 싸움이 벌어졌다. 하 통군은 감히 성으로 들어가지 못하고 큰 길을 따라 북쪽으로 달아났다. 그러나 앞에서 진삼산 황신이 막고는 큰칼을 춤추듯 휘두르며 하 통군을 죽이려 했다. 하 통군은 당황했고 미처 손쓸 새도 없이 황신의 한칼에 말머리가 찍혔다. 하 통군은 말을 버리고 달아나는데 뜻하지 않게 양옆에서 양웅과 석수 보군 두령이 일제히 달려들어 하 통군의 뱃가죽 아래를 잡고는 뒤집어버렸다. 그때 송만이 창을 잡고 달려왔다. 두 사람은 공을 다투다 의기를 상할까 걱정되어 하 통군을 창으로 마구 찔러 죽였다. 요 군사들은 각자 살고자 뿔뿔이 흩어져 도망쳤다. 태진부마는 통군 부대에서 장수 깃발이 쓰러지고 군사들이 흩어지는 것을 보고는 상황이 좋지 않음을 확실히 알고는 즉시 붉은 깃발의 군대를 이끌고 산 뒤쪽으로 달아났다. 이금오도 한창 싸우고 있다가 붉은 깃발 군대가 보이지 않자 좋지 않음을 느끼고는 푸른 깃발 군대를 이끌고는 산 뒤쪽으로 물러났다.

송강은 세 갈래 길의 군마가 모조리 물러난 것을 보고는 인마를 대대적으로 몰아 유주를 점령했다. 침착하게 북 한 번 두드려 차지한 것이었다. 유주성 안으로 들어와 삼군을 주둔시키고는 방문을 내붙여 백성을 안정시키고 위로했다. 급히 사람을 단주로 보내 승전보를 알리고 조 추밀에게 군사를 이동시켜 계주를 지켜달라고 했다. 또한 수군 두령들에게 전선들을 취합해 유주로 이동시키고 부선봉 노준의에게는 패주로 가서 지키게 했다. 이렇게 네 개의 큰 군郡을 차지하게 되었다. 조 안무는 문서를 받아 보고는 크게 기뻐하며 조정에 상주하는 한편 계주와 패주에도 문서를 보내 알리고 다시 수군 두령들에게는 배들을 수습하여 전진시키면서 수륙이 합께 진격할 수 있도록 준비시켰다.

한편 요 군주는 어전에 올라 문무 관원들을 소집했다. 좌승상 유서패근幽西孛瑾, 우승상 태사저견太師褚堅, 통군대장 등을 궁정에 모아놓고 상의했다.

"지금 송강이 변경을 침범하여 우리 큰 군 네 곳을 점령했으니 조만간에 반드시 황성皇城까지 침범해오면 연경을 보전하기 어려워진다. 하 통군 형제 세 명이 모두 죽었는데 너희 문무 군신들은 국가의 다사다난한 시기를 어떻게 조치하면 좋겠는가?"

도통군 올안광兀顔光이 상주했다.

"주군께서는 걱정하시 마십시오! 지난번에 신이 여러 차례 군사를 이끌고 가겠다고 했을 때 사람들에게 저지당하는 바람에 적의 세력만 키워 이런 큰 화를 입게 된 것입니다. 엎드려 바라건대 성지를 내려주시어 신에게 군마 선발을 맡겨주시고 여러 곳의 군병들을 규합할 수 있게 해주신다면 정해진 날짜에 군사를 일으켜 송강 등의 무리를 사로잡고 빼앗긴 성지를 회복하겠습니다."

군주는 비준하고 명주와 호패, 금인과 칙령, 황월과 백모, 주번朱幡과 조개흘蓋 모두를 올안에게 하사하면서 말했다.

"금지옥엽, 황친, 국척을 묻지 말고 어떠한 인마든 가리지 말고 경의 마음대로 배정하라. 속히 군대를 일으켜 정벌하러 떠나라!"

올안 통군은 성지와 병부를 수령하고 조련장에 나가 장수들을 집합시켜 명령을 전달하여 각 처의 군마를 파견하여 응전하게 했다. 명령 전달을 마치자 올안 통군의 장자인 올안연수兀顔延壽가 연무정演武亭에 올라 아뢰었다.

"부친께서는 대군을 점검하시고 제가 먼저 몇 명의 맹장을 데리고 태진부마와 이금오 장군의 군마를 한데 모아 먼저 유주로 가서 이 오랑캐 놈들 대다수를 격퇴시키겠습니다. 그리고 부친께서 오시기를 기다렸다가 독 안에 든 자라를 잡듯이 일거에 송 군사들을 쓸어버리겠습니다. 부친의 생각은 어떠십니까?"

올안 통군이 말했다.

"아들의 의견이 좋구나. 네게 돌기突騎9 5000명, 정예병 2만 명을 줄 테니 선봉에 서거라. 태진부마와 이금오와 합치거든 즉시 출발하여라. 승리 소식이 있거든 우격羽檄10으로 나든 듯이 보고하도록 해라."

소장군은 흔쾌히 명령을 수령하고 삼군을 점검하고는 유주로 향했다. 바로 만 마리의 말이 내달리니 천지가 두려워하고 1000명의 군사들이 박차고 달리니 귀신도 근심하는 것이로다.

결국 올안 소장군이 어떻게 싸움을 걸지는 다음 회에 설명하노라.

군량 수레를 이용한 방어법

본문에 송강이 "군량을 실은 수레들을 머리부터 꼬리까지 연결하여 에워싸고는 울타리 목책으로 삼았다"는 내용이 있다. 고대에 이러한 방어법은 많이 이용되었는데 '차궁車宮'이라고 한다. 『손빈병법孫臏兵法』 「진기문루陳忌問壘」에 따르면 "수레는 보루를 담당한다"고 했다. 『한서』 「이릉전李陵傳」에서는 이릉이 흉노를 정벌했을 때 "이릉의 군대는 두 산 사이에 있었는데 큰 수레를 이용해 둘러싸면서 주둔지로 만들었다"고 했고, 『한서』 「위청전衛靑傳」에서는 위청이 흉노를 공격하면서 "위청은 장사들에게 무강차武剛車(전차 명칭으로 일종의 수레 지붕에 적재함이 있는

9_ 돌기突騎: 적진 깊숙이 돌격하여 점령하는 정예기병을 말한다.
10_ 우격羽檄: 새의 깃털을 꽂아 긴급을 요하는 공문公文.

전차戰車)를 에워싸 울타리 목책으로 삼도록 했다"고 했다. 또한 『삼국지』「위서魏書·무제기武帝紀」에 따르면 후한 말, 조조가 마초馬超를 정벌할 때 위남渭南에 병력을 배치하면서 "수레를 연결하여 울타리 목책을 세우고 용도甬道(좌우 양 옆에 울타리 혹은 엄폐물을 놓아 수레와 말이 통행할 수 있는 도로 혹은 통로)로 삼아 남쪽으로 진격한다"고 말했다. 이러한 수레를 둘러싸면서 울타리로 삼아 방어하는 방법은 명·청 시기에도 답습되었다.

진
법
대
결[1]

올안연수는 2만여 명의 군마를 이끌고 태진부마·이금오 두 장수와 회합하여 함께 3만5000여 명의 요나라 병력을 인솔하여 창·칼·활을 정돈하고 기계 등을 완비하고는 진군했다. 일찌감치 정탐꾼이 유주 성으로 와서 송강에게 이 사실을 보고했다. 송강은 즉시 군사 오용을 청해서 상의했다.

"요 군대가 여러 번 패했는데, 이번에는 틀림없이 정예병과 맹장을 선발하여 공격해올 것이오. 어떤 계책으로 그들을 대적해야 하오?"

오용이 말했다.

"먼저 병사들을 성을 나가게 하여 진세를 펼치십시오. 요군이 오기를 기다렸다가 천천히 그들을 자극시켜 싸우도록 유인하십시오. 그들이 우리와 대적할 수 없게 되면 스스로 물러날 것입니다."

송강은 즉시 군마를 성에서 10리 떨어진 곳으로 내보내 구궁팔괘九宮八卦의

1_ 제87회 제목은 '宋公明大戰幽州(송 공명은 유주에서 크게 전투를 벌이다). 呼延灼力擒番將(호연작은 힘써 요나라 장수를 사로잡다)'이다.

진을 펼쳤다. 그곳은 방산方山이란 곳으로 지세가 평탄하고 산을 끼고 물을 가까이 하고 있는 지형이었다. 이윽고 요군이 세 부대로 나누어 공격해왔다. 올안 소장군의 병마는 검은색 깃발, 태진부마는 붉은색 깃발, 이금오 군대는 청색 깃발이었다. 삼군이 일제히 당도했고 송강이 펼친 진세를 보았다. 올안연수는 부친의 수하에 있으면서 진법을 익혔는데 진법의 오묘함을 깊이 알고 있었다. 그는 청색과 붉은색 깃발 두 부대를 좌우로 나누고 군영을 꾸리게 하고는 중군에 운제를 세우고 올라갔다. 송강의 구궁팔괘진을 보고는 운제에서 내려와 냉소를 지었다. 좌우 부장들이 물었다.

"장군께서는 어찌하여 냉소를 지으십니까?"

올안연수가 말했다.

"구궁팔괘진이야 누가 모르겠는가? 저런 진세로는 남을 속일 수 없네. 내가 저놈들을 놀라게 해주겠네!"

군사들에게 삼통화고三通畫鼓를 두드리게 하고 지휘대를 세우게 했다. 그러고는 지휘대에 올라 두 개의 신호 깃발을 흔들어 좌우에 진세를 펼치게 했다. 대에서 내려와서는 말을 타고 수장首將에게 진세를 벌리게 하고는 직접 진 앞으로 가서 송강에게 말을 걸었다. 그 소장군의 차림새를 보니,

머리엔 삼지창 모양의 여의자금관如意紫金冠 쓰고, 몸에는 촉蜀 지방 비단에 둥근 꽃문양의 은백색 갑옷 입었네. 발에는 다섯 조각의 녹색 가죽을 꿰맨 매부리 모양의 신발을 신었고, 허리엔 용의 뿔로 만든 두 고리 달린 누런 가죽 허리띠를 묶었구나. 이무기가 삼키듯 채찍을 휘두르고, 서리와 눈처럼 새하얀 날의 살인검殺人劍을 들었도다. 왼쪽엔 금박의 보조궁寶雕弓 걸었고, 오른쪽엔 은을 박아 넣은 낭아전狼牙箭 꽂았네. 화간방천극畫杆方天戟[2] 사용하며, 무쇠 다리의

2_ 화간방천극畫杆方天戟: 방천화극方天畫戟으로 극 자루를 채색하여 장식했기에 화간방천극이라 한다.

털빛이 검붉은 말을 타고 있도다.

戴一頂三叉如意紫金冠, 穿一件蜀錦團花白銀鎧. 足穿四縫鷹嘴抹綠靴, 腰繫雙環龍角黃鞓帶. 虬螭吞首打將鞭, 霜雪裁鋒殺人劍. 左懸金畵寶雕弓, 右揷銀嵌狼牙箭. 使一枝畵杆方天戟, 騎一匹鐵脚棗騮馬.

올안연수가 진 앞으로 말을 몰고 나와 고삐를 당겨 말을 세우고는 소리 질렀다.

"네가 구궁팔괘진을 펼쳤는데 누구를 속이려 드느냐! 내가 펼친 진이 무엇인지 너는 아느냐?"

송강은 요 장수가 진법으로 싸우려 하는 것을 듣고는 군중에 운제를 세우게 했다. 송강·오용·주무는 운제에 올라 요군의 진세를 살펴보았는데 세 부대가 서로 연결되어 있고 좌우가 서로 돌보는 형세였다. 주무가 알아보고는 송강에게 말했다.

"저것은 태을삼재진太乙三才陳3입니다."

송강은 오용과 주무를 지휘대에 남겨두고 운제에서 내려와 말에 올라 진 앞으로 나가서는 채찍으로 요 장수를 가리키며 소리 질렀다.

"너의 태을삼재진이 뭐가 기이하단 말인가!"

올안 소장군이 말했다.

"네가 내 진법을 알고 있다 하나 진법을 변화시키는 것까지는 모를 것이다."

중군으로 달려와서 고삐를 당겨 말을 세우고는 다시 지휘대에 올라 신호기를 흔들며 진세를 변화시켰다. 오용과 주무가 지휘대에 올라 살펴보니 이것은 하락사상진河洛四象陳4이라 사람을 시켜 운제에서 내려가 송강에게 알리게 했다.

끝 부분이 정井자 형태의 장극長戟이다.
3_ 삼재三才는 천天·지地·인人을 말한다.
4_ 『역경』「계사繫辭 상」에 따르면 "역易에는 태극太極(천지음양이 나누어지기 전의 혼돈상태)이 있고, 태

올안 소장군이 다시 진문을 나가 극을 비껴들며 물었다.

"나의 진이 무엇인지 아느냐?"

송강이 대답했다.

"하락사상진이다."

올안 소장군은 머리를 흔들며 냉소 짓고 다시 진중으로 들어가 지휘대에 오르더니 신호 깃발을 좌우로 흔들어 다시 진세를 바꾸었다. 오용·주무가 지휘대에 올라 살펴봤는데, 주무가 말했다.

"이번에는 순환팔괘진循環八卦陳으로 바꾸었군."

사람을 시켜 송강에게 알렸다. 그 소장군이 다시 진 앞으로 나와서는 큰 소리로 물었다.

"나의 진이 무엇인지 아느냐?"

송강이 웃으면서 말했다.

"순환팔괘진으로 바꾸었는데, 무엇이 기이하단 말이냐!"

소장군은 듣고서 속으로 헤아렸다.

'이들 몇 개의 진세는 모두가 비밀로 전해진 것이다. 뜻하지 않게 모두 간파되었다. 송군 안에 필시 대단한 인물이 있을 것이다!'

올안 소장군은 다시 진중으로 들어가 말에서 내려 지휘대에 올라 신호 깃발을 흔들어 좌우를 빙빙 돌게 하여 진세를 바꾸었다. 사면이 모두 문이 없고 안에는 64개의 부대 병마가 감추어져 있다. 주무가 다시 운제에 올라 살펴보고는 오용에게 말했다.

"이것은 무후팔진도武侯八陣圖[5]로 머리와 꼬리를 감추고 있어 사람들이 알아

극이 양의兩儀(음양)를 낳고 양의는 사상四象(태양太陽·태음太陰·소양少陽·소음少陰)을 낳으며 사상은 팔괘八卦를 낳는다"고 했다.

5_ 무후武侯는 제갈량諸葛亮을 말한다. 팔진도는 제갈량이 병법을 변화 발전시켜 만든 일종의 진법으로 전해진다.

챌 수 없습니다."

즉시 사람을 시켜 송 공명을 진중으로 오도록 하여 지휘대에 올라 이 진법을 보게 했다.

"요군을 얕보아서는 안 됩니다. 이 진형도들은 모두 전수받은 것입니다. 이 네 개의 진은 모두 한 일파에서 전해 내려온 것으로 벗어날 방법이 없습니다. 처음의 진은 태을삼재인데 하락사상으로 변했고 사상이 순환팔괘로 변했으며 팔괘는 팔팔 육십사괘로 변하여 팔진도로 변했습니다. 이렇게 순환하는 진법은 비할 수 없이 지극히 수준 높은 진법입니다."

송강이 지휘대에서 내려와 다시 말에 올라 진 앞으로 갔다. 소장군이 극을 손에 들고 진 앞에서 고삐를 당겨 말을 세우고는 소리 높여 말했다.

"내 진법을 알아보겠느냐?"

송강이 소리 질렀다.

"너 소장은 어린놈이 배운 것이 미천하여 우물 안의 개구리와 같아 이따위 진법을 수준 높은 것으로 여기는구나. 팔진도법을 감추어 누구를 속이려 드느냐? 우리 대송의 어린아이도 속이지 못할 것이다!"

올안 소장군이 말했다.

"네가 비록 내 진법을 안다지만 기이한 진세를 펼쳐서 나를 속여보거라!"

"나의 구궁팔괘 진세가 비록 천박하다지만 네가 감히 칠 수 있겠느냐?"

소장군이 껄껄 웃으면서 말했다.

"이런 작은 진세가 무에 어렵겠느냐! 너의 군중에서 냉전冷箭[6]이나 쏘지 말거라. 내가 이 작은 진을 깨뜨리는 것을 보기나 해라!"

올안 소장군은 즉시 태진부마와 이금오에게 각각 1000명의 군사를 선발하도록 명하면서 말했다.

6_ 냉전冷箭: 상대가 방비하지 않은 틈을 타서 은밀하게 쏘는 화살.

"내가 진세를 뚫으면 즉시 호응하여 싸우시오."

명령이 전달되자 군사들이 북을 두드렸다. 송강 또한 명을 내려 군중에서 삼통전고를 정돈시키고 문기를 양쪽으로 열고는 진을 깨러 오는 소장군을 들이게 했다.

올안연수는 본부 20여 명의 아장과 1000여 명의 갑옷을 걸친 마군을 거느렸는데, 손가락으로 계산해보니 그날은 화火에 속하는 날이라 정남 이離 방향으로 오지 않고 군마를 거느리고 오른쪽으로 돌아 서쪽 태兌 방향으로 흰 깃발을 흔들며 진 안으로 돌진해 들어왔다. 그런데 뒤쪽은 궁수들이 쏘아대는 화살에 저지당해 군마의 절반만이 진입하는 데 그쳤고 나머지는 모두 본진으로 돌아갔다.

소장군은 진 안으로 들어오자 곧장 중군으로 내달렸다. 그런데 중간에 은으로 된 담장 같은 희고 평탄한 철벽이 소장군을 겹겹이 에워쌌다. 올안연수는 놀라 얼굴색이 흙빛으로 변했고 속으로 생각했다.

'진 안에 이런 성이 있다니!'

이에 사방으로 왔던 길을 열게 하여 진을 나가려고 했다. 군사들이 고개를 돌려보니 은이 넘실대는 바다처럼 온통 하얗기만 하고 온 땅에 물소리만 들리며 길은 보이지 않았다. 당황한 소장군이 군사를 이끌고 남문으로 달려갔는데, 수많은 불덩이와 붉은 노을 줄기들이 땅으로 굴러 떨어졌고 단 한 명의 군마도 보이지 않았다. 소장군은 감히 남문으로 나가지 못하고 옆쪽의 동문으로 달려갔는데 잎사귀 무성한 수목들과 나뭇가지, 땔나무들이 이리저리 뒤섞여 온 땅을 막고 있고 양쪽에는 모두 녹각들만 보이며 나갈 수 있는 길은 없었다. 다시 돌아서 북문으로 갔는데 검은 기운이 온 하늘을 가리고 먹장구름이 해를 가려 손을 펴도 손바닥을 볼 수 없는 지경으로 암흑 속의 지옥과 같았다. 진 안에 갇힌 올안 소장군은 네 개의 문 중 나갈 수 있는 곳 없자 속으로 의심하며 말했다.

'이것은 반드시 송강이 요사스런 술법을 부린 것이다. 어떻게 살 수 있는지 묻지 말고 죽을힘을 다해 뚫고 나가야겠다.'

군사들이 명을 받자 일제히 함성을 지르며 달려나갔다. 그때 옆쪽에서 한 대장이 달려나오며 소리 질렀다.

"어린 소장놈아, 어디로 달아난단 말이냐!"

올안 소장군이 싸우고자 했지만 손쓸 새도 없이 머리 위로 편이 날아들었다. 소장군은 눈치 빠르고 손이 민첩하여 방천극으로 막아냈지만 쌍편이 내리치는 소리와 함께 극 자루가 두 동강으로 부러지고 말았다. 급히 발버둥쳤지만 적이 어느새 가슴팍으로 들어오더니 가볍게 원숭이 같은 긴 팔을 뻗어 이리 같은 허리를 비틀어 쥐었는데 올안 소장군은 산채로 잡히고 말았다. 그러고는 뒤따르던 군사들을 가로막고는 모두 말에서 내리라 호통쳤다. 요군은 칠흑같이 어두워 동서를 분간할 수 없자 말에서 내려 항복하는 수밖에 없었다. 소장군을 잡은 사람은 다름이 아닌 바로 호군대장虎軍大將 쌍편 호연작이었다. 군중에서 술법을 일으킨 공손승은 소장군을 잡았다는 보고를 받고는 술법을 거두고 진 내부에서 이전처럼 회복시키니 구름 한 점 없는 맑은 날씨가 되었다.

한편 태진부마와 이금오 장군은 각기 1000명의 군사를 이끌고 있었는데 진 안에서 소식을 기다렸다가 호응하고자 했다. 그런데 어떠한 동정도 보이지 않자 감히 돌진하지 못하고 있었다. 그때 송강이 진 앞으로 나오더니 소리 질렀다.

"너희 두 군대는 항복하지 않고 어느 때를 기다린단 말이냐? 올안 소장이 이미 내게 사로잡혔다!"

도부수들에게 소리 질러 진 앞으로 나오게 했다. 이금오는 보고서 필마단기로 올안연수를 구하고자 달려왔다. 마침 진 앞에 있던 벽력화 진명이 낭아곤을 휘두르며 이금오에게 달려들었다. 두 말이 어우러지고 병기가 부딪치자 양군이 일제히 함성을 질렀다. 마음이 다급해져 손이 느려진 이금오는 진명이 휘두른 낭아곤에 맞아 투구와 머리가 함께 부서지면서 말 아래로 떨어지고 말았다. 이금오가 싸움에 지는 것을 본 태진부마는 군사를 이끌고 돌아갔다. 송강은 군사들을 재촉해 추격했고 요군은 대패하여 달아났다. 전마 3000여 필을 빼앗았고 버린 깃발과 검극이 온 하천과 계곡을 메웠다. 송강은 군사를 이끌고 연경을 향해 진군했는데 신속하게 휩쓸어 송나라가 잃은 국토를 회복하고자 했다.

요 패잔병들은 요나라로 돌아가 올안 통군을 만나 소장군이 송나라 군대 진세를 공격하다가 사로잡혔고, 나머지 아장들은 모조리 항복했으며 이금오 또한 낭아봉에 맞아 죽고 태진부마는 목숨을 구하고자 도망쳤는데 행방을 알 수 없다고 보고했다. 이 말을 들은 올안 통군은 깜짝 놀라 물었다.

"그 아이는 어려서부터 진법을 배워 오묘한 이치를 잘 아는데, 송강 그놈이 어떤 진세를 펼쳐 사로잡았단 말이냐?"

좌우에서 말했다.

"구궁팔괘 진세로 특별히 기이한 것은 없었습니다. 소장군이 네 개의 진세를 펼쳤는데 모조리 오랑캐들에게 간파되었습니다. 싸움이 벌어질 때 소장군에게 말하기를, '네가 나의 구궁팔괘진을 안다면 깨뜨려 보겠느냐?'라고 했습니다. 그러고는 소장군이 1000여 기의 기병을 이끌고 서문으로 돌진했는데 강한 활과 쇠뇌를 쏘아 저지하는 바람에 절반의 인마만이 들어갈 수밖에 없었습니다. 그 이후에 어떻게 사로잡혔는지는 모르겠습니다."

올안 통군이 말했다.

"구궁팔괘진을 깨뜨리는 것이 무에 어렵겠느냐. 그들이 진세를 바꾼 것이 틀림없을 것이다."

군사들이 말했다.

"저희가 지휘대에서 그들의 진을 살펴보니 대오는 움직이지 않았고 깃발들도 바뀌지 않았는데, 단지 검은 구름이 일더니 진중을 온통 뒤덮었습니다."

"반드시 요사스런 술법을 사용한 것이다. 내가 군대를 일으키지 않으면 이놈들이 스스로 올 것이다. 승리를 거두지 못하면 내 스스로 목을 베어 죽겠다! 누가 나의 선봉의 되어 군사를 이끌고 가겠느냐? 내가 대부대를 이끌고 뒤따를 것이다."

두 장수가 군막 앞으로 돌아나오며 말했다.

"저희 두 사람이 선봉이 되겠습니다."

한 명은 관원 경요납연瓊妖納延이었고 다른 한 명은 연경의 효장驍將으로 구진원寇鎭遠이었다. 올안 통군이 크게 기뻐하며 말했다.

"너희 두 사람은 조심하고, 내가 1만 명의 군사를 줄 것이니 선봉이 되어 산을 만나면 길을 열고 물을 만나면 다리를 설치하라. 내가 대군을 이끌고 뒤따라가겠다."

두 장수가 선봉이 되어 길을 열며 출발한 것은 말하지 않겠다. 올안 통군은 즉시 본부의 십일요 대장과 이십팔수 장군을 점검하고 모두 출정했다. 먼저 십일요 대장은 다음과 같다.

태양성太陽星 어제御弟 대왕大王 야율득중耶律得重, 군사 5000명 인솔,

태음성太陰星 천수天壽 공주公主 답리패答里孛, 여군 5000명 인솔,

나후성羅睺星 황질皇姪 야율득영耶律得榮, 군사 3000명 인솔,

계도성計都星 황질 야율득화耶律得華, 군사 3000명 인솔,

자기성紫炁星 황질 야율득충耶律得忠, 군사 3000명 인솔,

월패성月孛星 황질 야율득신耶律得信, 군사 3000명 인솔,

동방東方 청제青帝 목성木星 대장 지아불랑只兒拂郎, 군사 3000명 인솔,

서방西方 태백太白 금성金星 대장 오리가안烏利可安, 군사 3000명 인솔,

남방南方 형혹熒惑 화성火星 대장 동선문영洞仙文榮, 군사 3000명 인솔,

북방北方 현무玄武 수성水星 대장 곡리출청曲利出清, 군사 3000명 인솔,

중앙中央 진성辰星 토성土星 상장 도통군 올안광兀顔光, 각 비병마수장飛兵馬首將 5000명 인솔하여 중단中壇에 주둔하여 방어함.

올안 통군이 재점검한 부하 이십팔수 장군은 다음과 같다.

각목교角木蛟 손충孫忠·항금룡亢金龍 장기張起·저토맥氐土貉 유인劉仁·방일토房日兔 사무謝武·심월호心月狐 배직裵直·미화호尾火虎 고영흥顧永興·기수표箕水豹 가무賈茂·두목해斗木獬 소대관蕭大觀·우금우牛金牛 설웅薛雄·여토복女土蝠 유득성俞得成·허일서虛日鼠 서위徐威·위월연危月燕 이익李益·실화저室火猪 조흥祖興·벽수유壁水貐 성주나해成珠那海·규목랑奎木狼 곽영창郭永昌·누금구婁金狗 아리의阿哩義·위토치胃土雉 고표高彪·묘일계昴日鷄 순수고順受高·필월오畢月烏 국영태國永泰·자화후觜火猴 반이潘異·삼수원參水猿 주표周豹·정목안井木犴 동리합童里合·귀금양鬼金羊 왕경王景·류토장柳土獐 뇌춘雷春·성일마星日馬 변군보卞君保·장월록張月鹿 이복李復·익화사翼火蛇 적성狄聖·진수인軫水蚓 반고아班古兒.

올안광은 십일요 대장과 이십팔수 장군을 점검하고 대부대의 군마 정예병 20여만 명을 이끌고 요 군주에게 친히 정벌에 나서달라고 청했다. 여기에 이를 증명하는 고풍古風 한 편이 있다.

회오리 휘몰아치니 천지 컴컴해지고, 누런 모래에 먹구름 짙게 깔리누나.
거란 군대 출동하니 산악이 무너지고, 아주 먼 천지조차 낯빛이 변하도다.
울부짖는 준마 군사들 태우고, 시내 건너고 고개 넘어 유성처럼 달려오네.
혜성 빛 뿌리고 천구성天狗星7은 짖는데, 독기 낀 안개 속 요괴 떼 달리네.
보배 장식 활은 흑룡 등골처럼 당기고, 서리처럼 예리한 칼 햇빛에 번뜩한다.
비단 띠 깃발 만 갈래 노을 빛이고, 푸른 전립 못에 펼쳐진 연잎 같네.

7_ 천구성天狗星: 일식, 월식을 일으키는 흉신凶神이 사는 별이라고 한다.

호가胡笳8는 천산가天山歌9에 조화롭고, 북소리 진동해 흰 낙타 일어나누나.

요왕 좌우로 수부繡斧10 따르고, 통군 앞뒤 위풍당당 무사들 늘어섰구나.

수부와 무사들 위세 상당하여, 사냥 나가면 곡식이 자라지 않는다네.

해청海靑11 날리니 홍곡鴻鵠12이 근심하고, 표범이 울 때면 귀신도 두려워하네.

성 아래 파도 용솟음치는 듯하고, 이어진 군영마다 정예기병 늘어섰구나.

요사스런 기운 없애라 강성罡星 보냈는데, 어수선한 수요宿曜13가 어쩌겠는가?

羊角風旋天地黑, 黃沙漠漠雲陰澁.

契丹兵動山岳摧, 萬里乾坤皆失色.

狂嘶駿馬坐胡兒, 跃溪超嶺流星馳.

欃槍發光天狗吠, 迷離毒霧奔群魑.

寶雕弓挽烏龍脊, 雪刃霜刀映寒日.

萬片霞光錦帶旗, 千池荷葉靑氈笠.

胡笳齊和天山歌, 鼓聲震起白駱駝.

番王左右持繡斧, 統軍前後揮金戈.

繡斧金戈勢相亞, 打圍一路無禾稼.

海靑放起鴻鵠愁, 豹子鳴時神鬼怕.

8_ 호가胡笳: 호인胡人이 갈잎을 말아 만든 악기로 형상이 피리와 비슷하다.
9_ 천산가天山歌: 『신당서新唐書』 「설인귀전薛仁貴傳」에 근거하면 설인귀가 화살 세 대로 적 세 명을 죽였다고 한다. 이 때문에 군중에서 노래 부르기를 "장군이 화살 세 대로 천산天山(몽골 항아이산杭愛山)을 평정하고, 장사들은 장가長歌를 부르며 한관漢關으로 진입하다"라고 했다. 이것은 대장의 무예가 강하고 위세는 남을 복종시킨다는 말이다.
10_ 수부繡斧: 『한서』 「무제기」에 따르면 무제 때 직지사자直指使者를 파견했는데 비단 옷을 입고 도끼를 쥔 병사들을 이끌고 각지를 다니며 도적떼를 잡았다고 한다. 이후에는 황제가 특별히 파견한 법을 집행하는 관원을 가리키게 되었다.
11_ 해청海靑: 해동청海東靑으로 사납고 진귀한 새인데 수리에 속한다. 헤이룽장성 하류와 인근 섬에 서식한다.
12_ 홍곡鴻鵠: 큰기러기와 고니.
13_ 수요宿曜: 요나라의 이십팔수 장군과 십일요 대장을 말한다.

幽州城下如沸波, 連營列騎精兵多.

罡星天遣除妖孽, 紛紛宿曜如予何?

올안 통군이 대부대를 일으켜 땅을 말듯이 돌격해간 이야기는 말하지 않겠다. 한편 선봉인 경요납연과 구진원은 1만 명의 인마를 이끌고 산을 만나면 길을 열면서 진격해왔다. 일찌감치 정탐꾼이 송강에게 보고했는데 이번 싸움은 규모가 작지 않을 것이라 했다. 송강은 듣고서 깜짝 놀라 노준의 부하 인마를 총동원하고 다른 한편으로는 단주와 계주에서 지키고 있었던 인원들까지 모조리 동원하라 명했다. 그리고 조 추밀에게는 와서 싸움을 감독해달라고 요청했다. 다시 수군 두목들에게 수군들을 데리고 언덕으로 올라 패주에 모였다가 육로로 진군하게 했다.

수군 두령들이 뒤에서 조 추밀을 호위하며 오니 모든 군마가 유주에 모이게 되었다. 송강 등이 조 추밀을 접견하고는 인사를 마치자 조 추밀이 말했다.

"장군께서 이처럼 근심하시니 나라의 기둥이며 주춧돌이오. 장군의 명성이 만세에 전해질 것이오. 제가 조정으로 돌아가면 천자 앞에서 반드시 중용하도록 보증하겠소."

송강이 대답했다.

"소장은 무능하여 언급할 가치도 없습니다. 위로는 천자의 큰 복을 받고 아래로는 원수님의 호랑이 같은 위엄에 의지하여 우연히 작은 공을 세운 것이지 제가 할 수 있는 것이 아닙니다! 지금 정탐꾼이 와서는 요나라 올안 통군이 20만 군마를 일으켜 몰려오고 있다고 보고했습니다. 흥망과 승패는 이번 싸움으로 결정될 것입니다. 특별히 청컨대 추밀 상공께서는 별도로 15리 밖에 군영을 세워 주둔하십시오. 이 송강이 개와 말의 하찮은 힘으로 여러 형제와 힘을 합쳐 전진하여 결사전을 벌이는 것을 구경하시기 바랍니다."

조 추밀이 말했다.

"장군께서는 잘 살펴 싸우길 바라오."

송강은 조 추밀과 작별하고 노준의와 함께 대군을 이끌고 유주에 속해 있는 영청현永淸縣[14]에 군마를 주둔시키고 군영을 세웠다. 여러 장수 두령들을 장막으로 불러서는 함께 앉아 군사 상황에 관련된 큰일을 상의했다. 송강이 말했다.

"이번에 올안 통군이 요군을 이끌고 몰려오는데 결코 가볍게 생각해서는 안 되오. 생사와 승패가 이 싸움에 달려 있으니 형제들 모두가 전진하도록 노력하고 뒷걸음쳐 후회해서는 안 되오. 작은 공적이라도 세운다면 조정에 상주하여 천자께서 내리시는 은혜와 상을 반드시 함께 누릴 것이오."

모두들 일어나 말했다.

"형님의 명을 누가 감히 따르지 않겠습니까!"

한창 상의하고 있는데 졸개가 와서는 요나라 사신이 전서를 가지고 왔다고 보고했다. 송강이 장막으로 불러들이자 전서를 바쳤다. 송강이 뜯어 읽어보니 올안 통군의 선봉인 경요납연, 구진원 두 장군이 선봉 병마를 통솔하고 있는데 내일 결전을 벌이자는 내용이었다. 송강은 전서 말미에 내일 결전을 벌이겠노라 회신하고는 사신에게 술과 음식을 대접하고 본영으로 돌려보냈다.

때는 가을이 지난 초겨울이라 군사들은 두꺼운 갑옷을 걸치고 말은 가죽 갑옷을 둘러 모두들 시기에 맞게 갖추었다. 이튿날 5경에 아침밥을 해먹고 새벽에 울타리 목책을 뽑아 출발했다. 4, 5리도 못가 송군은 요군과 맞닥뜨렸다. 멀리 바라보니 검은색 큰 깃발 그림자 속에서 두 명의 선봉 깃발이 달려나왔다. 전고 소리가 요란하고 문기가 열리더니 경요납연 선봉이 앞장서 말을 몰아 나왔다. 그의 차림새를 보니,

머리에는 물고기 꼬리에 새털구름 모양의 단철로 된 관 쓰고, 서릿발 치는 듯한

14_ 영청현永淸縣: 지금의 허베이성 랑팡廊坊에 예속되어 있다.

용 비늘 같은 미늘로 틈을 메운 갑옷 걸쳤네. 석류 같은 붉은 비단에 수놓은 전포 입고, 허리에는 여지 같은 칠보로 장식한 황금 허리띠 묶었구나. 발에는 녹색 가죽의 매부리 모양에 금실 박은 신발을 신었고, 허리에는 마디를 은으로 정제하여 만든 강철 편을 걸었네. 왼쪽에는 강궁 차고 오른쪽엔 긴 화살 걸어놓았구나. 말은 산맥을 넘는 파산巴山[15]의 맹수 같고, 손에 쥔 창은 강을 뒤엎고 바다를 휘젓는 용과 같도다.

頭戴魚尾捲雲鑌鐵冠, 披挂龍鱗傲霜嵌縫鎧. 身穿石榴紅錦綉羅袍, 腰繫荔枝七寶黃金帶. 足穿抹綠鷹嘴金線靴, 腰懸煉銀竹節熟鋼鞭. 左揷硬弓, 右懸長箭. 馬跨越嶺巴山獸, 槍搭翻江攪海龍.

경요납연이 창을 비껴들고 말을 박차며 달려나와 진 앞에 섰다. 송강은 문기 아래에서 경요납연의 영웅다운 모습을 보고는 물었다.

"누가 저 장수와 교전을 벌이겠는가?"

구문룡 사진이 칼을 세우고 말을 박차 나가서는 경요납연에게 싸움을 걸었다. 두 말이 서로 어우러지고 병기가 부딪쳤다. 두 장수가 20~30합을 싸웠을 때 사진이 한칼로 찍었지만 그만 허공을 찍는 바람에 놀라 말을 돌려 본진으로 달아나기 시작했고 경요납연이 그 뒤를 쫓았다. 송나라 진에서 소이광 화영이 송강의 뒤에 있다가 사진이 지는 것을 보고는 활을 집어 화살을 얹고 말을 진 앞으로 몰아 나와서는 달려오는 경요납연의 말이 비교적 가까워졌음을 가늠하고 화살 한 대를 날렸다. '씨잉' 소리와 함께 경요납연의 얼굴에 정통으로 꽂혔고 뒤집어지며 말에서 떨어졌다. 뒤에서 '쿵' 하고 떨어지는 소리를 들은 사진은 재빠르게 몸을 돌려서는 다시 한칼에 경요납연을 끝장내버렸다.

구진원은 경요납연이 찍히는 것을 보고는 분노하여 창을 들고 말을 박차며

15_ 파산巴山: 산시陝西성·쓰촨성·후베이성 경계 지구에 위치한 다바大巴 산맥을 말한다.

곧장 진 앞으로 달려나와 큰소리로 욕했다.

"도적놈이 어떻게 감히 나의 형을 몰래 해친단 말이냐!"

그러자 병울지 손립이 나는 듯이 말을 몰아 나가 구진원에게 달려들었다. 그러자 군중에서 요란하게 전고가 울리고 귓가에 함성이 끊이지 않았다. 금창을 신출귀몰하게 사용하는 손립이 구진원과 20여 합을 싸우지도 않았는데 구진원이 말머리를 돌려 달아나기 시작했다. 그는 진두에 부딪칠까 두려워 감히 본진으로 돌아가지 못하고 동북쪽으로 돌아 달아났다. 공을 세우고자 하는 손립이 내버려두겠는가? 말을 몰아 그 뒤를 쫓았다. 구진원이 멀리 달아나자 손립은 말위에 창을 세우고는 왼손으로 활을 집고 오른손으로 화살을 꺼내 시위에 얹고는 활을 힘껏 당겨 구진원의 등이 비교적 가까워졌음을 가늠하고는 화살을 날렸다. 시위 소리를 들은 구진원은 몸을 굽혔고 화살이 가까워지자 손을 뻗어 화살대를 잡았다. 그 광경을 본 손립은 속으로 갈채를 보냈다.

구진원이 냉소를 지으며 말했다.

"저놈이 활을 잘 쏘는구나!"

화살대를 입에 물고는 창을 안장의 쇠고리에 걸고 급히 왼손으로 강궁을 꺼내더니 오른손으로 시위에 화살을 걸고 몸을 돌려 손립의 심장을 겨누어 활을 쏘았다. 손립은 이미 훔쳐보고 있다가 말 위에서 이리저리 움직였다. 화살이 가슴팍 앞까지 날아왔을 때 몸을 뒤로 젖히자 화살은 몸을 스쳐 지나갔다. 그런데 고삐를 잡아 말을 멈추지 않아 말은 달리기만 했다. 구진원이 활을 팔에 끼고 몸을 돌렸는데 손립이 말 위에 누워 있는지라 생각하며 말했다.

"이번에 틀림없이 화살에 맞았구나!"

원래 손립은 두 다리가 강해 등자를 꽉 끼고 있어 말 위에 누워 있으면서도 말 아래로 떨어지지 않았던 것이다. 구진원은 고삐를 당겨 말을 돌려 손립을 잡으려 했다. 두 말이 서로 마주치기 전 1장 1척 정도의 거리가 되었을 때 손립이 벌떡 일어나면서 크게 소리 질렀다. 구진원이 깜짝 놀라며 말했다.

"네놈이 내 화살을 피했지만 창은 피할 수 없을 것이다."

그러고는 손립의 가슴을 향해 있는 힘을 다해 찔렀다. 손립이 가슴을 꼿꼿이 세우고는 그의 창을 받았다. 날카로운 창끝이 갑옷에 닿으려는 순간 몸을 슬쩍 옆으로 비틀자 창이 옆구리 사이로 스쳐 지나갔다. 그 바람에 구진원은 손립의 가슴 안쪽으로 들어가게 되었고 손립은 팔목에 걸쳐 있던 호안강편虎眼鋼鞭을 들어 올려 구진원의 머리를 내려쳤고 그의 두개골이 반쪽이나 깎여나갔다. 반평생을 요의 관원을 지냈던 구진원 장군은 손립의 손에 죽어 시체가 말 앞에 떨어지고 말았다. 손립은 창을 들고 진 앞으로 돌아왔고 송강은 삼군을 휘몰아 대대적으로 진격시켰다. 요군은 주장이 없어지자 각자 목숨을 건지고자 동서로 이리저리 도망쳤다.

송강은 한참 뒤를 쫓다가 앞쪽에서 연주포 소리가 들리자 수군 두령들에게 먼저 한 갈래 군졸들을 이끌고 물목을 지키게 했다. 화영·진명·여방·곽성의 기병들을 산 정상으로 보내 살펴보게 하니 벌떼같이 수많은 요 인마들이 땅을 뒤덮으며 몰려오고 있었다. 바로 천둥 같이 우는 화살은 내달리는 적 기병이요, 안개 같이 날리는 먼지는 몰려오는 오랑캐 군사들이다.

결국 몰려오는 요 군마가 어디 인마들인지는 다음 회에 설명하노라.

혼천
상진
混
天
象
陣 1

그때 송강은 높은 토산에 있었는데 요군의 세력이 거대함을 보고는 황급히 말을 돌려 본진으로 돌아왔다. 그러고는 군마를 영청현 산 입구로 물리고 주둔했다. 즉시 장막 안에서 노준의·오용·공손승 등과 상의하며 말했다.

"오늘 비록 저들과 싸워 한바탕 이기고 두 명의 선봉까지 꺾었지만 내가 높은 토산에 올라 요군을 살펴보니 그 세력이 거대한데다 온 천지를 덮으며 몰려오고 있소. 이런 대부대의 인마가 내일 반드시 우리와 크게 맞붙어 싸울 것인데 중과부족이라 어찌하면 좋겠소?"

오용이 말했다.

"용병에 능숙한 자는 적은 것으로 많은 것을 대적했습니다. 옛날에 진晉의 사현謝玄은 5만 명의 인마로 부견苻堅의 강력한 군대 100만 명을 물리쳤는데 선봉께서는 어찌 두려워하십니까! 삼군 장수들에게 명하여 내일 깃발들을 정연하

1_ 제88회 제목은 '顔統軍陳列混天象(올안 통군이 혼천상진을 펼치다), 宋公明夢授玄女法(송 공명은 꿈에 현녀의 법술을 전수받다)'이다.

게 갖추고 궁노엔 시위를 매고 도검을 칼집에서 뽑으며 녹각을 깊게 심고 군영을 지키며 해자를 완비하고 병기를 준비시키며 운제와 포석 같은 것들을 정돈시켜 기다리도록 하십시오. 그리고 구궁팔패진을 펼쳐 그들이 진을 치러 오면 순서에 따라 대응하면 됩니다. 그들이 100만의 무리라 할지라도 어찌 감히 돌파할 수 있겠습니까?"

송강이 말했다.

"군사의 말씀이 대단히 기묘하오."

즉시 군령을 하달하자 삼군 장수들이 모두 명을 따랐다. 5경에 아침밥을 지어 먹고 새벽에 울타리 목책을 뽑아 창평현昌平縣 경계로 가서 진세를 펼치고 군영을 세웠다. 전면에 마군과 호군 대장들을 늘어 세웠는데 진명이 앞에, 호연작이 뒤에 있었고 관승은 왼쪽, 임충은 오른쪽, 동남쪽은 색초, 동북쪽은 서녕, 서남쪽은 동평, 서북쪽에는 양지가 배치되었다. 송강은 중군을 거느렸고 나머지 장수들은 각기 원래의 직무를 수행하게 했다. 뒤쪽의 보군은 별도로 뒤에 진을 치고 있었는데 노준의·노지심·무송 세 사람이 주장이 되었다. 수만 명 군사들 가운데 싸움에 강하고 익숙한 장수들은 저마다 주먹을 문지르고 손을 비비며 싸울 준비를 했다. 진세가 정해지자 요군이 오기만을 기다렸다.

얼마 지나지 않아 멀리 요군이 몰려오는 것이 보였다. 앞장 선 여섯 부대의 요 인마들은 각기 500명씩을 거느렸는데 좌우로 세 부대씩 배치했고 돌아가며 왕래했기에 그 진세가 일정하지 않고 변화무쌍 했다. 이 여섯 부대의 유병游兵[2]들은 '초로哨路' 혹은 '압진壓陣'이라 불렸다. 그 뒤에 대부대가 땅을 덮으며 몰려왔는데 전군은 모조리 검은색 큰 깃발이었고 또한 일곱 개의 깃발을 세운 군영문이 있었고 문마다 1000필의 말과 한 명의 대장이 배치되어 있었다. 어떻게 꾸몄을까? 검은 투구에 검은 갑옷을 걸쳤고 검은 전포에 검은 말을 타고 손에는

2_ 유병游兵: 작전에 유동적인 소규모 군대.

모두 같은 무기를 들었다. 북방의 두斗·우牛·여女·허虛·위危·실室·벽壁3 방위를 가리키는 일곱 개의 문안에는 모두 한 명의 총대장을 배치했는데 상계上界4의 북방 현무玄武 수성水星5에 상응했다. 어떻게 꾸몄을까? 검은 머리칼을 풀어헤치고 누런 머리띠에 금테를 단단히 묶고 몸에는 소매 없는 검은 전포를 입었으며 검고 윤이 나는 촘촘한 비늘의 은 갑옷을 걸쳤다. 천리를 달리는 오추마를 타고 손에는 검은 자루의 삼천도를 들었는데, 그는 바로 장수 곡리출청이었다. 머리를 풀어헤치고 검은 갑옷을 걸친 3000명을 이끌고 있었고 북진北辰 오기성군五炁星君 방위를 따랐으며 검은 깃발 아래 헤아릴 수 없이 많은 군병이 늘어섰다. 이들은 마치 동방의 해를 가린 겨울의 찬 구름 같고 북해의 바람을 삼키는 검은 기운 같았다.

좌군은 모두 청룡 깃발을 들었고 또한 일곱 개의 깃발을 세운 군영 문이 있었으며 매 문마다 1000필의 말과 한 명의 대장이 있었다. 어떻게 꾸몄을까? 머리에는 네 조각을 이은 투구를 쓰고 버들잎 형상의 갑옷을 걸치고 비취색 전포를 입었으며 청총마를 타고 손에는 똑같은 병기를 들었다. 동방東方의 각角·항亢·저氐·방房·심心·미尾·기箕6의 방위를 가리키는 일곱 개의 문안에는 한 명의 총대장을 배치했는데, 상계의 동방 창룡蒼龍 목성木星7에 상응했다. 어떻게 꾸몄을까? 사자 투구를 쓰고 산예 갑옷을 걸쳤으며 비취색으로 수놓은 푸른 전포를 입었고 금실 두른 푸른빛의 고운 옥대를 찼다. 손에는 금실 두른 자루의 월

3_ 북방의 일곱 개 별자리 명칭이다.
4_ 상계上界: 천계天界로 선불仙佛이 기거하는 곳이다.
5_ 현무玄武 수성水星은 북방의 신 흑제黑帝이다. 이십팔수 가운데 북방의 7개 별로 거북 형상을 이루고 있다. 또한 거북과 뱀의 합체이고 북방에 위치하여 수水에 속하고 검은색이기에 현무玄武라 부른다. 『사기』 「천관서」에 따르면 "북궁北宮, 현무"라고 했다.
6_ 동방이 일곱 개 별자리 명칭이다.
7_ 창룡蒼龍 목성木星은 동방의 신 창제蒼帝다. 이십팔수 가운데 동방의 7개 별로 이루어진 용의 형상으로 동방에 위치하고 목木에 속한다. 『사기』 「천관서」에 따르면 "동궁東宮, 창룡蒼龍"이라고 했다.

부월斧8를 들었고 푸른 옥덩이 같은 용구龍駒9를 타고 있었다. 그는 바로 번장 지아불랑으로 푸른색의 보번寶幡10을 든 3000명의 인마를 이끌고 동진東震 구기성군九炁星君 방위에 따랐다. 푸른 깃발 아래에 좌우로 수없이 많은 군병이 에워쌌는데, 바로 누런 길을 뚫고 지나가는 푸른빛 같고 자줏빛 구름을 막는 푸른 놀과 같다.

우군은 모조리 백호 깃발을 들었고 또한 일곱 개의 깃발을 세운 군영 문이 있었으며 매 문마다 1000필의 말과 한 명의 대장이 있었다. 어떻게 꾸몄을까? 갈아서 빛나게 윤을 낸 투구를 쓰고, 몸에는 순은 갑옷을 걸쳤으며 흰 비단 전포를 입고 눈같이 흰 말을 타고 각기 손에 사용하기 편리한 병기를 들었다. 서방西方의 규奎·누婁·위胃·묘昴·필畢·자觜·삼參11의 방위를 가리키는 일곱 개의 문안에는 한 명의 총대장을 배치했는데, 상계의 서방 함지咸池 금성金星12에 상응했다. 어떻게 꾸몄을까? 봉의 깃 꽂은 형상의 투구를 쓰고 쌍으로 된 갈고리 모양의 은 갑옷을 걸쳤으며 허리에는 섬뜩한 빛을 내뿜는 옥대를 차고 흩날리는 눈처럼 흰 명주 전포를 입었다. 조야옥산예마照夜玉狻猊馬13를 타고는 순철로 된 은빛 조삭棗槊14을 들었다. 그는 바로 번장 오리가안으로 흰 깃발을 든 3000명의 인마를 이끌고 서태西兌 칠기성군七炁星君 방위에 따랐다. 흰 깃발 아래에 앞뒤로 수없이 많은 군병이 호위했는데, 바로 그늘진 산의 눈을 휩쓸고 지

8_ 월부月斧: 도끼날이 반달 모양인 도끼.

9_ 용구龍駒는 준마를 가리킨다. 호걸을 비유하기도 하며 용마龍馬를 가리키기도 하는데, 머리는 용이고 나머지 부위는 말로 전설 속의 신물神物로 불린다.

10_ 보번寶旛: 보번寶幡으로 사찰에 걸려 있는 좁고 긴 깃발.

11_ 서방이 일곱 개 별자리 명칭이다.

12_ 함지咸池 금성金星은 서방의 신 백제白帝를 말한다. 서방에 위치하고 금金에 속한다. 『사기』 「천관서」에 따르면 "서궁西宮, 함지咸池"라고 했다.

13_ 조야옥산예마照夜玉狻猊馬: 준마 명칭이다. 당나라 명황明皇(현종玄宗의 시호)이 조야백照夜白, 옥화총玉花驄이란 말을 탔었다.

14_ 조삭棗槊: 대추나무 자루의 장모長矛.

나는 낙타 같고, 옥 같은 우물의 얼음을 비스듬하게 덮어쓴 장수와 같았다.

후군은 모두 붉은 깃발이고 또한 일곱 개의 깃발을 세운 군영 문이 있었으며 매 문마다 1000필의 말과 한 명의 대장이 있었다. 어떻게 꾸몄을까? 머리에 상자를 뚫은 모양의 주홍색 옻칠한 전립 쓰고 붉은 전포를 입었으며 연분홍색의 물고기 비늘 모양의 미늘이 드러난 쇄자갑을 걸치고 적진으로 부딪쳐 뛰어드는 적토마를 탔는데 각기 손에는 병기를 들고 있었다. 남방南方의 정井·귀鬼·류柳·성星·장張·익翼·진軫의 방위를 가리키는 일곱 개의 문안에는 한 명의 총대장을 배치했는데, 상계의 남방 주작朱雀 화성火星[15]에 상응했다. 어떻게 꾸몄을까? 선명한 붉은 끈 달린 붉은 관을 쓰고 붉은 빛 비추는 새빨간 전포를 입었으며 붉은 노을 같은 갑옷을 걸쳤다. 여러 개의 꽃송이 꿰매 넣은 박차 달린 신발을 신고, 허리에는 보석으로 장식한 홍정紅鞓[16]을 맸다. 어깨에는 강궁과 긴 화살 메고 손에는 8척 길이의 화룡도火龍刀를 들었으며 연지 같이 붉은 말을 타고 있었다. 그가 바로 번장 동선문영으로 붉은 비단 깃발을 든 3000명의 인마를 이끌고 남리南離 삼기성군三炁星君 방위에 따랐다. 붉은 깃발 아래의 주홍색 끈에 붉은 옷을 입은 군사들은 그 수를 헤아릴 수 없이 많았다. 바로 이궁離宮에서 달려나온 육정신六丁神[17] 같고 벽력을 진동시키는 삼매화三昧火[18] 같았다.

진 앞 왼쪽에는 5000명의 용맹한 군사로 편성된 부대가 있었는데, 모두들 금

15_ 주작朱雀 화성火星은 남방의 신 적제赤帝다. 이십팔수 가운데 남방 7개 별로 이루어진 새 형상으로 남방에 위치하고 화火에 속하며 붉은색이었다. 『사기』 「천관서」에 따르면 "남궁南宮, 주조朱鳥"라고 했다.

16_ 홍정紅鞓: 붉은색 비단으로 싸맨 가죽 혁대. 송·금 시대의 관원 복식이다. 송나라 때는 4품 이상의 관원이 사용했고 금나라 때는 7품 이상 관원이 사용했고 7품 이하는 검은색을 사용했다.

17_ 육정신六丁神: 도교에서는 육정六丁(정묘丁卯·정사丁巳·정미丁未·정유丁酉·정해丁亥·정축丁丑)을 음신陰神으로 여기면 천제天帝가 부린다고 한다.

18_ 삼매화三昧火: 도교에서 원신元神·원기元氣·원정元精이라 부르며 수련을 통해 마음속의 화火를 일으킬 수 있는 것을 삼매화라 한다. 불교에서는 정수正受·정견正見·정정正定이라고 하며 잡념을 없애고 마음이 산란하지 않으며 한 곳에 선한 마음을 집중하는 것을 말한다.

선 두른 가죽으로 만든 관을 쓰고 도금한 구리 갑옷을 걸쳤으며 붉은 끈에 붉은 관복을 입고 있었다. 불꽃같은 붉은 깃발을 들고 진홍색 안장을 걸친 붉은 말을 타고는 한 대장을 둘러싸고 있었다. 그 대장은 연꽃으로 둘러싼 금실로 된 여의관如意冠 쓰고, 쇠사슬로 연결한 짐승 얼굴이 그려진 황금 쇄자갑을 걸쳤으며, 꽃을 수놓은 맹렬한 불꽃같은 붉은 전포를 입고 푸른빛 고운 옥과 황금과 칠보를 박아 넣은 띠를 묶었다. 두 자루의 일월쌍도日月雙刀를 들고 오명적마五明赤馬[19]를 타고 있었다. 그는 바로 요나라 어제대왕御弟大王 야율득중이었다. 상계의 태양성군太陽星君에 상응하는데, 마치 태양이 부상국扶桑國에서 솟아오르는 것 같고 이글거리는 태양이 동쪽 해양에서 떠오른 것 같았다.

진 앞의 오른쪽에는 5000명의 여군으로 이루어진 부대가 있었는데, 모두들 은빛의 가죽으로 만든 관을 쓰고 은 갈고리로 된 쇄자갑을 걸쳤으며 흰 전포와 끈에 흰 깃발과 말을 타고 은빛 자루의 칼과 창을 들고는 한 여장군을 둘러싸고 있었다. 그 여장군은 머리에 봉황 비녀를 검은 머리칼에 꽂고 진주와 비취가 어지럽게 깔려 있는 붉은 비단으로 된 머리띠를 묶었다. 어깨 장식물 안에는 비단 치마 받쳐 입고 수놓은 저고리는 은 갑옷을 덮었다. 작은 꽃 신발은 홍금 등자에 올려놓았고 하늘거리는 푸른 옷소매에 옥 채찍은 가벼웠다. 한 자루의 칠성보검七星寶劍을 들고 은빛 갈기의 흰 말을 타고 있었다. 그녀는 요나라 천수공주 답리패였다. 상계의 태음성군太陰星君에 상응하는데, 마치 둥근 밝은 달이 바다 끝에서 솟아올라 요대瑤臺[20]를 밝게 비추는 것 같았다.

진 가운데 양쪽 부대의 온통 누런 깃발로 둥글게 모여 있는 곳에는 장수들이 모두 누런 말을 타고 황금 갑옷을 걸치고 있었다. 갑옷 속의 전포는 누런 구름이 이는 듯하고 수놓은 두건은 한참 동안 누런 흙먼지를 맞은 듯했다. 대장

19_ 오명적마五明赤馬: 준마로 네 발굽과 어깨, 등이 모두 눈처럼 빛나며 전신이 붉은 빛을 띠는 말.
20_ 요대瑤臺: 옥석으로 장식한 화려한 높은 대를 말하며, 전설에서 신선이 거주하는 곳을 말하기도 한다.

4명이 각기 3000명을 이끌고 네 모퉁이를 지키고 있었는데, 매 모퉁이에 있는 대장을 둥그렇게 에워싸 보호하고 있었다. 동남쪽의 대장은 푸른 전포에 황금 갑옷을 입고 손에는 보창寶槍을 들었으며 분청마粉靑馬를 타고서 진 앞에 서 있었다. 상계의 나후성군羅睺星君[21]에 상응하는데, 그는 바로 요나라 황제의 조카 야율득영이었다. 서남쪽의 대장은 자줏빛 전포에 은빛 갑옷을 입고 한 자루의 보도寶刀를 들고 해류마海騮馬[22]를 타고서 진 앞에 서 있었는데, 상계의 계도성군計都星君[23]에 상응했다. 그는 바로 요나라 황제의 조카 야율득화였다. 동북쪽의 대장은 녹색 전포에 은빛 갑옷을 입고 손에 방천화극을 잡고 오명황마五明黃馬를 타고 진 앞에 섰는데, 상계의 자기성군紫炁星君[24]에 상응했다. 그는 바로 요나라 황제의 조카 야율득충이었다. 서북쪽의 대장은 흰 전포에 구리 갑옷을 걸치고 손에는 칠성보검七星寶劍을 들고 척운오추마踢雲烏騅馬를 타고서 진 앞에 서 있었는데, 상계의 월패성군月孛星君[25]에 상응했다. 그는 바로 요나라 황제의 조카 야율득신이었다.

이 누런 군대의 진 안에서 한 상장을 빼곡히 둘러쌌는데, 왼손에는 푸른 깃발을 잡고 오른손에는 백월白鉞을 쥐고 있으며 앞에는 붉은 깃발이 있고 뒤에는 검은 일산이 펼쳐져 있었다. 그 주위를 두르고 있는 깃발은 24절기, 64괘에 따라 남진북두南辰北斗·비룡비호飛龍飛虎·비웅비표飛熊飛豹가 음양과 좌우를 분명히 나누고 선기옥형璇璣玉衡[26]·건곤혼돈乾坤混沌의 형상에 부합되었다. 그

21_ 나후羅睺: 점성가들은 나후가 인사의 길흉과 화복을 지배하는 별로 여겼다. 십일요 가운데 하나고 계도計都와는 상대적이다.
22_ 해류마海騮馬: 검정 갈기에 검정 꼬리를 한 붉은 말.
23_ 계도計都: 점성가들은 계도가 나후와 함께 재해를 주관한다고 여겼고 이 두 별은 가상의 별에 속했다.
24_ 자기紫炁는 자색 운기로 상서로운 기운으로 여겼으며 항상 제왕과 성현이 출현하는 징조로 삼았다.
25_ 월패月孛: 점성가들은 십일요 가운데 하나로 여겼다.
26_ 선기옥형璇璣玉衡: '선기璇璣'은 북두칠성 가운데 첫 번째부터 네 번째까지의 별이다. '선기옥형'은 고대에 옥으로 장식한 천문 관측기구를 가리킨다. 『서경』「순전舜典」에 따르면 "옥으로 장식한 천체

상장은 주홍색 칠을 한 방천화극을 들고 있었다. 어떻게 꾸몄을까? 머리에는 칠보로 장식한 자금관을 쓰고 몸에는 거북 등 형상의 황금 갑옷을 걸쳤다. 서천西川에서 나는 붉은 비단에 꽃을 수놓은 전포를 입고 남전藍田에서 나오는 미옥[27]으로 장식한 정교하고 아름다운 요대를 차고 있었다. 왼쪽 어깨에는 금으로 칠한 철태궁을 걸고 오른쪽에는 봉황 깃털의 화살을 꽂고 있으며 매부리 모양의 구름이 이는 듯한 형상의 신을 신었다. 철 같이 단단한 등뼈에 은빛 갈기 말을 타고 있었는데 도안을 조각한 비단 안장에 황금 등자를 딛고 자주색 실로 된 고삐를 안장의 턱에 단단히 매놓았다. 허리에 검을 차고 장수들 휘몰며 손에는 대군을 통솔하는 채찍을 들고 있었다. 이 한 무리의 군마는 사방으로 찬란한 황금빛을 내뿜는데, 중궁中宮 토성土星 일기천군一炁天君에 상응했다. 그는 바로 요나라 도통군 대원수 올안광이었다.

누런 깃발의 뒤쪽 중군에는 봉련용차鳳輦龍車[28]가 있었다. 전후좌우에 검극과 창칼을 든 병사들이 일곱 겹으로 에워싸며 있고, 아홉 겹 안에 또 누런 두건을 쓴 36명의 역사들이 수레를 호위하고 있었다. 수레 앞에서는 황금 안장을 얹은 아홉 필의 준마가 끌채에 매어져 수레를 끌고, 뒤에서는 비단옷을 입은 호위무사 여덟 쌍이 따르고 있었다. 수레 중간에 요나라 군주가 앉아 있는데, 머리에는 높이 치솟은 당건唐巾을 쓰고 몸에는 구룡황포九龍黃袍를 입었으며 허리에는 남전옥으로 만든 옥대를 차고 발에는 붉은색 조화朝靴를 신고 있었다. 좌우에는 좌승상 유서패근과 우승상 태사저견이 시립했는데, 각각 초선관貂蟬冠[29]을 쓰고 붉은 의복을 입고 자줏빛 인끈과 황금 인장을 걸었으며 상아홀을 들고 옥대를 차고 있었다. 용상 양쪽에는 금동金童 옥녀玉女들이 죽간을 잡고 홀을 받

관측 기구를 살피어 천체의 운행을 바로잡다"고 했다.

27_ 산시陝성 란톈藍田 동쪽, 리산驪山산 남쪽에 란톈산藍田山이 있고 미옥美玉이 생산된다.

28_ 봉련용차鳳輦龍車: 천자가 타는 수레다. '車'의 음은 'che(차)'다.

29_ 초선관貂蟬冠: 담비 꼬리와 매미로 장식한 예관禮冠으로 황제 신변의 환관과 근신이 사용했다.

들고 있었으며 수레 전후좌우에는 수레를 호위하는 천병天兵이 둘러쌌다. 요나라 군주는 상계의 북극北極 자미紫微 대제大帝에 상응하고 진성鎭星(토성土星)을 총괄하고 있었으며, 좌우의 두 승상은 상계의 좌보左輔, 우필右弼 성군星君에 상응했다. 마치 온 하늘의 총총한 별들이 건위乾位30를 벗어나고, 삼라만상이 세상으로 내려온 것 같았다. 여기에 이를 증명하는 시가 있다.

수요宿曜31 별자리 모두 다 팔방에 늘어서고
더욱이 토덕성군土德星君이 중앙을 차지하고 있구나.
예로부터 천체 현상과는 관계없는 오랑캐들이
무슨 일로 쉴 사이 없이 상천을 더럽힌단 말인가?
宿曜隨宜列八方, 更將土德鎭中央.
胡人從不關天象, 何事紛紛瀆上蒼?

요 군대가 천진天陳32을 벌여놓았는데, 마치 계란 형상 같기도 하고 대야를 엎어 놓은 것 같기도 한데 깃발을 네 모서리에 배치하고 창들을 팔방에 늘어세웠으며 순환하며 일정하지 않지만 나아가고 물러남에 규칙이 있었다. 송강이 보고는 강한 활과 쇠뇌로 진의 선두를 쏘아 발걸음을 멈추게 하고 중군에 운제와 지휘대를 세우게 하여 오용과 주무를 데리고 지휘대에 올라 살펴봤다. 송강이 보고는 놀라며 의아해했다. 주무는 그것이 천진임을 알고 송강과 오용에게 말했다.

"저것이 바로 태을혼천상진太乙混天象陣33입니다!"

30_ 건위乾位: 건괘乾卦가 상징하는 방위로 서북방이다.
31_ 수요宿曜: 별자리 의미로 중국의 이십팔수와 비슷한데 인도에는 수요가 있다.
32_ 천진天陳: 진법 명칭으로 천문진天門陳이라고도 한다.
33_ 태을혼천상진太乙混天象陣: 진법 명칭. 진세가 복잡하고 보기에 우매하고 혼란스럽게 보이는 것을 비유한 것이다. 태을은 북진北辰의 신 이름이다.

송강이 물었다.

"어떻게 공격해야겠소?"

주무가 말했다.

"이 천진은 변화무쌍한데다 예측이 어려워 경솔하게 공격할 수 없습니다."

송강이 말했다.

"저 진세를 쳐서 열지 않으면 어떻게 저들을 물리칠 수 있겠소?"

오용이 말했다.

"진 안의 허실을 알지 못하고서 어떻게 칠 수 있겠습니까?"

한창 상의하고 있는데 올안 통군이 군중에 명을 내렸다.

"오늘은 금金에 속하는 날이니 항금룡 장기·우금우 설웅·누금구 아리의·귀금양 왕경 네 장수는 태백금성 대장 오리가안을 수행하여 진을 나가 송 군대를 치도록 하라."

송강의 제장들이 진 앞에서 바라보니 적진의 우군右軍 일곱 개 문이 열렸다 닫혔다 하는데 군중에서 천둥 같은 소리가 나더니 진세가 둥글게 변했다. 군기가 진 안에서 동쪽에서 북쪽, 북쪽에서 서쪽, 서쪽에서 남쪽으로 도는 것이었다. 주무가 말 위에서 보고는 말했다.

"저것은 천반좌선지상天盤左旋之象[34](천반이 왼쪽으로 돌다)입니다. 오늘은 금에 속하는 날이고 천반이 왼쪽으로 움직이니 틀림없이 공격해올 것입니다."

말이 미처 끝나기도 전에 다섯 대의 포가 일제히 울리더니 상대편 진에서 군사들이 쏟아져 나왔다. 가운데는 태백 금성 장군이 서고 네 장수가 다섯 부대의 군마를 이끌고 밀려오는데 산을 무너뜨릴 기세라 당해낼 수 없었다. 송강의 군마는 미처 손쓸 새도 없이 뒤로 급히 물러났다. 대부대가 진 앞에서 버티자 요군은 양쪽으로 협공했고 송군은 대패하고 말았다. 급히 군사를 물려 본영으

34_ 천반天盤은 풍수 지리가들이 사용한 나침반이다.

로 돌아왔고 요 군사들 또한 추격하지 않았다. 군중의 두령들을 점검해보니 공량은 칼에 상처를 입었고 이운은 화살에 맞았으며 주부는 포에 맞고 석용은 창에 찔렸으며 부상을 당한 군졸들은 그 수를 셀 수 없을 정도로 많았다. 즉시 다친 자들을 수레에 태워 후방 군영의 안도전에게 보내 치료받도록 했다. 송강은 선두 부대에 철질려를 뿌리고 녹각을 깊이 심어 방책 문을 단단히 지키도록 했다.

중군에서 갑갑해하던 송강은 노준의와 상의했다.

"오늘 한바탕 싸움에서 꺾였는데 어떻게 하면 좋겠소? 다시 나가 교전을 벌이지 않으면 반드시 공격해올 것이오."

노준의가 말했다.

"내일 군마를 두 갈래 길로 나누어 맨 뒤쪽 대열의 군병을 치고 다시 두 갈래 길로 군마를 보내 정북 방향 일곱 개 문을 부딪치게 하십시오. 보군은 중간으로 치고 들어가서 안쪽의 허실을 살펴보는 것은 어떻습니까?"

"그렇게 합시다."

이튿날 노준의 말대로 방책을 수습하고 진 앞으로 나가 준비를 마치자 군영 문을 활짝 열고 군사를 이끌고 전진했다. 멀리 바라보니 요군이 멀지 않았고 진영 맨 뒤쪽의 요나라 여섯 부대가 정탐하러 오고 있었다. 송강은 즉시 관승을 왼쪽, 호연작을 오른쪽에 두고 본부의 군마를 이끌고 요 진영 뒤쪽의 군사들을 쳐서 물리쳤다. 대부대가 전진하다 요군과 맞닥뜨리자 송강은 다시 화영·진명·동평·양지를 왼쪽에 두고 임충·서녕·색초·주동을 오른쪽에 두고는 두 부대가 검은 깃발을 든 일곱 개 문에 부딪치게 했다. 과연 검은 깃발의 진세가 열리고 검은 깃발을 든 인마를 흩뜨리자 북쪽의 일곱 개 군영 문의 대오가 어지럽게 되었다. 송강 진에서는 이규·번서·포욱·항충·이곤의 방패수 100명이 돌아 나와 앞으로 진격했고 그 뒤에는 노지심·무송·양웅·석수·해진·해보가 보군 두목들을 이끌고 안으로 치고 들어갔다. 혼천진 안쪽에서 사면으로 포성이 들리더니 전면에는 황색 깃발 군대와 동서 양군이 돌격해 나왔다. 송강의 군마는 당해내지 못하고 몸을 돌려 달아났다. 뒤쪽에서 지탱하며 막던 부대도 견디지 못하고 대패하여 달아났고 원래 군영으로 돌아왔다. 급히 군사들을 점검해보니 태반이 꺾였고 두천과 송만은 중상을 입었으며 흑선풍 이규는 보이지 않았다. 원래 이규는 죽이려는 성질이 발동하여 적진 속으로 뛰어 들어갔다가 갈고리에 걸려 사로잡혔던 것이다. 소식을 들은 송강은 답답해했다. 먼저 두천과 송만을 뒤쪽 군영으로 보내 안도전에게 치료받도록 했다. 상처 입은 말들은 황보단에게 끌고 가 처치하게 했다.

송강은 다시 오용 등과 상의하며 말했다.

"오늘 이규가 사로잡히고 한바탕 패전했으니 이 일을 어떻게 하면 좋겠소?"

오용이 말했다.

"지난번에 우리가 사로잡은 소장군이 올안 통군의 아들이니 이규와 교환하는 것이 좋겠습니다."

송강이 말했다.

"이번에 교환을 했다가 다음에 또 장수가 사로잡힌다면 어떻게 구할 수 있겠소?"

"형님께서는 무슨 까닭으로 고집을 부리십니까? 우선 눈앞에 닥친 일을 보셔야죠."

말을 마치기도 전에 졸개가 와서 요나라가 사자를 보냈다고 보고했다. 송강이 군중으로 불러들이자 그 관원이 와서 인사를 하고는 말했다.

"저는 원수의 군령을 받들어 오늘 사로잡은 당신의 두목이 우리 총 장군의 면전에 끌려왔지만 죽이지 않고 그에게 술과 고기를 줘서 잘 대접하고 있습니다. 통군께서는 아들인 소장군을 그와 교환하고자 하십니다. 만약 장군께서 승낙하신다면 그 두목을 돌려보내겠습니다."

송강이 말했다.

"그렇게 하겠다면 내일 소장군을 진 앞으로 데리고 갈 테니 서로 교환합시다."

요 관원은 송강의 말을 듣고는 말을 타고 돌아갔다. 송강이 다시 오용과 상의하며 말했다.

"우리한테 저들의 진세를 깨뜨릴 방법이 없으니 소장군을 데려다주며 화해하고 양쪽이 각자 싸움을 그만두는 것이 좋겠소."

오용이 말했다.

"잠시 군마를 쉬게 하고 별도로 좋은 계책이 생기면 그때 다시 적을 격파해도 늦지 않을 것입니다."

날이 밝자 사람을 보내 올안 소장군을 데려오게 했고 또한 올안 통군에게 사람을 보내 소장군을 데려왔음을 알렸다.

한편 올안 통군이 군막 안에 앉아 있는데 군졸이 와서 송 선봉이 사람을 보냈다고 보고했다. 통군이 사자를 들어오게 했다. 군막 앞에서 올안 통군을 만나 말했다.

"우리 송 선봉께서는 통군 휘하에 안부를 전해드리며 지금 소장군을 돌려보낼 테니 우리 두목과 교환하자고 하십니다. 또한 지금 날씨가 매우 춥고 군사들이 수고로우니 양쪽이 잠시 싸움을 멈추고 봄에 다시 상의하도록 하고 지금은 인마들이 동상에 걸리는 것을 피하는 것이 좋겠다고 하십니다. 통군께서 군령을 내리시기를 요청합니다."

올안 통군이 크게 소리를 질렀다.

"무지하고 욕된 놈이 너희한테 사로잡혀 살아 돌아온들 무슨 낯짝으로 나를 본단 말이냐? 교환할 필요 없이 나 대신 베어버리도록 하라. 만약에 싸움을 멈추고 잠시 쉬고자 한다면 송강더러 손을 묶고 투항하라고 해라. 그러면 죽음은 면하게 해주마. 그렇지 않다면 내가 대군을 이끌고 가서 풀 한 포기조차 남겨두지 않을 것이다!"

또 소리 질렀다.

"물러가라!"

사자는 날듯이 군영으로 돌아와 송강에게 알렸다. 이규를 구해내지 못할까 걱정된 송강은 울타리 목책을 뽑고는 올안 소장군을 데리고 전군으로 가서 크게 소리 질렀다.

"우리 두목을 보내주면 소장군을 돌려보내겠다. 싸움을 멈추지 않겠다고 하니 그래 한바탕 싸워보자."

얼마 있다가 요 진중에서 이규가 말을 타고 진 앞으로 나왔다. 이쪽에서도 한 필의 말을 끌고 와 올안 소장군을 진 밖으로 내보냈다. 양쪽이 말한 대로 보내고 받아 이규는 군영으로 돌아왔고 소장군 또한 말을 타고 돌아갔다. 그날 양쪽은 싸움을 벌이지 않았다. 송강은 군사를 물려 군영으로 돌아왔고 이규와 축하하며 기뻐했다.

송강은 장막에서 제장들과 상의하며 말했다.

"요나라 군세가 대단하여 깨뜨릴 방법이 없어 내가 근심으로 속을 태우는데 하루가 일 년 같소. 어떻게 하면 좋겠소?"

호연작이 말했다.

"우리가 내일 군마를 10개 부대로 나누어 두 갈래 길은 적진 뒤쪽 군병을 담당하고 여덟 갈래 길의 군마는 일제히 돌격하여 결사전을 벌입시다."

송강이 말했다.

"모든 것은 형제들이 함께 힘을 합치는 데 있으니 내일 반드시 실행하지요."

오용이 말했다.

"두 번이나 쳐들어갔어도 움직이지 않았으니 차라리 지키면서 그들이 교전을 벌이러 오는 것을 기다리는 것이 나을 것입니다."

송강이 말했다.

"그들이 오기를 기다리는 것은 좋은 방법이 아니오. 형제들이 힘을 다해 대적한다면 어찌 연패를 하겠소!"

그날 명을 전달하고 이튿날 아침 울타리 목책을 뽑아 군대를 일으켜 10개의 부대로 나누어 날듯이 전진했다. 두 갈래 길은 먼저 진영 뒤쪽의 군병을 차단하고 나머지 여덟 갈래 군마는 곧장 말도 꺼내지 않고 함성을 지르고 깃발을 흔들며 혼천진 속으로 돌진해 들어갔다.

이때 안쪽에서 천둥소리가 크게 나면서 이십팔 문이 일제히 열리더니 일자로 장사진으로 변했고 요군이 몰려나오는 것이었다. 송강의 군마는 어찌할 바를 몰라 당황했고 급히 회군하라 영을 내리고 대패하여 달아나는데 깃발과 창은 가지런하지 못했고 금고는 기울어진 채로 급히 물러나 돌아왔다. 본영으로 돌아와 보니 수많은 군마를 길에서 잃고 말았다. 송강은 장군들에게 산 입구의 울타리 목책을 단단히 지키면서 참호를 깊게 파고 녹각을 단단히 박고 견고히 지키기만 하면서 겨울 추위가 지나가기를 기다리게 했다.

한편 부추밀 조 안무는 여러 차례 동경에 문서로 보고하면서 겨울용 의복을 보내달라고 상주했다. 이 때문에 조정에서는 특별히 어전팔십만금군창봉교두御前八十萬禁軍槍棒敎頭이면서 정주鄭州 단련사인 왕문빈王文斌을 파견했다. 이 사람은 문무를 겸비하고 온 조정이 경모하는 사람이었는데 1만여 명의 경사 군사들과 의복 50만 벌을 실은 수레와 인부들을 인솔하여 송 선봉의 군대에 전달하고 장병들을 독려하여 교전을 벌여 조속히 개선가를 울려 상주하도록 했다. 왕문빈은 성지 문서를 수령하고 병장기와 갑옷, 안장 얹은 말을 갖추고는 수레를 끄는 인부와 군마를 재촉하며 동경을 떠나 진교역으로 향했다. 100~200량의 수레를 감독하며 운송하는데 '황제께서 하사하신 의복'이라 쓰인 누런 깃발을 꽂고 줄을 지어 전진했다. 지나는 곳마다 관사에서 양식을 제공했다. 며칠 만에 변경 지역에 당도하여 조 추밀을 만나 중서성의 공문을 전달했다. 조 안무가 크게 기뻐하며 말했다.

"장군께서 마침 잘 오셨소. 지금 송 선봉이 요나라 올안 통군이 펼친 혼천진에 연이어 패배했소. 두목들 가운데 다수가 중상을 입었고 현재 이곳에서 안도

전에게 치료를 받으며 요양하고 있소. 송 선봉은 영청현에 주둔하고 있는데 감히 출전하지 못하고 걱정만 하고 있소."

왕문빈이 아뢰었다.

"이 때문에 조정에서 저를 파견해 군사들을 재촉해 전진시키고 조속히 승리를 거두도록 했습니다. 지금 여러 차례 패했다고 하니 저도 동경으로 돌아가서 성원관을 만나 상주하기 어려울 것 같습니다. 제가 비록 재주는 없지만 어려서부터 자못 병서를 읽었기에 대략적으로 진법을 알고 있으니 진영으로 가서 작은 계책을 펼쳐 한바탕 결전을 벌여 송 선봉의 근심을 덜어주고자 합니다. 추밀께서 명령을 내리시는 것은 어떻습니까?"

조 추밀은 크게 기뻐하며 술자리를 마련하여 군중에서 수레를 운반한 인부들을 위로하고 왕문빈에게 의복을 운반하여 송강 군대에게 나누어주도록 했다. 조 안무는 먼저 사람을 송 선봉에게 보내 이런 사실을 알리도록 했다.

한편 송강은 중군 장막에서 고민하고 있는데 조 추밀이 보낸 사람이 와서는 동경에서 교두이며 정주 단련사인 왕문빈을 파견해 의복 50만 벌을 운송해왔고 그가 진영 앞으로 와서 군사진격을 재촉하겠다는 소식을 들었다. 송강은 사람을 보내 군영으로 영접하여 말에서 내리게 하고 장막 안으로 청해서는 술을 대접했다. 술이 몇 순배 돌자 그는 싸움에 패한 까닭을 물었고 송강이 말했다.

"저는 조정의 파견으로 변경에 와서는 천자의 큰 복 덕분에 네 개의 큰 군을 손에 넣었습니다. 지금 유주에 와서 뜻하지 않게 올안 통군이 혼천상진을 펼치며 20만 명을 주둔시켰는데 그 형세가 질서 정연하고 하늘의 별 형상에 따라 배치한데다 요 군주까지 친히 정벌하러 왔습니다. 제가 연패하여 펼칠 계책도 없어 주둔하면서 감히 움직이지 못하고 있습니다. 마침 다행히 장군께서 오셨으니 가르쳐주시기 바랍니다."

왕문빈이 말했다.

"이 혼천진이 뭐가 그리 기이하겠소! 제가 재주는 없지만 진 앞으로 가서 한

번 살펴보고 계책을 세워보겠소."

송강이 크게 기뻐하며 먼저 배선에게 의복을 군사들에게 나누어주도록 했고 옷을 입은 군사들이 남쪽을 향해 은혜에 감사했다. 그날 중군에서 술자리를 베풀어 극진히 대접하고 삼군에게도 노고를 포상했다.

이튿날 오군五軍을 준비시켜 모두 일으켰다. 왕문빈은 가지고 온 투구와 갑옷을 걸치고 말에 올라 진 앞으로 나갔다. 적진에서는 요 병사가 송군이 출전하는 것을 보고는 중군에 보고했다. 금고가 일제 울리고 함성이 크게 일더니 여섯 부대의 정찰 전마가 진 앞으로 나왔다. 송강은 군사를 나누어 이들을 격퇴시켰다. 왕문빈은 직접 지휘대에 올라가 한번 둘러보더니 운제를 타고 내려와 말했다.

"이 진세는 일반적인 것으로 어떠한 놀랄 만한 것이 없소이다."

그러나 왕문빈은 그 진세를 모르면서 사람을 속여 명성을 떨치고자 전군에게 북을 두드리며 싸움을 걸게 했다. 그러자 맞은편 요군도 북을 두드리며 징을 울렸다. 송강이 말을 세우고는 크게 소리 질렀다.

"여우와 개 같은 놈들아, 감히 나와서 도전하겠느냐?"

말이 미처 끝나기도 전에 검은 깃발 부대의 네 번째 문안에서 한 장수가 날듯이 나왔다. 그는 머리를 풀어헤쳤고 누런 비단 머리띠를 하고 금테를 두른 검고 번들거리는 갑옷을 걸치고 민소매의 검은 전포를 입고는 오추마를 타고 삼천도를 세우고 진 앞으로 나왔으며 수많은 아장이 그의 뒤를 따르고 있었다. 이끄는 군사들의 검은 깃발에는 은색으로 '대장 곡리출청'이라 적혀 있었고, 말을 진 앞으로 질주해 나와서는 싸움을 걸었다. 왕문빈은 속으로 생각했다.

'내가 이곳에서 능력을 보여주지 않으면 어느 곳에서 발휘할 수 있겠는가?'

즉시 창을 세우고 진 앞으로 말을 몰아 나가더니 그 장수에게 말도 걸지 않고 말고삐를 놓고 맞붙었다. 왕문빈은 창으로 찔렀고 요 장수는 칼을 춤추듯 휘두르며 맞섰다. 20여 합을 싸우지도 않았는데 요 장수가 몸을 돌려 달아났다. 왕문빈은 보고서 창을 휘두르며 말을 몰아 그 뒤를 쫓았다.

원래 요 장수는 싸움에 패할까 두려워 달아난 것이 아니라 빈틈을 보여 왕문빈이 쫓아오도록 한 것이었다. 요 장수는 왕문빈이 비교적 가까워졌음을 엿보고는 몸을 뒤로 돌려 한칼로 찍어내자 왕문빈은 어깨부터 가슴이 두 동강나면서 죽어 말에서 떨어졌다. 그 광경을 본 송강은 급히 군사를 거두었다. 요군이 돌진해오자 또 한바탕 꺾이고 황급히 수습하여 군영으로 돌아왔다. 말을 세우고 왕문빈이 죽는 모습을 본 많은 장수는 모두가 놀라 서로 얼굴만 쳐다볼 뿐 어찌할 바를 몰랐다. 군영으로 돌아온 송강은 문서를 작성하여 조 추밀에게 보고했다.

"왕문빈이 자진하여 출전했다가 전사했으니 그가 이끌고 온 군사들은 경사로 돌려보냅니다."

조 추밀은 이 일을 듣고 우울해하며 고민하다가 하는 수 없이 상주문을 적어 올리고 성원省院에서 파견한 사람들을 동경으로 돌려보낸다는 통지문을 보냈다. 여기에 증명하는 시가 있다.

조괄도 공연히 아비 병서만 읽었으니, 왕문빈의 죽음 또한 얼마나 어리석은가.
평소 허풍 떠든 자 수없이 많지만, 전쟁에 임해 공 이루는 자 한 명도 없더라.
趙括徒能讀父書, 文斌殞命又何愚.
平時誇口千人有, 臨陣成功一個無.

한편 송강은 군영 안에서 갑갑해했지만 아무리 생각해봐도 요 군대를 격파할 계책이 떠오르지 않아 침식을 잊었고 꿈속에서도 불안해했다. 추운 어느 날 밤 날씨가 매섭게 차가웠는데 송강이 군영 막사에서 촛불을 켜고 답답해하며 고민에 빠져 앉아 있었다. 이미 2경이라 정신과 마음이 피곤하고 졸려 옷을 입은 채 긴 탁자에 누워있었다. 그때 군영 안에서 광풍이 갑자기 일더니 냉기가 엄습해 오는 것을 느꼈다. 송강이 일어나자 한 푸른 옷을 입은 여동女童이 다가와서는 머리를 조아렸다. 송강이 물었다.

"동자는 어디에서 왔소?"

"저는 낭랑娘娘님의 법지를 받들어 장군님을 청하러 왔으니 번거롭더라도 함께 가시죠."

"낭랑께서는 어디에 계시오?"

"여기서 멀지 않은 곳에 계십니다."

송강은 여동을 따라 막사를 나가자 온 하늘이 황금빛과 푸른빛이 교차하고 향기로운 바람이 솔솔 불고 상서로운 아지랑이가 하늘거리는 것이 2, 3월의 봄날 같았다. 2, 3리 거리도 못가서 푸른 소나무가 무성하고 청록색 측백나무가 빽빽이 늘어선 큰 수풀이 나타났는데 자줏빛 계피나무가 우뚝 솟아 있고 돌난간이 어슴푸레 보이고 양쪽은 모두 무성하게 높이 뻗은 대나무와 수양버들, 아름다운 복숭아꽃들이 가득했고 구불구불한 난간들이었다. 돌계단을 돌아가자 주홍색 영성문欞星門이 나타났다. 사방을 둘러보니 가림막과 하얗게 칠한 벽, 화려하게 장식한 기둥과 대들보, 금 못을 박은 주홍색 대문, 청기와와 겹처마 지붕, 사방으로 걷어 올린 새우 수염으로 만든 발, 정면에는 거북등 모양의 창문이 눈에 들어왔다. 여동이 송강을 안내하여 왼쪽 복도로 들어가 동쪽에 있는 누각 앞에 이르러 주홍색 대문을 밀어 열고는 송강에게 안에서 잠시 앉아 기다리게 했다. 눈을 들어 살펴보니 사면의 화려한 창문들은 고요했고 계단에는 노을빛이 가득했으며 천화天花[35]가 어지러이 피어 있고 기이한 향기가 감돌았다.

안으로 들어갔던 여동이 다시 나와서는 전달했다.

"낭랑께서 청하시니 성주님은 가시지요."

송강은 앉은 자리가 따뜻해지기도 전에 일어났다. 이때 또 밖에서 연꽃 모양

35_ 천화天花: 천상계에 피는 영묘한 꽃.

의 벽옥관碧玉冠36을 쓰고 금선 두른 붉은 생사로 짠 옷을 입은 두 명의 선녀가 들어오더니 송강에게 예를 행했다. 송강은 감히 고개를 들어 쳐다보지도 못했다. 두 선녀가 말했다.

"장군께서는 어째서 이토록 겸손하십니까? 낭랑께서 옷을 갈아입고 장군님을 청해 나라의 대사를 의논하시고자 하시니 함께 가시지요."

송강이 '예' 하고 따라가는데, 궁전에서 금종과 옥경玉磬 소리가 들렸다. 푸른 옷을 입은 여동이 전각에 오르기를 청했다. 두 선녀가 앞에서 들어갔고 송강을 안내하며 동쪽 계단으로 올라가 주렴 앞에 이르렀다. 주렴 안에서 댕그랑하는 옥패 소리가 은은하게 들렸다. 푸른 옷을 입은 여동이 송강을 주렴 안으로 인도하고는 향안 앞에 무릎을 꿇게 했다. 눈을 들어 전각 위를 바라보니 상서로운 구름이 가득하고 자줏빛 안개가 자욱이 피어오르는데 정면 구룡상九龍牀 위에 구천현녀 낭랑이 앉아 있었다. 머리에는 구룡九龍과 비룡飛鳳이 새겨진 관을 쓰고 있었고 칠보七寶와 용봉龍鳳을 새긴 붉은 생사로 짠 옷을 입었으며 허리에는 산하山河와 일월日月이 그려진 치마를 입었고 발에는 꽃구름이 그려지고 진주가 박힌 신발을 신었으며 손에는 티 없이 맑은 백옥 홀을 들었다. 양쪽에는 시종 선녀 30여 명이 모시고 있었다.

현녀 낭랑이 송강에게 말했다.

"내가 그대에게 천서를 전해준 지 벌써 몇 년이나 지났구려! 그대는 충의를 견지하며 조금도 게을리 한 적이 없었지요. 지금 송나라 천자가 그대에게 요를 격파하라 했는데, 승부는 어떻게 되었는지요?"

송강이 땅바닥에 엎드려 절하며 아뢰었다.

"신은 낭랑께서 하사하신 천서를 받고 경시하거나 남에게 누설한 적이 없습니다. 지금 요를 격파하라는 천자의 칙명을 받들었으나 예기치 않게 올안 통군

36_ 벽옥관碧玉冠: 부녀자들이 쓰는 벽옥으로 장식한 관모.

이 혼천상진을 펼치는 바람에 여러 차례 패했습니다. 신은 이 진세를 깨뜨릴 계책이 없어 위급한 존망의 기로에 있습니다."

"그대는 혼천상진법을 아시오?"

송강이 두 번 절하며 아뢰었다.

"신은 세상의 어리석은 인간이라 그 진법을 이해하지 못하니 바라건대 낭랑께서 가르침을 내려주십시오."

"이 진법은 양상陽象을 모은 것이기에 그렇게 공격해서는 영원히 깨뜨릴 수 없습니다. 깨뜨리고자 한다면 상생상극相生相剋의 이치를 취해야 합니다. 앞쪽의 검은 깃발을 든 군마 속에는 수성水星을 설치했는데 상계의 북방 오기진성五炁辰星에 해당됩니다. 따라서 그대의 송 군대는 대장 7명을 선발하여 누런 깃발에 누런 갑옷, 누런 의복에 누런 말을 태우고 요 군대 검은 깃발의 일곱 개 문으로 돌격시켜 격파하도록 해야 합니다. 그런 다음에 이어서 누런 전포를 입힌 맹장한 명에게 수성을 취하게 해야 합니다. 이것이 바로 토土가 수水를 이기는 이치입니다. 또 여덟 명의 장수를 선발하여 흰 전포를 입힌 군마를 이끌고 요나라 좌측의 푸른 깃발을 든 군진을 뚫게 하십시오. 이것이 금金이 목木을 이기는 이치입니다. 여덟 명의 장수를 선발하여 붉은 전포를 입힌 군마를 이끌고 요나라 우측의 흰 깃발을 든 군진을 뚫게 하십시오. 이것이 화火가 금金을 이기는 이치입니다. 여덟 명의 장수를 선발하여 검은 깃발을 든 군마를 이끌고 요나라 후군의 붉은 깃발을 든 군진을 뚫게 하십시오. 이것이 수水가 화火를 이기는 이치입니다. 또한 장수 아홉 명을 선발하여 푸른 깃발을 든 한 갈래 군마를 인솔하여 곧장 중앙의 누런 깃발을 든 군진의 주장을 잡도록 하십시오. 이것이 바로 목木이 토土를 이기는 이치입니다. 그리고 두 갈래 군마를 선발하여 그중 한 갈래 군마는 수놓은 깃발에 꽃무늬 전포를 입혀 나후羅睺로 꾸미고는 단독으로 요 군대의 태양太陽 군진을 격파하게 하고, 다른 한 갈래 군마는 흰 깃발에 은빛 갑옷을 입혀 계도計都로 꾸미고는 곧장 요 군대 태음太陰 군진을 격파하게 하십시오. 그리고 다시 뇌차雷車 24대를 제작하여 이십사절기에 따르되 그 위에 화석火石과 화포를 장착하여 쏘면서 곧장 요 군대 중군으로 돌진하게 하고 동시에 공손승에게 풍뇌천강정법風雷天罡正法[37]을 일으켜 요나라 군주 어가 앞으로 돌격하게 하십시오. 이렇게 계책을 시행하면 승리를 거둘 수 있을 것입니다. 그 대신 낮에는 군사를 움직여서는 안 되고 야간에 군사를 진격시켜야 합니다. 그리고 그대가 직접 군사를 이끌고 중군을 장악하면서 인마를 재촉해야 북 한 번 두드리고 성공을 거둘 수 있습니다. 내가 한 말은 그대가 반드시 비밀로 간직해야 합니다. 나라를 보전하고 백성을 안정시키며 절대로 후회가 발생하지 않도록 하십시오. 하늘에는 무릇 한계가 있으니 이제는 영원히 이별해야 합니다. 이후에 경루금궐瓊樓金闕[38]에서 다시 만나도록 합시다. 그대는 이곳에 오래 머물 수 없으니 속히 돌아가십시오."

낭랑은 푸른 옷을 입은 여동에게 차를 바치게 했다. 송강이 차를 마시자 낭랑은 여동에게 성주를 군영으로 바래다주도록 명했다.

송강이 두 번 절하고 낭랑에게 감사함을 표시하고 전각에서 나왔다. 푸른 옷을 입은 여동이 송강을 인도하여 전각에서 내려와 서쪽 계단으로 나가 주홍색 영성문을 돌아 다시 왔던 길로 들어섰다. 돌다리를 지나 소나무 길을 지나자 푸른 옷을 입은 여동이 손가락으로 가리키며 말했다.

"저기에 요 군사가 있으니 어서 격파하십시오!"

송강이 고개를 돌리려는데 그 순간 푸른 옷을 입은 여동이 손으로 떠밀었다. 송강이 깜짝 놀라 깨어보니 군막에서 한바탕 꿈을 꾼 것이었다.

고요한 가운데 군중에서 4경을 알리는 북소리가 들렸다. 송강은 즉시 군사 오용을 불러 해몽을 요청했다. 오용이 중군 군막으로 들어오자 송강이 말했다.

37_ 풍뇌천강정법風雷天罡正法: 진법 명칭으로 용맹하고 급격하게 변화시키는 진세를 비유한 것이다.
38_ 경루금궐瓊樓金闕: 경루옥우瓊樓玉宇다. 월중궁전月中宮殿을 가리키며 선계仙界의 누대다.

"군사는 혼천진을 격파할 계책이 있소?"

오 학구가 말했다.

"아직 좋은 계책이 없습니다."

"내가 이미 꿈속에서 현녀 낭랑으로부터 비결을 전수받았는데 깊이 생각한 뜻에 결정하여 특별히 군사와 상의하고자 청한 것이오. 제장들을 불러 모아 조를 나누어 실행하려 하오."

바로 하늘의 뜻을 깨닫고 묘책으로 별들을 늘어놓아 의심되는 상황을 깨뜨린 것이다.

결국 송강이 어떻게 진을 격파하는지는 다음 회에 설명하노라.

항
복
을
받
다[1]

송강은 구천현녀로부터 전수받은 비법을 단 한 구절도 잊지 않고 군사 오용을 청해 계책을 결정하고는 조 추밀에게도 이 내용을 보고했다. 군영 안에서 뇌차 24대를 제조하게 하면서 밤낮으로 다그치며 완성하게 했는데 모두 그림이 그려진 널빤지에 얇은 철판을 못 박아 만들었고 아래는 기름과 땔나무를 싣고 위에는 화포를 설치했다. 그리고 적의 진을 격파하고자 제장과 인마들을 소집하고는 명을 전달하고 각기 임무를 배정했다. 중앙의 무기戊己 토土 방위를 맡은 누런 전포를 입은 군마는 요나라 수성水星 진 안으로 공격해 들어가는데 대장은 쌍창장 동평이었다. 좌우의 검은 깃발의 일곱 기문을 돌파 격파하기 위해 파견하는 일곱 명의 부장은 주동·사진·구붕·등비·연순·마린·목춘이었다. 서방의 경신庚辛 금金 방위를 맡은 흰 전포를 입은 군마는 요나라 목성木星 진 안으로 공격해 들어가는데 대장은 표자두 임충이었다. 좌우의 푸른 깃발의 일곱 기

1_ 제89회 제목은 '宋公明破陳成功(송 공명이 진을 격파하고 공을 세우다), 宿太尉頒恩降詔(숙 태위는 은혜 전하고 조서를 내리다)'다.

문을 돌파 격파하기 위해 파견하는 일곱 명의 부장은 서녕·목홍·황신·손립·양춘·진달·양림이었다. 남방의 병정丙丁 화火 방위를 맡은 붉은 전포를 입은 군마는 요나라 금성金星 진 안으로 공격해 들어가는데 대장은 벽력화 진명이었다. 좌우의 흰 깃발의 일곱 기문을 돌파 격파하기 위해 파견하는 일곱 명의 부장은 유당·뇌횡·선정규·위정국·주통·공왕·정득손이었다. 북방의 임계壬癸 수水 방위를 맡은 검은 전포를 입은 군마는 요나라 화성火星 진 안으로 공격해 들어가는데 대장은 쌍편 호연작이었다. 좌우의 붉은 깃발의 일곱 기문을 돌파 격파하기 위해 파견하는 일곱 명의 부장은 양지·색초·한도·팽기·공명·추연·추윤이었다. 동방의 갑을甲乙 목木 방위를 맡은 푸른 전포를 입은 군마는 요나라 토성土星 진 안으로 공격해 들어가는데 대장은 대도 관승이었다. 좌우의 누런 깃발의 진을 돌파 격파하기 위해 파견하는 여덟 명의 부장은 화영·장청·이응·시진·선찬·학사문·시은·설영이었다. 수놓은 깃발을 들고 꽃무늬 전포를 입은 군마는 요나라 태양太陽 좌군 진을 공격하는데, 대장 일곱 명은 노지심·무송·양웅·석수·초정·탕륭·채복이었다. 흰 전포에 은빛 갑옷을 입은 군마는 요나라 태음太陰 우군의 진을 공격하는데, 대장 일곱 명은 호삼랑·고대수·손이랑·왕영·손신·장청張靑·채경이었다. 요나라 중군을 공격하여 요나라 군주를 사로잡을 강하고 용맹한 군마의 대장 여섯 명은 노준의·연청·여방·곽성·해진·해보였다. 뇌차를 요나라 중군으로 호위하며 운반할 대장 다섯 명은 이규·번서·포욱·항충·이곤이었다. 나머지 수군 두령들과 군사들은 모두 진 앞으로 나가서 적진을 격파하는 것을 돕도록 했다. 진 앞에는 오방기치五方旗幟를 세우고 팔면으로 인원을 배치하여 구궁팔괘진을 펼치도록 했다. 송강의 명령이 전달되자 장수들은 각기 명에 따라 준비를 마쳤다. 뇌차 제조가 끝나자 법술을 펼칠 물품을 신고 진 앞으로 밀어다 놓았다. 바로 계책은 천지를 놀라게 하고 지략은 귀신을 없애버릴 정도로 성공하게 된다.

한편 올안 통군은 연일 송강이 교전하러 나오지 않는 것을 보고는 진영 선두의 군마를 보내 송강의 군영 앞까지 가서 정찰하게 했다. 송강은 매일 모든 기물을 제조하여 완비하고 이날 저녁에 군사를 일으켜 요군과 접전을 벌이기로 날짜를 정한 상태였다. 일자로 진세를 벌여놓고[2] 전면에는 강궁과 쇠뇌를 쏘아 적진의 최전방을 저지하기로 하고 날이 어두워지기를 기다렸다. 황혼 무렵이 되자 삭풍이 매섭게 불어왔고 먹장구름이 잔뜩 끼면서 천지를 온통 뒤덮어 밤이 되기도 전에 컴컴해졌다. 송강은 군사들에게 갈대를 꺾어 피리로 만들어 입에 물고 있다가 그걸 불어 신호로 삼게 했다. 그날 밤 네 갈래 길로 군사를 나누어 보내고, 누런 전포를 입은 군마는 남아서 진 앞을 지키게 했다. 네 갈래 군마가 정찰하러온 요군을 추격해 죽이자 요 군사들은 최전방 진을 돌아서 북쪽으로 달아났다.

초경 무렵에 송강의 군중에서 연주포 터지는 소리가 들렸다. 호연작이 진문을 활짝 열고 나가 요 후군으로 돌진하여 화성火星을 공격하고, 관승은 즉시 중군으로 돌진하여 토성의 주장을 공격했다. 임충은 군사를 이끌고 요나라 좌군 진 안으로 돌진하여 목성을 공격했고, 진명은 군사를 이끌고 우군 진 안으로 부딪쳐 들어가 금성을 공격했다. 동평은 군대를 이동시켜 요군 선두를 타격하면서 수성을 공격했다. 공손승은 군중에서 검을 잡고 술법을 부렸는데, 강罡과 두斗를 밟고[3] 주문을 외우며 벼락을 일으켰다. 이날 밤 남풍이 크게 일어나면서 나뭇가지 끝이 땅바닥에 드리워 닿을 정도였으며 돌이 구르고 모래가 날렸다. 이때 이규·번서·포욱·항충·이곤이 500명의 방패수를 이끌고 강하고 용감한 군졸들이 24대의 뇌차를 호송하여 요군 진영 안으로 돌격해 들어갔다. 일장청 호삼랑은 군사를 이끌고 요군의 태음진으로 돌격했고, 화화상 노지심은 군사를 이끌고 요군의 태양진으로 진격해 들어갔으며, 옥기린 노준의는 한 갈래 군마를

<hr>

2_ 일자진으로 기러기 날개처럼 늘어선 진세를 말한다.
3_ 원문 '답강보두踏罡步斗'인데, 도사가 별자리를 예배하고 신령을 부르는 동작. 보행의 방향이 바뀌면서 마치 강罡(북두칠성의 자루)과 두斗(북두성) 위를 밟는 듯한 동작이다.

거느리고 뇌차의 뒤를 따라 곧장 중군으로 돌진했다. 그들은 각기 목표로 삼은 부대를 찾아 맞붙어 싸웠다. 이날 밤 뇌차에서 불길이 치솟고 공중에서 벼락이 치자 그 혼란함은 별들이 자리를 옮기고 북두가 방향을 바꾸며 해와 달도 빛을 잃고 귀신들이 울부짖을 지경이었고 군사들은 어지럽게 뒤섞였다.

한편 올안 통군은 중군에 있으면서 장수들을 내보내려 하고 있는데, 사방에서 함성이 크게 일어나면서 송군이 사방에서 쳐들어왔다. 급히 말에 올랐지만 송군의 뇌차가 이미 중군으로 밀려 들어와 화염이 하늘까지 치솟고 포성이 천지에 진동하고 있었다. 관승이 한 갈래 군마를 이끌고 이미 장막 앞으로 돌진해 오자 올안 통군은 급히 방천화극을 들고 관승과 크게 맞붙어 싸웠다. 그때 몰우전 장청이 어지럽게 돌맹이를 날리기 시작했다. 사방의 아장들 가운데 돌에 맞아 다친 자가 많았고 목숨을 구하고자 달아나기 시작했다. 그러자 이응·시진·선찬·학사문이 말고삐를 놓고 칼을 비껴들고는 어지러이 장수들을 죽이기 시작했다. 올안 통군은 주변의 보좌하는 장수들이 없어지자 말을 돌려 북쪽을 향해 달아났다. 관승이 그 뒤를 나는 듯이 추격하는데 마치 염마천焰摩天[4]으로 올라가는 자를 구름을 타고 뒤쫓는 것과 같았다.

화영이 뒤에서 올안 통군이 패해 달아나는 것을 보고는 급히 활을 집어 시위에 화살을 걸고는 올안 통군을 겨누어 활을 쏘았다. 화살은 올안 통군의 등에 명중했고 '쨍' 소리와 함께 불꽃이 튀었다. 호심경에 정통으로 맞았던 것이다. 화영이 다시 활을 쏘려고 할 때, 관승이 뒤쫓아 와서는 청룡도를 들어 올안 통군의 머리를 찍었다. 그러나 올안 통군은 세 겹으로 된 갑옷을 입고 있었다. 안쪽에는 단철로 된 연환 갑옷을 입었고 중간에는 바다짐승 가죽으로 된 갑옷을 입었으며 바깥에는 황금쇄자갑黃金鎖子甲을 입고 있었다. 관승의 청룡도는 두

4_ 염마천焰摩天: 불교에서의 욕계欲界의 육천六天 가운데 삼천三天. 아득히 먼 곳으로 가서 찾을 수 없는 것을 비유한다.

번째 갑옷까지만 뚫었던 것이다. 관승이 다시 청룡도를 휘두르자 올안 통군은 칼 그림자 속에서 슬쩍 피하고는 고삐를 당겨 말을 세우고는 방천화극으로 관승에게 맞섰다. 두 사람이 3~5합을 싸웠을 때 화영이 쫓아와서는 올안 통군의 얼굴을 향해 다시 화살을 쏘았다. 올안 통군이 급히 피하는 바람에 화살은 귓바퀴를 스치면서 봉황 깃털의 황금 관을 꿰뚫었다. 올안 통군이 급히 달아나자 장청이 나는 듯이 뒤쫓아가서는 올안 통군의 머리를 향해 돌멩이를 던졌다. 돌멩이가 날아가 뒤통수를 맞히자 올안 통군은 말 위에 바짝 엎드려 화극을 끌면서 달아났다. 그때 관승이 뒤를 쫓아가 다시 한 번 청룡도를 휘둘렀다. 올안 통군은 머리에서부터 허리까지 찍혀 잘리면서 말에서 떨어졌다. 화영이 달려와서 먼저 올안 통군의 명마를 바꾸어 탔고 장청이 달려와서는 땅바닥에 쓰러진 올안 통군을 다시 창으로 내리 찔렀다. 가련하게도 당대의 호걸이었던 올안 통군은 청룡도에 베이고 창에 찔려 목숨을 잃고 말았다. 여기에 이를 증명하는 시가 있다.

이정李靖의 육화진六花陣 모르는 이 없고, 공명의 팔괘진 온 세상 응당 알더라.
태을혼천상진 당해낼 자 없는 줄 알았더니, 신묘한 계책으로 격파할 때도 있다네.
李靖六花人亦識, 孔明八卦世應知.
混天只想無人敵, 也有神機打破時.

한편 노지심은 무송 등 여섯 두령을 이끌고 함성을 지르면서 요군의 태양진 안으로 돌진했다. 야율득중이 급하게 달아나려 하자 무송이 계도로 내리쳤는데 빗나가는 바람에 말머리가 잘렸고 야율득중은 말에서 떨어지고 말았다. 무송은 그의 머리카락을 움켜쥐고 한칼에 목을 잘라버렸고 두령들은 태양진을 흩어버렸다. 노지심이 말했다.

"이제 우리가 중군으로 가서 요나라 군주만 잡으면 일은 끝난다!"

한편 요군의 태음진에 있던 천수공주 답리패는 사방에서 일어나는 함성을 듣고는 황급히 무기를 정돈하여 말에 올라 여군을 이끌고 대기하고 있었다. 그때 일장청 호삼랑이 쌍칼을 춤추듯 휘두르며 고대수 등 여섯 두령을 이끌고 장막으로 돌진해오는 것을 보고는 일장청과 맞붙었다. 두 사람이 몇 합을 싸우지도 않았는데 일장청이 쌍칼을 내려놓고 천수공주의 가슴 속으로 파고들더니 멱살을 움켜잡았다. 두 사람이 말 위에서 뒤엉켜 한 덩어리가 되어 싸우고 있을 때, 왕왜호가 달려들어 천수공주를 사로잡았다. 고대수와 손이랑은 진 안으로 뛰어들어 요 여군들을 죽이며 흩어버렸고, 손신·장청張靑·채경은 바깥에서 협공했다. 가련하게도 금지옥엽인 천수공주는 포박되어 투항하고 말았다.

한편 노준의는 군사를 이끌고 요 중군으로 짓쳐 들어갔는데, 해진과 해보가 먼저 수帥자가 적혀 있는 깃발을 찍어 쓰러뜨리고 요 군사와 장수들을 살상하기 시작했다. 요 대신들과 아장들은 요 군주의 어가를 호위하며 북쪽으로 달아났다. 황제의 조카인 나후성羅睺星 야율득영과 월패성月孛星 야율득신은 창에 찔려 말 아래로 떨어져 죽고, 계도성計都星 야율득화는 말을 탄 채 사로잡혔으며 자기성紫炁星 야율득충은 어디로 달아났는지 알 수가 없었다. 대군이 겹겹이 에워싸고 돌격하며 무찌르다가 4경이 되어서야 비로소 멈추었다. 요군 20여만 명 가운데 7~8할이 죽거나 상처를 입었다.

날이 밝자 장수들이 모두 본영으로 돌아왔다. 송강은 징을 울려 군사를 거두어 진지를 구축하여 주둔하고 적군을 사로잡은 사람은 공을 청하라고 명을 전했다. 일장청은 태음성 천수공주를 바쳤고, 노준의는 계도성 황제 조카 야율득화, 주동은 수성 곡리출청, 구붕·등비·마린은 두목해 소대관, 양림과 진달은 심월호 배직, 선정규와 위정국은 위토치 고표, 한도와 팽기는 류토장 뇌춘과 익화사 적성을 바쳤다. 그 외에 제장들이 바친 수급은 셀 수 없이 많았다. 송강은 사로잡은 8명의 장수들을 모두 조 추밀의 중군으로 압송해 감금시키고, 노획한 말들은 각 장수들에 타라고 나누어줬다.

한편, 요나라 군주는 황급히 물러나 연경으로 돌아가서는 급히 명을 내려 네 성문을 굳게 닫고 성지를 단단히 지키기만 할 뿐 출전해 대적하려 하지 않았다. 송강은 요 군주가 연경으로 돌아간 것을 알고는 울타리 방책을 뽑고 군마를 모두 일으켜 곧장 연경으로 달려가 성을 겹겹이 포위했다. 그리고 사람을 조 추밀에게 보내 후군 군영에서 성을 공격하는 것을 감독하도록 청했다. 송강은 연경 성 밖에 빈틈없이 운제를 세우고 포석을 배치하도록 했으며 울타리 목책을 세워 성을 공격할 준비를 했다.

이에 요 군주는 당황하여 신하들을 모아놓고 상의했는데, 모든 신하가 말했다.

"일이 위급하게 되었으니 대송에 투항하는 것이 상책입니다."

요 군주는 결국 신하들의 뜻을 따르기로 하고 성 위에 항복하는 깃발을 세우고 사자를 송나라 군영으로 보내 알렸다.

"해마다 소와 말, 진주를 바치고 다시는 중원을 침범하는 일이 없도록 하겠습니다."

송강은 사자를 후군 군영으로 데리고 가서 조 추밀을 만나 투항하겠다는 뜻을 보고하도록 했다. 조 추밀이 듣고서 말했다.

"이는 국가의 대사라 천자께서 판단하셔야 할 일이고, 내가 감히 제멋대로 주장할 수 있는 것이 아니오. 그대들 요나라가 투항할 마음이 있다면 마땅히 대신을 동경으로 파견해 천자를 알현해야 할 것이오. 천자께서 요나라가 투항한다는 표문을 허락하시고 죄를 사면하는 조서가 내려져야 비로소 군대를 물리고 전쟁이 끝날 것이오."

사자는 성으로 들어가 요 군주에게 이 말을 전했다. 군주는 즉시 문무백관을 소집해 이 일을 상의했다. 우승상 태사 저견褚堅이 반열에서 나와 아뢰었다.

"지금 우리의 군사는 적고 장수도 부족하며 인마도 없는데 어떻게 대적하겠습니까? 신의 어리석은 생각으로는 신이 직접 송 선봉 군영으로 가서 두터운 뇌물을 주어 전쟁을 멈추게 하는 한편 예물을 준비해 동경으로 가서 여러 관원을 매수하여 천자 앞에서 좋은 말로 상주하여 별도로 국면을 전환시키도록 하겠습니다. 지금 송은 채경·동관·고구·양전 네 간신이 권력을 독점하고 있고, 동자황제童子皇帝는 그들이 주장하는 말만 따를 뿐이라고 합니다. 그들 네 명에게 황금과 비단을 뇌물로 주고 강화하도록 하면 됩니다. 그러면 반드시 천자는 조서를 내려 군대를 거두고 전쟁을 멈추게 할 것입니다."

요 군주가 비준했다.

이튿날 승상 저견은 성을 나와 곧장 송 선봉의 군영으로 갔다. 송강이 맞이하여 장막에 이르자 찾아온 까닭을 물었다. 저견은 먼저 요 군주가 투항하기로 했다는 일을 말하면서 황금과 비단, 노리개 등의 예물을 바쳤다. 송강은 승상 저견의 말을 듣고는 말했다.

"우리가 연일 성을 공격하면 이 정도의 성지를 격파하지 못할까 걱정하지 않을 것이오. 한번 풀을 베어내려면 뿌리까지 뽑아야지 다시 싹이 나는 것을 피할 수 있소. 그대의 성 위에 항복 깃발을 세운 것을 보고 잠시 군사들의 진격을 중지시키고 전쟁을 멈춘 것뿐이오. 예로부터 두 나라가 교전을 벌이다가도 투항하는 이치도 있기에 그대들의 투항을 받아들이고자 군대를 움직이지 않은 것이오. 그대가 우리 조정에 가서 예물을 바치고 투항을 청할 수 있도록 하겠소. 그런데 지금 나에게 뇌물을 주려 하니, 이 송강을 어떤 사람으로 본 것이오! 그런 말은 다시는 입 밖에 꺼내지도 마시오!"

저견이 황공해하자 송강이 다시 말했다.

"그대가 표문을 적성하여 조정에 가서 아뢰고, 천자의 결재를 받아오시오. 그 동안 우리는 군대를 움직이지 않고 그대가 빨리 다녀오기를 기다릴 것이오. 절대로 지체해서는 아니 되오!"

저견은 송 선봉에게 감사하며 작별하고 군영을 나와 말을 타고 연경으로 돌아왔다. 군주에게 송강의 말을 전하자 군주는 대신들과 상의하여 그렇게 하기로 결정했다. 이튿날 요 군신들은 노리개 등의 예물을 수습하고 금은보화와 채색비단, 진주를 수레에 싣고 승상 저견과 관원 15명을 동경으로 파견했다. 저견은 안장 없은 말 30여 필과 죄를 청하는 표문을 가지고 연경을 떠나 송강 군영으로 와서 송강을 만났다.

송강은 저견을 인도하여 조 추밀을 만나게 하고 이 일에 대해 설명했다.

"요나라가 지금 승상 저견을 동경으로 보내 천자를 알현하고 죄를 고하고 투항하고자 합니다."

조 추밀은 저견을 머물게 하고 예로써 대접하고는 송 선봉과 상의하여 그 또한 천자께 올릴 문서를 작성했다. 그리고 시진과 소양에게 상주문과 함께 군사 공문을 가지고 승상 저견과 같이 동경으로 가도록 했다. 며칠 뒤에 동경에 도착하자 황금과 보물을 실은 10대의 수레와 인마들은 관역 안에서 쉬게 했다. 시진과 소양은 성원으로 가서 군사 공문을 바치며 아뢰었다.

"지금 우리 병마가 연경을 포위하고 조만간에 격파하려 했는데, 요나라 군주가 성 위에 항복한다는 깃발을 세웠습니다. 그러고는 승상 저견을 보내 표문을 올리면서 사죄하고 항복하겠으니 죄를 사면하고 군사를 물려달라고 요청했습니다. 감히 제멋대로 할 수 없어서 천자의 성지를 요청하러 왔습니다."

성원의 관원이 말했다.

"그대들은 관역에서 저들과 함께 쉬도록 하시오. 우리가 상의하겠소."

이때 채경·동관·고구·양전과 대소 관료는 모두 이익만을 도모하는 무리였다. 한편 요 승상 저견과 관원들은 먼저 연줄을 찾아 태사 채경 등 4명의 대신을 만났다. 그런 다음에 각 부처에도 뇌물을 보내고 각기 연줄을 이용해 여러 명에게 예물을 보냈다. 이튿날 아침 조회 때 백관이 하례하고 배무拜舞를 마치자 추밀사 동관이 반열에서 나와 아뢰었다.

"선봉사 송강이 요 군대를 물리치고 연경까지 진격하여 성지를 포위하고 공격하고 있는데, 조만간에 격파할 수 있습니다. 그러자 요 군주가 항복 깃발을 세우고 진정 투항하고자 승상 저견을 사신으로 보냈습니다. 표문을 바치면서 신하로 칭하며 사죄하고 항복하겠으니 죄를 사면하고 강화를 요청하고 있습니다. 군사를 물려 전쟁을 끝내는 칙서를 내리시면 해마다 공물을 바치고 감히 어기는 일이 없도록 하겠다며 간절히 애원하고 있습니다. 엎드려 바라건대 폐하께서 살펴주시기 바랍니다."

천자가 말했다.

"강화를 맺고 군대를 물려 전쟁을 그만두는 것에 대해 경들의 생각은 어떠하시오?"

곁에 있던 태사 채경이 반열에서 나와 아뢰었다.

"신들과 관원들이 모두 상의하기를, 예로부터 지금까지 사이四夷가 모두 소멸된 적은 없었습니다. 신 등의 어리석은 생각으로는, 요나라를 보존시켜 북방의 울타리로 삼고 매년 공물을 바치게 하면 나라에 이익이 될 것입니다. 저들의 투항을 받아들여 군대를 멈춰 전쟁을 그만두고 조서를 내려 군마를 회군시켜 동경을 보호하게 하는 것이 합당합니다. 신 등이 감히 제멋대로 할 수 있는 일이 아니니 바라건대 폐하께서는 결단을 내려주십시오."

천자는 비준하고 성지를 내려 요나라 사신을 불러들여 직접 만나고자 했다. 전두관이 명을 전하자 저견 등 사신 일행이 모두 금전金殿 아래 이르러 배무를 하고 머리를 땅에 닿도록 숙이고 절을 하며 만세를 세 번 불렀다. 근신이 표문을 받아 어안御案에 펼치자 학사가 큰 소리로 읽었다.

"요나라 군주이며 폐하의 신하인 야율휘耶律輝가 머리를 조아리고 백번 절하며 삼가 아룁니다. 신은 북쪽 사막 지구에서 태어나 변방에서 성장했기 때문에 성현의 경전을 읽지 못해 강상綱常5의 예禮가 분명하지 않습니다. 좌우에는 거짓

5_ 강상綱常: 삼강오상三綱五常의 줄임말이다. 옛날에는 군위신강君爲臣綱·부위자강父爲子綱·부위처강夫爲妻綱을 삼강이라 했고, 인·의·예·지·신을 오상이라 했다.

된 문장과 속이는 무예를 숭상하는 이리 같은 마음에 개 같은 행실을 하는 무리들만 있고, 앞뒤로는 뇌물을 좋아하고 재물만 탐하는 모두가 쥐의 눈과 노루의 대가리를 지닌 추악한 용모에 마음씨가 교활한 무리들만 있을 뿐입니다. 소신은 어리석고 모인 무리들이 난폭하기에 변경을 침범하여 천병天兵의 토벌을 초래하게 되었고, 멋대로 병마를 몰고 갔다가 왕실에서 군대를 일으키는 수고를 끼치고 말았습니다. 땅강아지와 개미가 어찌 태산을 뒤흔들 수 있겠습니까? 모든 작은 물은 반드시 큰 바다로 흘러들기 마련입니다.6 지금 특별히 사신 저견을 보냈는데 제왕의 위엄을 범하게 되었으니 땅을 바치며 죄를 청합니다. 성상께서 보잘 것 없이 작은 미물을 가련하게 여기시어 조상의 유업을 폐하지 않게 해주시고 지난날의 잘못을 용서해주시며 새롭게 시작할 수 있도록 해주신다면 물러나 융적의 변방을 지키면서 영원히 천조天朝의 울타리가 되겠습니다. 그러면 늙은이든 어린아이든 모두가 다시 태어난 것으로 여기고 자자손손 영원히 감격하며 받들 것이며 해마다 공물을 바치고 절대로 어기지 않을 것임을 맹세합니다! 신 등은 부들부들 떨면서 어찌할 바를 몰라 하고 있습니다! 삼가 표문을 올려 아룁니다.

선화 4년 겨울, 요나라 군주이며 폐하의 신하인 야율휘 올림"

휘종 천자가 표문을 보고 나자 섬돌 아래의 군신들이 축하를 드렸다. 천자는 어주를 가져오게 하여 사신에게 하사했다. 승상 저견 등이 금은보화를 가져와 바치자 천자는 보물 창고에 넣어두라 명했다. 별도로 해마다 소, 말 등의 공물을 받기로 했고 천자는 사신에게 비단을 하사하고, 광록시에서 연회를 열어 대접하게 했다. 그리고는 다음과 같이 칙령을 내렸다.

6_ 원문은 '水必然歸大海'이다. 『회남자』 「범론氾論」에 따르면 "모든 하천의 발원지는 다르지만 모두 바다로 흘러들어간다百川異源而皆歸於海"고 했다.

"승상 저견 등은 먼저 돌아가라. 과인이 관원을 파견해 조서를 내리겠노라."

저견 등은 은혜에 감사하고 조정을 나가 관역으로 돌아갔다. 그날 조회가 끝나자 저견은 또 각 관서로 사람을 보내 뇌물을 먹였다. 채경이 장담했다.

"모든 일은 우리 네 사람이 잘 처리할 것이니, 승상은 돌아가시오."

저견은 태사에게 감사하고 요나라로 돌아갔다.

이튿날 채 태사는 백관을 이끌고 입조하여, 천자에게 조서를 요나라에 보낼 것을 상주했다. 천자는 이에 급히 한림학사에게 조서 초안을 작성하게 하고 어전에서 태위 숙원경에게 조서를 받들어 요나라로 가서 읽어주라고 했다. 또한 별도로 조 추밀에게 칙령을 내려 송 선봉에게 군대를 거두어 전쟁을 멈추고 동경으로 회군하도록 했다. 사로잡은 요 군사들은 석방시켜 요나라로 돌려보내고, 빼앗은 성지도 돌려줘 요나라가 관할하며 창고의 무기들도 요나라에 돌려줘 관리하도록 했다. 천자가 조회를 끝내고 물러나자 신하들도 모두 흩어졌다. 이튿날 관원들이 모두 숙 태위의 부중으로 가서 출발할 날짜를 정했다.

한편 숙 태위는 칙령을 수령하고는 감히 오래 머물 수 없어 가마와 말, 수행원을 준비하여 천자에게 하직 인사를 올렸고 관원들과 작별했다. 시진·소양과 함께 동경을 떠나 진교역을 거쳐 변방을 향해 출발했다. 때는 엄동설한이라 사방의 들판에 먹장구름이 가득 끼고 함박눈이 두루 내려 온 숲이 흰 가루로 빚은 듯하며 만 리에 걸쳐 은으로 장식한 듯했다. 숙 태위 일행은 눈보라와 맞바람을 무릅쓰고 구불구불 전진하여, 눈보라가 그치기도 전에 변방에 가까워졌다. 시진과 소양은 먼저 정찰기병을 보내 조 추밀에게 알리고, 또 송 선봉에게도 통보하게 했다. 송강은 정찰기병의 보고를 받고 곧 술을 가지고 무리를 이끌어 50리 밖에까지 나와 길에 엎드려 숙 태위를 영접했다. 숙 태위를 맞이하여 인사를 마치고 접풍주接風酒7를 마시자 모든 관원이 기뻐했다. 군영으로 와서 연

7_ 접풍주接風酒: '접풍接風'이라 하며 친한 벗을 접대하는 예의다. 일반적으로 멀리서 오거나 먼 곳으로

회를 열어 대접하고 함께 조정의 일을 의논했다. 숙 태위는 관원들과 채경·동관·고구·양전이 요나라의 뇌물을 받아먹고 천자 앞에서 힘써 이 일을 상주하여 요나라의 투항을 비준하고 군사를 물려 전쟁을 그만두며 군마를 회군시켜 동경을 방비하라는 조서를 내린 것을 말했다. 송강이 탄식하며 말했다.

"이 송강이 조정을 원망하는 것이 아니라, 지금까지 세운 공훈이 또 헛되이 되고 말았습니다."

숙 태위가 말했다.

"선봉은 너무 걱정하지 마시오! 내가 조정으로 돌아가면, 천자 면전에서 반드시 중용하도록 보장하겠소."

조 추밀도 말했다.

"본관도 보증할 것이니, 어떻게 장군의 큰 공이 헛되이 되겠소!"

송강이 아뢰었다.

"저희 108명은 힘을 다해 나라에 보답할 뿐 다른 마음이 없으며 또한 은혜와 상을 하사받기를 바란 적도 없습니다. 단지 형제들이 고생을 함께 한 것만으로도 실로 다행으로 여깁니다. 추밀 상공께서 주장해주신다면 그 두터운 덕에 깊이 감사드릴 뿐입니다."

그날 연회에서 모두들 즐거워했고, 밤이 되자 흩어졌다. 그리고 즉시 요나라로 사람을 보내 조서를 영접할 준비를 하라고 알렸다.

이튿날 송강은 대장 10명을 선발하고 숙 태위를 호송하여 요나라로 가서 조서를 반포하도록 했다. 대장들은 모두 비단 전포와 금빛 갑옷을 걸치고 군장을 갖추며 가죽 혁대를 두르게 했다. 그 10명의 대장은 관승·임충·진명·호연작·화영·동평·이응·시진·여방·곽성이었는데, 마보군 3000명을 거느리고 태위를 호위하여 앞은 막고 뒤는 에워싸며 연경성으로 들어갔다. 연경의 백성은 수백

가는 사람을 연회를 열어 접대하며 환영을 표시하는 것이다.

년 동안 중원 군대의 위용을 본 적이 없었는데, 태위가 왔다는 소식을 듣고는 모두들 기뻐하며 집집마다 향기로운 꽃과 등촉을 밝혔다. 요나라 군주가 직접 문무백관을 거느리고 조복朝服을 입고 말을 타고는 남문으로 나와 조서를 영접하고 금란전金鑾殿에 올랐다. 10명의 대장이 좌우에 시립하고 숙 태위는 용정龍亭 왼쪽에 섰으며 요나라 군주는 백관과 함께 전각 앞에서 무릎을 꿇었다. 전두관이 절을 올리라고 외치자 군주가 백관과 함께 조서를 향해 절을 올렸다. 요나라 시랑이 천자의 은혜를 받들어 조서를 청하고는 조서를 낭독했다. 조서에서 이르기를,

'대송황제께서 명하노라:

삼황三皇이 왕위를 세우고 오제五帝가 제위를 물려주어 중화中華에 군주가 있게 되었지만 이적夷狄이라고 어찌 군주가 없겠는가?[8] 너희 요나라는 천명을 준수하지 않고 여러 차례 변경을 침범했으므로 이치상 북 한 번 두드려 소멸시켜야 합당하지만 짐이 표문의 진정한 언사를 보고는 애절함을 가엾게 여기고 고독함을 불쌍히 여겨 차마 주멸하지 않고 그 나라를 보존해주기로 하였노라. 조서가 당도하는 날 사로잡은 장병들을 모두 석방하여 본국으로 돌려보내고 빼앗은 성지도 이전처럼 본국으로 돌려주어 관할할 수 있도록 할 것이니 태만하지 말고 해마다 공물을 바치도록 하라. 오호라! 대국을 공경하여 섬기고 천지를 경외하는 것이 번국藩國의 직무이니라. 너희는 삼가 공경하도록 하라!

선화 4년 겨울'

요나라 시랑이 조서 낭독을 마치자 군주와 백관이 재배하며 은혜에 감사했

8_ 『논어』「팔일八佾」에 따르면 "오랑캐에게 군주가 있다 해도 중국에 군주가 없는 것만 못하다夷狄之有君, 不如諸夏之亡"고 했다. 개화되지 못한 나라에 비록 군주가 있다 한들 중국에 군주가 없는 것만 못하다는 말로 여기서는 군주가 없음을 반문한 것이다.

다. 군신君臣 간의 예를 마치자 조서를 올려놓은 용안龍案을 치우고, 요나라 군주는 즉시 숙 태위와 인사를 나누었다. 예를 마치고 후전後殿으로 청하여 산해진미가 모두 갖추어진 연회를 크게 열어 대접했다. 요 관원들이 술을 들여오고 장수들이 술을 권하는데, 가무가 벌어지고 호가胡笳 소리가 귀를 따갑게 했다. 연燕 땅의 미녀들이 각기 서북 음악을 연주하고 호선무胡旋舞9를 경쾌하게 췄다. 연회가 끝나자 숙 태위와 장수들을 역관으로 안내하여 쉬게 했다. 이날 수행한 인원들에게도 모두 수고에 대한 상을 주었다.

이튿날 요나라 군주는 승상 저견에게 명하여 성을 나가 송강 군영으로 가서 조 추밀과 송 선봉을 청해 함께 연경으로 와서 주연에 참여하게 했다. 송강은 군사 오용과 상의하여 가지 않고, 조 추밀만 성으로 들어와 숙 태위를 모시고 연회에 참석했다. 이날도 요나라 군주는 연회를 크게 열고 송나라 조정 사신 일행을 극진히 대접했다. 포도주는 은 항아리에 넘쳐나고 황양黃羊10 고기가 황금 쟁반에 가득했으며 희귀한 과일들이 연회석상에 산더미처럼 쌓였고 기이한 꽃들이 빛깔을 뽐냈다. 연회가 끝날 무렵 군주는 금 쟁반에 진귀한 노리개 같은 물건을 가득 담아 숙 태위와 조 추밀에게 바쳤다. 밤이 깊도록 술을 마시고는 비로소 흩어졌다. 사흘째 되는 날, 군주는 문무 군신들을 소집하고 음악을 연주하면서 성을 나가 군영으로 돌아가는 숙 태위와 조 추밀을 전송했다. 다시 승상 저견에게 명하여, 소, 양, 말, 금은, 채색비단 등의 예물을 가지고 송 선봉의 군영으로 가서 연회를 성대하게 열어 삼군을 위로하고 장수들에게 두터운 상을 주도록 했다.

송강은 천수공주 등 1000명을 석방해 본국으로 돌려보내고 빼앗았던 단주·

9_ 호선무胡旋舞: 서북방 소수민족의 춤. 원래는 중앙아시아에 유행했고 당나라 때 중국에 전해졌다. 『당서』「안록산전安祿山傳」에 따르면 "안록산이 호선무를 황제 앞에서 췄는데, 빠르기가 바람과 같았다"고 했다. 또한 『당서』「악지樂志」에 따르면 "강거국康居國의 악무樂舞는 급하게 회전하는 것이 마치 바람과 같았는데, 호선胡旋이라 불렀다"고 했다.
10_ 황양黃羊: 야생 동물로 사냥하여 잡았고 그 고기는 노란내가 나지 않았다고 한다.

계주·패주·유주를 돌려주어 이전처럼 요나라가 관할하도록 영을 전했다. 먼저 동경으로 돌아가는 숙 태위를 전송하고, 그 뒤에 장수들과 군병, 수레와 병장기 등을 수습하며 인원을 나누었고 우선 중군의 군마를 선발하여 조 추밀을 호송하며 출발하게 했다. 송 선봉은 군영 내에서 연회를 열어 수군 두령들을 위로하며 포상하고 나서 배를 타고 수로로 먼저 동경으로 돌아가서 주준하면서 명령을 기다리게 했다.

송강은 다시 사람을 연경성으로 보내 좌우 두 승상을 군중으로 청해오게 하여 이야기를 나누고자 했다. 요나라 군주는 좌승상 유서패근幽西孛瑾과 우승상 태사 저견을 송 선봉 군영으로 보냈다. 두 사람이 중군에 이르자 송강은 두 사람을 장막으로 맞이해 손님과 주인이 자리를 나누어 앉았다. 송강이 입을 열었다.

"우리 무장과 병사들이 성 아래 해자까지 쳐들어가 뛰어난 공로를 눈앞에 두고 있었소. 본래는 투항을 받아들이지 않고 성지를 격파하여 모조리 섬멸시키는 것이 당연한 이치였소. 그런데 주장께서 투항을 받아들이고 그대들이 조정에 표문을 전달하는 것을 하락하셨소. 황상께서도 그대들을 가엾이 여기고 측은한 마음으로 모조리 죽이려 하지 않으셨고 투항을 허락하고 죄를 청하는 표문을 받아들이신 것이오. 지금 정벌이 이미 끝나 나는 동경으로 돌아가는데, 그대들은 이 송강 등이 이기지 못해서가 아니니 다시 반복해서는 아니 될 것이오. 해마다 공물을 바치되 빠뜨리는 일이 없도록 하시오. 내가 이제 회군하여 돌아가는데 그대들은 근신하면서 다시 침범하지 않도록 하시오! 천병이 다시 오면 결코 가볍게 용서하지 않을 것이오!"

두 승상은 머리를 조아리고 죄를 인정하며 감사했다. 송강이 다시 좋은 말로 타일렀고, 두 승상은 간절히 고마움을 표시하고 돌아갔다.

송강은 여장군 일장청 등으로 하여금 한 부대를 이끌고 먼저 출발하게 했다. 군중의 석공들을 불러 돌비석을 만들게 하고, 소양에게 글을 지어 이번 일을 기록하게 했다. 그리고 김대견에게 글을 새기게 하고 영청현 동쪽 15리 지점에 있는 모산茅山[11] 아래에 세웠는데, 지금까지 그 고적이 보존되어 있다. 여기에 이를 증명하는 시가 있다.

호마[12] 음산[13]을 넘어올 때마다, 전연澶淵[14]에서 포로 돌려보낸 일 한스럽구나.
누가 모산茅山에 공적비를 세웠는가, 구공寇公[15]도 저승에서 활짝 웃고 있다네.
每聞胡馬度陰山, 恨殺澶淵縱虜還.
誰造茅山功迹記, 寇公泉下亦開顔.

송강은 군마를 다섯 부대로 나누고 날을 정하여 출발하게 했다. 그때 노지심이 갑자기 장막으로 와서는 합장의 예를 올리면서 송강에게 말했다.

"이 동생이 진관서를 때려죽이고 대주 안문현으로 도망쳤는데 조 원외가 저를 오대산으로 보내 지진장로께 예를 올리고 머리 깎고 중이 되었습니다. 그런데 뜻하지 않게 술에 취해 두 번이나 선문禪門에서 소란을 피워 사부님께서 저를 동경 대상국사의 지청선사智淸禪師께 보냈고, 선사께서는 저를 집사승으로 삼아 대상국사의 채소밭을 지키게 했습니다. 그리고 임충을 구하는 바람에 고 태위가 해치려 했고 결국은 도적이 되었습니다. 그 뒤로 형님을 만나 오랫동안 따랐는데 또 몇 년이나 되었습니다. 사부님을 항상 생각하기만 했지 한 번도 찾아뵙지 못했습니다. 제가 사부님이 하신 말씀을 생각하면서 살아왔는데, 제가

11_ 영청현永淸縣에 있지 않고 지금의 허베이성 쭌화시遵化市에 위치해 있다.
12_ 호마胡馬: 일반적으로 서북 지구의 말을 가리키며, 호인胡人의 군대를 가리키기도 한다.
13_ 일반적으로 내몽골 자치구에 있는 인산陰山 산맥을 가리킨다.
14_ 전연澶淵: 옛 호수 명칭으로 지금의 허난성 푸양濮陽 서쪽. 송나라 진종眞宗 경덕景德 원년(1004)에 요나라가 대군을 이끌고 남하해 전주澶州(지금의 허난성 푸양濮陽)까지 진군하자 당시 재상인 구준寇準의 주도하에 교섭을 벌였는데, 이것을 전연지맹澶淵之盟이라고 한다.
15_ 구공寇公: 구준寇準으로 북송 때 정치가이며 시인이다.

비록 살인 방화하는 천성을 타고 났지만 나중에는 반드시 깨달음을 얻어 진실된 신체를 얻게 될 것이라 하셨습니다. 이제 태평 무사하게 되었으니 제게 며칠간 휴가를 주시면 오대산으로 가서 사부님을 찾아뵙고 싶습니다. 평소에 얻은 황금과 비단 같은 재물을 모두 보시하고 사부님께 저의 앞날이 어떻게 될지 다시 여쭤보고자 합니다. 형님께서 군마를 거느리고 먼저 가시고 이 동생은 뒤따라가겠습니다!"

송강은 노지심의 말을 듣고 놀랐지만 묵묵히 생각하다가 말했다.

"그런 살아 있는 부처님 같은 나한羅漢이 그곳에 계시는데, 참으로 자네는 어찌하여 일찍 말하지 않았는가? 우리도 함께 가서 참배하고 앞날을 여쭤보세."

즉시 여러 두령과 상의하자 모두 가고 싶어 했지만 공손승만은 도교의 신자인지라 가지 않으려 했다. 송강이 다시 군사 오용과 상의했다.

"김대견·황보단·소양·악화 네 사람을 남겨 부선봉 노준의와 함께 군마를 관장하면서 순서에 따라 먼저 떠나게 합시다. 우리는 형제들과 함께 1000명을 데리고 노지심과 함께 지진장로께 참배하러 갑시다."

송강 등 여러 두령은 향, 채색비단, 옷감, 금은 등을 수습하여 군영을 떠나 오대산으로 향했다. 바로 창, 갑옷과 전마를 잠시 버리고 탁발하며 승려들이 모여 있는 곳으로 간 것이다. 우화대雨花臺16 근처에서 도덕이 높은 고승을 찾고, 선법당善法堂 앞에서 연등고불燃燈古佛17을 찾고자 한 것이다. 한마디로 명리名利의 길18을 열고, 반 마디로 생사관을 투명하게 하는 것이었다.

결국 송강과 노지심이 어떻게 참선했는지는 다음 회에 설명하노라.

16_ 우화대雨花臺: 지금의 난징南京 중화문中華門 밖에 위치해 있다. 전해지기를 남조南朝 양무제梁武帝 때 불교가 성행했었는데, 고승인 운광법사雲光法師가 이곳에 단을 설치하고 불경을 강독했고 하늘이 감동하여 꽃이 비오듯 떨어졌다고 하여 우화대라고 했다.
17_ 연등고불燃燈古佛: 연등불燃燈佛이다. 불경에 따르면 그가 태어났을 때 몸 주변이 등불처럼 밝았다고 한다.
18_ 명예와 이익을 추구하는 길.

요나라의 투항

『수호전보증본』에 따르면 "요나라를 멸망시킨 것은 소설가의 거짓말이다. 역사에 근거하면 송나라 선화 3년(1121) 12월 금나라가 대규모로 요를 공격했고 이듬해 정월에 중경中京을 함락하자 요 황제는 서경西京으로 달아났다. 3월, 금나라 군대가 서쪽으로 진격하자 요 황제는 서쪽으로 달아났고 요나라 연경燕京 유수留守인 야율대석耶律大石 등이 야율순耶律淳을 세워 황제로 삼고는 해마다 받아들이는 돈과 재물을 면해주는 것으로 송나라와 결연을 맺으려 했으나 성사되지 않았다. 송나라는 동관을 하북 하동 선무사宣撫使로 삼아 요를 공격했으나 도리어 야율대석 등이 백구白溝에서 격퇴하여 동관은 회군했다. 7월에 다시 송나라는 출병하여 요를 정벌했고 얼마 뒤에 요의 역주易州, 탁주涿州가 송나라에 항복했으며 요 태후는 표문을 받들어 신하로 칭하며 강화를 요청했으나 동관은 거절했다. 송나라 주력군이 비록 한 차례 연경을 공격했지만 대패하여 물러났고 웅주雄州에 주둔하면서 금나라가 출병하여 공격하기를 기다렸다. 여기서 항복하는 표문은 실제로는 명나라 사람이 국위를 펼치고자 꾸며낸 것이다. 요나라를 멸망시킨 것은 금나라이지 송나라는 아니었는데, 송나라에 멸망당한 것으로 옮긴 것이다"라고 했다.

게
언[1]

오대산의 지진장로는 원래 송나라 때 당대의 살아 있는 부처로 과거와 미래의 일을 모두 꿰뚫어 알고 있었다. 몇 년 전에 이미 노지심이 인생을 깨닫고 사리에 통달할 사람임을 알았지만 속세와의 인연을 끊지 못해 살생의 업보를 갚아야 하므로 그를 가르치고자 잠시 티끌세상으로 보낸 것이었다. 또한 노지심은 전생에서의 근원에 도리를 깨닫는 마음이 있어 지금 이런 생각이 떠올라 스승께 참배하러 가려는 것이었다. 송 공명 또한 평소에 선한 마음이 있었으므로, 노지심과 함께 지진장로를 찾아뵙고자 한 것이었다.

송강과 두령들은 수행하는 인마를 거느리고 노지심과 함께 오대산 아래에 당도했다. 인마는 군영을 세워 주둔시키고 먼저 사람을 산 위로 보내 알렸다. 송강 등 형제들은 모두 군장을 풀고 각자 가지고 온 의복으로 갈아입고서 걸어서 산을 올라갔다. 산문 밖에 이르자 절 안에서 종 치고 북 두드리는 소리가 나면

1_ 제90회 제목은 '五臺山宋江參禪(송강이 오대산에서 참선하다), 雙林鎭燕靑遇故(연청이 쌍림진에서 옛 친구를 만나다)'다.

서 여러 승려가 나와 영접하고, 송강과 노지심 등에게 다가와 인사를 했다. 그들 가운데는 노지심을 알아보는 이가 많았고, 또 단정한 허다한 두령들이 송강을 따라온 것을 보고는 모두 놀라며 의아해마지 않았다. 앞장선 수좌 승려가 송강에게 아뢰었다.

"장로께서는 좌선하시며 입정入定2 중이시므로 장군을 영접하지 못하십니다. 너무 나무라지 마십시오."

수좌는 송강 등을 먼저 지객료知客寮로 안내하고 쉬게 했다. 차를 마시고 나자, 시자侍者가 나와서 청하며 말했다.

"장로께서 좌선 수행을 막 마치시고 방장에서 기다리고 계십니다. 장군께서는 들어가시지요."

송강 등 일행 100여 명이 곧장 방장으로 가서 지진장로에게 인사를 올리자, 장로는 황급히 계단을 내려와 맞이하며 대청에 오르기를 청했다. 예를 마치고 송강이 장로를 살펴보니 나이는 육십이 넘어 눈썹과 머리가 모두 하얗게 세었다. 골격은 유달리 빼어나고 비범했으며, 위엄이 있어 천대산天臺山에서 나온 부처와 같은 모습이었다. 일행이 방장 안으로 들어갔고 송강은 지진장로를 상좌에 앉히고 향을 피우며 예배를 올렸다. 두령들이 모두 절을 끝낸 뒤 노지심이 앞으로 나아가 향을 꽂고 예배를 올렸다. 지진장로가 말했다.

"제자가 이곳을 떠난 지도 몇 년이 지났는데, 아직 살인 방화하는 습관을 바꾸지 못했구나."

노지심은 묵묵히 말이 없었다. 송강이 앞으로 나아가 말했다.

"장로님의 고결한 품덕을 오래 전부터 들었으나 세속의 인연이 없어 존안을 찾아뵐 길이 없었습니다. 이번에 조서를 받들어 요나라를 격파하러 왔다가 이

2_ 입정入定: 불교도의 수행 방법으로 눈을 감고 정좌하고 생각을 통제하며 잡념이 일어나지 않게 한다. 불교의 설법에서는 눈을 감고 좌선하면 잡념이 생기지 않고 귀신과 서로 통하여 세간의 일체 과거와 미래의 상황을 알 수 있게 된다고 한다.

곳에서 큰스님을 뵙게 되니 평생의 다행입니다. 지심 형제는 비록 살인 방화를 저질렀지만 충심으로 선량한 사람을 해치지 않았고 지금 이 송강 등의 형제를 이끌고 대사님을 뵈러 왔습니다."

지진장로가 말했다.

"항상 고승들이 이곳에 와서 한가롭게 세상일을 들려주기도 합니다. 오래 전부터 장군께서 하늘을 대신해 도를 행하고 충의가 본심임을 알고 있습니다. 나의 제자 지심이 장군을 따라다녔으니, 어찌 잘못을 저질렀겠습니까!"

송강은 감사해 마지않았다.

노지심이 금은과 채색비단 한 보따리를 꺼내 바치자, 지진장로가 말했다.

"제자는 이 물건들을 어디서 얻었는가? 의롭지 못한 재물은 결코 받을 수 없네."

노지심이 아뢰었다.

"이 제자가 여러 차례 공을 세워 상으로 받은 것들을 모은 것입니다. 저는 쓸데가 없어 특별히 스승님께 바치고자 하니 공용으로 써주십시오."

"다른 사람들도 받기는 어려울 것이다. 너를 위해 불경을 만들어 간직해둘 것이니 죄악을 소멸하고 빨리 선과善果[3]를 얻도록 하여라."

노지심이 깊이 감사해 마지않았다. 송강도 금은과 비단을 가져와 바쳤지만 장로는 고집을 부리며 받지 않으려 했다. 송강이 아뢰었다.

"스승님께서 받지 않으시니 관리하는 스님에게 맡겨 제례祭禮를 올리거나 본사 스님들 공양하는 데 사용하게 하십시오."

그날 오대산 절에서 하룻밤을 묵었다. 장로가 소식을 대접한 것은 더 이상 말하지 않겠다.

다음날 절의 살림을 관리하는 스님이 제례 준비를 마치자 오대산 절 법당의 종과 북이 울렸다. 지진장로는 스님들을 법당에 모아놓고 설법을 진행하고 참선

3_ 선과善果: 불교어로 선한 업으로 발생된 훌륭한 결과를 말한다.

했다. 잠시 후 모든 승려가 가사를 입고 좌구坐具4를 가져와 법당에 앉았고 송강과 노지심 등 두령들은 양쪽에 시립했다. 경쇠 소리가 울리자 홍사등롱紅紗燈籠을 든 두 승려가 장로를 법좌로 인도했다. 법좌에 오른 지진장로는 먼저 신향信香을 집고 축원했다.

"이 향을 사르며 엎드려 비오니, 황상께서 만수무강하시고 만민이 즐겁게 본업에 종사하기를 바라옵니다. 다시 신향을 집어 사르며 기원하오니 재주齋主5의 심신이 안락하고 수명이 연장되도록 해주십시오. 또 다시 신향을 집고 사르며 기원하오니 나라가 태평하고 백성이 안락하며 해마다 풍년이 들고 삼교三敎가 흥성하며 사방이 평온하도록 해주십시오."

축원을 마치고 지진장로가 법좌에 앉자 양쪽의 승려들이 합장하고 인사를 하며 다시 모두 시립했다. 송강이 앞으로 나와 향을 집고 예배를 마치고는 합장하며 가까이 다가와 참선하며 말했다.

"제가 감히 스승님께 여쭐 말씀이 있습니다. 인간 세상에서 시간은 한계가 있고 고통스런 환경은 한없이 넓으며 사람의 몸은 미미하기 그지없는지라 생사의 문제가 가장 큰 일입니다."

지진장로가 게언偈言으로 대답했다.

"육근六根6이 속박된 지 여러 해이고, 사대四大7가 엉겨 붙은 지도 오래되었도다. 탄식할 만하니, 석화광石火光8 속에서 몇 번이나 곤두박질할까.9 아이고! 인

4_ 좌구坐具: 승려의 생활필수품으로 옷과 몸을 보호하고 침상을 보호하며 자리에 앉고 눕는 데 사용하는 베로 만든 수건.
5_ 재주齋主: 시주施主(승려를 공양하는 불교도)를 말한다.
6_ 육근六根: 불교어로 여섯 가지의 감각기관 혹은 인식 능력으로 눈·귀·코·혀·몸·의식이다.
7_ 사대四大: 불교에서는 지地·수水·화火·풍風을 사대라 한다. 인체를 구성하는 요소다.
8_ 석화광石火光: 불교어로 석화전광石火電光이라고도 한다. 매우 짧은 시간을 비유한다.

간 세상의 중생들은 흙과 모래더미 속에서 울부짖는구나."

六根束縛多年, 四大牽纏已久. 堪嗟石火光中, 翻了幾個筋斗. 咦! 閻浮世界諸衆生, 泥沙堆裏頻哮吼.

장로가 게언을 마치자, 송강이 배례拜禮[10]하고 시립했다. 두령들이 모두 앞으로 나와 향을 사르고 배례한 다음 맹세했다.

"우리 형제들 모두 함께 살고 함께 죽으며 대대로 상봉相逢하기만을 바랍니다!"

분향을 마치자 승려들은 모두 물러났고 두령들을 운당雲堂[11]으로 청해 제례를 지내게 했다.

제례를 마친 뒤에 송강은 노지심과 함께 장로를 따라 방장 안으로 들어가 저녁까지 한담을 나누는 중에 송강이 장로에게 물었다.

"이 제자가 노지심과 함께 본래는 스승님을 여러 날 따르면서 어리석음을 깨우치려 했는데 대군을 통솔하고 있어 더 이상 오래 머물 수가 없습니다. 그런데 스승님의 말씀을 실로 깨닫지 못하겠습니다. 이제 작별인사를 올리고 동경으로 돌아가야 하는데 저희 형제들의 앞날이 어떠한지 명백하게 깨우쳐주시기 바랍니다."

지진장로는 지필묵을 가져오게 하여, 네 구절의 게어偈語[12]를 적어주었다.

바람 만나 기러기 떼 날아가지만, 동궐東闕[13]에서 한데 모이지 못하리라.

눈에 보이는 공로 충분하지만, 쌍림雙林에서 행복과 장수 누릴 수 있다네.

9_ 경력의 변화가 많음을 비유한 말이다.

10_ 배례拜禮: 감사 혹은 경의를 표하는 예다.

11_ 운당雲堂: 승려들이 소식을 먹거나 일을 의논하는 장소.

12_ 게어偈語: 게송偈頌이라고도 한다. 불경 가운데 찬가하는 말이다. 매 구절의 글자 수가 일정하지 않고 일반적으로 네 구절이 일게一偈다.

13_ 동궐東闕: 여기서는 조정을 가리킨다.

當風雁影翩, 東闕不團圓. 隻眼功勞足, 雙林福壽全.

다 적고는 송강에게 건네며 말했다.

"이는 장군의 일생에 관련된 것이니 비밀리에 간직하십시오. 세월이 지나면 반드시 그렇게 될 것입니다."

송강은 아무리 봐도 무슨 의미인지 알 수 없어 다시 장로에게 말했다.

"이 제자가 우매하여 법어를 깨닫지 못하겠습니다. 스승님께서 분명하게 설명하여 우려와 의심을 풀어주십시오."

지진장로가 말했다.

"이는 선기禪機14의 은어라 장군께서 스스로 수행하여 깨달아야지 설명할 수가 없습니다."

장로는 말을 마치더니 노지심을 가까이 불러서는 말했다.

"네가 이제 가고나면 나와는 영원히 작별이지만 깨달음을 얻게 될 것이다! 네게 이 네 구절의 게언을 줄 터이니 죽을 때까지 지니도록 하여라."

게언에 이르기를,

하하夏를 만나서 사로잡고, 납랍臘을 만나서는 붙잡는다네.15

조潮를 듣고 깨달으며, 신信을 보고 열반涅槃하는구나.16

逢夏而擒, 遇臘而執. 聽潮而圓, 見信而寂.

14_ 선기禪機: 선종禪宗 승려가 설법을 할 때 기밀이 함축된 언사나 행동 혹은 사물을 이용해 교리를 암시하는 비법으로 사람으로 하여금 영감을 불러일으켜 깨닫게 하는 것이다.

15_ 하하夏는 하후성夏侯成이고, 납랍臘은 방랍方臘을 말한다.

16_ 조신潮信(밀물과 썰물이 드나드는 시간)을 만나면 원적圓寂(열반)해야 마땅하다는 말이다. 노지심은 송강을 수행하여 방랍方臘을 토벌하고 큰 공을 세운 뒤에 관리가 되는 것을 원치 않아 항주杭州 육화사六和寺로 출가한다. 노지심은 전당강錢塘江의 조신을 들은 뒤에 이 구절의 예언이 생각나자 목욕하고 옷을 갈아입고는 선의禪椅(좌선할 때 앉는 의자)에 앉아 세상을 떠난다.

노지심은 절하고 게언을 받아 여러 번 읽어본 다음에 품에 간직하고 장로에게 사례했다. 또 하룻밤을 묵고, 이튿날 송강, 노지심과 오용 등 두령들은 장로와 작별하고 산을 내려왔다. 지진장로와 승려들이 모두 산문 밖에까지 나와서 전송했다.

장로와 승려들이 절로 돌아갔음은 말하지 않겠다. 송강 일행은 오대산을 내려와 군마를 이끌고 급히 돌아왔다. 노준의와 공손승 등이 송강 일행을 맞이했고 모두 서로 인사를 나누었다. 송강은 노준의 등에게 오대산에서 참선하고 맹세했던 일을 이야기하고, 지진장로가 준 게언을 꺼내 보여주었다. 노준의와 공손승이 보았지만 하나같이 그 뜻을 알지 못했다. 소양이 말했다.

"선기의 법어인데, 우리 같은 범인이 어찌 깨달을 수 있겠습니까?"

모두 놀라며 의아해했다.

송강은 군마를 재촉하여 출발 준비를 하라고 명했다. 명을 받은 장수들은 삼군의 인마를 재촉하며 동경을 향해 출발했다. 지나는 지방마다 군사들은 터럭만큼도 백성을 침범하지 않았다. 백성은 노인을 부축하고 어린아이를 이끌며 나와서 천자의 군대를 구경하면서, 송강 등 장수들의 영웅적인 모습을 칭송하고 탄복하며 공경했다. 송강 등은 며칠을 행군하여 쌍림진雙林鎭이란 곳에 이르렀다. 그곳 마을 주민들과 근처 여러 촌락의 농부들이 모두 달려나와 구경했다. 송강 등의 형제들이 날아가는 기러기 떼처럼 말을 나란히 하고 줄지어 행진하는데, 앞쪽 부대 안에서 한 두령이 안장에서 구르듯 뛰어내려와 왼쪽 편에서 구경하는 사람들 속으로 들어가더니 한 사람을 잡아당기며 소리 질렀다.

"형님께서는 어째서 여기 계시오?"

두 사람은 인사를 나누고 이야기를 나누었다.

송강이 말을 타고 가까이 다가가서 보니, 낭자 연청이 어떤 사람과 이야기를 나누고 있었다. 연청이 공수拱手[17]하며 말했다.

"허許형! 이분이 바로 송 선봉이시오."

송강이 말을 세우고 그 사람의 생김새를 보니,

빛나는 눈에 맑은 두 눈동자, 눈썹은 팔자로구나. 칠 척의 키에 세 가닥 수염이 입을 가리고 있네. 머리엔 주름진 검은 실로 짠 눈썹까지 내려온 두건을 쓰고, 검은 선 두른 거친 베 도복을 입었구나. 허리에는 여러 색의 여공조呂公條[18]를 묶고, 네모난 코의 검은 천으로 만든 신을 신었네. 결코 평범한 사람은 아니고 산림에 묻혀 사는 은자로다.

目炯雙瞳, 眉分八字. 七尺長短身材, 三牙掩口髭鬚. 戴一頂烏縐紗抹眉頭巾, 穿一領皂沿邊褐布道服. 繫一條雜彩呂公條, 着一雙方頭靑布履. 必非碌碌庸人, 定是山林逸士.

그 사람의 용모가 기이하고 풍채가 시원스럽고 고상한 것을 본 송강이 급히 말에서 내려 몸을 굽혀 예를 행하고는 말했다.

"고사高士[19]의 성함이 어떻게 되시는지요?"

그 사람이 송강에게 절을 올리며 말했다.

"장군의 성함을 오래 전부터 들었습니다! 오늘에야 만나뵙게 되었습니다."

당황한 송강이 답례를 하고 그를 부축해 일으키며 말했다.

"보잘 것 없는 이 송강에게 어찌 이처럼 지나치게 하십니까?"

그가 말했다.

17_ 공수拱手: 두 손을 마주 잡고 팔을 가슴 위로 올려 경의나 존중을 표시하는 것을 가리킨다. 남자는 왼손을 오른손 위에 놓고, 여자는 오른손을 왼손 위에 놓는다. 상사喪事가 있을 때는 반대로 한다.
18_ 여공조呂公條: 오색실 세 가닥으로 땋아 만든 것으로 여동빈呂洞賓이 생전에 항상 이 땋은 끈을 묶고 다녔다고 한다.
19_ 고사高士: 지향하는 바와 품행이 고상한 사람을 말한다. 세속을 벗어난 사람을 가리키기도 한다.

"제 이름은 허관충許貫忠이라 하며, 대명부 사람인데 지금은 초야에 살고 있습니다. 이전에 연 장군과 친구지간이었는데 생각지도 않게 헤어진 지 10여 년이 지나도록 만나지 못했습니다. 이후에 소인이 강호를 떠다닐 때 소을 형이 장군 휘하에 있다는 소문을 듣고 부러워했습니다. 오늘 장군께서 요나라를 격파하고 개선하신다는 소식을 특별히 듣고 멀리서나마 뵈러 이곳에 나왔는데, 여러 영웅을 뵙게 되니 평생의 행운입니다. 연형을 제 집으로 청해 이야기를 나누고 싶은데, 장군께서 보내주실지 모르겠습니다."

연청 또한 아뢰었다.

"이 동생이 허형과 작별한 지 오래 되었는데, 여기서 만날 줄은 생각도 못했습니다. 형님께서 허형의 뜻을 받아들이시면 이 동생이 한번 다녀오고 싶습니다. 형님께서 일행과 먼저 가시면 이 동생이 뒤따라가겠습니다."

송강이 문득 생각이 나서 말했다.

"연청 형제가 항상 선생께서 영웅답고 용기가 있다고 말했었는데, 이 송강이 운명이 좋지 않은데다 인연도 없어 만나지 못했습니다. 오늘 이런 호의를 받게되었으니 우리와 함께 가시면서 가르침을 받고자 감히 청합니다."

허관충이 사양하며 말했다.

"장군께서는 기개가 있고 충의롭다는 것을 알기에 저도 오래 전부터 가까이서 모시고 싶었습니다. 그러나 칠순이 넘은 노모께서 계시기에 감히 멀리 떠날수가 없습니다."

송강이 말했다.

"그러시다면 억지로 함께 가자고 권할 수는 없겠지요."

송강이 또 연청에 말했다.

"동생은 바로 돌아오게. 그래야 여기서 내가 마음을 놓을 수 있다네. 곧 동경에 도착할 것이고 조만간 천자를 알현해야 하네."

연청이 말했다.

"이 동생이 감히 형님의 명령을 어기는 일은 절대로 없을 것입니다."

연청은 다시 노준의에게도 아뢰고 두 사람은 작별했다. 송강이 말에 올라 출발하는데 앞서 가던 두령들은 이미 화살이 날아갈 거리만큼 가고 있었고 송강이 허관충과 이야기를 나누는 것을 보고는 모두들 말을 세우고 기다리고 있었다. 송강이 말을 채찍질하며 앞으로 달려갔고 모두들 함께 출발했다.

이야기는 둘로 나뉜다. 연청은 가까이 두고 있는 군졸 한 명을 불러 행낭을 꾸리게 하고 따로 말 한 필도 준비시켰다. 그리고 자신의 준마는 허관충이 타도록 했다. 앞에 있는 주점에 들어가 군장, 모자와 요대를 벗고 평상복으로 갈아입었다. 두 사람은 말을 타고, 군졸은 보따리를 짊어지고 뒤를 따라갔다. 쌍림진을 떠나 서북쪽을 향해 오솔길을 따라갔다. 농가를 지나 숲이 우거진 언덕을 넘자 구불구불한 산간벽지의 길이 나타났다. 두 사람은 옛정을 나누며 흉금을 털어놓고 이야기했다. 외진 오솔길을 나와서 큰 시내를 돌아 대략 30리쯤 가자 허관충이 손가락으로 가리키며 말했다.

"저기 높고 험준한 산속에 내 집이 있소."

다시 10여 리를 더 가서야 비로소 산중에 도착했는데 이어진 산봉우리가 수려하고 계곡물이 맑고 깨끗하여 연청은 경치를 구경하느라 날이 이미 저물어가는 것도 알지 못했다.

지는 해에 피어오르는 연기는 푸른 안개로구나,

아름다운 놀 물에 비쳐 붉은 빛깔 산개하누나.

落日帶烟生碧霧, 斷霞映水散紅光.

원래 이 산은 대비산 大伾山[20]이라 불렸는데, 아득한 옛날에 우禹 임금이 황하를 다스리느라 이곳에 온 적이 있었다. 『서경書經』에 "대비산에 이르렀다"[21]는 말이 있는데, 이것이 바로 그 증거다. 지금은 대명부 준현濬縣에 속한 곳이었다. 장황한 말은 그만두고 본론으로 들어가서, 허관충은 연청을 인도하여 몇 개의 산모퉁이를 돌아 오목한 곳에 이르렀는데 주위가 3~4리 정도 되는 넓고 평평한 곳이었다. 나무가 무성한 숲속에 세 채의 초가가 보였는데, 그들 가운데 남쪽 시냇물을 끼고 있는 몇 칸짜리 초가가 있었다. 문 밖은 대나무 울타리가 둘러져 있고 사립문은 반만 닫혀 있었다. 길게 자란 대나무와 푸른 소나무, 단풍나무와 청록의 측백나무들이 앞뒤로 빽빽하게 들어차 있었다. 허관충이 손가락으로 가리키며 말했다.

"저기가 내 누추한 집이오."

연청이 대나무 울타리 안을 들여다보니, 누런 머리카락 시골 아이 하나가 베옷을 입고서 땅에 널린 햇빛에 말린 소나무 가지와 나무토막들을 주워 초가 처마 밑에 쌓고 있었다. 그 아이는 말발굽 소리를 듣고는 일어나 바깥을 내다보면서 의아해하며 소리쳤다.

"여기서 어떻게 말이 지나가지!"

자세히 살펴보다가 말을 타고 뒤에서 오는 사람이 주인이라 황급히 문 밖으로 달려나와 두 손을 맞잡고 서서 멍하니 쳐다봤다. 처음에 출발하고자 말을 준비했을 때 허관충이 말방울은 필요 없다고 말했던 이유를 이곳에 와서야 비로소 알게 되었다. 두 사람은 말에서 내려 대나무 울타리 안으로 들어갔고 군졸은 말을 매어두었다. 두 사람은 초당으로 들어가 손님과 주인이 자리를 나누어 앉았다. 차를 마시자 허관충은 따라온 군졸에게 말안장을 내리고 두 필의 말을 뒤편의 초가집으로 끌고 가게 했다. 그리고 아이를 불러 말에게 여물을 먹이게 하고 군졸은 앞쪽 곁방에서 쉬게 했다. 연청은 허관충의 노모에게 인사를 했고

20_ 대비산大伾山: 지금의 허난성 준현濬縣 서남쪽에 위치해 있다. 허난성 싱양榮陽 범수진氾水鎭에 있는 산이라고도 한다.
21_ 출전은 『서경』「우공禹貢」

허관충은 연청을 이끌고 서쪽에 있는 동향의 초가로 함께 갔다. 뒤쪽 창을 열자 한 줄기 맑은 시내가 흘러가고 있었고 두 사람은 창가에 앉았다.

허관충이 말했다.

"우리 집이 좁고 초라하니 형은 비웃지 마시오!"

연청이 대답했다.

"산 좋고 물이 맑아 구경하느라 겨를이 없습니다. 실로 찾아보기 어려운 곳입니다."

허관충이 요나라 정벌에 관련된 일을 물었다. 한참 있다가 동자가 등불을 가져오고 창문을 닫고서 탁자를 가져와 펼치고는 채소 대여섯 접시와 닭고기 한 쟁반, 생선 한 쟁반, 그리고 집 안에 저장해두었던 두 종류의 산과일을 차려놓고 데운 술 한 병을 내왔다. 허관충이 한잔을 따라서 연청에게 권하며 말했다.

"특별히 형을 여기까지 모셔왔는데 시골 술과 야채뿐이니 어찌 손님 대접을 한다고 하겠소?"

연청이 사례하며 말했다.

"제가 도리어 폐를 끼치는 것 같습니다."

술이 몇 순배 돌자 창밖에 달빛이 대낮처럼 밝아졌다. 연청이 창을 열고 바라보니, 또 다른 청아한 풍취가 펼쳐졌다. 구름은 가볍게 떠 있고 바람은 잔잔하며 달은 희고 냇물은 맑은데 물에 비친 산 그림자가 집 안까지 비추었다. 연청이 칭찬해마지 않으며 말했다.

"예전에 대명부에 살 때 형과는 가장 막역한 사이였는데, 형이 무과를 보러 간 뒤로 서로 만나지 못했습니다. 그런데 이렇게 좋은 곳을 찾아 살고 있으니 어쩌면 이토록 그윽하고 품위가 있소! 이 모자란 동생은 이처럼 동분서주하며 돌아다녀서야 어떻게 하루라도 조용하고 한적하게 지낼 수 있겠습니까?"

허관충이 웃으면서 말했다.

"송 공명과 여러 장군은 세상을 뒤덮을 만한 영웅이며 위로는 별자리에 상응하고 있고 지금은 또 포악한 오랑캐를 복종시켰소. 달팽이처럼 황폐한 산에 엎드려 사는 나 같은 자가 어찌 터럭만큼도 형에 미칠 수 있겠소? 나는 또 약간은 시의에 부합되지 못하는 사람이오. 매번 간사한 무리가 권력을 독점하며 조정을 가리는 것을 보았기 때문에 조정에 진출할 뜻이 없어져 강과 바다를 떠돌아 다니며 여러 곳을 다녔소. 그러기에 나는 자못 조심하는 사람이라 할 수 있소."

말을 마치고는 껄껄 웃으며 잔을 씻어 다시 술을 따랐다. 연청이 백금 20냥을 꺼내 허관충에게 주면서 말했다.

"변변치 못한 예물이지만, 내 성의이니 받아주시오."

허관충이 한사코 받지 않으려 했다. 연청이 다시 허관충에게 권하며 말했다.

"형은 재주와 지모가 있으니, 이 동생과 함께 경사로 가서 출세할 방도를 찾아보도록 하시지요."

허관충이 탄식하며 말했다.

"지금 간사한 자들이 정권을 장악하고 현명한 사람을 시기하고 재능 있는 자를 질투하고 있소. 귀신과 역鯱[22]과 같은 자들이 모두 높은 관을 쓰고 넓은 허리띠를 차고 있으며 충성스럽고 선량하며 정직한 자들은 모두 감옥에 갇혀 모함을 당하고 있소. 버슬하여 조정에 나가려던 생각은 이미 오래전에 그만두었소. 형도 공을 세워 명성을 날리는 때가 되면 물러날 길을 찾아야 할 것이오. 옛말에도 이르기를 '독수리를 모조리 잡으면, 좋은 활을 거두어야 한다'[23]고 했소."

연청도 고개를 끄덕이며 탄식했다. 두 사람은 한밤중까지 이야기를 나누다가 잠자리에 들었다.

다음날 아침 세수와 양치를 마치자 허관충은 연청을 청해 아침밥을 먹고는 연청을 데리고 산 앞뒤를 데리고 다니며 구경시켰다. 연청이 높은 곳에 올라 살

22_ 역鯱: 신화 전설에 따르면 물속에 숨어 사람을 해친다는 괴물.
23_ 원문은 '鵰鳥盡, 良弓藏'이다.

펴보니 산봉우리가 겹겹으로 되어 있고 사면이 모두 산이라 오직 짐승 소리만 들릴 뿐 왕래하는 인적이라고는 없었다. 산중에 살고 있는 인가는 단지 20여 가구에 지나지 않았다. 연청이 말했다.

"여기가 무릉도원보다 낫겠습니다."

연청은 정신없이 산 구경을 하다가 저녁에서야 돌아왔고 또 하룻밤을 보냈다.

이튿날 연청은 허관충과 작별하며 말했다.

"송 선봉께서 염려하실 테니 이만 작별해야겠습니다."

허관충이 배웅하러 문을 나섰다가 말했다.

"잠시만 기다리시오!"

잠시 뒤에 동자가 두루마리 하나를 가지고 나오자 허관충이 받아 연청에게 건네주며 말했다.

"이건 내가 근래에 그렸던 보잘 것 없는 그림인데, 경사에 가거든 자세히 살펴보시오. 나중에 혹여 쓰일 데가 있을 것이오."

연청은 감사하고 군졸에게 행낭 속에 잘 간직하도록 했다. 두 사람은 차마 헤어지기 아쉬워 함께 1~2리를 더 걸었다. 연청이 말했다.

"천리를 배웅해도 끝내는 작별해야 한다[24]는 말이 있습니다. 멀리 수고롭게 나오지 마시고, 나중에 다시 만납시다."

두 사람은 깊이 아쉬워하며 헤어졌다.

연청은 허관충이 멀리 돌아간 뒤에야 비로소 말에 올랐다. 군졸도 말에 올라 함께 길을 떠났다. 하루도 안 되어 동경에 도착했는데, 마침 송 선봉은 진교역에 군마를 주둔시키고 천자의 성지를 기다리고 있었다. 연청은 군영으로 들어가 송 선봉을 만났다.

한편 앞서서 숙 태위와 조 추밀의 중군 인마는 도성으로 들어왔고 송강 등

24_ 원문은 '送君千里, 終須一別'이다.

의 공로를 천자에게 상주했다. 또한 송 선봉 등 여러 장수가 병마를 거느리고 회군하여 이미 관 밖에 당도했음을 보고했다. 조 추밀은 천자 앞에서 송강 등 제장들이 변방에서 고생한 일을 상주했고, 천자는 크게 칭찬하면서 황문시랑에게 성지를 내려 송강 등은 갑옷을 입은 채 입성하여 알현하도록 명했다. 송강 등 장수들은 성지를 받들어 갑옷을 입고 군장과 혁대를 갖추고 투구를 쓰고 비단 저고리를 입고 금패 혹은 은패를 걸고 동화문으로 들어가 문덕전에 이르러 천자를 알현하고 배무를 마치고 일어나서는 세 번 만세를 불렀다. 황제가 송강 등 장수들을 보니 모두 영웅으로 비단 전포를 입고 금띠를 둘렀는데, 오용·공손승·노지심·무송만은 본래의 복장이었다. 천자는 크게 기뻐하며 말했다.

"과인은 경들이 변방에 정벌을 나가 노고가 많고 심혈을 기울였음을 여러 번 들어 알고 있다. 부상을 입은 자가 많다고 하니 과인이 심히 근심이 되도다."

송강이 두 번 절하며 아뢰었다.

"성상의 더할 수 없이 크나큰 복 덕분에 신들이 비록 다친 자가 있지만 모두 무사합니다. 이제 반역한 오랑캐들이 투항하여 변경이 편안해졌으니 진실로 폐하의 위세와 덕정 때문이지 신 등에게 무슨 수고로움이 있겠습니까?"

송강은 두 번 절하며 감사했다. 천자는 특별히 관원들에게 명하여 관작을 봉하는 일을 의논하라 했다. 태사 채경과 추밀사 동관이 상의하여 아뢰었다.

"송강 등의 관작은 신들이 적당히 의논하여 다시 아뢰겠습니다."

천자는 비준하고 광록시에 명하여 연회를 크게 베풀도록 했다. 송강에게는 비단 전포 한 벌과 황금 갑옷 한 벌, 명마 한 필을 하사했고, 노준의 이하 장수들에게는 황금과 비단을 상으로 내렸는데 모두 황궁의 창고에서 수령했다. 송강과 장수들은 은혜에 감사하고 궁궐을 나와 서화문 밖에 이르러 말을 타고 군영으로 돌아와 쉬면서 성지가 내려지기를 기다렸다. 그러나 며칠이 지나도 채경과 동관 등은 관작 봉할 일은 의논하지 않고 시간만 질질 끌었다.

한편 송강은 군영에서 한가하게 앉아 군사 오용과 고금의 흥망과 득실에 관한 이야기를 나누고 있었는데, 대종이 석수와 함께 평복 차림으로 와서 아뢰었다.

"군영에 가만히 있자니 지루해서 오늘 석수 형제와 함께 한가하게 걸을까 해서 특별히 형님께 아뢰러 왔습니다."

송강이 말했다.

"갔다가 빨리 군영으로 돌아오게. 자네들이 오기를 기다렸다가 함께 술이나 한잔 하려네."

대종은 석수와 함께 진교역을 떠나 북쪽으로 천천히 걸었다. 몇 개의 거리와 시장을 지나니 문득 길옆에 서 있는 커다란 돌 비석이 눈에 들어왔다. 비석에는 '조자대造字臺'라는 세 글자가 쓰여 있고, 그 위에는 작은 글자가 몇 줄 쓰여 있었는데 비바람에 깎여 분명하게 보이지가 않았다. 대종이 자세히 살펴보고는 말했다.

"창힐蒼頡이 문자를 만들었던 곳이로구나."

석수가 웃으면서 말했다.

"우리한테는 소용없는 것이지요."

두 사람은 웃으면서 앞을 바라보며 다시 걸었다. 어떤 커다란 공터에 이르렀는데 기와 조각과 벽돌 부스러기가 널려 있었다. 그 북쪽에는 돌을 깎아 세운 패방牌坊이 있고 위에는 '박랑성博浪城'[25]이란 세 글자가 새겨진 석판이 가로로 걸려 있었다. 대종이 한참 동안 읊조리더니 말했다.

"원래 이곳이 한漢나라 유후留侯 장량張良이 장사를 시켜 철퇴로 진시황을 공격했던 곳이로구나."

대종이 혀를 차면서 칭찬하며 말했다.

"참으로 훌륭한 유후로구나!"

25_ 『사기』「유후세가留侯世家」에서는 장량張良이 역사를 시켜 박랑사博浪沙(지금의 허난성 위안양原陽 경내)에서 진시황을 습격하게 했다.

석수가 말했다.

"아쉽게도 철퇴가 명중하지 못했죠!"

두 사람은 탄식하고 이야기를 주고받으며 북쪽을 향해 걸어갔는데, 어느 결에 군영에서 20여 리나 떨어진 곳에 이르렀다.

석수가 말했다.

"우리 둘이 반나절이나 보냈네요. 어디 가서 술이나 한 사발 마시고 군영으로 돌아가시지요."

대종이 말했다.

"저 앞에 있는 것이 주점 아닌가?"

두 사람은 주점으로 들어가 창가 밝은 자리를 잡아 앉았다. 대종이 탁자를 두드리며 소리쳤다.

"술 가져오너라!"

주보가 채소 반찬 대여섯 접시를 가져와 탁자에 차려놓으며 물었다.

"관인께서는 술을 얼마나 드실 겁니까요?"

석수가 말했다.

"먼저 술 두 각하고 밥하고 반찬거리 있으면 가져오게."

잠시 뒤에 주보가 술 두 각과 소고기·양고기·닭고기를 한 쟁반씩 가져왔다. 두 사람이 술을 마시면서 한담을 나누고 있는데, 한 사내가 우산과 간봉을 들고 들어왔다. 등에는 봇짐을 지고 검은 적삼을 입었으며 허리에는 전대를 차고 다리에는 행전을 단단히 묶고 미투리를 신었다. 숨을 헐떡거리며 주점 문안으로 들어와서는 우산과 간봉, 봇짐을 내려놓고는 한 자리에 앉아 소리쳤다.

"빨리 술과 고기를 가져오너라!"

주보가 술 한 각과 채소 두세 접시를 갖다놓자, 사내가 말했다.

"여러 말 시키지 말고 빨리 고기 한 접시나 썰어 오너라. 빨리 먹고 성으로 들어가 공무를 봐야 한다."

술을 따르고는 정신없이 들이켰다. 대종이 그 사내를 빤히 쳐다보면서 속으로 생각했다.

'저자는 좆같은 공인 같은데, 뭔 좆같은 일이 있는지 모르겠네?'

대종은 그 사내 앞으로 가서 두 손을 마주잡고 공손하게 물었다.

"형씨, 무슨 일이 있기에 이렇게 급하시오?"

그 사내는 술과 고기를 먹으면서 대충 몇 마디 말했다. 나누어 서술하면 송공명이 다시 기이한 공적을 세우고 분양汾陽, 심주沁州26 땅이 다시 대송에게 귀속되었던 것이다.

결국 그 사내가 무슨 말을 하는지는 다음 회에 설명하노라.

26_ 분양汾陽은 지금의 산시山西성 펀양汾陽이고, 심주沁州는 지금의 산시山西성 친위안沁源이다.

허
를
찌
르
다[1]

대종과 석수는 그 사내가 공인 복장을 하고 있는데 허둥지둥하는 것을 보았
다. 대종이 물었다.

"무슨 공무가 있으시오?"

그 사내가 젓가락을 내려놓고 입을 문질러 닦고는 대종에게 말했다.

"하북河北의 전호田虎가 난을 일으켰는데, 아시오?"

대종이 말했다.

"나도 대충은 알고 있소."

"전호란 놈이 주를 침범하여 현을 빼앗고 있는데도 관군이 대적하지 못하고
있소. 근래에는 개주蓋州[2]를 깨뜨렸으니 조만간 위주衛州[3]도 공격할 것이오. 성

1_ 제91회 제목은 '宋公明兵渡黃河(송 공명의 군대가 황하를 건너다), 盧俊義賺城黑夜(노준의는 속임수로
    야밤에 성을 손에 넣다)'다.
2_ 개주蓋州: 지금의 산시山西성 가오핑高平.
3_ 위주衛州: 지금의 허난성 웨이후이衛輝.

안의 백성이 밤낮으로 놀라 두려워하고 있고 성 밖의 거주민들은 사방으로 흩어져 도망치고 있다오. 그래서 본부에서 나를 성원으로 보내 긴급한 공문을 보고하게 한 것이오."

말을 마치더니 일어나서 보따리를 지고 우산과 간봉을 들고는 급히 계산을 마친 다음 문을 나서면서 탄식하며 말했다

"우리 가족이 모두 성안에 있는데, 정말 공무는 자유롭지 못하구나. 황천이시여, 어서 빨리 구원병을 보내주시면 좋겠소!"

사내는 성큼성큼 경성을 향해 달려갔다.

이 소식을 들은 대종과 석수는 술값을 치르고 주점을 떠나 군영으로 돌아와 송 선봉에게 이 사실을 보고했다. 송강이 오용과 상의하며 말했다.

"우리 장수들이 여기서 한가하게 지내고 있는 것은 마땅치 않은 것 같소. 차라리 천자께 상주하여 군대를 일으켜 전호를 정벌하러 가는 것이 좋겠소."

오용이 말했다.

"이 일은 숙 태위에게 상주해달라고 해야 할 것 같습니다."

장수들을 모아놓고 상의하자 모두들 기뻐했다. 이튿날 송강은 관복을 입고 10여 명의 기병을 이끌고 성으로 들어가, 곧장 숙 태위의 부중으로 달려가 말에서 내렸다. 마침 숙 태위가 부중에 있어 사람을 시켜 알렸다. 숙 태위는 황급히 청해 들였다. 송강이 대청에 올라 두 번 절을 올리고 일어나자 숙 태위가 말했다.

"장군은 무슨 일로 오셨소?"

송강이 말했다.

"은상께 말씀 올립니다. 제가 듣자하니 하북의 전호가 반란을 일으켜 주군을 점거하고 제멋대로 연호를 변경했다고 합니다. 개주를 이미 침략했고 조만간에 위주를 공격할 것이라고 합니다. 이 송강의 인마가 오랫동안 한가하게 지냈으니, 저희가 정벌하러 가서 섬멸하여 충성을 다하고 나라에 보답하고자 합니다. 은

상께서 천자께 상주해주시기 바랍니다."

이 말을 들은 숙 태위는 크게 기뻐하며 말했다.

"장군께서 이처럼 충의롭게 나라를 위해 힘을 다하겠다고 하니 내가 마땅히 힘을 다해 천자께 보증하여 상주하리다."

송강이 감사하며 말했다.

"저희가 여러 차례 태위의 두터운 은덕을 입었으니 뼛속 깊이 새길지라도 보답할 수 없을 것입니다."

숙 태위는 술을 내어 대접했다. 저녁에 송강은 군영으로 돌아와 두령들에게 숙 태위와 나눴던 대화 내용을 이야기해줬다.

숙 태위가 이튿날 아침 조정에 들어갔을 때 천자는 피향전披香殿에 있었다. 성원관이 상주했다.

"하북의 전호가 반란을 일으켜 5부府 56개 현을 점거하고 연호를 고쳤으며 스스로 왕이라 칭하고 있습니다. 지금 능천陵川4과 회주懷州5를 공격하고 있는데, 놀란 이웃 주에서 이를 보고하는 급한 공문이 올라왔습니다."

깜짝 놀란 천자는 문무백관에게 물었다.

"경들 가운데 누가 과인을 위해 힘을 다해 이 도적을 토벌하여 섬멸하겠소?"

반열에서 숙 태위가 재빨리 나왔는데 홀笏을 쥐어 가슴에 대고 바닥에 엎드려 머리를 숙이고는 아뢰었다.

"신이 듣건대 전호는 나뭇가지를 깎아 병기로 삼고 대나무를 세워 깃발로 삼고는6 이미 벌판에 불길이 번지고 있어 맹장과 강력한 군대가 아니면 섬멸시키기 어렵습니다. 지금 요나라를 격파하여 승리를 거두고 돌아온 송 선봉이 도성

4_ 능천陵川: 지금의 산시山西성 링촨陵川.

5_ 회주懷州: 지금의 허난성 친양沁陽.

6_ 원문은 '斬木揭竿'이다. 『한서』 「진승항적전陳勝項籍傳·찬贊」에 따르면 "나뭇가지를 찍어 병기로 삼고 죽간을 들어 올려 기치로 삼다斬木爲兵, 揭竿爲旗"라고 했다. 무장 기의를 비유한 말이다.

밖에 주둔하고 있습니다. 폐하께서 칙령을 내려 송 선봉 군마로 하여금 전호를 토벌하여 섬멸하게 하시면 반드시 큰 공을 이룰 것입니다."

천자는 크게 기뻐하며 즉시 성원관에게 성지를 받들어 성을 나가 송강과 노준의를 불러오게 했다. 송강과 노준의가 피향전으로 와서 천자를 알현하고 배무를 마치자 천자가 말했다.

"짐은 경들이 충의로운 영웅임을 알고 있다. 이제 경들에게 하북을 정벌할 것을 명하니 경들은 수고로움을 아끼지 말라. 속히 개선가를 부르며 돌아오면 짐이 높이 등용할 것이다."

송강과 노준의가 머리를 조아리며 아뢰었다.

"신들은 이미 성은을 입고 위임을 받았는데, 어찌 감히 나라를 위해 온힘을 다해 죽을 때까지 싸우지 않겠습니까!"

천자는 용안에 기쁜 기색을 띠면서 칙령을 내려 송강을 평북정선봉平北正先鋒에 임명하고 노준의를 부선봉으로 임명했다. 두 사람에게는 어주, 황금 허리띠, 비단 전포, 황금 갑옷, 채색비단 등을 하사하고, 나머지 장수들에게는 각기 비단과 은냥을 하사했다. 전호를 소탕하여 평정하면 공적에 따라 상을 주고 관작을 더해주기로 했다. 삼군 두목들에게 각기 은냥을 하사했는데 모두 황궁의 창고에서 충당했고 기한을 정해 출전하도록 했다. 송강과 노준의는 두 번 절하고 은혜에 감사하며 성지를 수령하고 조정에 하직 인사를 하고는 군영으로 돌아왔다. 장막에 앉아 제장들을 소집하여 안장과 말, 갑옷을 수습하고 전호를 정벌하러 갈 준비를 하도록 했다.

이튿날 황궁 창고에서 비단과 은냥을 상으로 하사하자 제장에게 나눠주고 삼군 두목들에게도 지급했다. 송강은 오용과 계책을 상의하여 수군 두령들에게 전선을 정돈하여 앞서 전진하여 변하汴河에서 황하로 들어가 원무현原武縣7 경

7_ 원무현原武縣: 지금의 허난성 위안양原陽.

계에 당도하면 대군이 도착하기를 기다렸다가 강 건너는 것을 돕도록 했다. 마군 두령들에게 명하여 마필을 정돈하고 수륙으로 전진하여 배와 기병이 함께 갈 수 있도록 출정을 준비시켰다.

한편 하북의 전호란 놈은 원래 위승주威勝州 심원현沁源縣8의 사냥꾼 출신으로 힘이 세고 무예가 뛰어났는데, 오로지 불량배들과만 교제했다. 그 고장은 많은 산으로 둘러싸인 곳으로 무리를 이루기 쉬운 곳이었다. 또한 홍수와 가뭄이 빈번하게 발생하여 백성이 궁핍하고 재정이 파탄 지경이라 인심이 반란을 생각하기에까지 이르렀다. 전호는 이런 기회를 이용해 도망자 무리를 규합하고 요사스러운 말을 날조하여 백성을 부추겼다. 처음에는 재물을 약탈하는 데 불과했지만 나중에는 주와 현을 침탈했고 관병들은 그 날카로운 기세를 감당하지 못했다. 일개 사냥꾼에 불과한 전호가 어떻게 이토록 창궐할 수 있었을까? 독자 여러분 들어보십시오. 당시 문관들은 돈만 요구하고 무관들은 죽음을 두려워했기에, 각 주와 현에 비록 관병이 방어는 하고 있었지만 모두가 노약자들로 있으나마나한 존재였다. 혹자는 혼자서 두세 명의 군량을 타먹기도 하고, 혹자는 권세 있는 집안의 한가한 하인은 10여 냥의 보증금을 내고 이름만 걸어놓고는 군량과 급료만 수령하고 점고하고 훈련할 때는 고용인을 대신 내보내기도 했다. 위아래가 서로 기만했기에 그 견고함을 타파할 수 없었다. 국가는 돈을 다 썼지만 결국은 조금도 소용이 없었다. 전쟁터에 나가서는 싸울 줄도 모르고 가로로 서 있기만 하다가 앞에서 먼지가 일어나고 포성이 울리면 다리를 두 개만 낳아준 부모를 원망하며 달아나기만 했다. 당시 몇 명의 군관이 약간의 병마를 이끌고 전호를 소탕하러 간 적이 있었지만 누구도 감히 앞으로 나아가려 하지 않았고 뒤꽁무니만 따라다녔고, 동쪽으로 달아났는데 서쪽으로 쫓으며 허장성세만

8_ 심원현沁源縣: 지금의 산시山西성 친위안沁源.

부리기 일쑤였고 심지어는 양민을 살해하고 공적으로 날조하기도 했다. 백성은 더욱 원한이 깊어져 도리어 관병을 피하고 도적을 따르기에 이르렀다. 결국은 5주 56현을 전호에게 점령당하고 말았다. 그 5주란 위승주威勝州는 지금의 심주 沁州, 분양주汾陽州는 지금의 분주汾州9, 소덕주昭德州10는 지금의 노안주潞安州, 진녕주晉寧州11는 지금의 평양주平陽州, 개주蓋州는 지금의 택주澤州다. 56현은 모두가 이 다섯 개 주가 관할하는 현이었다. 전호는 분양에 궁전을 짓기 시작했고 비합법적인 가짜 문무백관을 설치했으며 안으로는 재상, 밖으로는 장군을 두어 한 지방을 제패하면서 진왕晉王이라 사칭했다. 산천의 지세가 험준한데다 병사들은 정예하고 장수들은 용맹했다. 그는 지금 군사를 두 길로 나누어 침범하러 온 것이었다.

한편 송강은 날을 정하고 출정했다. 숙 태위가 직접 나와서 전송했고 조 안무가 성지를 받들고 군영으로 와서 삼군을 위로하고 포상했다. 송강과 노준의는 숙 태위와 조 추밀에게 감사하고 병력을 세 부대로 나누어 전진했다. 오호장五虎將과 팔표기八驃騎를 전군으로 삼았다.

오호장은 대도 관승·표자두 임충·벽력화 진명·쌍편장 호연작·쌍창장 동평이었고, 팔표기는 소이광 화영·금창수 서녕·청면수 양지·급선봉 색초·몰우전 장청·미염공 주동·구문룡 사진·몰차란 목홍이었다. 16표장彪將으로 후군으로 삼았는데, 소표장小彪將 16명은 진삼산 황신·병울지 손립·추군마 선찬·정목안 학사문·백승장 한도·천목장 팽기·성수장군 선정규·신화장 위정국·마운금시 구붕·화안산예 등비·금모호 연순·철적선 마린·도간호 진달·백화사 양춘·금표자 양림·소패왕 주통이었다.

9_ 분주汾州: 지금의 산시山西성 펀양汾陽.
10_ 소덕주昭德州: 지금의 산시山西성 창즈長治.
11_ 진녕주晉寧州: 지금의 산시山西성 린펀臨汾.

송강·노준의·오용·공손승은 나머지 장수들과 보좌관, 마보두령 등을 거느리고 중군을 통솔했다. 그날 신호포가 세 번 울리고 징과 북, 악기들이 일제히 울리자 진교역을 떠나 동북쪽을 향해 진군했다.

송강의 호령은 엄격하고 대오는 정돈되었으며 지나는 지방마다 터럭만큼도 백성을 범하지 않았음은 말할 필요가 없다. 군마가 원무현 경계에 이르자 현의 관원들이 교외까지 나와 영접했다. 전군의 정찰병이 와서 수군 두령이 이끄는 배들이 이미 강변에 도착하여 대군이 강 건너기를 기다리고 있다고 보고했다. 송강은 이준 등에게 수군 600명을 이끌고 좌우로 나누어 정탐하도록 명했다. 그러고는 그곳의 배들을 더 모아서 말과 수레, 병장기를 싣도록 했다. 송강 등 대군은 차례대로 황하를 건너 북쪽 언덕에 올랐다. 그리고 이준 등에게 명을 내려 전선을 통솔하여 위주의 위하衛河로 가서 집결하라고 영을 내렸다.

송강의 전군은 위주에 당도하여 주둔했다. 위주의 관원들이 주연을 마련하여 대군이 당도하기를 기다리다가 송 선봉이 도착하자 성안으로 청하여 극진히 대접했다. 관원들이 하소연했다.

"전호의 병력이 대단하므로 절대로 가볍게 대적해서는 안 됩니다. 택주는 전호의 수하인 가짜로 임명된 추밀 유문충鈕文忠이 지키고 있습니다. 그의 부하인 장상張翔과 왕길王吉이 1만 명의 군사를 거느리고 본주 소속인 휘현輝縣[12]을 공격하러 갔고, 심안沈安과 진승秦升이 1만 명의 군사를 이끌고 회주 관할인 무섭현武涉縣[13]을 공격하러 갔습니다. 선봉께서 속히 구원해주시기 바랍니다!"

이 말을 들은 송강은 군영으로 돌아와서는 출병하여 두 현을 구원할 일을 오용과 상의했다. 오용이 말했다.

"능천은 개주의 요지이니, 먼저 군사를 이끌고 능천을 공격하면 두 현의 포위

12_ 휘현輝縣: 지금의 허난성 후이셴輝縣.
13_ 무섭현武涉縣: 지금의 허난성 우즈武陟.

는 저절로 풀릴 것입니다."

노준의가 말했다.

"제가 재주는 없지만 군사를 이끌고 가서 능천을 취하도록 하겠습니다."

송강은 크게 기뻐하면서 노준의에게 마군 1만 명과 보병 5000명을 선발해줬다. 마군두령은 화영·진명·동평·색초·황신·손립·양지·사진·주동·목홍이고, 보군두령은 이규·포욱·항충·이곤·노지심·무송·유당·양웅·석수였다.

이튿날 노준의는 군사를 이끌고 떠났다. 송강은 장막에서 다시 오용과 군대를 진격시킬 계책을 상의했다. 오용이 말했다.

"적병이 오만해진 지 오래되었으니, 노 선봉이 이번에 가면 반드시 성공할 것입니다. 다만 삼진三晉[14] 지역의 산천이 험준하니 두령 두 사람을 염탐꾼으로 보내 먼저 산천의 형세를 정탐한 다음에 군대를 진격시키는 것이 좋을 듯합니다."

말이 미처 끝나기도 전에 연청이 장막 앞으로 달려와서는 아뢰었다.

"군사께서 걱정하실 필요 없습니다. 산천의 형세는 이미 여기에 있습니다."

연청이 두루마리 하나를 가져와 탁자 위에 펼쳤다. 송강과 오용이 고개 숙여 자세히 살펴보았더니, 삼진의 산천과 성지, 요충지가 그려진 지도였다. 또한 어디에 군사를 주둔시킬 수 있는지, 어디 곳에 매복할 수 있는지, 어디에서 싸울 수 있는지가 모두 세세하게 그려져 있었다. 오용이 놀라서 물었다.

"이 지도를 어디에서 얻었는가?"

연청이 송강에게 말했다.

"지난번에 요나라를 격파하고 회군할 때 형님도 아시다시피 쌍림진에서 허관충이란 사람을 우연히 만났고 그가 저를 집으로 데려갔는데, 작별할 때 이 지도를 제게 줬습니다. 그는 형편없는 그림이라고 말했는데, 제가 군영으로 돌아와

14_ 삼진三晉: 전국시대 초기에 진晉나라 대부인 한韓·조趙·위魏 세 집안이 진나라를 나누었는데, 이것을 삼진이라 부른다.

한가하게 앉아 있을 때 펼쳐보고서는 삼진의 지도임을 알았습니다."

송강이 말했다.

"지난번에 자네가 돌아온 것을 알면서도 마침 군마를 수습하고 천자를 알현하느라 바빠서 자세히 물어보지도 못했네. 내가 그 사람을 보니 또한 호걸이었다네. 자네가 평소에 그의 장점을 항상 말했는데, 그는 지금 어디서 무얼 하고있는가?"

연청이 말했다.

"관충은 학문이 넓고 재능이 많을 뿐만 아니라 무예도 뛰어나고 용기까지 있습니다. 그 외에도 거문고 타기, 바둑 두기, 그림 그리기도 모두 잘합니다."

그가 벼슬길에 나가기를 원치 않아 외진 곳에 은거하고 있음을 두루 자세히이야기했다. 오용이 말했다.

"참으로 천하에 뜻있는 사람이구만."

송강과 오용은 찬탄해 마지않았다.

한편 노준의는 병마를 이끌고 가면서 먼저 황신과 손립에게 군사 3000명을이끌고 능천성 동쪽 5리 밖에, 사진과 양지에게는 군사 3000명을 이끌고 능천성 서쪽 5리 밖에 매복하게 했다.

"오늘 밤 5경이 되면 군사들에게 하무를 물고 말방울은 떼어내고 조용히 각자 가도록 하게. 내일 우리가 군사를 진격시킬 때 적들이 만약 준비가 없어 우리가 성지를 얻게 되면 남문의 신호 깃발을 보게나. 그때 두령들은 군마를 이끌고 천천히 성으로 들어오면 되네. 하지만 적군이 준비가 되어 있으면 포를 터뜨려 신호로 삼겠네. 그때는 두 갈래 길에서 일제히 달려나와 호응하도록 하게."

4명의 장수는 계책을 받고 떠났다. 노준의는 이튿날 아침 5경에 아침밥을 지어 먹고 날이 밝아오자 군마를 이끌고 곧장 능천성 아래로 밀고 들어가 군대를세 부대로 나누어 일자로 벌여 세우고는 깃발을 흔들고 북을 두드리며 싸움을걸었다.

성을 지키던 군사가 당황해하며 날듯이 달려가 장수 동징董澄과 편장 심기沈驥, 경공耿恭에게 보고했다. 동징은 유문충의 부하 선봉으로 9척 장신에 팔 힘이 대단하여 무게가 30근 나가는 발풍도潑風刀[15]를 사용했다. 당시 동징은 송나라 조정에서 양산박 병마를 파견했는데 이미 성 아래에 당도해 군영을 세웠고 성을 공격하려 한다는 보고를 들었다. 동징은 급히 장막으로 장수들을 소집하여 군마를 점검하고 성을 나가 대적하려고 했다. 그러자 경공이 간언했다.

"제가 듣자하니 송강의 무리에 영웅이 많아 가볍게 대적해서는 안 되고 단단히 지키기만 해야 합니다. 개주로 사람을 보내 구원을 요청하고 구원병이 오기를 기다렸다가 안팎으로 협공해야 비로소 승리를 거둘 수 있습니다."

동징이 크게 화를 내며 말했다.

"이놈들이 얼마나 나를 얕잡아봤으면 감히 성을 공격해 온단 말이냐. 도저히 참을 수 없다! 저놈들은 멀리서 왔기 때문에 틀림없이 피로할 것이다. 내가 나가서 저놈들 갑옷 한 조각도 돌아가지 못하게 만들 것이다!"

경공이 간언했지만 듣지 않았다. 동징이 말했다.

"그렇다면, 1000기의 군마를 너에게 남겨줄 테니 성안에서 지키도록 해라. 너는 성루에 올라가 앉아서 내가 저놈들을 죽이는 것이나 구경해라."

서둘러 갑옷을 걸치고 발풍도를 들고는 심기와 함께 군사를 이끌고 대적하러 나갔다.

성문을 열고 조교를 내리자 2000~3000기의 병마가 조교를 지나 달려갔다. 송군의 진에서는 강궁과 쇠뇌를 쏘아 선두의 전진을 멈추게 했다. 그때 북소리가 '둥둥둥' 울리더니 능천의 진에서 한 장수가 나섰다. 차림새를 보니,

황금으로 장식한 속발에 순철 투구를 쓰고, 꼭대기엔 두斗만한 크기의 붉은

15_ 발풍도潑風刀: 예리한 칼이다. 발풍潑風은 끝이 날카로움을 형용한다.

술 늘어뜨렸네. 몸에는 연환 쇄자 철갑을 걸치고, 꽃구름과 둥근 꽃 모양 수놓은 전포 입었구나. 가죽에 선을 박아 넣은 뒤꿈치가 구름 모양인 신발 신었고, 허리에는 겹겹이 못을 박은 붉은 가죽 띠 묶었네. 활 메고 화살통 찼으며, 은빛의 털이 곱슬곱슬한 말을 타고 손에 발풍도 들었도다.

戴一頂點金束髮渾鐵盔, 頂上撒斗來大小紅纓. 披一副擺連環鎖子鐵甲, 穿一領繡雲霞團花戰袍. 着一雙斜皮嵌線雲跟靴, 繫一條紅鞓釘就迭勝帶. 一張弓, 一壺箭. 騎一匹銀色捲毛馬, 手使一口潑風刀.

동징이 말을 세우고 칼을 비껴들고는 큰소리로 외쳤다.

"물가의 도적놈들이 죽으려고 이곳에 왔느냐!"

주동이 말고삐를 놓고 달려가며 소리쳤다.

"천병이 왔으니 어서 말에서 내려 오라를 받아라, 그러면 칼과 도끼를 더럽히는 일은 없을 것이다!"

양군에서 함성을 질렀다. 주동과 동징은 한가운데서 맞붙고 두 말은 서로 얽혔으며 두 병기가 서로 부딪혔다. 두 장수가 10여 합을 싸우지도 않았는데 주동이 말머리를 틀어 동쪽으로 달아나자 동징이 추격했다. 그때 동쪽 진에서 화영이 창을 들고 달려나와 30여 합을 싸웠지만 승부를 가리지 못했다. 조교 옆에 있던 심기는 동징이 이기지 못하는 것을 보고 빛나는 점강창을 들고 말을 박차며 달려나와 싸움을 도왔다. 두 장수가 협공해오는 것을 본 화영은 말머리를 돌려 동쪽으로 달아났다. 동징과 심기가 바짝 뒤쫓아 오자 화영은 말을 휙 돌려 다시 싸우기 시작했다.

성루에서 동징과 심기가 추격하는 것을 바라보던 경공은 실수가 있을까 걱정되어 징을 울려 군사들을 거두려 했는데 송군 안에서 갑자기 한 무리의 부대가 뛰쳐나왔다. 이규·노지심·포욱·항충 등 10여 명의 두령이 날듯이 달려와 조교를 탈취하려 했다. 능천의 병사들은 이런 사나운 기세를 당해내지 못하고 저지할 수도 없었다. 경공이 급히 성문을 닫으라고 소리쳤지만 때는 이미 늦어 노지심과 이규가 이미 성안으로 뛰어든 다음이었다. 성문을 지키던 군사들이 일제히 앞으로 달려가 막으려 했지만 노지심이 크게 소리를 지르면서 선장으로 두 놈을 때려눕혔고, 이규는 도끼를 휘둘러 대여섯 명을 쪼개 쓰러뜨렸다. 이때 포욱 등이 일제히 밀고 들어가 성문을 빼앗고 군사들을 흩어버렸다. 경공은 형세가 좋지 않은 것을 보고는 급히 성 아래로 구르듯 내려와 북쪽을 향해 달아났지만 뒤쫓아 온 보군들에게 사로잡히고 말았다.

동징과 심기는 화영과 한창 싸우고 있었는데 조교 부근에서 함성이 일어나는 것을 듣고는 급히 말을 돌려 그쪽으로 쫓아갔다. 화영은 그 뒤를 쫓지 않고 강철 창을 말안장 고리에 걸고 활을 집어 화살을 시위에 걸고 실눈으로 가늠하고는 동징의 등을 향해 화살을 날렸다. 씨잉 소리와 함께 동징은 두 다리가 허공으로 올라가더니 쿵 하며 말 아래로 떨어졌다. 노준의 등은 그 틈을 놓치지 않고 군마를 휘몰아 돌진해갔다. 심기는 동평의 한 창에 찔려 죽었고, 능천의 병마는 태반이 죽었으며 나머지는 사방으로 흩어져 달아났다. 장수들은 군사들을 이끌고 일제히 성안으로 진입했다. 그때 흑선풍 이규가 마구잡이로 사람들을 찍어 죽이자 노준의가 여러 차례 소리쳤다.

"동생, 백성은 죽이지 말게."

그제야 이규는 손을 멈추었다.

노준의는 군사들에게 서둘러 남문 위에 신호 깃발을 세워 양쪽 길에 매복해 있던 군사들에게 알리게 하고는 다시 군사들을 나누어 각기 성문을 지키게 했다. 잠시 뒤에 황신·손립·사진·양지의 두 갈래 길 복병들이 일제히 성으로 들어왔다. 화영은 동징의 수급을, 동평은 심기의 수급을 바쳤고 포욱 등은 경공과 부하 두목 몇 명을 사로잡아 끌고 왔다. 노 선봉은 그들의 결박을 모두 풀어준 다음 경공을 손님 자리로 부축해 가서 손님과 주인이 자리에 각기 앉았다. 경공이 절을 하며 감사했다.

"사로잡힌 장수를 도리어 두터운 예로써 대접하십니까?"

노준의가 경공을 부축해 일으키며 말했다.

"장군이 성을 나와 대적하지 않는 것을 보니 매우 깊은 뜻이 있음을 알 수 있습니다. 어찌 동징 같은 무리에 비할 수 있습니까? 송 선봉은 현명한 인사를 불러들이고 선비를 받아들이는 분입니다. 장군이 만약 조정에 귀순한다면 송 선봉은 반드시 중용해달라고 조정에 상주할 것입니다."

경공은 머리를 조아리고 감사하며 말했다.

"이미 목숨을 살려주신 은혜를 입었으니 휘하의 소졸이 되기를 원합니다."

노준의는 크게 기뻐하며 다시 좋은 말로 여러 두목까지 위로했다. 한편으로 방을 내걸어 백성을 안정시키고, 다른 한편으로는 술과 음식을 준비하여 군사들을 위로했으며 경공과 장수들에게 술자리를 마련해 대접했다.

노준의가 경공에게 개주성 안에 군사들이 얼마나 많은지 묻자 경공이 말했다.

"개주는 유문충의 강력한 군대가 지키고 있습니다. 양성陽城과 심수沁水[16]는 개주의 서쪽에 있고, 고평현高平縣[17]은 여기서 60리 떨어진 거리입니다. 성 옆에 한왕산韓王山[18]이 있는데, 장례張禮와 조능趙能이 2만 명의 군마를 거느리고 지키고 있습니다."

그 말을 들은 노준의는 술잔을 들어 경공에게 권하면서 말했다.

"장군은 마음껏 드십시오. 오늘 밤 내가 장군이 가서 공로를 세울 수 있도록 해줄 테니, 사양하지 마시오."

경공이 말했다.

"이처럼 선봉의 두터운 은혜를 입었는데, 이 경공이 어찌 감히 마음을 다하

16_ 양성陽城은 지금의 산시山西성 양청陽城이고, 심수沁水는 지금의 산시山西성 친수이沁水다.

17_ 고평현高平縣: 지금의 산시山西성 가오핑高平.

18_ 한왕산韓王山: 『수호전전교주』에 따르면 『방여승략方輿勝略』 권3 『산서택주山西澤州』에 이르기를, '한왕산은 고평高平으로 진나라가 한왕韓王을 포위한 곳이다'라고 했다.

지 않겠습니까!"

노준의가 기뻐하며 말했다.

"장군이 가겠다면 제가 형제 몇 명을 선발하여 장군 부하 두목들과 함께 제 뜻에 따라 이렇게 저렇게 하십시오. 번거롭더라도 즉시 출발하시지요."

또 새로 항복한 6~7명의 두목을 불러 각기 술과 음식을 대접하고 은냥을 준 다음, 공을 세우면 별도로 상을 두터이 내리겠다고 했다. 술자리를 마치고 노준의는 이규와 포욱 등 보군 두령 7명과 보병 100명에게 능천 군사의 갑옷으로 갈아입히고 그들의 깃발을 들도록 명했다. 또 사진과 양지에게는 500명의 마군을 이끌고 하무를 물고 말방울을 떼고서 멀리 떨어져 경공의 뒤를 따라가게 했다. 또한 화영 등의 장수들에게는 성을 지키게 하고 노준의 자신은 3000명의 군사를 이끌고 뒤를 따라가며 호응하기로 했다.

배치가 끝나자 경공 등은 계책을 받고 성을 나섰다. 고평성 남문 밖에 이르렀을 때는 이미 황혼 무렵이었다. 별빛 아래에서 바라보니 성 위에는 깃발들이 빽빽하게 늘어서 있고 성안에서는 저녁을 알리는 북소리가 엄하게 들렸다. 경공이 성 아래에서 큰소리로 외쳤다.

"나는 능천을 지키는 장수 경공이다. 동징과 심기 두 장수가 내 말을 듣지 않고 성문을 열고 경솔하게 나가 대적하다가 성이 함락당하고 말았다. 나는 급히 여기 있는 100여 명을 데리고 북문을 열고 나와 오솔길로 몰래 여기까지 왔다. 어서 빨리 성으로 들어가게 열어라!"

성을 지키는 군사들이 횃불을 비춰보고서 급히 장례와 조능에게 달려가 보고했다. 장례와 조능이 직접 성루로 올라가자 군사들이 여러 개의 횃불로 앞뒤를 비추었다.

장례가 아래를 내려다보며 경공에게 말했다.

"우리 쪽 인마 같기는 한데 분명하게 살펴봐야겠소."

장례가 아래를 자세히 살피며 식별했는데 정말 능천의 경공이었다. 이끌고온

100여 명의 군졸도 갑옷이나 깃발이 조금도 틀리지 않았다. 또한 성 위의 많은 군사가 경공을 따라온 두목들을 알아보았기에 손가락으로 가리키며 말했다.

"이 사람은 손여호孫如虎다."

또 말했다.

"저 사람은 이금룡李擒龍이네."

그제야 장례가 웃으면서 말했다.

"저들을 들여보내라!"

마침내 성문을 열고 조교를 내렸지만, 그는 또 30~40명의 군사들을 조교 양쪽에 늘어세우고서야 비로소 경공을 성으로 들어오게 했다. 그때 경공의 뒤에 있던 군사들이 한꺼번에 밀고 들어오며 말했다.

"빨리 들어가! 빨리 들어가라니까! 뒤에서 적이 추격해오잖아."

경공 장군조차도 돌아보지 않고 밀며 들어오자 성문을 지키는 군사들이 소리쳤다.

"어디로 가려고? 왜 이리 설치는 거야!"

한창 양보하지 않고 다투고 있는데, 한왕산 기슭에서 불길이 치솟으면서 한 무리의 군마가 날듯이 달려오고 있었다. 앞장선 두 장수가 크게 소리쳤다.

"적장은 달아나지 마라!"

경공을 따라온 군졸 속에는 이미 이규·포욱·항충·이곤·유당·양웅·석수 등 일곱 호랑이가 뒤섞여 있었는데, 각자 병기를 꺼내들고 함성을 지르면서 따르던 100여 명과 함께 일제히 성안으로 밀고 들어갔다. 성안의 군사들은 어찌할 바를 몰라 당황해하며 성문을 닫지 못했다. 성문 안팎의 군사들 수십 명이 그들에게 찍혀 쓰러지고 성문을 빼앗겼다.

장례는 끊임없이 '아이고!' 하며 소리 질렀고 급히 창을 들고 성 아래로 내려가 경공을 찾다가 석수와 맞닥뜨렸다. 3~5합을 싸우더니 장례는 싸움에 연연해하지 않고 창을 끌며 달아났다. 그때 이규가 뒤쫓아 와서는 도끼로 찍자 '꽉'

소리와 함께 두 동강이 나고 말았다. 한편 한왕산 언저리에서 한 무리의 군마가 날듯이 달려와 성으로 들어왔다. 바로 사진과 양지의 군마가 나누어 뒤 쫓아와 적병을 죽였는데, 조능은 혼전 속에서 죽고 고평의 군사들 태반이 꺾이고 말았다. 장례의 가족도 모두 죽임을 당했고 성안의 백성은 잠에서 놀라 깨어나 통곡 소리가 하늘을 진동시켰다. 잠시 뒤에 노 선봉이 군사를 이끌고 당도하여 군사들에게 각 성문을 지키게 하는 한편 10여 명의 군사들을 시켜 백성을 살해하지 말라고 소리치게 했다. 날이 밝자 방을 내걸어 백성을 안정시키고 군사들에게 상을 내리는 한편 사람을 송 선봉에게 보내 급보를 알리게 했다.

노준의가 두 곳의 성을 공격하여 어찌하여 이토록 쉽고 신속하게 격파할 수 있었을까? 전호의 부하들은 사방을 종횡하면서도 오랫동안 적수가 없어서 관군을 경시했기에 송강 등의 장수들이 이처럼 영웅들일 줄은 미처 몰랐기 때문이었다. 노준의는 이를 간파하고 상대방이 방심한 틈을 타서 허를 찌르는 줄기불의出其不意 계책을 사용하여 두 성을 연이어 격파시킬 수 있었던 것이다. 이것이 바로, 오용이 '이번에 노 선봉이 가면 반드시 성공할 수 있을 것'이라고 말한 것이었다.

장황한 말은 그만두고 본론으로 들어가서, 한편 송강의 군마는 위주성 밖에 주둔하고 있었다. 송 선봉이 장막에서 일을 상의하고 있는데, 갑자기 노 선봉이 사람을 보내 승리의 소식을 전하면서 아울러 군사를 진격시킬 계책을 다시 의논하기를 요청했다. 송강은 크게 기뻐하며 오용에게 말했다.

"노 선봉이 하루 만에 두 성을 연이어 격파했으니, 적들은 이미 간담이 서늘해졌을 것이오."

한창 이야기하고 있는데 두 갈래 길로 보낸 정찰병이 달려와 보고했다.

"휘현과 무섭, 두 곳을 포위했던 병마가 능천을 잃었다는 소식을 듣고는 모두 포위를 풀고 가버렸습니다."

송강이 오용에게 말했다.

"군사의 신묘한 계책은 고금에 드물 것이오!"

울타리 목책을 뽑아 서쪽으로 가서 노 선봉의 병력과 합쳐 진격할 일을 의논하려고 했다. 그러자 오용이 말했다.

"위주의 왼쪽은 맹문孟門이고 오른쪽에는 태항산이 있고[19] 남쪽으로 큰 강에 접해 있으며 서쪽으로는 상당上黨[20]을 끼고 있어 지리적으로 요충지입니다. 적들이 우리 대군이 서쪽으로 간 걸 알고 소덕으로부터 병력을 이끌고 남하하게 되면, 우리는 동서가 서로 돌볼 수 없게 됩니다. 그때는 어떻게 하시렵니까?"

송강이 말했다.

"군사 말씀이 지당하오!"

즉시 관승·호연작·공손승에게 군사 5000명을 이끌고 위주를 지키게 하고, 수군 두령 이준·장횡·장순 형제·완씨 삼형제와 동위·동맹 형제에게 수군의 배를 통솔하여 위하에 모여 정박해 있으면서 성안의 군마와 서로 '기각지세掎角之勢'[21]를 이루게 했다. 배치가 끝나자 제장들이 명을 받고 떠났다.

송강은 장수들과 대군을 통솔하며 그날로 울타리 목책을 뽑고 출발했다. 가는 길에 별다른 일은 없었고 고평에 당도하자 노준의 등이 성을 나와 영접했다. 송강이 말했다.

"형제들이 연이어 두 개의 성을 얻었으니 그 공로가 작지 않네. 공적부에 모두 일일이 기록하겠네."

노준의는 새로 항복한 장수 경공을 데려와 인사시켰다. 송강이 말했다.

"장군이 그릇된 것을 버리고 바른 길로 돌아섰으니 이 송강 등과 함께 나라

19_ 맹문은 휘현 서쪽에 있고 태항산의 동쪽에 위치해 있다.

20_ 상당上黨: 지금의 산시山西성 창즈長治.

21_ 기각지세掎角之勢: '기'는 사슴을 잡을 때 다리를 잡는 것을 가리키며 '각'은 뿔을 잡는 것으로 원래는 양쪽 방향에서 적을 협공하는 의미를 가리켰으나 현재는 병력을 나누어 적들을 견제하거나 혹은 상호 지원하는 형세를 비유한다.

를 위해 힘을 다합시다. 조정에서 마땅히 장군을 중용할 것이오."

경공은 절하며 감사하고 시립했다. 송강은 거느린 인마가 너무 많기에 성안으로 들어가지 않고 성 밖에 진지를 구축하고 주둔했다. 그날 송강은 오용·노준의와 함께 어느 주군州郡부터 공격해야할지를 상의했다. 오용이 말했다.

"개주는 산이 높고 골짜기가 깊으며 도로가 험합니다. 이미 개주에 속해 있는 두 현을 우리가 점령했기에 그 세력은 이미 고립된 상태입니다. 먼저 개주를 취하여 적의 세력을 분산시킨 다음에 병력을 두 길로 나누어 협공하여 섬멸한다면 위승주도 격파할 수 있습니다."

송강이 말했다.

"선생의 말씀이 내 뜻에 부합되오."

시진에게 이응과 함께 가서 능천을 지키게 하고, 그곳에 있는 화영 등 여섯 장수는 본영으로 돌아와 명을 기다리게 했다. 그리고 사진에게 목홍과 함께 고평을 지키게 했다. 시진 등 네 사람은 명을 받들고 떠났다. 그때 몰우전 장청이 아뢰었다.

"소장이 이틀째 감기로 몸살을 앓고 있습니다. 고평에 잠시 머물면서 치료한 뒤에 군영으로 가서 명을 받들겠습니다."

송강은 신의 안도전에게 고평에 남아 있으면서 장청을 치료하게 했다.

이튿날 화영 등이 도착했다. 송강은 화영·진명·색초·손립에게 군사 5000명을 주어 선봉으로 삼았다. 그리고 동평·양지·주동·사진·목홍·한도·팽기에게 군사 1만 명을 주어 왼쪽 날개로 삼고, 황신·임충·선찬·학사문·구붕·등비에게 군사 1만 명을 주어 오른쪽 날개로 삼았으며, 서녕·연순·마린·진달·양춘·양림·주통·이충을 후군으로 삼았다. 송강과 노준의 등 나머지 장수들은 대군을 통솔하면서 중군이 되었다. 이렇게 다섯 갈래의 강력한 병력이 개주로 쳐들어갔는데, 마치 용이 대해를 떠나고 호랑이가 깊은 숲에서 나오는 듯했다. 바로 사람마다 후侯에 봉해지는 업적을 세우려 하고 저마다 도적을 소탕하여 공적을 이루려 한 것이다.

결국 송강의 병마가 어떻게 개주를 공격했는가는 다음 회에 설명하노라.

신
전
장
군
神箭將軍 1

　송강이 군마를 통솔하며 다섯 부대로 나누어 개주를 공격하러 진군하자 이런 사실을 탐지한 개주의 정찰병이 날듯이 성으로 들어가 보고했다. 개주성을 지키는 장수 유문충은 원래 녹림 출신이었다. 그는 강호에서 약탈한 금은 재물을 모두 전호에게 투자하여 함께 모반을 도모했고 송나라 주군州郡을 점거했기 때문에 추밀사 관직에 봉해진 자였다. 그는 삼첨양인도를 잘 사용했고 무예도 출중했다. 유문충은 사위장四威將이라 부르는 4명의 맹장을 거느리고 그들과 힘을 합쳐 개주에 주둔하여 지키고 있었다. 그 4명의 장수는, 예위장猊威將 방경方瓊·비위장貔威將 안사영安士榮·표위장彪威將 저형褚亨·웅위장熊威將 우옥린于玉麟이었다. 또 이들 사위장 수하에는 각기 4명의 편장이 있어 모두 16명의 편장이 있었다. 이들은 바로 양단楊端·곽신郭信·소길蘇吉·장상張翔·방순方順·심안沈安·노원盧元·왕길王吉·석경石敬·진승秦升·막진莫眞·성본盛本·혁인赫仁·조홍

1_　제92회 제목은 '振軍威小李廣神箭(소이광은 신전을 쏘아 군대의 위력을 떨치다), 打蓋郡智多星密籌(지다성은 은밀한 계책으로 개주를 공격하다)'다.

曹洪·석손石遜·상영桑英이었다.

유문충은 4명의 장수와 편장들과 함께 3만의 병력을 통솔하며 개주를 지키고 있었는데, 근래에 능천과 고평을 잃었다는 소식을 듣고는 관군에 맞설 준비를 하면서 다른 한편으로 위승과 진녕에 급히 문서를 보내 구원을 요청했다. 송강의 대군이 당도했다는 보고를 받자 방경에게 편장 양단·곽신·소길·장상과 5000기 군마를 이끌고 성을 나가 대적하게 했다. 그들이 싸우러 나갈 때 유문충이 방경에게 말했다.

"장군은 조심하게. 내가 뒤따라 군사를 이끌고 나가 호응하겠네."

방경이 말했다.

"추밀께서 분부하지 않으셔도 알고 있습니다. 저 두 성은 힘이 부족해 대적하지 못한 것이 아니라 적의 간사한 꾀에 빠진 것입니다. 제가 오늘 몇 놈이라도 죽이지 않고는 맹세컨대 성으로 돌아오지 않겠습니다."

방경 등은 각기 갑옷을 걸치고 말에 올라 군사를 이끌고 동문으로 돌진해갔다. 송나라 선봉 부대는 방경을 맞아 진세를 펼쳤고 전고 소리가 요란하게 울렸다. 이때 적진 문기가 열리면서 방경이 앞장서 나오는데, 4명의 편장이 그를 좌우로 에워싸며 호위했다. 방경은 머리에 권운관捲雲冠[2]을 쓰고 몸에는 용 비늘 같은 미늘갑옷을 걸쳤으며 녹색 비단 전포를 입었다. 허리에는 사만대를 차고 발에는 녹색의 가죽 신발을 신었다. 왼쪽 어깨에는 활을 걸고 오른쪽 어깨에는 화살을 멨다. 누런 갈기 말을 타고 순철로 된 창을 잡고는 큰소리로 외쳤다.

"물가에 사는 도적들아, 감히 간사한 속임수로 우리 성지를 뺏을 수 있겠느냐!"

송나라 진영에서 손립이 소리쳤다.

"역적을 돕는 반적 놈아, 지금 천병이 왔는데도 여전히 죽는 줄을 모르는구나!"

손립은 말을 박차며 곧장 방경에게 달려들었다. 두 장수가 흙먼지를 일으키

2_ 권운관捲雲冠: 진주를 새털구름 무늬로 장식한 관으로 악무를 하는 자나 무장이 썼다.

며 30여 합을 싸웠는데, 방경이 점차 힘이 떨어져갔다.

북군北軍3 진영에서 방경이 손립을 막아내지 못하는 것을 본 장상이 활을 잡고 화살을 시위에 얹고는 진 앞으로 말을 몰아나가 손립을 향해 '씨잉' 화살을 날렸다. 손립이 이미 눈치를 채고 말 머리를 돌렸지만 화살은 말의 눈에 명중했다. 말이 아파하며 위로 곤두서자 손립은 말에서 뛰어내려 창을 잡고 걸어가서 방경에 맞서 싸웠다. 말은 고통스러워하며 북쪽을 향해 10여 걸음 뛰다가 곧바로 고꾸라졌다. 장상은 자신이 쏜 화살이 손립을 쓰러뜨리지 못한 것을 보고는 칼을 들고는 다시 싸움을 도우러 나는 듯이 말을 몰아갔다. 그때 진명이 장상을 가로막고 싸웠다. 손립은 본진으로 돌아가 말을 바꿔 타려고 했지만 방경이 창으로 좌우를 압박하며 공격하는 바람에 벗어날 수가 없었다. 그 광경을 보고 화가 난 신비장神臂將 화영이 욕을 했다.

"적장이 감히 몰래 화살을 쏘았으니, 이번에는 내 화살을 보여주마!"

손에 든 활은 이미 팽팽하게 당겨졌고 방경이 비교적 가까워졌음을 가늠하고는 화살을 날리자 '씨잉' 소리와 함께 날아가더니 방경의 얼굴 정면에 꽂혔다. 방경은 몸이 뒤집히면서 말에서 떨어졌다. 그러자 손립이 달려가서 한 창으로 끝장을 내고는 말을 바꿔 타려 급히 본진으로 돌아왔다.

한편 장상은 진명과 싸우고 있었는데 진명의 낭아곤이 장상의 정수리 위아래를 벗어나지 않았고 장상은 막아내는 데만 급급할 따름이었다. 그러다가 방경이 말에서 떨어지는 것을 보고는 겁에 질려 점차 수세에 몰리고 말았다. 그러자 적진에서 곽신이 창을 들고 장상을 돕고자 말을 박차며 나왔다. 진명은 두 장수를 힘으로 대적하는데도 전혀 두려운 기색이 없었다. 세 필의 말이 '정丁'자4로 진 앞에 벌려 서서 싸움을 벌였다. 화영이 다시 두 번째 화살을 시위에 걸고

3_ 본문에서는 자주 전호의 군대를 북군北軍 혹은 북병北兵, 송강 군대를 송병宋兵, 남군南軍으로 표기하고 있다. 역자는 원문 그대로 표기했다.
4_ 삼각형을 이루는 것을 말한다.

장상의 등을 바라보다가 가까워졌음을 가늠하고는 활을 보름달처럼 힘껏 당겨 쏘면서 소리쳤다.

"맞아라!"

화살은 '씨잉' 소리와 함께 유성처럼 날아가 장상의 등을 꿰뚫고 들어가더니 화살촉이 가슴 앞으로 튀어나왔다. 장상은 투구가 떨어지고 두 다리가 공중으로 치솟으면서 '꽈당' 하며 말에서 떨어졌다. 곽신은 장상이 화살에 맞는 것을 보고 틈을 보이는 척하며 말머리를 돌려 본진을 향해 달아났고 진명은 그 뒤를 바짝 추격했다.

이때 이미 말을 갈아탄 손립은 화영·색초와 함께 군사들을 휘몰아 돌격해 들어갔다. 북군은 크게 혼란스러워졌고 양단·곽신·소길은 막아낼 수 없어 급히 뒤로 물러났다. 그때 북군 뒤쪽에서 함성 소리가 크게 진동했다. 방경이 실수할까 걱정되어 유문충이 안사영과 우옥린에게 각기 5000기 군마를 이끌고 두 갈래 길로 나누어 돕도록 한 것이었다. 화영 등 네 장수는 급히 군사를 나누어 대적했지만 양단·곽신·소길이 병마를 돌려 세우고는 달려들었다. 삼면에서 협공해오는 적군을 화영 등 네 장수는 힘을 다해 부딪쳐 싸웠지만 결국 포위되고 말았다. 바로 그때 이번에는 동쪽에서 하늘에 닿을 정도로 큰 함성이 일더니 북군이 크게 어지러워졌다. 왼쪽에서는 동평을 비롯한 일곱 장수가, 오른쪽에서는 황신을 비롯한 일곱 장수의 병마가 양 날개로 일제히 돌격해왔다. 북군은 대패하여 죽은 자가 수 없이 많았다. 안사영과 우옥린 등은 군사를 이끌고 급히 성으로 들어가더니 성문을 닫아버렸다. 송군은 성 아래까지 추격했으나 성 위에서 뇌목과 포석이 쏟아져내려 하는 수 없이 뒤로 물러났다.

잠시 뒤에 송 선봉이 대군을 이끌고 당도하여 성에서 5리 떨어진 곳에 주둔했다. 송강은 장막에서 소양에게 화영을 첫 번째 공로로 기록하게 했다. 이때 갑자기 한바탕 괴이한 바람이 일더니 흙먼지를 날리며 서쪽에서 동쪽으로 부는데 깃발들이 모두 요동치는 것이 정상적이지 않았다. 오용이 말했다.

"이런 돌풍이 부는 것을 보니 오늘 밤 틀림없이 적군이 우리 방책을 기습할 것입니다. 빨리 준비해야 합니다."

송강이 말했다.

"이 바람은 정말 심상치가 않구나!"

즉시 구붕·등비·연순·마린에게 3000명을 이끌고 군영 왼쪽에, 왕영·진달·양춘·이충에게 3000명을 이끌고 군영 오른쪽에 매복하도록 영을 내렸다. 또한 노지심·무송·이규·포욱·항충·이곤에게 보군 500명을 이끌고 군영 안에 매복하게 하고는 포 소리를 신호로 삼아 일제히 돌격해 나오도록 했다. 배치를 마치자 송강은 오용과 함께 촛불을 밝히고 군사 사무를 논의했다.

한편 유문충은 두 장수를 잃고 군사를 점검해 보니 2000여 명이 꺾인 상태였다. 장막 안에서 고민하고 있는데 비위장 안사영이 계책을 올렸다.

"은상께서는 안심하십시오! 송강의 무리는 연이어 몇 차례 승리했기 때문에 교만해져서 틀림없이 아무런 준비도 하지 않을 것입니다. 오늘 밤 제가 한 무리의 군사를 이끌고 적의 방책을 기습하여 오늘의 원수를 갚겠습니다."

유문충이 말했다.

"장군이 가겠다면, 나도 직접 군사를 이끌고 호응하겠소. 우옥린과 저형 두 장수에게 성을 단단히 지키게 하겠소."

안사영이 크게 기뻐하며 말했다.

"은상께서 친히 가신다면 반드시 송강을 사로잡을 것입니다."

계책이 정해졌고 2경 무렵에 안사영은 편장 심안·노원·왕길·석경과 함께 5000기의 군마를 통솔했다. 병사들은 전포만 입고 말방울을 떼고는 성을 나가 하무를 물고 질주해갔다. 곧장 송군의 방책 앞에 이르러서는 함성을 지르면서 일제히 방책 안으로 돌진해 들어갔다. 그때 방책 문이 활짝 열리더니 방책 안이 등불로 휘황찬란하게 밝아졌다. 안사영은 계략에 빠졌음을 알고 급히 물러나려 했다. 그때 방책 안에서 포성이 울리더니 왼쪽에서는 연순 등 네 장수가, 오른쪽에서는 왕영 등 네 장수가 일제히 뛰쳐나왔다. 방책 안에서는 이규 등 여섯 장수가 방패를 든 보병들이 구르듯 몰려나왔다. 북군은 대패하여 목숨을 구하고자 사방으로 흩어져 달아났다. 심안은 무송의 계도에 찍혀 죽었고, 왕길은 왕영에게 죽임을 당했다. 송군은 안사영·노원·석경의 인마를 가운데 몰아넣어 포위했다. 상황이 위급해진 것을 본 유문충은 편장 조홍·석손과 함께 군사를 이끌고 구원하러 왔다. 양군이 한바탕 혼전을 벌이고는 각기 병사들을 거두었다.

이튿날 유문충이 군사를 점검해 보니 1000여 명을 잃은 데다, 심안과 왕길 두 장수도 죽임을 당했고 석손도 중상을 입어 호흡만 간신히 하고 있는 상태였다. 유문충이 한참 고민하고 있는데 갑자기 위승에서 사신이 명령을 가지고 왔다는 보고가 들어왔다. 유문충은 황급히 말에 올라 북문을 나가 사신을 영접했다. 사신이 성으로 들어와 명령을 낭독하는데, 근래에 사천감司天監에서 밤에 천문 현상을 살펴보니 강성罡星이 진晉 땅 분야로 침범했기에 성을 굳게 지키는 데 힘쓰고 착오가 있어서는 안 된다는 것이었다. 유문충이 사신에게 말했다.

"송나라 조정에서 파견한 송강 등의 병마가 쳐들어와 연이어 두 곳의 성지를 격파하고 이미 여기까지 도착한 상태입니다. 어제 한바탕 싸움에서 장수 다섯을 잃었는데, 구원병이 빨리 와야지만 비로소 성을 보존하고 무사할 것입니다."

사신이 말했다.

"제가 위승을 떠날 때만 해도 그런 소식을 듣지 못했는데, 오는 도중에 송나라 조정에서 파견한 군대가 이곳에 당도했다는 소식을 들었습니다."

유문충은 연회를 열어 사신을 극진히 대접하고 예물을 증정하고 전송했다. 한편으로 뇌목과 포석, 강궁과 쇠뇌, 불화살과 화기火器 등을 준비하여 성을 굳게 지키면서 구원병이 오기를 기다렸음은 말할 필요가 없다.

한편 연순과 왕영 등의 장수들은 기습한 적병들을 물리치고 승리를 거두어 방책으로 돌아왔다. 이튿날 송강은 성을 공격할 때 사용하는 전차5와 기구들을 수리하고 성을 공격할 준비를 하라고 명을 내렸다. 임충·색초·선찬·학사문은 1만의 군사를 이끌고 동문을 치게 하고, 서녕·진명·한도·팽기는 1만의 명사를 이끌고 남문을 치며, 동평·양지·선정규·위정국은 1만의 군사를 이끌고 서문을 치도록 했다. 그리고 구원병이 오게 되면 성안에서 적군이 돌격해 나와 양쪽 길로 공격을 받을 위험이 있었기 때문에 북문은 남겨 두었다. 사진·주동·목홍·마린은 5000명의 병사를 이끌고 성 동북쪽의 높은 언덕 아래에 매복하고, 황신·손립·구붕·등비는 5000명의 병사를 이끌고 성 서북쪽의 숲이 울창한 곳에 매복하게 했다. 만약 적이 보낸 구원병이 당도하면 양쪽 길로 협공하게 했다. 화영·왕영·장청張青·손신·이립은 마군 1000명을 거느리고 네 성문을 왕래하면서 정탐하게 하고, 이규·포욱·항충·이곤·유당·뇌횡은 보병 300명을 거느리고 화영 등과 서로 호응하며 싸우게 했다. 배치가 끝나자 장수들은 명을 받들어 각자의 위치로 갔다. 송강은 노준의·오용 등 정장正將, 편장들과 함께 군영을 성 동쪽 1리 밖으로 옮기고, 이운과 탕륭에게 운제雲梯와 비루飛樓6 등을 제조하여 각 군영으로 보내 사용하게 했다.

한편 임충 등 4명의 장수는 성 동쪽에 운제와 비루를 세우고 성벽 가까이 접근시키고는 날랜 군사들을 기어오르게 하고 그 밑에서는 함성을 질러 위세를 돕도록 했다. 그런데 성안에서 불화살이 메뚜기 떼처럼 날아왔다. 군사들은 피하지 못하고 잠깐 사이에 비루는 불에 타 무너져 내려 군사 대여섯 명은 떨어져 죽고 10여 명이 중상을 입었다. 서문과 남문도 마찬가지로 공격을 했지만 불화살과 화포에 군사들이 상했고 연이어 6~7일을 공격했지만 함락시키지 못했다.

송강은 성을 함락시키지 못하는 것을 보고는 노준의·오용과 함께 남문 성

5_ 원문은 '분온賴輼'이다. 고대에 성을 공격할 때 사용하던 일종의 특수한 전차다. 꼭대기와 양쪽 측면이 나무와 소가죽으로 되어 견고하게 병풍처럼 둘러막았는데, 성을 공격하는 사졸들이 화살과 굴리는 통나무, 돌 등으로부터 상처를 입는 것을 방비했다.

6_ 비루飛樓: 성을 공격할 때 사용하는 일종의 높은 누각.

아래로 가서 군사들을 독촉했다. 그때 화영 등 다섯 장수가 유격 기마병을 통솔해 서쪽에서부터 적의 동태를 염탐하며 동쪽으로 가고 있었는데, 성루 위에서는 우옥린이 편장 양단·곽신과 함께 군사들의 방어를 감독하고 있었다. 화영이 점차 성루에 다가오는 것을 본 양단이 말했다.

"지난번에 저놈이 쏜 화살에 맞아 장수 둘을 잃었다. 오늘 저놈한테 그 원수를 갚아야겠다!"

급히 활을 잡고 시위에 화살을 얹고는 화영의 심장을 향해 날리자 화살이 바람처럼 날아갔다. 시위 소리를 들은 화영은 몸을 뒤로 젖히면서 날아오는 화살을 손으로 잡고는 입에 물었다. 그러고는 몸을 일으켜 창을 말안장 고리에 걸고 왼손으로는 활을 잡고 오른손으로는 입에 물었던 화살을 시위에 걸고 양단이 비교적 가까워졌음을 가늠하고는 양단의 목구멍을 향해 쏘았다. 양단은 '쿵' 소리와 함께 뒤로 쓰러졌다. 화영이 크게 소리쳤다.

"쥐새끼 같은 놈들이 어찌 감히 몰래 화살을 쏜단 말이냐, 네놈들을 한 놈씩 모조리 죽여주마!"

화영이 오른손으로 화살을 꺼내 다시 쏘려고 하자 성루에 있던 여러 군사가 함성을 지르며 모두 구르듯 아래로 도망쳤다. 우옥린과 곽신도 놀라서 얼굴이 흙빛이 되어 몸을 피하느라 정신없었다. 화영이 냉소를 지으며 말했다.

"오늘에야 비로소 신전장군神箭將軍을 알아보겠느냐!"

송강과 노준의가 갈채를 보내는데, 오용이 말했다.

"형님, 우리도 화영 장군과 함께 돌면서 성벽의 형세를 살펴봅시다."

화영 등은 송강과 노준의·오용을 호위하며 성을 한 바퀴 돌면서 살펴보았다.

송강·노준의·오용은 방책으로 돌아왔다. 오용은 능천에서 항복한 장수 경공을 불러 개주성 안의 길에 대해 물었다. 경공이 말했다.

"유문충은 이전의 주州 관아를 원수부元帥府로 사용하고 있는데 성 가운데에 위치해 있습니다. 그리고 성 북쪽에는 사당이 몇 개 있고 공터는 모두 목초

지입니다."

오용은 경공의 말을 듣고서 송강과 계책을 의논했다. 그러고는 시천과 석수를 가까이 불러 은밀하게 말했다.

"계책에 따라 이렇게 저렇게 하는데, 화영에게 가서 은밀히 명을 전하고 기회를 봐서 행동하도록 하게."

오용은 또 능진·해진·해보를 불러 군사 300명을 이끌고 크고 작은 굉천자모포轟天子母炮를 가지고 가서 이렇게 저렇게 하라고 했다. 노지심과 무송에게는 금고수金鼓手 300명을 이끌고 가게 했고, 유당·양웅·욱보사·단경주에게는 각기 군사 200명을 통솔하면서 횃불을 준비하여 동서남북으로 나뉘어 갔다가 계책에 따라 행동하도록 했다. 또 대종에게는 동·서·남쪽 세 군영으로 가서 비밀리에 명을 전달하게 했는데, 성에서 불길이 일어나면 힘껏 공격하도록 했다. 배치가 끝나자 두령들이 영을 받들어 각기 떠났다.

한편 유문충은 밤낮으로 구원병이 오기만을 기다렸지만 아무런 소식이 없자 크게 근심하고 있었다. 군사들을 더 선발하여 나무와 돌을 성 위로 운반하여 단단히 지키기만 했다. 황혼 무렵에 갑자기 북문 밖에서 함성 소리가 하늘을 진동하고 북과 나팔소리가 일제히 울렸다. 유문충이 북문으로 달려가 성 위로 올라가 멀리 바라보는데 함성과 북소리가 모두 그쳤고 어디에 병마가 있는지 알 길이 없었다. 유문충이 의아해하고 있는데 성 남쪽에서 또 함성이 일어나고 북소리가 하늘을 뒤흔들었다. 유문충은 우옥린에게 북문을 단단히 지키게 하고 자신은 급히 남쪽으로 달려갔다. 성에 올라 살펴보니 함성 소리는 모두 그쳤고 북소리 또한 울리지 않았다. 유문충이 멀리 바라보자 송군 남쪽 군영 안에서 시각을 알리는 북소리만 은은하게 들려올 뿐 고요하면서 불빛 하나도 보이지 않았다. 유문충이 성 위에서 천천히 내려와 원수부로 가서 군사를 점검하려고 하는데, 갑자기 동문 밖에서 연주포가 터지고 성 서쪽에서는 함성이 울리고 북소리가 요란하게 울렸다. 유문충은 이렇게 날이 밝을 때까지 동분서주했다. 송군이 다시 와서 성을 공격하다가 밤이 되어서야 비로소 물러났다. 그날 밤 2경 쯤에 또 북소리, 나팔소리와 함께 함성이 울렸다. 그러자 유문충이 말했다.

"이놈들이 사람을 현혹시키는 의병疑兵7을 사용한 계책이니 신경 쓰지 말라. 우리는 성을 굳게 지키기만 저놈들이 어떻게 나오는지 보도록 하자."

그때 갑자기 동문 쪽에서 불빛이 하늘을 비추더니 수 없이 많은 횃불을 들고 비루와 운제가 성 가까이 접근해오고 있다는 보고가 들어왔다. 유문충은 동문으로 달려가서 저형·석경·진승과 함께 군사를 감독하며 불화살과 포석 등을 쏘게 했다. 그때 별안간 화포 소리가 산골짜기를 뒤흔들며 성루까지도 진동시켰다. 성안의 군사와 주민들은 몹시 놀라며 두려워했다. 이렇게 이틀 밤을 괴롭게 하더니 날이 밝자 또 성을 공격했다. 군사들은 잠시도 눈 붙이고 잘 시간이 없었고 유문충 또한 성의 순시를 멈추지 않았다. 별안간 서북쪽에서 깃발들이 해를 가리고 하늘을 덮으면서 동남쪽으로 오고 있었고 송나라 정탐 기마병 10여 기가 날듯이 본영으로 향해 달려갔다. 유문충은 구원병이 온 것을 알고 우옥린에게 성을 나가 맞이할 준비를 시켰다.

한편 서북쪽에서 달려온 군마는 진녕을 지키는 전호의 동생인 삼대왕三大王 전표田彪가 보낸 구원병이었는데, 구원을 요청하는 개주의 문서를 받은 전표는 자신의 부하 맹장인 봉상鳳翔과 왕원王遠에게 군사 2만 명을 이끌고 구원하러 파견했던 것이다. 그런데 그들이 양성을 지나 개주를 향해 진군하고 있을 때, 성에서 대략 10여 리 떨어진 곳에서 별안간 포성이 울리면서 동쪽의 높은 언덕과 서쪽의 숲속에서 두 무리의 군마가 나는 듯이 달려나왔다. 이들은 사진·주동·목홍·마린·황신·손립·구붕·등비 8명의 맹장으로 정예병 1만 명을 이끌고 땅을 말듯이 돌진해왔다. 진녕의 병사들은 비록 2만 명이었지만 멀리서 오느라 피곤했고 이들은 이곳에 10여 일 동안 매복해 있으면서 날카로운 기세를 기른 데

7_ 의병疑兵: 허장성세로 적을 현혹시키는 군대.

다 양쪽에서 무섭게 협공했다. 진녕의 군대는 대패했고 수없이 많은 징과 북, 깃발과 창, 투구와 갑옷, 말을 버렸으며 군사들 태반이 죽임을 당했다. 봉상과 왕원은 간신히 목숨을 건져 패잔병을 이끌고 진녕으로 돌아가고 말았는데, 이는 더 이상 말하지 않겠다.

한편 유문충은 송군이 양쪽 길로 구원병을 가로막고 공격하는 것을 보고는 급히 우옥린에게 군사를 이끌고 북문을 열고 나가 호응하게 했다. 북문에는 도리어 공격하는 송군이 없었다. 우옥린이 군사를 이끌고 북문을 나가 막 조교를 건너가다 마침 서쪽에서 몰려오는 화영의 유격 기병과 맞닥뜨렸다. 그러자 적군들이 크게 소리쳤다.

"신전장군이 온다!"

군사들은 당황하여 황급히 물러나 앞을 다투며 성안으로 도망쳐 들어갔다. 우옥린도 이미 남쪽 성에서 간담이 서늘할 정도로 놀란 적이 있었기 때문에 감히 나와서 화영과 교전을 벌이지 못하고 성안으로 달려 들어갔다. 화영 등은 돌진하여 20여 명을 죽였지만 더 이상 뒤쫓지 않고 그들이 들어가도록 내버려뒀다. 적들은 들어가더니 서둘러 성문을 닫았다.

그때 석수와 시천이 북군 병졸 복장을 하고 그들과 섞여 성으로 들어갔다. 성안으로 들어간 두 사람은 소란스런 틈을 이용해 골목길로 몰래 들어갔다. 그 골목을 돌아가자 사당 하나가 나타났는데, 편액에 '당경토지신사當境土地神祠'라고 쓰여 있었다. 시천과 석수가 사당 안으로 들어가보니, 한 도인이 동쪽 벽 밑에서 불을 쬐고 있었다. 그 도인은 군사 2명이 사당 안으로 들어오는 것을 보고는 이내 물었다.

"나리, 바깥소식은 어떻습니까?"

"방금 우리가 우장군에게 불려 싸우러 나갔다가 신전장군을 맞닥뜨렸는데 우장군도 감히 그와 싸우지 못했습니다. 우리는 소란한 틈을 타 성으로 도망쳐

들어왔는데 여기까지 오게 되었습니다."

은 부스러기 두 덩이를 꺼내 도인에게 주면서 말했다.

"술 가진 것 있으면 대충 두 사발만 주십시오. 정말 추워 죽겠습니다."

도인은 웃으면서 일어나 말했다.

"나리, 요 며칠 동안 군사 상황이 긴급하여 신에게 태울 향도 없는데, 어디서 술 한 방울을 얻겠습니까?"

도인이 은자를 시천에게 돌려주려 하자, 석수가 도인의 손을 밀면서 말했다.

"넣어두십시오. 우리가 며칠 동안 성을 지키며 고생하느라 잠시라도 눈을 붙이지 못했습니다. 오늘 밤은 여기서 자고 내일 아침 일찍 떠나겠습니다."

도인이 손을 저으면서 말했다.

"두 분 나리는 괴이하게 여기지 마십시오! 유장군의 군령이 엄격하여 잠시 뒤면 순찰을 돌 겁니다. 만약 내가 두 분을 여기서 머물게 하면 우리 모두 무사하지 못할 겁니다."

시천이 말했다.

"그렇다면 다른 곳으로 가야겠네."

석수는 도인 옆으로 가까이 가서 불을 쬐었다. 시천이 두리번거리며 살펴보더니 아무도 없자 석수에게 눈짓을 보냈다. 석수는 은밀하게 패도를 뽑아 불을 쬐고 있는 도인의 뒤에서 한칼에 목을 쳐 잘라냈다. 그러고는 사당 문을 닫아버렸다. 때는 이미 유시酉時였는데, 시천이 신주神廚8를 돌아가보자 뒷벽에 문이 하나 있었다. 문 밖에는 작은 뜰이 있었고 처마 밑에 두 개의 짚더미가 쌓여 있었다. 시천과 석수는 짚더미를 옮겨서 도인의 시신을 덮었다. 그러고는 사당 문을 열고 뒤쪽 뜰로 나가 지붕 위로 올라갔다. 두 사람이 지붕 위에 엎드려 하늘을 우러러보니 수십 개의 별이 밝게 빛나고 있었다. 시천과 석수는 한번 둘러보

8_ 신주神廚: 신상神像을 안치한 장. 또한 제품祭品을 조리하는 주방을 말하기도 한다.

고 다시 지붕에서 내려와 사당 밖을 살펴보았는데 지나다니는 사람이 아무도 없었다. 두 사람은 다시 몇 걸음 더 걸어가 좌우를 살펴보았는데, 인근에 비록 인가가 몇 집 있었지만 모두 문을 닫고 공허했으며 은은하게 우는 소리만 들렸다. 시천이 다시 남쪽으로 걸어가 토담 일대를 돌아가니 커다란 공터가 나타났는데 수십 개의 건초 더미가 쌓여 있었다. 시천이 속으로 생각하며 말했다.

"여기는 초료장이 분명한데 어찌하여 지키는 군사가 없을까?"

성안의 장사들이 모두 성 위에 올라가 적을 막고 있었기 때문에 초료장까지 점검할 여유가 없었던 것이다. 또한 지키고 있던 군사들도 송군이 구원병을 쳐서 흩어버렸다는 소식을 듣고는 성은 이제 끝났다고 헤아려 각자 목숨을 구하고자 미리 도망쳐 숨어버렸던 것이다. 시천과 석수는 다시 사당 안으로 들어가 불씨를 가져와 도인의 시체를 덮은 짚더미부터 불을 붙였다. 그러고는 초료장 안으로 가서 두 사람은 흩어져 연이어 여섯 일곱 군데에 불을 질렀다.

잠시 후 초료장에서는 불길이 활활 타올랐다. 화염이 하늘 높이 올랐고 사당 안에서도 불길이 치솟았다. 초료장 서쪽에 사는 주민들이 불이 났다는 소리를 듣고는 횃불을 들고 밖으로 나와 살펴봤다. 시천이 달려가서 재빠르게 횃불을 빼앗았고 석수가 말했다.

"우리가 유원수에게 가서 보고하세."

두 사람이 군사임을 본 주민들은 그들에게 감히 달려들지 못했다. 시천은 횃불을 들고 석수와 함께 남쪽으로 달려가면서 원수에게 보고해야 한다고 외치면서 주민들의 집이 보이기만 하면 불을 질렀다. 그러고는 횃불을 버리고 한쪽으로 피해 들어가 적군의 옷을 벗어버린 다음에 으슥한 곳을 찾아 숨었다.

성 네다섯 곳에서 불길이 치솟자 순식간에 물이 끓어오르듯 떠들썩해졌다. 유문충은 초료장에서 불길이 치솟는 것을 보고는 급히 군사들에게 달려가 불을 끄게 했다. 성 밖의 송군은 불길이 치솟는 것을 보고는 시천과 석수가 내응한 것을 알고 온 힘을 다해 성을 공격했다. 송강은 오용과 함께 해진·해보를 데리고 성 남쪽으로 갔다. 오용이 말했다.

"제가 전에 봐뒀는데 이쪽 성벽이 조금 낮습니다."

오용은 진명 등에게 비루를 성벽 가까이 붙이게 하고, 해진과 해보에게 말했다.

"적들은 간담이 서늘해지고 군사들도 이미 지쳤을 것이니 형제들은 힘써 성을 오르도록 하라!"

해진은 박도를 들고 비루로 올라가 여장을 잡고 뛰어넘었고, 그 뒤를 따라 해보도 용감하게 올라갔다. 두 사람은 함성을 지르며 여장 아래로 뛰어내려 박도를 휘두르며 어지럽게 찍어댔다. 성 위에 있던 군사들은 본래 몹시 피곤한데다가 해진·해보 형제가 대단히 사나운 것을 보고는 질겁하여 모두 성 아래로 구르듯이 내려가 도망쳐버렸다. 저형은 두 사람이 성 위에 올라온 것을 보고는 창을 들고 10여 합을 싸우다가 해보의 박도에 찔려 엎어졌고 뒤에 있던 해진이 달려들어 머리를 잘라버렸다. 이때는 비루를 타고 성 위로 올라온 송군이 이미 100여 명이나 되었다. 해진과 해보가 앞장서서 성 아래로 달려가며 크게 소리쳤다.

"달려드는 놈은 다진 고깃덩이로 만들어버리겠다!"

군사들이 석경과 진승을 죽이고 성문을 지키던 군사들을 찍어 쓰러뜨리고는 성문을 빼앗았다. 조교를 내리자 서녕 등 장수들이 군사를 이끌고 우르르 성안으로 들어왔다. 서녕은 한도와 함께 군사를 이끌고 동문으로 달려갔다. 안사영은 막아내지 못하고 서녕에게 찔려 죽었다. 서녕은 동문을 빼앗고 임충 등을 성안으로 들였다. 진명은 팽기와 함께 군사를 이끌고 서문을 빼앗아 동평 등을 성안으로 들였다. 막진·혁인·조홍은 혼전 속에서 죽임을 당했다. 죽은 시체가 시가에 가득했고, 흐르는 피가 거리를 메웠다.

유문충은 성문을 모두 빼앗긴 것을 보고는 말에 올라 성을 포기하고 우옥린과 함께 200여 명을 이끌고 북문을 나가 달아났다. 그런데 1리도 채 달아나지 못했는데, 어둠 속에서 흑선풍 이규와 화화상 노지심이 뛰쳐나와 가는 길을 막았으니 한 명은 용맹한 장군이요, 다른 하나는 우악스러운 화상이었다. 바로 물 샐 틈 없이 빽빽하게 들어찬 하늘의 그물에 걸려들어 한 걸음도 떼지 못하고 땅의 그물이 높게 펼쳐져 어떻게 빠져나갈 수 없게 된 것이었다.

결국 유문충과 우옥린의 목숨이 어떻게 되었는지는 다음 회에 설명하노라.

꿈
속
의
예
언[1]

　유문충은 개주성을 잃고 성을 나가 우옥린·곽신·성본·상영의 보호를 받으
며 달려가다가 보병을 이끌고 길을 차단하고 있던 이규·노지심과 맞닥뜨렸다.
이규가 소리 질렀다.

　"송 선봉의 명을 받들어 너희 좆같은 패잔병 놈들을 기다린 지 오래다!"

　어느새 이규가 쌍 도끼를 휘두르며 달려들어 곽신과 상영을 찍어 쓰러뜨렸
다. 유문충은 깜짝 놀라 혼이 나간 듯 어찌할 바를 몰라 당황하다가 노지심의
선장에 맞아 투구와 머리가 한꺼번에 부서지면서 말에서 떨어졌다. 따르던
200여 명도 모조리 죽임을 당했고 우옥린과 성본만이 옆으로 빠져 목숨을 구
해 달아났다. 노지심이 말했다.

　"저 당나귀 대가리 같은 두 놈은 가서 보고하게 내버려두자!"

　세 적장의 수급을 자르고 안장과 말, 갑옷을 노획하여 곧장 성으로 돌아와

1_　제93회 제목은 '李逵夢鬧天池(이규가 꿈에 천지에서 소란을 일으키다). 宋江兵分兩路(송강은 군사를 두
　　갈래 길로 나누다)'다.

바쳤다.

한편 송강의 대부대는 개주성으로 들어갔고 명령을 내려 먼저 불부터 끄도록 하고 주민들을 해치지 못하게 했다. 장수들이 모두 와서 자신들의 공적을 바쳤다. 송 선봉은 군사들을 시켜 적장의 수급을 각 성문에 내걸어 보이게 하고 날이 밝자 방을 붙여 백성을 위로했다. 삼군의 인마를 모조리 개주성 안에 주둔시키고는 삼군과 제장들을 위로하고 포상했다. 공적부에 석수·시천·해진·해보의 공적을 두 번째 순위로 올리게 했다. 표문을 적어 개주를 손에 넣었음을 조정에 보고하는 한편 창고의 재화와 보물을 경사로 보냈다. 또한 숙 태위에게도 서신을 보내 이런 사실들을 알렸다. 때는 섣달도 끝나갈 무렵이었다. 송강은 군사 사무를 처리하느라 사나흘이 훌쩍 지났는데, 갑자기 장청張淸이 병이 나아 안도전과 함께 왔다. 송강이 기뻐하며 말했다.

"잘됐구나, 내일은 선화 5년 초하루이니 모두 모이도록 하세."

이튿날 동이 트자 제장들이 관복에 복두를 썼고 송강은 형제들을 인솔하여 궐을 향해 하례를 올렸다. 다섯 번 절하고 세 번 머리를 조아리는 예를 마치고 복두와 관복을 벗고 붉은 비단 전포로 갈아입었다. 92명의 두령과 새로 항복한 경공이 정연하게 늘어서서 송강에게 명절의 절을 올렸다. 송 선봉은 크게 연회를 마련하여 새해를 경축하고 포상했다. 형제들이 차례대로 송강에게 잔을 올리고 장수를 기원했다. 술이 몇 순배 돌자 송강이 장수들에게 말했다.

"여러 형제가 힘써준 덕분에 3개의 성을 되찾게 되었소. 또 설날을 맞이하여 모두 모여서 유쾌하게 즐기는 것도 실로 오랜만이오. 그렇지만 공손승·호연작·관승과 수군 두령 이준 등 8명, 능천을 방비하고 있는 시진과 이응, 고평을 지키고 있는 사진과 목홍, 이렇게 15명 형제가 이 자리에 없는 것이 아쉽기만 하오."

송강은 즉시 군중의 두목을 불러 200여 명의 군역軍役을 데려오게 하여 각기 별도로 상을 내리고는 양고기와 술을 짊어지고 위주·능천·고평에서 성을 지키고 있는 두령들에게 갖다주고 아울러 승리한 소식도 전하게 했다. 분부를 마치기도 전에 갑자기 3곳의 성을 지키던 두령들이 사람을 보내 축하했는데, 송 선봉의 명을 받들어 군사 사무를 보고 있기에 직접 세배를 드리러 오지 못한다고 했다. 송강이 크게 기뻐하며 말했다.

"이런 소식을 듣게 되니, 형제들을 직접 만나본 거나 다름없네."

소식을 전하러 온 자들에게 상을 내리고, 형제들과 통쾌하게 마시다가 잔뜩 취한 뒤에야 비로소 쉬었다. 이튿날 송 선봉은 동쪽 교외로 봄맞이 나갈 차비를 했는데, 다음날 자시 4각이 입춘 절기가 되는 날이었다. 그날 밤 동북풍이 불면서 짙은 구름이 뒤덮더니 함박눈이 펑펑 내렸다. 다음날 두령들이 일어나보니,

어지러이 날리는 버들강아지 같고, 편편이 떠다니는 거위 깃털 같구나. 하늘엔 백학 떼 날아가는 듯하고, 강 위엔 흰 갈매기 떼 떨어지는 듯하네. 정원으로 날아와 내리니, 불어오는 바람에 빙빙 도는 듯하구나. 번뜩이는 창들은 햇빛 받아 더욱 빛나 눈부시도다. 온 산은 옥을 쌓은 듯하여 나무꾼 길 잃어 실의에 빠뜨리며, 은으로 장식한 수많은 집들에선 은자들 아름다운 글귀 지으리라. 풍년이 좋다고 말하는데, 상서로운 눈 풍년의 징조 아니겠는가? 변방에는 싸움 잦으니 상서로운 눈일지라도 많이 내리지는 말지어다.

紛紛柳絮, 片片鵝毛. 空中白鷺群飛, 江上素鷗翻覆. 飛來庭院, 轉旋作態因風. 映徹戈矛, 燦爛增輝荷日. 千山玉砌, 能令樵子悵迷蹤; 萬戶銀裝, 多少幽人成佳句. 正是盡道豊年好, 豊年瑞若何? 邊關多荷戟, 宜瑞不宜多.

지문성 소양이 두령들에게 말했다.

"눈꽃에도 여러 이름이 있는데, 잎이 하나인 것은 봉아蜂兒, 둘인 것은 아모鵝毛, 셋인 것은 찬삼攅三, 넷인 것은 취사聚四, 다섯인 것은 매화梅花, 여섯인 것은 육출六出이라 부릅니다. 눈은 본래 음기陰氣가 응결한 것으로, 육출은 음수陰數2에 호응하기 때문입니다. 입춘이 지난 다음에는 모두 매화 같은 것들만 내

리고 육출은 내리지 않습니다. 오늘은 입춘인데 아직 겨울에서 봄으로 바뀌는 때라서 눈 잎이 다섯인 것도 있고 여섯인 것도 있습니다."

이 말을 들은 악화가 처마 앞으로 가더니 검은 옷소매에 내리는 눈을 받아 살펴보았다. 정말 눈꽃 잎이 여섯 개였는데 아직 녹지 않아 끝이 뾰족한 것도 있었다. 그리고 잎이 다섯 개인 것도 있는지라 악화는 연신 소리쳤다.

"정말이네! 정말이야!"

사람들이 모두 둘러서서 구경하고 있는데, 이규의 더운 콧김 때문에 눈꽃이 모두 녹아버렸다. 사람들이 모두 크게 웃었다. 웃음소리에 놀란 송 선봉이 나와서는 물었다.

"형제들은 뭣 때문에 웃는가?"

모두들 말했다.

"눈꽃을 보고 있었는데, 흑선풍의 콧김에 모두 녹아버렸습니다."

송강도 웃으면서 말했다.

"내가 의춘포宜春圃에 술자리를 마련해두라 분부했으니 형제들은 모두 가서 즐기도록 하세."

개주성 동쪽에 의춘포라는 곳이 있었는데, 그 가운데 우향정雨香亭이라 불리는 정자가 있고 그 앞에 전나무·측백나무·소나무·매화나무가 몇 그루 있었다.

그날 저녁 두령들은 우향정에서 웃고 떠들며 술잔을 권하는데 어느덧 날이 저물어 등촉을 밝혔다. 송강은 술이 달아오르자 한담 중에 지난날 어려움을 겪었을 때 형제들에게 은혜를 입은 일을 이야기했다.

"나는 본래 운성현의 하찮은 벼슬아치로서 큰 죄를 지었는데, 여러 형제가 창칼 속에서 여러 차례 목숨을 아끼지 않고 나를 구해줘 구사일생으로 살아났소. 강주에서 대종 형제와 함께 형장으로 끌려갔을 때는 귀신이 될 뻔했었는데,

2_ 고대에 6은 음수이고 9는 양수陽數다.

오늘 이렇게 나라의 신하가 되어 진력하고 있으니, 지난날을 돌이켜보면 참으로 꿈만 같구려!"

송강은 여기까지 말하고는 자신도 모르게 눈물을 줄줄 흘렸다. 대종·화영과 어려움을 함께한 형제 몇 명도 이 말을 듣고는 고개를 숙이고 눈물을 흘렸다.

이때 이규는 술을 많이 마신 탓에 몹시 취한 상태였다. 두령들과 이야기를 나누다가 눈꺼풀이 점점 붙더니 두 팔을 베고 잠이 들었다. 갑자기 생각했다.

'바깥에 눈이 아직 그치지 않았구나.'

속으로 생각하면서도 몸은 움직이지 않는데 어느새 정자 밖으로 나와 있는 듯했다. 밖을 살펴보다가 또 기괴한 생각이 들었다.

'원래 눈이 내리지도 않았는데 괜히 안에서 앉아만 있었구나! 저쪽으로 한번 가봐야겠구나.'

의춘포를 떠나 잠깐 사이에 개주성 밖으로 나왔는데, 문득 떠올랐다.

"아이구야! 깜빡하고 도끼를 가져오지 않았구나!"

손으로 허리춤을 더듬어보니 여전히 도끼가 꽂혀 있었다. 남북 방향도 분간하지 못한 채 무턱대고 앞으로 길을 걷다보니 앞에 높은 산이 하나 나타났다. 잠깐 사이에 산 앞에 이르렀는데 귀가 접힌 두건을 쓰고 담황색 도포道袍를 입은 한 사람이 골짜기 안에서 걸어오며 이규에게 다가오더니 웃으면서 말했다.

"장군께서 산보를 하시려면 이 산을 돌아가보십시오. 마음에 드는 곳이 있을 겁니다."

이규가 말했다.

"형씨, 이 산을 뭐라 부르오?"

그 수사秀士3가 말했다.

"이 산은 천지령天池嶺라 하는데, 장군께서 산보하고 돌아오시면 여기서 다시

3_ 수사秀士: 덕행과 재능이 출중한 사람.

뵙겠습니다."

이규가 그 사람 말대로 산을 돌아갔는데 갑자기 길옆에 장원 하나가 나타났다. 그런데 장원 안에서 떠들썩한 소리가 들렸고 이규는 안으로 뛰어 들어갔다. 10여 명의 사람이 손에 곤봉과 무기를 들고 탁자와 걸상 등 집 안의 기물을 때려 부수고 있었다. 그들 가운데 덩치 큰 사내가 욕설을 퍼부었다.

"늙은 소 같은 놈아! 어서 딸을 나한테 시집보내거라. 그러면 아무 일도 없지만 만약 '아니'라는 말이 한 마디라도 나온다면, 너희를 모조리 죽여버리겠다!"

밖에서 뛰어 들어오다 이 말을 들은 이규는 가슴에선 불길이 일고 입에서 연기가 나는 듯하여 소리 질렀다.

"이 좆같은 놈아, 어째서 남의 딸을 강제로 뺏으려 드느냐?"

그 사내가 큰 소리로 말했다.

"내가 늙은이한테 딸을 달라고 하는데, 네놈이 뭔데 왜 간섭하고 지랄이야!"

이규가 크게 성내며 도끼를 뽑아 찍었는데 괴상하게도 단지 도끼를 한번 휘둘렀을 뿐인데 두세 명이 찍혀 쓰러졌다. 나머지 몇 명이 달아나자 이규가 쫓으면서 연이어 예닐곱 번을 찍어대자 시체가 바닥에 나뒹굴었다. 단지 한 사람만 밖으로 달아났다. 이규가 안으로 들어가려는데 대문이 굳게 잠겨 있었다. 대문을 발로 걷어차고 들어가보니, 백발노인이 노파와 함께 큰 소리로 울고 있었다. 이규가 들어오는 것을 보자 소리쳤다.

"아이구야 또 왔구나!"

이규가 소리 질렀다.

"나는 길을 가다가 억울한 일을 본 것이오. 앞에 있던 좆같은 놈들은 내가 모조리 죽여버렸으니, 나와서 보시오."

노인은 두려워 벌벌 떨면서 따라나와 보고서는 도리어 이규를 붙잡고 말했다.

"비록 흉악한 놈들을 죽이긴 했지만, 나도 송사에 연루되게 생겼소."

이규가 웃으면서 말했다.

"노인장은 이 시커먼 어르신을 모르시는구려. 나는 양산박의 흑선풍 이규올 시다. 지금 송 공명 형님과 함께 조서를 받들어 전호를 토벌하고 있소. 그들은 지금 성안에서 술을 마시고 있는데, 나는 견딜 수 없어 나와서 산책하고 있었 소. 저까짓 좆같은 놈들 몇 천 명을 죽인들 누가 막겠소!"

노인이 눈물을 닦으며 말했다.

"그렇다면 좋습니다! 장군께서는 안으로 들어가서서 앉으시지요."

이규가 안으로 들어가자 탁자 위에는 술과 안주가 차려져 있었다. 노인은 이 규를 윗자리에 앉히고 술을 한 사발 가득 따라 두 손으로 올리면서 말했다.

"장군께서 딸을 구해주셨으니, 이 잔을 받으십시오."

이규가 받아 마시자, 노인은 또 한잔을 권했다. 연거푸 너덧 사발을 마셨다. 좀전에 통곡하던 노파가 젊은 여자를 앞으로 데리고 와서 두 손을 마주잡고는 두 사람이 함께 만복을 했다. 노파가 말했다.

"장군께서는 송 선봉의 부하이시고 또 이토록 훌륭하시니, 용모가 추하다고 버리지 마시고 제 딸을 장군의 배필로 드리고 싶습니다."

이 말을 듣자 이규가 벌떡 일어나며 말했다.

"이런 추악하고 나쁜 것들아! 내가 네 딸을 가지려고 저 좆같은 놈들을 죽인 줄 아느냐? 방귀 뀌는 소리 말고 그 좆같은 주둥이나 닥쳐라!"

탁자를 발로 차서 엎어버리고 문 밖으로 나왔다. 그때 저쪽에서 표범처럼 생 긴 덩치 큰 사내가 박도를 들고 성큼성큼 이규를 쫓아오며 소리쳤다.

"시커먼 도적놈아, 달아나지 마라! 형제들을 어째서 모두 죽였단 말이냐? 우 리는 저 집의 딸을 원했을 뿐인데, 네놈이 무엇 때문에 간섭하느냐?"

박도를 뻗어 곧장 달려들었다. 크게 화가 난 이규도 도끼를 휘두르며 맞서 20여 합을 싸웠다. 그 사내는 당해내지 못하고 도끼를 밀쳐내고는 박도를 끌면 서 잽싸게 달아났다.

이규가 바짝 그 뒤를 추격하여 숲을 지났는데, 갑자기 수많은 궁전이 나타났다. 사내는 궁전 앞까지 달려가더니 박도를 내던지고 사람들 틈에 섞여 사라졌다. 그때 대전에서 큰소리가 들렸다.

"이규는 무례하게 굴지 마라! 이규를 데려와 알현시키도록 하라."

이규는 문득 깨달았다.

"여기가 문덕전이구나. 지난번에 송형을 따라 와서 알현한 적이 있지. 여기는 황제가 사는 곳이다."

대전에서 또 말하는 소리가 들렸다.

"이규는 어서 엎드리거라!"

이규가 도끼를 감추고 앞을 올려다보자 멀리 황제가 대전에 앉아 있었고 그 앞에는 많은 관원이 도열하고 있었다. 이규는 단정하게 세 번 절을 올리고 나서는 속으로 생각했다.

"아이쿠! 절을 한번 덜했구나!"

천자가 물었다.

"방금 전에 너는 무엇 때문에 그 많은 사람을 죽였느냐?"

이규가 무릎을 꿇고 말했다.

"그놈들이 강제로 남의 딸을 빼앗으려 했습니다. 신이 잠시 화를 참지 못하고 죽였습니다."

천자가 말했다.

"이규가 길을 가다 억울한 일을 보고 악당들을 제거했구나. 그 의기와 용기가 갸륵하니 네 죄를 사면하고 치전장군値殿將軍으로 삼겠노라."

이규는 속으로 기뻐하며 말했다.

"원래 황제께서 이렇게 분명하신 분이었구나!"

연거푸 10여 번 머리를 조아리고 나서 일어나 대전 아래에 시립했다.

잠시 뒤에 채경·동관·양전·고구 네 사람이 반열에서 무릎을 꿇고 바닥에 엎드려 아뢰었다.

"지금 송강이 병마를 통솔하여 전호를 토벌하러 출정했는데 머뭇거리며 전진하지 않고 종일 술만 마시고 있습니다. 바라건대 황상께서는 그의 죄를 다스려주십시오."

이 말을 들은 이규는 불같은 분노가 3000장이나 치솟아 참을 수가 없어 쌍도끼를 들고 앞으로 달려나가 한 번에 한 놈씩 도끼질로 네 놈의 머리통을 쪼개버리고는 고함을 질렀다.

"황제께서는 간신 놈들이 떠드는 말을 듣지 마십시오. 우리 송형은 세 개의 성을 연이어 깨뜨리고, 지금 개주에 군사를 주둔시키고 출병하려고 합니다. 어떻게 이런 거짓말로 속일 수 있단 말입니까?"

이규가 4명의 대신을 죽이는 것을 본 문무관원들이 모두들 이규를 잡으려 달려들자 이규가 쌍 도끼를 쥐고는 소리쳤다.

"감히 나를 잡으려는 놈은, 이 네 놈처럼 될 것이다!"

모두들 감히 움직이지 못했다.

이규가 크게 웃으면서 말했다.

"통쾌하구나, 통쾌해! 이 네 놈의 간신을 오늘에야 비로소 끝장내버렸으니 송형한테 가서 알려야겠다."

그리고는 성큼성큼 궁전을 나갔다. 그때 갑자기 앞에 또 산이 나타났다. 그 산을 살펴보니, 아까 수사를 만났던 곳이었다. 그 수사는 여전히 산비탈 앞에 서 있었는데, 다시 이규를 맞이하며 웃으면서 말했다.

"장군께서는 잘 놀다오셨습니까?"

이규가 말했다.

"형씨께서 잘 가르쳐줘서 방금 간신 네 놈을 죽였소."

수사가 웃으면서 말했다.

"그랬군요! 나는 분주汾州와 심주沁州 사이에 살고 있는데, 근래에 이곳으로 우연히 놀러왔다가 장군 등이 마음에 충의를 품고 있음을 알았습니다. 그래서 장군께 중요한 말씀을 드리고자 합니다. 지금 송 선봉께서 전호를 토벌하러 오셨으니 내가 열 글자로 비결을 말씀드리겠습니다. 그대로 하면 전호를 사로잡을 수 있을 것입니다. 장군은 확실히 기억하셨다가 송 선봉께 전해주십시오."

그러고는 이규에게 읊어줬다.

"요이전호족要夷田虎族, 수해경시족須諧瓊矢鏃"[4]

이 말을 연거푸 대여섯 번을 읊었다. 이규는 이치가 있다고 여기고는 열 글자를 반복해서 숙지했다. 수사는 다시 숲을 손가락으로 가리키며 말했다.

"저쪽 숲속에 노파 한 분이 앉아 계십니다."

이규가 몸을 돌려 보는 사이에 이미 수사는 사라져버렸다. 이규가 말했다.

"빠르기도 하네! 숲속에 누가 있는지 가봐야겠다."

숲속으로 들어가자 과연 한 노파가 앉아 있었다. 이규가 가까이 다가가 보니 다름 아닌 자신의 어머니였는데, 눈을 감은 채 멍하니 푸른 바위 위에 앉아 있었다. 이규가 다가가 끌어안고는 말했다.

"엄마! 그동안 어디서 고생하셨소? 이 철우는 엄마가 호랑이한테 잡아먹힌 줄 알았는데, 여기에 있었네!"

어머니가 말했다.

"얘야, 나는 원래 호랑이한테 잡아먹히지 않았다."

이규가 울면서 말했다.

"이 철우가 지금 부름을 받아서 진짜 관원이 됐소. 송형 대군이 성안에 주둔하고 있으니, 이 철우가 엄마를 업고 성으로 갈게요."

말하고 있는데 별안간 큰소리가 울리면서 숲속에서 알록달록한 맹호 한 마리가 튀어나왔다. 한 차례 포효하더니 꼬리를 흔들면서 곧장 달려들었다. 당황한 이규는 도끼를 쥐고 힘껏 호랑이를 내리찍었는데 쌍 도끼가 허공을 가르면

4_ '전호의 무리를 소멸시키고자 한다면, 반드시 경시족瓊矢鏃과 타협해야 한다.'

서 벌렁 엎어졌다. 다름 아닌 바로 의춘포 우향정의 술 탁자 위였다.

송강은 형제들과 지난 일을 이야기하느라 정신이 팔려 있었다. 처음에는 이규가 탁자에 엎드려 졸고 있는 것을 보고서는 별로 신경 쓰지 않았었다. 그런데 별안간 소리가 나더니 이규가 자고 있다가 두 손으로 탁자를 내리쳐 사발과 접시들이 엎어지고 양 소매에 국물이 튀었고 입으로는 큰 소리를 지르고 있었다.

"엄마, 호랑이가 달아났어!"

이규가 두 눈을 뜨고 둘러보니, 등촉이 눈부시게 밝혀져 있고 형제들이 빙 둘러 앉아 술을 마시고 있었다. 이규가 말했다.

"훼! 꿈이었지만 통쾌하구나!"

모두들 웃으면서 말했다.

"무슨 꿈이야? 뭐가 그리 기분이 좋은가!"

이규는 먼저 꿈에서 어머니를 본 것부터 이야기했다. 어머니는 원래 돌아가시지 않았는데 한창 얘기를 나누고 있는 중에 호랑이가 달려들어 대화가 끊어졌다고 했다. 모두들 탄식했다. 이규는 또 간악한 무리를 죽이고 탁자를 발로 차 엎은 이야기를 했는데 곁에 있던 노지심·무송·석수가 박수를 치며 말했다.

"시원하구나!"

이규가 웃으면서 말했다.

"더 시원한 일이 있소!"

이규가 또 채경·동관·양전·고구 4명의 간신을 죽인 일을 이야기하자, 모두 박수를 치면서 일제히 소리쳤다.

"통쾌하다! 통쾌해! 그런 꿈이라면 보람이 있네!"

송강이 말했다.

"형제들, 그만들 하게. 꿈속 이야기가 뭐 그리 중요한가."

이규는 한창 이야기하면서 신이 나자 소매를 걷어붙이고 팔뚝을 드러내며 말했다.

"뭔 좆같이 중요하지 않다고? 참으로 평생 동안 이렇게 통쾌한 일은 없었어. 또 하나 기이한 일이 있었는데, 꿈속에서 한 수사가 나한테 '요이전호족, 수해경 시족'이라고 말했어. 그가 이 열 글자를 말하면서 바로 전호를 격파할 수 있는 비결이니 잘 똑똑히 기억해뒀다가 송 선봉에게 전하라 했어."

송강과 오용은 그것이 무슨 뜻인지 이해하지 못했다. 그때 안도전은 '경시족'이라는 세 글자를 듣고는 입을 열려고 했는데, 장청張淸이 눈짓을 보냈다. 안도 전은 미소를 띠면서 입을 다물었다. 오용이 말했다.

"그 꿈이 자못 기이하구먼. 눈 그치고 날 개면 진격하는 것이 좋겠습니다."

술자리를 끝내고 모두를 자러 갔고 그날 밤은 아무 일도 없었다.

이튿날 눈이 그치자 송강은 장막으로 노준의, 오 학구를 소집해 의논하여 병 력을 두 길로 나누어 동서로 진격하기로 하고 명을 내렸다. 동쪽 길은 호관壺關[5] 을 넘어 소덕昭德를 취하고 노성潞城과 유사楡社[6]를 지나 곧장 적의 소굴 뒤에 이른 다음에 대곡大谷[7]을 따라 임현臨縣에 당도하여 병력을 합치기로 했다. 서 쪽 길은 진녕晉寧을 취하고 곽산霍山으로 나가 분양汾陽을 취하고 개휴介休, 평 요平遙, 기현祁縣[8]을 지나 곧장 위승威勝의 서북쪽에 이르러 임현에서 병력을 합 치기로 했다. 그런 다음 위승을 취하고 전호를 사로잡을 계획이었다. 두 갈래 길 의 무관은 다음과 같이 배정했다.

정선봉 송강은 정장과 편장 47명을 통솔한다.

군사 오용·임충·색초·서녕·손립·장청張淸·대종·주동·번서·이규·노지심·

5_ 호관壺關: 『수호전전교주』에 따르면 "『원화군현도지元和郡縣圖志』 권15 「하동도오河東道五」에 이르기를 '호관현은 본래 한나라 현이었고 상당군上黨郡에 속했다. 산 형세가 주전자와 같아 이곳에 관문을 설치하고 호관이라 했다'고 했다."
6_ 노성潞城은 지금의 산시山西성 루청潞城이고 유사楡社는 지금의 산시山西성 위서楡社다.
7_ 대곡大谷: 『수호전전교주』에 따르면 "지금의 산시山西성 다구大谷"라고 했다.
8_ 기현祁縣: 지금의 산시山西성 치현祁縣.

무송·포욱·항충·이곤·선정규·위정국·마린·연순·해진·해보·송청·왕영·호삼랑·손신·고대수·능진·탕륭·이운·유당·연청·맹강·왕정륙·채복·채경·주귀·배선·소양·장경·악화·김대견·안도전·욱보사·황보단·후건·단경주·시천, 그리고 하북의 항복한 장수 경공이었다.

부선봉 노준의는 정장과 편장 40명을 거느린다.

군사 주무·진명·양지·황신·구붕·등비·뇌횡·여방·곽성·선찬·학사문·한도·팽기·목춘·초정·정천수·양웅·석수·추연·추윤·장청張靑·손이랑·이립·진달·양춘·이충·공명·공량·양림·주통·석용·두천·송만·정득손·공왕·도종왕·조정·설영·주부·백승이었다.

배정을 마친 다음 송강은 다시 노준의와 상의하며 말했다.

"이제 여기서 병력을 나누어 동서로 토벌에 나설 텐데, 동생의 병력은 어느 쪽으로 가겠는가?"

노준의가 말했다.

"병사를 통솔하고 장수를 파견하는 일은 형님의 엄명을 따를 뿐입니다. 어찌 감히 선택할 수 있겠습니까?"

"비록 그렇다 하더라도 천명을 시험해보고 싶네. 두 부대로 나누고 인원수도 결정했으니 어디로 갈지는 제비를 뽑아 결정하도록 하세."

배선에게 동·서 양쪽의 제비를 적도록 하고, 송강과 노준의는 분향하고 기도를 마친 다음 송강이 먼저 제비를 뽑았다. 송강이 이 제비를 뽑았기에 그야말로, 삼군 부대 속에 다시 몇 명의 영웅적인 맹장이 더해지고, 오룡산五龍山 앞에서는 진기하고 이상한 술법이 출현하게 된다.

결국 송 선봉이 어느 곳으로 가는 제비를 뽑았는지는 다음 회에 설명하노라.

【 제94회 】

환마군 幻魔君 1

송강은 개주에서 두 부대로 나누어 병마와 인원수를 결정하고 제비를 만들
고는 노준의와 분향하고 기도를 올렸다. 송강이 제비를 뽑아 살펴보니 동쪽 길
이었다. 노준의가 서쪽 길을 뽑았음은 말할 필요도 없었고 눈이 그치면 출발하
기로 했다. 화영·동평·시은·두흥은 군사 2만 명을 선발하여 남아서 개주를 지
키기로 했다. 초엿새 길일에 송강과 노준의가 출정 준비를 하고 있었는데, 별안
간 보고가 들어왔다. 개주에 속한 양성과 심수 두 현의 군민들이 전호의 잔혹
한 학대를 견디지 못해 하는 수없이 투항했었는데, 이제 천병이 왔다는 소식을
듣고 군민들이 양성을 지키던 장수 구부寇孚와 심수를 지키던 장수 진개陳凱를
포박하여 끌고왔다는 것이었다. 또한 두 현의 노인장들이 백성을 인솔하여 양
을 끌고 술을 지고서 성을 바치러 왔다고 보고했다. 송 선봉은 크게 기뻐하면서
두 현의 군민들에게 크게 상을 내리고 방을 내걸어 위로하고 다시 양민이 되도

1_　제94회 제목은 '關勝義降三將(관승이 의리로 세 장군을 항복시키다), 李逵莽陷衆人(이규가 경솔하게 병
　　사들을 함정에 빠뜨리다)'이다.

록 했다. 송 선봉은 구부와 진개가 천병이 당도했음을 알고도 속히 귀순하지 않았기에 즉시 참수하고 제기祭旗를 지내 적들에게 경고를 보냈다.

이날 두 갈래 길의 대군이 북문을 나가자 화영 등이 술을 마련하여 전송했다. 송강이 잔을 들고 화영에게 말했다.

"동생의 위엄이 적군을 진동시켰으니 이 성의 보호를 감당할 만하네. 지금 이 성은 북쪽으로만 적의 공격을 받을 수 있으니, 만약 적병이 오면 마땅히 기습 공격하여 저들의 간담을 서늘하게 만들게. 그러면 적들이 감히 남쪽으로는 엿보지 못할 것이네."

화영 등은 '예, 예' 하며 명을 받았다. 송강은 또 잔을 들어 노준의에게 말했다.

"오늘 출병하는데 양성과 심수에서 포로를 바치는 기분 좋은 일이 있어 그 두 곳은 이미 평정되었다고 할 수 있네. 동생은 곧장 진녕으로 진격하여 속히 큰 공을 세우도록 하게. 도적의 괴수 전호를 사로잡아 조정에 바쳐 은혜에 보답하고 우리 함께 부귀를 누리도록 하세."

노준의가 말했다.

"형님의 위엄 덕분에 두 곳이 싸우지도 않고 복속되었습니다. 이미 엄명을 받들었는데 어찌 감히 마음과 힘을 다하지 않겠습니까!"

송강은 전에 허관충에게서 받은 지도를 소양을 시켜 베끼게 하고 노준의에게 주면서 간직하여 사용하게 했다. 정선봉 송강은 명을 전달해 병력을 세 부대로 나누도록 했다. 임충·색초·서녕·장청張淸은 1만 군사를 거느리고 전대가 되고, 손립·주동·연순·마린·선정규·위정국·탕륭·이운은 1만 병력을 이끌고 후대가 되었으며, 송강은 오용과 함께 나머지 장수들과 3만의 군사를 통솔하면서 중군이 되었다. 세 부대 5만의 군사가 동북쪽을 향해 진군했다. 부선봉 노준의는 송강, 화영 등과 작별하고 40명의 장수와 5만 군병을 통솔하며 서북쪽을 향해 출발했다.

화영·동평·시은·두흥은 송강과 노준의를 전송하고 성으로 돌아왔다. 화영은 성 북쪽 5리 밖에 군영 두 개를 세우고 시은과 두흥에게 각기 군사 5000명을 거느리고 강궁과 쇠뇌 및 여러 가지 화기火器들을 설치하고 주둔하면서 적 선봉을 막도록 명했다. 또 동서 양쪽 길에 기습 부대를 매복시켰다. 고평에서는 사진과 목흥이, 능천에서는 이응과 시진이, 위주에서는 공손승·관승·호연작이 각기 지키면서 방어했다. 이 회의 제목을 잘 기억해두기 바랍니다.

한편 송 선봉의 세 부대는 개주를 떠나 약 30리쯤 갔는데, 송강이 말 위에서 멀리 바라보자 앞쪽에 산봉우리가 보였다. 산 아래에 점점 접근하면서 보니 산 오른쪽이었다. 송강이 산의 형세를 살펴봤는데 다른 산과는 같지 않았다.

첩첩산중 안개 비늘처럼 촘촘하고, 우뚝 솟은 연봉 기러기 떼 나는 듯하네.
높은 절벽 성곽처럼 둘러 있고, 구름 속 솟아 오른 거목들 무성히 둘렀구나.
萬疊流嵐鱗次密, 數峰連峙雁成行.
嶺顚崖石如城郭, 揷天雲木繞蒼蒼.

송강이 한창 산 경치를 구경하고 있는데 별안간 이규가 손가락으로 산을 가리키며 말했다.
"형, 이 산 풍경이 지난번에 꿈에서 본 산과 똑같아."
송강이 항복한 장수 경공을 불러 물었다.
"자네는 이곳에 오래 살았으니 틀림없이 이 산의 내력을 잘 알겠지. 허관충의 지도에 의하면 방산房山이 개주성 동쪽에 있으니 이 산은 마땅히 천지령天池嶺이겠지."
이규가 말했다.
"꿈속에서 그 수사가 천지령이라고 말했는데, 내가 까먹었어."
경공이 말했다.

"이 산이 바로 천지령입니다. 산마루 절벽이 마치 성곽과 같아서 옛날 사람들이 전란을 피하던 곳입니다. 근래에 토착민들 말에 따르면, 이 산에 기괴한 일이 있다고 합니다. 밤중에 절벽에서 붉은 빛이 밝게 비추는 경우가 자주 발생하고 나무꾼들이 벼랑 부근에 다가가면 이상한 향내가 코를 찌른다고 합니다."

송강은 그 말을 듣고서 말했다.

"그렇다면, 이규의 꿈과 꼭 들어맞네."

이날 송강의 군대는 길에서 별다른 일 없이 60리를 가서 군영을 세우고 주둔했다. 며칠 지나 호관에서 남쪽으로 5리 떨어진 곳에 당도하여 진지를 구축하고 주둔했다.

한편 호관은 원래 산의 동쪽 기슭에 있었는데 산의 형세가 주전자 같아서 한漢나라 때 이곳에 관문을 설치하면서 호관이라고 불렀다. 산 동쪽에는 포독산抱犢山이 있는데 호관 산기슭과 이어져 있다. 호관은 두 산 사이에 자리잡고 있으면서 소덕성에서 남쪽으로 80리 떨어진 곳에 있어 소덕의 요충지였다. 이곳 호관에서는 전호 수하의 맹장 8명과 정예병 3만 명이 지키고 있었다. 그 8명의 맹장은, 산사기山士奇·육휘陸輝·사정史定·오성吳成·중량仲良·운종무雲宗武·오숙伍肅·축경竺敬이었다.

산사기는 원래 심주의 부호 아들이었는데 힘이 세고 창을 잘 다루었다. 살인을 저지르고 형벌을 받을까 두려워 전호에게 의탁해 부하가 되었는데, 적을 막는 데 공을 세워 비합법적으로 가짜 병마도감의 직분을 받았다. 그는 40근이나 되는 순철로 만든 곤봉을 사용했는데 무예가 뛰어났다. 전호는 조정에서 송강 등의 병마를 파견했다는 소식을 듣고는 특별히 정예병 1만 명을 선발하여 산사기에게 주고 소덕으로 보내 육휘 등과 협동하여 호관을 지키게 했다. 또한 그를 호관으로 파견하면서 편리한 대로 알아서 일을 수행하되 자신에게 반드시 아뢸 필요는 없다고 했다.

호관에 당도한 산사기는 개주를 이미 잃었다는 것을 알고서 송군이 반드시 호관을 점령하러 올 것을 헤아리고는 날마다 병기를 손질하고 말에게 여물을 먹이면서 적에게 대적할 준비를 했다. 그때 별안간 송군이 이미 호관 남쪽 5리 지점에 군영을 세웠다는 보고가 들어왔다. 산사기는 마군 1만 명을 점고하고 사정·축경·중량과 함께 갑옷을 걸치고 말을 타고서 군대를 이끌고 관문을 나가 송군과 대치했다. 양쪽에서 진세를 펼치고 강한 활과 쇠뇌를 쏘아 선두부대의 돌격을 저지했다. 양군 진영에서 악어가죽으로 만든 북을 두드리고 각종 색상으로 수놓은 깃발을 흔들었다. 북쪽 진의 문기가 열리면서 한 장수가 말을 타고 앞으로 나서는데, 그의 차림새를 보니,

선명한 봉황 날개 모양의 투구 단단히 쓰고, 물고기 비늘 모양 갑옷 걸쳤구나. 붉은 비단 전포엔 꽃가지 수놓았고, 촘촘히 옥 쌓아 박은 사만오대 둘렀도다. 순철로 만든 곤봉 꼿꼿이 세우고, 쉼 없이 울부짖는 푸른 갈기 말을 탔다네. 호관에 새로 온 대장군, 그가 바로 병마도감 산사기로구나.
鳳翅明盔穩戴, 魚鱗鎧甲重披. 錦紅袍上織花枝, 獅蠻帶瓊瑤密砌. 純鋼鐵棍緊挺, 靑毛鬃馬頻嘶. 壺關新到大將軍, 山都監士奇便是.

산사기가 소리 질렀다.
"물가의 도적놈들아! 어떻게 감히 우리 변경을 침범했느냐!"
이쪽에서는 표자두 임충이 진 앞으로 말을 몰아 나와 소리쳤다.
"역적을 돕는 필부 놈아! 천병이 이르렀는데 여전히 항거한단 말이냐!"
임충이 자루가 긴 창을 잡고 말고삐를 놓고는 곧장 산사기에게 달려들었다. 두 장수가 싸움터 한가운데서 충돌하자 양군이 함성을 질렀다. 두 말이 서로 어울리며 네 개의 팔이 거침없이 종횡하고 여덟 개의 말굽이 어지럽게 뒤섞였다. 50여 합을 싸웠는데도 승부를 가리지 못하자 임충이 속으로 갈채를 보냈다. 축경은 산사기가 이기지 못하는 것을 보고는 말을 박차고 칼을 휘두르며 싸움

을 도우러 달려나왔고, 이쪽에서는 몰우전 장청이 날듯이 달려나가 막아섰다. 네 기의 말이 진 앞에서 쌍을 이루어 서로 싸움을 벌였다. 장청은 축경과 20여 합을 싸우다가 힘이 다하자 말을 박차며 이내 달아났다. 이에 축경이 말고삐를 놓고 그 뒤를 추격하는데, 장청이 화창花槍을 거두고 비단 주머니에서 돌멩이를 꺼내 몸을 돌리면서 축경의 얼굴을 가늠하고는 돌멩이를 던지며 소리쳤다.

"맞아라!"

축경은 코허리에 정통으로 돌멩이를 맞고 몸이 뒤집히며 말에서 떨어졌고 선혈을 흘렸다. 장청이 말머리를 돌려 창으로 축경을 찌르려 달려가자 북쪽 진에서 사정과 중량이 달려나와 죽기로 싸워 축경을 구해 달아났다. 관문 위에서는 자신의 장수가 말에서 떨어지는 것을 보고 있던 산사기는 실수가 있을까 걱정되어 징을 울려 군사를 거두었다. 송강도 징을 울려 군사를 거두고 방책으로 돌아와 오용과 상의하며 말했다.

"오늘 적장을 하나 쓰러뜨렸으니 적의 날카로운 기세가 어느 정도는 꺾였을 것이오. 그러나 산세가 험준하고 관문 형상이 견고해 보이니, 어떤 계책을 써야 격파할 수 있겠소?"

임충이 말했다.

"내일 관문을 두드려 싸움을 걸어 반드시 적장 한 놈을 죽이고 형제들이 힘을 다해 관문 위로 돌격해야 합니다."

오용이 말했다.

"장군은 경솔해서는 안 되오! 손무자孫武子가 말하기를, '이길 수 없으면 지키고, 이길 수 있으면 공격하라'²고 했습니다. 적을 이길 수 없으면 우리는 마땅히 지켜야 하고, 적을 이길 수 있으면 공격해야 합니다."

송강이 말했다.

2_ 출전은 『손자병법』 「형편形篇」으로 '不可勝者, 守也.可勝者, 攻也'다.

"군사의 말이 지당하오."

이튿날 임충과 장청이 송 선봉에게 와서 군사를 이끌고 나가 싸움을 걸겠다고 아뢰자, 송강이 분부했다.

"싸움에 이길지라도 가볍게 관으로 올라가지는 말게."

송강은 또 서녕과 색초에게 군사를 이끌고 가서 호응하라고 명했다. 임충과 장청은 5000기 군마를 이끌고 관 아래로 가서 깃발을 흔들고 북을 두드리면서 욕설을 퍼부으며 싸움을 걸었지만 진시부터 오시까지 관 위에서는 어떠한 움직임도 없었다. 임충과 장청이 방책으로 돌아가려는데 갑자기 관 안에서 포성이 울리면서 관문이 열렸다. 산사기가 오숙·사정·오성·중량과 함께 2만 명의 군사를 이끌고 돌진해 내려왔다. 임충이 장청에게 말했다.

"적들이 우리가 피로해진 틈을 타서 공격하니 힘을 다해 전진하세."

후군인 색초와 서녕도 군사를 이끌고 일제히 쳐 올라갔고 양쪽은 진세를 펼치고 아무런 말도 없이 싸움을 벌이기 시작했다. 임충은 오숙과 싸우고 있었던데 산사기가 말을 몰아오자 장청이 이화창梨花槍을 잡고 막아섰다. 오성과 사정이 함께 나오자 색초가 도끼를 휘두르며 말을 박차고 힘써 둘을 대적했다. 양군이 번갈아 함성을 지르는 가운데, 일곱 기의 말이 흙먼지 속에서 살기등등하며 등불 그림자 같이 쫓으며 서로 싸웠다. 시끌벅적하게 한창 싸우는데 표자두 임충이 크게 소리를 지르면서 한 창으로 오숙을 찔러 말에서 떨어뜨렸다. 오성과 사정 두 사람은 색초와 싸우다가 힘이 빠져가는데 저쪽에서 오숙이 말에서 떨어지는 것을 보고는 사정이 급히 빈틈을 보이는 척하며 본진을 향해 말을 박차며 달아났다. 사정이 패하는 것을 본 오성은 도끼로 밀쳐내고 달아나려 했지만 색초가 휘두르는 도끼에 찍혀 두 동강이 나고 말았다. 두 장수가 꺾이는 것을 본 산사기가 말을 돌려 본진으로 돌아가자 장청이 뒤를 쫓으며 돌멩이를 던졌다. 날아간 돌은 산사기의 투구 뒤통수를 맞히며 '쨍' 소리가 났다. 놀란 산사기는 말안장에 바짝 엎드려 달아났다. 중량도 급히 병사를 이끌고 관으로 들어가려고 했지만 임충이 군사를 몰아 돌진해오면서 북군은 대패하고 말았다. 산사기는 군사를 이끌고 혼비백산하여 서둘러 관으로 들어가 관문을 굳게 닫았다. 임충 등은 곧장 관 아래까지 돌진했지만 관 위에서 화살과 돌이 마구 쏟아져 내려 진입할 수가 없었다. 그 와중에 임충이 왼팔에 화살을 맞았기에 군사를 거두어 방책으로 돌아왔다. 송강은 안도전에게 임충의 화살 맞은 상처를 치료하게 했고 다행히 갑옷이 두꺼워 상처가 깊지는 않았다.

관으로 들어간 산사기는 군사를 점검해보니 2000여 명의 병사가 꺾인 데다 장수 2명을 잃었다. 산사기는 부하들과 상의하여 사람을 진왕晉王이 있는 위승으로 보내 송강 등의 병력이 강대하고 장수들은 용맹하여 대적하기 어려우니 훌륭한 장수를 더 보내 관을 방어할 수 있게 해달라고 요청했다. 다른 한편으로는 포독산을 지키는 장수 당빈唐斌·문중용文仲容·최야崔埜에게 정예병을 이끌고 몰래 포독산 동쪽으로 나와서 송군의 배후를 치도록 은밀하게 약조했다. 약속 날짜를 정하고 포를 터뜨리는 것으로 신호 삼기로 했다.

"내가 이곳에서 군사를 이끌고 관을 나가 돌격해 내려가면서 양쪽 길로 협공하면 반드시 승리를 거둘 수 있을 것이다."

계책이 정해지자 관문을 굳게 지키면서 당빈 쪽에서 소식이 오기만을 기다렸다.

한편 송 선봉은 호관이 험준하여 급히 격파할 수 없자 보름이 넘도록 대치상황이 지속되었다. 송강이 고민하고 있는데 갑자기 위주의 관승이 파견한 사람이 기밀사항이 적힌 밀서를 가지고 왔다는 보고가 들어왔다. 송강이 오용과 함께 급히 밀서를 뜯자 다음과 같은 내용이었다.

'포독산 산채의 주인 당빈은 원래 포동의 군관이었는데, 사람이 용감하고 강직하며 평소에 저와는 결의형제를 맺은 사이입니다. 세력가의 모함을 받자 당빈은 분노하여 원수를 죽이는 바람에 관아의 체포 명령으로 급박해지자 포동을 떠나 남쪽으로 내려가 양산박에 귀의하고자 했지만 포독산으로 지나는 길에 약탈을 당하게 되었습니다. 당빈은 당시 포독산 두목이었던 문중용·최야와 싸우게 되었고 두 사람이 당빈을 이기지 못하자 당빈을 산으로 청하고 그에게 산채의 주인을 양보했습니다. 작년에 전호가 호관을 빼앗고는 당빈에게 항복하여 귀순하도록 강요했습니다. 당빈은 본래 투항할 뜻이 없었지만 형세가 고립되어 항복하여 따르게 되었습니다. 그래서 포독산에 주둔하면서 호관과 기각지세를 이루며 남쪽에서 오는 군대를 방어하게 되었습니다. 근래에 제가 위주를 지키고 있다는 것을 소식을 듣고는 새해 첫날 당빈 혼자서 몰래 위주로 찾아와서 제게 마음속에 담고 있던 심사를 털어놓았습니다. 그는 오래전부터 형님의 충의를 경모했으며 지금 조정에 귀순하여 형님의 휘하에서 공을 세워 속죄하고자 합니다. 저도 홀로 당빈과 함께 포독산으로 가서 문중용과 최야를 만나봤는데 두 사람 모두 시원시원한 성격에 옹졸한 태도가 조금도 없었습니다. 두 사람도 귀순하고자 하는 마음이 있어 기회를 보아 호관을 바치는 것으로 가담하는 예물로 삼겠다고 저와 은밀하게 약속했습니다.'

송강은 밀서를 상세히 읽고 나서 오용과 상의하여 일단 군대를 움직이지 않고 호관의 동정을 지켜본 뒤에 계책을 세워 대응하기로 했다.

한편 당빈에게 은밀히 출병하라는 밀약을 전하러 갔던 군인이 돌아와서는 산사기에게 보고했다.

"요즘은 달이 대낮처럼 밝으니, 그믐이 되기를 기다렸다가 군사를 진격시켜야 적들이 알아채지 못할 것이라고 했습니다."

산사기가 말했다.

"그 말이 맞다."

그 이후 10여 일이 지나도록 송군 또한 공격해오지 않았다. 갑자기 당빈이 몇 명의 기병을 이끌고 포독산에서 호관으로 오고 있다는 보고가 들어왔다. 잠시 후 당빈이 호관에 당도했고 산사기에게 인사하고는 말했다.

"오늘 밤 3경에 문중용과 최야가 군사 1만 명을 이끌고 은밀하게 포독산 동쪽에서 나올 것입니다. 군사들은 전포만 입고 말방울을 떼고서 동틀 무렵이면 틀림없이 송군 방책 뒤쪽에 도착할 겁니다. 이곳에서도 속히 관을 나가 호응할 준비를 하십시오."

산사기가 기뻐하며 말했다.

"양쪽 길로 협공하면 송군은 반드시 패할 것이다!"

산사기는 술자리를 마련해 당빈을 대접했다. 그날 저녁 당빈이 관 위에서 살펴보다가 말했다.

"기괴하도다. 별빛에 보니 관 밖에서 누군가 우리를 정탐하고 있는 것 같구나."

그러고는 따르는 군사의 화살통에서 화살 두 개를 꺼내 관 밖을 향해 쏘았다. 관이 격파되려는지 마침 관 밖에는 정말로 몇 명의 군졸이 송 선봉의 명령을 받들어 어둠 속에서 몰래 관 안의 소식을 염탐하고 있었다. 당빈이 쏜 화살이 한 군졸의 오른쪽 넓적다리에 꽂혔다. 화살에 맞은 곳이 아팠지만 화살촉이 없었다. 괴이하게 생각한 군졸이 화살을 뽑아 살펴보니 화살촉에 비단이 여러 겹으로 칭칭 감겨 있었다. 군졸은 다른 사정이 있음을 알고는 날듯이 방책으로 달려가 송 선봉에게 보고했다.

송강이 등촉 아래에서 감겨 있던 비단을 풀어서 보니 거기에 깨알 같은 글자가 몇 줄 적혀 있었다. 바로 당빈의 밀약이었다.

'내일 동틀 무렵에 관을 바치겠습니다. 문중용과 최야가 군사를 이끌고 은밀하게 선봉의 방책 뒤쪽에 당도할 것인데 포성이 울리면 관 안에서 진격해 나가 호응할 것입니다. 그때 이 당빈이 기회를 틈타 관을 빼앗겠습니다. 송 선봉께서는 속히 관으로 진격할 준비를 하십시오.'

송강은 밀서를 보고 나서 오용과 비밀리에 의논하고 준비했다. 오용이 말했다.

"관 장군이 착오 없이 헤아렸겠지만 적군이 우리 뒤쪽으로 온다니까 준비하지 않을 수 없습니다. 손립·주동·선정규·위정국·연순에게 군사 1만 명을 이끌어 깃발을 말고 북소리를 멈추고 방책 뒤쪽에 잠복하게 하십시오. 문중용과 최야의 군사들이 당도하면 우리 군영에는 접근하지 못하게 하고, 우리 군사들이 관을 탈취한 다음에 굉천자모포轟天子母炮를 터뜨려 신호를 보내면 그때 접근할 수 있도록 하십시오. 그리고 서녕과 색초로 하여금 군사 5000명을 거느리고 방책 동쪽에 매복하도록 하고, 임충과 장청은 군사 5000명을 이끌고 방책 서쪽에 매복시키십시오. 방책 안에서 포성이 울리면, 양쪽 길로 일제히 나와 호응하면서 병력을 합쳐 관 위로 돌진하게 하십시오. 만일에 하나라도 우리 군사들이 저들의 간사한 계책에 빠진다면 즉시 와서 구원하도록 하십시오."

송강이 말했다.

"군사의 계책이 대단히 좋소!"

계책에 따라 명을 전달하자 장수들이 준수하며 준비하러 갔다.

한편 산사기는 당빈의 말을 듣고 송군 방책 뒤에서 포성이 울리기만을 기다리고 있었다. 날이 밝아오자 별안간 관 남쪽에서 연주포 터지는 소리가 들렸다. 당빈이 산사기와 함께 관 위에 올라가 멀리 바라보니, 송군 방책 뒤쪽에서 먼지가 일어나고 깃발들이 어지럽게 휘날리고 있었다. 당빈이 말했다.

"저건 틀림없이 문중용과 최야 두 장수가 이끄는 병력이 당도한 것입니다. 서둘러 관을 나가 호응해야 합니다!"

산사기는 사정과 함께 정예병력 1만 명을 이끌고 먼저 관을 나가 돌진했고 당빈과 육휘는 병력 1만의 군사를 인솔하여 그 뒤를 따르며 호응하게 했다. 축경과 중량에게는 관 위에 주둔하도록 명했다. 송군은 관 위에서 돌격해 내려오는 것을 보고는 급히 뒤로 물러났다. 산사기는 앞장서서 군사를 몰아 물밀듯이 돌진했다. 그때 갑자기 포성이 울리더니 송군 좌우에서 두 무리의 군마가 부딪치며 달려들었다. 당빈은 송군의 두 부대가 돌격해오는 것을 보고는 급히 말을 돌려 군사를 이끌고 관 쪽으로 올라가 창을 비껴들고 관문 밖에 섰다. 산사기와 사정이 군사를 나누어 싸우고 있었는데, 송군 방책에서 또 한 차례 포성이 울리더니 이규·포욱·항충·이곤이 표창수와 방패수들을 이끌고 튀어 나왔다. 산사기는 송군에 이미 준비가 있음을 알고 급히 군사들을 불러 말머리를 돌려 관으로 올라갔다. 그런데 한 장수가 관문 앞에 말을 세우고는 크게 소리 질렀다.

"당빈이 여기 있다. 호관은 이미 조정에 속했으니, 산사기는 속히 말에서 내려 투항하라!"

당빈은 창을 들어 어느 결에 축경을 찔러 죽였다. 산사기는 크게 놀라 어찌할 바를 모르다가 수십 명의 기병만을 이끌고 서쪽을 향해 결사적으로 돌파해 나갔다. 임충과 장청은 호관을 빼앗고자 산사기를 추격하지 않고 군사를 이끌고 관으로 쳐 올라갔다. 그때 이규 등의 보병이 이미 재빠르게 관으로 올라갔고 신호포를 터뜨리며 당빈과 함께 관을 지키는 군사들을 죽이고 호관을 빼앗았다. 중량은 어지러운 군사들 속에서 죽었고, 관 밖에 있던 사정은 서녕에게 찔려 엎어졌다. 북군은 무수히 많은 갑옷과 투구, 마필을 버리며 사방으로 흩어져 달아났다. 죽은 자가 2000여 명에 사로잡힌 자는 500여 명이었으며 투항한 자는 매우 많았다.

잠시 뒤에 송 선봉 등의 대군이 차례대로 호관으로 들어왔다. 당빈은 말에서 내려 송강에게 절하며 말했다.

"이 당빈이 죄를 지었을 때 선봉의 인의를 듣고 당시 산채에 의탁하려 했으나 연줄이 없어 존안을 뵙지 못했습니다. 이제 하늘이 내린 인연을 얻었으니 말채찍과 등자를 받들고 따르게 해주시면 실로 평생의 바라던 바입니다."

말을 마치고는 다시 절을 하자, 송강이 답례하고 황급히 부축해 일으키며 말했다.

"장군이 조정에 귀순하여 이 송강과 함께 역적의 무리를 소탕했으니 이 송강이 조정으로 돌아가 천자께 아뢰어 보증하면 중용될 것이오."

이어서 손립을 비롯한 장수들이 문중용·최야와 함께 두 갈래 길의 병마를 이끌고 관 밖에 주둔하면서 명을 기다리고 있다는 보고가 들어왔다. 송강은 명을 전달해 문중용과 최야 두 장수에게 관으로 들어와 만나자고 했다. 손립 등은 병마를 통솔하며 관 밖에 주둔했다. 문중용과 최야가 관으로 들어와 송 선봉에게 절하고 말했다.

"저희에게 인연이 있어 휘하에 있게 되었으니 개와 말 같은 하찮은 수고로움도 마다하지 않겠습니다."

송강이 크게 기뻐하며 말했다.

"장군들과 함께 이 관을 손에 넣었으니, 그 공훈이 작지 않소. 이 송강이 공적부에 모두 분명하게 기록해두겠소."

즉시 연회를 열어 당빈 등 세 사람의 귀순을 축하했다. 관 안팎의 군사를 점검해보니 새로 투항한 군사가 2만여 명이었고, 노획한 전마가 1000여 필이었다. 장수들이 모두 와서 공을 바쳤다. 송 선봉은 장병과 장수들에게 포상하고 위로한 다음 당빈에게 소덕관에 어느 정도의 장병들이 있는지 물었다. 당빈이 말했다.

"성안에는 원래 3만의 병마가 있었는데, 산사기가 거기서 1만 명을 선발하여 호관을 지키게 했으니 지금 성안의 병마는 2만 명이 남아 있습니다. 정장과 편장은 모두 10명인데, 손기孫琪·섭성葉聲·김정金鼎·황월黃鉞·냉녕冷寧·대미戴美·옹규翁奎·양춘楊春·우경牛庚·채택蔡澤입니다."

당빈이 또 말했다.

"전호는 호관이 소덕의 병풍이라고 믿고 있는데, 호관이 이미 격파되었으니 전호는 한 팔을 잃은 것과 같습니다. 이 당빈이 재주는 없지만 원컨대 선봉이 되어 소덕을 치고자 합니다."

그러자 능천의 항복한 장수 경공도 당빈과 함께 선봉이 되기를 원했다. 송강이 허락했다. 잠시 후 송강이 문중용과 최야에게 말했다.

"두 분은 본래 포독산을 점거하고 있었으니 그곳 형세를 잘 알고 위풍도 오랫동안 떨치고 있었을 것이오. 이 송강은 두 분이 본부의 인마를 통솔하면서 여전히 포독산에 주둔하면서 한쪽 방면을 담당해주기를 바라오. 이 송강이 소덕을 격파한 다음에 두 장군을 청해 다시 만나고자 하는데, 두 분 의향은 어떠하시오?"

문중용과 최야가 한 목소리로 말했다.

"선봉의 명을 어찌 감히 따르지 않겠습니까?"

술자리를 마치자 문중용과 최야는 송 선봉과 작별하고 포독산으로 돌아갔다.

이튿날 송 선봉은 장막으로 제장들을 소집하고 대종을 진녕의 노 선봉에게 보내 군사 상황을 알아보고 속히 돌아와 보고하게 했다. 대종이 명을 받고 출발했음은 말하지 않겠다. 송강은 오용과 계책을 상의하여 군마를 나누어 소덕을 공격하기로 했다. 당빈과 경공은 군사 1만 명을 이끌고 동문을 공격하고, 색초와 장청은 군사 1만 명을 거느리고 남문을 공격하게 했다. 서문은 위승에서 구원병이 오면 안팎으로 돌격해올 것이 걱정되어 비워두기로 했다. 또한 이규·포욱·항충·이곤은 보병 500명을 이끌고 유격대가 되어 왕래하면서 호응하게 하고, 손립·주동·연순은 군사를 이끌고 관으로 진입하여 번서·마린과 함께 병마를 통솔하며 호관을 지키게 했다. 각기 나누어 배정이 되자, 송 선봉은 오용과 함께 나머지 장수들을 거느리고 울타리 목책을 뽑고 출발했다. 그리고 소덕성에서 남쪽으로 10리 떨어진 지점에 진지를 구축하고 주둔했다.

이야기는 둘로 나뉜다. 한편 위승의 가짜 성원관은 호관을 지키는 산사기와 진녕을 지키는 전표田彪가 보낸 급보를 접수하고 전호에게 송군의 세력이 대단하여 호관과 진녕 두 곳이 위급하다고 아뢰었다. 전호는 대전에 올라 관원들과 상의하여 구원병을 보내기로 했다. 그때 반열에서 황관黃冠3을 쓰고 학창의를 입은 한 사람이 불쑥 나와 아뢰었다.

3_ 황관黃冠: 도사가 쓰는 관으로 도사를 가리키기도 한다.

"신 대왕께 아룁니다. 신이 호관으로 가서 적을 물리치겠습니다."

그의 이름은 교열喬冽인데, 원래 섬서陝西 경원涇原4 사람이었다. 모친이 그를 임신했을 때 승냥이가 집으로 뛰어들어 사슴으로 변하는 꿈을 꾸고 그를 낳았다고 한다. 교열은 8살 때부터 창봉 쓰기를 좋아했는데 우연히 공동산崆峒山5에 놀러갔다가 기인을 만나 환술幻術6을 전수받아 바람과 비를 부르고 안개를 타고 구름에 오를 수 있었다. 그는 구궁현 이선산으로 진인을 찾아간 적이 있었는데, 나진인은 그를 만나주지 않고 도동을 시켜 말을 전했다.

"그대는 정도에 부합하지 않는 외도外道를 배워 깊고 미묘한 도를 깨닫지 못했다. 덕을 만나 마성魔性을 버린 뒤7에 나를 찾아오도록 하라."

교열은 벌컥 화를 내며 돌아갔는데, 자신의 환술을 믿고 떠돌아다니며 한곳에 머물지 않았다. 그는 환술에 능숙했기 때문에 사람들이 모두 '환마군幻魔君'이라 불렀다. 이후 안정주安定州에 갔는데 가뭄이 들어 5개월 동안 비 한 방울 내리지 않자 주 관아에서 방을 내걸었다.

'기도를 올려 비를 내리게 하는 자에게 3000관의 상금을 주겠다.'

교열은 방문을 떼어버리고 제단에 올라가 단비를 내리게 했다. 주 관아에서는 비가 충분히 내렸는데도 그에게 상금을 주는 것을 잊고 말았다. 교열에게 일이 생기려 했는지 그곳에 바르지 못한 하재何才라는 독서인이 있었는데, 그는 주의 창고지기와 관계가 친밀했다. 하재는 이 일을 알고 창고지기를 부추겨 상금의 절반은 주 관리들에게 주고 나머지는 창고지기가 빼돌리게 했다. 하재와 창고지기는 돈을 대출해주고 약간의 이익을 얻었다. 창고지기는 돈 3관을 교열

4_ 경원涇原: 지금의 산시陝西성 징양涇陽.
5_ 공동산崆峒山: 도교의 성지로 간쑤성 핑량平凉에 위치해 있다.
6_ 환술幻術: 주문, 법술을 사용하여 해로운 효과를 만들어내거나 방사, 술사가 사람을 현혹시키는 법술을 말한다. 마술을 가리키기도 한다.
7_ 원문은 '우덕마항遇德魔降'이다. 여기서의 덕德은 소덕昭德을 가리키고 마항魔降은 교열의 투항을 가리킨다. 교열이 마성魔性을 버리고 소덕에서 항복한 다음에 다시 찾아오라는 뜻이다.

에게 주면서 말했다.

"그대는 높은 술수가 있으니 돈도 필요 없을 것이오. 나는 정해져 있는 돈과 양식을 해결하기도 부족해 여기저기 돌려 경비를 맞추고 있소. 당신 상금은 잠시 창고에 맡겨두었다가 나중에 필요할 때마다 타가도록 하시오."

이 말을 들은 교열은 화가 치밀어 올라 말했다.

"이 상금은 원래 안정주의 부호들이 협조한 것인데, 네놈이 어찌하여 제멋대로 해먹는단 말이냐? 창고에 있는 군량미와 돈은 모두 백성의 피와 땀인데 네놈이 빼돌려 자기만 살찌우는구나. 계집의 웃음을 사고 환락에 빠져 나라의 허다한 큰일을 망치는구나. 네놈 같이 더러운 놈을 때려죽이는 것은 창고의 좀벌레를 없애는 것이 될 것이다!"

교열은 주먹을 쥐고 창고지기의 얼굴을 때렸다. 창고지기는 주색에 빠져 있는데다 몸마저 뚱뚱해 손을 쓰기도 전에 숨부터 차서 교열의 주먹을 막아내지 못했다. 교열의 주먹질과 발길질에 호되게 얻어맞고 뻗어 들려갔는데 네 닷새 드러누웠다가 상처가 심해져 애통하게 죽고 말았다.

창고지기의 처자식은 소장을 제출했고 주 관아에서도 상금 때문에 발생한 일로 짐작했다. 공문을 발송하여 사람을 보내 살인자 교열을 체포하고 심문하도록 했다. 교열은 그 사실을 탐지하고서 밤새 경원으로 돌아가 짐을 수습하여 모친과 함께 위승으로 도망쳤고 이름과 성을 바꾸었다. 출가한 도사로 가장하면서 이름의 '열'을 '청淸'자로 바꾸고 법호 만들어 '도청道淸'이라 했다. 얼마 뒤에 전호는 난을 일으켰는데 도청이 환술을 부릴 수 있음을 알고 자신의 무리로 끌어들였다. 도청은 요사스런 말을 날조하고 환술을 부려 백성을 유혹하여 부추겼으며, 전호를 도와 주와 현을 침탈했다. 전호는 매사를 도청에게 의지하여 처리하게 했고 그를 가짜 호국영감진인護國靈感眞人, 군사좌승상軍師左丞相 직분에 임명했다. 그제야 비로소 도청은 자신의 성을 밝혔고 모두들 '국사國師 교도청喬道淸'이라 불렀다.

교도청이 군마를 이끌고 호관으로 가서 적을 막겠다고 아뢰자 전호가 말했다.

"국사께서 과인을 위해 근심을 덜어주시오!"

전호의 말이 미처 끝나기 전에 전수殿帥 손안孫安이 앞으로 나와 아뢰었다.

"신이 군마를 이끌고 가서 진녕을 구원하겠습니다."

전호는 교도청과 손안을 정남대원수征南大元帥를 더해서 봉하고 각각 병마 2만 명을 이끌고 가게 했다. 교도청이 또 아뢰었다.

"호관이 위급하니 신은 가볍게 무장한 기병을 선발하여 밤새 구원하러 달려가겠습니다."

전호는 크게 기뻐하면서 추밀원에 명을 내려 교도청과 손안을 따라 진군할 병사와 장수를 할당하게 했다. 명을 접수한 추밀원은 장수를 선발하고 병사를 두 사람에 내주었고 교도청과 손안은 그날로 군마를 점검하여 출발했다.

손안은 경원 사람으로 교도청과는 같은 고향이었다. 그는 신장이 9척이고 허리는 8위나 되도록 두꺼우며 병법도 제법 알고 힘은 장사였다. 또한 무예도 출중했는데 두 자루의 빈철검鑌鐵劍[8]을 잘 사용했다. 일찍이 그는 부친의 원수를 갚느라 두 사람을 죽였기 때문에 관부의 급한 추격을 받게 되자 집을 버리고 도망쳤다. 그는 평소에 교도청과 교분이 두터웠는데, 교도청이 전호 수하에 있다는 것을 듣고는 결국 위승으로 와서 교도청에게 하소연했다. 교도청은 손안을 전호에게 추천했고 그가 적을 막는 데 공을 세우자 가짜 전수의 직분을 수여한 것이다. 손안은 그날 10명의 편장과 군마 2만 명을 통솔하며 진녕을 구원하러 떠났다. 그 10명의 편장은 바로 매옥梅玉·진영秦英·김정金禎·육청陸淸·필승畢勝·반신潘迅·양방楊芳·풍승馮升·호매胡邁·육방陸芳이었다. 이들은 모두가 비합법적인 가짜 통제統制의 직분을 수여받았다. 이날 손안이 교도청과 작별하

8_ 빈철鑌鐵은 일반적으로 정철精鐵을 가리키는데, 우수한 품질의 철 혹은 정밀한 작업으로 쇠를 불린 철을 이용하여 제작한 기물을 말한다.

고 군마를 통솔하여 진녕을 향해 진군했음은 말하지 않겠다.

한편 교도청은 2만 명의 군마를 단련사 섭신晶新과 풍기馮玘에게 통솔하여 뒤를 따라오게 하고 자신은 4명의 편장을 데리고 먼저 출발했다. 4명의 편장은 뇌진雷震·예린倪麟·비진費珍·설찬薛燦이었는데 이들 또한 모두 가짜 총관總管의 직분을 수여받았다. 이들은 교도청을 뒤따라 정예병 2000명을 통솔하며 밤새 소덕으로 진군했다. 며칠 만에 소덕성 북쪽 10리 밖에 당도했는데, 앞서간 정찰 기병이 돌아와 보고했다.

"호관은 어제 송군에게 격파당하고 지금은 세 갈래 길로 나누어 소덕성을 공격하고 있습니다."

보고를 들은 교도청은 크게 노하여 말했다.

"그놈들이 이토록 무례하단 말이냐! 놈들에게 내 수단을 보여주마."

교도청이 군사를 이끌고 날듯이 소덕으로 달려가고 있는데, 마침 군사를 거느리고 북문을 공격하고 있던 당빈·경공과 마주쳤다. 당빈과 경공은 서북쪽에서 2000여 기병이 달려오고 있다는 보고를 받고 진을 벌려 적에 맞섰다. 교도청의 병마가 당도했고 양쪽 진영이 대치했는데 깃발을 흔들고 북을 두드리며 남북으로 화살이 날아갈 거리를 두고 서로 마주했다. 당빈과 경공이 북쪽 진을 바라보니, 붉은 비단으로 만든 산개 아래 말을 타고 서 있는 한 선생을 4명의 장수가 에워싸고 있었다. 그 선생의 차림새를 보니,

머리엔 진귀한 보석 박은 어미도관魚尾道冠을 쓰고, 검은 가장자리에 타는 불같은 비단을 댄 학창의를 입었네. 허리엔 여러 색의 비단 실띠를 묶었고, 발엔 코가 구름 형상인 네모난 붉은 신을 신었구나. 곤오錕鋙의 철로 만든 고검古劍 쥐고 눈송이 같은 은빛 갈기의 말을 탔도다. 팔자 눈썹, 푸른 눈에 구레나룻 기르고, 네모진 입 소리 내면 종소리 울리는 듯하구나.

頭戴紫金嵌寶魚尾道冠, 身穿皂沿邊烈火錦鶴氅. 腰繫雜色彩絲條, 足穿雲頭方赤焉. 仗一口鋃鋙鐵古劍, 坐一匹雪花銀鬃馬. 八字眉碧眼落腮鬚, 四方口聲與鐘相似.

그 선생이 타고 있는 말 앞 검은 깃발에는 '호국영감진인 군사좌승상 정남대원수 교喬'라는 17자가 두 줄로 큼지막하게 금박으로 쓰여 있었다. 경공이 보고서 놀라 두려워하며 말했다.

"저 사람은 무서운 자요!"

양군이 맞붙어 싸우기 전에 마침 이규 등이 이끄는 유격병 500명이 갑자기 달려왔다. 이규가 앞으로 돌격하려 하자 경공이 말했다.

"저자는 진왕의 수하 중에서 가장 뛰어난데 요술을 부릴 줄 아는 가장 무서운 자입니다."

이규가 말했다.

"내가 달려가서 저 좆같은 놈을 찍어버리면 되는데, 뭔 좆같은 요술을 부린단 말이야?"

당빈도 말했다.

"장군은 가볍게 대적해서는 안 되오."

이규는 말을 들으려 하지 않고 도끼를 휘두르며 돌진해갔다. 포욱·항충·이곤은 이규가 실수할까 걱정되어 500명의 방패수와 표창수를 이끌고 일제히 돌진해갔다. 선생은 이를 보고 '하하' 크게 웃으며 소리쳤다.

"이놈들이 제멋대로 굴지 마라!"

조금도 당황하지 않고 보검을 들어 허공을 가리키며 입속으로 주문을 외더니 소리쳤다.

"가라!

그러자 맑은 대낮인데 삽시간에 검은 안개가 가득하고 광풍이 '쏴쏴' 불면서 흙먼지가 날리기 시작했다. 그리고는 한 덩어리 검은 기운이 이규 등 500여 명의 군사를 덮어버렸다. 마치 검은 칠을 한 가죽 자루 속에 들어간 것처럼 눈앞에 한 줄기 밝은 빛도 보이지 않았다. 몸마저 조금도 움직일 수 없었고 귓가에 비바람 소리만 들릴 뿐 자신이 어디에 있는지도 알 수 없게 되어버렸다. 어떠한 영웅호걸도 날개 달아 높이 날아오를 수 없었으니, 화수금강火首金剛도 하늘과 땅에 펼쳐진 그물을 벗어날 수 없고, 팔비나타도 용이 사는 깊은 못과 호랑이 굴에서 벗어날 수 없게 되었던 것이다.

결국 위급하고 곤란한 지경에 빠진 이규 등의 생사가 어떻게 되었는가는 다음 회에 설명하노라.

두
마
귀
의
싸
움[1]

흑선풍 이규는 당빈과 경공의 말을 듣지 않고 여러 장수를 이끌고 적진으로 쳐들어갔다가 교도청의 요술에 걸려 꼼짝달싹 못하게 되었고 500여 명이 빠져 나오지 못하고 모두 사로잡히고 말았다. 경공은 형세가 좋지 않음을 보고 말머리를 돌려 양손으로 채찍질을 하며 동쪽으로 먼저 달아났다. 당빈은 이규 등이 함정에 빠지고 군사들이 당황해하며, 또 경공이 먼저 달아나는 것을 보고는 속으로 생각했다.

"교도청의 술법이 악독하지만 만약 달아나다가 벗어나지 못하게 되면 남들의 비웃음만 사게 될 것이다. 용사는 죽기보다 이름이 더럽혀지는 것을 두려워한다고 들었다. 이미 이 지경에 이르렀는데 어떻게 목숨만 돌보겠는가!"

당빈은 목숨을 내걸고 창을 잡고 말고삐를 놓고 돌격해 들어갔다. 교도청은 당빈이 사납게 돌진해 오는 것을 보고 황급히 주문을 외우면서 소리쳤다.

1_ 제95회 제목은 '宋公明忠感后土(송 공명이 충의로 후토신을 감동시키다), 喬道淸術敗宋兵(교도청은 술법으로 송 군대를 패배시키다)'이다.

"가라!"

그러자 본진 속에서 한바탕 누런 모래바람이 말려 일어나더니 당빈의 얼굴을 때렸다. 당빈은 모래 때문에 눈을 뜰 수가 없어 손쓸 새도 없는 사이 적군이 달려들어 창으로 왼쪽 다리를 찌르는 바람에 말에서 떨어져 사로잡히고 말았다. 원래 북군에게는 적장을 사로잡으면 두 배의 상금을 받게 되는 관례가 있었기 때문에 장수들은 해를 입지는 않았다. 이때 당빈의 부하 사병 1만 명은 모두 가득 찬 누런 모래바람 속에서 죽은 이도 있고 말도 쓰러져 군사들 태반이 꺾이고 말았다.

한편 임충과 서녕은 동문을 공격하고 있었는데 성 남쪽에서 천지를 진동하는 함성이 들리자 급히 군사를 이끌고 호응하러 달려갔다. 성을 지키고 있던 장수 손기 등은 교도청의 깃발을 알아보고는 황급히 성문을 열어 맞이했다. 이규 등은 이미 그에게 사로잡혀 성안으로 끌려 들어갔다. 경공은 패잔병 몇 명과 함께 가쁜 숨을 헐떡이며 달아나고 있었다. 안장은 삐뚤어지고 고삐는 기울어졌으며 투구도 한쪽으로 벗겨진 상태였는데, 임충과 서녕을 만나자 비로소 말을 멈춰 세웠다. 임충과 서녕이 황급히 어디서 온 군마냐고 묻자 경공은 횡설수설하며 겨우 두 마디만 말을 했다. 임충과 서녕은 경공을 데리고 급히 본영으로 돌아가다가 마침 기병 300명을 이끌고 정탐하러 나온 왕영과 호삼랑을 만났다. 그들은 소식을 듣고는 함께 송 선봉에게 보고하러 갔다. 경공은 이규 등이 교도청에게 사로잡힌 일을 자세히 보고하자 송강은 깜짝 놀라며 울면서 말했다.

"이규 등의 목숨이 끝장났구나!"

오용이 달래며 말했다.

"형님은 답답해하지 마시고 서둘러 일을 처리하셔야 합니다. 적군이 요술을 쓰고 있다고 하니 속히 호관으로 사람을 보내 번서를 불러 대적해야 합니다."

송강이 말했다.

"번서는 부르되 당장 군사를 진격시켜 그놈들에게 사로잡힌 이규 등을 빼앗아와야겠소."

오용이 간곡히 권했으나 송강은 듣지 않았다.

송 선봉은 오용에게 장수들을 통솔하며 방책을 지키게 하고 자신은 직접 임충·서녕·노지심·무송·유당·탕륭·이운·욱보사 등 8명의 장수와 군마 2만을 거느리고 즉시 소덕성 남쪽으로 진격했다. 색초와 장청이 맞이하여 군대를 합치고 깃발을 흔들고 북을 두드리면서 함성을 지르고 징을 치며 성 아래로 돌진해 갔다.

한편 성으로 진입한 교도청은 원수부에 오르자 손기 등 10명의 장수들이 와서 인사했다. 손기 등이 연회를 열어 대접하려고 하는데 정찰 기병이 와서 송군이 또 쳐들어온다고 보고했다. 교도청이 화를 내며 말했다.

"이놈들이 정말 무례하구나!"

손기에게 말했다.

"내가 바로 송강을 사로잡아 오겠네."

교도청은 즉시 말에 올라 4명의 편장과 군마 3000명을 통솔하며 적을 맞으러 성을 나갔다. 송군이 진을 벌이고 싸움을 걸자 성문이 열리고 조교가 내려지더니 한 무리의 군마가 달려나왔다. 앞장선 한 필의 말에는 도사가 타고 있었는데 바로 환마군 교도청이었다. 보검을 들고 군마를 통솔하며 조교를 건너왔다. 양군이 서로 대치하여 깃발과 북이 서로 마주하게 되자 각기 강궁과 쇠뇌를 쏘아 선두의 진격을 저지했다. 양쪽 진에서 화각을 불어대고 일제히 전고를 울렸다.

송나라 진영에서 문기가 열리면서 송 선봉이 말을 타고 나왔다. 욱보사가 '수師'자 깃발을 받들고 말 앞에 섰고, 왼쪽에는 임충·서녕·노지심·유당이, 오른쪽에는 색초·장청·무송·탕륭 8명의 장수들이 둘러쌌다. 송 선봉은 노기가 가득한 채 손가락으로 교도청을 가리키며 욕했다.

"역적을 돕는 도적놈아! 어서 내 형제들과 500명의 군사를 돌려보내라! 조금이라도 지체했다가는 네놈을 잡아 갈기갈기 찢어 죽이겠노라!"

교도청이 소리 질렀다.

"송강은 무례하게 굴지 마라! 나는 그놈들을 풀어주지 않을 것이다. 네가 어떻게 나를 잡는단 말이냐?"

송강이 크게 노하여 채찍 끝으로 가리키자, 임충·서녕·색초·장청·노지심·무송·유당이 일제히 돌격해 들어갔다. 교도청이 아래윗니를 부딪치며 주문을 외면서 보검으로 서쪽을 가리키며 소리쳤다.

"가라!"

삽시간에 무수한 장병이 서쪽으로부터 날듯이 달려와 송군과 부딪쳤다. 교도청이 또 보검을 들어 북쪽을 가리키며 입속으로 주문을 외우더니 소리쳤다.

"가라!"

잠깐 사이에 천지가 캄캄해지면서 해가 빛을 잃고 모래가 날리고 돌이 구르면서 천지가 요동쳤다. 임충을 비롯한 장수들은 앞으로 쳐들어가다가 눈앞이 온통 검은 기운이 뒤덮고 누런 모래가 날리자 단 한 명의 적군도 볼 수 없게 되었다. 송군은 싸우지도 못하고 스스로 혼란에 빠졌다. 놀란 말들은 어지럽게 날뛰며 울부짖었다. 임충 등은 급히 말머리를 돌려 송강을 호위하며 북쪽을 향해 달아났다. 교도청이 군사들을 휘몰아 들이치자 송강 등의 군마는 별똥별이 떨어지고 구름이 흩어지듯 아수라장이 되어 형제끼리 서로 부르고 아비와 자식이 서로 찾으며 달아났다. 송강 등도 당황하여 달아났으나 반리도 가지 못했는데 앞쪽에 기괴하게도 조금 전에 병마가 올 때는 넓은 들판이었는데, 온통 물바다가 되어 큰 물결이 솟구치고 끝없이 펼쳐져 있어 마치 동쪽 큰 바다와 같았다. 그야말로 겨드랑이에 두 날개가 돋쳐도 날아서 건너지 못할 것 같았다. 뒤쪽에서는 군마가 추격해오고 눈앞에는 죽음밖에 보이지 않았다. 노지심·무송·유당이 크게 소리 질렀다.

"꼼짝없이 포박당할 수는 없다!"

세 사람은 힘을 내어 몸을 돌려 북쪽으로 돌진해갔다. 그때 갑자기 벽력같은 소리가 울리더니 공중에서 20여 명의 금갑신인金甲神人2이 내려와 병기를 마구 휘둘렀다. 노지심·무송·유당이 무기에 맞아 엎어졌고 북군들이 달려들어 모두 사로잡아버렸다. 그때 또 고함치는 소리가 들렸다.

"송강은 말에서 오라를 받아라, 죽음은 면해주겠노라!"

송강은 하늘을 우러러 탄식했다.

"이 송강이 죽는 것은 애석하지 않지만 아직 군주의 은혜도 갚지 못했고 연로하신 부모님을 봉양할 사람도 없구나. 이규를 비롯한 형제들도 아직 구하지 못했는데 일이 이 지경에 이르렀으니 차라리 죽어서 사로잡혀 모욕을 당하지는 않으리라."

임충·서녕·색초·장청·탕륭·이운·욱보사 일곱 두령도 송강을 에워싸고 한 덩어리가 되어 말했다.

"우리도 형님을 따라 악귀가 되어 역적을 죽이겠습니다!"

욱보사는 혼란스럽고 난처한 지경에 이른데다 몸에 화살을 두 대나 맞았지만, '수帥'자 기를 꼿꼿이 세우고 송 선봉을 바짝 따르면서 조금도 떨어지지 않고 있었다. 북군들은 '수'자 깃발이 쓰러지지 않은 것을 보고 함부로 달려들지 못했다.

송강 등이 검을 뽑아 손에 쥐고 스스로 목을 베려 했는데 갑자기 한 사람이 달려오더니 제지하면서 말했다.

"그러면 안 되니 걱정하지 마라. 나는 위존무기位尊戊己3인데, 너희의 충의를 보고 특별히 와서 저 요사스런 물4 요술을 물리치고 구해줄 테니 너희는 방책

2_ 금갑신金甲神은 중국 민간 신앙의 신선이다. 매우 많은 사원에서 미륵불 뒤쪽에 있는 위풍당당한 장군이다.

3_ 위존무기位尊戊己: 『여씨춘추』 「계하기季夏紀」에 따르면 "중앙中央은 오행 가운데 토土에 속하며 천간天干은 무기戊己에 속한다中央土: 其日戊己"고 했다.

4_ 원문은 '요수妖水'다. 『회남자』 「천문훈天文訓」에 따르면 "북방은 수水다. (…) 서로 어울리는 태양은 임

으로 돌아가라."

장수들이 그를 보니 생김새가 기이했다. 머리에는 혹 두 개가 뿔처럼 나 있고 온몸이 검푸르며 머리털은 붉고 웃통은 벗었으며 아랫도리에는 누런 잠방이를 입고 왼손에는 풍경을 들고 있었다. 그가 땅에서 흙을 한줌 쥐더니 큰 물결이 솟구치는 바다 같은 물을 향해 흩뿌리자 눈 깜빡할 사이에 원래의 평지로 돌아 왔다. 그가 장수들에게 말했다.

"너희는 며칠 간 재난을 겪을 것이다. 이제 요사스런 물은 소멸되었으니 어서 군영으로 돌아가라. 사람을 위주로 보내면 구원을 받을 수 있다. 너희는 힘써 나라의 은혜에 보답하라!"

말을 마치자 회오리바람으로 변하면서 조용히 사라져버렸다. 모두들 놀라며 의아해했지만 송강을 보호하며 남쪽으로 달려갔다. 5~6리쯤 달려갔을 때 별안 간 먼지가 일어나더니 한 무리의 병마가 남쪽에서부터 달려왔다. 오용이 왕영·호삼랑·손신·고대수·해진·해보와 함께 1만 명의 군사를 이끌고 호응하러 온 것이었다. 송강이 오용에게 말했다.

"동생의 말을 듣지 않아 자칫하면 다시는 보지 못할 뻔했네!"

오용이 말했다.

"일단 방책으로 가서 다시 말씀하시지요."

송강 등은 차례대로 방책으로 들어갔고 싸움에 패하고 곤경에 빠졌다가 신을 만난 일을 자세히 이야기했다. 오용이 손을 이마에 대면서 말했다.

"위존무기는 토지신입니다. 형님의 충의가 토지신을 감동시킨 겁니다. 흙은 물을 이길 수 있습니다."

송강 등은 비로소 깨닫고 하늘을 우러러 절을 올렸다.

이때 해가 저물고 있었는데 패잔병들이 도망쳐 돌아와서는 혼란한 가운데

___

계王癸(북방)일이다"라고 했다.

소덕성에서 손기·섭성·김정·황월 등이 남문을 열고 군사를 이끌고 들이치는 바람에 죽임을 당한 자가 매우 많고 나머지는 사방으로 흩어져 도망쳤다고 말했다. 송강이 군사를 점검해 보자 1만여 명이 꺾인 상태였다. 오용이 송강에게 말했다.

"적군이 요술을 부려 연이어 두 차례나 승리를 거두었으니 속히 계책을 세워 적의 기습 공격에 방책을 방어할 준비를 해야 합니다. 우리 병사들은 놀라고 두려워하여 술잔에 비친 활 그림자를 보고 뱀으로 잘못 알 만큼 의심하며 머리가 아홉 개인 불길한 새를 본 것처럼 놀라고 초목을 보면 모두 병사들로 여겨 무엇이든 마음이 흔들리지 않는 것이 없는 지경입니다. 이 군영은 비우고 북에 양 발굽을 매달아놓아 울리도록 해놓고서 우리 대군은 10리를 물러나 별도로 진지를 구축하고 군영을 세워야 합니다."

송강은 즉시 명을 내려 대군을 10리나 물렸다. 오용은 또 송 선봉에게 이약사李藥師의 육화진법六花陳法[5]처럼 큰 방책이 작은 방책을 감싸고 모퉁이가 서로 연결되도록 하며 구불구불 서로 마주하게 했다. 장수들은 명을 받들었다.

방책을 세우고 나자 번서가 명을 받고 호관으로부터 달려왔다는 보고가 들어왔다. 번서는 방책으로 들어와 송 선봉에게 인사를 하고 교도청에 대해 자세히 묻고는 말했다.

"형님 안심하십시오. 그건 요술에 지나지 않습니다. 제가 내일 법술을 써서 그놈을 사로잡겠습니다."

오용이 말했다.

"그놈이 만약 싸움을 걸어오지 않는다면, 우리도 이곳에 병력을 주둔시키면

---

5 _ 이약사李藥師의 육화진법六花陳法: 약사는 당나라 때 명장이었던 이정李靖의 자다. 육화진은 삼국 시대 제갈량이 창시한 팔진도의 기초 아래에서 발명해낸 진법이다. 통상적으로 중군이 가운데 있고 우상전군右廂前軍·우상우군右廂右軍·우우후군右虞侯軍·좌우후군左虞侯軍·좌상좌군左廂左軍과 좌상후군左廂後軍 육군이 밖에 있는 것이다.

서 움직이지 않는 것이 좋겠습니다. 공손승이 오기를 기다렸다가 다시 계책을 세웁시다."

송강은 장청·왕영·해진·해보를 시켜 가볍게 무장한 기병 500명을 이끌고 밤새 위주로 달려가서 공손승을 이곳으로 데려와 적을 격파하고 구원해주기를 요청했다. 장청 등은 말을 타고 송강에게 작별하고는 출발했다. 송군은 녹각을 깊이 묻고 울타리 방책을 단단히 세웠다. 활에는 시위를 먹이고, 칼은 칼집에서 뽑아놓았으며, 갑옷을 입은 채 창을 베고 눕고는 방울을 흔들어 신호로 삼도록 했다. 송강 등은 등촉을 밝혀놓고 날이 새기를 기다렸다.

한편 교도청은 술법을 사용하여 송강을 곤경에 빠뜨리고 막 사로잡으려고 했는데 갑자기 앞쪽의 물이 한 방울도 없이 모두 말라버리고 송강 등이 도망쳐 버리자 놀라고 의아해하며 말했다.

"내 술법이 하찮은 것이 아닌데, 저놈들이 어떻게 알고 깨뜨렸을까? 저들의 군중에 틀림없이 뛰어난 자가 있나보구나."

교도청은 군사를 거두어, 손기 등과 함께 성으로 들어가 원수부에 앉았다. 손기 등은 연회를 열어 축하했다. 그때 군사들이 노지심·무송·유당과 먼저 사로잡혔던 이규·포욱·항충·이곤·당빈을 포박하여 장막 앞으로 끌고 왔다. 교도청의 왼편에 서 있던 손기가 당빈을 보고는 욕을 했다.

"반역자 놈아, 진왕께서는 너를 저버린 적이 없었다."

당빈이 소리쳤다.

"네놈들 죽을 날이 머지않았다."

교도청은 그들에게 성명을 말하라고 했다. 이규가 두 눈을 부릅뜨고 호랑이 수염을 곤두세우며 가슴을 쑥 내밀고는 욕설을 퍼부었다.

"역적 놈아 잘 들어라! 이 시커먼 어르신이 바로 흑선풍 이규다."

노지심과 무송 등은 아무리 물어도 잔뜩 씩씩거리기만 하고 입을 열지 않았다. 교도청은 사로잡은 군졸들도 데려오게 했다. 잠시 후 도부수들이 군졸들을 끌고 왔다. 교도청은 일일이 물어보고는 포로로 잡힌 이들이 모두 송군의 용장들임을 알게 되었다. 교도청이 말했다.

"너희가 항복한다면, 내가 진왕께 아뢰어 모두 높은 관작에 봉하겠다."

이규가 우레 같은 목소리로 소리쳤다.

"네놈은 이 어르신들을 어떤 사람들로 보느냐? 방귀뀌는 소리하고 자빠졌네. 네놈이 이 시커먼 어르신을 찍고 싶다면, 네놈 맘대로 수백 번을 찍도록 해라. 이 시커먼 어르신이 눈살을 찌푸리기라도 한다면 사내대장부가 아니다."

노지심·무송·유당 등도 일제히 욕했다.

"요상한 도사 놈아, 꿈도 꾸지 마라! 우리 형제들의 목을 잘라낸들 튼튼한 다리를 굻게 할 수는 없을 것이다."

크게 화가 난 교도청은 모두 끌어내 참수하고 보고하라 명했다. 노지심이 '하하' 크게 웃으면서 말했다.

"나는 죽는 것을 집으로 돌아가는 것처럼 여긴다. 오늘 죽음으로써 바른 길을 얻을 것이다."

도부수들이 에워싸 이들을 끌고 가자, 교도청은 속으로 생각했다.

"내가 지금까지 이토록 강골한 사내들을 본 적이 없다. 일단 살려두었다가 다시 생각해봐야겠다."

교도청은 서둘러 명을 내려 군사들에게 다시 감금하고 감시하도록 했다. 그러자 무송이 욕했다.

"더러운 역적 놈아, 어서 나를 깨끗하게 찍어 죽이거라!"

교도청은 고개를 숙인 채 말이 없었다. 군졸들은 이규 등 일행을 끌고 가 감옥에 가두었다.

교도청은 자신의 삼매신수三昧神水의 술법이 영험하지 못한 것을 보고는 속으로 의심이 들었다. 그래서 성안에 주둔하면서 송군의 동정을 정탐하고만 있었다. 이 때문에 양군은 모두 군대를 주둔시키고 움직이지 않고 있었다. 5~6일 지나서 섭신과 풍기가 대군을 이끌고 도착하여 성으로 들어와 교도청에게 인사하고 모든 병마를 성안에 주둔시켰다. 교도청은 송군이 울타리 방책을 단단히 지키면서 싸우러 오지 않는 것을 보고는 별다른 계책이 없기 때문이라고 헤아렸다. 교도청은 군병을 점검하여 손기·대미·섭신·풍기 등 장수들과 함께 군사 2만 명을 통솔하고 5경에 성을 나갔다. 성 남쪽의 오룡산五龍山에 진지를 구축하여 주둔하고 날이 밝으면 진격하기로 했다. 교도청이 손기에게 말했다.

"오늘은 반드시 송강을 사로잡고, 호관을 되찾을 것이다."

손기가 말했다.

"국사의 법력에 의지할 따름입니다."

교도청은 군마 1만 명을 통솔하여 송강의 본영을 향해 진격했다. 이 사실을 탐지한 군졸이 날듯이 달려가 송 선봉에게 보고했다. 송강은 번서·선정규·위정국에게 군병을 점검하고 말을 정비하여 적에게 맞설 준비를 하도록 명했다.

교도청이 높은 언덕에 올라가 송 군대의 군영을 살펴보니,

사면팔방으로 기준이 있고, 전후좌우가 서로 구원하게 되어 있네.

문을 여닫는 데 법칙이 있고, 서로 연락하는 데도 법도가 있구나.

四面八向之有準, 前後左右之相救.

門戶開闔之有法, 吸呼聯絡之有度.

교도청은 속으로 갈채를 보냈다. 이때 송 방책에서 포성이 울리면서 방책 문이 열리더니, 한 무리의 군마가 달려나왔다. 양쪽 진에서는 채색깃발이 휘날리고 악어가죽 북소리가 하늘을 진동시켰다. 교도청이 언덕에서 내려와 진 앞으로 나서자 뇌진·예린·비진·설찬이 좌우에서 둘러쌌다. 송 진영에서도 문기가 열리면서 한 장수가 말을 몰아 진 앞으로 나왔는데, 바로 혼세마왕 번서였다. 보검을 들어 교도청을 가리키며 크게 욕했다.

"역적 도사놈아, 어디서 감히 흉포한 짓을 하느냐!"

교도청은 속으로 헤아리며 말했다.

"저놈은 법술을 할 줄 아는 것 같은데, 한번 시험해봐야겠다."

교도청이 번서에게 소리쳤다.

"무지한 패장 주제에 어디 감히 상스런 말을 떠벌이느냐! 네놈이 감히 나와 무예를 겨루어보겠느냐?"

번서가 말했다.

"네놈이 무예를 겨루고자 한다면 앞으로 나와서 내 검 맛을 보거라!"

양군에서 함성을 지르며 북을 두드렸다. 번서가 검을 들고 말을 박차며 곧장 교도청에게 달려들었다. 교도청도 검을 휘두르며 말을 내달려 맞섰다. 두 검이 함께 치솟으면서 두 마귀가 싸움을 벌였다. 처음에는 역시 두 말이 엉켜 한 덩어리가 되어 싸우는 것 같더니 그 다음에는 각자 신통력을 부리기 시작하면서 두 줄기 검은 기운이 진 앞에서 좌우로 돌고 왔다 갔다 하면서 어지럽게 뒹굴었다. 양 진영의 군사들은 모두가 멍하니 바라만 보고 있었다. 싸움이 무르익었을 때 번서가 빈틈을 노리고 교도청을 향해 검으로 찍었는데 그만 허공을 찍으면서 하마터면 말에서 떨어질 뻔했다. 원래 교도청은 일부러 빈틈을 보이면서 번서가 찍도록 속인 것이었다. 교도청은 오룡세골烏龍蛻骨이라는 술법을 사용해 일찌감치 자신의 진 앞으로 돌아갔고 '하하' 크게 웃었다. 번서도 당황하여 본 진으로 돌아왔다.

송군 진영의 좌우 문기가 열리면서 왼쪽에서는 성수장군 선정규가 보병 500명을 이끌고 날듯이 나왔는데, 모두가 검은 깃발에 검은 갑옷을 입고, 손에는 방패와 표창, 강차와 예리한 칼 등을 들고 있었다. 오른쪽에서는 신화장군 위정국이 500명의 화군火軍을 이끌고 나왔는데, 몸에는 붉은 갑옷을 걸치고 손에는 화기火器를 들고 있었다. 이들은 앞뒤로 50량의 화차를 둘러싸며 나왔고 화차에는 갈대 같은 인화 물질이 실려 있었다. 이들 화군들은 각자 등에 쇠로 된 조롱박 한 개씩을 묶었는데 그 안에는 유황과 염초, 다섯 색깔의 연기 나는 화약이 들어 있었고 일제히 불을 붙였다. 이렇게 두 갈래 군병들이 왼쪽에서는 먹장구름이 땅을 말듯이 덮쳐오고 오른쪽에서는 맹렬한 불길이 치솟으면서 '와 아' 소리를 지르며 부딪쳐왔다. 북군들이 두려워하며 물러나려하자 교도청이 소리 질렀다.

"물러서는 자는 참수하리라!"

교도청이 오른손으로 보검을 잡고 입으로 주문을 외우자, 삽시간에 먹장구름이 땅을 뒤덮고 광풍이 불고 우레가 치면서 한바탕 커다란 우박이 쏟아지기 시작했다. 그러자 성수장군과 신화장군 군중이 어지러이 쏟아지는 우박에 맞고 벼락이 치면서 화염이 모두 꺼지고 말았다. 군사들은 우박에 맞자 머리를 싸매고 쥐구멍을 찾아 별똥별이 떨어지고 구름이 흩어지듯 달아났다. 선정규와 위정국은 깜짝 놀라 혼이 몸에서 떨어져 나간 듯하고 손쓸 방법이 없어 결사적으로 본진으로 도망쳐 돌아왔다. 성수장군과 신화장군은 이렇듯 그림의 떡[6]이 되고 말았다.

잠시 후 우박이 그치고 구름이 걷히자 이전처럼 구름 한 점 없는 날씨가 되었다. 땅에는 주먹 크기만 한 계란 같은 얼음덩이가 무수히 깔려 있었다. 교도청이 송군을 바라보자 머리가 깨지고 이마가 터졌으며 눈이 멀고 코가 삐뚤어진 채 얼음덩이를 밟고 미끄러져 자빠져 있었다. 교도청은 위풍을 드러내고 무력을 과시하며 소리 질렀다.

"송나라 군대에는 수단이 뛰어나고 신통력이 대단한 놈은 없느냐?"

번서는 부끄럽고 분하여 머리를 풀어헤치고 보검을 들고는 말 위에 서서 평생의 법력을 모두 쏟아부어 입으로 주문을 외웠다. 그러자 사방에서 광풍이 일

6_ 원문은 '翻成畫餅'이다. 『삼국지』 「위서·노육전盧毓傳」에 따르면 "인재를 선발하면서 명성 있는 사람을 취할 필요가 없으니 명성은 마치 바닥에 떡을 그린 것과 같아 먹을 수 없다選擧莫取有名, 名如畫地作餅, 不可啖也"고 했다.

어나고 모래가 날리고 돌이 구르면서 천지가 어두워지고 태양도 빛을 잃었다. 번서가 인마를 휘몰아 부딪쳐 들어가자 교도청이 웃으면서 말했다.

"이따위 좆같은 술수로 뭘 한단 말이냐!"

교도청은 즉시 보검을 잡고 술법을 부리고자 입으로 주문을 외웠다. 그러자 바람이 송군 쪽으로 어지러이 불면서 허공에서 또 벼락이 치며 무수한 신병神兵과 천장天將들이 쏟아져 내려왔다. 송나라 진영에서는 곧 말들이 울부짖고 군사들은 소리치면서 사방으로 달아났다. 교도청이 4명의 편장과 함께 군사를 휘몰아 돌격했다. 번서의 법술은 아무런 효과가 없어 적을 저지하지 못하고 말을 돌려 달아났다.

북군들이 뒤를 추격해오자 지극히 위급한 상황에 빠져버렸다. 그때 갑자기 송군 방책 가운데서 한 줄기 황금빛이 비추면서 모래바람을 흩어버리더니 천병과 신장들이 모두 어지럽게 진 앞에 떨어졌다. 사람들이 보니 모두가 오색종이를 오려 만든 것들이었다. 교도청은 신병법神兵法이 깨지는 것을 보고는 신통력을 발휘했다. 머리를 풀어헤치고 보검을 잡고는 주문을 외우면서 소리쳤다.

"가라!"

다시 삼매신수 법술을 펼치자, 잠깐 사이에 수천 가닥의 검은 기운이 임계壬癸 방위로부터 몰려왔다. 그때 송군 진영에서 한 선생이 말을 몰아 진 앞으로 나오더니, 송문고정검을 잡고 입으로 주문을 외면서 소리쳤다.

"가라!"

별안간 허공에서 누런 전포를 입은 신장들이 무수히 내려와 북쪽으로 날아가면서 그 검은 기운들을 모조리 없애버렸다. 깜짝 놀란 교도청은 당황해하며 어찌할 바를 몰랐다. 송 군사들은 선생이 요술을 깨뜨리는 것을 보고는 일제히 욕설을 퍼부었다.

"교도청, 요사스런 도적놈아, 이제 수단이 뛰어난 분이 오셨다."

이 말을 들은 교도청은 부끄러움으로 귀까지 빨개지면서 이내 본진으로 물러났다. 교도청이 평생의 신통력을 발휘해도 오늘은 고개를 숙이고 기가 꺾인 것이다. 바로 삼강三江의 물을 모조리 퍼내도 얼굴 가득한 부끄러움은 씻어내기 어려운 것이다.

결국 송 진영에서 요술을 깨뜨린 그 선생이 누구인지는 다음 회에 설명하노라.

육화진六花陣

『이위공문대李衛公問對』에 당 태종과 이정李靖이 나눈 대화 가운데 '육화진'에 관한 내용이 실려 있다.

'태종太宗이 말하기를, "짐이 이적李勣과 병법을 토론했는데 대부분이 경(이정)과 상통했소. 단지 이적의 연구는 출처가 없었는데, 경이 창제한 육화진법은 무엇을 근거로 나온 것이오?"라고 했다. 이정이 대답하기를, "신의 육화진법은 제갈량의 팔진도八陣圖를 근거로 추론한 것입니다. 그 기본 원칙은 큰 진이 작은 진을 포용하고 큰 군영이 작은 군영을 포함하는 것으로 사방 네 모퉁이가 서로 연결되고 구불구불 서로 대응하는데 제갈량의 팔진도가 본래 이와 같습니다. 신이 창제한 육화진은 이러한 원칙을 계승한 것이기에 신의 진법 바깥의 육진은 네모난 형상을 드러내고 안쪽 중앙의 군진은 둥근 형상을 드러내기에 총체적으로 여섯 각의 꽃잎 형상과 같아 육화진이라 합니다"라고 했다.'

술법 대결[1]

송 진영에서 교도청의 요술을 깨뜨린 선생은 바로 입운룡 공손승이었다. 그는 위주에 있다가 송 선봉의 명을 받고 왕영·장청·해진·해보와 함께 밤을 새워 군영으로 달려왔다. 군영으로 들어와 송 선봉에게 인사를 하고 있을 때 마침 교도청이 요술을 부려 번서를 패배시켰던 것이다. 그날은 2월 8일로 간지干支로 따지면 무오戊午일이었고 무戊는 토土에 속한다. 공손승은 천간신장天干神將을 청해 임계수壬癸水를 격파하게 하고 요사스런 기운을 제거해버림으로써 구름 한 점 없는 맑은 날씨가 나타나도록 한 것이었다. 송강과 공손승이 함께 말을 타고 진 앞으로 나가보니 교도청이 얼굴 가득 부끄러운 기색을 띠고 군마를 이끌고 남쪽으로 달아나고 있었다. 공손승이 송강에게 말했다.

"교도청이 술법이 격파되어 달아나고 있지만 만약 그를 성으로 들어가게 내버려두면 깊게 뿌리를 내려 꼭지가 단단해질 겁니다. 형님께서는 서둘러 명을

1_ 제96회 제목은 '幻魔君術窮五龍山(환마군은 오룡산에서 법술이 궁해지다), 入雲龍兵圍百谷嶺(입운룡은 군사들로 백곡령을 에워싸다)'이다.

내려 서녕과 색초에게 5000명의 군사를 이끌고 동쪽 길로 해서 남문으로 가서 길을 차단하게 하고, 왕영과 손신에게 군사 5000명을 이끌고 서문으로 가서 저지하게 하십시오. 패해 도망쳐오는 교도청의 군사들을 만나게 되면 성으로 들어가는 길만 막고 그들과 전투를 벌일 필요는 없습니다."

송강은 그 계책에 따라 명을 전달했고 배치된 장수들은 명에 따라 떠났다.

때는 사시쯤으로 송강은 공손승과 함께 임충·장청·탕륭·이운·호삼랑·고대수 등 두령 7명과 군마 2만 명을 통솔하고 적을 뒤쫓았다. 북군 장수 뇌진 등은 교도청을 보호하면서 싸우며 달아났다. 앞에 또 한 떼의 군마가 나타났는데, 손기와 섭신이 군사를 이끌고 호응하러 온 것이었다. 그들은 병력을 합쳤고 막 오룡산 방책에 당도했을 때, 뒤쪽에서 징을 울리고 북을 두드리며 함성 소리가 하늘에까지 이어졌는데 송군이 날듯이 추격해온 것이었다. 손기가 말했다.

"국사께서는 방책 안에서 주둔하고 계십시오. 이 손기 등이 저놈들과 생사를 걸고 승부를 겨루겠습니다."

교도청은 장수들의 면전에서 허풍을 떨었고 하물며 자신이 법술을 펼쳤을 때 적수를 만난 적이 없었다. 그런데 지금 송군에게 추격을 당하게 되자 부끄럽고 화가 나서 손기에게 말했다.

"자네들은 잠시 뒤로 물러나 있게. 내가 나가서 대적하겠네."

교도청은 즉시 대오를 점검하고 진세를 펼치고는 말을 타고 앞장섰다. 뇌진 등의 장수들은 좌우에서 에워쌌다. 교도청이 크게 소리 질렀다.

"물가의 도적놈들아, 어찌 이토록 사람을 업신여긴단 말이냐! 내가 다시 네놈들과 결단코 승패를 가리겠다."

원래 교도청은 경원에서 성장했는데 그곳은 서북쪽 끝에 있는 지방이라 산동과는 길이 아주 멀어 송강과 그 형제들에 대해서 상세히 알지는 못했다.

송군의 진에서도 깃발을 좌우로 흔들자 들썩거리며 진세를 펼쳤다. 양쪽 진영이 마주하자 화각을 불고 전고가 일제히 울렸다. 남쪽 진에서 누런 깃발을 휘두르자 문기가 열리면서 두 사람이 말을 타고 진 앞으로 나섰다. 오른쪽 말에는 산동의 호보의 급시우 송 공명이 타고 있었고, 왼쪽 말에는 입운룡 공손일청이 타고 있었는데 손에 검을 들고는 교도청을 가리키며 말했다.

"네가 배운 술법은 모두 외도外道에 불과하고 정법正法은 듣지 못했구나. 어서 말에서 내려 귀순하거라!"

교도청이 자세히 살펴보니 바로 자신의 술법을 깨뜨린 선생이었다. 그의 차림새를 보니,

쓰고 있는 성관星冠[2]은 옥을 쌓은 듯하고, 금실 두른 학창의 입었네. 구궁九宮 의복은 구름과 놀처럼 찬란한데, 폭풍우 일으키는 오행 방술의 비결 숨기고 있구나. 허리엔 여러 색의 채색 실을 땋은 끈 묶고, 손에는 송문고정검 들었도다. 구름 모양의 코가 치켜 들린 붉은 신발 신고, 머리 쳐든 누런 갈기의 말을 탔구나. 팔자 눈썹에 살구 같은 눈, 구레나룻은 입술 가렸네.

星冠攢玉, 鶴氅縷金. 九宮衣服燦雲霞, 六甲風雷藏寶訣. 腰繫雜色彩絲條, 手仗松紋古定劍. 穿一雙雲縫赤朝鞋, 騎一匹黃鬃昂首馬. 八字神眉杏子眼, 一部掩口落腮鬚.

교도청이 공손승에게 말했다.

"오늘 내 술법이 영험하지 않은 것은 우연일 따름이다. 내가 어떻게 너에게 항복해야 한단 말이냐?"

공손승이 말했다.

"네놈이 또 그 좆같은 술법을 감히 부려보겠다는 거냐?"

교도청이 소리 질렀다.

2_ 성관星冠: 국자를 뒤집은 듯한 형상으로 도교도들이 쓰는 일종이 도관道冠이다.

"네놈이 나를 우습게 보는데 내 술법을 다시 보여주마!"

교도청은 정신을 차리고 입으로 주문을 외우면서 자기편 장수 비진을 손으로 가리켰다. 그러자 비진이 손에 들고 있던 점강창이 다른 사람에게 빼앗기듯이 날쌔게 손을 떠나 마치 등사騰蛇[3]처럼 공손승을 향해 날아가더니 찔렀다. 이번에는 공손승이 검으로 진명[4]을 가리키자 낭아곤이 진명의 손을 떠나 날아오는 강창에 맞섰다. 두 병기가 일진일퇴하며 공중에서 회오리바람처럼 서로 싸움을 벌였다. 양군에서는 번갈아 소리 지르며 갈채를 보냈다. 그때 갑자기 요란한 소리가 울리면서 양군이 함성을 질렀다. 공중에서 낭아곤이 점강창을 때려 떨어뜨리면서 '통' 소리가 났던 것이다. 그 점강창은 북군의 전고에 꽂히면서 구멍이 뚫렸고 북을 두드리던 군사는 놀라 낯이 흙빛이 되었다. 낭아곤은 다시 진명의 손에 쥐어져 있었는데, 마치 한 번도 진명의 손을 떠난 적이 없었던 것 같았다. 송 군사들은 눈이 침침하여 옷의 이음새가 보이지 않는 것처럼 눈꺼풀을 붙이고는 웃어댔다.

공손승이 소리 질렀다.

"너는 거장 앞에서 도끼를 휘두르는 것이냐!"

교도청은 다시 주문을 외면서 손으로 북쪽을 향해 한 번 흔들며 소리쳤다.

"가라!"

그러자 북군 방책 뒤쪽의 오룡산 골짜기에서 별안간 한 조각 검은 구름이 일더니 구름 속에서 흑룡 한 마리가 비늘을 펴고 갈기를 팽팽히 부풀려 올리고는 앞으로 날아왔다. 공손승이 '하하' 웃으면서 손을 들어 오룡산을 향해 흔들자 오룡산 골짜기에서 번개가 번쩍이더니 황룡 한 마리가 구름과 안개 속에서 날아와 흑룡을 막아서서 공중에서 싸움을 벌였다. 교도청이 또 소리를 질렀다.

3_ 등사騰蛇: 비사飛蛇라고도 하며 고대 문헌에서 구름을 타고 안개를 모는 뱀이다.
4_ 『수호전전교주』에 따르면 "이곳에서 진명이 출현해서는 안 된다. 당시 진명은 노준의 부대에 소속되어 있었다"고 했다.

"청룡은 빨리 오너라!"

그러자 산 정상에서 청룡 한 마리가 날아왔는데 뒤따라 또 백룡 한 마리가 날아와서는 청룡을 가로막았다. 양군은 눈을 크게 뜨고 입을 벌린 채 보고만 있었다. 교도청이 검을 잡고서 큰소리로 외쳤다.

"적룡은 빨리 나와 도우라!"

잠깐 사이에 산골짜기에서 또 적룡 한 마리가 오르더니 춤추듯 날아왔다. 다섯 마리 용이 공중에서 어지럽게 춤을 추니, 금金·목木·수水·화火·토土 오행이 서로 조화를 이루고 서로 충돌하면서 한 덩어리가 되었다. 그때 광풍이 크게 일어나면서 양쪽 진에서 깃발을 들고 있던 군사들이 휘감아 치는 바람에 수십 명이 줄지어 쓰러졌다. 공손승이 왼손에 검을 들고 오른손에 든 먼지떨이를 공중으로 던지자, 먼지떨이가 공중에서 돌더니 큰 기러기만한 새로 변해 날아갔다. 잠시 뒤에 새가 점점 거대해지면서 회오리바람을 일으키며 곧장 하늘 제일 높은 곳까지 올라가서는 대붕大鵬으로 변했다. 날개는 마치 하늘을 가리는 구름과 같았는데,[5] 다섯 마리 용을 향해 내려와 들이쳤다. 그때 '직직' 소리가 들리고 푸른 하늘에 벼락이 치더니 다섯 마리 용의 비늘이 흩어져 흩날렸다. 원래 오룡산에는 신비하고 기이한 현상들이 발생하고 있어 산속에는 항상 오색구름이 나타났으며 용신龍神이 주민들의 꿈에 자주 나타났다. 이 때문에 주민들이 사당을 세우고 중간에 용왕龍王의 위패를 모셔두었다. 또한 다섯 방위에 따라 청青·황黃·적赤·흑黑·백白의 다섯 마리 용을 기둥에 감돌게 했는데 모두가 흙으로 빚은 다음 금박으로 칠했다. 지금 두 사람이 술법을 사용하여 그 다섯 마리 용들을 서로 싸우게 한 것이었다. 공손승의 먼지떨이가 변한 대붕이 그 다섯 마리의 진흙으로 빚은 용을 후려쳐서 부숴버리자 그 조각들이 북군의 머리 위

5_ 『장자』「소요유逍遙遊」에 따르면 "그곳에는 또 붕鵬이라는 새가 있다. 그 등은 태산과 같이 크고 날개를 펴면 하늘을 가리는 구름 같았다有鳥焉, 其名爲鵬, 背若泰山, 翼若垂天之雲"고 했다.

로 어지러이 떨어진 것이었다. 북군은 소리를 지르면서 몸을 피하느라 정신없었다. 오랜 세월 마르고 단단해진 흙덩이들이 떨어지면서 얼굴이 찢어지고 이마가 깨져 선혈이 흘러내렸다. 다친 자가 200명이 넘었고 군사들은 사방으로 달아났다. 교도청은 더 이상 쓸 술법이 없어 구해낼 수가 없었다. 허공에서 떨어진 누런 진흙의 용꼬리가 교도청의 머리에 떨어지면서 하마터면 머리가 깨질 뻔했는데 다행히 쓰고 있던 도관道冠만 찌그러졌다. 이때 공손승이 손을 한번 흔들자 대붕은 조용히 사라지고 먼지떨이는 이전처럼 공손승의 손에 돌아와 있었다.

교도청이 다시 요술을 부리려 하자, 공손승이 오뢰정법五雷正法의 신통력을 발휘했다. 그러더니 교도청의 머리 위에 금갑신인金甲神人이 나타나 호통쳤다.

"교열은 말에서 내려 포박을 받아라!"

교도청이 입으로 중얼중얼 주문을 외웠지만 터럭만큼의 영험도 나타나지 않았다. 당황한 교도청은 어떻게 손쓸 방법이 없자 이내 말을 박차고 본진을 향해 달아났다. 그걸 본 임충이 말고삐를 놓고 창을 잡고는 뒤쫓으며 소리를 질렀다.

"요사한 도사는 달아나지 마라!"

북군 진에서 예린이 칼을 들고 질주해오더니 임충을 막아 세웠다. 또 뇌진이 극을 들고 말을 달려나와 싸움을 도우려 하자 이쪽에서 탕륭이 철과추鐵瓜鎚를 들고 달려가 막았다. 양군이 연이어 함성을 지르는 가운데, 네 장수가 두 쌍으로 나뉘어 진 앞에서 싸움을 벌였다. 예린과 임충이 20여 합을 싸웠으나 승패를 가리지 못했다. 임충이 빈틈을 노려 창으로 예린의 말 다리를 찌르자 말이 거꾸러지면서 예린이 말에서 뒤집어지며 떨어졌다. 임충은 예린의 명치와 겨드랑이를 향해 한 창으로 찔러 죽였다. 뇌진은 탕륭과 한창 싸우고 있었는데 예린이 말에서 떨어지는 것을 보고는 빈틈을 보이는 척하며 말머리를 돌려 달아났다. 탕륭이 뒤쫓아 철과추로 뇌진의 정수리를 내리치자 투구와 함께 머리통이 깨지면서 말에서 떨어져 죽었다. 이때 송강이 채찍 끝으로 가리키자 장청·이운·호삼랑·고대수가 일제히 돌진했다. 북군은 크게 어지러워지면서 사방으로 흩어져 달아나다가 수없이 죽임을 당했다.

손기·섭신·비진·설찬은 교도청을 보호하면서 오룡산 방책을 버리고 군사를 이끌고 소덕성으로 들어가려 했다. 산비탈을 돌아 성에서 아직 6~7리 떨어진 곳에 이르렀을 때, 앞에서 요란하게 전고 소리가 울리고 함성이 크게 진동하더니 동쪽 오솔길에서 한 무리의 병마가 튀어나왔다. 앞장선 두 장수는 금창수 서녕과 급선봉 색초였다. 양군이 아직 맞붙어 싸우기도 전에 소덕성을 지키고 있던 대미와 옹규는 성 밖에서 싸움이 벌어지는 것을 보고 군사 5000명을 이끌고 남문을 열고 나와 호응했다. 서녕과 색초는 병력을 나눠 적을 막았다. 색초는 군사 2000명을 이끌고 북쪽의 적을 막았다. 대미가 앞장서서 색초와 10여 합을 싸웠지만 색초가 휘두른 금잠부에 찍혀 두 동강이 나고 말았다. 옹규가 급히 군사를 이끌고 성으로 들어가려 하자, 색초가 그 뒤를 쫓았다. 북군 100여 명을 죽이고 곧장 남문 성 아래에 이르렀지만 옹규의 병마는 이미 성으로 들어간 다음이었다. 옹규는 급히 조교를 잡아당겨 올리고 성문을 굳게 닫았다. 성 위에서 뇌목과 포석이 비처럼 쏟아져 내리자 색초는 하는 수 없이 군사를 돌렸다.

한편 서녕은 군사 3000명을 이끌고 북군의 퇴로를 차단했다. 그때 북군은 비록 한바탕 꺾이기는 했지만 이때도 여전히 2만여 명이 남아있는 상태였다. 손기와 섭신 두 장수는 서녕의 병마를 대적하며 저지하고 비진과 설찬은 싸울 마음이 없어져 군사 5000명을 이끌고 교도청을 보호하면서 서쪽으로 달아났다. 서녕은 손기와 섭신 두 장수에 맞서 힘껏 싸웠지만 북군에게 포위당하고 말았으니 바로 중과부적으로 한가운데서 둘러싸이고 말았다. 그때 색초와 송강이 남북 양쪽 길로 병마가 모두 당도했고 손기와 섭신은 삼면의 공격을 당해내지 못했다. 섭신은 서녕의 금창에 왼쪽 어깨를 찔려 말에서 떨어졌고 인마에 짓밟혀 진흙이 되고 말았다. 손기는 길을 뚫고 달아나려 했지만 장청이 뒤쫓아 가서 한 창으로 등을 찔러 말 아래로 떨어뜨렸다. 북군은 대패하여 3만의 군마 가운데 태반이 죽임을 당했다. 시체가 들판을 뒤덮고 흐르는 피가 강을 이루었다. 북군이 내버린 징과 북, 깃발과 갑옷, 마필이 그 수를 헤아릴 수 없었다. 살아남은 나머지 병마는 사방으로 흩어져 달아났다.

송강·공손승·임충·장청·탕륭·이운·호삼랑·고대수와 서녕·색초가 군마를 한 곳에 합치자 모두 2만5000명이었다. 교도청이 비진·설찬과 함께 5000기 병마를 이끌고 서쪽으로 도망쳤다는 것을 듣고 뒤를 쫓으려 했다. 그러나 때는 이미 신시인데다 병마가 하루 종일 고군분투하느라 배도 고프고 피곤했다. 송 선봉이 병마를 거두어 방책으로 돌아가 쉬려고 하는데, 별안간 송 선봉 등의 병마가 오랜 시간 격전을 벌이고 있다는 것을 알고 군사 오용이 특별히 번서·선정규·위정국에게 병마 1만 명을 점검하고 횃불을 준비하여 호응하러 보냈다는 보고가 들어왔다. 송 선봉이 크게 기뻐하자, 공손승이 말했다.

"이미 새로운 한 갈래 군마가 생겼으니 형님은 두령들과 함께 방책으로 돌아가 휴식을 취하십시오, 저는 번서·선정규·위정국 세 두령과 함께 군사를 이끌고 교도청을 추격하여 반드시 그놈의 항복을 받아내겠습니다."

송강이 말했다.

"동생의 신령스런 공력 덕분에 재난에서 벗어났네. 동생도 멀리서 와서 노곤할 테니 함께 본영으로 돌아가 쉬고 내일 다시 의논하세. 교도청 이놈은 술법이 깨져 계책도 궁해졌을 것이니 더 이상 염려할 것이 없네."

공손승이 말했다.

"형님께서는 모르시는 게 있습니다. 제 스승이신 나진인께서 항상 제게 말씀하시기를, '경원에 교열이란 자가 있는데 도를 닦을 만한 기질을 지니고 있다. 이전에 나를 찾아온 적이 있었는데 내가 잠시 그와의 만남을 거절했다. 이 때문에 그는 사악한 마음이 더욱 심해진데다 사방으로 백성에게 악행을 저지르고 살인 행위를 끝내지 않고 있다. 그러나 훗날 사악한 마음이 점차 물러나면서 기회와 인연이 생겨 덕이 있는 사람을 만나 굴복하게 될 것이다. 너를 만날 인연이 있을 것이니 네가 그를 교화시키도록 해라. 훗날 그가 심원하고 미묘한 도리를 깨달게 되면 또한 쓰일 데가 있을 것이다'라고 했습니다. 제가 위주에서 형님의 명을 받고 오는 길에 그 요망한 자의 내력을 물어보았더니, 장청 장군이 말하기를 항복한 장수 경공이 그에 대해 자세히 알고 있는데, 교도청이 바로 경현의 교열이라고 했습니다. 마침 그의 술법을 보셨지만 제 술법과 대등하고 비슷합니다. 저는 스승이신 나진인께서 오뢰정법을 전수해주셨기 때문에 그의 술법을 깨뜨릴 수 있었습니다. 이 성의 이름이 '소덕昭德'이니, 스승께서 말씀하신 '우덕마항遇德魔降'이라는 법어에 부합됩니다. 만약 그를 도망치도록 내버려둔다면 이 자는 수행을 방해하는 요서에 빠져 스승의 뜻을 어기게 됩니다. 이 기회를 놓치지 않고 제가 즉시 군사를 이끌고 추격하여 반드시 항복을 받아내도록 하겠습니다."

공손승이 두루 이야기하는 것이 송강의 가슴을 탁 트이게 하자 칭찬해마지 않았다. 송강은 장수들과 군마를 통솔하여 군영으로 돌아가 휴식을 취했다. 공손승은 번서·선정규·위정국과 함께 1만 명의 군마를 이끌고 교도청을 추격했음은 더 이상 말하지 않겠다.

한편 교도청은 비진·설찬과 함께 패잔병 5000명을 이끌고 소덕성 서쪽으로 달아났다. 서문으로 들어가려고 하는데, 갑자기 고각이 일제히 울리면서 앞의 밀림 뒤쪽에서 한 무리의 군마가 날듯이 튀어나왔다. 앞장선 두 장수는 왜각호 왕영과 소울지 손신이었다. 두 사람이 군사 5000명을 이끌고 진세를 펼쳐 교도청의 가는 길을 차단했다. 비진과 설찬이 결사적으로 부딪치자 손신과 왕영은 공손일청의 명에 따라 단지 그들이 성으로 들어가지만 못하게 하고 뒤를 쫓지는 않고 북쪽으로 달아나도록 내버려뒀다. 성안에서는 교도청의 술법이 궁해지고 대패한데다 송군의 세력이 강대한 것을 알고는 성을 잃을까 두려워 성문을 단단히 닫은 채 감히 호응하러 나오지 못했다.

잠시 뒤에 손신과 왕영은 번서·선정규·위정국과 함께 군사를 이끌고 날듯이 추격해오고 있는 공손승을 만났다. 공손승이 말했다.

"두 두령은 잠시 본영으로 돌아가 휴식을 취하도록 하시오. 이 빈도가 저들을 추격하겠소."

손신과 왕영은 명에 따라 방책으로 돌아갔다. 이때는 이미 유시 무렵이었다. 한편 교도청은 비진·설찬과 함께 패잔병을 이끌고 마치 상갓집 개와 그물에서 빠져나간 물고기처럼 급히 북쪽을 향해 달아나고 있었다. 공손승은 번서·선정규·위정국과 함께 군사 1만 명을 이끌고 뒤를 바짝 추격했다. 공손승이 소리 질렀다.

"교도청은 어서 말에서 내려 항복하라! 잘못된 것에 집착하지 마라!"

교도청은 앞쪽 말 위에서 큰소리로 대답했다.

"사람은 각기 그 주인을 위하는 법이다. 너는 무슨 까닭으로 나를 이토록 심하게 핍박한단 말이냐?"

때는 날이 이미 저물어 송군은 횃불을 밝혔고 대낮처럼 밝게 비추었다.

교도청이 좌우를 둘러보니 비진과 설찬, 그리고 30여 기만 남아 있을 뿐 나머지 인마는 이미 사방으로 흩어져 달아나고 없었다. 교도청이 검을 뽑아 스스로 목을 베려 하자 비진이 황급히 검을 빼앗으며 말했다.

"국사께서는 이러지 마십시오."

비진이 손으로 앞에 있는 산을 가리키며 말했다.

"저 산에 몸을 숨길 수 있을 겁니다."

교도청은 모든 힘을 다 써서 어쩔 수 없는 상황에 두 장수와 함께 산봉우리로 달려 들어갔다. 원래 소덕성 동북쪽에 백곡령百谷嶺이란 산이 있었는데, 신농씨神農氏가 백 개의 골짜기 풀을 맛보았던 곳이라고 전해지고 있었다. 이 때문에 산속에 신농씨의 사당이 있었다. 교도청은 비진·설찬과 함께 신농씨의 사당에 들어갔는데, 수하에는 15~16기만 남아 있었다. 공손승은 교도청을 항복시키고자 했기 때문에 그들이 산속으로 들어가도록 내버려두었다. 그렇지 않았다면, 송군이 추격해 1만 명의 교도청이 있다 하더라도 모두 죽여버렸을 것이다.

장황한 말은 그만두고 본론으로 들어가서, 공손승은 교도청이 백곡령으로 들어간 것을 알고는 병마를 네 갈래 길로 나누어 군영을 세우고 백곡령을 사면으로 에워쌌다. 2경쯤에 별안간 동서 양쪽 길에서 불빛이 크게 일어났다. 송 선봉이 방책으로 돌아가서는 임충과 장청에게 각기 군사 5000명을 이끌고 달려가 적 상황을 정탐하도록 명했던 것이다. 공손승과 군사를 합치니, 모두 2만 명의 인마가 되었다. 각기 울타리 방책을 세우고 교도청을 에워싸 곤경에 빠뜨린 것은 더 이상 말하지 않겠다.

이튿날 송강은 공손승 등이 병마를 이끌고 교도청을 백곡령에서 포위하고 곤경에 빠뜨렸다는 소식을 탐지하고서 오 학구와 성을 공격할 계책을 상의했다. 대군에게 명을 내려 울타리 방책을 뽑고 소덕성 아래로 진격했다. 송강은 장수들을 나누어 소덕성을 물샐 틈 없이 에워쌌다. 성안에서는 섭성 등이 성을 굳게 지키고만 있었다. 송군은 연이어 이틀을 공격했지만, 성은 여전히 격파되지 않았다. 송강은 성 남쪽 방책에 있으면서 성을 공격해도 함락시키지 못하자 몹시 걱정했다. 이규 등이 사로잡혀 갔는데 그 목숨이 어떻게 되었는지도 알 수 없어 자신도 모르는 새 눈물을 줄줄 흘렸다. 오용이 위로하며 말했다.

"형님, 너무 고민하지 마십시오. 종이 몇 장만 사용하면 이 성은 손에 침 뱉는 것처럼 쉽게 얻을 수 있습니다."

송강이 황급히 물었다.

"군사는 무슨 좋은 계책이 있소?"

오용은 침착하게 두 손가락을 겹치며 계책을 말했다. 나누어 서술하면 군사들은 칼날에 피도 묻히지 않고 성을 격파하게 되었고 장사들이 창을 내던지며 싸움을 멈추니 백성이 편안하게 되었다.

결국 오 학구가 어떤 계책을 내놓았는가는 다음 회에 설명하노라.

【 제97회 】

우
덕
마
항
邊德魔降1

오용이 송강에게 말했다

"성안의 군마는 고립된 데다 허약해졌습니다. 지난날에는 교도청의 요술에
의지했지만, 지금 교도청이 패하고 곤경에 처한 것을 알고 있고 밖으로부터 구
원병도 오지 않으니 어떻게 놀라고 두렵지 않겠습니까? 제가 오늘 새벽에 운제
에 올라 살펴보았더니 성을 지키는 군사들이 모두 놀라고 두려운 기색이 역력
했습니다. 이런 기회를 이용해 저들에게 새 길을 열어주고 이로움과 해로움을
밝혀준다면 성안에서 틀림없이 장수를 포박하여 성을 나와 투항할 것입니다.
칼에 피를 묻히지 않고 이 성을 손에 침 뱉는 만큼 쉽게 얻을 수 있을 겁니다."

송강은 크게 기뻐하며 말했다.

"군사의 계책이 대단히 좋소!"

계책이 정해지자 알리는 군사 격문을 수십 장 적었다.

1_ 제97회 제목은 '陳瓘諫官升安撫(진관이 안무사로 승진되다). 瓊英處女做先鋒(경영이 선봉으로 임명되
다)'이다.

'대송大宋의 정북정선봉征北正先鋒 송강은 소덕주의 성을 지키는 장사와 백성에게 알리노라. 전호는 반역을 저질렀기에 법에 따라 반드시 주살하겠지만, 그 나머지는 협박에 못 이겨 따른 것이니 정상을 참작할 만하다. 성을 지키는 장사들은 정당하지 못한 길에서 돌아서서 바른 길로 돌아오라. 개과천선하여 군민을 이끌고 성문을 열어 투항한다면 조정에 아뢰어 죄를 사면하고 임용될 수 있도록 하겠노라. 만약 장사들이 잘못이 있는데도 끝내 뉘우쳐 고치지 않는다면, 너희 군민들은 모두 송나라의 자식 같은 백성이니 속히 대의를 일으켜 장수들을 포박하여 천조天朝에 귀순하라. 앞장서는 자에게는 무거운 상을 내리고 공적을 보고하여 승진할 수 있도록 상주할 것이다. 잘못을 고집하고 머뭇거린다면 성이 격파되는 날 옥석玉石이 함께 불타 아무것도 남지 않게 될 것이다. 이에 특별히 알리노라.'

송강은 군사들에게 명하여 격문을 화살에 묶어 사방에서 성안으로 쏘아보내도록 했다. 그리고 각 성문의 공격을 잠시 늦추고 성안의 동정을 살피도록 명했다. 이튿날 날이 밝자 성안에서 함성이 하늘을 진동하더니 네 개의 성문에 항복 깃발이 세워졌다. 성을 지키던 편장 김정과 황월이 군민들을 모아 부장 섭성·우경·냉녕을 죽이고 그 수급을 대나무 장대 끝에 매달아 송군에게 내보였다. 감옥에서는 이규·노지심·무송·유당·포욱·항충·이곤·당빈을 풀어주고 가마에 태워 성문을 활짝 열고 밖으로 내보냈다. 군민들은 향화와 등촉을 밝히고 송군의 입성을 영접했다. 송 선봉은 크게 기뻐하면서 각 성문 밖에 있는 장수들에게 군마를 통솔하여 차례대로 성으로 들어가라고 알리도록 했다. 칼에 피를 묻히지도 않고 백성을 터럭만큼도 범하지 않았으니, 환호성이 우레처럼 진동했다.

송강이 원수부에 올라앉자 노지심 등 8명이 앞으로 나와 절하며 말했다.

"형님, 하마터면 뵙지 못할 뻔했습니다! 형님의 위력 덕분에 이렇게 다시 모이게 되니, 마치 꿈속에 있는 것만 같습니다."

송강을 비롯한 모든 두령이 감격하여 눈물을 흘렸다. 잠시 뒤에 김정과 황월이 옹규·채택·양춘을 데리고 와서 절을 올렸다. 송강이 황급히 답례한 뒤 그들을 부축해 일으키며 말했다.

"장군들이 대의를 일으켜 많은 목숨을 보전했으니 이는 세상에 보기 드문 공이오."

황월 등이 말했다.

"저희가 빨리 귀순하지 못했으니 죄에서 벗어날 수 없습니다. 그런데도 선봉께서 두터운 예로 맞이해주시니 진실로 깊이 감격하여 영원히 잊지 않을 것이며 목숨 바쳐 은혜에 보답할 것을 맹세합니다!"

황월 등은 또 노지심과 이규 등이 역적에게 굴복하지 않고 욕했던 일을 자세히 이야기했다. 송강은 감동하여 눈물 흘리며 칭찬했다. 이규가 말했다.

"그 좆같은 도사 놈이 백곡령에 있다고 들었어. 내가 가서 그 좆같은 놈을 도끼로 백 번쯤 찍어야 이 좆같은 기분을 풀 수 있을 거야."

송강이 말했다.

"교도청은 일청 형제가 백곡령에서 포위하고 있어 곧 항복할 것이다. 나진인께서 이미 뜻한 바가 있으시니, 동생은 경솔해서는 안 된다."

노지심이 이규에게 말했다.

"형님의 명을 어찌 감히 따르지 않겠느냐?"

이규는 비로소 가만히 있었다.

송 선봉은 방을 내걸어 백성을 위로하고 삼군 장수들에게 상을 내리고 위로했다. 공적부에 공손승과 김정·황월의 공을 차례로 기록하게 했다. 송강이 군사 사무를 처리하고 있는데, 별안간 신행태보 대종이 진녕에서 돌아왔다는 보고가 들어왔다. 대종이 원수부로 들어와 인사를 하자 송 선봉이 황급히 진녕의 소식을 물었다. 대종이 말했다.

"제가 형님의 명을 받고 진녕에 갔더니 노 선봉이 성을 공격하고 있었습니다. 노 선봉이 '내가 성을 점령하면 형님께 승전보를 전하게'라고 하면서 저를 그곳에 남도록 하여 사나흘을 머물게 되었습니다. 그런데 급하게 공격했지만 진녕을 함락시키지 못했습니다. 이번 달 6일이었습니다. 그날 밤은 안개가 짙게 깔려 지척도 분간하지 못할 정도였습니다. 노 선봉은 군사들에게 조용히 다가가서 흙 포대를 성 아래에 쌓게 했습니다. 3경이 되었을 때, 방비가 조금 허술한 성 동북쪽으로 군사들이 살그머니 흙 포대를 밟고 성 위로 기어 올라가 성을 지키던 장사 13명을 죽였습니다. 그러자 전표田彪는 북문을 열고 부딪쳐 나오면서 필사적으로 달아났습니다. 나머지 아장들은 모두 항복했습니다. 노획한 전마가 5000여 필이었고, 투항한 군사는 2만여 명이었으며, 죽은 자는 매우 많았습니다. 이렇게 노 선봉은 진녕을 점령했습니다. 날이 밝아오고 안개가 걷히자 백성을 위로하고 있었는데 별안간 위승의 전호가 전수인 손안을 파견해 장수 10명과 군마 2만 명을 통솔하며 진녕을 구원하러 오고 있고 성에서 10리 떨어진 곳에 진지를 구축하고 주둔했다는 보고가 들어왔습니다. 노 선봉은 즉시 진명·양지·구붕·등비에게 군사를 이끌고 성을 나가 적에 맞서게 하고, 노 선봉도 친히 군사를 이끌고 호응하러 갔습니다. 그때 진명이 손안과 50~60합을 싸웠지만 승부를 가리지 못했습니다. 노 선봉의 군마가 당도하고 손안이 용맹한 것을 보고는 노 선봉이 징을 울려 군사를 거두었습니다. 그러자 손안도 군사를 거두고 각각 군영을 세웠습니다. 노 선봉은 방책으로 돌아와서는 손안이 용맹하니 지혜로 잡아야지 힘으로 대적해서는 안 된다고 말했습니다. 다음 날 군마를 나누어 매복해두고 노 선봉이 직접 출전하여 손안과 싸웠습니다. 50여 합을 싸웠을 때 갑자기 손안이 타고 있던 전마가 앞으로 쓰러지면서 손안이 말에서 떨어졌습니다. 그러자 노 선봉이 소리치기를, '이것은 네가 싸움에서 패한 죄가 아니니, 어서 말을 바꿔 타고 와서 싸워라!'라고 했습니다. 손안이 말을 바꿔 타고 와서 다시 노 선봉과 싸웠습니다. 50여 합을 싸웠을 때 노 선봉이 패한 척하며 달아나면서 손안이 숲까지 추격해오도록 유인했습니다. 그때 포성이 올리면서 양쪽의 복병이 일제히 튀어나왔습니다. 손안은 미처 손쓸 새도 없이 양쪽에서 던진 반마삭絆馬索[2]에 걸려 고꾸라지고 말았습니다. 군사들이 달려들어 사람과 말을 산채로 잡았습니다. 북군 진영에서 진영·육청·요약 세 장수가 일제히 달려와 손안을 구출하려 했지만 이쪽에서 양지·구붕·등비가 일제히 나와 막아섰습니다. 여섯 필의 말이 쌍을 이루어 싸우는데 양지가 큰소리를 지르면서 한 창으로 진영을 찔러 말에서 떨어뜨렸습니다. 육청은 구붕과 싸웠습니다. 구붕이 빈틈을 보이자 육청이 한칼로 찍어 들어왔고 구붕이 몸을 번개 같이 피하자 육청의 칼은 허공을 찍고는 미처 칼을 거두지 못한 사이에 구붕이 한 창으로 그의 등을 찔러 죽였습니다. 요약은 두 사람이 말에서 떨어지는 것을 보고는 말을 돌려 본진으로 달아나다가, 추격해 간 등비의 쇠사슬에 맞아 투구와 머리통이 함께 부서졌습니다. 이때 노 선봉이 군사들을 휘몰아 돌격했고 북군은 대패하여 4000~5000명이 죽고 10리를 물러나 주둔했습니다. 우리 군대가 승리를 거두고 성으로 들어갔는데, 군졸들이 손안을 포박하여 끌고 왔습니다. 노 선봉이 직접 결박을 풀어주고 두터운 예로 대접하면서 천조에 귀순하도록 설득했습니다. 손안은 노 선봉의 의기를 보고는 진정으로 항복하여 귀순하기를 원했습니다. 손안이 노 선봉에게 말하기를, '성 밖에 아직 7명의 장수와 군마 1만5000명이 있습니다. 저를 성 밖으로 내보내 주시면 그들을 불러 투항하도록 하겠습니다'라고 했습니다. 노 선봉은 마음 편히 조금도 의심하지 않고 손안을 성 밖으로 내보내줬습니다. 손안은 필마단기로 북군 방책으로 가서 일곱 장수에게 항복하도록 설득했고 모두가 와서 노 선봉에게 인사를 했습니다. 노 선봉이 크게 기뻐하면서 술자리를 마련해 그들을 극진히 대접했습니다. 손안이 말하기를, '저는 교도청과 함께 군사를 이끌고 위승을 떠났는데, 교도청은 호관을 구원하러 갔

2_ 반마삭絆馬索: 적의 말을 걸어 넘어뜨리고 암살하는 밧줄.

습니다. 그는 평소에 요술을 잘 부리므로, 송 선봉께서 해를 당하지 않을까 걱정됩니다. 교도청과 저는 동향입니다. 저는 장군의 두터운 은혜에 감격했으니 호관으로 가서 소식을 정탐하고 교도청을 귀순하도록 설득해 보겠습니다'라고 했습니다. 노 선봉이 허락했고, 제게 손안을 데리고 함께 가서 승리 소식을 보고하라 했습니다. 노 선봉은 선찬·학사문·여방·곽성에게 병마 2만 명을 통솔하며 진녕을 지키게 하고서, 노 선봉은 직접 나머지 장수들과 병마 2만 명을 거느리고 분양으로 진격했습니다. 저는 어제 진녕을 출발하여 손안을 위해 신행법을 써서 왔습니다. 오는 도중에 오늘 형님이 소덕성을 포위했고 교도청이 곤경에 빠졌다는 소식을 들었습니다. 그런데 성 밖에 도착해보니, 또 형님의 대군이 이미 성으로 들어온 것을 알게 되었습니다. 그래서 특별히 형님을 뵈러 왔습니다. 손안은 지금 원수부 문 밖에서 기다리고 있습니다."

송강은 크게 기뻐하며 대종에게 손안을 데리고 들어오라고 했다. 대종이 손안을 원수부로 데리고 들어와서 인사를 시켰다. 송강이 손안을 보니 위풍당당하고 훤칠하며 속되지 않았다. 송강이 계단을 내려가 맞이하자 손안이 머리를 조아리며 절을 올리고는 말했다.

"제가 대군에 항거했으니, 그 죄가 만 번 죽어도 마땅합니다!"

송강이 연신 답례하며 말했다.

"장군은 정당하지 못한 길에서 돌아서서 바른 길로 돌아왔으니 이 송강과 함께 전호를 소멸시킵시다. 조정에 돌아가면 천자께 아뢰어 마땅히 임용되도록 하겠소."

손안이 감사의 절을 올리고 일어서자 송 선봉이 자리를 권하고 술자리를 마련해 극진히 대접했다. 손안이 말했다.

"교도청의 요술은 대단하지만 이번에 다행히 공손 선생이 깨뜨렸군요."

송강이 말했다.

"공손일청이 그를 항복시켜 정법을 전수하려고 지금 사나흘째 포위하고 곤경에 빠뜨렸는데 아직 항복할 뜻이 없는 것 같소."

손안이 말했다.

"그 사람은 저와 관계가 두터우니 그를 투항하도록 설득하겠습니다."

송 선봉은 대종을 시켜 손안과 함께 북문을 나가 공손승의 방책으로 가게 했다. 인사를 마치고 대종과 손안이 찾아온 이유를 공손승에게 자세히 설명하자, 공손승은 크게 기뻐하면서 즉시 손안을 백곡령으로 들여보내 교도청을 찾아가게 했다. 손안은 명을 받고, 필마단기로 백곡령으로 들어갔다.

한편 교도청은 비진·설찬, 그리고 15~16명의 군사들과 함께 신농씨 사당에 숨어 지내면서, 사당 도인道人들에게 거친 쌀을 빌려 배고픔을 채우고 있었다. 사당에는 도인이 셋 있었는데, 그들이 몇 달 동안 탁발하여 모아놓은 양식을 교도청 등이 다 먹어치워버렸다. 하지만 그들이 숫자가 많아, 도인들은 분을 참을 뿐 감히 아무 말도 못하고 있었다. 이날 교도청은 성안에서 함성이 들려오자 사당을 나와 높은 벼랑으로 올라가 바라보았다. 성 밖의 군사들은 이미 포위를 풀었고 성문으로 인마가 출입하는 것을 보고, 송군이 이미 입성했음을 알았다. 한창 탄식하고 있는데, 갑자기 벼랑 옆 숲속에서 한 나무꾼이 걸어나왔다. 허리에는 자루 도끼를 꽂고 멜대를 지팡이 삼아 한 걸음 한 걸음 벼랑길을 올라오면서 입으로 노래를 흥얼거렸다.

산에 오르는 것은 물을 거슬러 배를 끌어당기는 것과 같고
산을 내려가는 것은 배가 물 따라 떠내려가는 것과 같네.
배를 끌어당길 때는 항상 스스로 조심해야 하지만
물 따라 내려갈 때는 언제나 자유롭다네.
내가 지금 산에 올라가지만
내려갈 계책은 미리 마련했다네.
上山如挽舟, 下山如順流.

挽舟常自戒, 順流常自由.

我今上山者, 預爲下山謀.

교도청은 여섯 구절의 나무꾼 노래를 듣고는 문득 깨닫는 바가 있어 물었다.

"자네는 성안 소식을 아는가?"

나무꾼이 말했다.

"김정과 황월이 부장 섭성을 죽이고 이미 성을 바쳐 송나라에 귀순했습니다. 송강 군대는 칼에 피 한 방울 묻히지 않고 소덕성을 얻었습니다."

교도청이 말했다.

"그렇게 되었구나!"

나무꾼은 말을 마치자 깎아지른 듯한 절벽을 돌아 산비탈 뒤쪽으로 가버렸다. 교도청은 또 어떤 사람이 말을 타고 혼자서 길을 찾아 산을 올라오고 있는 것을 보았다. 사당 앞으로 점점 가까이 다가오고 있었는데 교도청이 절벽에서 내려다보고 있다가 깜짝 놀랐다. 바로 전수 손안이었다.

"저 사람이 어째서 여기에 왔을까?"

손안이 말에서 내려 앞으로 와서는 예를 마치자 교도청이 황급히 물었다.

"전수는 군사를 이끌고 진녕으로 간 것으로 아는데 어째서 혼자 이곳에 왔소? 산 아래에 많은 군마가 있을 텐데, 어째서 저지하지 않았소?"

손안이 말했다.

"형님께 알려드릴 것이 있어서 왔습니다."

교도청은 손안이 '국사'라고 부르지 않는 걸 보고 이미 어느 정도는 의심이 들었다. 손안이 말했다.

"일단 사당으로 가서 자세히 말씀드리겠습니다."

두 사람이 사당으로 들어가자, 비진과 설찬이 모두 와서 인사했다. 손안은 진녕에서 자신이 사로잡혔다가 투항한 일을 두루 이야기했다. 교도청은 묵묵히 말이 없었다.

손안이 말했다.

"형님은 의심하지 마십시오. 송 선봉 등은 대단한 의기가 있는 사람들입니다. 우리가 그 휘하에 의탁하여 천조에 귀순한다면, 나중에 역시 좋은 결과를 얻을 수 있을 것입니다. 제가 여기 온 것은 특별히 형님을 위해서입니다. 형님은 이전에 나진인을 찾아간 적이 있지 않습니까?"

교도청이 서둘러 물었다.

"자네가 그걸 어떻게 아는가?"

"그때 나진인이 형님을 만나주지 않고, 동자를 시켜 전해준 말이 '우덕마항遇德魔降' 아니었습니까?"

교도청은 얼른 대답했다.

"있었지. 그런 일이 있었네."

"형님의 술법을 깨뜨린 사람이 누군지 아십니까?"

"그와 맞서기는 했지만, 단지 송나라 군중 사람이라는 것만 알 뿐 그의 내력은 알지 못하네."

"그는 바로 나진인의 제자로 공손승이라 합니다. 지금은 송 선봉의 부군사입니다. 나진인께서 주신 이 법어를 그가 설명해줬습니다. 이 성의 이름이 '소덕昭德'인데, 여기서 형님의 술법이 깨졌으니, 바로 '덕 있는 자를 만나 마성魔性을 버리고 항복한다'는 말에 부합되지 않습니까? 공손승은 나진인의 뜻에 따라 형님을 교화시켜 함께 정도로 돌아가고자 하는 것입니다. 그래서 병마로 포위만 하고 산으로 올라와 형님을 사로잡지 않고 있는 겁니다. 그가 이미 법술로 형님을 이겼으니, 형님을 해치려 했다면 또 무엇이 어렵겠습니까? 형님은 잘못을 고집하지 마십시오."

교도청은 그 말을 듣고 크게 깨달아, 결국 손안과 함께 비진과 설찬을 데리고 산을 내려가 공손승에게 갔다.

손안이 먼저 군영으로 들어가 알리자, 공손승이 방책을 나와 영접했다. 교도청은 방책으로 들어가 엎드려 절하며 죄를 청했다.

"법사의 자애로움을 받았습니다. 이 교도청 한 사람으로 인해 대군을 수고롭게 했으니 그 죄가 더욱 깊습니다!"

공손승은 크게 기뻐하면서 연신 답례를 하고 손님을 예로써 대접했다. 교도청은 공손승의 이 같은 의기를 보고 말했다.

"제가 눈이 있어도 훌륭한 분을 알아보지 못했습니다. 오늘부터라도 법사의 곁에서 시중이라도 들 수 있다면 평생의 행운이라 하겠습니다."

공손승은 명을 내려 포위를 풀도록 했고 번서를 비롯한 장수들은 사방의 울타리 방책을 뽑고 출발했다. 공손승은 교도청·비진·설찬을 데리고 성으로 들어가 송 선봉에게 인사시켰다. 송강은 예로써 대접하고 좋은 말로 위로했다. 교도청은 송강이 겸손하며 온화한 것을 보고 더욱 흠모했다. 잠시 후, 번서·선정규·위정국·임충·장청이 모두 당도했다. 송강은 명을 내려 모든 군마를 거두어 성으로 들어와 주둔하게 했다. 송강은 연회를 열어 축하했다. 연석에서 공손승이 교도청에게 말했다.

"족하의 술법은, 위로는 여러 겁劫 동안 수행하여 허공삼매虛空三昧를 깨닫고 신통력을 가진 여러 보살보다 못하고, 중간으로는 수십 년 동안 납을 추출하고 수은을 첨가하는 수행을 하고[3] 골수와 근육을 바꾸어 비로소 사람의 몸뚱이에서 벗어나 천계天界로 승천하고 티끌세상을 초월하여 인생을 놀이 삼아 사는 봉래산 36곳에 사는 신선들보다 못하오. 그대는 단지 주문에 의지해 일시적으로 답습하면서 천지의 정련되고 순수한 재능[4]을 훔치고 귀신의 운용을 빌렸을

3_ 원문은 '추첨수화抽添水火'다. 『수호전전교주』에 따르면 "추연첨홍抽鉛添汞(납을 추출하고 수은을 첨가하다)을 말하는 것으로 도가의 수련 공부 가운데 하나다. 『선술비고仙術秘庫』에 이르기를, '납을 추출하여 대약大藥(외단外丹)을 만들고 수은을 첨가하여 단전丹田을 보충한다'고 했다."

4_ 원문은 '정영精英'이다. 『수호전전교주』에 따르면 "정영은 즉 영정英精이다. 정수영화精粹英華(정련되고 순수한 재능)를 말하는 것과 같다. 지금은 정화精華(정수)를 말한다"고 했다.

뿐이오. 불가佛家에서는 이를 '금강선사법金剛禪邪法'이라 하고, 선가仙家에서는 '환술幻術'이라고 하는 것이오. 이런 술법으로 세속을 초월하여 성역聖域으로 들어가려 한다면 어찌 가는 털의 차이를 천리의 차이로 만드는 잘못이 아니라 할 수 있겠소!"

이 말을 들은 교도청은 마치 꿈에서 깨어난 것 같아, 그 자리에서 절을 올리고 공손승을 스승으로 모셨다. 송강 등은 공손승의 말이 명백하면서도 현묘한 것을 보고는 공손승의 신령스런 공력과 도덕을 칭찬해 마지않았다. 술자리가 끝나고 그날 밤에는 아무 일도 없었다.

이튿날 송강은 소양에게 표문을 적어 진녕과 소덕을 손에 넣었음을 조정에 상주하도록 했다. 또 서신을 써서 숙 태위에게 승전보를 알리면서, 위주·진녕·소덕·개주·능천·고평 6부 주현에 관원이 없으니 현명하고 유능한 사람을 골라 속히 보내 보충해줘야 장령들을 교체시켜 진격할 수 있다고 요청했다. 소양이 표문과 서신을 다 쓰자, 송강은 대종을 불러 그날로 출발시켰다.

대종은 명을 받고 행낭과 보따리를 매고 표문과 서찰을 가지고 날랜 군사 한 명을 선발해 따르게 했다. 송 선봉과 작별하고 신행법을 써서 다음 날 바로 동경에 도착했다. 먼저 서찰을 전달하러 숙 태위의 부중으로 갔는데, 마침 숙 태위가 있었다. 대종은 부 앞에서 양楊 우후를 찾아서 먼저 인사차 은냥을 준 다음에 서찰을 숙 태위에게 전하게 했다. 양 우후가 서찰을 받아 들어갔다가 잠시 후 다시 나와서는 대종을 불러 말했다.

"태위께서 하실 말씀이 있다 하시면서 두령을 부르십니다."

대종이 양 우후를 따라 부중으로 들어가보니, 숙 태위는 대청에 앉아 서찰을 뜯어 읽고 있었다. 대종이 인사를 하자, 숙 태위가 말했다.

"마침 중요한 때에 잘 왔네. 이렇게 공교로울 수가 있나! 지난번에 채경·동관·고구가 천자 앞에서 자네 형님 송 선봉을 탄핵했다네. 전군이 전멸하고 장수들이 죽고 군사들을 잃어 나라를 욕되게 했다며 황상이 처벌하도록 제멋대로 비방했다네. 천자께서 주저하시며 결정을 내리지 못하고 있었는데, 우정언右正言5 진관陳瓘6이 상소하여 채경·동관·고구가 충성스럽고 선량한 사람을 모함하고 선한 사람을 배제시킨다고 탄핵했다네. 게다가 자녀들의 병마가 이미 호관 요새를 넘어섰음을 아뢰고, 채경 등이 군주를 기만한 죄를 다스릴 것을 청했다네. 이 때문에 채 태사는 진관의 잘못을 찾다가 어제 천자께 아뢰기를, '진관은 존요록尊堯錄을 지어 신종神宗 황제를 요堯임금에 견주었습니다. 이는 폐하를 비방하는 의도로 빗댄 것이니 진관의 죄를 다스려야 합니다'라고 했다네. 다행히 천자께서 아직 진관에게 벌을 내리지는 않으셨네. 오늘 자네가 승전보를 가지고 왔으니, 진관도 면목이 서게 되고 나도 많은 근심을 덜게 되었네. 내일 조회 때, 내가 승전 표문을 상주하겠네."

대종은 두 번 절하며 감사했다. 부중을 나와 숙소를 찾아 쉬면서 대기했음은 말할 필요가 없다.

이튿날 아침 숙 태위가 입조했다. 도군 황제는 문덕전에서 문무백관의 알현을 받았다. 숙 태위가 배무를 하고 만세를 부른 뒤 송강의 승전보를 아뢰었다. 송강 등이 전호를 토벌하러 가서 여섯 개 주현을 회복하고 지금 사람을 보내 승첩 표문을 올렸음을 말했다. 천자가 용안에 기뻐하는 빛을 띠었다. 숙원경이 또 아뢰었다.

"정언 진관이 '존요록'를 지어 선제先帝 신종 황제를 요임금에 견주었으니 폐하께서는 순舜임금이 되시는 것으로 요임금을 존숭하는 것이 어찌 죄가 되겠습니까? 진관은 평소에 강직하고 곧으며 남에게 굴복하지 않는 사람입니다. 일을 하는데도 직언을 하고 담력과 지모도 있습니다. 폐하께서는 진관에게 관작을

5_ 우정언右正言: 송나라 때 설치된 관직 명칭. 중서성우정언中書省右正言의 줄임말로 간언하는 관원 가운데 하나로 권고를 관장했다.

6_ 진관陳瓘은 『송사』 권345에 「진관전」이 실려 있다. "휘종이 즉위하자 진관을 불러 우정언으로 삼고 좌사간左司諫으로 옮겼다"고 했다.

내리시어 하북의 병마를 감독하게 하시면 반드시 큰 공을 세울 것입니다."

천자는 숙원경의 상주를 비준하고 즉시 성지를 내렸다.

"진관에게 원래의 관직에 추밀원樞密院 동지同知를 더하여 안무安撫로 삼겠다. 어영군 2만 명을 통솔하여 송강의 부대로 가서 전쟁을 감독하고, 아울러 상으로 하사할 은냥을 가지고 가서 장수와 군졸들의 노고를 위로하도록 하라."

조회가 끝나자 사저로 돌아온 숙 태위는 대종을 불러 답신을 줬다. 대종은 천자가 성지를 내린 일을 알고 숙 태위에게 작별 인사를 하고 동경을 떠나 신행법을 써서 다음 날 소덕성으로 돌아왔다. 동경까지 갔다가 돌아오는데 겨우 나흘이 걸렸다.

송강은 병마를 점검하고 진격할 일을 상의하고 있었는데 대종이 돌아온 것을 보고는 서둘러 조정의 소식을 물었다. 대종이 숙 태위의 답신을 올리자 송강은 읽어보고서 그 내용을 자세히 두령들에게 일일이 이야기해주었다. 두령들이 모두 말했다.

"진 안무 같이 용기 있는 사람은 얻기 어려우니, 우리가 여기서 힘을 다해 싸운 보람이 있는 듯합니다."

송강은 천자의 칙령을 접수한 뒤에 진격한다는 명을 내렸다. 장수들은 명을 받들어 성안에 주둔했다.

한편 소덕성 북쪽에는 소덕주에 속한 노성현潞城縣이 있었는데, 그 성을 지키는 장수 지방池方은 교도청이 포위되어 곤경에 빠졌음을 탐지하고 위승의 전호에게 밤새 사람을 보내 위급함을 보고했었다. 전호 수하의 가짜 성원관은 노성을 지키는 지방이 위급함을 알려온 문서를 접수하고는 전호에게 전하려 하는데, 별안간 진녕이 이미 함락되었고 전호의 동생인 삼대왕三大王 전표田彪가 겨우 목숨만 건져 이곳으로 도망쳐 온다는 보고가 들어왔다. 보고를 미처 끝내기도 전에 마침 전표가 당도했고, 그는 성원관과 함께 들어가 전호를 알현했다. 전표는 대성통곡하며 말했다.

"송군의 세력이 너무 커서 진녕성이 격파되었고 아들 전실田實도 죽었습니다. 신은 겨우 목숨만 건져 이곳으로 도망쳐왔는데, 성도 빼앗기고 군사도 잃었으니 만 번 죽어 마땅합니다!"

말을 마치고는 또 울었다. 곁에 있던 성원관이 다시 아뢰었다.

"신이 조금 전에 노성을 지키는 장수 지방이 보고한 문서를 받았는데, 교국사는 송군에게 포위되어 곤경에 빠졌고 소덕성은 위급함이 조석에 달려 있다고 합니다."

전호는 깜짝 놀라 문무백관과 우승상 태사 변상卞祥, 추밀관樞密官 범권范權, 통군대장統軍大將 마령馬靈 등을 불러 모아 조정에서 상의했다.

"지금 송강이 우리 경계를 침탈하여 두 개의 큰 군을 점령하고 많은 장병을 죽였으며 교도청도 이미 적들에게 포위되었다고 하오. 어떻게 처리하면 하면 좋겠소?"

국구國舅인 오리鄔梨가 아뢰었다.

"주상께서는 걱정하지 마십시오! 신이 나라의 은혜를 입었으니 기한을 정해 군마를 이끌고 소덕으로 가서 힘을 다해 송강의 무리를 사로잡고 빼앗긴 성을 수복하겠습니다."

오리 국구는 원래 위승의 부호였다. 그는 창봉술이 출중했고, 두 팔은 천근을 들 수 있는 기력이 있었다. 또 강한 활을 잘 쏘았으며, 무게가 50근 나가는 발풍대도潑風大刀7를 사용했다. 전호는 오리의 아름다운 용모를 지닌 누이동생을 아내로 삼았고, 오리를 추밀에 봉하고 국구라고 불렀다. 오리 국구가 또 아뢰었다.

"신의 어린 딸 경영瓊英이 근래에 꿈속에서 신인神人으로부터 무예를 전수 받

7_ 발풍대도潑風大刀: 예리한 칼날의 큰 칼.

았는데 깨어나보니 그 힘이 대단하게 되었습니다. 무예가 숙련되었을 뿐만 아니라 또 괴이한 수단도 갖게 되었는데 손으로 돌을 날려 새를 잡는데 백발백중입니다. 이 때문에 사람들이 모두 딸애를 경시족瓊矢鏃이라고 부릅니다. 제 어린 딸을 선봉으로 삼으면 반드시 큰 공을 이룰 것입니다."

전호는 즉시 성지를 내려 경영을 군주郡主8에 봉했고 오리는 은혜에 감사했다. 또 통군대장 마령이 아뢰었다.

"신은 원컨대 군마를 이끌고 분양汾陽으로 가서 적을 물리치겠습니다."

전호는 크게 기뻐하면서 그들 둘에게 금인金印과 호패虎牌를 내리고 야광주와 진귀한 보배를 상으로 하사했다. 오리와 마령은 각기 군사 3만 명을 선발하고 신속하게 군대를 일으켜 출발했다.

한편 마령은 편장, 아장과 군마를 통솔하며 분양으로 출발했고, 오리 국구는 왕명과 병부를 수령하고 교련장으로 가서 병마 3만 명을 선발했다. 칼과 창, 활과 화살, 필요한 기계 등을 정돈한 다음 사저로 돌아가 여장女將 경영을 선봉으로 삼았다. 그러고는 함께 입궐하여 전호에게 작별 인사를 한 뒤 출발했다. 경영은 부친의 명을 받아 군마를 통솔하여 소덕을 향해 내달렸다. 이 여장이 출정하게 되면서 나누어 서술하면 정조를 지킨 여인이 같은 하늘 아래서 살 수 없는 원수를 갚게 되고,9 영웅은 금슬 좋은 배필을 얻게 되었던 것이다.

결국 여장군이 어떻게 싸움을 거는지는 다음 회에 설명하노라.

8_ 군주郡主: 고대 여성에 대한 봉호封號. 군주는 진晉 때 시작되었고 황제의 딸을 공주로 봉했을 때 군읍郡으로 봉읍을 삼았기 때문에 군공주郡公主라 했고 줄여서 군주라 칭했다. 명나라에 이르러서는 황제나 혹은 국왕의 친족 가운데 왕으로 봉해진 사람의 딸을 군주로 봉했다.

9_ 원문은 '불공대천지구不共戴天之仇'다. 『예기』 「곡례曲禮 상」에 따르면 "부친을 죽인 원수와는 같은 하늘아래서 함께 살 수 없다. 형제를 죽인 원수는 몸에 휴대한 무기로 보는 즉시 죽여도 된다. 친구를 죽인 원수는 같은 국가에서 함께 살 수 없다父之讎, 弗與共戴天, 兄弟之讎不反兵, 交遊之讎不同國"고 했다.

《 제98회 》

천
생
연
분[1]

오리 국구는 군주 경영을 선봉으로 삼고 자신은 대군을 통솔하며 뒤를 따랐다. 경영의 나이는 16세였는데 꽃처럼 아름다운 용모를 지닌 처녀였다. 그런데 경영은 원래 오리의 친딸이 아니었다. 그녀의 친아버지 이름은 구신仇申이며 조상 때부터 분양부汾陽府 개휴현介休縣[2]의 면상綿上이라 불리는 곳에 살았다. 면상은 춘추시대에 진 문공晉文公이 개지추介之推를 찾으러 갔다가 끝내 찾지 못하고 그곳의 밭을 그에게 봉했다는 그 면상이다.[3] 구신은 제법 재산이 있었지만 나이 50살이 되도록 대를 이을 아들이 없었다. 게다가 아내마저 죽자, 평요현平遙縣[4] 송유열宋有烈의 딸을 후처로 맞아들여 경영을 낳았다. 경영이 10살 되었을

1_ 제98회 제목은 '張淸緣配瓊英(장청은 연분이 있어 경영을 배필로 맞이하다), 吳用計鴆鄔梨(오용은 계책을 써 짐독으로 오리를 죽이다)'다.

2_ 개휴현介休縣: 지금의 산시山西성 제슈介休.

3_ 『좌전』희공僖公 24년에 개지추에 대한 내용이 실려 있다. 면상綿上은 지금의 산시山西성 제슈介休 남쪽 40리 떨어진 제산介山산 아래에 있는데, 링스靈石와 접하고 있다.

4_ 평요현平遙縣: 지금의 산시山西성 핑야오平遙.

때 송유열이 죽자 송씨는 남편 구신과 함께 부친상을 치르러 가게 되었다. 평요현은 개휴현과 이웃했는데 거리가 70여 리 떨어져 있었다. 송씨는 급작스럽게 먼 길을 가게 되자 경영을 집에 남겨두고 집사인 섭청葉淸 부부에게 잘 돌보도록 분부했다. 그런데 남편과 함께 길을 가던 송씨는 도중에 강도를 만났고 구신은 죽고 장객들은 흩어져 도망쳐버렸다. 결국 송씨는 납치되고 말았는데 도망쳐 돌아온 장객이 이 사실을 섭청에게 알렸다. 섭청은 비록 일개 집사에 불과했지만 제법 의기가 있고 창봉도 잘 다루었다. 그의 아내인 안씨安氏도 신중한 사람이었다. 섭청은 구씨 친족들에게 이 일을 알리고 관아에 신고하여 강도를 잡게 했으며 주인의 시신을 매장했다. 구씨 친족들은 본가에서 한 사람을 양자로 세워 가업을 계승하게 하고, 섭청은 아내인 안씨와 함께 경영을 맡아 돌보게 되었다.

그로부터 1년 남짓 지나서 전호가 반란을 일으켜 위승을 점령했고 오리를 계휴현 면상으로 보내 재물을 약탈하고 남녀들을 붙잡아오게 했다. 그때 구씨의 양자는 소란스런 상황에 병사들에게 살해당하고 섭청 부부는 경영과 함께 붙잡혀 갔다. 오리 또한 계승할 자식이 없었는데, 경영의 용모가 수려한 것을 보고는 자신의 아내 예씨倪氏에게 데리고 갔다. 자식을 낳지 못했던 예씨는 경영을 보자마자 그녀를 친딸처럼 여기며 사랑해줬다. 경영은 어릴 때부터 총명하고 영리했는데, 그곳에서 벗어날 수 없으며 눈을 들어 살펴보아도 의지할 수 있는 친지가 아무도 없다는 것을 알았다. 경영은 예씨가 자신을 사랑하는 것을 보고는 예씨에게 말해 오리가 섭청의 아내 안씨를 데려올 수 있도록 청하게 했다. 그리하여 안씨는 경영의 곁에서 잠시도 떠나지 않게 되었다. 섭청은 잡혀 왔을 때 도망치려 했다가 다시 생각했다.

'경영은 아직 나이가 어리고, 주인과 주모主母5의 유일한 혈육이다. 만약 내가

5_ 주모主母: 주인의 정처正妻(정부인)를 말한다. 고대에는 처妻와 첩妾의 구분이 매우 엄격하여 첩의 지

도망친다면 그녀의 생사는 알 수 없게 될 것이다. 다행히 아내가 경영과 함께 있으니 기회가 온다면 그녀와 함께 환난에서 벗어날 수 있을 것이다. 그렇게 된다면 주인께서는 구천九泉에 계시더라도 편안히 눈을 감으실 수 있을 것이다.'

이 때문에 섭청은 오리에게 순종했다. 그가 전쟁에 나가 공을 세우기도 하자 오리는 안씨를 섭청에게 돌려줬다. 그때부터 안씨는 오리의 원수부를 출입하면서 경영에게 소식을 전해주었다. 오리는 또 전호에게 상주하여 섭청을 총관總管으로 봉했다.

이후에 섭청은 오리의 명을 받아 석실산石室山6으로 나무와 돌을 캐러 간 적이 있었다. 부하 군사가 산언덕 아래를 가리키며 말했다.

"저기에 아름다운 돌덩이 하나가 있는데, 서리와 눈처럼 새하얗고 터럭만큼도 흠집이 없습니다. 이곳 토착민들이 그 돌을 캐려고 했는데 벼락 치는 소리가 들려 돌을 캐던 사람들 몇 명이 놀라 자빠졌다가 한참 뒤에야 깨어났다고 합니다. 그래서 사람들이 손가락을 물고 서로 경계하며 아무도 감히 가까이 가지 않는다고 합니다."

섭청은 그 말을 듣고 군사와 함께 언덕 아래로 가서 살펴봤다. 그때 사람들이 함성을 지르며 소리쳤다.

"기괴하다! 방금 전까지 분명히 흰 돌이었는데, 어떻게 부인의 시체로 변했을까?"

섭청이 앞으로 다가가 자세히 보니 기이하게도 예전 주모인 송씨의 시신이었다. 얼굴은 여전히 살아있을 때와 똑같았는데 머리가 깨진 것을 보니 언덕 아래로 떨어져 부딪쳐 죽은 것 같았다. 섭청은 놀랍고 의아해하면서도 흐느껴 울었다. 어떻게 처리해야 할지 모르고 있는데 전호 수하에서 말을 기르던 한 군졸이

위는 하인과 같았으므로 남편을 주부主夫라 하고 정부인을 주모라 했다.

6_ 『수후전전교주』에 따르면 "『방여승략』 권3 「산서山西·태원부太原府」에 이르기를 '석실산은 위에 석실石室이 있고 벽 사이에 전서篆書로 적혀 있는데 판독할 수 없다'고 했다."

송씨가 잡혀오다가 죽게 된 까닭을 자세히 이야기해줬다.

"예전에 대왕께서 처음 군대를 일으켰을 때, 개휴현에서 저 여인을 붙잡아 아내7로 삼으려 했습니다. 저 여인은 대왕의 환심을 사서 포박을 풀게 했는데 이곳에 왔을 때 높은 언덕에서 몸을 던져 죽었습니다. 대왕은 여인이 부딪쳐 죽는 것을 보고는 저더러 언덕 아래로 내려가 그녀의 의복과 장신구를 벗겨오게 했습니다. 저는 저 여인을 말에 태워 모시기도 하고 또 옷을 벗기기도 했기 때문에 얼굴 생김새를 잘 알고 있는데, 확실하게 그 여인입니다. 이미 3년이 넘게 지났는데, 시신이 어찌 이렇게 여전히 멀쩡한가요?"

그 말을 들은 섭청은 한없이 흐르는 눈물을 삼켰다. 그러고는 그 군사에게 말했다.

"내가 잘못 본 게 아니라면, 이 사람은 예전에 이웃이었던 송씨의 딸이다."

섭청이 군사들에게 흙을 파내 시신을 덮게 했다. 그런데 흙으로 덮자 다시 흰 돌로 변했다. 사람들은 모두 놀라고 탄식하면서 돌 캐는 일을 하러 갔다. 일을 끝내고 위승으로 돌아온 섭청은 전호가 구신을 죽이고 송씨를 납치했으며 송씨는 절개를 지키기 위해 죽음을 선택한 일련의 일들을 안씨를 통해 경영에게 몰래 알려줬다.

이 소식을 듣게 된 경영은 만 개의 화살이 가슴을 뚫은 듯 비통해했다. 밤낮으로 소리 죽여가며 눈물을 흘렸고 부모의 원수를 갚겠다는 생각을 한시도 잊은 적이 없었다. 그날부터 매일 밤에 잠이 들면 꿈속에 신인神人이 나타나서 말했다.

"네가 부모의 원수를 갚으려 하니 네게 무예를 가르쳐주겠다."

경영은 머리가 민첩하여 잠에서 깨어난 뒤에도 꿈에서 배운 것을 기억할 수 있었다. 그녀는 방문을 닫고 방 안에서 봉술을 연습했다. 이때부터 날이 갈수록

7_ 원문은 '압채부인壓寨夫人'인데, 산적 두목의 부인을 말한다.

경영의 무예는 능숙해졌다. 어느덧 선화 4년 겨울이었다. 경영이 저녁에 옷을 입은 채 잠깐 잠이 들었는데 별안간 한바탕 바람이 불더니 기이한 향기가 코를 찔렀다. 문득 귀가 접힌 두건을 쓴 수사가 녹색 전포를 입은 젊은 장수를 데리고 와서 경영에게 돌 던지는 법을 가르치게 했다. 그 수사가 경영에게 또 말했다.

"내가 고평에 가서 특별히 천첩성天捷星을 모셔왔다. 너에게 기이한 술법을 가르쳐 호랑이 굴에서 너를 벗어나게 하고 부모의 원수를 갚게 하기 위함이다. 이 장군은 또한 너와는 전생에 혼인의 연분이 있는 분이다."

경영은 '전생에 혼인의 연분이 있다'는 말을 듣고 부끄러워 얼굴을 붉히며 어쩔 줄 몰라 했다. 서둘러 소매로 얼굴을 가리다가, 탁자 위의 가위를 치는 바람가위가 '쨍강' 하며 떨어졌다. 놀라 깨어보니 차가운 달빛 아래 등불이 깜빡이고 있는데, 꿈속에서 본 것이 그대로 눈앞에 있는 듯하여 꿈인지 생시인지 분간할 수 없었다. 경영은 한참동안 자리에서 멍하니 생각에 잠겼다가 잠이 들었다.

이튿날 경영은 돌 던지는 법을 기억해냈고 담장 옆에서 달걀만한 둥근 돌을 골라 집어 시험 삼아 침실 지붕의 용마루 끝에 부착한 장식기와를 향해 던졌다. 돌은 정통으로 맞았고 와장창 부서지는 소리와 함께 기와 조각들이 어지럽게 땅바닥으로 떨어졌다. 깜짝 놀란 예씨가 황급히 달려와 무슨 일인지 묻자, 경영은 그럴듯하게 둘러대며 말했다.

"어젯밤 꿈에 신인이 나타나서는 말하기를, '너의 부친은 왕후王侯가 될 운수가 있으니, 특별히 너에게 기이한 술법의 무예를 가르쳐주러 왔노라. 너는 부친을 도와 공을 이루도록 해라'라고 했어요. 그래서 조금 전에 시험 삼아 돌을 던졌는데 생각지도 않게 용마루 장식 기와에 정통으로 맞았어요."

놀랍고 의아해하던 예씨는 그 말을 오리에게 전했다. 오리는 그 말을 믿으려 하지 않고 즉시 경영을 불러 물었다. 그러고는 창·칼·검·극·곤봉·삼지창을 그녀에게 다루어 보게 했는데, 과연 익숙하게 잘 다루었다. 더욱이 돌을 던지게 했더니 백발백중이었다. 오리는 크게 놀라 마음속으로 생각했다.

"내가 정말 왕후가 될 복이 있어, 하늘이 기이한 재능 있는 사람을 보내 나를 돕게 하는구나."

그날부터 오리는 온종일 경영에게 말 타기와 검술을 가르쳤다.

오리의 집안에서 경영의 무예 실력이 밖으로 전해지자 위승 성안이 떠들썩해졌고, 사람들 모두가 경영을 '경시족瓊矢鏃'이라 불렀다. 이때 오리가 좋은 사윗감을 골라 경영의 배필로 삼으려 하자 경영이 예씨에게 말했다.

"만약 배필을 구해주시려면 돌을 잘 던지는 사람을 골라주세요. 다른 사람과 혼인시키려면 저는 죽고 말겠어요."

예씨가 그 말을 오리에게 전했다. 오리는 경영이 말한 사윗감을 구하기는 어려웠기에 사위 고르는 일을 결국 그만두고 말았다. 이날 오리는 '왕후' 두 글자를 생각하고는 다른 마음이 싹트기 시작했다. 이 때문에 전호에게 아뢰어 경영을 선봉으로 삼고서 양군이 싸우는 틈을 이용해 일을 취하려고 했다. 오리는 군병을 선발하고 장수들을 선택해 위승을 떠났다. 정예병 5000명을 선발해 경영에게 주어 선봉으로 삼고, 자신은 대군을 통솔하며 그 뒤를 따라 진군했다.

오리와 경영이 군대를 진격시키는 이야기는 그만두고, 송강 등은 소덕에서 진 안무를 영접할 준비를 하고 있었다. 대종이 오고 열흘쯤 지나서 진 안무의 군마가 당도했다는 보고가 들어왔다. 송강은 제장들을 이끌고 곽 밖 멀리까지 나가 영접했고, 소덕부로 들어와 임시로 행군수부를 세워 쉬게 했다. 장수와 두목들이 모두 와서 진 안무에게 인사를 드리며 예를 마쳤다. 진 안무는 평소에 송강 등이 충의가 있음을 알고 있었지만, 지금까지 직접 만난 적은 없었다. 오늘 송강이 겸손하고 예의바르며 어진 것을 보고는 더욱 흠모하게 되었다. 그가 말했다.

"성상께서 송 선봉이 누차 뛰어난 공을 세운 것을 아시고, 특별히 나를 이곳으로 보내 감독하라고 하셨습니다. 상으로 하사하신 금은과 비단 등을 가져왔으니 나눠주도록 하십시오."

송강 등이 감사 인사를 하며 말했다.

"안무 상공께서 힘써 상주하고 보증해주신 덕분에 저희가 오늘 두터운 은혜를 입게 되었습니다. 저희가 위로는 천자의 은혜를 받고 아래로는 상공의 은덕을 입었으니, 비록 간과 뇌가 흙에 범벅이 되더라도 은혜를 다 갚지 못할 것입니다."

진 안무가 말했다.

"장군은 어서 큰 공을 세우고 동경으로 회군하시오. 천자께서 틀림없이 중용할 것입니다."

송강이 두 번 절하며 감사했다.

"번거로우시더라도 안무 상공께서 소덕을 지켜주시면, 소장은 병력을 나누어 전호의 소굴을 공격해 취하고 적들의 머리와 꼬리가 서로를 돌보지 못하도록 하겠습니다."

"내가 동경을 떠날 때 이미 성상께 상주했는데 근래에 선봉이 수복한 주현州縣에 관원들이 없어 이미 부족함을 메울 관원들의 천거를 빠르게 진행했고 기한을 정해 출발했으니 며칠 안에 도착할 것이오."

송강은 장병들에게 상을 내리는 한편, 군사 공문을 써서 대종을 각 부의 주와 현에서 주둔하고 있는 두령들에게 보내 명을 전하게 했다. 신임 관원이 당도하면 즉시 교대하고 병력을 이끌고 돌아와 지시를 따르라는 내용이었다. 또한 각 부의 주에 명을 전달한 다음에 다시 분양으로 가서 군사 상황을 탐지하고 돌아와 보고하게 했다. 송강은 또 하북의 항복한 장수 당빈 등의 공적을 진 안무에게 아뢰었고, 김정과 황월을 천거하여 호관과 포독을 지키게 하는 대신 손립과 주동 등의 장수를 불러들이고자 했다. 진 안무는 모두 허락했다.

그때 갑자기 유성탐마가 달려와 보고했다.

"전호가 마령에게 장수와 군마를 통솔하여 분양을 구원하라 보냈고, 또 오리 국구는 경영 군주와 함께 장수들을 거느리고 동쪽에서부터 양원襄垣8으로 진격하게 했습니다."

송강이 보고를 듣고는 오용과 상의하여 장수들을 나누어 적을 맞아 치도록
했다. 항복한 장수 교도청이 말했다.

"마령은 본래 요사스런 술수를 부릴 줄 알고 신행법도 할 줄 압니다. 그리고
금전金磚이라 하는 쇠 조각을 몰래 감추고 있다가 던지는데 백발백중입니다. 선
봉께서 저를 거두어주셨는데 아직 힘을 써본 적이 없습니다. 원컨대 이번에 공
손일청 스승님과 함께 분양으로 가서 마령을 설득하여 투항시키겠습니다."

송강은 크게 기뻐하면서 군마 2000명을 내주었다. 공손승과 교도청은 송강
과 작별하고 그날로 군마를 이끌고 분양을 향해 출발했다.

송강은 또 색초·서녕·선정규·위정국·탕륭·당빈·경공에게 명을 내려 군마
2만 명을 이끌고 노성현을 공격해 함락시키도록 했고, 왕영·호삼랑·손신·고대
수에게는 기병 1000명을 이끌고 먼저 가서 북군의 허실을 정탐하게 했다. 송강
은 진 안무와 작별하고, 오용·임충·장청·노지심·무송·이규·포욱·번서·항충·
이곤·유당·해진·해보·능진·배선·소양·송청·김대견·안도전·장경·욱보사·왕
정륙·맹강·악화·단경주·주귀·황보단·후건·채복·채경과 항복한 장수 손안 등
편장 31명과 군마 3만5000명을 거느리고 소덕을 떠나 북쪽을 향해 진군했다.

적 상황을 탐색하러 먼저 떠난 왕영 등은 양원현 경계인 오음산五陰山9 북쪽
에 당도했는데 역시 정탐하러 나온 북군 장수인 섭청·성본과 맞닥뜨렸다. 양군
은 북을 울리고 깃발을 흔들며 서로 마주했다. 북군 장수 성본이 앞으로 나와
말을 세웠다. 송 진영에서는 왕영이 말을 몰아 진 앞에 나섰다. 왕영은 아무런
말도 없이 창을 잡고 말을 박차며 곧장 성본에게 달려들었다. 양군은 함성을 질
렀다. 성본도 창을 세우고 말고삐를 놓고 맞섰다. 두 장수가 10여 합쯤 싸웠을

8_ 양원襄垣: 지금의 산시山西성 샹위안襄垣.
9_ 『수호전전교주』에 따르면 "『방여승략』 권3 「산서山西·노안부潞安府」에 이르기를 '오음산五陰山은 양
원襄垣에 있으며 주공周公이 이곳에 왔었는데, 5일 동안 잔뜩 흐렸다'고 했다."

때, 호삼랑이 칼을 춤추듯 휘두르며 말을 박차 달려나가 남편의 싸움을 도왔다. 성본은 두 장수를 대적할 수 없자 이내 말머리를 돌려 달아났다. 호삼랑이 뒤를 쫓아 칼을 휘둘러 성본을 찍어 말에서 떨어뜨렸다. 왕영 등은 군사를 휘몰아 들이쳤다. 섭청은 감히 대적하지 못하고 병마를 이끌고 급히 물러났다. 송군이 추격하여 군사 500여 명을 죽였다. 나머지는 사방으로 흩어져 달아났다. 섭청은 겨우 100여 명의 기병만을 이끌고 양원성 남쪽 20리 지점까지 달아났는데, 그곳에는 경영의 군마가 이미 도착해서 진지를 구축해 주둔하고 있었다.

원래 섭청은 반년 전에 전호의 파견 명령을 받고 주장인 서위徐威 등과 함께 양원을 지키고 있었는데, 근래에 경영이 선봉이 되어 군대를 이끌고 온다는 말을 듣고 주장 서위에게 말해 본부 군마를 이끌고 정탐하러 나오면서 그 기회에 옛 주인의 딸을 만나보려고 했었다. 서위는 편장 성본과 함께 가도록 했는데, 성본은 호삼랑에게 죽음을 당하고 섭청은 달아나다가 마침 경영의 병마와 만나게 된 것이었다. 섭청이 방책으로 들어가 옛 주인의 딸을 만났다. 경영은 성장하여 비록 여자이긴 했지만 위풍이 늠름하여 장군다웠다. 경영은 섭청을 알아보고 좌우를 물리친 다음 섭청에게 말했다.

"제가 오늘 비록 호랑이 굴을 벗어나기는 했지만 수하에 겨우 5000명 인마밖에 없어 부모의 원수를 어떻게 갚을 수 있겠어요? 탈출하여 도망치려 해도, 만약 저들이 알게 되면 도리어 해를 당하게 될 거예요. 어찌할 바를 몰라 주저하고 있는데 마침 오셨네요."

섭청이 말했다.

"소인도 계책을 생각해봤지만 아무런 방도가 없습니다. 기회가 생기면 바로 알려드리겠습니다."

말이 미처 끝나기도 전에 별안간 남군의 장수가 군사를 이끌고 추격해왔다는 보고가 들어왔다. 경영은 갑옷을 걸치고 말에 올라 군사를 이끌고 적을 맞으러 나갔다.

양군이 마주하여 깃발과 북이 서로 바라보게 되자 양쪽 진영은 진세를 펼쳤다. 북군 진영에서 문기가 열리면서 은빛 갈기 말을 탄 미모의 젊은 여장군이 앞서 나왔다. 그녀의 생김새를 보니,

봉황 달린 금비녀 꽂으니 검은 머리에 어울려 돋보이네. 은빛 갑옷 걸치니 상서로운 논처럼 빛나누나. 뾰족하게 솟은 붉은 신발 신고는 보배로 장식한 등자 디뎠고, 고운 옥 같은 손 뻗어 화극을 잡고 있구나. 가는 허리에 단정히 벌려 서고 여러 겹의 자주색 띠 너풀거리네. 옥 같은 몸 나긋나긋한데 수놓은 전포는 붉은 노을 뒤덮은 듯하구나. 얼굴은 춘삼월 복숭아꽃 쌓은 듯하고, 눈썹은 봄날의 버들잎 덮은 듯하네. 비단 주머니 속 은밀히 돌멩이 감춰뒀으니, 이팔청춘의 여장군이로다.

金釵挿鳳, 掩映烏雲; 鎧甲披銀, 光欺瑞雪. 踏寶鐙鞋競尖紅, 提畫戟手舒嫩玉. 柳腰端跨, 疊勝帶紫色飄搖; 玉體輕盈, 挑綉袍紅霞籠罩. 臉堆三月桃花, 眉掃被春柳葉. 錦袋暗藏打將石, 年方二八女將軍.

여장군의 앞 깃발에는 '평남선봉장平南先鋒將 군주 경영'이라고 쓰여 있었다. 남군 진영의 장병들은 그녀를 보고 저마다 갈채를 보냈다. 양쪽 진에서 울리는 악어가죽 북소리가 하늘을 진동하고 온갖 색으로 수놓은 깃발들이 해를 가렸다. 왜각호 왕영은 미모의 여자를 보자 진 앞으로 말을 몰아 나가 창을 세우고는 경영에게 달려들었다. 양군이 함성을 질렀다. 경영도 극을 들고 말을 박차고 싸우러 나갔다. 두 장수가 10여 합을 싸웠는데, 왕왜호는 마음이 집중되지 못하고 들떠 창법이 어지러워지기 시작했다. 경영은 속으로 생각했다.

"이놈이 아주 나쁜 놈이로구나!"

빈틈을 보이면서 극으로 왕영의 왼쪽 다리를 찔렀다. 왕영은 두 다리가 허공으로 뜨고 투구마저 벗겨지더니 말 아래로 떨어졌다. 호삼랑은 남편이 다치는

것을 보고는 큰소리로 욕을 했다.

"이런 발칙한 어린 음란한 년이 어찌 감히 이토록 무례하냐!"

날듯이 말을 몰아 왕영을 구하려 했다. 경영은 극을 세우고 호삼랑을 막아서며 싸웠다. 왕영이 땅에서 애썼지만 일어나지 못하자 북군들이 에워싸면서 왕영을 사로잡으려 했다. 그때 이쪽에서 손신과 고대수가 달려나가 사력을 다해 왕영을 구해 본진으로 돌아왔다. 고대수는 호삼랑이 경영을 이기지 못하는 것을 보고, 쌍도를 들고 말을 박차고 달려나가 싸움을 도왔다. 세 여장군의 여섯 개 팔과, 네 자루의 강철 칼과 한 자루의 화극이 말 위에서 서로 부딪치니 마치 바람에 옥가루가 날리는 듯하고 눈송이가 흩어지는 듯하여, 양쪽 진영의 군사들은 눈이 어질어질했다. 세 여장군이 20여 합을 싸웠을 때 경영이 화극으로 허공을 향해 한 번 찌르더니 말머리를 돌려 화극을 끌면서 달아났다. 호삼랑과 고대수가 일제히 그 뒤를 쫓았다. 경영은 왼손으로 화극을 잡고 오른손으로 돌을 쥐고서 버들가지 같은 허리를 돌리면서 별 같은 고운 눈으로 흘겨보면서 호삼랑을 겨누더니 돌멩이를 날렸다. 돌은 호삼랑의 오른쪽 손목을 정통으로 맞혔다. 호삼랑이 아픔을 이기지 못하고 칼 한 자루를 던지고는 말머리를 돌려 본진으로 돌아갔다. 고대수는 호삼랑이 돌에 맞는 것을 보고 경영을 버려두고 호삼랑을 구하러 달려갔다. 경영이 고삐를 당기고는 다시 고대수를 추격하자 손신이 크게 노하여 쌍편을 춤추듯 휘두르며 말을 박차고 달려나갔다. 손신이 경영과 맞붙기도 전에 경영이 날린 돌에 맞아 '댕' 소리를 내며 손신의 구리로 된 사자 형상 투구를 맞혔다. 손신은 깜짝 놀라 감히 앞으로 나아가지 못하고 급히 본진으로 돌아와, 왕영·호삼랑을 보호하며 군사를 이끌고 후퇴했다.

경영이 막 군사를 휘몰아 추격하려고 하는데, 별안간 포성이 울렸다. 때는 2월이 끝나갈 무렵이었는데 깃발들이 버드나무 가지 끝을 어지러이 스치고 꽃밭 밖에서 말들의 울부짖는 소리가 들리더니 산비탈 뒤편에서 한 무리의 군마가 튀어나왔다. 이들은 임충과 손안, 그리고 보군두령 이규 등이 송 공명의 명을 받고 군사를 이끌고 호응하러 온 것이었다. 양군이 마주치자 북이 울리고 깃발이 흔들리면서 양쪽 진영에서 쉼 없이 함성이 올랐다. 이쪽에서 표자두 임충이 장팔사모를 들고 앞으로 나서자, 저쪽에서는 경시족 경영이 방천화극을 말고삐를 놓고 앞으로 달려나왔다. 임충은 적장이 여자인 것을 보고 크게 소리쳤다.

"발칙한 년이, 어떻게 감히 천병에 대항한단 말이냐!"

경영은 아무런 말도 없이 화극을 들고 말을 박차며 곧장 임충에게 달려들었다. 임충도 사모를 들고 싸우러 나갔다. 두 말이 서로 얽히고 두 병기가 쳐들리며 몇 합을 싸우지도 않았는데, 경영은 막아내지 못하고 거짓으로 빈틈을 보이며 화극으로 허공을 한 번 찌른 뒤 말머리를 돌려 동쪽으로 달아났다. 임충이 말을 몰아 추격하자, 남군 진영 앞에서 손안이 경영의 깃발을 보고는 크게 소리질렀다. 외쳤다.

"임 장군, 추격하지 마시오! 속임수가 있는 것 같소!"

그러나 실력이 뛰어난 임충은 그 말을 들으려 하지 않았다. 말을 박차며 바짝 그녀의 뒤를 쫓았다. 파릇파릇한 풀밭 위에 여덟 개의 말발굽이 엎어진 술잔들이 부딪히는 듯한 소리를 내면서 바람을 뭉쳐 일으키며 내달렸다. 경영은 임충이 가까이 추격해온 것을 보고, 왼손으로 화극을 쥐고 오른손으로 수놓은 자루 속에서 돌을 꺼내 몸을 비틀면서 임충의 면상이 비교적 가까워졌음을 가늠하고는 돌멩이를 날렸다. 임충은 눈이 밝고 손이 재빨라 사모로 날아오는 돌을 쳐냈다. 경영은 돌이 맞지 않은 것을 보고, 다시 두 번째 돌을 집었다. 손을 들어 올리자 돌은 마치 유성과 번쩍이는 번개처럼 빠르게 날아와 귀신도 곡하고 놀랄 만한 솜씨로 임충을 그대로 때렸다. 임충은 미처 피하지 못하고 얼굴에 그대로 맞아 선혈이 흘러내렸다. 임충이 사모를 끌면서 본진으로 돌아가는데 경영이 말을 몰아 뒤를 쫓았다.

진 앞에서 대기하고 있던 손안이 그 광경을 보고 나가려고 하는데 본진의 군병이 길을 열면서 중간에서 500명의 보군이 날듯이 달려나왔다. 앞장 선 장수는 이규·노지심·무송·해진·해보 등 보병전에 익숙한 5명의 맹장들이었다. 이규가 손에 도끼를 쥐고 곧장 달려나가며 소리쳤다.

"계집년이 무례하기 짝이 없구나!"

경영은 사나운 자가 달려오는 것을 보고 돌을 집어 이규를 향해 던졌다. 돌은 이규의 관자놀이에 정통으로 맞았다. 이규는 깜짝 놀랐지만 피부가 두껍고 뼈가 튼튼해서 맞은 곳이 아프기는 했지만 다행히 깨지지는 않았다. 경영은 돌에 맞고서도 쓰러지지 않는 이규를 보고는 말을 몰아 본진으로 들어갔다. 이규는 크게 노하여 호랑이 수염을 곤추세우고 괴이한 눈을 둥그렇게 뜨고는 크게 소리 지르면서 곧장 적진 속으로 부딪쳐 들어갔다. 노지심·무송·해진·해보는 이규가 실수할까 걱정되어 일제히 돌격했다. 손안이 어떻게 그들을 저지할 수 있겠는가? 경영은 무리들이 뒤쫓아오는 것을 보고, 또 돌을 날렸다. 해진이 돌에 맞고 쓰러지자, 해보·노지심·무송이 급히 달려가 부축해 구했다. 이규는 오로지 쫓아가기만 했다. 경영은 이규가 가까이 다가오는 것을 보고 황급히 또 돌을 날렸다. 돌은 또 이규의 관자놀이에 적중했다. 두 번이나 같은 곳에 돌을 맞자 비로소 선혈이 줄줄 흘러내렸다. 그러나 이규는 끝내 무쇠 같은 사내라 시커먼 이마가 터져 붉은 피를 흘리면서도 쌍 도끼를 휘두르며 적진 속으로 돌진해 들어가 북군들을 어지럽게 찍어댔다. 손안은 경영이 본진 속으로 들어가는 것을 보고 병사들을 모아 돌격했다. 그때 마침 오리가 서위 등 8명의 정장과 편장을 이끌고 대군을 통솔하며 도착했기에 양군은 한바탕 혼전을 벌였다. 노지심과 무송은 해진을 구해놓고 다시 몸을 돌려 북군의 진으로 뛰어들었다. 해보는 형을 부축하느라 싸우지 못하고 있었는데, 북군이 쫓아와서 밧줄을 던지는 바람에 둘은 사로잡혀 적진 속으로 끌려 들어갔다. 보군도 대패하여 도망쳐 돌아왔다. 도리어 손안은 악전고투하면서 북군 장수 당현唐顯을 한칼에 찍어 말 아래로 떨어뜨렸다. 오리는 손안의 수하 군졸이 은밀하게 쏜 화살이 목에 꽂히면서 몸이 뒤집히며 말에서 떨어졌는데, 서위 등이 사력을 다해 구출하여 말에 태왔다.

경영은 오리가 화살에 맞는 것을 보고 급히 징을 울려 군사를 거두었다. 그때 남쪽에서 송군이 또 나타났다. 앞장선 장수는 바로 몰우전 장청이었다. 장청은 방책에 있다가, 북군 진에서 돌을 던지는 여장군이 있어 호삼랑 등이 돌에 맞아 다쳤다는 유성보마의 보고를 듣고는 깜짝 놀라 송 선봉에게 아뢰고 급히 갑옷을 걸치고 말에 올라 군사를 이끌고 호응하러 온 것이었다. 또한 선봉인 여장군이 누구인지도 알고 싶었다. 그러나 장청이 당도했을 때 경영은 이미 병력을 거두어 오리를 보호하면서 무성한 숲을 돌아 양원으로 향해 떠난 뒤였다. 장청은 말을 세우고 실망하며 멀리 바라보기만 했다. 여기에 증명하는 시가 있다.

가인이 깃발 날리며 말 돌리니, 사졸과 장군들도 제각기 급히 따라가네.
숲속엔 사람 보이지 않고, 온갖 꽃 속 붉게 단장한 여인 멀어져가누나.
佳人回馬綉旗揚, 士卒將軍個個忙.
引入長林人不見, 百花叢裏隔紅妝.

손안은 해진과 해보가 사로잡히고 노지심·무송·이규 세 사람은 적진 속으로 돌진하는 것을 보고는 병력을 모아 추격하려 했지만 날이 이미 어두워져 할 수 없이 장청과 함께 임충을 보호하며 군사를 거두어 본영으로 돌아갔다.

장막에 장수들을 소집하고 있던 송강은 신의 안도전을 시켜 왕영을 치료하게 했다. 여러 징수가 다가가 왕영을 살펴보니 다리만 다친 것이 아니라 머리도 깨져 있었다. 안도전은 왕영을 치료한 다음에 임충도 치료했다. 송강은 해진과 해보가 사로잡혀 가고 이규 등 세 사람이 어디로 갔는지 행방을 알 수 없다는 보고를 받자 매우 걱정이 되었다. 잠시 뒤에 무행자가 이규와 함께 온몸에 피 얼룩을 하고서는 방책으로 들어왔다. 무송이 송강을 보고서는 하소연했다.

"저는 이규가 성질부리며 앞만 보고 전진하기에 싸움을 도와주러 갔습니다.

한 갈래 혈로를 열어 북군을 뚫고 돌격했더니 성 아래에 이르렀습니다. 그때 북군이 해진과 해보를 포박하여 성안으로 들어가려는 것을 봤습니다. 저희 둘이 군사들을 죽이고 해진과 해보를 빼앗았는데, 서위 등의 대군이 쫓아와서 해진과 해보를 다시 빼앗아가고 말았습니다. 저희 둘은 사력을 다해 한 갈래 혈로를 열었지만 빈손으로 돌아왔습니다. 그런데 노지심이 보이지 않습니다."

송강은 그 말을 듣고 얼굴 가득 눈물을 흘리면서 군사들을 사방으로 보내 노지심의 종적을 찾게 했다. 그리고 안도전을 불러 이규를 치료하게 했다. 이때는 이미 황혼 무렵이라 송강이 군사를 점검해보니 300여 명을 잃었다. 울타리 방책을 굳게 닫고 방울을 흔들어 신호로 삼게 했다. 그날 밤은 말할 만한 일이 없었다.

다음 날 아침, 군사들이 돌아와 노지심의 행방을 알 수 없다고 보고했다. 송강은 더욱 근심하며 걱정이 되어 다시 악화·단경주·주귀·욱보사를 시켜 각각 날랜 군사들을 데리고 사방으로 나누어 노지심을 찾게 했다. 송강은 군사를 이끌고 성을 공격하고 싶었지만, 다친 두령이 많아 군사 행동을 잠시 멈추고 기회를 기다렸다. 성안에서도 성문을 굳게 닫고 싸우러 나오지 않았다. 이틀이 지난 뒤, 욱보사가 첩자 한 명을 붙잡아 방책으로 끌고 왔다. 손안이 그를 보고 북군 총관 섭청임을 알아보았다. 손안이 송강에게 말했다.

"이 사람은 평소에 의기가 있다고 들었는데, 혼자서 성을 나온 것을 보면 필시 이유가 있을 것입니다."

송강은 군사를 불러 섭청의 포박을 풀어주도록 하고 가까이 불렀다. 섭청이 송강에게 머리를 조아리며 말했다.

"제게 기밀 사항이 있으니 원수께서 좌우를 물리치시면 자세히 말씀 올리겠습니다."

송강이 말했다.

"여기 있는 형제는 마음이 통하는 사람들이니 얘기해도 무방하오."

섭청이 말했다.

"성안의 오리는 지난번 전투 때 독을 바른 화살을 맞았는데, 지금 독이 퍼져 정신이 혼미한 상태입니다. 의원이 치료했지만 아무런 효험이 없습니다. 저는 특별히 의원을 찾아오겠다는 핑계를 대고 소식을 정탐하러 성을 나왔습니다."

"지난번에 사로잡혀간 우리 두 장수는 어떻게 처리했소?"

"저는 두 장군이 해를 입을까 걱정되어 오리의 정신이 혼미해진 틈을 이용해 거짓 명을 내려 두 장군을 잠시 가두게 했습니다. 지금 감옥 안에서 잘 지내고 있습니다."

섭청은 구신 부부가 전호에게 살해되고 경영을 납치해갔던 일 등을 두루 자세히 이야기했다. 말을 마치고는 목이 메도록 슬피 통곡을 했다.

송강은 섭청의 사연을 듣고 딱한 마음이 들었지만, 섭청이 북군 장수이기 때문에 거짓 모략이 있을까 염려했다. 한참 의심하고 있는데 안도전이 앞으로 와서는 송강에게 말했다.

"참으로 하늘이 맺어준 인연인 것 같습니다. 이 일은 결코 우연이 아닙니다!"

안도전은 있었던 일을 처음부터 끝까지 이야기하기 시작했다.

"지난겨울 장청 장군의 꿈에 어떤 수사가 나타나 한 여자에게 돌팔매질을 가르쳐달라고 청했답니다. 그리고 또 장 장군에게 말하기를, 그녀는 장 장군과 전생에 혼인의 연분이 있다고 말했답니다. 장 장군은 꿈에서 깨어난 뒤 그 생각 때문에 병이 났습니다. 그때 형님께서 저더러 장청을 고평으로 데리고 가서 치료해주라고 했습니다. 제가 장청의 맥을 짚어 보았더니, 칠정七情[10]의 변화를 느끼면서 생긴 병이라는 것을 알았습니다. 제가 몇 번이나 물었더니 장 장군이 그제야 병의 근원을 털어놓았습니다. 그래서 제가 손을 써서 병을 치료했습니다.

10_ 『예기』 「예운禮運」에 따르면 "무엇을 인정人情이라 하는가? 희열, 분노, 슬픔, 두려움, 애호, 증오, 욕구 일곱 가지는 학습할 필요 없이 자연적으로 생겨나는 것이다何謂人情? 喜·怒·哀·懼·愛·惡·欲, 七者弗學而能"라고 했다.

오늘 섭청의 이야기를 들어보니, 장 장군의 꿈과 똑같이 부합되지 않습니까?"

송강은 그 말을 듣고는 항복한 장수 손안에게 다시 물었다. 손안이 대답했다.

"소장도 경영이 오리의 친딸이 아니라는 것은 들었습니다. 저의 부하 아장인 양방楊芳이 오리의 측근들과 굉장히 친밀하기 때문에 경영에 대해 자세히 알고 있습니다. 섭청이 한 이야기는 결코 허위가 아닙니다."

섭청이 또 말했다.

"옛 주인의 따님인 경영은 부모의 원수를 갚고 치욕을 씻고자 하는 뜻을 평소에 품고 있습니다. 그런데 소인이 보니 그녀가 전장에서 원수의 위풍당당한 위엄을 연이어 범했습니다. 성이 격파되는 날 옥석이 함께 타버릴까 두려워, 오늘 소인이 죽음을 무릅쓰고 이렇게 와서 원수께 간절히 애원하는 것입니다."

오용이 섭청의 말을 듣고는 일어나 섭청을 눈여겨 자세히 바라보더니 송강에게 말했다.

"저 사람의 낯빛을 보니 참담한 감정이 맞고 진실로 의로운 사람입니다! 하늘이 형님을 도와 공을 세우게 하고 효녀로 하여금 부모의 원수를 갚게 하려는 것입니다!"

오용은 송강의 귀에 대고 낮은 소리로 말했다.

"우리 군대가 비록 세 갈래 길로 나누어 적의 소굴을 공격하고 있는데, 전호가 금金나라와 연합한다면 우리는 양쪽 길로 적을 맞이하게 됩니다. 설령 금나라가 나오지 않더라도 전호가 계책이 궁해지면 반드시 금나라에 투항할 것입니다. 그렇게 되면 어떻게 반란을 평정한 공을 이룰 수 있겠습니까? 소생이 지금 계책을 세워 내통을 얻으려 하고 있었는데, 마침 하늘이 좋은 기회를 주셔서 장 장군의 이런 인연이 있게 되었습니다. 이렇게 저렇게 하시면 전호의 수급은 경영의 손 안에 있는 것이나 마찬가지입니다. 이규의 꿈에 나타난 신인神人에게도 이미 이런 전조가 있었습니다. '요이전호족要夷田虎族, 수해경시족須諧瓊矢鏃(전호의 무리를 소멸시키고자 한다면, 반드시 경시족과 타협해야 한다)'라고 한 두 구절을 형님도 듣지 않으셨습니까?"

송강도 깨닫는 바가 있어, 고개를 끄덕이며 허락했다. 그리고 즉시 장청·안도 전·섭청 세 사람을 불러 은밀히 계책을 줬다. 세 사람은 계책을 받고 떠났다.

한편 양원성을 지키는 군사들은 섭청이 돌아와 소리치는 것을 봤다.

"빨리 성문을 열어라! 나는 오리 원수부의 편장 섭청이다. 의원 전령全靈과 전우全羽 두 분을 찾아 모시고 왔다."

지키던 군사들은 즉시 막부幕府[11]에 통보했다. 잠시 뒤에 성문을 열라는 지시를 받았다. 섭청은 전령과 전우를 데리고 성으로 들어가 오리 국구의 막부 앞에 이르렀다. 안에서 의원을 데리고 들어와 치료하라는 명이 내려졌다. 섭청은 전령을 데리고 막부 안으로 들어갔다. 수행하는 군졸들 가운데 시중을 드는 군사가 군주 경영에게 알리고 전령을 인도하여 안으로 들어가 경영에게 인사를 시키고는 곧장 전령을 오리가 누워 있는 침상 앞으로 데리고 갔다. 오리는 실낱같은 숨만 쉬고 있었다. 전령은 먼저 진맥을 한 다음에 상처에 고약을 붙이고 보양하는 약을 먹였다. 사흘이 지나자 피부가 점점 붉어지고 하얗게 변하면서 음식도 조금씩 섭취하게 되었다. 닷새가 되지 않아 상처는 비록 완전히 낫지는 않았지만 음식은 예전처럼 먹을 수 있게 되었다. 오리는 크게 기뻐하면서 섭청에게 의원 전령을 막부로 불러오게 했다. 오리가 전령에게 말했다.

"족하의 신술神術 덕분에 상처가 치료되면서 점차 회복되고 있소. 뒷날 부귀를 얻게 되면 그대와 함께 누리겠소."

전령이 절하며 감사했다.

"저의 하찮은 의술이 입에 담을 만하겠습니까? 제 동생인 전우는 오랫동안 저를 따라다니면서 강호에서 무예를 익혔습니다. 지금 저를 따라 이곳에 와서

11_ 막부幕府: 장수들이 밖에 있을 때의 군영 막사. 출정 때 군대는 고정된 주둔지가 없으므로 장막으로 장군의 부서를 삼았기 때문에 막부라 했다. '막'은 군대의 장막이고, '부'는 왕실 등이 재화와 문건을 보관해 두는 장소를 가리킨다.

치료하고 약 짓는 일을 돕고 있는데, 상공께서 발탁해주시기 바랍니다."

오리는 명을 내려 전우를 막부 안으로 들어오게 했다. 오리는 전우가 당당하고 속되지 않음을 보고는 속으로 자못 좋아했다. 전우에게 막부 밖에서 명을 기다리게 했다.

전령과 전우는 절을 하고 막부를 나왔다. 나흘 뒤에 별안간 송강이 병력을 이끌고 와서 성을 공격한다는 보고가 들어왔다. 섭청이 막부로 가서 오리에게 보고하며 말했다.

"송강의 군사들은 강하고 장수들은 용맹하기에 군주가 출전해야만 비로소 적을 물리칠 수 있습니다."

오리는 보고를 듣고서 즉시 경영을 데리고 교련장으로 가서 병마를 점검하게 했다. 그때 전우가 연무청으로 올라와 아뢰었다.

"은상께서 소인에게 명을 기다리라고 하셨는데, 지금 적병이 성에 다다랐으니 소인이 재주는 없지만 군사를 이끌고 성을 나가겠습니다. 적들의 갑옷 한 조각도 돌아가지 못하게 하겠습니다."

총관 섭청이 거짓으로 크게 화난 척하면서 전우에게 말했다.

"네가 감히 큰소리를 치는데, 나와 무예를 겨뤄볼 수 있겠느냐?"

전우가 웃으면서 말했다.

"저는 어려서부터 18반 무예를 배웠습니다. 오늘 장군과 한번 겨루어보겠습니다."

섭청이 오리에게 아뢰자 오리는 허락하고 창과 말을 내주었다. 두 사람은 각자 창을 들고 말에 올라 연무청 앞에서 앞으로 갔다 뒤로 갔다 하면서 뒤섞여 한 덩어리가 되어 안장 위에서는 사람들이 다투고 안장 아래에서는 말들이 다투었다. 40~50합을 싸웠는데도 승부를 가리지 못했다.

이때 경영은 오리 곁에 시립하고 있었는데, 전우의 생김새를 보고는 속으로 놀라면서도 의문이 들었다.

'저놈을 어디서 본 것 같은데, 창 쓰는 법도 나와 같은데.'

경영은 한번 생각하다가 문득 깨달았다.

'꿈속에서 나한테 돌팔매질을 가르쳐준 분이 바로 저런 생김새였어. 저 사람도 돌팔매질을 할 수 있을까?'

경영은 화극을 잡고 말을 몰아 두 사람 앞으로 다가가 화극으로 두 사람을 떼어놓았다. 섭청이 이미 전우와 한통속이 된 줄 모르고 있는 경영은 혹시 섭청이 전우를 다치게 할까 걱정이 되었던 것이다. 경영이 화극을 세우고 곧장 전우에게 달려들자 전우는 창을 세우고 막았다. 두 사람이 50여 합을 싸웠을 때, 경영이 돌연 말머리를 돌려 연무청을 향해 달아났다. 전우가 기세를 몰아 뒤를 쫓자 경영은 돌을 집어 들고는 몸을 돌리면서 전우의 겨드랑이 사이를 겨누고 돌을 날렸다. 전우는 이미 알아채고 오른손을 내밀어 날아오는 돌을 가볍게 받았다. 경영은 전우가 돌을 받아내는 것을 보고는 속으로 대단히 놀라면서도 기이하게 여겼다. 다시 두 번째 돌을 꺼내 날렸다. 전우는 경영의 손이 올라가는 것을 보고 수중에 받아든 돌을 응수하며 날렸다. '딱' 소리가 나면서 전우가 던진 돌이 경영이 던진 돌을 정통으로 맞췄다. 두 돌은 부딪히면서 부서진 돌가루가 눈송이처럼 떨어져 내렸다.

그날 성안의 장사들은 서위를 비롯하여 모두 각기 네 성문을 지키고 있었기 때문에, 교련장에는 단지 아장과 교위들만 있었다. 그들 중에도 전우가 혹시 첩자가 아닐까 의심하는 자들도 있었지만, 군주 경영이 금지옥엽인데다 그와 무예를 겨루고 있었고, 또 오리의 친밀한 부하 장수인 섭청이 데리고 온 사람이었기에 누구도 감히 말을 꺼내지 못했다. 게다가 성이 함락되는 것을 눈으로 보게 될 상황이기에 스스로들 바람이 부는 대로 태도를 바꾸면 되리라 생각하고 있었다. 또한 전호가 패할 운명이었는지 하늘도 오리의 혼을 나가게 하여 정신이 흐릿한 상태였다. 오리는 전우를 연무청 위로 불러 갑옷과 말을 하사하고는 즉시 군사 2000명을 이끌고 성을 나가 적을 맞이하게 했다. 전우는 오리에게 절하며 감사했고 명을 받들어 성을 나가 송군을 물리치고 성으로 들어와 승리를 보고했다. 오리는 크게 기뻐하면서 그날 전우의 노고에 상을 내리고 돌아가 쉬게 했다.

이튿날 송군이 또 쳐들어오자, 오리는 다시 전우에게 군사 3000명을 이끌고 나가서 적에게 맞서게 했다. 진시부터 오시까지 여러 차례 격전을 벌였는데, 송 장수들은 전우가 던진 돌에 맞아 사방으로 달아났다. 전우는 병력을 모아 들이쳐 오음산까지 추격했다. 송강 등은 더 이상 대적하지 못하고 물러나 소덕성으로 들어갔다. 승리를 거둔 전우가 돌아와 승전보를 보고하자 오리는 대단히 기뻐했다. 섭청이 말했다.

"이제 은주恩主[12]께는 전우와 군주 경영이 있으니, 송군의 맹장들을 근심하실 필요가 없습니다. 어찌 큰일을 이루지 못할까 근심하겠습니까!"

섭청이 또 말했다.

"군주께서는 이전부터 돌팔매질을 잘하는 사람과 배필이 되기를 원했습니다. 이제 전 장군이 이처럼 영웅적이니 군주를 욕되게 하지 않을 것입니다."

섭청이 재삼 부추긴 데다 경영 부부의 인연은 합쳐졌고 붉은 끈으로 묶은 하늘이 정한 부부간의 인연이기에 갈라놓을 수 없는 것이었다. 오리는 허락하고 3월 16일 길일을 택해 혼례와 연회를 준비하고 전우를 사위로 맞이했다. 이날 생황 반주에 맞춰 노래 부르고 경쾌한 음악을 연주하는 가운데 수놓은 비단이 쌓이고 연석엔 술과 안주가 풍성했다. 화촉을 밝힌 신방의 아름다움은 말할 필요도 없었다.

들러리가 혼례의 절차를 낭독하고 진행을 맡아 보는데 전우와 경영은 붉은 비단옷을 입고서 짝을 지어 천지신명께 맞절을 올리고, 가짜 장인 오리에게도 절을 올렸다. 음악 연주 소리 요란하고 기이한 향기가 코를 찔렀다. 신방에 들어

12_ 은주恩主: 자신에게 은혜를 베푼 자에 대한 경칭.

간 두 사람은 영원한 사랑을 굳게 맹세했다. 전우가 등불 아래에서 경영을 보니, 교련장에서 볼 때와는 또 달랐다. 「원화령元和令」이란 사에서 이를 증명한다.

손가락은 연못의 연뿌리처럼 부드럽고, 허리는 장대章臺의 기녀 류柳씨보다 가 날프도다. 거센 파도라도 사뿐사뿐 걸음 딛는 곳 작은 물살로 변하고, 복사꽃 같은 볼에 청록빛 띠는 눈썹 그려 넣었네. 오늘 밤 등불 아래 고개 돌려보니, 옥천선玉天仙[13]이 무산巫山 봉우리를 오르내리는 듯하구나.
指頭嫩似蓮塘藕, 腰肢弱比章臺柳. 凌波步處寸金流, 桃腮映帶翠眉修. 今宵燈下 一回首, 總是玉天仙, 涉降巫山岫.

전우와 경영은 마치 물고기가 물을 만나고 옻이 아교를 만난 듯했음은 말할 필요가 없다.

그날 밤 전우는 침상에서 자신의 진짜 성명을 말했다. 자신은 본래 송 군중의 장수인 몰우전 장청이고 의원 전령은 신의 안도전임을 밝혔다. 경영 또한 억울하고 원통했던 일을 자세히 하소연했다. 두 사람은 소곤소곤 이야기를 나누느라 밤을 지새웠다. 이틀이 지나서 두 사람은 안팎으로 호응하여 오리를 짐독鴆毒으로 죽이고[14], 서위에게는 의논할 일이 있다고 막부로 불러들여서는 그 또한 죽여버렸다. 나머지 장수들은 모두 투항했다. 장청과 경영은 명을 내려, 성안의 일을 밖으로 누설하는 자는 그가 속한 대오와 함께 참수하겠다고 했으며 범하는 자가 있다면 군졸이든 백성이든 막론하고 모두 삼족을 멸하겠다고 하니 물샐 틈 없어 새어나가지 않게 되었다. 그리고 해진과 해보를 석방하고, 장청, 섭청과 함께 각기 나누어 네 성문을 지키도록 했다. 안도전은 섭청의 부하 군졸과

13_ 옥천선玉天仙:『수호전전교주』에 따르면 "미옥과 같은 천상의 선녀"라고 했다.
14_ 원문은 '짐사鴆死(짐독으로 죽다)'다. 전설상의 독조毒鳥인 짐새는 깃털에 맹독이 있어 그 깃털을 담근 술(짐주鴆酒)을 마시면 즉사한다고 했는데, 이 술을 이용하여 독살하는 것을 말한다.

함께 성을 나가 소덕으로 가서 송 선봉에게 상황을 보고했다. 오용은 또 이규와 무송을 시켜 캄캄한 밤중에 성수서생 소양을 보호하여 양원성으로 들어가 경영과 장청을 만나게 했다. 소양은 오리의 필적을 찾아내어 가짜 서신을 썼고 섭청에게는 그 서신을 가지고 위승으로 가서 오리가 데릴사위를 맞이한 일을 전호에게 보고하고 그곳에서 적당한 기회를 골라 상황에 맞게 행동하도록 했다. 섭청은 장청·경영과 작별하고 서신을 가지고 위승으로 갔다.

한편 소덕성에 있던 송강은 소양과 안도전을 보내고 얼마 뒤에 색초와 서녕 등 장수들이 노성을 공격해 함락시켰다는 승전보를 받았다. 소식을 가져온 군사가 말했다.

"색초 등이 병력을 이끌고 가서 노성을 완전히 포위하자 지방은 성문을 굳게 닫고 감히 나와 접전을 벌이지 못했습니다. 서녕이 여러 장수와 계책을 의논하여 군사들에게 벌거벗고 가서 욕을 퍼부어 성안의 군사들을 격노하게 만들었습니다. 군사들이 싸우려 하자 지방은 저지할 수 없어 성문을 열고 출전했습니다. 북군이 용기를 내어 네 성문으로 돌진해 나오자 아군은 싸우면서 후퇴하여 북군이 사방으로 흩어지면서 성에서 멀어지도록 유인했습니다. 그때 당빈은 동쪽 길로 군사를 이끌고 돌격해 나오고 탕륭은 서쪽 길로 군사를 이끌고 부딪쳐왔습니다. 동서 두 문을 지키던 군사들은 미처 성문을 닫지 못하고 탕륭과 당빈이 군사를 이끌고 성안으로 물밀 듯이 들어가 성을 빼앗았습니다. 서녕이 지방을 창으로 찔러 쓰러뜨렸고 나머지 적장들은 죽은 자는 죽고 도망친 자는 달아났습니다. 죽인 북군이 5000여 명이고, 빼앗은 전마는 3000여 필이었으며 항복한 군사는 1만여 명이었습니다. 색초 등의 장수들이 입성하여 백성을 위로하여 안정시키고 특별히 저에게 승전 소식을 보고하라고 했습니다. 군인과 백성의 호구수와 창고의 돈은 별도로 장부를 만들어 보고하겠다고 했습니다."

보고를 들은 송강은 크게 기뻐하며 즉시 진 안무에게 알리고 색초 등의 공로를 차례대로 공적부에 기록하고 보고하러 온 군사에게 상을 내렸다. 또한 군사 문서를 적어 그에게 가지고 돌아가 각 로의 병마가 모두 오면 일제히 진격할 것이라고 알리게 했다. 그 군사가 다시 노성으로 돌아간 것은 말하지 않겠다.

한편 위승 전호가 있는 곳의 성원관에게 소식을 가져온 탐마가 연이어 보고했다.

"교도청과 손안이 모두 항복했습니다."

또 보고하며 말했다.

"소덕과 노성이 이미 격파되었습니다."

성원관은 그날로 즉시 전호에게 이런 사실을 보고했다. 깜짝 놀란 전호가 장수들을 모아 계책을 의논하고 있었는데, 별안간 양원을 지키는 편장 섭청이 국구의 서신을 가지고 왔다는 보고가 들어왔다. 전호는 즉시 섭청을 들이게 했다. 섭청이 들어오자 나누어 서술하면, 위승 성안에 있던 강도들이 소멸되고, 무향현武鄕縣[15]에서 왕이 되고자 꾀했던 역적을 사로잡게 되었다.

결국 전호가 오리의 서신을 받고 어떤 답장을 보내는지는 다음 회에 설명하노라.

15_ 무향현武鄕縣: 지금의 산시山西성 우샹武鄕.

전호는 섭청이 가져온 서신을 받아 근시에게 건네며 "과인이 듣게 읽어라"라고 했다. 서신에서 이르기를,

　"신 오리는 전우를 맞이해 사위로 삼았는데, 이 사람은 대단히 용맹하여 송나라 군대를 물리쳤습니다. 송강 등은 물러나 소덕을 지키고 있을 뿐입니다. 신 오리는 이제 신의 딸 군주 경영에게 전우와 함께 군대를 통솔하여 소덕성을 회복하게 할 것입니다. 삼가 총관 섭청을 보내 승전보를 알리며, 아울러 딸의 혼인 소식을 아룁니다. 바라건대 대왕께서는 신이 멋대로 딸을 혼인시킨 죄를 용서해주십시오."

　전호는 서신 내용을 듣고서는 우려스런 안색이 상당히 줄어들면서, 즉시 명을 내려 전우를 중흥평남선봉군마中興平南先鋒郡馬 직책에 봉했다. 섭청에게 두

1　제99회 제목은 '花和尙解脫緣纏井(화화상이 연전정에서 빠져나오다), 混江龍水灌太原城(혼강룡이 태원성에 물을 대다)'이다.

명의 지휘사와 함께 영지令旨2와 화홍花紅, 비단, 은냥을 가지고 양원현으로 가서 군마君馬3에게 하사하게 했다. 섭청은 전호에게 감사하며 절했고 두 명의 지휘사와 함께 양원으로 출발했다.

한편 전날 신행태보 대종은 송 공명의 명을 받들어 각 부의 주현으로 가서 군사 문서를 전하고는 노준의가 있는 분양부로 상황을 알아보러 갔다. 각 부의 주현에 조정에서 파견한 신임 관원들이 잇따라 도착하자 각 로의 성을 지키고 있던 장수들은 즉시 신임 관원이 다스릴 수 있도록 인계를 마치고 군마를 통솔하여 차례로 모두 소덕부로 왔다. 첫 번째로 온 부대는 위주를 지키던 관승과 호연작이 호관을 지키던 손립·주동·연순·마린, 포독산을 지키던 문중용과 최야의 군마와 함께 당도했다. 장수들은 성으로 들어가 진 안무와 송강에게 인사하고 말했다.

"수군두령 이준은 노성을 함락했다는 소식을 듣고, 즉시 장횡·장순·완소이·완소오·완소칠·동위·동맹과 함께 수군 배들을 이끌고 위하에서 황하로 나가 노성현 동쪽에 있는 노수에 모여 명을 기다리고 있습니다."

송강은 술자리를 마련해 오래 떨어져 지냈던 일들을 이야기했다. 이튿날 송강은 관승·호연작·문중용·최야에게 병마를 거느리고 노성으로 가서 수군 두령 이준 등에게 명을 전하게 했다.

"자네들은 색초 등의 인마와 협동하여 유사현楡社縣과 대곡현大谷縣으로 군대를 진격시켜 공격해 점령하라. 그리고 역적의 소굴인 위승주의 뒤로 질러가라. 경솔해서는 안 된다! 계책이 궁해진 역적들이 금나라에 투항할까 걱정된다."

관승 등은 명을 받고 떠났다. 그 뒤에 능천현을 지키던 이응과 시진, 고평현을 지키던 사진과 목홍, 개주성을 지키던 화영·동평·두흥·시은이 각기 신임 관

2_ 영지令旨: 송나라 때는 황태자의 명령이었고, 금나라에서는 황태후의 명령을 영지라 했다.
3_ 군마君馬: 왕의 딸을 군주郡主로 봉하고 그 남편을 군마라 부른다.

원들과 교대하고 군마를 이끌고 돌아왔다. 송강에게 인사를 마치고는 말하기를, 화영 등이 개주를 지키고 있었는데, 북군 장수 산사기山士奇가 호관에서 패전하자 패잔병을 이끌고 부산현浮山縣4의 군마를 규합하여 개주로 쳐들어왔다고 했다. 화영 등이 두 갈래 길로 매복하고 있다가 일제히 공격하여 산사기를 사로잡고 2000여 명을 죽였으며 산사기는 마침내 투항하고, 나머지 장병들은 사방으로 흩어져 달아났다고 했다. 화영은 산사기를 데려와 송 선봉에게 인사시켰다. 송강은 술자리를 마련해 대접하고 이야기를 나누었다. 송강 등의 군마는 소덕성에 주둔하고 출전하지 않음으로써, 마치 장청과 경영을 두려워하는 것처럼 거짓으로 꾸며 전호 마음을 안심시켰다.

한편 노준의 등에게 분양부를 함락당하자 전표田豹는 패주하다가 효의현孝義縣5에 이르렀는데 마침 마령의 병마와 만나게 되었다. 마령은 탁주涿州 사람으로 요술을 부릴 줄 알았다. 풍화륜風火輪6 2개를 밟으면 하루에 천리를 갈 수 있었기 때문에 사람들은 그를 신구자神駒子라고 불렀다. 또 가장 흉악한 것은 금전법金磚法이라 하여 쇠 조각을 던져 사람을 쓰러뜨렸고, 게다가 전쟁터에 나서면 이마에 요사스런 눈이 하나 더 나타나 사람들은 그를 소화광小華光이라고도 불렀다. 그의 술법은 교도청 보다는 수준이 아래였다. 그의 수하에는 무능武能과 서근徐瑾이라는 편장 2명이 있는데 그들도 모두 마령으로부터 요술을 배웠다. 마령은 전표田豹와 병력을 합쳐서, 무능·서근·색현索賢·당세륭党世隆·능광凌光·단인段仁·묘성苗成·진선陳宣 등의 편장과 3만 명의 정예부대를 통솔하며 분양성 북쪽 10리 떨어진 곳에 진지를 구축하고 주둔했다. 남군의 장수들은 연일 마령 등과 교전을 벌였지만 불리했다. 노준의는 군사를 이끌고 분양성 안으

4_ 부산현浮山縣: 지금의 산시山西성 푸산浮山.
5_ 효의현孝義縣: 지금의 산시山西성 샤오이孝義.
6_ 풍화륜風火輪: 나타那吒의 보물로 두 바퀴가 돌아가는 사이에 바람과 불 소리가 나며 좌우 두 바퀴에서 바람이 불어 나오고 불을 내뿜기 때문에 풍화륜이라 했다.

로 물러나 감히 나가서 그들과 싸우지 못하면서 북군이 성을 공격해올까 근심만 하고 있었다. 노준의가 한창 고민하고 있는데, 갑자기 동문을 지키는 군사가 날듯이 달려와 보고하기를, 송 선봉이 특별히 공손승과 교도청에게 병마 2000기를 줘서 싸움을 도우러 보냈다고 했다.

노준의는 황급히 성문을 열고 영접하라 했다. 인사를 마치자 노준의는 공순승에게 읍하면서 상좌에 앉히고 교도청을 다음 자리에 앉혔다. 술자리를 마련해 극진히 대접하면서 노준의가 하소연했다.

"마령의 술법이 악독하여 뇌횡·정천수·양웅·석수·초정·추연·추윤·공왕·정득손·석용 등 장수들이 그놈한테 다쳤습니다. 제가 속수무책인 상황이었는데 이제 두 선생께서 이렇게 오셨군요."

교도청이 말했다.

"저와 스승님이 송 선봉께 아뢰어 특별히 그놈을 잡으러 왔습니다."

말이 미처 끝나기 전에 성을 지키던 군사가 날듯이 달려와 보고하기를, 마령이 군사를 이끌고 동문으로 쳐들어오고, 무능과 서근은 병력을 이끌고 서문에 이르렀으며, 전표田豹는 색현·당세룡·능광·단인과 함께 군사를 이끌고 북문으로 돌진해온다고 했다. 공손승이 보고를 듣고는 말했다.

"빈도는 동문으로 나가 마령과 대적하겠소. 교도청 동생은 서문으로 나가 무능과 서근을 사로잡도록 하고 노 선봉께서는 군사를 이끌고 북문으로 나가 전표에 맞서 대적하십시오."

노준의는 황신·양지·구붕·등비 네 장수에게 병마를 통솔하며 일청 선생을 돕게 했다. 대종은 마령이 신행법을 할 줄 안다는 것을 듣고 공손승과 함께 출전하고자 했다. 노준의는 이를 허락했다. 다시 진달·양춘·이충·주통에게 병마를 이끌고 교도청을 돕게 했고, 노준의 자신은 진명·선찬·학사문·한도·팽기와 함께 군사를 이끌고 남문7으로 나가 전표에 맞서 대적하기로 했다. 그날 분양성 밖 동·서·북 삼면에서는 깃발이 해를 가리고 금고 소리가 하늘을 진동시키면서 동시에 싸움이 벌어졌다.

노준의와 교도청이 두 갈래 길로 싸우러간 이야기는 그만두고, 한편 신구자 마령은 군사를 이끌고 깃발을 휘날리고 북을 두드리며 욕을 퍼부으면서 싸움을 걸었다. 그러자 성문이 열리고 조교가 내려오더니 남군 장수들이 성을 나와 군마를 장사진長蛇陣처럼 일자로 늘어세웠다. 마령이 화극을 들고 말을 몰아 나와서는 크게 소리 질렀다.

"너희들, 좆같이 깨진 놈들아, 어서 빨리 우리 성을 내놓아라! 조금이라도 지체한다면 갑옷 한 조각도 남기지 않을 것이다!"

구붕과 등비가 말머리를 나란히 하여 나와서는 소리쳤다.

"네놈이 뒈질 날이 온 모양이구나!"

구붕은 강철 창을 잡고, 등비는 쇠사슬을 춤추듯 휘두르며 말을 박차고 곧장 마령에게 달려들었고 마령 또한 극을 들고 맞섰다. 세 장수가 10여 합을 싸웠을 때, 마령이 쇠 조각 금전을 꺼내더니 구붕에게 던지려고 했다. 그때 공손승이 말을 몰고 앞으로 와서 검을 짚고 법술을 일으켰다. 마령이 손을 들어올리자 공손승이 검을 잡고 마령을 가리켰다. 그러자 갑자기 벽력같은 소리가 울리더니 붉은 빛으로 가득차면서 공손승의 검이 화염으로 변했다. 마령의 쇠 조각은 땅바닥에 떨어져 구르다가 즉시 소멸되었다. 공손승의 법술은 정말로 영험하여 순식간에 남군 진영의 장수와 군졸 그리고 병기까지 온통 화염에 휩싸이면서 장사진이 화룡火龍처럼 변했다. 마령의 금전법은 공손승의 신화神火에 굴복했고, 공손승이 먼지떨이를 흔들어 군마를 움직이자 장사진의 머리와 꼬리가 합쳐져 돌격했다. 북군은 대패하여 별똥별이 떨어지고 구름이 흩어지듯 끊겼다 이어졌다 하며 달아나는데 셋 중 둘이 꺾였다. 마령도 싸움에 지고 달아나는데, 다행히 신행법을 쓸 줄 알아 풍화륜 2개를 밟고서 동쪽으로 잽싸게 달아났다. 그러

7_ 『수호전전교주』에 따르면 "북문으로 의심된다"고 했다.

자 남군 진영에서 이미 갑마를 다리에 묶고 기다리고 있던 신행태보 대종이 손에 박도를 들고 신행법을 써서 뒤를 쫓았다. 잠깐 사이에 마령은 이미 20여 리를 달아났는데, 대종은 겨우 16~17리를 쫓아갔을 뿐이었고 둘러보아도 마령은 보이지 않았다. 그런데 앞쪽에서 한창 날듯이 달아나던 마령은 한 뚱뚱한 화상과 마주치게 되었다. 그 화상은 전장으로 마령을 때려눕혔고 힘 들이지 않고 양을 잡아채듯 마령을 사로잡아버렸다.

그 화상이 마령에게 따져 물으려는데 대종이 쫓아와 보니 화상이 마령을 잡고 있었다. 대종이 앞으로 다가가 그 화상을 보니 다름 아닌 화화상 노지심이었다. 대종이 놀라며 물었다.

"스님은 어째서 여기 계시오?"

노지심이 말했다.

"여기가 도대체 어딘가?"

"여기는 분양성 동쪽입니다. 이놈은 북군 장수 마령인데, 싸우다가 공손일청에게 요술이 격파되어 도망치기에 제가 뒤를 쫓고 있었습니다. 이놈이 어찌나 빨리 달리는지 잡지 못했는데 이렇게 스님에게 사로잡혔으니 진정 하늘에서 내려왔나 보구려!"

노지심이 좋아서 웃으면서 말했다.

"내가 하늘에서 내려온 것이 아니라, 땅에서 솟아난 것이라네."

두 사람은 마령을 포박했고, 세 사람은 걸어서 분양부로 향했다. 대종이 노지심에게 어찌 된 까닭인지 다시 묻자, 노지심이 걸어가면서 이야기해줬다.

"지난번에 전호가 한 좆같은 년을 보내 양원성 밖에서 싸움이 벌어졌네. 그 년이 돌을 잘 던져서 많은 우리 두령이 돌에 맞아 다쳤지. 그래서 내가 그 좆같은 년을 잡으려고 적진 속으로 뛰어 들어갔는데 무성한 풀덤불 속에 구덩이가 있는 것을 몰라 대비하지 못했다네. 내 두 다리가 공중으로 뜨고 뒤집어지면서 구덩이 속으로 떨어졌다네. 떨어지면서 한참이 지나서야 비로소 바닥에 닿았는데 다행히 다치지는 않았다네. 내가 구덩이 속을 살펴보니까 옆쪽에 또 다른 구멍이 하나 있는데 거기서 밝은 빛이 들어오더라고. 그래서 그 구멍 속으로 들어가보았더니, 기괴하게도 똑같이 하늘도 있고 해도 있는데다 촌락과 집들이 있더라고. 그곳 사람들도 모두 바쁘게 일하고 있었는데, 나를 보더니 웃는 거야. 나는 그 사람들에게 물어보지도 않고 다만 앞만 보고 들어갔지. 인가가 모여 있는 곳을 지나가니까 앞에 아주 고요한 넓은 들판이 나왔는데 사는 사람이 아무도 없었네. 한참 동안 가다보니까 암자 하나가 눈에 들어왔는데 안에서 목어木魚 두드리는 소리가 들려오더라고. 그래서 암자로 들어가 살펴보니까 나 같은 화상 하나가 가부좌를 틀고 앉아서 염불을 하고 있더라고. 내가 그 화상한테 나가는 길을 물었더니, 대답하기를 '온 것은 온 길을 따라서 온 것이니, 가는 것은 간 길을 따라 가시오'라고 하는 거야. 내가 그 두 마디 말이 무슨 뜻인지 몰라 조급하게 굴었더니, 그 중이 웃으면서 말하기를, '그대는 이곳이 어딘지 아시오?'라는 거야. 그래서 내가 '이런 좆같은 곳을 알게 뭐야'라고 했더니, 그 화상이 또 웃으면서 말하기를, '위로는 비비상非非想8에 이르고 아래로는 무간지無間地9에 이르니, 삼천대천三千大千의 세계10가 한없이 넓고도 멀어 사람이 알 수가 없소'라는 거야. 그리고 또 말하기를, '무릇 사람에게는 마음心이 있고, 마음心이 있으면 반드시 생각念이 생기기 마련이다. 지옥과 천당도 모두 온갖 생각念에서 나오는 것이다. 그러므로 삼계유심三界惟心11이요 만법유식萬法惟識12이라 하니 생각念

8_ 비비상非非想: 비상비비상처천非想非非想處天의 줄임말이다. 삼계三界 가운데 무색계無色界의 네 번째 하늘로 이곳에는 욕망과 물질은 없고 단지 미묘한 사상만이 있다.

9_ 무간지無間地: 무간지옥無間地獄을 말한다. 팔대 지옥 가운데 여덟 번째로 가장 고통스러운 곳이다.

10_ 삼천대천세계三千大千世界: 줄여서 대천세계大千世界라 하며 불교의 우주관이다. 1000을 세 번 곱했기(10억) 때문에 삼천대천세계라 한다. 수미산須彌山을 중심으로 하여 칠산팔해七山八海가 에워쌌으며 게다가 철위산鐵圍山을 외곽으로 삼은 것을 1개의 소세계小世界라 한다. 1000개의 소세계를 합친 것이 소천세계小千世界이고 1000개의 소천세계를 합친 것을 중천세계中千世界라 하며 1000개의 중천세계를 합친 것을 대천세계大千世界라 하는데 삼천대천세계라 총칭한다.

11_ 삼계유심三界惟心: 욕계欲界, 색계色界, 무색계無色界로 삼계三界에서는 모든 현상은 마음으로 인해 바

이 생겨나지 않으면 육도六道[13]도 사라지고 윤회輪廻도 끊어지지'라고 하더라고. 그가 하는 말을 들어보니 명백히 알겠기에 그 화상에게 큰 소리로 '예'라고 대답하고 읍했지. 그러자 그 중이 크게 웃으면서, '그대는 일단 연전정緣纏井으로 들어왔으니, 욕미천欲迷天으로 나가기 어려울 것이오, 내가 나가는 길을 그대에게 가르쳐주겠소' 하더라고. 그 화상이 나를 데리고 암자를 나가 네댓 걸음 걷더니 나한테 말하기를, '여기서 헤어지고 다음에 다시 만납시다'라고 했네. 그러고는 손으로 앞을 가리키면서, '앞으로 가면 신구神駒를 얻을 것이오'라고 말하더라고. 내가 고개를 돌려보니까 그 화상은 어디 갔는지 보이지 않고 별안간 눈앞이 환해지면서 다시 원래 세상이더니 도리어 이놈을 만나게 된 거야. 이놈이 달려오는 게 수상쩍어 선장으로 때려 엎었는데, 어떻게 여기로 오게 됐는지는 모르겠네. 그곳 절기는 소덕부와는 달랐는데, 복숭아나무와 오얏이 잎만 크고 꽃은 하나도 없더라고."

대종이 웃으면서 말했다.

"지금은 3월 하순이니, 복숭아꽃과 오얏은 다 떨어졌지요."

노지심이 믿으려 하지 않고 우기면서 말했다.

"지금은 2월 하순이고, 내가 구덩이에 빠져 잠시 있다가 돌아왔는데, 어떻게 3월 하순이 된단 말인가?"

그 말을 들은 대종은 매우 놀라면서도 기이하게 생각했다. 두 사람은 마령을 끌고 분양성으로 돌아왔다.

이때 공손승은 이미 북군을 물리치고 군대를 거두어 성으로 들어간 뒤였다.

꿈을 말하는 것이다.

12_ 만법유식萬法惟識: 『수호전전교주』에 따르면 "『반야경般若經』 568에 이르기를 '일체의 법法은 마음心이 선도하는데, 만약 마음을 알 수 있다면 뭇 법을 모두 알 수 있으니 갖가지 세법世法은 마음에서 비롯된다'고 했다."

13_ 육도六道: 중생들이 윤회하는 여섯 곳의 거처를 말한다. 천도天道·인도人道·아수라도阿修羅道·축생도畜生道·아귀도餓鬼道·지옥도地獄道다.

노준의·진명·선찬·학사문·한도·팽기는 색현·당세륭·능광을 죽이고 곧장 전
표田彪와 단인을 10리 밖까지 추격하여 북군을 패배시켰다. 전표는 단인·진선·
묘성과 함께 패잔병을 이끌고 북쪽으로 도망쳤다. 노준의는 군사를 거두어 성
으로 돌아오다가, 무능과 서근을 격파하고 진달·양춘·이충·주통과 함께 군사
를 이끌고 추격하는 교도청을 만났다. 남군은 두 갈래 길을 합쳐 공격했고 북군
은 대패하고 죽은 자가 매우 많았다. 무능은 양춘의 대간도大杆刀[14]에 찍혀 말
에서 떨어졌고 서근은 학사문이 찔러 죽였다. 노획한 말과 갑옷, 금고, 안장과
고삐는 그 수를 헤아릴 수 없었다. 노준의는 교도청과 병력을 합쳐 개선가를 울
리며 성으로 들어왔다. 노준의가 원수부에 당도하자 노지심과 대종이 마령을
끌고 왔다. 노준의는 크게 기뻐하며 황급히 물었다.

"어떻게 여기로 왔는가? 송 형님은 오리와 싸워 승부가 어찌 되었는가?"

노지심이 구덩이에 빠졌던 일과 송강이 오리와 교전한 일에 대해 자세히 두
루 이야기하자, 노준의를 비롯한 장수들은 모두 놀라며 의아해마지 않았다.

노준의는 손수 마령의 포박을 풀어주었다. 마령은 오는 도중에 이미 노지심
의 이야기를 들은 데다, 또 노준의의 이러한 의기를 보고는 엎드려 절하며 투항
했다. 노준의는 삼군 장사들에게 상을 내리고 위로했다. 이튿날, 진녕부를 지키
던 장수들도 새로 부임한 관원들과 교대하고 모두 분양으로 와서 명을 기다렸
다. 노준의는 대종과 마령을 송 선봉에게 보내 승전보를 보고하게 하고, 그날로
부군사 주무와 함께 진격할 계책을 논의했다.

한편 마령은 대종에게 하루에 천리를 갈 수 있는 법을 전수해줬다. 두 사람은
하루 만에 송 선봉의 장막 앞에 당도하여 인사를 하고 승전 소식을 상세히 보
고했다. 송강은 노지심의 이야기를 듣고 나서 놀라고 의아해하면서도 기뻐했다.
그리고 직접 진 안무에게 가서 승리 소식을 전한 것은 더 이상 말하지 않겠다.

14_ 대간도大杆刀: 자루가 긴 대도.

한편 전표田豹는 단인·진선·묘성과 함께 패전한 군졸들을 통솔하며 마치 상 갓집 개와 그물에서 빠져나간 물고기처럼 급히 위승으로 달려가 전호를 만나 군사를 잃고 땅을 빼앗긴 일을 울면서 호소했다. 그때 또 가짜 추밀관원이 급히 달려와 아뢰었다.

"대왕께 아룁니다. 이틀 동안 유성마가 달려와 보고하고 긴급한 일을 요청하 는 공문15이 눈송이처럼 날리고 있습니다. 통군대장 마령은 이미 사로잡혔고, 관승과 호연작의 병마가 유사현을 포위했습니다. 또한 노준의 등의 병마는 이미 개휴현의 성을 격파했다고 합니다. 오직 양원현의 오리 국구만 여러 차례 승전 보를 전해오고 있는데, 거기서는 송군이 감히 아군을 똑바로 바라보지 못한다 고 합니다."

보고를 받은 전호는 깜짝 놀라 어찌해야 좋을지를 몰라 했다. 대다수의 문 무 관원은 계책을 의논하며 북쪽으로 금나라에 투항하고자 했다. 그러자 우승 상 태사 변상이 관원들을 큰소리로 꾸짖어 물리치고 아뢰었다.

"송나라 군대가 비록 세 갈래 길로 쳐들어온다 하지만, 우리 위승은 산이 겹 겹이 둘러싸고 있으며 군량과 마초도 족히 2년을 지탱할 수 있습니다. 어림군 등 정예 병력이 20만 명인데, 동쪽의 무향현과 서쪽의 심원현에 각기 정예병 5만을 보유하고 있습니다. 그 뒤쪽에 있는 태원현太原縣·기현祈縣·임현臨縣·대 곡현大谷縣 등도 성지가 견고하고 군량과 마초가 풍족하여 싸워서 지킬 만합니 다. 옛말에 이르기를 '차라리 닭 부리가 될지언정 소의 항문이 되지는 말라'16고 했습니다."

전호가 망설이며 대답하지 못하고 있었는데, 또 총관 섭청이 왔다는 보고가

15_ 원문은 '우서羽書'인데 '우격羽檄(새의 깃털을 꽂아 긴급을 요하는 공문公文)'을 말한다.
16_ 원문은 '寧爲鷄口, 無爲牛後'인데, 출전은 『사기』 「소진열전蘇秦列傳」이다. 장수절張守節의 『사기정의史 記正義』에 따르면 "닭의 부리는 비록 작지만 음식을 먹을 수 있고, 소의 항문은 비록 크지만 똥을 배설한다"고 했다.

들어왔다. 전호가 즉시 불러들이자, 섭청이 배무를 마치고는 말했다.

"군주와 군마가 여러 차례 적을 베고 사로잡아 아군의 위세를 크게 떨치고 있습니다. 아군의 병마가 곧장 소덕부로 진격해서 성을 포위하려고 했는데, 오리 국구가 감기를 앓는 바람에 병마를 통솔할 수 없게 되었습니다. 바라건대 대왕께서는 훌륭한 장수와 정예병을 보태주셔서, 군주와 군마가 소덕부를 회복할 수 있도록 도와주십시오."

그때 도독 범권이 아뢰었다.

"신 듣자하니 군주와 군마는 매우 날래고 용맹하여 송군이 감히 똑바로 바라보지 못한다고 합니다. 대왕께서 친히 정벌에 나서시고 또 강력한 군대와 맹장으로 그들을 돕는다면, 반드시 나라를 일으키는 큰 공을 세울 수 있을 것입니다. 신은 원컨대 태자를 도와 나라를 보살피겠습니다."[17]

전호는 비준했다. 원래 범권의 딸은 나라가 기울어져도 모를 정도의 미인이었는데, 범권은 그 딸을 전호에게 바쳤고 전호로부터 대단한 총애를 받았다. 이 때문에 범권의 말을 전호가 따르지 않은 적이 없었던 것이다. 지금 범권은 섭청으로부터 많은 뇌물을 받았을 뿐만 아니라, 또 송군의 세력이 큰 것을 보고는 기회를 틈타 나라를 팔아먹을 속셈이었다.

전호는 변상에게 장수 10명과 정예병 3만을 선발해줘 노준의와 화영의 병마를 대적하게 했고, 또 태위 방학도房學度에게는 장수 10명과 정예병 3만 명을 통솔하여 유사현으로 가서 관승 등의 병마를 대적하도록 했다. 그리고 전호 자신은 상서 이천석李天錫·정지서鄭之瑞, 추밀 설시薛時·임흔林昕, 도독 호영胡英·당창唐昌 및 전수殿帥, 어림호가교두御林護駕敎頭, 단련사, 지휘사, 장군, 교위 등과 정예병 10만 명을 선발했다. 날을 선택하여 제기를 지내고 군사를 일으키고

17_ 원문은 '감국監國'이다. 일종의 정치제도다. 통상적으로 황제가 밖으로 나갔을 때 중요 인물(일반적으로 황태자)이 궁정에 남아 지키면서 대신 국가 대사를 처리하는 것을 가리킨다.

는 소와 말을 잡아 삼군을 포상하고 위로했다. 다시 명을 내려 동생인 전표田豹와 전표田彪에게 도독 범권을 비롯한 문무관원과 함께 태자 전정田定을 보좌하여 나라를 살피도록 했다. 이런 소식을 접하게 된 섭청은 은밀히 심복을 보내 밤새 양원성으로 달려가 장청과 경영에게 알리도록 했다. 장청은 해진과 해보에게 밧줄을 타고 몰래 성을 나가 송 선봉에게 보고하도록 했다.

한편 변상은 병부가 내려지기를 기다리며 군마를 선발하면서 사흘을 머물렀다. 비로소 번옥명樊玉明·어득원魚得源·부상傅祥·고개顧愷·구침寇琛·관염管琰·풍익馮翊·여진呂振·길문병吉文炳·안사륭安士隆 등의 편장, 아장과 각 분야의 장수들, 군마 3만 명을 통솔하며 위승주 동문을 나갔다. 변상은 군대를 두 갈래로 나누었는데, 전대는 번옥명·어득원·풍익·고개가 병마 5000명을 거느리고 막 심원현의 면산綿山이란 곳에 이르렀다. 산비탈 아래 큰 숲을 지나고 있는데, 갑자기 징소리가 울리면서 숲 뒤쪽 산비탈에서 한 무리의 군마가 튀어나왔다. 이는 송 공명이 장청의 소식을 듣고는 은밀히 화영·동평·임충·사진·두흥·목홍에게 정예하고 용맹한 기병 5000명을 이끌고 사람은 전포만 입고 말은 방울을 떼고서 밤을 새워 이곳으로 달려가게 했던 것이다. 송 군중에서 한 장수가 앞으로 말을 몰아 나오는데 양손에 두 자루의 강철 창을 들고 있었다. 이 장수는 바로 송 군중에서 언제나 첫 번째로 앞장서는 쌍창장 동평이었다. 동평이 크게 소리 질렀다.

"거기, 어디서 오는 병마냐? 어서 포박을 받지 않고 무얼 기다린단 말이냐?"

번옥명이 욕설을 퍼부었다.

"물웅덩이에 사는 도적놈들아! 무슨 까닭으로 우리 성지를 침범했느냐?"

동평이 크게 화를 내며 소리쳤다.

"천병이 당도했는데, 여전히 항거하겠다는 거냐!"

동평이 쌍창을 들고 말을 박차며 곧장 나가 번옥명에게 달려들었다. 번옥명도 창을 잡고 달려나와 맞섰다. 두 장수가 싸운 지 20여 합 만에 번옥명은 힘이 떨어졌고 동평의 창을 막아내지 못하고 동평의 창에 목을 찔려 말에서 뒤집어지면서 떨어졌다. 이 모습을 본 풍익이 크게 노하여 혼철창을 세우고 나는 듯이 동평에게 달려들었다. 그러자 이쪽에서 소이광 화영이 말을 몰아 나가 풍익을 막고 싸움을 벌였다. 두 장수가 10여 합을 싸웠을 때, 화영이 말을 돌려 본진으로 향해 달아나기 시작하자 풍익이 그 뒤를 쫓았다. 화영은 화창을 안장에 걸고 활을 들어 화살을 얹어 활을 팽팽히 당기고는 풍익이 비교적 가까이 다가왔음을 보고는 몸을 틀면서 화살을 날렸다. 화살은 풍익의 얼굴에 정통으로 꽂혔고 풍익은 투구가 머리 뒤로 튕겨나가고 두 다리가 허공으로 뜨면서 '쿵' 소리와 함께 말 아래로 떨어졌다. 화영이 말을 돌려 달려가 다시 창으로 끝장내버렸다. 이때 동평·임충·사진·목홍·두흥이 병마를 휘몰아 일제히 돌격했다. 고개는 어느 결에 임충의 창에 찔려 죽고, 어득원은 말에서 떨어져 말발굽에 밟혀 죽었다. 북군은 대패하여 5000명의 군마 가운데 태반이 죽고 나머지는 사방으로 흩어져 달아났다. 화영 등의 병사들은 적군의 금고와 말 등을 빼앗고 5리 정도까지 추격했는데 변상의 대군과 맞닥뜨리게 되었다.

원래 변상은 농가 출신이었는데 두 팔에 물소 같은 기력을 지녔고 무예에 정통하여 적군 가운데 상장上將이었다. 양군이 대치하면서 깃발들이 서로 마주 보이자 양쪽 진영에서 화각이 일제히 울리고 악어가죽 북을 쉼 없이 두드렸다. 북군 장수 변상이 진 앞으로 나와 말을 세웠다. 머리에는 봉황 깃이 달린 황금 투구를 쓰고, 몸에는 물고기 비늘 형상의 미늘로 된 은빛 갑옷을 입었는데, 키는 9척이었다. 세 갈래 수염이 입을 가렸고 얼굴은 네모지고 어깨는 넓었으며, 눈썹이 치솟고 눈은 둥글었다. 부딪쳐 돌진하는 전마를 타고 손에는 개산대부開山大斧를 들었다. 좌우 양쪽에는 부상·관염·구침·여진 등 통제관 4명이 늘어섰고 뒤쪽에는 또 통군·제할·병마방어사·단련사 등 관원들이 줄지어 따르고 있었다. 대오를 이룬 군마는 대단히 질서정연하게 늘어서 있었다. 이때 남쪽 진에서 구문룡 사진이 진 앞으로 말을 몰아 나와 크게 소리 질렀다.

"거기 나온 놈은 누구냐? 어서 말에서 내려 오라를 받아 칼과 도끼를 더럽히지 말거라!"

변상이 '하하' 크게 웃으면서 말했다.

"병이나 항아리에도 두 귀가 있는데, 네놈은 변상이란 이름을 듣지 못했느냐?"

사진이 소리쳤다.

"역적을 돕는 필부가 천병에 이르렀는데도 아직도 항거한단 말이냐!"

사진이 말을 박차고 삼첨양인팔환도三尖兩刃八環刀를 춤추듯 휘두르며 곧장 변상에게 달려들었다. 변상도 큰 도끼를 휘두르며 맞섰다. 두 말이 서로 어우러지고 두 병기가 함께 처들리며 칼과 도끼가 종횡으로 움직이고 말발굽이 어지럽게 얽혔다. 30여 합을 싸웠는데도 승패를 가리지 못했다. 화영은 변상의 무예가 강한 것을 아끼고는 도리어 냉전을 쏘지 않고 창을 들고 말을 박차 달려나가 싸움을 도왔다. 변상은 힘껏 두 장수와 대적했는데 또 30여 합을 싸웠어도 승부가 나지 않았다. 북군 진영의 장사들은 변상이 실수할까 염려하여 급히 징을 울려 군사를 거두었다. 화영과 동평도 날이 저물어 가는데다 또 중과부적이라 추격하지 않고 역시 군사를 거두어 남쪽으로 물러났다. 양군은 10여 리 정도 떨어진 거리에서 울타리 방책을 세웠다.

그날 밤 남풍이 강하게 불면서 짙은 구름이 칠흑 같이 깔리더니 한밤중이 되자 천둥 번개가 치면서 큰비가 쏟아졌다. 이때 전호는 수많은 관원과 장수, 군마를 통솔하며 위승에서 100여 리 떨어진 곳에 당도했고 날이 어두워지자 울타리 방책을 세웠다. 전호는 장막 안에서 수행한 군중의 내시와 첩들, 그리고 범미인美人[18]을 데리고 연회를 즐기고 있었는데, 이날 밤 큰비가 내리기 시작했다. 그날부터 연이어 닷새 동안 장맛비가 그치지 않고 내렸다. 위로는 장막에 비가 새고, 아래로는 물에 흠뻑 젖었다. 군사들은 불을 피워 밥을 짓기도 어려웠고,

---

18_ 미인美人은 후궁 칭호 가운데 하나로 범 미인은 즉 미인 범씨를 의미한다.

발을 디딜 자리도 없었다. 활은 늘어져 느슨해지고 화살의 깃털은 빠져 나갔으며 각 군영의 군마들은 모두 군영을 지키고만 있을 수밖에 없었다.

한편 색초·서녕·선정규·위정국·탕륭·당빈·경공 등의 장수들은 관승·호연작·문중용·최야 등의 육군과 수군두령 이준 등 수군 전선들을 맞이하여 계책을 의논했다. 선정규와 위정국은 남아서 노성을 지키고, 관승을 비롯한 나머지 장수는 수륙으로 진격하여 유사현을 공격해 격파시켰다. 다시 색초와 탕륭이 그곳에 남아 성을 지키고, 관승을 비롯한 나머지 장수들은 승세를 몰아 신속하게 진군했다. 파죽지세로 돌격하여 또 대곡현을 점령하고 성을 지키던 장수를 죽였다. 나머지 아장들과 군병 가운데 항복한 자는 헤아릴 수 없을 정도였다. 관승은 군사와 백성을 위로하고 장사들에게 포상했다. 그리고 사람을 송 선봉에게 보내 승전 소식을 보고했다.

이튿날 관승 등도 동시에 장맛비를 만나 성에 주둔하면서 전진하지 못했다. 그때 갑자기 보고가 들어왔다.

"노 선봉이 선찬·학사문·여방·곽성을 남겨 병마를 통솔하면서 분양부를 지키게 했습니다. 노준의 등이 개휴현과 평요현을 격파했고, 다시 한도와 팽기를 남겨 개휴현을 지키게 하고, 공명과 공량을 남겨 평요현을 지키게 했습니다. 그리고 노 선봉은 장수들과 군마를 통솔하고 태원현 성을 포위했지만 큰비에 가로막혀 공격하지 못하고 있습니다."

그때 마침 성안에 있던 수군두령 이준이 이 같은 보고를 듣고는 황급히 관승에게 말했다.

"노 선봉 등이 지금 연일 그치지 않는 큰비를 만나 물이 크게 불어 삼군이 머무를 수 없게 되었습니다. 만약 적군이 목숨을 걸고 성을 나와 돌격해오면 어찌하겠습니까? 제게 한 가지 계책이 있는데 노 선봉께 가서 상의하고자 합니다."

관승이 허락했다.

혼강룡 이준은 즉시 관승에게 작별하고 성을 나가 동위·동맹에게 수군의 전선들을 관할하게 하고, 자신은 장횡·장순·삼완과 수군 2000명을 거느리고 삿갓을 쓰고 도롱이를 걸치고는 비바람을 뚫고 샛길로 노준의에게 달려갔고 방책으로 들어가 만났다. 문안인사도 하지 않고 바로 노준의에게 은밀히 계책을 이야기했다. 노준의는 크게 기뻐하면서 즉시 군사들에게 명을 내려 비를 무릅쓰고 나무를 베어 뗏목을 만들게 했다. 이준 등이 제각기 임무를 수행하기 위해 떠난 것은 더 이상 말하지 않겠다.

한편 태원성을 지키는 장수 장웅張雄은 전수殿帥의 관직을 받았고, 항충項忠과 서악徐岳은 도통제의 관직을 받았는데, 이 셋은 적군 가운데에서도 가장 사람 죽이기를 좋아하는 자들이었다. 그 수하 군졸들도 하나같이 모두 흉악하고 잔인했다. 성안 백성은 그들의 포학함을 견디지 못하고 가산을 버리고 사방으로 도망쳐서, 열에 일곱 여덟은 이미 떠나고 없었다. 장웅 등은 지금 대군에 포위당해 곤경에 빠졌는데도 성이 견고함에 의지해 항복하지 않고 있었다. 장웅이 항충, 서악과 계책을 의논했다.

"지금 큰비가 내리고 있어, 송군이 침략할 곳도 없다. 젖은 땅은 이롭지 못해 땔나무와 말 먹일 풀도 부족하여 군사들은 머물고 싶은 마음도 없을 것이다. 이때 급히 나가서 공격하면 반드시 전승을 거둘 수 있을 것이다."

때는 4월 상순이었다. 장웅이 병력을 나누어 네 성문을 열고 나가 송군을 향해 돌격하려고 하는데, 별안간 사방에서 징소리가 진동했다. 장웅이 서둘러 성루에 올라가 성 밖을 바라보니, 송군이 비를 무릅쓰고 나막신을 신고는 언덕을 올라가고 있었다. 장웅이 한창 놀라며 의심하고 있는데, 또 지백거智伯渠 쪽과 동, 서쪽 세 곳에서 함성이 하늘을 뒤흔들었는데, 마치 천군만마千軍萬馬가 미친 듯이 질주하는 듯한 소리가 들렸다. 삽시간에 큰 파도와 성난 물결이 밀어닥치는데, 마치 가을 8월의 조수가 용솟음치는 듯하고 하늘에서 황하의 강물이 쏟아지는 듯했다.

진실로 공적은 지백知伯이 분수汾水를 진양晉陽성에 대어 3판版 높이의 성벽

만 드러나게 한 공보다 크고,[19] 계책은 회음후淮陰侯가 모래자루로 유수濰水를 막은 것보다 낫다.[20]

결국 그 물살이 어떻게 멎게 되었는가는 다음 회에 설명하노라.

19_ 『사기』「조세가趙世家」에 따르면 "지백知伯은 더욱 교만해졌다. 그는 한韓씨와 위魏씨에게 토지를 요구했고 한씨와 위씨가 땅을 주었다. 이어서 지백은 또 조趙씨에게 토지를 요구했지만 조양자趙襄子는 과거에 지백을 따라 정鄭나라를 포위했을 때 지백으로부터 능욕을 당한 적이 있었기에 주지 않았다. 분노한 지백은 한씨와 위씨 군대를 이끌고 조씨를 공격했다. 조양자는 두려워 진양晉陽으로 달아나 지켰다. 지백은 한씨, 위씨와 연합하여 1년이 넘도록 진양을 공격했다. 그들은 분수汾水의 물을 끌어다 진양성에 대었는데 물에 잠기지 않고 드러난 성벽이 3판版(6척) 높이에 불과했다"고 했다. 판版은 고대에 성벽을 쌓는 데 사용하는 것으로 한 덩어리의 높이는 2척이다.

20_ 『사기』「회음후淮陰侯열전」에 따르면 "교전을 벌이기로 결정하고는 한신韓信과 유수濰水를 사이에 두고 각자 진세를 펼쳤다. 한신은 밤에 명하여 사람을 시켜 1만여 개의 자루를 만들어 모래를 가득 채워 유수의 상류를 막도록 했다. 그런 다음 군사를 이끌고 유수를 건넜고 군대가 절반쯤 건넜을 때 앞선 군대가 용저龍且를 공격해 교전을 벌이다가 패배한 척하면서 뒤돌아 후퇴했다. 용저는 과연 기뻐하며 말했다. '한신이 겁쟁이인 줄은 일찌감치 알고 있었다.' 이에 마침내 군사를 지휘하며 한신을 추격해 강을 건너기 시작했다. 이때 한신은 사람을 시켜 상류에 물을 막았던 모래 자루를 트게 했고, 강물이 세차게 흘러 내려왔다. 용저의 군사 태반이 유수를 건너지 못했는데 한신은 되돌아와 즉시 반격했고 강을 건너던 초나라 군대는 섬멸되었으며 용저 또한 죽임을 당했다"고 했다.

《 제100회 》

복수[1]

　혼강룡 이준은 큰비가 쏟아진 뒤에 물살이 갑자기 불어난 것을 이용해 장 횡·장순·삼완과 함께 수군을 통솔하여 약정한 시각에 지백거智伯渠와 진수晉水[2] 의 물을 끌어넣어 태원성을 침수시켰던 것이다. 순식간에 물살이 용솟음쳤다.

　순식간에 밀려오는 물, 큰 파도를 일으키는구나. 군졸들은 뗏목 타고 돌격해오 고, 장사들은 천황天潢[3] 타고 나는 듯이 몰려오누나. 귀신도 울부짖고 하늘은 어두워져 해가 빛을 잃었네. 산이 뒤흔들리고 무너져내렸으며 격노한 거센 파도 소리 들리는구나. 성벽은 허물어지고, 집들은 모조리 잠겼도다. 깃발들 파도에 휩쓸려가니 서로 엉키는 푸른 깃발, 붉은 깃발 보이지도 않네. 병장기들 빠른

1　제100회 제목은 '張清瓊英雙建功(장청과 경영이 공을 세우다), 陳瓘宋江同奏捷(진관과 송강이 함께 승 전보를 올리다)'이다.
2　『수호전전교주』에 따르면 "『방여승략方興勝略』 권3 「산서山西·태원부太原府」에 이르기를 '진수, 태원 그 북쪽 지류를 지백거라 하니, 즉 지백의 물을 막아 성으로 끌어들인 것이다'라고 했다."
3　천황天潢: 고대에 작전 중에 물을 건너는 데 사용하던 큰 배.

물살에 떠내려가니 서릿발 치는 싸움도 어렵게 되었구나. 시신들 물고기와 자라처럼 떠내려가다 잠기고, 더운 피는 파도와 함께 끓어오르네. 잠깐 사이에 나무들 뿌리째 뽑히고, 순식간에 서까래 끝이 둥둥 떠내려가도다.

驟然飛急水, 忽地起洪波. 軍卒乘木筏衝來, 將士駕天潢飛至. 神號鬼哭, 昏昏日色無光; 嶽撼山崩, 浩浩波聲若怒. 城垣盡倒, 窩鋪皆休. 旗幟隨波, 不見靑紅交雜; 兵戈泪浪, 難排霜雪爭叉. 僵尸如魚鼈沉浮, 熱血與波濤竝沸. 須臾樹木連根起, 頃刻榛題貼水飛.

성안은 솥에 물이 끓듯이 떠들썩했다. 군사들과 백성은 물이 돌진해오자 모두 흠뻑 젖은 채로 담장에 오르고 지붕으로 기어올랐으며 나무를 타고 대들보를 껴안았다. 노약자와 뚱뚱한 자들은 높은 대와 탁자 위로 올라갔다. 눈 깜짝할 사이에 탁자와 대가 물에 둥둥 떠내려가고 집들은 기울어지고 쓰러져 모두가 물속의 물고기와 자라 같은 신세였다. 성 밖에서 이준·장횡·장순·삼완이 비강飛江과 천부天浮[4]를 타고 성 가까이 접근했다. 물높이가 성벽 높이와 비슷해지자 군사들은 각기 예리한 칼을 잡고 성으로 기어 올라가 성을 지키던 사졸들을 베어 죽였다. 또 군사들이 뗏목을 타고 와서 부딪치자 성벽이 충격을 받아 기울어지고 무너져내렸다. 장웅은 성루에서 연신 '아이고' 소리를 지르고 있었는데, 장횡과 장순이 타고 있던 비강에서 성으로 오른 뒤 박도를 들고 함성을 지르면서 성루로 뛰어 올라가 연거푸 10여 명의 군졸을 찍어 쓰러뜨렸다. 군졸들은 살고자 어지럽게 도망치기 시작했다. 장웅은 미처 피하지 못하고 장횡의 박도에 찍혀 쓰러졌고 장순이 달려가 한칼에 목을 잘라버렸다. 물이 사방으로 빠져나간 뒤에 보니 성안의 군사와 백성 가운데 물에 빠져죽고 깔려 죽은 자가 부지기수였다. 대들보 받치는 기둥, 문짝과 창살, 가구와 집기, 시체가 함께 떠밀

4_ 비강飛江과 천부天浮: 고대에 물을 건너는 데 사용한 공구들이다.

려와 성 남쪽을 가득 메웠다. 성안에는 단지 피서궁避暑宮만 남았는데, 피서궁은 북제北齊의 신무제神武帝가 건설한 것이었는데 기초가 높고 튼튼했다. 부근의 군사와 백성이 일제히 그 위로 올라가느라 한꺼번에 몰리며 서로 밟히면서 죽은 자가 2000여 명이었다. 언덕과 성벽 위에 올라가 살아남은 군사와 백성은 겨우 1000여 명 정도에 불과했다. 성 밖의 백성은 노 선봉이 은밀히 이보里保5를 불러 거주민들에게 알려주게 하여 미리 늘어서 있다가 징소리가 울리자 즉시 언덕 위로 올라갔다. 게다가 성 밖은 사방으로 넓게 틔어 있어서 물살이 빠르게 지나갔기 때문에 성 밖의 백성은 물에 빠져죽지 않았다.

혼강룡 이준은 수군을 이끌고 가서 서문을 점거했고, 선화아 장횡은 낭리백도 장순과 함께 북문을 빼앗았다. 입지태세 완소이와 단명이랑 완소오는 동문을 점령했고 활염라 완소칠은 남문을 빼앗았다. 네 성문에는 모두 송나라 군대의 깃발이 세워졌다. 저녁 무렵이 되자 물은 완전히 빠져나갔고 평지가 드러났다. 이준 등은 성문을 활짝 열고 노 선봉 등의 군마가 입성하도록 했다. 성안에는 닭 울음소리나 개 짖는 소리조차 들리지 않았고, 시체들만 산처럼 쌓여 있었다. 비록 장웅 등이 나쁜 짓을 많이 했어도 이준의 이러한 계책 또한 대단히 잔인하고 악독했다. 살아남은 1000여 명은 사방으로 흩어져 진흙탕에 무릎을 꿇었는데, 그 모습이 초를 꽂은 듯했고 저마다 절하며 살려달라고 애원했다. 노준의가 이들을 점검해보니 10여 명만이 군졸이었고 나머지는 모두 백성이었다. 항충과 서악은 원수부 뒤편에 있는 가옥의 큰 전나무 위로 기어 올라갔는데 물이 빠지기를 기다려 내려왔다가 남군에게 사로잡혀 노 선봉 앞으로 끌려왔다. 노준의는 이 둘을 참수하여 대중에게 보이고 부중 창고에 있는 은냥을 꺼내 성 안팎에서 수해를 입은 백성에게 나눠줘 구휼했다. 사람을 송 선봉에게 보내 승전 소식을 알리는 한편, 군사들에게 명하여 시체를 매장하고 무너진 성벽과 가

5_ 이보里保: 향리에서 관부를 위해 일하는 사람 속칭 '지보地保'라고 부른다.

옥들을 수축하여 백성을 불러 다시 거주하게 했다.

노준의가 태원현의 거주민들을 어루만져 편안히 살도록 돌본 것은 말하지 않겠다. 한편 태원이 아직 격파되지 않았을 때, 전호는 비 때문에 10만 대군을 통솔하며 동제산東鞮山[6] 남쪽에 주둔하고 있었다. 탐마가 달려와 보고하기를, 오리 국구가 병으로 죽어 군주와 군마가 군사를 양원으로 물리고 국구의 장례를 치르고 있다고 했다. 전호는 깜짝 놀라 사람을 양원성으로 보내 명을 전달하기를, 경영은 성을 지키고 전우는 와서 명을 들으라고 했다. 그리고 전에 양원으로 보낸 자들은 어째서 하나도 돌아와 아뢰지 않는지 묻도록 했다.

이튿날 비가 그치고 날이 개었다. 날이 밝아올 무렵 유성마가 날듯이 달려와 보고하기를, 송강이 보낸 손안과 마령이 병력을 이끌고 대적하러 왔다고 했다. 전호는 보고를 듣고 크게 화내며 말했다.

"손안과 마령은 모두 내게서 높은 관직과 두터운 봉록을 받는 놈들인데, 이제 나를 배반했으니 인정상으로나 도리상으로나 용서할 수 없다. 과인이 직접 가서 그놈들을 심문하고자 하니, 경들은 노력하시오. 그 두 놈을 사로잡는 자에게는 천금의 상을 내리고 만호후萬戶侯에 봉하겠다."

전호는 친히 병력을 몰아 전진하여 송군과 마주했다. 북군이 송군의 깃발을 보니 병울지 손립과 철적선 마린이었다. 북군의 진 앞에는 금과金瓜가 조밀하게 늘어서 있고 쇠도끼가 가지런히 배열되어 있으며 검과 극이 줄을 이루고 있었고 깃발들이 대오를 이루고 있었다. 구곡비룡九曲飛龍이 새겨진 황토색 일산 아래 옥 고삐와 황금안장을 씌운 은빛 갈기의 백마를 탄 초두대왕草頭大王[7] 전호가 진 앞에 나와 직접 싸움을 감독했다. 남군 진영의 뒤쪽에는 송강이 오용·손신·고대수·왕영·호삼랑·손립·주동·연순과 병마를 통솔하며 당도했고, 송강

6_ 『수후전전교주』에 따르면 『『방여승략』 권3 「산서山西·심주沁州」에 이르기를 '동제산은 주 남쪽에 있으며 일명 자금산紫金山이라고 한다'고 했다.'

7_ 초두대왕草頭大王: 숲속에서 살아가는 도적떼 수령을 말한다.

또한 직접 싸움을 감독했다.

전호는 송강이 왔다는 말을 듣고는 장수를 진 앞으로 내보내 송강을 사로잡으려고 했는데, 탐마가 달려와 보고했다.

"관승 등은 유사현과 대곡현의 두 성을 연이어 격파했고 서쪽 길로는 노준의의 군마가 또 평요현과 개휴현을 깨뜨리고 태원성에 물을 끌어들여 성안의 장병들 가운데 한 명도 살아남지 못했습니다. 우승상 변상은 면산에 주둔하면서 화영 등과 대치하고 있었는데, 노준의가 태원으로부터 군사를 이끌고 와서 후면으로 공격했습니다. 변 승상은 양면의 협공을 막아내지 못하고 대패했고, 결국은 노준의에게 사로잡혔습니다. 노준의는 관승과 병력을 합쳐 심원현을 철통같이 에워싸고 있습니다."

전호는 보고를 듣고 크게 놀라 어찌할 바를 모르다가, 황급히 군사를 거두어 위승성으로 물러나 보전하라는 명을 내렸다.

이천석 등은 진의 최전방을 막고 설시·임흔·호영·당창唐昌은 전호를 보호하면서 먼저 떠났다. 그때 동제산 북쪽에서 포성이 진동하더니 송강의 부대가 튀어나왔는데, 이는 송강이 은밀히 노지심·유당·포욱·항충·이곤을 시켜 용감하고 정예한 보병을 이끌고 동제산 북쪽으로 질러나가 두 갈래 길로 나누어 돌진하게 한 것이었다. 전호는 급히 어림군마를 내보내 싸우게 했다. 그때 갑자기 마령과 손안이 병마를 이끌고 동쪽 측면에서 돌격해왔다. 마령은 두 개의 풍화륜을 밟고는 북군을 향해 금전을 던져 난타했고, 손안은 쌍검을 휘두르며 찍어 죽였다. 두 장수는 군사를 이끌고 북군의 진으로 돌진했는데, 마치 무인지경無人之境에 들어온 듯하여 북군을 두 토막 내고 말았다. 북군은 비록 10만 명이 넘었지만, 오용이 계획한 세 갈래 길의 병마가 마음대로 활개 치며 종횡으로 마구 공격하자 대패하고 말았으니 별똥별이 떨어지고 구름이 흩어지듯 끊겼다 이어졌다 하며 달아났다. 상서 이천석 등은 전호를 보호하면서 동쪽으로 뚫고 달아났다. 그러나 표창수, 방패수, 비도수飛刀手 등을 이끌고 혈로를 뚫으면서 달려오는 노지심 등과 맞닥뜨렸다. 또 이천석·정지서·설시·임흔 등의 군마는 흩어져서 서쪽으로 달아났다. 전호 수하에는 비록 가장 정예하고 용맹한 자들로 선발된 어림군마가 있었지만, 그들도 지금까지 관군과 싸우면서 이처럼 사나운 군대를 본 적이 없었다. 그러니 오늘 어떻게 당해낼 수 있겠는가!

당시 전호의 좌우에는 단지 도독 호영과 당창, 총관 섭청 및 금오교위金吾較尉 등의 장수만 남아 있었다. 그들은 패잔병 5000명을 이끌고 전호를 떼 지어 둘러싸며 달아나고 있었다. 한창 위급한 상황에 별안간 또 한 무리의 군마가 동쪽에서 돌진해왔다. 전호는 그걸 보고 하늘을 우러러 탄식하며 말했다.

"하늘이 나를 버렸구나!"

북군이 달려오고 있는 군마를 보니 앞장선 사람은 용모가 수려한 젊은 장수였다. 머리에는 푸른 두건을 쓰고 녹색 전포를 입고 있었다. 손에는 이화창梨花鎗을 쥐고 몸집이 크고 눈처럼 하얀 곱슬곱슬한 털의 말을 타고 있었는데, 깃발에는 분명하게 '중흥 평남선봉 군마 전우'라고 쓰여 있었다. 그때 전호를 바짝 따르고 있던 섭청이 깃발을 보고 전호에게 아뢰었다. 전호는 군마에게 **빨리** 어가를 구하라는 명을 내렸다. 전우가 전호 앞으로 가까이 와서는 말에서 내려 무릎을 꿇고 아뢰었다.

"신이 대왕께 아룁니다. 갑옷을 입고 있어 땅에 엎드릴 수 없으니, 신 만 번 죽어 마땅합니다."

전호가 말했다.

"경의 죄를 용서하노라."

전우가 다시 아뢰었다.

"상황이 위급하게 되었으니 청컨대 대왕께서는 양원성으로 가셔서 잠시 적의 날카로움을 피하십시오. 신이 군주와 함께 송군을 물리친 다음에 대왕을 위승의 궁궐로 모시겠습니다. 그때 좋은 계책을 의논하셔서 기업을 회복하십시오."

전호는 크게 기뻐하면서 즉시 양원을 향해 출발도록 명을 내렸다. 전우는 뒤에서 추격해오는 송군을 막았다. 전호 등이 양원성 아래에 당도하자 뒤쪽에서 추격해오는 송군의 함성이 끊이지 않았다. 양원성을 지키는 장사들이 보고는 황급히 성문을 열고 조교를 내렸다. 호영은 앞에서 군사를 이끌고 있었는데, 뒤에서 송군이 추격해오는 함성을 들은 군사들이 대왕을 돌아보지도 않고 한꺼번에 성안으로 들어가려고 몰려들었다.

호영이 막 성문 안으로 들어서는데 갑자기 딱따기 소리가 들리더니 양쪽에서 복병이 일제히 튀어나왔다. 그들은 호영과 군사 3000여 명을 모두 함정 속으로 몰아넣고 장창으로 마구 찔러댔다. 가련하게도 3000여 명 가운데 한 사람도 살아남지 못했다. 성안에서 큰소리가 들려왔다.

"전호를 사로잡아라!"

전호는 성안에 변고가 발생한 것을 보고는 비로소 계책임을 알고 급히 말을 돌려 북쪽을 향해 달아났다. 장청과 섭청이 말을 박차고 뒤를 쫓았지만 전호의 말은 준마라 빨랐다. 군사를 이끌고 추격하던 장청과 섭청은 따라잡지 못하고 이미 화살 한 대가 날아갈 거리 정도가 뒤떨어졌다. 그때 전호가 탄 말 앞에서 별안간 회오리바람이 한바탕 일더니 바람 속에서 한 여인이 나타나면서 크게 소리쳤다.

"간악한 도적 전호야! 우리 구씨 부부는 모두 너한테 살해당했다. 오늘 너는 어디로 달아나려는 것이냐?"

그 여인의 주변에서 또 한바탕 음산한 바람이 일어나더니, 전호의 얼굴 정면을 휘감았다. 그 순간 여인은 조용히 사라져버렸고, 전호는 타고 있던 말이 별안간 놀라 울부짖으며 날뛰는 바람에 땅바닥으로 떨어지고 말았다. 그때 추격해오던 장청과 섭청이 말에서 뛰어내려 군사들과 함께 에워싸 전호를 사로잡았다. 그때 당창이 군사를 이끌고 창을 들고 전호를 구하려 말을 달려왔다. 당창이 오는 것을 본 장청은 재빨리 말에 올라 돌멩이를 날렸다. 돌은 당창의 얼굴을 정통으로 맞혔고 그는 말에서 굴러 떨어졌다. 장청이 크게 소리 질렀다.

"나는 전우가 아니라, 송나라 조정에서 보낸 송 선봉의 부하 몰우전 장청이다."

그때 이규와 무송이 500명의 보병을 이끌고 성안에서 달려오고 있었는데, 두 사람이 고함을 지르자 북군의 전수장군과 금오교위 등 2000여 명은 별똥별이 떨어지고 구름이 흩어지듯 흩어져 도망쳤다. 장청은 당창을 찔러 죽이고, 전호를 포박하여 성안으로 끌고 왔고 성문을 닫았다. 송 선봉이 북군을 물리친 뒤에야 비로소 송 선봉에게 끌고 갈 생각이었다. 노지심은 뒤쫓아 왔다가 전호가 이미 사로잡혀 성안으로 끌려들어간 것을 보고 다시 서쪽 동제산 옆쪽으로 달려갔다. 때는 이미 유시쯤이었다.

송강 등 세 갈래의 군마는 북군과 하루 종일 격전을 벌였고 죽인 북군 군사가 2만여 명이었다. 북군은 주군이 없게 되자 사면팔방으로 흩어져 목숨을 건지고자 도망쳤다. 범 미인과 전호의 애첩들도 모두 어지러운 전투 속에서 살해되었다. 이천석·정지서·설시·임흔은 3만여 명을 이끌고 동제산 위에 머물러 있었다. 송강은 군사를 이끌고 사면으로 이들을 포위하여 곤경에 빠뜨렸다. 그때 노지심이 와서는 전호가 이미 장청에게 사로잡혔다고 보고했다. 송강은 이마에 손을 대고는 황급히 군사를 양원성으로 밤새 보내 무송 등은 성문을 굳게 닫고서 전호를 지키고, 장청은 군사를 이끌고 서둘러 위승으로 가서 경영 등에게 호응하라고 명했다. 원래 경영은 이미 오 군사의 밀계를 받들어 해진·해보·악화·단경주·왕정륙·욱보사·채복·채경과 함께 모두 북군으로 위장한 5000기 군마를 이끌고 무향현 성 밖의 석반산石盤山 옆에 매복하고 있었다. 경영 등은 전호가 송군과 싸우러 갔다는 소식을 탐지하고 군사를 이끌고 밤새 위승성으로 달려갔다. 이날 날이 저물면서 저녁놀이 빛을 거두고 있었고 초승달이 하늘에 걸려 있었다. 경영이 성 아래에서 꾀꼬리 같은 목소리로 낭랑하게 외쳤다.

"나는 군주인데, 대왕을 보호하고 왔으니 어서 성문을 열어라!"

성을 지키던 군졸이 왕궁으로 날듯이 달려가 보고하자, 전표田豹와 전표田彪가 말을 타고 빠르게 성 남쪽으로 달려왔다. 두 사람이 서둘러 성루에 올라 살펴보니, 과연 황토색 일산 아래에 무늬를 조각한 안장의 은빛 갈기 백마에 대왕이 앉아 있었다. 그 말 앞에 있는 여장군의 깃발에는 '군주 경영'이라고 크게 쓰여 있고, 그 뒤에는 상서와 도독 등의 관원들이 멀리서 뒤따라오고 있었다. 경영이 크게 외쳤다.

"호 도독 등이 송군과 싸우다 패했기에 내가 특별히 대왕을 보호하며 왔소. 관원들에게 속히 성을 나와 어가를 영접하게 하시오!"

전표田豹 등은 전호를 알아보고 즉시 영접하고자 성문을 열고 나갔다. 두 사람이 막 말 앞에 이르자 말 위에 앉아 있던 대왕이 크게 소리 질렀다.

"무사들은 과인을 위해 저 두 역적 놈을 잡아라."

군사들이 달려들어 두 사람을 에워싸 사로잡았다. 전표田豹와 전표田彪는 큰 소리로 외쳤다.

"우리 두 사람은 죄가 없습니다!"

두 사람은 급히 필사적으로 벗어나려 애를 썼지만, 이미 군사들에게 밧줄로 묶이고 말았다. 원래 이 전호는 오용이 손안을 시켜 남군 가운데서 전호와 생김새가 비슷한 군졸을 선발하게 하여 전호로 꾸민 것이었다. 뒤따라오던 상서와 도독도 실은 해진과 해보 등이 변장한 것이었고, 각기 무기를 꺼내들었다. 왕정륙·욱보사·채복·채경은 군사 500명을 거느리고 전표田豹와 전표田彪를 밤새도록 양원으로 끌고 갔다.

성 위에서는 두 전표가 사로잡히는 것을 본데다 또 두 사람이 남쪽으로 끌려가는 것을 보고 비로소 거짓임을 알았다. 급히 성을 나가 빼앗으려 할 때 경영은 전호의 아들 전정을 죽이려고 목숨을 돌아보지 않고 해진·해보와 함께 우르르 성안으로 치고 들어갔다. 성문을 지키던 장사들이 앞으로 나와 대적했지만 경영이 날리는 돌에 맞아 6~7명이 연이어 상처를 입었다. 해진과 해보는 경영을 도와 맞붙어 싸웠다. 성 밖에 있던 악화와 단경주는 급히 군사들에게 북군 복장을 벗게 하고 남군 복장으로 갈아입게 하고는 일제히 성으로 몰려 들어가 남문을 빼앗았다. 악화와 단경주는 박도를 들고 군사를 이끌고 성 위로 올라가 군사를 죽이며 흩어버리고는 송군 깃발을 세웠다. 그러자 성안은 일시에 솥에 물이 끓어오르듯 떠들썩해졌다. 성안에는 여전히 가짜 문무관원들과 전호의 친척들이 많이 있었는데 그들이 급히 군사를 이끌고 나와 싸우자 적의 소굴로 깊이 들어간 왕영을 비롯한 1000여 명이 어떻게 대적할 수 있겠는가? 그때 장청이 8000여 병력을 이끌고 당도했고 군사를 휘몰아 성안으로 진입했다. 경영·해진·해보가 북군과 격전을 벌이는 것을 본 장청이 앞으로 나와 돌멩이를 날려 4명의 북군 장수를 연이어 강타하고 북군을 물리쳤다. 장청이 경영에게 말했다.

"너무 깊숙이 들어서는 안 되오.8 중과부적이오."

경영이 말했다.

"부모님의 원수를 갚을 수 있다면 비록 뼈가 가루가 되고 몸이 부서진다 하더라도 마다하지 않을 거예요!"

장청이 말했다.

"전호는 이미 나한테 잡혀 양원에 갇혀 있소."

경영은 그제야 기뻐했다.

장청과 경영이 군사를 이끌고 성을 나가려는데, 하늘도 역적들의 악행을 싫어했는지 노준의가 심원성을 격파하고 대군을 통솔하며 당도했다. 노준의는 남문에 세워진 송군의 깃발을 보고는 급히 병마를 몰아 성으로 들어가 장청과 합세하여 북군을 쫓으며 죽였다. 진명·양지·두천·송만은 군사를 이끌고 동문을 빼앗았고, 구붕·등비·뇌횡·양림은 서문을 탈취했으며, 황신·진달·양춘·주통은 군사를 이끌고 북문을 점령했다. 양웅·석수·초정·목춘·정천수·추연·추윤은 보병을 이끌고 큰 칼과 큰 도끼를 휘두르며 왕궁 전면으로부터 찍어 죽이며

8　원문은 '不該深入重地'다. 『손자』 「구지九地」에 따르면 "적 경내로 깊숙이 진입하면 배후에 매우 많은 적의 성읍 지구가 있게 되니 중지重地라 부른다"고 했다.

돌진했고, 공왕·정득손·이립·석용·도종왕은 보병을 이끌고 후재문後宰門에서
부터 쳐들어갔다. 왕궁의 내원에 있던 많은 비빈과 희첩, 내시들을 죽였다. 전호
의 아들 전정은 변고가 발생했다는 소식을 듣고는 스스로 목을 베어 죽었다. 장
청張淸·경영·장청張靑·손이랑·당빈·문중용·최야·경공·조정·설영·이충·주
부·시천·백승은 여러 갈래로 나누어 가짜 상서·전수·추밀 이하 관원들과 가
짜로 봉해진 왕친, 국척 등의 역적 무리를 죽여버렸다. 바로 다음과 같다.

> 궁전 황금 계단 아래 머리 나뒹굴고, 옥섬돌과 조문朝門9엔 더운 피 내뿜네.
> 옥돌 구분 않는다 말지니, 경사인지 재앙인지는 가슴에 손 얹고 물어보라.
> 金階殿下人頭滾, 玉砌朝門熱血噴.
> 莫道不分玉與石, 爲慶爲殃心自捫.

송 군사들이 위승 성안에서 죽인 시체들이 거리에 널려 있고, 흐르는 피가
도랑을 가득 채웠다. 노준의는 백성을 살해하지 말라는 명을 내리고, 급히 먼저
사람을 송 선봉에게 보내 승전 소식을 보고했다. 그날 밤 송군은 떠들썩하게 싸
우다 5경이 되어서야 비로소 쉬었는데 항복한 군사와 장수들이 매우 많았다.

날이 밝은 뒤 노준의가 장수들을 점검해보니 심원성에서 주둔하여 지키던
신기군사 주무를 제외하고 나머지 장수들은 모두 다친 곳이 없었다. 단지 항복
한 장수 경공이 말발굽에 밟혀 죽었다. 장수들이 모두 와서 공을 바쳤는데, 초
정이 전정의 시체를 낙타에 얹어 끌고 왔다. 경영은 이를 갈면서 패검을 뽑아 전
정의 수급을 자르고 사지를 모두 잘라냈다. 이때 오리의 아내 예씨는 이미 죽은
뒤였다. 경영은 섭청의 아내 안씨를 찾고는 노준의와 작별하고 전호 등을 송 선

9_ 조문朝門: 천자 궁전의 응문應門(왕궁의 정문)을 가리킨다. 이 문으로 들어가야 정조正朝(군주가 신하
의 알현을 받는 곳)이기 때문에 조문이라 했다.

봉이 있는 곳으로 압송하기 위해 장청과 함께 양원으로 갔다. 노준의가 군사 사무를 처리하고 있는데 별안간 탐마가 와서는 북군 장수 방학도가 색초와 탕륭이 지키고 있는 유사현을 포위해 곤경에 빠뜨렸다는 보고를 했다. 노준의는 즉시 관승·진명·뇌횡·진달·양춘·양림·주통에게 군사를 이끌고 가서 색초 등을 구원하게 했다.

이튿날 송강은 이미 동제산에 있는 이천석 등을 격파하고 사람을 진 안무에게 보내 보고했다.

"역적의 소굴은 이미 격파되었고 수괴는 사로잡았습니다. 청컨대 안무께서 위승성으로 오셔서 처리하십시오."

송강이 대군을 통솔하며 위승성 밖에 당도하자 노준의 등이 영접하여 성으로 들어갔다. 송강은 방을 내붙여 백성을 위로했다. 노준의가 변상을 끌고 오게 하자 송강은 그의 용모가 우람한 것을 보고는 손수 포박을 풀어주고 예로써 상대했다. 변상은 송강의 이 같은 의기를 보고는 감격하여 귀순했다. 이튿날 장청·경영·섭청이 전호와 두 전표를 죄수 싣는 수레에 실어 압송해왔다. 경영은 장청과 함께 시아주버니가 되는 송 선봉에게 절을 올렸다. 또 경영은 지난날 왕영 등에게 다치게 하는 무례한 짓을 한 죄를 사과했다. 송강은 전호 등을 한 편에 가두게 하고 대군이 회군할 때 한꺼번에 동경으로 압송해 포로를 바치기로 했다. 그러고는 즉시 술자리를 마련해 장청과 경영을 축하해줬다. 그날 위승에 속해 있는 무향현을 지키던 장수 방순 등이 군사와 백성의 호적부와 창고의 돈과 양식을 모두 바치고 투항했다. 송강은 상을 내려 위로하고 예전대로 방순에게 무향현을 지키게 했다. 송강이 위승성에 머문 지 이틀 뒤에 탐마가 달려와서는 관승 등이 유사현에 당도하여 색초·탕륭과 함께 안팎으로 협공하여 북군 장수 방학도를 죽였으며, 북군 가운데 죽은 자가 5000여 명이고 나머지는 모두 투항했다고 보고했다. 송강은 크게 기뻐하면서 여러 장수에게 말했다.

"형제들이 힘쓴 덕분에 역적을 평정하는 공을 이루게 되었소."

장수들의 공로와 장청과 경영이 수괴를 사로잡고 역적의 소굴을 공격해 점령한 큰 공을 자세히 기록하게 했다. 사나흘이 지난 뒤에 관승의 병마가 당도했고, 또 진 안무의 병마도 당도했다는 보고가 들어왔다.

송강은 장수들을 통솔하여 곽까지 나가 영접하여 입성했다. 인사를 마치자 진 안무가 칭찬하며 말했다.

"장군들은 5개월 동안에 세상에 드문 매우 큰 공로를 세웠습니다. 역적의 수괴를 사로잡았다는 소식을 듣고 먼저 경사로 인마를 보내 표문을 올려 승전을 아뢰었습니다. 조정에서는 틀림없이 무거운 관작을 봉할 것입니다."

송강은 두 번 절하며 감사했다.

이튿날, 경영이 송강을 찾아와서 태원의 석실산으로 가서 부모의 유해를 찾아 매장하고 싶다고 아뢰었다. 송강이 즉시 장청과 섭청도 함께 가라고 명했음은 더 말하지 않겠다.

송강은 진 안무에게 아뢴 뒤, 전호의 궁전과 안뜰의 가옥, 구슬과 비취로 장식한 복도와 방들을 모조리 불태워버렸다. 또한 진 안무와 상의하여 창고를 열어 전쟁으로 화재 피해를 입은 백성을 구제하고, 숙 태위에게 보내는 서신과 조정에 올리는 표문을 써서 대종에게 주어 그날로 출발시켰다.

대종은 표문과 서신을 가지고, 상주문을 올릴 관원과 함께 동경으로 갔다. 먼저 숙 태위의 부중으로 가서 양 우후를 찾아 서신을 전달했다. 숙 태위는 크게 기뻐하면서, 이튿날 아침 조회 때 진 안무가 진술한 표문과 함께 올리면서 승전 소식을 천자께 아뢰었다. 도군 황제는 용안에 기쁜 빛을 띠면서 송강 등이 뒷정리를 하고 동경으로 회군하면 관직을 봉하고 작위를 수여하겠다는 칙령을 내렸다. 대종은 그 소식을 듣고, 그날로 숙 태위에게 작별인사를 하고 동경을 떠나 다음날 미시쯤에 위승성에 당도하여 진 안무와 송 선봉에게 내용을 보고했다.

진관과 송강은 사로잡은 역도와 따르는 무리들을 모두 위승 저잣거리에서 참수하고 전호·전표田豹·전표田彪는 별도로 동경으로 압송하도록 했다. 아직 수복하지 못한 곳은 진녕에 속한 포주蒲州와 해현解縣이었는데, 그곳의 역적 부역자들과 관원들은 전호가 이미 사로잡혔다는 소식을 듣고 절반은 도망치고 절반은 스스로 자수해왔다. 진 안무는 모두 자수를 허락하고 다시 양민으로 돌아가게 했고, 각처에 방을 내걸어 귀순하도록 불러들였고 백성을 안정시켰다. 나머지 역도를 따랐지만 남을 상하게 하지 않은 자들에 대해서는 또한 자수와 투항을 허락하고 다시 촌민으로 돌아가게 했으며 원래의 산업과 논밭, 농장을 돌려줬다. 주와 현이 탈환되자 각지에 관군을 보내 방어하게 했으며 경계를 수호하고 백성을 안정시켰음은 더 이상 말하지 않겠다.

한편 도군 황제는 칙령을 내리고 관원을 하북으로 파견해 진관 등에게 알렸다. 이튿날 조정에서 무학武學10이 열려 백관이 모두 모였고 채경이 윗자리에 앉아 병법을 이야기했는데 모두들 공손하게 듣고 있었다. 그런데 한 관원이 얼굴을 쳐들고 집 귀퉁이를 쳐다보면서 듣지를 않았다. 크게 화가 난 채경은 그 관원에게 이름을 물었다. 한 사람이 구석을 향하는 바람에 자리에 가득한 사람들이 즐겁지 않게 되었다. 채경이 그 관원의 이름을 물었기 때문에 그야말로 천강지살이 진수參宿와 익수翼宿11로 향하게 되었고, 맹장과 강력한 군대가 초영楚郢12을 평정하게 되었다.

결국 채경이 이름을 물은 그 관원이 누구인가는 다음 회에 설명하노라.

10_ 무학武學: 군사 인재를 배양하는 학교로 북송 경력慶曆 3년(1043)에 정식으로 설치되었다.

11_ 진수參宿와 익수翼宿: 『수호전전교주』에 따르면 "이십팔수 가운데 두 별자리 명칭이다. 중국 고대 지리 분야에서는 종종 이십팔수의 위치로 어느 지구의 방위로 정하는데, 예를 들면 진수와 익수 분야는 지금의 후베이성, 후난성을 가리킨다"고 했다.

12_ 초영楚郢: 『수호전전교주』에 따르면 "옛 지명으로 주나라 왕조 때 초나라의 영도郢都를 가리킨다"고 했다. 영郢은 초楚나라 도성으로 지금의 후베이湖北성 징저우荊州 장링江陵 서북쪽이었다.

원본 수호전 5

ⓒ 송도진

초판인쇄 2024년 6월 7일
초판발행 2024년 6월 21일

지은이 시내암
옮긴이 송도진
펴낸이 강성민
편집장 이은혜
마케팅 정민호 박치우 한민아 이민경 박진희 정유선 황승현
브랜딩 함유지 함근아 고보미 박민재 김희숙 박다솔 조다현 정승민 배진성
제작 강신은 김동욱 이순호

펴낸곳 (주)글항아리 | **출판등록** 2009년 1월 19일 제406-2009-000002호

주소 경기도 파주시 심학산로 10 3층
전자우편 bookpot@hanmail.net
전화번호 031-955-2689(마케팅) 031-941-5161(편집부)

ISBN 979-11-6909-253-1 04820
        979-11-6909-248-7 04820 (세트)

www.geulhangari.com